Alana Falk

Gods of Ivy Hall

Cursed Kiss

ALANA FALK

CURSED KISS

Gods of Ivy Hall

Band 1

Ravensburger

Bibliografische Information der Deutschen Nationalbibliothek:

Die Deutsche Nationalbibliothek verzeichnet diese Publikation in
der Deutschen Nationalbibliografie. Detaillierte bibliografische Daten
sind im Internet auf www.dnb.d-nb.de abrufbar.

1 2 3 4 5   E D C B A

Originalausgabe
Copyright © 2020 by Ravensburger Verlag GmbH
Dieses Werk wurde vermittelt durch die
AVA international GmbH Autoren- und Verlagsagentur, München.
www.ava-international.de

Umschlaggestaltung: Zero Werbeagentur, München
Verwendetes Bildmaterial von © PixxWerk, München,
unter Verwendung von Motiven von
© olpo/shutterstock und © Sinisha Karich/shutterstock

Alle Rechte dieser Ausgabe vorbehalten durch
Ravensburger Verlag GmbH,
Postfach 2460, D-88194 Ravensburg

Printed in Germany

ISBN 978-3-473-40189-5

www.ravensburger.de

Für Iris, weil du diesen Weg von Anfang an mit mir gehst
und ich mir keine bessere Weggefährtin wünschen könnte

KAPITEL 1

Erin

Komm schon, Drache. Spuck Eis!

Ein Klick, und der imposante Kristalldrache vor mir bäumt sich auf die Hinterbeine, reißt das riesige Maul mit den eiszapfenbewehrten Zähnen auf und spuckt – nichts. Nicht mal eine einzige Schneeflocke.

»Shit.« So lange sitze ich da jetzt schon dran, und der Kaiser meiner Drachenwelt ist immer noch völlig harmlos. Wenn man von den armlangen Krallen und dem tödlichen Schwanz absieht, natürlich.

Ich seufze. Was hab ich nur falsch gemacht? Ich öffne das Designprogramm und fange an, wild auf die Tastatur einzuhacken. Irgendwo muss ich ein Stückchen falschen Code übersehen haben.

»Erin!« Ein Zischen schreckt mich hoch. Und auch alle anderen im Game-Lab. Ich muss grinsen. Maya. Sie steht an der Schranke und hält sich wahrscheinlich für total unauffällig. Was sie mit ihren glänzenden schwarzen Haaren und ihrer makellosen dunklen Haut selbst dann nicht wäre, wenn sie nicht wie wild mit den Armen fuchteln würde.

»Erin! Wo bleibst du denn, verdammt?«

Ich sehe auf die Uhr. Kurz vor acht! »Shit, shit, shit.« Hastig raffe ich meinen Laptop, mein Handy und mein Headset zusammen und sprinte

7

zum Ausgang, wo ich einfach über die Schranke springe, anstatt darauf zu warten, dass Tom sie aufmacht.

Er seufzt nur resigniert. »Viel Spaß, wobei auch immer.«

Ich lächle ihm entschuldigend zu und renne dann neben Maya her zum Ausgang.

»Du hast nur noch vier Stunden, hast du das vergessen?«, fragt sie in gedehntem, singendem Tonfall. Immer wenn sie aufgeregt ist, kommt ihr starker Südstaatenakzent durch.

»Nein! Also … ja. Wie du siehst.«

Sie seufzt. »Hast du wenigstens was zum Anziehen dabei? Es dauert zu lange, jetzt noch zum Verbindungshaus zurückzugehen.«

Mit einem Räuspern deute ich an mir auf und ab.

Maya mustert mit fachmännischem Blick die ultrakurze Jeans, die ich über einer knielangen Leggins trage, die knöchelhohen Stiefel und mein Witcher-Shirt und schüttelt den Kopf. »Komm mit.«

Sie zerrt mich über die langen Flure des IT-Gebäudes nach draußen. Im warmen Licht der untergehenden Sonne wirken die Türmchen und Erker des Campus wie ein Schloss aus einem Märchen. Uralter Efeu überwuchert fast alle Gebäude, und nur die Kletterrosen, die jetzt am Frühlingsanfang gerade die ersten Knospen tragen, versuchen, dem Efeu den Platz an den zartgrauen Mauern streitig zu machen. Selbst nach einem halben Jahr habe ich mich immer noch nicht daran gewöhnt, hier studieren zu dürfen.

»Erin!« Maya lässt mir keine Zeit, den Anblick zu genießen. Sie hetzt mich über die riesige Freitreppe hinauf ins Gebäude der Sportstudenten, durch die hohe marmorne Eingangshalle mit den ausladenden Treppen und den verschnörkelten Collegewappen in den Umkleideraum zu ihrem Spind und holt ein halb durchsichtiges Top heraus.

Ich starre sie an. »Das trägst du zum Sport?«

Sie schnaubt.»Eher danach. Man weiß ja nie, was sich ergibt. Hier.«

Ich rupfe mir das Witcher-Shirt runter und ziehe das weich fließende silbrige Teil über, das wirklich nichts der Fantasie überlässt. Wenigstens trage ich zufällig meinen schönsten BH. Maya scheint das auch zu bemerken, denn sie sieht gar nicht so unzufrieden aus. Sie reicht mir noch ihren Kajal und ihre Wimperntusche, die ich mir hastig auftrage. Die Augenringe von der Programmierparty gestern Nacht kann allerdings nicht mal ihr Superconcealer übertünchen.

»Ich frage mich ja immer, warum mit dieser Göttinnensache nicht auch ein Rundum-Beauty-Paket einhergeht«, murmle ich.»Ein bisschen Glitzer hier und da, überirdische Schönheit, so was halt. Das wäre echt praktisch.«

Sie mustert mich und zuckt mit den Achseln.»Ich schätze, man kann von Hades nicht erwarten, dass er an so was denkt. Also muss es halt so gehen.«

»Na, vielen Dank auch«, pruste ich.

Sie grinst.»Sorry, so hab ich das nicht gemeint.« Sie sieht mich an und lächelt beinahe liebevoll.»Du siehst süß aus.«

Ja, süß. Oder niedlich, das sagen fast alle. Es spricht auch nichts gegen niedliche Sommersprossen, wenn man sich niedlich fühlt. Ich hingegen fühle mich eher ... wütend. Das Einzige an mir, das meine Gefühle wirklich widerspiegelt, sind meine Haare. Feuerrote unbezähmbare Locken, die mir über den Rücken fallen. Und ziemlich oft auch ins Gesicht.

Ich ziehe den Haargummi raus, schüttle die Haare aus und hake mich bei Maya unter.»Also los, lass uns ein wenig Spaß haben.« Spaß haben. Schön wär's.

Ich stopfe mein Shirt und meine anderen Sachen in Mayas Spind, und wir stürzen nach draußen, wo Kali schon auf uns wartet. In ihrer schwarzen Lederjacke und dem Minirock, der eher als Stirnband durchgehen könnte, sieht sie wie immer bewundernswert cool und selbstsicher aus. Die dicken dunkelroten Strähnen in ihren schwarzen Haaren tragen das ihre dazu bei.

»Hey«, begrüße ich sie und hake mich auch bei ihr unter.

»Wohin?«, fragt sie. »Zu den Beta Kappas? Da findet man immer was.« Sie grinst vielsagend. Die Studentenverbindung der Footballer hat uns noch nie enttäuscht.

Ich schüttle den Kopf. »Heute findet die After-Spring-Break-Party statt.« Ich werde nie verstehen, warum man nach den berühmt-berüchtigten Frühlingsferien, in denen die Studenten sich an den amerikanischen Stränden sammeln, um zu feiern, direkt im Anschluss auch noch eine Party braucht. Aber heute kommt es mir ganz gelegen.

Kalis Augen weiten sich. »Nice! Die hatte ich ganz vergessen. Wird die nicht dieses Jahr von den Vestalinnen ausgerichtet?«

Ich verziehe das Gesicht. »Ja, leider.«

»Was heißt da leider? Deren Partys sind eine geniale Fundgrube für uns. Da könnte ich meine Quote für ein Jahr an einem Abend erfüllen.« Ihre Augen blitzen, als wäre sie für diese Challenge unbedingt zu haben.

Aber Maya wirft ihr einen bösen Blick zu. »Denk nicht mal dran, das wäre viel zu auffällig.«

Kali zuckt mit den Schultern. »Bringt eh nichts. Der gute alte Hades würde trotzdem sieben Tage später ein neues Opfer von mir wollen.«

Maya wendet sich an mich. »Bist du dir sicher mit der After-Spring-Break-Party? Die ist am anderen Ende des Campus.«

Und der ist ziemlich groß. Ivy Hall erstreckt sich über ein langes

Stück Küste in der Nähe der kleinen Stadt St. Ives, inklusive einiger kleiner Inseln, die durch schmale Kanäle vom Festland getrennt und durch Brücken an den Campus angeschlossen sind.

Mayas Blick fällt auf mein Handgelenk.

Sofort überkommt mich das Bedürfnis, die Hand hinter meinem Rücken zu verstecken. Wie albern. Als hätte Maya es nicht schon oft genug gesehen. Als hätte sie nicht genau das Gleiche. Ich senke den Blick auf das Tattoo, das sich wie ein filigranes Armband um mein Handgelenk windet. Den meisten Leuten fällt es gar nicht auf, aber ich spüre es in jeder Stunde, jeder Minute, jeder Sekunde, als wäre es aus Blei.

Ich konzentriere mich auf die Stelle, an der die zarten geschwungenen Linien ein wenig auseinanderweichen. Es erinnert mich immer an die Dornenranken, die sich um die Campusgebäude schlingen. Aus ihnen wächst ein filigranes Ziffernblatt. Dort, auf der Innenseite, wo die Haut am zartesten ist, genau da, wo mein Puls schlägt, dort läuft die Zeit. Meine Zeit. Und Jennas.

Drei Stunden und 35 Minuten.

Es wird mindestens 25 Minuten dauern, bis wir drüben sind. Dann noch Anstehen an der Türkontrolle, im Gedränge den Richtigen finden, falls er überhaupt von Anfang an dort ist Und wenn wir auf ihn warten müssen … Mist, Mist, Mist.

»Das kann ziemlich knapp werden.« Maya sieht mich zweifelnd an.

»Ja, ich weiß, aber es muss dort sein.« Es muss der sein.

Sie mustert mich prüfend, dann seufzt sie. »Wenigstens sind die anderen diese Woche alle ohne Probleme durchgekommen.« Sie tippt hastig etwas in ihr Handy, mein eigenes vibriert sofort in meiner Tasche. Ich muss nicht nachsehen, um zu wissen, dass sie eine Gruppennachricht geschickt hat, die den anderen den Weg zur After-Spring-

Break-Party weist. Dann scheucht sie uns über den Campus, hindurch zwischen merkwürdig vielen Studenten. Sonst ist an einem Sonntag um die Uhrzeit nicht so viel los. Angestrengt folge ich Mayas Zickzackkurs. Bis ich plötzlich gegen sie stoße.

»Sorry! Ich habe nicht gesehen, dass du …« Ich verstumme, als ich Mayas Blick folge und sehe, warum sie stehen geblieben ist. Wir sind bei der großen Kreuzung angekommen, wo die Hauptwege des Campus abzweigen. Wegweiser zeigen in alle möglichen Richtungen zu den verschiedenen Gebäuden der Uni. »Universitätsstadt St. Ives« steht auf einem, der ins Landesinnere deutet, denn auch in der Stadt gibt es noch einige Gebäude, die zum College gehören. Auf einem anderen Wegweiser, der auf die Küste gerichtet ist, prangt in halb verwitterten Buchstaben der Name »Bloody Marsh Battlefield«. Normalerweise machen die Studenten einen großen Bogen um das alte Schlachtfeld mit seinen unzähligen morastigen Bächen. Und die, die sich nicht auskennen, machen nur einmal den Fehler, freiwillig hinzugehen. Vor allem ist niemand so wahnsinnig, sich im Dunkeln dort aufzuhalten.

Heute allerdings stehen den ganzen Weg entlang riesige Zuschauertrauben, und ein endloser Strom von Menschen wälzt sich vor uns über den Weg. Männer, Frauen und Kinder in historischen Kostümen, lachend, schwatzend und über und über mit Matsch und Dreck bedeckt, versperren uns den Weg. Weiterkommen unmöglich.

Maya flucht leise, aber ich kann nicht anders, als den Umzug mit offenem Mund anzustarren. Sie schleppen Gewehre, Säbel, Bajonette und Fahnen. Erst auf den zweiten Blick fällt mir auf, dass sie lose in Gruppen geordnet sind, die verschiedene Uniformen tragen. Ein paar von ihnen haben Trommeln, und hier und da gibt es einen Reiter auf einem Pferd.

Kali kichert. »Jedes Mal, wenn du vergisst, dass es dich in die Südstaaten verschlagen hat, kommen die irren Kriegsrollenspieler und erinnern dich wieder daran, dass du in Georgia bist.«

Maya schüttelt den Kopf.»Das ist kein Rollenspiel. Sie stellen möglichst authentisch historische Schlachten zwischen Engländern und Spaniern nach, um so neue Erkenntnisse zu gewinnen.«

»Behaupten sie, damit sie sich im Dreck wälzen und mit ihren Waffen spielen dürfen, ohne dass jemand sie für vollkommen durchgeknallt hält.« Kali grinst immer noch.

Maya seufzt.»Wir sollten machen, dass wir an ihnen vorbeikommen.« Sie wirft mir einen besorgten Blick zu, der mich aus meiner Starre reißt. Meine Zeit läuft. Wir müssen zur Party. Jetzt.

»Und zwar bevor die Kanonen uns erreichen.« Maya deutet den Weg entlang Richtung Battlefield.

Tatsächlich. Kanonen. Auch sie sind voller Matsch und Dreck. Sie sind schwerfällig und ziemlich groß und werden von vielen Menschen manövriert. Wenn die vor uns stehen, versperren sie uns endgültig den Weg. Aber wie sollen wir noch vor ihnen auf die andere Seite kommen, solange die ganzen Soldaten vor uns vorbeimarschieren?

»Schnell, da desertieren ein paar. Bestimmt wollen die auch lieber zur After-Spring-Break-Party statt zum History-Picknick.« Kali lacht und wirft sich förmlich in das Loch, das ein paar der Darsteller in den Zug gerissen haben. Maya und ich folgen ihr. Wir schaffen es gerade noch durch die Menge, bevor die Lücke sich wieder schließt.

Erleichtert treibt Maya uns wieder an. Mit langen Schritten hasten wir quer über den Campus, vorbei an den verschnörkelten Gebäuden der einzelnen Fakultäten, an der großen Bücherei und an den vielen kleinen Läden und Shops, die sich dazwischenkuscheln und in denen sich sogar jetzt um diese Uhrzeit noch Studenten mit Laptops, dicken Büchern und Kaffeebechern geradezu stapeln. Vorbei an den riesigen

Gebäuden, in denen die Studenten wohnen, die sich keiner Studentenverbindung angeschlossen haben oder nicht genommen wurden. Immer wieder werfe ich einen Blick auf mein Handgelenk, wo sich die Zeiger auf dem Ziffernblatt unaufhörlich weiterdrehen. Nur der ganz große, der die Tage anzeigt, bewegt sich nicht. Er steht schon auf null.

Atemlos erreichen wir endlich das Haus der Vestalinnen. Es ist aus dem gleichen grauen Stein wie die Gebäude der Universität, hat die gleichen verspielten Verzierungen um die Fenster, türmt sich mit der gleichen altehrwürdigen Wucht vor uns auf, mit der es wohl verstecken will, dass es nur eine Miniaturausgabe eines der riesigen Wohnheime ist. Das typische Haus einer Studentenverbindung eben, von denen es hier auf dem Campus unzählige gibt. Die Musik, die uns von drinnen entgegendröhnt, ist allerdings gar nicht altehrwürdig und auch nicht die Typen, die sich im Garten vor dem Eingang versammelt haben und uns mustern, während wir an ihnen vorbeigehen. Sie grinsen sich an, stoßen ihre Bierflaschen gegeneinander. Ich verziehe das Gesicht. Wenn ich etwas nicht leiden kann, dann sind es alkoholisierte Kerle. Die Typen scheinen zu merken, was ich denke, denn ihr Lachen folgt mir den ganzen Weg bis zum Ende der Schlange, die sich vor dem Verbindungshaus gebildet hat.

»Ganz schön weit bis zum Eingang.« Angespannt mustere ich die große Flügeltür. Man sollte es wohl eher ein Portal nennen. Denn rechts und links neben der Tür wurden griechische Säulen aufgestellt, auf denen ein dreieckiges Dach ruht. »Vestalinnen« steht dort in pseudo-altgriechischer Schrift.

Kali schnaubt. »Hades würde sich kaputtlachen, wenn er das sehen würde. Und Vesta erst. Vestalinnen. Ts.«

»Sie finden es eben schick«, murmle ich. »Es bedeutet nichts.«

»Eben. Es bedeutet nichts. Sie leben nicht wie Vestalinnen, eher im

Gegenteil. Sie wissen wahrscheinlich nicht mal, dass das eigentlich Priesterinnen der Göttin Vesta sind.« Sie deutet auf die pseudogriechischen Buchstaben. »Einer römischen Göttin.« Für einen Moment klingt sie fast wütend. Aber dann lacht sie und streicht sich eine ihrer dicken dunkelroten Strähnen hinter die Ohren. »Egal. Solange die Party keine von diesen grausamen Togapartys ist, wo alle in alten Betttüchern rumlaufen und so tun, als wären sie Cäsar.«

»Erst mal müssen wir es überhaupt reinschaffen.« Ich hätte wissen müssen, dass heute unheimlich viele Leute kommen würden. Die Partys der Vestalinnen sind sehr begehrt. Es ist nicht leicht reinzukommen, viele werden wieder weggeschickt, und ich hatte gehofft, dass das die meisten Leute davon abschrecken würde, es überhaupt zu versuchen. Weit gefehlt.

Drei Stunden und zehn Minuten.

Nervös suche ich die lange Schlange vor der Tür nach einem bekannten Gesicht ab und entdecke mehrere. Erleichtert dränge ich mich bis zu der Gruppe durch, wobei ich die ungehaltenen Kommentare der anderen Wartenden ignoriere.

»Izanagi, Loki, ein Glück, ihr seid schon da.« Ich umarme sie als Zeichen für die anderen in der Schlange, dass wir zusammengehören.

»Und ziemlich weit vorn.«

»Wir waren in der Nähe und konnten uns gleich in die Schlange stellen, als Mayas Nachricht kam. Sie hat geschrieben, dass es bei dir mal wieder knapp ist«, erklärt Loki.

»Danke.«

Izanagi streicht sich die schwarzen Haare seitlich über die Stirn. Dann mustert er mich. »Du wirkst irgendwie ganz schön angespannt«, meint er trocken.

Ich verziehe nur das Gesicht.

Kommentarlos greift er nach meinem Arm. Er pfeift leise, als er mein Zifferblatt sieht. »Vielleicht nächstes Mal nicht wieder bis zur letzten Minute warten?« Seine Stimme ist plötzlich leicht besorgt, gar nicht mehr frech wie gerade eben noch.

Ich schlucke schwer. Eigentlich will ich es nicht so knapp werden lassen. Aber in der Sekunde, in der ich meine Quote erfüllt habe, springt die Uhr an meinem Handgelenk auf null zurück, und dann fängt alles wieder von vorn an. Ich will die Zeitspanne immer bis zum Letzten ausnutzen, um es nicht öfter tun zu müssen als nötig. Um es nicht mehr Leuten antun zu müssen als nötig. Izanagi weiß das sehr gut, deswegen sagt er auch nichts mehr, während ich nervös von einem Bein auf das andere trete, bis wir endlich zu den Türstehern vorgelassen werden. Sie tragen Togen.

Kali verdreht die Augen.

Die zwei muskelbepackten Kerle mustern uns der Reihe nach. Kali mit ihren wahnsinnig dunklen Augen und dem winzigen Minirock, der ihre langen Beine enthüllt. Maya in ihrem weißen Kleid, die ihre Lippen schürzt. Den drahtigen Loki, der eigentlich Daniel heißt, aber aussieht wie Tom Hiddleston, nur in Blond und etwas zu klein, und seinen Namen sowieso immer gehasst hat. Als Letztes nehmen sie sich Izanagi mit den verwuschelten, etwas zu langen schwarzen Haaren vor. Er trägt eine Jeansjacke lässig über einem weißen T-Shirt. Der eine der beiden Türsteher, ein gut aussehender Typ mit glatt rasiertem Schädel, mustert Izanagi mit einem ziemlich unverschämten Blick. Er tastet seinen hochgewachsenen, gut gebauten Körper von oben bis unten mit Blicken förmlich ab, als wäre er nichts weiter als ein Stück Fleisch! Ekelhaft. Aber Izanagi bleibt cool und zwinkert ihm nur zu. Vielleicht hat er den Kerl schon auf seiner Liste für den nächsten Kuss.

»Ihr könnt rein«, sagt der Unverschämte.

Die anderen gehen durch, ohne sich nach mir umzusehen. Ich will ihnen nach, aber der zweite Türsteher, ein braunhaariger Herkulesverschnitt, tritt mir in den Weg. Panik macht sich in mir breit, und ich werfe einen verstohlenen Blick auf mein Ziffernblatt. Komm schon. »Ähm, ich gehöre dazu.«

Er mustert mich. »Du siehst nicht aus, als wärst du schon alt genug. Gehst du überhaupt hier auf die Uni oder bist du aus der Highschool weggelaufen?« Er grinst seinen Kumpel an. »Sorry, aber Schüler können wir nicht reinlassen.«

Ich fluche innerlich. Noch ein Nachteil davon, wenn man niedlich aussieht. Kali ist jünger als ich, trotzdem wird sie nie aufgehalten, weil sie locker wie achtzehn aussieht. Ich hingegen sehe gerade mal so eben aus wie sechzehn. Denn so alt war ich, als ich den Pakt geschlossen habe. Ich setze an, etwas zu sagen, da raunt der Türsteher mir etwas zu. »Jedenfalls nicht ohne Schutz. Dir könnte ja wer weiß was passieren.« Er lächelt mich vielsagend an.

Nicht ausrasten, Erin. Bleib ruhig. Dummerweise steigt die Wut trotzdem in mir auf.

In diesem Moment erspähe ich Maya, die mir von drinnen einen warnenden Blick zuwirft.

Setz ihn einfach auf deine Liste. Aber jetzt hast du keine Zeit dafür, scheint ihr Blick zu sagen.

Außer, ich disponiere kurzfristig um. Aber nein, ich habe mein Opfer diese Woche ganz bewusst ausgesucht. Nummer 132 muss unschädlich gemacht werden, sofort. Der hier kann warten.

Ich atme tief durch und grinse dann zuckersüß. »Wenn ich deinen Namen wüsste, könnte ich jedem sagen, dass ich unter deinem Schutz stehe.« Ich lächle betont kokett. »Sicher wird sich niemand trauen, das infrage zu stellen.«

Er grinst, beugt sich zu mir und raunt mir seinen Namen ins Ohr, den ich in Gedanken sofort auf meine Liste setze. Dann lässt er mich vorbei. Offensichtlich und ziemlich vorhersehbar reicht es ihm, dass ich sein Ego ein wenig gestreichelt habe. Entnervt dränge ich mich an ihm vorbei, bereit, ihm doch noch eine zu verpassen, sollte er auch nur daran denken, mir auf den Po zu hauen. Aber erstaunlicherweise lässt er mich ohne Weiteres durch. Im Inneren des Verbindungshauses halte ich gar nicht erst nach den anderen Ausschau. Nicht mal mehr drei Stunden, das ist schon unter normalen Umständen sehr wenig Zeit.

»Hey, da bist du ja. Techtelmechtel mit dem Türsteher?«, fragt Izanagi.

»Das hätte er wohl gern gehabt. Oder nicht so gern, jedenfalls nach dem Kuss.«

Er lacht, und wir betreten die große Marmorhalle. Eine Treppe an der Seite führt von dort aus in das obere Stockwerk, wo die Zimmer der Studenten sind. Mein Blick bleibt kurz an einem Bild von einer blonden Studentin hängen. Zwei Mädchen stehen davor, und eine von ihnen himmelt es geradezu an. Das andere Mädchen wirkt merkwürdig fehl am Platz. Bestimmt ist sie neu und bekommt gerade alles über Lyra, die Studentin auf dem Bild und Anführerin der Vestalinnen, erzählt.

Izanagi seufzt. »Dieser Kult um sie nimmt langsam lächerliche Ausmaße an.«

Das eine Mädchen ist offensichtlich seiner Meinung, denn sie verdreht heimlich die Augen, während die andere auf sie einredet.

Kali und Loki gesellen sich zu uns, und Kali hält mir ein kleines Glas hin, wobei sie schon mal interessiert die weiblichen Besucher der Party nach einem Opfer für die nächste Runde abcheckt. Der Drink raucht leicht. Ich ziehe eine Augenbraue hoch.

»Zur Einstimmung.« Sie hebt ihr Glas und kippt den Inhalt runter.

»Ich trinke nicht bei der Arbeit«, antworte ich möglichst beiläufig.

»Versteh ich nicht. Du?« Sie sieht Loki an.

Der grinst und kippt als Antwort seinen eigenen rauchenden Shot runter.

»Hier.« Ich will mein Glas wieder Kali in die Hand drücken. Sie hebt abwehrend die Hände. »Behalt es und nimm es zur Desinfektion oder so.« Sie streckt mir die Zunge raus.

Ich muss lachen. »Das wär dann eher für hinterher.« Ich gebe mein Glas Izanagi, der schon darauf schielt.

»Bist du sicher?«, fragt er.

Ich nicke. Wahrscheinlich sollte ich ihnen endlich mal sagen, dass ich Alkohol nicht ausstehen kann. Aber dann würden sie vielleicht fragen, warum, und ich habe keinen Bock, darüber zu reden. »Betrunken arbeiten ist gefährlich«, sage ich stattdessen. Es ist keine Lüge, ich finde wirklich, dass es besser ist, bei der Arbeit als Rachegöttin alle Sinne zusammenzuhaben. »Das führt bloß dazu, dass man …«

»… verdammt viel Spaß hat?«, unterbricht Izanagi mich und zwinkert mir zu.

Kali lacht wissend. »Eben. Und hinterher kann man sozusagen reinen Tisch machen, indem man den One-Night-Stand gleich küsst. Hat nur Vorteile. Niemand erfährt was davon, und unser Geheimnis bleibt gewahrt.«

»Also ich finde den Gedanken nicht angenehm, den Kuss bei einem Kerl anwenden zu müssen, mit dem ich gerade noch im Bett war.« Ich sage nicht, dass es mir im Moment schon reicht, überhaupt jemanden küssen zu müssen.

»Stimmt. Das kann unschön enden. Noch blöder ist allerdings, wenn der Kuss mittendrin aus Versehen passiert.« Maya, die sich inzwischen zu uns gesellt hat, verdreht die Augen, als würde sie aus Erfahrung sprechen.

Kali kichert. »Ja, das kann einem echt den Abend versauen, auch wenn es gut für die Quote ist.«

Shit, die Quote. »Okay, macht, was ihr wollt, ich muss schauen, dass ich endlich zum Zug komme.«

»Mach das, wir tanzen eine Runde.« Maya zieht die anderen in die Mitte der Eingangshalle, die als Tanzfläche genutzt wird.

Ich sehe mich im Verbindungshaus um. Angewidert verziehe ich das Gesicht. Es ist, als würden alle Typen auf dieser Party ihren miesen Charakter förmlich ausdünsten. Wie kann man nur freiwillig hierherkommen? Dabei ist das Haus selbst eigentlich ganz nett hergerichtet, modern, aber trotzdem leicht schummrig. Es gibt einen gemütlichen Aufenthaltsraum, der jetzt als Chill-out-Lounge fungiert, eine Tanzfläche, auf der man nicht nur eng aneinandergedrängt tanzen, sondern auch mal zu mehreren richtig feiern kann. Es ist ein Haus, in dem es sich gemütlich abhängen lässt. Wofür ich allerdings jetzt wirklich keine Zeit habe.

Zwei Stunden 45 Minuten.

Ich recke den Hals. Wo steckt Nummer 132 nur? Er muss hier sein, ich habe alles genau recherchiert und geplant.

»Warum wartest du auch immer bis kurz vor knapp?«, wirft Maya mir im Vorbeitanzen zu. Sie kann es einfach nicht lassen. Wahrscheinlich wird sie mir nachher einen Vortrag halten, obwohl sie weiß, warum mir das immer wieder passiert. Dummerweise kann ich es ihr nicht übel nehmen. Sie hat ja recht, aber diese Party ist der einzige Ort, der sich eignet. Der einzige, wo ich Nummer 132 unauffällig begegnen kann.

»Nimm doch einen anderen. Gibt hier genug Auswahl.« Maya tanzt wieder an mir vorbei.

Ein heftiger Stoß bringt mich aus dem Gleichgewicht. Instinktiv fahre ich herum. Ein Mädchen mit zwei Gläsern in der Hand und einem Blumenkranz in den Haaren ruft mir ein »Sorry!« zu und verschwindet dann in der Menschenmenge. Ich will ihr antworten, aber mein Blick bleibt an einem Typen hängen, der in einiger Entfernung in der Nähe der Chill-out-Lounge steht. Das Licht eines Scheinwerfers fällt halb von hinten auf ihn, sodass ich die Farbe seiner Haare nicht erkennen kann. Es wirkt, als bestünden sie aus Licht.

Sei nicht albern. Er ist eben blond.

»Sieht aus, als hätte er einen Heiligenschein!«, schreit Maya mir ins Ohr, um die Musik zu übertönen, die jetzt immer lauter wird.

Ich schnaube. Keiner der Kerle hier würde einen Heiligenschein auch nur erkennen, selbst wenn man ihn mit der Nase draufstoßen würde. Trotzdem gehe ich unwillkürlich ein Stück auf ihn zu, bis ich sein Gesicht sehen kann. Er sieht gut aus, etwas kantig, aber das mag ich, vor allem die etwas zu große Nase.

»Ja, nimm den, der sieht nach leichter Beute aus«, drängt Maya, die gerade wieder an mir vorbeikommt. »Du hast nur noch …« Sie nimmt meinen Arm und hebt ihn an, um auf mein Tattoo zu sehen.

Ich entwinde ihr meine Hand. »Zwei Stunden und 35 Minuten. Ich weiß!«, zische ich. »Deswegen muss ich Nummer 132 finden, den ich schon die ganze Woche im Auge habe, und zwar bevor die Zeit abläuft.« Und bevor er seine Freundin das nächste Mal wirklich umbringt. »Der da, der interessiert mich nicht.«

Was für eine grandiose Lüge. Ich kann mich kaum von seinem Anblick losreißen. Ein zugegeben ziemlich heißer Anblick, soweit ich das hier im Halbdunkel und im Gegenlicht erkennen kann. Eindeutig sportlich, aber nicht zu muskulös, drahtig, aber mit breiten Schultern.

Aber das ist nicht der Grund, warum er mich anzieht. Da ist etwas an ihm, das ihn von den anderen unterscheidet. Als würde er gar nicht hierhergehören. Etwas, das mein Herz zum Rasen bringt.

In dem Moment sieht er zu mir herüber, und unsere Blicke treffen sich.

KAPITEL 2

Arden

Bässe dröhnen, die Menschenmasse auf der Tanzfläche schwappt im Takt hin und her. Die Musik hat einen guten Beat. Feiern kann man hier, auch wenn ich mir nicht gerade diese Verbindungsparty dafür ausgesucht hätte.

Nicht gerade dieses Haus.

»Hey, mach nicht so ein Gesicht, Arden.« Carson stößt seine Bierflasche gegen meine Colaflasche. »Nur Cola zu trinken, war deine Idee. Dabei würde ich dir heute großzügigerweise sogar mal ein Bier erlauben.«

Sein gönnerhafter Tonfall bringt mich zum Lachen. »Danke, oh Captain, mein Captain, deine Großzügigkeit kennt keine Grenzen.«

»Nicht wahr?« Er klopft sich auf die Schulter. »Bin ich der beste Teamcaptain, den du jemals hattest, oder was?«

Tatsächlich ist er das sogar wirklich. In den drei Monaten, die ich hier in Ivy Hall bin, habe ich ihn als Anführer des Fechtteams schätzen gelernt. Auch wenn seine Motivationsmethoden etwas merkwürdig sind. Oder vielleicht gerade deswegen. Aber natürlich lasse ich es mir nicht nehmen, ihn ein wenig aufzuziehen. Zweifelnd lege ich den Kopf zur Seite. »An meiner alten Uni war der Teamcaptain auch nicht übel.

Er hatte auch den Säbel als Waffe, genau wie du und ich.« Sich für den Säbel zu entscheiden, ist ein Statement, an dem wir einander erkennen.

Sofort tritt ein ehrgeiziges Glitzern in Carsons Augen, das eher in die Trainingshalle als auf die Party passt. »Wie heißt er? Damit ich Bescheid weiß, wenn ich das nächste Mal im Kampf auf ihn stoße. Ich suche immer nach würdigen Gegnern.«

Ich öffne den Mund, schließe ihn dann aber wieder. Wie hieß der Typ noch mal? »Sorry, fällt mir gerade nicht ein.«

Carson starrt mich kurz an, dann lacht er ungläubig, aber es schlägt schnell in ein wissendes Grinsen um. »Versteh schon. Wir alle haben in den Ferien zu hart gefeiert. Das mindert manchmal die Gedächtnisleistung. Ich allerdings sorge dafür, dass mein Team mich trotz Spring Break nicht so einfach vergisst.« Er hält mir sein Smartphone hin. Darauf sind er, Sergej und ein paar andere an einem Strand zu sehen. In üblicher Spring-Break-Manier, mit schreiend bunten Badeshorts und schwarzen Reflektorstreifen unter den Augen.

»Kommt mir bekannt vor«, sage ich. Stimmt sogar. Aber dass ich meistens nur Cola trinke, hat damit nichts zu tun. Ich mag es nicht, wie sich die Welt verbiegt, wenn man zu viel Alkohol intus hat. Ich habe lieber alle meine Sinne beisammen.

Carsons Augen weiten sich. »Sorry, Mann, ich hab total vergessen, dass du ja dieses Mal arbeiten musstest.« Er grinst gutmütig. »Aber kein Problem. Nächstes Jahr bist du dabei. Sofern du dir bei der internen Meisterschaft einen Platz verdienst. Schaffen könntest du es, immerhin hattest du das zweitbeste Ergebnis heute.« Das beste hatte natürlich er.

Ich lächle matt. »Das heute war nur zum Warmwerden. Bei der internen Meisterschaft mach ich dich fertig.«

Carson grinst zufrieden und klopft mir auf die Schulter. »Challenge accepted. Ich wusste, du bist richtig bei uns im Team.« Für ihn ist der

Wettkampf im eigenen Team wichtiger als der gegen andere Teams. Das ist seine Strategie als Teamcaptain, um uns zu Höchstleistungen anzufeuern. Keine Ahnung, ob es daran liegt, aber das Fechtteam von Ivy Hall ist eines der besten in den USA.

»Hey, Lust, gemeinsam was aufzureißen?« Er deutet auf zwei Mädchen, die mir vage bekannt vorkommen. Wahrscheinlich aus irgendeinem Kurs. Carson seufzt übertrieben. »Die Johnson-Zwillinge. So hot.«

Sie sehen zu uns herüber, und eine von ihnen hält meinen Blick fest. Ihr Lächeln wirkt nicht nur äußerst verführerisch, sondern auch sympathisch. Trotzdem schüttle ich den Kopf, ohne auch nur darüber nachzudenken.

Carson verdreht die Augen. »Wie du willst. Bleibt mehr für mich. Wünsch mir Glück. Sie haben den Ruf, ziemlich schwer zu erobern zu sein. Mal sehen, ob ich sie auch allein von mir überzeugen kann.« Er schiebt sich durch die tanzende Menge.

Sergej und Armando prosten mir Arm in Arm zu. Kurz bevor sie mich auf die Fläche drängen können, schrammt ein Mädchen mit zwei randvollen Gläsern in den Händen und einem Blumenkranz in den Haaren an mir vorbei. Sie schreit mir eine Entschuldigung ins Gesicht, drängt sich aber schon weiter, bevor ich antworten kann, und rempelt ein paar Meter weiter ein anderes Mädchen an, das erschrocken herumfährt.

Und zu mir hersieht.

Wahrscheinlich wollte sie dem Mädchen irgendetwas antworten, denn sie hat den Mund geöffnet, sagt aber nichts. Stattdessen starrt sie mich an, als hätte sie einen Geist gesehen.

Oder meine Haare.

Ihre Haare sind allerdings auch nicht gerade unauffällig. Wilde rote

Locken, die sie umgeben wie flüssiges Feuer, aus dem ihre Augen hervorblitzen wie Eiskristalle. Oder es ist nur das Stroboskoplicht. Wahrscheinlich Letzteres.

Unwillkürlich mache ich einen Schritt auf sie zu. Bist du verrückt? Was soll das? Sofort bleibe ich stehen. Es ist keine Option, sie anzusprechen.

Für sie gilt das wohl nicht, denn sie kommt auf mich zu. Dabei starrt sie mich immer noch an, als wäre ich von einem anderen Stern. Dann fällt ihr Blick auf meine Hände.

»Du trinkst Cola?«

Ich blinzle sie an. »Äh. Ja?« Gute Antwort, Arden. Nur weiter so, dann ist sie bestimmt auch schnell überzeugt, dass mit dir zu reden keine Option ist.

»Okay«, sagt sie.

»Okay«, antworte ich.

Es ist offiziell. Dieses Gespräch wird als der seltsamste Erstkontakt zwischen zwei Studenten auf einer Party in die Geschichte eingehen. Trotzdem oder gerade deswegen ist es das vielversprechendste Gespräch, das ich hatte, seit ich in Ivy Hall angekommen bin.

Ich werfe ihr ein Lächeln zu und halte ihr die Flasche hin. »Möchtest du?«

Sie sieht mich so perplex an, als hätte ich ihr keine Cola angeboten, sondern meinen Erstgeborenen. Mindestens. Oder als würde sie denken, dass ich ihr eine angefangene Cola hinhalte. »Ich hab noch nicht davon getrunken«, schiebe ich hinterher.

»Äh. Nein. Danke. Nein. Ich … muss weg.«

»Sicher.« Unwillkürlich muss ich grinsen. »Das würde ich nach diesem Gespräch wohl auch sagen.«

Sie starrt mich an, aber dann lächelt sie. Nur ganz kurz huscht es über ihr Gesicht, aber ich kann trotzdem den Blick nicht davon abwenden.

»So schlimm war es gar nicht«, sagt sie.

Jetzt bin ich es, der lachen muss. Wieder lächelt sie dieses Lächeln, das mich vollkommen gefangen nimmt. Einen Moment lang habe ich den Eindruck, dass sie noch etwas sagen will, aber dann dreht sie sich um und geht.

Ich sehe ihr nach, während sie sich durch die Menge schlängelt, und in mir macht sich das dumme Gefühl breit, dass ich sie nicht so schnell vergessen werde, wie ich es eigentlich sollte.

»Respekt.«

Ich fahre herum. Carson tritt neben mich und starrt dem Mädchen nach. »Ich glaube, du bist der einzige Typ, der es schafft, auf einer Verbindungsparty eine Frau aufzureißen, indem er Cola trinkt.« In seiner Stimme schwingt ein Lachen mit. »Das macht mich wirklich stolz, dein Teamcaptain zu sein.«

Ich verziehe das Gesicht. »Ich enttäusche dich ja nicht gerne, aber ich glaube, das war am Ende doch eine Abfuhr.« Oder?

Noch einmal sehe ich dem Mädchen nach. Irgendwie hoffe ich wohl, dass sie es sich anders überlegt und noch mal zurückkommt, damit wir dieses seltsam unterhaltsame Gespräch fortsetzen können und ich eine weitere Chance habe, sie zum Lächeln zu bringen. Aber sie ist längst zwischen den anderen Feiernden verschwunden.

KAPITEL 3

Erin

Na toll. Jetzt habe ich durch diesen Typen noch mehr Zeit verloren.

Ich widerstehe dem Drang, mich noch einmal nach ihm umzusehen. Er ist nicht wichtig.

Es ist Nummer 132, den ich jetzt endlich finden muss. Wo steckt er nur?

Die Mädchen, die ich vorhin in der Marmorhalle gesehen habe, fallen mir ein. Sie scheinen hierherzugehören. Ich überlege kurz, ob ich sie nach einem großen, breit gebauten Typen fragen soll. Aber da sehe ich, wie Maya sich gerade auf die beiden stürzt und »Georgina?« ruft. Sie packt das eine der beiden Mädchen, das vorhin so fehl am Platz wirkte, an den Schultern.

»Was geht denn hier ab?« Kali ist neben mir aufgetaucht. Sie starrt Maya und das Mädchen mit offenem Mund an. »Seit wann wildert sie in meinem Revier?«

»Äh«, murmle ich. »Keine Ahnung.« Ich kann mir jetzt wirklich nicht den Kopf darüber zerbrechen, ob Maya es plötzlich auch auf die weiblichen Übeltäter abgesehen hat, um die sich eigentlich Kali kümmert, und eigentlich ist es auch völlig egal. Hier auf St. Ives Island gibt es durch die riesige Uni genug Nachschub für uns alle.

Kali scheint sich etwas Ähnliches zu denken, denn sie zuckt mit den Schultern und dreht sich zu mir.

»Suchst du immer noch nach dem Typen? Nummer ... Der wievielte ist es?«

Ich nicke düster. »Nummer 132.« 131 Kerle habe ich geküsst, seit ich mit sechzehn Jahren zur Rachegöttin geworden bin, und heute kommt Nummer 132 dazu.

Kali verzieht das Gesicht. »Immer dieser Buchhalterslang. Warum nennst du die Dinge nicht beim Namen?«

Ich will etwas sagen, aber sie redet schon weiter.

»Arschloch 132. Das trifft es doch eher.«

Ich muss grinsen.

»Da.« Sie legt den Kopf schief. »Das ist besser. So kriegst du den Kerl vielleicht auch rum, wenn du ihn findest. Aber mal im Ernst. Warum muss es denn ausgerechnet der sein? Ich weiß, du willst nur echte Mistkerle küssen, und ich finde deine Prinzipien auch total niedlich, ehrlich. Aber nimm doch einfach irgendeinen, bevor du noch zu spät dran bist. Irgendwie sind sie doch alle Mistkerle. Ganz tief drinnen. Sagst du jedenfalls immer, wenn ich mich richtig erinnere, oder?«

Das stimmt so nicht ganz, aber bevor ich sie korrigieren kann, macht sie ein versonnenes Gesicht und ahmt meine Stimme nach. »Jeder Mann hat ein Skelett im Schrank, man muss nur tief genug graben.«

»Wow«, erwidere ich, nur halb in der Lage, es sarkastisch klingen zu lassen, weil ich eigentlich lachen will. »Wenn ich mal ein Stimmdouble brauche, nehme ich dich. Nur der Kaugummi muss dann weg.«

Kali starrt mich übertrieben entsetzt an. »Was? Nein. Dann kommen wir nicht ins Geschäft.«

»Eigentlich will ich mit Nummer 132 ins Geschäft kommen. Wenn ich ihn endlich mal finden würde.«

Sie seufzt und pustet sich ihre Ponyhaare aus der Stirn. »Also gut, wenn du so nett fragst, helfe ich dir eben.«

Wir trennen uns, und ich suche jede Ecke des Verbindungshauses nach ihm ab. Damon hat mir versichert, dass er heute hier sein wollte, hat mir sogar noch geschrieben, dass er ihn am Eingang gesehen hat. Aber er ist nicht da. Immer wieder werfe ich einen Blick auf mein Handgelenk. Zwei Stunden 20 Minuten. Zwei Stunden fünf Minuten. Wo steckt er nur? Bei einer Stunde 45 Minuten gebe ich mir einen Ruck und schleiche mich ins obere Stockwerk, wo die Zimmer sind. Ich störe nur ungern die Privatsphäre der Mädchen, die hier wohnen, aber vielleicht hat er ja eine von ihnen »überzeugt«, mit ihm auf ihr Zimmer zu gehen. Dummerweise dauert es ewig, die Zimmer zu durchsuchen, und ich finde dort nur ein paar Pärchen, die einvernehmlich die Privatsphäre der Vestalinnen stören. Mist. Und die Sucherei hat mich auch noch verdammt viel Zeit gekostet. Nur noch 53 Minuten. Was mache ich, wenn ich ihn nicht mehr finde? Ich rase wieder nach unten, Kali direkt in die Arme.

»Immer noch nicht fündig geworden?«

Ich schüttle verzweifelt den Kopf.

Sie deutet hinter sich in eine dunkle Ecke. »Was ist mit dem? Den hab ich gerade eben entdeckt.«

Ich folge ihrem Blick. Mein Herz macht einen Satz. Tatsächlich, das ist er! »Hey! Du hast ihn gefunden!« Erleichtert lasse ich Kali stehen.

»Toll. Das ist also der Dank«, höre ich sie noch murmeln, aber ich merke ihr an, dass auch sie erleichtert ist. Keine von uns wünscht der anderen, die Quote erst in letzter Minute zu erfüllen oder die Deadline gar zu verpassen. Allein schon beim Gedanken überläuft mich ein Schauer.

Während ich auf die dunkle Ecke zugehe, richte ich mich gerade auf und zwinge mir ein Lächeln ins Gesicht. Kali hat recht. Damit habe ich mehr Chancen auf Erfolg. Wut funktioniert nicht so gut bei den Kerlen. Jedenfalls bei den meisten nicht.

Ich bleibe stehen, checke noch mal, dass er es wirklich ist. Sogar die Bilder rufe ich noch mal auf, die Damon mir per WhatsApp geschickt hat, und er hat einen wirklich guten Job gemacht. Sie zeigen eindeutig, wie der Mistkerl seine Freundin krankenhausreif schlägt. Wäre ich dabei gewesen, hätte ich wahrscheinlich nicht einfach zugesehen und Fotos gemacht. Aber Damon greift uns nur unter die Arme, die Drecksarbeit überlässt er uns.

Ruhig Blut, Erin, ruhig Blut. Immerhin ist das Damons Job. Ohne ihn könntest du deine Quote niemals erfüllen.

Ich atme tief durch, setze ein verführerisches Lächeln auf und schlendere wie zufällig an der dunklen Ecke vorbei, in der Nummer 132 sitzt.

Er ist einer von diesen typischen Frat Boys, gut aussehend, groß, breite Schultern, die blonden Haare hochgegelt. Auf seinem Shirt über den braunen Shorts prangt in Grün das Logo der Uni. Er sieht aus wie der perfekte Gentleman, der Traum jeder Schwiegermutter und Objekt der Begierde der Hälfte der Vestalinnen. Aber mich täuscht er nicht. Ich kann aus zehn Kilometern Entfernung riechen, dass er nicht in der Lage ist, eine Frau glücklich zu machen. Muss so ein Rachegöttinnending sein. Oder einfach Erfahrung.

Ich weiß, dass nicht alle Typen Arschlöcher sind. Aber ich bin seit Jahren keinem mehr begegnet, dessen Freundlichkeit nicht nur eine nette Fassade war. Unwillkürlich sehe ich mich nach dem Typen von gerade eben um.

Verdammt, Erin, was tust du da?

Ich konzentriere mich wieder auf das miese Schwein vor mir.

Lass das. Beschimpf ihn nicht. Sonst widert er dich so sehr an, dass du ihn nicht küssen kannst, und dann verpasst du die Deadline doch noch.

Ich atme tief durch. Darren Bradford. Nummer 132. Also los.

Ich schleiche mich ein Stückchen näher. Hoffentlich hat er nicht schon ein Mädchen aufgerissen. Er ist ziemlich gut darin, wenn man seiner Freundin glauben darf. Natürlich war es ein schreckliches Verbrechen, dass sie ihn gefragt hat, warum er fremdgeht. Da musste er sie ja schlagen. Und es war nicht das erste Mal. Meine Hände ballen sich zu Fäusten. Meine Haare knistern. Ist wohl auch so ein Rachegöttinnending, dass sie ein Eigenleben entwickeln, wenn ich verdammt wütend bin. So wie jetzt. Mist. Warum ist es gerade heute so schwierig, ruhig zu bleiben? Gerade heute, wenn ich der Menschheit mal wirklich einen Dienst erweisen kann, indem ich den Kerl aus dem Verkehr ziehe.

Mein Handgelenk pulsiert schmerzhaft. Ich muss das Ziffernblatt nicht ansehen, um zu wissen, dass es dunkelrot angelaufen ist. Die Warnung, dass ich nur noch 45 Minuten habe.

Ich mache einen Satz auf Nummer 132 zu. Er schaut hoch.

»Hey«, säusle ich.

Er kneift die Augen zusammen, und sein Blick gleitet an mir auf und ab. An den ganzen 1,65 Metern. Dabei lässt er sich ziemlich Zeit.

Komm schon, ich weiß, dass du auf kleine Frauen stehst, weil du denkst, dass die sich nicht wehren können.

Aber er macht nach wie vor keine Anstalten, auf meine offensichtliche Kontaktaufnahme einzugehen.

»Ich fühle mich heute so einsam«, sage ich mit heller Stimme, die mich innerlich selbst die Augen verdrehen lässt.

Aber der Kerl setzt sich etwas auf. Er wirkt angetan. »Ach ja?« Er schnalzt mit der Zunge und lächelt. »Warum tut denn keiner was dagegen, bei so einer Süßen wie dir?«

In mir krampft sich alles zusammen. Widerlicher Schleimbeutel. Ich muss schon fast würgen, wenn ich auch nur dran denke, seine Lippen auf meinen zu spüren. Aber es hilft nichts.

»Weiß ich auch nicht.« Ich klimpere mit den Augen und drehe mich verlegen hin und her. Habe ich lange einstudieren müssen, diese dämlichen Moves. Scheinbar beherrsche ich sie perfekt, denn Nummer 132 klopft auf seinen Schoß.

Uäh.

»Oh, ich … ich hätte gern etwas frische Luft. Hier drin ist es so stickig.« Ich schlage unschuldig und zugleich lüstern die Augen auf. Maya sagt, dieser Blick sei meine absolute Spezialität. Ich finde eher meinen Roundhouse-Kick ziemlich gut, aber den kann ich hier leider nicht anbringen. Nicht, wenn ich die Deadline schaffen will.

Der Typ steht auf und sabbert sich dabei schon halb voll. Igitt.

Ich drehe mich um, froh, ihn wenigstens kurzfristig nicht sehen zu müssen, und gehe mit wackelndem Hintern zur Terrassentür. Meiner Recherche nach muss sich im Garten der Vestalinnen in einer Hecke ein verstecktes Plätzchen finden lassen. Eines, das hoffentlich nicht schon von anderen besetzt ist. Letztes Mal bin ich mit meinem Opfer aus Versehen an einem Romantic Hot Spot gelandet, wo die halbe Uni versammelt war. Da die Zeit mir wieder mal davongelaufen war, musste ich Nummer 131 dort küssen.

Damon war nicht begeistert.

Ich schiebe mich durch die feiernde Studentenmenge auf die Tür zu, dränge mich nach draußen, sehe mich um, ob 132 mir auch folgt. Er tut es. Einen winzigen Moment gönne ich es mir, die frische Luft hier draußen einzuatmen. Viel davon. Hilft vielleicht gegen die Abscheu, jemanden zu küssen, der Frauen für sein Eigentum hält. Hände packen mich um die Taille, und der Typ wirft mich gegen die Mauer. Wahrscheinlich hält er das für sexy. Aber warum auch nicht? Auf Schleudertrauma und dergleichen scheint er ja zu stehen.

Dummerweise ist hier kein guter Ort dafür. Zu viel Publikum. Ich habe keinen Bock, dass morgen merkwürdige Fotos auf den Blogs und auf Instagram auftauchen. Und Damon wird sich auch freuen, wenn ich seine spärliche Freizeit nicht damit verschwende, meine Spuren verwischen zu müssen.

Ich drücke den Kerl ein Stück von mir weg. »Nicht hier«, sage ich, scheinbar verschüchtert, was 132 zu gefallen scheint. Schnell werfe ich einen Blick durch den Garten und entdecke die Hecke, von der ich gelesen habe. In einem geheimen Forum der Vestalinnen, in das ich mich eingehackt habe. War gar nicht so leicht, zwischen all den Posts über Lyras Liebschaften, ihren tragischen Unfall und ihr anhaltendes Koma die richtigen Infos zu finden.

Ich ziehe den Kerl zur Hecke. Zunächst ist nichts zu sehen, aber dann öffnet sich zwischen den Büschen ein Spalt. Ich schlüpfe hindurch und ziehe 132 mit hinein. Drinnen angekommen, drehe ich mich zu ihm um und sehe ihn voll Vorfreude an. Hoffe ich jedenfalls.

Komm schon. Tu es.

Seine Augen glitzern begehrlich, und er stürzt sich auf mich. Leider auf meine Haare, die er gegen seine Nase drückt und genüsslich den Geruch einsaugt. Ich rolle mit den Augen. Was ist aus dem guten alten Kuss geworden? Ungeduldig schiebe ich Nummer 132 weg, wobei ich mich sehr zurückhalten muss, ihn nicht einfach gegen die gegenüberliegende Hecke zu pfeffern.

Mein Handgelenk pocht. Nur noch 38 Minuten. Und mit dem Kuss ist es nicht getan. Ich muss Hades das Ergebnis meiner Arbeit ja auch noch bringen.

Ich konzentriere mich wieder auf 132. Sein Gesicht nähert sich meinem. Sein Bieratem schlägt mir ins Gesicht. Wie ich das hasse. Kurz bevor unsere Lippen sich berühren, sehe ich diesen Ausdruck in seinen Augen. Die Gier. Den Hunger, der mir sagt, dass ich für ihn nichts bin als ein Objekt seiner Gelüste.

Nichts. Ich bin nichts. Ich bin niemand.

Ich atme tief durch, atme dieses dämliche Gefühl von Unzulänglichkeit weg, das in mir aufsteigen will. Das hilft mir jetzt nicht. Ich brauche Wut! Ich sammle sie in mir und konzentriere mich darauf, nicht mehr Erin zu sein.

Ja, ich bin nichts und niemand!

Ich bin nicht Erin. Und es ist nicht Erin, deren Taille du mit deinen Händen betatschst. Es ist nicht Erin, die deinen Bieratem abkriegt. Es ist die Rachegöttin in mir. Ihr Herz ist kalt. Sie kennt keinen Ekel. Keine Tränen. Sie kennt nur die Wut. Und du, du wirst diese Wut jetzt auch kennenlernen!

Na gut, ein bisschen pathetisch. Aber es hilft, mich in die richtige Stimmung zu bringen. Ich packe ihn am Kragen und küsse ihn. Seine Lippen berühren meine.

Wieder ein Kuss, der nicht nach Liebe, sondern nach Rache schmeckt. Der nicht Nähe bedeutet, sondern unendliche Einsamkeit.

Der Typ stöhnt leise auf.

Ich spüre einen Anflug von Panik. Wie immer. Dieser Bruchteil einer Sekunde, in dem mir klar wird, dass ich keinerlei Kontrolle mehr habe und dem Kuss genauso hilflos ausgeliefert bin wie er. Eine einzige Berührung meiner Lippen reicht aus, um meine Aufgabe zu erfüllen, und dann nimmt alles seinen Lauf.

Zum Glück geht es schnell.

Ich stoße ihn weg und mit ihm das dumpfe Ziehen in meiner Brust.

Nummer 132 stolpert zurück, seine Augen sind glasig. Aber etwas bleibt an meinen Lippen hängen. Ein schillernder Faden, der bald zu einem Strom wird, der vor seinen entsetzten Augen breiter wird, immer schneller auf mich zuströmt und schließlich abreißt.

Selbst wenn ich wollte, ich könnte es nicht stoppen.

Aber ich will auch gar nicht. Ich denke an die Freundin dieses Mistkerls, an meinen Vertrag und an … Mein Herz schlägt schneller.

»Wasnlos?«, ächzt der Typ. Dann fällt sein Blick auf das bläuliche Schillern zwischen uns. Er reißt die Augen auf. »Fuck. Nie wieder Bier.« Dann fällt er der Länge nach hintüber. Ein netter Nebeneffekt der Partys, auf denen wir jagen. Und so ziemlich das einzig Gute an Alkohol. Er macht es uns leicht, das, was nach dem Kuss passiert, als Auswirkung des Rauschs zu verkaufen.

Ich starre auf 132 hinunter. Darren. Ohne es zu wollen, springt mir sein Name in den Kopf. Ich schiebe ihn fort. Er ist nicht Darren für mich, sondern der 132. Kerl, der von mir bekommen hat, was er verdient. Ich kann nicht leugnen, dass das trotz allem eine gewisse Genugtuung mit sich bringt. Manchmal fühlt es sich sogar ein wenig an wie ein Rausch, wenn die Wut nachlässt und ich an das Mädchen denke, das nun nie wieder von ihm grün und blau geschlagen werden wird.

Als mein Handgelenk warnend pulsiert, hole ich schnell das kleine Glasröhrchen aus der Jeans, ziehe den Stopfen und fange die schillernden Schlieren darin ein. Kurz bleibt mein Blick daran hängen, wie sie in dem Glas hin und her wabern. Wie hübsch die Seele doch ist.

Ich sehe auf ihren ehemaligen Besitzer hinunter.

Nummer 132 wird sein Leben weiterleben, ohne eine Gefahr für andere zu sein. Er wird nicht mehr hassen, nicht mehr wüten, niemanden mehr verletzen, weil er es ohne seine Seele nicht mehr wollen wird. Na gut, er wird auch nicht mehr er selbst sein, sondern nur noch eine Art menschlicher Roboter, der sein Leben abspult, so gut es eben geht.

Ich verdränge das miese Gefühl, das dieser Gedanke in mir weckt. Er selbst zu sein, hat mehrere Menschen in große Gefahr gebracht und seinen Freundinnen das Leben zur Hölle gemacht. Damit ist jetzt Schluss, und das ist gut so.

»Das wird knapp.«

Ich zucke zusammen. Neben Nummer 132 steht Damon, das Gesicht zu einem matten Lächeln verzogen. Die braunen Haare fallen ihm in die Stirn, sodass ich seine Augen kaum erkennen kann, und irgendwo in der Nähe ist sicher auch seine Ratte. Eins muss man ihm lassen, seine Termine hält er immer brav ein, und auch ohne Termin spürt er es sofort, wenn eine Göttin seine Hilfe braucht. Wie er es allerdings macht, dann immer aus dem Nichts aufzutauchen, hat er mir leider noch nicht verraten. Schade, wäre eine ziemlich nützliche Fähigkeit.

»Gute Arbeit«, sagt er. »Aber das habe ich von dir auch nicht anders erwartet.«

Ich verdrehe die Augen. Schleimer. Letzte Woche beim Romantic Hot Spot klang das noch ganz anders. »Walte deines Amtes, okay? Ich muss schnell das Zeug wegbringen, wie du ja schon bemerkt hast.« Ich halte die Phiole mit dem bläulichen Schimmern darin in die Höhe.

»Kein Problem, ich räume alles auf.« Er zwinkert mir zu und deutet auf die Phiole. »Bist du sicher, dass ich die nicht nehmen soll? Wenn du sie mir gibst, hört der Countdown sofort auf. Genau so, als hättest du sie Hades persönlich gebracht.«

Unwillkürlich schließe ich die Hand um die Phiole und drücke sie eng an meine Brust. Ich gebe sie immer selbst ab, und nichts könnte mich daran hindern.

Er kommt langsam und mit ausgestreckter Hand auf mich zu, als wäre ich ein verschrecktes Tier. »Die anderen vertrauen mir die Phiolen auch an. Mach es dir nicht so schwer. Dafür bin ich doch da, Erin. Um dir zu helfen.«

Ich kneife die Augen zusammen. »Komm nicht näher, wenn du nicht mein nächstes Opfer werden willst!« Keine Ahnung, ob mein Kuss bei ihm Wirkung zeigen würde, aber er versteht hoffentlich, was ich meine.

Damon bleibt stehen, seine Augen glitzern. »Vielleicht will ich das ja. Ich habe sowieso gerade keine Freundin.« Er neigt sich etwas zu mir und wackelt mit einer Augenbraue. »Willst du den Job nicht übernehmen?«

»Na sicher.«

»Wirklich?«

»Aber klar doch. Wenn die Hölle zufriert. Oder Persephone für immer in der Unterwelt bleibt.«

Damon lacht.

Wieder pulsiert mein Handgelenk. 33 Minuten.

Ich lasse Damon einfach stehen und laufe zurück ins Verbindungshaus. An der Terrassentür sehe ich mich noch mal um. Damon ist gerade dabei, Nummer 132 aus der Hecke zu helfen. Der Typ ist aufgewacht, aber er wirkt desorientiert und benebelt.

Mit Damons Unterstützung läuft er durch die Menge der Feiernden, und um ihn herum bildet sich ein Loch, als würden sie vor ihm zurückweichen. Menschen spüren es, wenn jemand keine Seele mehr hat. Sie fühlen sich davon abgestoßen, weichen instinktiv davor zurück. Familie, Freunde, alle Menschen werden sich in Zukunft von Nummer 132 fernhalten. Viele unserer Opfer verlassen die Uni, aber alle sind froh darum, und niemand wundert sich darüber. Und Damon kümmert sich darum, dass nicht auffällt, wie viele es sind.

Damon klopft Nummer 132 auf die Schulter und schiebt ihn dann langsam auf das Haus zu. Ich gehe hinein. Stickige Dunkelheit umfängt mich. Seufzend schiebe ich mich durch die im Takt über die Tanzfläche wabernde Menschenmenge. Bis ich aus dem Augenwinkel etwas sehe. Abrupt bleibe ich stehen und lasse ein paar kostbare Sekunden verstreichen. Nicht weit von mir steht der Typ von vorhin, der mit dem Heiligenschein und der Cola. Er sieht sich nach allen Seiten um, als würde er jemanden suchen.

Mich.

Shit. Was denke ich da für Blödsinn? Warum sollte ich wollen, dass er an mich denkt? Nur weil er kein Bier trinkt, sondern Cola? Das kann schließlich eine einmalige Sache gewesen sein. Ich will weitergehen, aber genau wie vorhin bleibe ich stehen und starre ihn an. Er erinnert mich an das, was ich früher geantwortet habe, wenn mich jemand gefragt hat, wie ich mir meinen Freund vorstelle.

Es sollte jemand sein, mit dem ich einfach so barfuß über den Strand laufen kann. Und wenn es dunkel wird, möchte ich mit ihm am Meer unter den Sternen liegen und reden, bis wir beide heiser sind und bis ich vergesse, dass die Welt um uns herum überhaupt existiert. Es sollte jemand sein, dem ich wirklich und wahrhaftig vertrauen kann.

Mein Herz pocht schmerzhaft in meiner Brust, und es schnürt mir die Kehle zu.

Nein. Hör auf, dir so was zu wünschen. Das war vorher.

Bevor mein Dad gestorben ist und als ich noch geglaubt habe, dass es viele Männer gibt wie ihn. Männer, die liebevoll sind und deren Lachen so echt ist wie die Gefühle in ihren Augen. Schon lange weiß ich es besser. Spätestens in jener einen grausamen Nacht habe ich verstanden, dass Freundlichkeit meist nichts weiter ist als ein Ablenkungsmanöver, damit man nicht hinter die Fassade schaut. Aber genau das tue ich, Woche für Woche, seit ich Rachegöttin bin. Nicht immer findet sich dahinter ein Mann, der meinen Kuss verdient, aber immer einer, der lügt, betrügt oder Frauen wie Dreck behandelt.

Auch bei einem, der so unglaublich sympathisch aussieht wie er.

Hastig drehe ich mich um und laufe davon.

KAPITEL 4

Arden

Ich streife durch das Verbindungshaus der Vestalinnen. Dabei sehe ich mich immer wieder nach ihr um, bis ich mich dabei ertappe und es mir verbiete. Ich sollte lieber nach Carson und den anderen suchen. Halbherzig nach ihm Ausschau haltend, setze ich meinen Weg fort. Vielleicht wäre es auch ein guter Zeitpunkt, um von hier zu verschwinden. Es ist noch nicht so spät, ich könnte es sogar noch für eine Stunde in die Bibliothek schaffen.

Ich muss über mich selbst lachen. Wenn Carson wüsste, dass ich ernsthaft darüber nachdenke, jetzt noch zu lernen, wäre er vielleicht nicht mehr so stolz. Obwohl ich ihm durchaus zutrauen würde, dass er ein Auge darauf hat, dass alle in seinem Team ihre Noten in Ordnung halten. Irgendwie traue ich ihm fast alles zu.

Dass ich ihn später mit den beiden Zwillingen sehe, gibt mir recht. Er hat mich und meine Cola jedenfalls nicht gebraucht, um sie alle beide von sich zu überzeugen.

Aber dann runzle ich die Stirn, als beide anfangen, aufgeregt auf ihn einzureden. Ich schlendere zu ihnen hinüber, für den Fall, dass er etwas Beistand braucht.

»Wir müssen was tun, Carson, jetzt, bevor was passiert. Er sollte gar nicht hier sein. Er ist ein richtiger Mistkerl«, sagt eines der beiden Mädchen gerade. Ihre Wangen sind rot und ihre Augen blitzen.

Carson sieht sie verständnislos an. »Wer?«

»Darren Bradford. Schaut aus, als könnte er kein Wässerchen trüben, behandelt seine Freundinnen aber wie Dreck. Und alle anderen auch. Ich dachte, der wäre nach dem letzten Vorfall rausgeflogen. Aber er ist immer noch hier. Ich habe ihn gerade gesehen.« Hektisch sieht sie sich um und schüttelt sich dabei ein bisschen.

Ihre Schwester nickt angewidert.

Carson blickt sie zweifelnd an. »Wird schon nicht gleich was passieren. Sind ja auch viele Leute hier. Er wird sicher nicht vor allen gewalttätig werden.«

»Nein, du verstehst nicht«, sagt das eine Mädchen. »Er hat schon mal versucht, uns was ins Glas zu tun. Drogen. Damit wir uns nicht wehren.«

Etwas in meiner Brust zieht sich zusammen, und in mir sammelt sich Wut. Langsam nähere ich mich und nicke den Mädchen und Carson zu. »Das klingt wirklich übel.«

Das Mädchen mustert mich. »Wir waren nicht die Ersten, bei denen er das versucht hat. Zuletzt hat er ein Mädchen sogar verfolgt, bis er mit ihr allein war, und sie belästigt. Zum Glück konnte er noch rechtzeitig gestoppt werden. Danach wurde er eigentlich rausgeworfen.«

»Vielleicht ist er gar nicht mehr eingeschrieben, sondern kommt nur noch zu den Partys«, sagt das andere Mädchen grimmig. »So oder so, wir müssen etwas tun.«

Ich stimme ihr zu. »Vielleicht können wir dafür sorgen, dass er vom Campus entfernt wird.«

Sie nickt. »Wir sollten die Türsteher warnen, damit sie ihn nicht noch

42

mal reinlassen.« Sie holt ihr Handy raus, tippt kurz auf dem Display herum und zeigt uns dann per Google-Suche ein Bild von ihm.

»Aber vor allem müssen wir ihn und das Mädchen erst mal finden, bevor er ihr noch was antut.«

Alarmiert sehe ich sie an. »Das ... Mädchen?« Ohne zu wissen, warum, ahne ich, was sie sagen wird.

»Ja. Ein Mädchen mit langen feuerroten Locken. Deutlich kleiner als er.«

Ich balle die Fäuste. »Wann habt ihr sie mit ihm gesehen und wo?«

»Gerade eben noch. Dort drüben.« Sie deutet auf eine dunkle Ecke. Ich haste schon los, höre nur noch ein paar Wortfetzen von Carson, der ihnen bei der Suche helfen will. Als ich bei der Ecke ankomme, sind sie natürlich nicht mehr dort. Ich dränge mich weiter durch die Menge bis zum Ausgang und am Türsteher vorbei, aber er hat das rothaarige Mädchen nicht rauskommen sehen. Ich schaue mich nach allen Seiten um. Ein Mensch kann doch nicht einfach so verschwinden! Wenn sie vorn nicht rausgekommen sind, müssen sie im Garten sein. Mit großen Schritten bahne ich mir einen Weg zurück durch die Menge und trete durch die Terrassentür. Im Garten ist viel los, aber ich sehe auf den ersten Blick, dass sie nicht hier ist.

»Arden?«

Es ist Carson, der mich von drinnen fragend ansieht. Ich schüttle den Kopf. Er auch. Er bedeutet mir mit einer Handbewegung, dass er drinnen weitersuchen will. Ich nicke. Mein Blick fällt auf eine Hecke ganz am Ende des Gartens. Dort ist nicht viel los. Ein guter Ort, um jemanden zu verschleppen. Ich gehe darauf zu. Ich sehe weder das Mädchen noch diesen Darren, aber dafür einen Typen, ungefähr in meinem Alter. Er kniet vor der Hecke. Irgendetwas ist seltsam an ihm, aber es dauert eine Weile, bis mir auffällt, dass er mit jemandem redet. Bloß ist da niemand.

Nein, das stimmt nicht ganz.

Zu seinen Füßen, fast komplett von ihm verdeckt, sitzt eine fette Ratte.

Ich räuspere mich.

Er sieht zu mir auf. »Willst du irgendwas?«, fragt er, als wäre es völlig normal, was er da macht.

Ich schüttle den Kopf. »Hast du ein Mädchen mit roten Haaren gesehen?«

Er verengt die Augen und steht auf. »Was willst du von ihr?«, fragt er, als hätte er mit einem Mal entschieden, dass Lügen zwecklos ist. »Ein Date?«

Ich würde ihm die Sache erklären, aber ich will nicht noch mehr kostbare Zeit verschwenden. »Klar«, antworte ich. »Sagst du mir jetzt, wohin sie gegangen ist?«

Ein Lächeln breitet sich langsam auf seinem Gesicht aus. »Wenn du mir versprichst, dass du sie nach einem Date fragst. Und am besten auch nach einem Kuss.« Er zwinkert mir vielsagend zu. Dann deutet er wieder nach drinnen. »Sie sind vorn raus.«

Ich fluche innerlich. Dann müssen sie mir gerade durchgerutscht sein, als ich wieder drinnen war. Ich renne sofort los, aber nach ein paar Schritten drehe ich mich noch mal nach dem Typen um. Er sieht mir mit glühenden Augen nach.

Die Ratte auch.

Nein, das muss Einbildung sein.

Egal jetzt. Das Mädchen. Sie braucht dich vielleicht. Ich lege einen Zahn zu, haste auf der anderen Seite aus dem Verbindungshaus und laufe den Weg entlang, zwischen den Studenten hindurch, die von der

Party kommen oder gerade hingehen. Gehetzt sehe ich mich nach dem Mädchen um. Und tatsächlich – nur ein paar Meter vor mir sehe ich wilde rote Locken. Das ist sie! Diesen Darren sehe ich nicht.

Erleichtert bleibe ich stehen. Okay. Sie ist ihn wohl rechtzeitig losgeworden. Ich will mich gerade umdrehen und zurück zur Party gehen, als ich aus dem Augenwinkel sehe, wie sie sich gehetzt umsieht. Dann rennt sie plötzlich los. Fast, als wäre der Teufel hinter ihr her.

Oder dieser Darren.

Im selben Moment sehe ich auf der anderen Seite des Weges ein Stück vor mir jemanden laufen. Könnte dieser Darren sein. Verfolgt der sie etwa doch? Na warte! Ohne lange nachzudenken, laufe ich ebenfalls los. An der nächsten Ecke habe ich sie sicher eingeholt und kann sie fragen, ob alles in Ordnung ist. Und dann ist die Sache erledigt.

An der übernächsten Ecke stelle ich mein Training infrage. Wahnsinn, ist die schnell! Flink außerdem, so wie sie sich zwischen den vielen Menschen hindurchschlängelt, die jetzt immer mehr werden. Und ziemlich seltsame Kostüme tragen. Aber ich habe keine Zeit, mir darüber Gedanken zu machen. Ich muss dem Mädchen folgen. Wir schlängeln uns zwischen den Menschen hindurch, vorbei am großen Wegweiser.

Dann sind wir plötzlich allein.

Ich bleibe stehen. Nein. Ich bin allein. Wo ist sie hin? Und der Typ, der sie verfolgt hat? Ich schaue hinter mich. In einiger Entfernung sehe ich den großen Wegweiser. Wir sind dort wohl in einen Weg eingebogen, der vom Hauptweg abzweigt. Ich schaue zum Hauptweg hinüber. Dort sehe ich jemanden laufen. Jemanden, der sein Abendtraining absolviert. Jemanden, den ich wohl fälschlicherweise für Darren gehalten habe. Ich sollte umkehren. Sieht so aus, als hätte ich mich geirrt. Aber wenn er sie nicht verfolgt hat, warum ist sie dann so schnell gerannt – und vor allem mit so einer Panik im Gesicht?

Ich sehe mich um. Hohes Gras. Vor mir nur noch Dunkelheit, in einiger Entfernung dahinter, sicher nicht mehr in Hörweite, die Uni. Der Weg vor mir ist nur in unregelmäßigen Abständen beleuchtet. Nicht gerade eine vertrauenerweckende Gegend. Ich erinnere mich an die Worte des Mädchens, dass dieser Darren schon mal jemanden verfolgt hat, bis er mit ihr allein war.

Entschlossen laufe ich noch ein paar Schritte hinein in die Dunkelheit.

»Was soll das?« Eine Stimme hinter mir. Eine verdammt wütende Stimme.

Ich fahre herum.

Das Mädchen mit den roten Locken steht vor mir, im spärlichen Lichtkegel einer Laterne. Ich sollte erleichtert sein, dass es ihr gut geht. Aber ich kann nicht anders, als zu denken, wie verdammt sexy sie aussieht, wenn sie die Hände so in die Seiten stützt und die Wut aus ihren Augen blitzt.

Zur Hölle, Arden, reiß dich zusammen.

»Komm ins Licht«, sagt sie mit fester Stimme.

Ich gehorche und mache ein paar Schritte nach vorn, bis sie mich sehen kann.

Ihre Augen weiten sich. »Du bist doch der von der Party!«

Das klingt nicht gerade begeistert. Also war das vorhin wohl doch eine Abfuhr.

»Sorry.« Ich hebe beschwichtigend die Hände. »Ich wollte dich nicht erschrecken. Es ist nur … angeblich laufen hier auf dem Campus manchmal merkwürdige Typen rum.«

Sie sieht mich vielsagend an. »Das kann ich bestätigen.«

Ich muss grinsen. »Ich wollte nur sichergehen, dass dir niemand folgt.«

Sie schnaubt belustigt. »Du meinst, niemand außer dir?«

Ein Lachen steigt in mir auf. »Ich meinte, merkwürdige Typen, die dir … an die Wäsche wollen.«

Ihre Mundwinkel zucken. »Ich auch.«

»Nein, ich …« Shit. Ich sehe ihr schon an, dass sie mir auch den nächsten Satz im Mund umdrehen wird. Trotzdem kann ich nicht anders. »Ich meinte, wenn du willst, begleite ich dich ein Stück.«

»Das dachte ich mir schon fast.« Ihre Augen blitzen amüsiert, keine Spur mehr von Zorn.

Ich öffne den Mund.

»Ja?« Sie legt den Kopf schief. »Komm schon. Rede dich nur weiter um Kopf und Kragen.«

Ein Lachen entkommt mir.

Ihr auch. »Sorry, das hat einfach zu viel Spaß gemacht.«

»Jap«, antworte ich sofort. »Ich heiße übrigens Arden.«

»Erin«, antwortet sie.

Unsere Blicke treffen sich. Ihr Lächeln verschwindet. Sie wird schlagartig ernst. »Ich komme allein klar, okay?« Sie will sich abwenden.

»Warte«, sage ich. »Jemand hat dich auf der Party mit diesem Darren Bradford gesehen. Ich dachte, dass er dich vielleicht verfolgt, und wollte dich warnen.«

Sie sieht mich merkwürdig an. »Deswegen bist du mir nachgelaufen?«, fragt sie leise. »Das war ziemlich … nett von dir.« Sie wirkt abwesend, aber dann sieht sie mich plötzlich entschlossen an. »Wie du siehst, ist er weg. Du kannst also verschwinden. Ich hab es eilig.«

»Klar. Wenn du das willst, kein Problem. Nur … ich will wirklich nicht aufdringlich sein, aber wenn dieser Darren es auf dich abgesehen hat, könnte es sein, dass er hier noch irgendwo rumlungert. Das scheint schon mal vorgekommen zu sein.«

»Keine Sorge, mit dem werde ich schon fertig.«

»Bist du sicher?« So schnell, wie sie gelaufen ist, traue ich ihr alles Mögliche zu. Aber dieser Darren ist fast doppelt so groß wie sie. Na gut, das ist vielleicht übertrieben. Aber zumindest kräftemäßig ist er ihr sicher deutlich überlegen.

Einen Augenblick lang wird ihr Gesicht weich, aber so schnell, wie der Ausdruck gekommen ist, ist er auch wieder verschwunden.

»Ich brauche deine Hilfe nicht, okay?« Sie dreht sich um, aber bevor sie geht, schaut sie noch mal über die Schulter. »Wage es ja nicht, mir zu folgen! Ich habe den schwarzen Gürtel. In Kung-Fu.« Damit verschwindet sie in der Dunkelheit.

Und ich sollte froh darüber sein. Das macht alles so viel leichter. Trotzdem dauert es einen Moment, bis ich mich aufraffen kann, zur Party zurückzulaufen.

Ich drehe mich um, will losgehen.

Aber vor mir, direkt auf dem Asphalt, sitzt eine riesige Ratte und starrt mich mit rot glühenden Augen an.

KAPITEL 5

Erin

Wie kann er es wagen, mich zum Lachen zu bringen? Wütend stapfe ich den Weg entlang. Was denkt er sich nur dabei, sympathisch zu sein und mir für ein paar Momente das Gefühl zu geben, er hätte sich wirklich um mich gesorgt? Das ist unmoralisch und unverschämt und ... es kann nicht sein, dass er das ernst gemeint hat. Auf keinen Fall. Er wollte nur, was alle Kerle immer wollen. Nichts weiter.

Der Kuss von vorhin fällt mir ein. Das hungrige Glitzern in den Augen von Nummer 132. Sein Bieratem. Die Härchen in meinem Nacken stellen sich auf. Ich schiebe die Gedanken weg. Es ist vorbei. Und ich habe ja auch was davon, abgesehen davon, dass ich die Kerle aus dem Verkehr ziehe. Mein Herz schlägt schneller bei dem Gedanken, dass es heute endlich wieder so weit ist, und die alte Sehnsucht steigt in mir auf. Endlich werde ich sie wiedersehen.

Das Pulsieren an meinem Handgelenk lässt mich hochschrecken und vertreibt alle anderen Gedanken aus meinem Kopf.

23 Minuten.

Die Phiole. Ich muss sie endlich abgeben, jetzt.

Dummerweise ist es viel zu weit bis zu unserem Verbindungshaus und dem geschützten Raum im Keller, wo ich Hades sonst immer rufe.

Selbst, wenn ich weiter so schnell laufe. Deswegen bin ich auch hierher abgebogen.

Mein Blick schweift über das Bloody Marsh Battlefield, bleibt an der wabernden Dunkelheit über den langen Gräsern hängen. Ich bilde mir ein, unter dem Raunen des Küstenwindes das Plätschern der unzähligen Bäche zu hören, die das Feld durchziehen. Der Wind scheint die Stimmen der Toten mit sich zu tragen.

Niemand ist so wahnsinnig, im Dunkeln dorthin zu gehen.

Außer mir.

Ich zögere nicht länger, sondern verlasse den kleinen Pfad, der halbwegs sicher am Feld entlangführt, und tauche zwischen die Gräser ein. Das Licht der Straßenlaternen bleibt hinter mir zurück, nur das Mondlicht weist mir fahl den Weg. Immer wieder streifen die langen Halme meine Hände, lassen mich zusammenzucken. Es fühlt sich an, als würden sie nach mir greifen. Als würden sie mich tiefer in die Dunkelheit hineinziehen wollen, die über dem Bloody Marsh besonders intensiv zu sein scheint.

Der Grund, warum nie jemand hierherkommt, ich kenne ihn. Ich hasse ihn. Aber jetzt, jetzt brauche ich ihn.

Mit jedem Schritt, den ich tiefer in das Feld hineinmache, wird der Boden unter mir unzuverlässiger. Immer wieder trete ich fast in einen kleinen Bach. Feuchtigkeit kriecht durch meine Schuhe in meine Socken. Aber das ist nichts gegen das, was gleich passieren wird. Gar nichts. Gern würde ich mehrere Tage in nassen Schuhen herumlaufen, wenn ich dafür sofort umkehren könnte, aber das steht nicht zur Debatte.

Meine Hand tut schon weh, so heftig pulsiert jetzt mein Handgelenk. Das Ziffernblatt scheint sich in meine Haut einzubrennen.

Noch 17 Minuten.

Ich bleibe stehen. Im Herzen der Dunkelheit über dem alten

Schlachtfeld spüre ich Hades' Nähe. Ja, hier wird es gehen. Mit zitternden Fingern hole ich die Phiole hervor und halte sie vor mich, als könnte sie mich schützen.

Küss die Dunkelheit.

Wie lange ich gebraucht habe, um herauszufinden, was damit gemeint ist. Ich schließe die Augen. Verlangsame meinen Atem.

Du kannst mich nicht beschwören, niemand kann Hades beschwören. Aber du hast die Macht, die Albträume der Toten zu rufen. Geister. Dort, wo einer Seele etwas Schreckliches passiert, bleiben sie zurück, auch wenn die Seelen als Schatten in den Hades eingehen. Die Geister sind wie Abdrücke in der Wirklichkeit. Denk an mich, wenn du sie beschwörst, und ich werde ihr Rufen als deines erkennen.

Ich nutze die Macht, die ich auch beim Kuss einsetze. Ich küsse die Dunkelheit, als würde ich meine Lippen auf die eines Mannes drücken. Ich überlasse mich ihr ganz. Der Wind wird lauter. Er reißt an meinen Kleidern, fährt mir grob durchs Haar und schmeckt salzig auf meinen Lippen. Das Meer wird wilder, ein Sturm tost wie in jener Nacht der Schlacht, die ich heraufbeschwöre.

Der Sturm war so heftig, dass die Soldaten sich hierherretteten. Hier, auf diesem morastigen Stück Wiese, würden sie eine gnädige Nacht lang ausharren können.

Wellen brechen sich brutal am Strand. Sie bringen Boote mit sich, die fast unter ihrer Wucht zerschellen. Die Boote spucken den Feind aus. Die Spanier, unberechenbare, gefährliche Gegner. Sie stürmen das Lager der englischen Soldaten.

Und aus der ruhigen Nacht wird ein erbarmungsloses Gemetzel.

Schreie werden laut. Waffen klirren. Die Gräser brechen unter der Wut des Kampfes. Die Bäche der Wiese färben sich rot.

Dazwischen ich.

Küss die Dunkelheit.

Mein Verstand weiß, dass es nicht echt ist. Aber ich spüre es, ich erlebe es, als wäre ich mittendrin. Ich gehöre zu niemandem. Ich stehe auf keiner Seite – und damit auf beiden. Jeder Tote, der ins Gras stürzt, gehört zu mir, denn er ist ein Mensch wie ich.

Einer von ihnen kommt auf mich zu. Es ist ein junger Mann. Nein, ein Junge. Viel zu jung, noch ein halbes Kind. Ein Bajonett ragt aus seiner Brust. Entsetzt sieht er mir direkt in die Augen, als könnte er mich sehen. Er fleht mich förmlich mit Blicken an, ihm zu helfen. Es bricht mir das Herz, als er vor mir in die Knie sinkt, aber ich kann nichts tun.

Starr halte ich still, inmitten von Tod und Blut. Fast niemand ist mehr übrig. Sie sind alle gefallen.

Verzweiflung steigt in mir auf. Wird zu Wut.

Küss die Dunkelheit.

Es ist das gleiche Gefühl, das ich spüre, wenn ich eines meiner Opfer küsse. Und es ist die gleiche Hilflosigkeit. Ich kann es nicht mehr steuern. Die Tore der Unterwelt öffnen sich, ob ich will oder nicht, und die Geister drängen nach unten, zu Hades.

Mit aller Macht denke ich seinen Namen.

Hades. Hades.

»Mit den tiefsten Schatten der Nacht reise ich zu dir.«

Ich sage es mit tauben Lippen immer wieder auf, während ich den Soldaten folge. Den Geistern der Toten, den Schatten der Nacht, den Albträumen, die nun vom Schlachtfeld in die Unterwelt ziehen, als hätte die Schlacht gerade erst stattgefunden. Sie gehen zu Hades, zu dem auch ich will. Natürlich gehe ich nicht wirklich hinunter, so wie auch sie nicht wirklich hinuntergehen. Sie sind nur eine Erinnerung, und ihr vergangenes Leid, das ich heraufbeschwöre, ist ein Leuchtfeuer für Hades, damit er mich findet.

Mit den tiefsten Schatten der Nacht reise ich zu dir. Hades. Höre mich. Höre die Geister.

Noch zwölf Minuten.

Hades.

Komm schon!

Ich blicke starr in die undurchdringliche Schwärze.

Wo bleibt er nur? Noch nie habe ich die zehn Minuten unterschritten. Und auch jetzt ist es nicht meine Schuld, dass es vielleicht bald das erste Mal ist. Ich bin hier! Aber wenn er so lange braucht, dass die Deadline verstreicht, lässt er das nicht als Entschuldigung gelten. Ich lache bitter. Nein, bestimmt nicht.

Da, endlich, verdichtet sich die Dunkelheit. Tiefschwarze Grausamkeit schlägt mir entgegen, so heftig, dass ich glaube, blind zu sein.

Er ist hier.

Mein ganzer Körper schreit, dass ich davonlaufen soll. Aber ich bleibe. Es ist zu spät, um wegzulaufen. Ungefähr zweieinhalb Jahre.

Die Dunkelheit wabert, Töne vibrieren in ihr. Sein leises Lachen. Als würde es ihm Spaß machen, dass ich so spät dran bin, und als wäre das alles für ihn bloß ein Spiel. Hass steigt in mir auf. Aber eins muss man ihm lassen: Einen effektvollen Auftritt hat er echt drauf.

»Hier!«, stoße ich hervor und strecke ihm die Phiole entgegen. Sie löst sich auf. Das bläuliche Schimmern flackert, dehnt sich aus und verflüchtigt sich dann irgendwo in der absoluten Finsternis.

Warten. Mein Herz klopft schmerzhaft in der Brust. Vor Freude. Vor Sehnsucht. Jetzt. Zeig sie mir jetzt. Ich starre so intensiv in die Dunkelheit, dass mir die Augen davon wehtun. Sie muss auftauchen. Die Finsternis wird leuchten, und dann wird sie vor mir stehen.

»Jenna.« Ich flüstere ihren Namen in die Nacht wie ein Flehen.

Jenna. Wo bist du?

Die Finsternis zerplatzt. Ihre Scherben dringen in meinen Mund, meine Nase, meine Seele.

»Nein!«, schreie ich. Ich springe auf. Meine Hände greifen nach der Dunkelheit, aber ihre Reste zerrinnen zwischen meinen Fingern. »Jenna!«

Wut und Panik vermischen sich in mir. »Das darfst du nicht!«, brülle ich. »Du musst sie mir zeigen. Du musst mich mit ihr reden lassen! Zeig sie mir. Zeig mir meine Schwester!« Mein ganzer Körper schreit, lehnt sich in den tosenden Wind, fällt nach vorn, auf die Knie.

Wasser dringt in meine Jeans. Ich vergrabe die Hände im Matsch.

Jenna. Jetzt erst wird mir bewusst, wie sehr ich es brauche, jede Woche mit ihr zu reden. Nur ein paar belanglose Worte, nur ein paar liebevolle Blicke. Nur deswegen halte ich das alles aus. Das ist das Einzige, was ich wirklich davon habe, eine Rachegöttin zu sein. Alles andere bedeutet mir nichts. Nicht die Kräfte, die ich sowieso für nichts einsetzen kann, außer um meinen Job zu machen. Nicht die ewige Jugend. Nur Jenna. Nur für sie tue ich das alles.

Seit jener Nacht vor zweieinhalb Jahren habe ich sie immer einmal in der Woche gesehen. Und jetzt nicht? Das darf nicht sein.

Der Schrei eines Raben zerschneidet die Luft über mir. Meine Wut zerfällt zu einem hilflosen Schluchzen, das sich in meiner Kehle bildet. Aber ich lasse es nicht heraus. Ich werde nicht weinen. Nicht hier. Nicht an diesem Ort, der ihm gehört.

Niemals wird er mich weinen sehen.

Ich hebe das Kinn und atme tief durch. »Du hast mir versprochen, dass ich Jenna sehen darf.«

Es ist ein Versehen. Ein Fehler. Bestimmt. Hades ist nicht perfekt und schon gar nicht allwissend. Das war schon einmal mein großes Glück. Und heute eben mein Pech.

Langsam löse ich meine steifen Finger aus dem Matsch und stehe auf. »Das lasse ich nicht zu«, sage ich in die Dunkelheit. »Ich werde sie sehen.«

Es ist ganz leicht. Ich muss nur ein weiteres Opfer heranschaffen, dann wird er mir Jenna wie immer zeigen. Ich zweifle nicht daran, trotzdem fühlt es sich fast unmöglich an, das Schlachtfeld hinter mir zu lassen und einfach zu gehen, ohne Jennas Stimme gehört zu haben. Ohne diesen Blick auf mir zu fühlen, diesen Große-Schwester-Blick, der mir sagt, dass alles in Ordnung ist, solange wir zusammen sind.

In mir wächst die Sehnsucht, wenigstens Summers Stimme zu hören. Meine kleine Schwester. So lange habe ich nicht mit ihr geredet. Ich könnte sie anrufen. Aber ich traue mich nicht. Ich traue mich ja nicht mal, ihr Nachrichten zu schreiben. Nicht vom Handy, nicht von meinem Laptop aus. Wer weiß, was Hades alles kontrolliert und überwacht. Summer ist dort, wo sie ist, in Sicherheit, und das kann ich nicht aufs Spiel setzen.

Hades hat Jenna, aber er hat keine Ahnung, wo Summer ist. Und das darf sich niemals ändern.

KAPITEL 6

Arden

Die Ratte starrt mich an.

Ich versuche, sie niederzustarren. Mit mäßigem Erfolg. Genau genommen ohne.

Sie kommt näher.

Okay. Denk nach. Ratten fallen nicht einfach so Menschen an.

Tollwütig sieht sie auch nicht aus. Vielleicht stehe ich nur zwischen ihr und ihrem Nest oder so was. Ich lasse sie vorbei, und dann vergessen wir das Ganze. Ich mache einen Schritt nach rechts. Die Ratte auch.

»Was willst du bloß?« Fuck. Jetzt bin ich schon wie der Typ vorhin im Garten und rede mit Ratten.

Mann. Ich wünschte, ich wäre der Typ! Der hat ausgesehen, als könnte er gut mit Ratten umgehen. Hey, ob er sie mir auf den Hals gehetzt hat? Moment, was denke ich denn da? Ein Typ, der mir Ratten auf den Hals hetzt? Ich glaube, ich werde langsam irre.

Ich werde einfach an dieser Ratte vorbeigehen. Betont cool schlendere ich auf die Ratte zu. Immer noch sehr cool mache ich einen kleinen Bogen um sie herum.

Sie springt mich an.

Gar nicht so cool mache ich einen erschrockenen Satz.

Geduckt kauere ich auf dem Weg. Die Ratte und ich fixieren einander. Die Bäume über uns rascheln, ein Rabe krächzt.

Dann dreht die Ratte sich plötzlich um und haut ab.

Ich ignoriere, dass mein Herz doch etwas schneller schlägt und auch, dass ich mich ziemlich lächerlich fühle, weil ich Erin gerade eben noch meinen Begleitschutz angeboten habe – und jetzt habe ich nur knapp gegen eine Ratte gewonnen. Das dumme Gefühl, dass die Ratte mich ganz ohne mein Zutun vom Haken gelassen hat, dass sie mich vielleicht gar nicht angreifen wollte, schiebe ich mal beiseite.

Ich atme tief durch, kratze zusammen, was von meiner Würde noch übrig ist und mache mich auf den Weg zurück zur Party. Ohne wirklich darüber nachzudenken, schaue ich dort noch einmal in den Garten, aber der Braunhaarige ist samt Ratte verschwunden.

Okay. Sicher habe ich mir alles nur eingebildet. Kein Ding. Kann ja mal vorkommen. Immerhin war der ganze Abend ziemlich seltsam. Seltsam, unterhaltsam und witzig. Und verdammt verwirrend.

Blitzende Augen und rote Haare tauchen vor meinem inneren Auge auf.

Vor allem Erin. Mein Magen krampft sich zusammen. Ja, Erin hat mich definitiv verwirrt. Mehr, als mir lieb ist. Mehr, als ich zulassen darf.

Ich beschließe, nicht auf der Party zu bleiben und mit den anderen weiterzufeiern. Stattdessen mache ich mich zu Fuß auf den Rückweg zu meinem Verbindungshaus. Die frische Luft bläst den Schädel frei und das letzte bisschen Rattendreck von meinem angekratzten Stolz.

Der Weg bis zum Haus meiner Bruderschaft ist nicht weit. Es ist eines der typischen Verbindungshäuser von Ivy Hall, aus dem gleichen grauen Stein wie die Hauptgebäude, nur kleiner und nicht so ehrfurchtgebietend. Aber auch hier ist alles über und über mit Efeu bewachsen. Ich sperre die Tür auf und betrete die Eingangshalle, die gleichzeitig als Aufenthaltsraum fungiert. Man sieht sofort, dass es sich um das Haus des Fechtclubs handelt, denn der Marmorboden der Halle besteht im Wesentlichen aus dem grünen Wappen von Ivy Hall, in das in glänzendem Perlmutt ein Degen und ein Florett eingelassen sind, die sich kreuzen. Quer darunter verläuft ein ebenfalls schillernder Perlmuttsäbel.

Im Aufenthaltsbereich links vom Eingang ist niemand, die Tische und Sofas sind leer. So ziemlich alle sind scheinbar noch auf irgendwelchen Partys oder vielleicht sogar in der Bibliothek, die rund um die Uhr geöffnet ist. Ich steige die Treppe rauf in den zweiten Stock, wo mein Zimmer liegt. Auch hier ist alles grün und weiß. Aber als ich die Tür öffne, schlägt mir gähnende Leere entgegen. Zumindest von meiner Seite des Zimmers. Zum ersten Mal fällt mir so richtig auf, wie farblos und langweilig es ist.

Armandos Seite sieht da ganz anders aus. Auf den ersten Blick wirkt es einfach nur lässig, wie er die Fahne mit dem Wappen des Fechtclubs und seine Waffen an der Wand drapiert und dazu passend seinen ganzen anderen Kram angeordnet hat. Aber wenn man genau hinschaut, sieht man, dass er ziemlich genau weiß, was er tut.

Hinter mir geht die Tür auf. »Hey, Arden.« Armando kommt ins Zimmer. Er stellt sich neben mich und starrt meine Seite an, als gäbe es dort etwas Interessantes zu sehen. »Überlegst du, wo du all dein Zeugs unterkriegst, wenn es endlich ankommt?«

»Ich fürchte, da kommt nichts mehr«, antworte ich.

»Oh.« Er kratzt sich am Kopf. »Na ja. Das, äh, macht doch nichts, sieht doch …«

»… so aus, als hätte jemand eingebrochen und alles mitgenommen?« Ich verziehe das Gesicht.

»Ey, Mann, wenn das dein Style ist, warum nicht?«

Nur Armando bringt es fertig, eine Playstation, einen Laptop, Schreibkram für die Uni und ein Handyladegerät als Style zu bezeichnen. Wahrscheinlich könnte er sogar mit den paar wenigen Sachen coole Fotos für seinen Instagram-Account machen.

»Ist in deinem Koffer nicht noch was drin?« Er deutet unter das Bett.

Ich zucke mit den Schultern. »Nur ein paar alte Bücher, die meine Stiefmutter eingepackt hat, als ich meinen Koffer unbewacht gelassen habe.«

»Deine Stiefmutter packt dir fürs College alte Bücher ein?«

Ich muss grinsen. »Ich schätze, sie mag meinen Style nicht.«

Armando lacht. »Was sind das für Bücher und wie alt? Alt alt oder nur ...«

»Alt?«, beende ich seinen Satz. »Alt alt, würde ich sagen. Machen schon was her.«

Armando betrachtet meine Seite des Zimmers nachdenklich. »Stell sie doch ins Regal. Wie viele sind es denn?«

»Zwei«, antworte ich trocken.

»Oh ja, das würde deiner Hälfte wirklich den Eindruck verleihen, dass ...«

»... zwei Bücher im Regal stehen?«

Armando grinst. »Sorry, Mann, ich glaube, ich kann dir nicht mehr helfen. Du bist auf dich allein gestellt.«

Ich lächle schief. »Schon gut, lass mich einfach hier zurück.«

Es klopft an der Tür, aber bevor einer von uns reagieren kann, wird sie auch schon aufgerissen, und Sergej kommt rein. Sein Blick fällt auf Armando, und er macht ein paar Schritte ins Zimmer, bevor er mich bemerkt.

»Oh. Hey, Arden. Sorry, ich dachte, Armando wäre allein.« Er lächelt. »Wie sieht's aus? Lust, eine Runde nach dem alten Leuchtturm zu suchen?«

Armando springt auf. »Klar.«

»Warum nicht?« Ich greife nach meiner Jacke. Der alte Leuchtturm klingt interessant, aber seit ich hier bin, hatte ich noch keine Gelegenheit, ihn mir anzusehen. »Warum muss man ihn denn suchen?«

Die beiden fahren zu mir herum und starren mich so entgeistert an, dass ich mitten in der Bewegung innehalte. Sie haben sich an der Hand genommen, und mir wird klar, dass Sergejs Einladung wohl nur für Armando gedacht war. »Oh, sorry. Leuchtturm suchen. Schon klar.« Ich muss grinsen. »Aber hey, ihr könnt hierbleiben, ich gehe in die Bib. Ich muss sowieso noch eine Hausarbeit fertigmachen. Dann könnt ihr ganz in Ruhe diesen sogenannten alten ›Leuchtturm‹ erkunden.«

Sergej grinst jetzt ebenfalls über das ganze Gesicht. »Alter. Wie soll man denn hier im Zimmer den Leuchtturm suchen?«

Ich will schon nach meinem Laptop greifen, halte aber inne. »Wie jetzt?«

Armando stößt Sergej an. »Jetzt verwirr ihn doch nicht so.« Er wendet sich an mich. »Der alte Leuchtturm ist eine urbane Legende oder so was. Niemand weiß, ob es ihn wirklich gibt, aber das liegt nicht daran, dass er so schwer zu finden ist, sondern daran, dass ihn niemand wirklich sucht, weil alle es nur gerade so bis zum Strand schaffen, sich dann hinter irgendeinen Busch werfen und rummachen.«

»Genau.« Sergej legt Armando den Arm um die Schultern. »Und das werden wir jetzt auch tun. Du kannst also ruhig hier im Zimmer bleiben.«

Ich muss lachen. »Verstehe. Na dann viel Spaß.«

Sergej zwinkert mir zu. »Beim alten Leuchtturm hat man immer Spaß.«

Armando deutet auf meine Zimmerhälfte. »Und was das angeht, sieh es doch mal als leeres Blatt Papier. Kann man alles Mögliche mit anstellen.« Dann machen sie sich davon. Ihre Stimmen klingen noch ein paar Minuten durch die Gänge, dann herrscht Stille.

Ich bleibe in meinem Zimmer zurück, mit meinem Laptop unter dem Arm, und starre auf die immer noch leere Seite meines Zimmers. Ein weißes Blatt Papier. Ich schlucke schwer. Wie passend.

Ein paar Sekunden stehe ich noch so da, dann schnappe ich mir meine Jacke und mache mich auf den Weg in die Bibliothek.

KAPITEL 7

Erin

Die ganze Nacht sage ich mir, dass es nur ein Versehen war. Sobald ich Hades die Seele eines weiteren Opfers bringe, werde ich Jenna sehen, und alles ist wie immer. Jenna wird mich anlächeln, und Summer ist weiterhin in Sicherheit.

Ja, ganz bestimmt. So wird es sein. Es hat nichts zu bedeuten.

Aber dann falle ich in einen unruhigen Schlaf, und die nächtlichen Gefährten meiner Zeit in Chicago kommen zurück. Die hässlichen Träume von Jenna und Summer, die zu echt sind, um sie einfach abzuschütteln. Jenna und ihr leeres Gesicht. Das Blut in ihren Augen. Summer, wie sie ekelhafte Typen küssen muss und mich dabei mit Blicken um Hilfe anfleht.

Hilfe, die ich ihr nicht geben kann.

Schweißgebadet wache ich auf und habe das Gefühl, überhaupt nicht geschlafen zu haben. In der Tat wünschte ich, ich hätte nicht geschlafen.

Wie ein Zombie werfe ich mir Jeans und T-Shirt über und schleppe mich in die Vorlesung. »Creative Writing für Computerspiele« ist eines meiner Lieblingsfächer. Aber heute bleibt kein einziger Satz der Professorin in meinem Kopf hängen. Ich bin unendlich erleichtert, als ich danach endlich abhauen kann.

Mit meinem Rucksack über der Schulter und meinem Laptop im Arm laufe ich über den Campus, vorbei an dem Hauptgebäude, dessen niedliche Erker und Türmchen überhaupt nicht zu meiner düsteren Stimmung passen.

Warum macht es mich so fertig, dass ich Jenna einmal nicht sehen durfte? Es ist sicher nichts. Nur ein Zufall, ein Versehen. Hades ist nicht perfekt. Und ich sollte froh darüber sein. Wäre es nicht so, hätte ich keine Chance, Summer vor ihm zu verstecken. Dann hätte er sie längst gefunden, hätte sie ebenfalls zur Rachegöttin gemacht.

Mit zitternden Händen fahre ich mir übers Gesicht. Alles, nur das nicht.

Als endlich die riesige Freitreppe in Sicht kommt, bei der wir uns immer treffen, atme ich erleichtert auf. Izanagi, Loki und Kali haben es sich auf der Treppe gemütlich gemacht und halten ihre Gesichter in die Sonne. Loki mampft gekochte Erdnüsse aus einer Schüssel. Ich habe nie verstanden, was er an den Dingern findet. Vielleicht muss man aus Georgia stammen, um sie zu mögen.

Studenten laufen über den riesigen zentralen Platz des Campus. Aus der Menge löst sich jetzt eine junge Frau – es ist Maya. Sie trägt ihre Beute von dem kleinen Deli-Stand gegenüber der Treppe in ihren Händen. Mein Magen knurrt, und ich denke an das belegte Brot, das ich mir heute früh geschmiert habe. Ich setze mich zu den anderen und hole es aus meinem Rucksack.

»Hey«, begrüßt Maya uns fröhlich.

»Hey.« Ich starre wohl ziemlich begehrlich den Vanille-Latte an, den Maya in der Hand hält, denn sie seufzt, stellt ihn mir kommentarlos hin und geht, um sich einen neuen zu holen.

»Du bist ein Schatz«, flüstere ich, als sie zurückkommt und sich auf die Stufe über mir fallen lässt. Sie sitzt immer ganz oben.

»Gern.«

Sie meint es wirklich so, sie tut es gern. Früher hat sie auch nie viel Geld gehabt, aber dann wurden ihre Eltern mit einem Start-up reich, und es macht ihr Spaß, anderen von ihrem Glück ein Stück abzugeben. Wärme steigt in mir auf, weil sie das tut, ohne mich auch nur einmal zu fragen, warum ich mir so was wie einen Kaffee nicht selbst leisten kann.

»Ehrlich, Erin, warum du immer so knapp bei Kasse bist, ist mir ein Rätsel«, wirft Kali ein. Leider hat sie nicht so viel Taktgefühl wie Maya. »Du arbeitest wie ein Tier, hackst, programmierst, oder was du so alles machst, und ich glaube, niemand hat so viele Nachhilfeschüler wie du. Das Wohnen in unserem Verbindungshaus kostet so gut wie nichts, du hast sogar ein Stipendium und … na ja, neue Klamotten sind auch nicht gerade dein Laster.« Sie mustert mich von oben bis unten und grinst entschuldigend. Ich nehme es ihr nicht übel. Sie weiß ja nicht, dass sie mich mit solchen Fragen in eine ziemlich unangenehme Situation bringt. Sie zwingt mich dazu zu lügen, denn die Wahrheit kennt niemand. Nicht einmal Maya.

Es stimmt, ich habe ein Stipendium. Und ich arbeite in jeder freien Minute, um mir was dazuzuverdienen, denn ich brauche jeden Cent.

»Ich … ähm …«

Ich zahle noch die Schulden meiner Eltern ab.

Das wäre eine mögliche Lüge. Aber mir wird fast schlecht, wenn ich mir vorstelle, meine Eltern so darzustellen, als hätten sie mir einen Berg Schulden hinterlassen. In Wahrheit haben sie nämlich für uns vorgesorgt. Sie hatten uns ihr Haus und genug Geld hinterlassen, um uns nach ihrem Tod etwas Luft zu verschaffen. Natürlich konnten wir keine großen Sprünge machen. So einen luxuriösen Latte, wie Maya ihn mir gerade geschenkt hat, hat Jenna sich damals nur zu besonderen Gelegenheiten gegönnt. Aber Jenna hat aus den Ersparnissen das Beste für Summer und mich gemacht. Wir hatten genug. Wir hatten uns. Bis …

Meine Augen werden feucht. Hastig nehme ich den Becher mit der geradezu obszön großen Sahnehaube und verstecke mich dahinter, in der Hoffnung, dass Kali dann vergisst, dass sie noch auf Antwort wartet.

»Gut, dass ihr alle schon da seid, ich möchte euch nämlich jemanden vorstellen.« Maya lächelt.

Loki grinst frech. »Was denn, bist du mit dem letzten Kerl allein nicht fertig geworden und bringst ihn uns jetzt mit?«

Maya lacht nur und deutet die Treppe hinunter.

Mein Herz bleibt für einen Moment stehen. Ein blondes Mädchen kommt auf uns zu. Ihre langen Haare schimmern golden in der Sonne, die auch ihre Augen zum Strahlen bringt. Sie winkt uns zu.

Summer.

Ich schlucke schwer. Nein, natürlich ist sie es nicht. Aber dieses Mädchen erinnert mich so sehr an sie. Diese Unbeschwertheit. Das fröhliche Lachen.

»Ihr Lieben, das ist Georgina, unser Neuzugang.«

Die anderen stürzen sich auf sie, aber ich brauche etwas Zeit, bevor ich das Mädchen begrüßen kann.

»Willkommen«, sage ich dann leise und reiche ihr die Hand. Jetzt sehe ich auch, dass sie Summer eigentlich überhaupt nicht ähnlich sieht. Sie ist viel weicher und niedlicher als Summer. Meine kleine Schwester hat immer ein Strahlen auf den Lippen, sie ist wunderschön und herzlich, aber eines ist sie ganz sicher nicht: niedlich. Frech und laut trifft es eher.

»Danke.« Georgina lacht mich an. Irgendwie kommt sie mir bekannt vor. Und zwar nicht, weil sie mich im ersten Moment an Summer erinnert hat.

»Georgina ist neu hier an der Uni. Sie ist gerade von New York hier-
hergewechselt.«

Kali atmet scharf ein. »Bist du irre? Ich würde töten, um dorthin zu
kommen, und du gehst freiwillig da weg?«

Georgina lacht, aber ihre Augen verdunkeln sich für den Bruchteil
einer Sekunde, und ich habe das Gefühl, dass sie mitnichten freiwillig
gegangen ist. »Ach.« Sie macht eine wegwerfende Handbewegung.
»New York ist nicht so toll, wie man denkt.« Unter ihren Worten spüre
ich allerdings eine ganz andere Antwort: Ich habe dort nichts mehr.

Es schnürt mir die Kehle zu. Wir alle hatten nichts mehr in dem
Moment, in dem Hades uns erwischt hat. Nichts als unbändige Verzweiflung und diese wahnsinnige Wut, die unsere Sinne benebelt. Sie
lockt ihn an, identifiziert uns als perfekte Kandidaten für die Aufgabe
der Rachegöttin. Gäbe es diese Wut nicht, die so stark ist, dass sie uns
alles andere vergessen lässt, würden wir den grausamen Pakt mit ihm
niemals eingehen.

Dann fällt mir plötzlich ein, woher ich Georgina kenne. »Du warst
gestern auf der Party bei den Vestalinnen.«

Sie nickt, und ihre Wangen werden rot. Auf sehr niedliche Art.
»Ja. Ähm. Das ist mir jetzt echt peinlich, aber … mir wurde ja gesagt,
dass es hier eine Verbindung von … uns … gibt.« Sie wirft Maya einen
dankbaren Blick zu. »Und ich wusste, ich wollte dazugehören, also
habe ich mich hierherversetzen lassen. Als ich die Vestalinnen gesehen
habe, dachte ich, das wären sie. Sie haben mich auch sofort angespro-
chen, ob ich bei ihnen eintreten will.«

Natürlich haben sie das. Georgina ist genau ihr Beuteschema. Verdammt hübsch, unschuldig und wahrscheinlich ziemlich schlau. Denn
das ist es, was Lyra von »ihren« Vestalinnen erwartet.

»Ich musste dich förmlich aus ihren Fängen befreien. War nicht einfach, sie davon zu überzeugen, dich gehen zu lassen, nachdem sie dich schon aufgenommen hatten«, erklärt Maya.

»Tut mir leid.« Georgina verzieht das Gesicht. »Aber du kannst dir nicht vorstellen, wie froh ich bin, dass du mich gefunden hast. Ich meine, die waren echt nett zu mir, und sie haben akademisch echt was auf dem Kasten, aber … irgendwie ging es da immer nur um diese Lyra. Lyra hier, Lyra da. Hat sie nun einen Freund oder hat sie keinen und wer ist es? Als Aufnahmeritual haben sie mich zu ihr gebracht.«

»Wirklich?« Maya zieht eine Augenbraue hoch. »Das stelle ich mir ziemlich seltsam vor.«

Georgina nickt. »Jede Neue wird ihr vorgestellt. Keine Ahnung, wozu das gut sein soll.« Kurz driftet ihr Blick ins Leere. »Sie ist wirklich wunderschön«, flüstert sie. »Fast schon ätherisch, irgendwie.« Dann schüttelt sie den Kopf. »Aber bei den Vestalinnen kommt man sich vor wie in einer Seifenoper, in der sie der Star ist.«

Ich muss grinsen, und nun erinnere ich mich auch daran, wo ich Georgina gestern gesehen habe: Sie stand vor Lyras Bild, und ein anderes Mädchen redete auf sie ein. »Na ja, vielleicht ist es nicht schlecht, dass du jetzt Kontakt zu ihnen hast. Es schadet nicht, mit ihnen befreundet zu sein. Sie sind eine gute Infoquelle für miese Typen.« Denn man kann über Lyras Mädchen alles Mögliche sagen, aber nicht, dass sie sich von Kerlen irgendwas gefallen lassen. Tatsächlich müssen wir bei ihnen recht selten eingreifen und eine durch einen Kuss schützen, weil sie es häufig selbst schaffen, sich aus ungaten Beziehungen zu befreien oder anderen dabei zu helfen.

Georgina runzelt die Stirn. »Brauche ich denn Infos?«

»Du vielleicht nicht, aber Erin schon, sie hat nämlich Prinzipien.« Kali verdreht die Augen. »Allerdings weiß ich nicht, was der Aufstand soll. Alle Kerle haben es verdient, das sagst du doch selbst immer.«

»Nein«, unterbreche ich sie scharf. »Ich sage immer: Alle Kerle haben Skelette im Schrank. Aber nicht alle verdienen deswegen unseren Kuss. Was ist daran denn so schwer zu verstehen?« Ich weiß nicht, warum ich plötzlich so wütend bin.

Kali hebt abwehrend die Hände. »Schon gut, chill mal.«

»Chill mal?«, frage ich. »Wir verdammen die Opfer zu einem grausamen … man kann es kaum Leben nennen. Wir rauben ihnen die Seele, nehmen ihnen die Fähigkeit, mit Menschen Verbindungen zu knüpfen. Sie erinnern sich nicht mehr an die Menschen, die sie mal gekannt haben, und reden nicht mehr mit ihnen. Wir verdammen sie zu ewiger Einsamkeit, und ihre Seele bekommt aus der Ferne alles mit, was der Körper wie unter Fernsteuerung erduldet, bis er irgendwann stirbt. Es ist eine schreckliche Strafe, die wir über sie verhängen. Deswegen müssen wir sehr genau überlegen, wer sie verdient hat, und sie nur dann anwenden, wenn niemand anders diese Mistkerle zur Rechenschaft zieht.«

Was leider oft vorkommt, denn viele ihrer Opfer, ob Männer oder Frauen, trauen sich nicht, um Hilfe zu bitten. Und die, die es tun, stoßen mit ihren Sorgen oft auf Unverständnis. Oder noch schlimmer: Man glaubt ihnen nicht.

Meine Hände ballen sich zu Fäusten.

Was du behauptest, ist eine freche Lüge. Du solltest dich was schämen.

Wut. Unbändige Wut. Ich dränge sie zurück, genau wie die Erinnerung an jene Worte.

»Chill mal«, wiederhole ich und schnaube. Dann werfe ich Kali einen bösen Blick zu. »Und tu nicht so, als wäre ich die Einzige, die sich Gedanken macht. Ich weiß genau, dass Loki auch versucht, nur Mädchen zu erwischen, die es verdienen.« Was sicherlich nicht so leicht ist, denn auch wenn es natürlich Frauen gibt, die ihre Partner wie Dreck behandeln, sind es doch viel weniger als Männer. Trotzdem muss Loki genau wie ich jede Woche jemandem die Seele rauben.

»Zumindest will ich keine ganz Unschuldigen küssen. Und das kann ziemlich schmerzhaft sein«, sagt Loki theatralisch.

»Schmerzhaft?« Georgina wirkt beunruhigt.

Loki wendet sich an sie. »Ein bisschen wie Tom Hiddleston auszusehen, bringt einem oft nur bei Nerdgirls was, und das sind selten die, die den Kuss verdienen. Deswegen muss ich an die anderen rankommen. Für die Letzte habe ich wochenlang die Hausaufgaben gemacht, bevor ich sie endlich küssen konnte.« Er verzieht übertrieben leidend das Gesicht und schüttelt seine Hand, als hätte er gerade einen ewig langen Aufsatz damit geschrieben.

Georgina lacht, wobei sie sich sofort die Hand vor den Mund hält.

Aber Loki grinst nur gutmütig.

Kali hingegen schnalzt ungehalten mit der Zunge.

Ich wende mich wieder an sie. »Im Übrigen weiß ich, dass du auch nach Frauen suchst, die es wirklich verdienen. Du gehst manchmal sogar heimlich mit Loki in der Nachbarstadt auf die Jagd nach ihnen, wenn du hier keine findest.«

Ein dunkles Lachen kommt aus Kalis Kehle. Es klingt fast wie das von der indischen Todesgöttin, nach der ihre Eltern sie benannt haben, in der Hoffnung, dass sie Biss bekommt und sich in der Businesswelt durchsetzt. Biss hat sie, aber ich glaube, die Businesswelt interessiert sie nicht besonders.

»Ich will nur ein bisschen Spaß«, sagt Kali. »Und ich hab keinen Bock, dass meine ganzen One-Night-Stands hinterher wie Zombies hier rumlaufen, wenn ich ihre Seelen abgeliefert habe.«

»Du gehst mit deinen Opfern ins Bett?« Georgina sieht regelrecht schockiert aus.

»Klar. Nur mit denen. Ist recht praktisch, dass die hinterher alles vergessen. Das spart eine Menge Ärger. Sie können nichts über uns erzählen, und ich habe auch noch meine Quote erfüllt.« Sie lacht, aber unter ihren Worten liegt eine kaum merkliche Bitterkeit, die mir in die Seele schneidet. Schon oft habe ich mich gefragt, was sie eigentlich erlebt hat.

Georgina wendet sich an mich. »Machst du das auch?«

Ich schüttle den Kopf. »Ich suche mir nur Typen aus, die ich eigentlich nicht mal küssen will. Ins Bett will ich mit denen ganz sicher nicht.« Und selbst wenn es nicht so wäre – der Gedanke, mich jemandem so schutzlos auszuliefern, gefällt mir nicht. Ich bleibe lieber auf Abstand.

Georgina nickt abwesend. »Irgendwie dachte ich, das wäre für uns alles verboten. Sex, Liebe, Beziehungen. Immerhin können wir niemals jemanden küssen, ohne ihm die Seele zu rauben.« Sie wirkt plötzlich ziemlich verzweifelt. »Wie soll man da eine Beziehung führen?«

Mein Magen krampft sich zusammen. Ohne zu wissen, warum, kommt mir der Typ von der Party in den Sinn. Der mit dem Licht in den Haaren, der mich so angesehen hat. Der, der irgendetwas in mir angerührt hat. Für einen verräterischen Moment stelle ich mir vor, wie es wäre, mit jemandem wie ihm zusammen zu sein. Picknicks, Lachen, die kitschigsten Dinge kommen mir in den Sinn. Aber dann bekommt seine Fassade Risse, und darunter bricht etwas Hässliches hervor. Etwas Ekelhaftes, das alles zerstört. So wie immer. »Warum sollte man denn eine Beziehung wollen?«, flüstere ich.

»Wie kann man keine wollen?« Georgina sieht mich offenherzig an.

Ich öffne den Mund, um ihr zu antworten. Ich könnte ihr erzählen, dass Jennas Mann unsere Familie zerstört hat. Ich könnte ihr sagen, dass ich seitdem bei jedem Kuss, den ich ausführe, an ihn denke und der Hass in mir dabei immer größer wird, weil ich immer wieder feststelle, dass viel zu viele Typen so sind wie er. Es ist so leicht für mich, immer wieder neue Opfer zu finden. Viel zu leicht. Tagtäglich lassen miese Typen ihre Masken fallen und zeigen ihr wahres Gesicht. Ich habe es so oft gesehen, dass ich einfach nicht mehr weiß, wie ich die anderen erkennen soll. Die, die sind wie mein Vater. Die, für die sich das Risiko lohnt, zuerst an fünf andere Typen zu geraten, die einem das Herz brechen und vielleicht Schlimmeres. Ich habe zu viele Frauen gesehen, die an diese anderen Typen geraten sind. Nein, das ist es nicht wert. Ich lasse so was nicht mit mir machen. Da bleibe ich lieber allein. Entschlossen vertreibe ich die Erinnerung an dieses nette Lächeln.

»Keine Ahnung«, antworte ich viel lässiger, als ich mich fühle. »Ich will mir darüber jetzt einfach noch keine Gedanken machen. Und ich muss es auch nicht. Immerhin bin ich so gut wie unsterblich.« Einer der wenigen echten Vorteile des Pakts mit Hades. Ewige Jugend und ewiges Leben. Gibt Schlimmeres.

»Du bist nicht unsterblich, sondern nur ewig jung, Erin. Wenn jemand dich verletzt oder wenn du einen Unfall hast, kannst du sterben wie alle anderen Menschen.« Maya mustert mich prüfend. »Außer dein Pakt ist anders als meiner?«

Ihre unschuldige Frage erwischt mich kalt. »Warum sollte mein Pakt anders sein?«, erwidere ich schnell. Ich will sie nicht anlügen müssen und hoffe, sie so abzulenken.

»Geht das überhaupt?«, fragt Georgina. »Ich dachte, wir haben alle den gleichen Deal?« Sie sieht fragend in die Runde.

Die anderen nicken.

Georginas Blick bleibt an mir hängen.

Meine Hände werden feucht.

Ich werde niemals mit irgendwem über meine persönliche Abmachung mit Hades sprechen.

Die Worte meines Pakts hallen warnend in meinem Geist wider. Ich schlucke schwer. Als ich hier angekommen bin, dachte ich noch, dass jede Rachegöttin und jeder Rachegott das schwören musste. Aber dann wurde mir schnell klar, dass ich damit falschlag. Dieser Satz kommt normalerweise im Schwur nicht vor. Nur in meinem. Seit ich das weiß, habe ich mich immer aus allen Gesprächen über den Pakt herausgehalten. Mich schnell verdrückt, wenn die anderen davon anfingen. Ich habe irgendeine Ausrede erfunden und konnte immer vermeiden, direkt danach gefragt zu werden. Denn offensichtlich bin ich die Einzige, die nicht wenigstens mit den anderen Göttinnen darüber reden darf. Und allein das beweist schon, dass mein Pakt wirklich anders ist, während sie wahrscheinlich alle den gleichen Pakt geschlossen haben. Die Standardausführung ohne besondere Regeln. Aber genau das dürfen die anderen nie erfahren.

Es sind sicher nur ein paar Sekundenbruchteile, aber es kommt mir wie eine Ewigkeit vor, bis ich eine Antwort herausbringe. »Bei mir ist das mit der ewigen Jugend genau wie bei euch.«

Die anderen scheinen zufrieden, auch Georgina nickt, nur Mayas Blick ruht etwas länger auf mir. Ich winde mich und überlege schon, wie ich mich verdrücken kann, aber Georginas Neugier rettet mich.

»Was genau hat Hades eigentlich davon, dass wir ihm die Seelen geben?«, fragt sie.

Kali lacht. »Vielleicht mag er es, wie die Seelen aussehen. Hübsch sind sie ja schon, vielleicht füllt er sie in ein Aquarium.«

Loki grinst. »Ein Aquarium voller blauer Schlieren.«

Georginas Mundwinkel zucken, aber dann wird sie wieder ernst.

»Aber was bringt das? Er würde sie doch sowieso bekommen, wenn sie sterben.«

Izanagi zuckt mit den Achseln. »Die Körper der Opfer laufen noch auf der Erde rum. Vielleicht wird die Unterwelt zu voll?«

Ich sage nichts. Ich würde gern glauben, dass Hades einfach Gerechtigkeit walten lassen will, ohne dass jemand stirbt. Ich würde gern. Aber ich kann nicht. »Vielleicht müssen sie ihm für immer dienen. Genau wie wir.«

Das Lachen der anderen verstummt, und sie sehen mich an, als hätte ich jemanden ermordet. Ich verziehe das Gesicht. Die gute Stimmung habe ich jedenfalls gekillt. Ich hebe die Hände. »Hey, ich habe keine Ahnung. Vielleicht vertreibt er sich auch nur die Zeit mit ihnen.«

Die Wahrheit ist: Keiner von uns weiß es. Im Moment des Pakts fragt man sich so was nicht. Man ist blind vor Wut und Rachsucht, die Hades gekonnt in uns schürt, bis wir zu allem Ja sagen, was er von uns verlangt.

Maya sieht von ihrem Handy auf. »Er muss nichts davon haben, und es geht uns nichts an. So einfach ist das. Und jetzt muss ich zu meiner nächsten Vorlesung.« Sie steht auf und sieht Georgina vielsagend an. »Wir sehen uns heute Abend.«

Georgina nickt gehorsam.

»Denk daran, dass du jetzt eine von uns bist«, sagt Maya salbungsvoll. Sie liebt diesen Teil. Das Gefühl hatte ich schon, als sie es damals zu mir gesagt hat, obwohl ich da schon zwei Jahre lang Rachegöttin war. »Das bedeutet vor allem, dass du dich auch wie eine von uns verhalten musst. Niemand darf sehen, wie du jemanden küsst, ob Opfer oder Privatvergnügen. Niemand darf sehen, wie du mit jemandem von einer Party weggehst. Wir wollen absolut unauffällig bleiben, alles klar?«

Georgina nickt.

Mayas Gesicht wird weich. »Hier, ich hab noch was für dich.« Maya drückt Georgina etwas in die Hand. Ein rotes Büchlein mit goldener Inschrift auf dem Ledereinband. Das *Handbuch für Göttinnen*. Jede von uns hat eins. »Pass gut darauf auf.«

Georgina starrt es mit großen Augen an. »Muss ich da eintragen, welche Typen ich küsse?«

Maya zuckt mit den Schultern. »Es ist vollkommen egal, was du damit machst.«

»Also würde es Hades nicht erzürnen, wenn ich es verliere?«, fragt sie.

Loki lacht. »Hades hat damit nichts am Hut. Die Bücher sind eine Gabe der Rachegöttin, der unser Verbindungshaus früher gehört hat. Sie ist längst nicht mehr da, aber die Bücher lagern noch zu Hunderten im Keller. Sind ziemlich nutzlos, aber immerhin sehen sie schön aus.«

Maya zieht energisch die Schlaufe ihres Rucksacks zu. »Raeanne hat zur Bedingung gemacht, dass jede Göttin, die bei uns wohnt, eins bekommt, und das habe ich hiermit befolgt. Jetzt ist es deins. Du kannst damit machen, was du willst.«

Georgina lächelt angespannt. »Auch zwischen die Seiten kriechen und mich da vor Hades verstecken?« Sie schüttelt sich. »Ich verstehe wirklich gut, dass die arme Persephone nicht ständig bei ihm sein will und nur gezwungenermaßen den Winter bei ihm verbringt.«

Kali schnippt den Rest ihres Apfels in die Wiese neben der Treppe. »Man kann sich nicht vor ihm verstecken. Er findet einen. Immer. Wenn er dich einmal hat, dann war's das.«

Ihre Worte treffen mich wie Blitze. Unwillkürlich muss ich an Summer denken.

Loki nickt düster. »Stimmt.«

»Stimmt nicht«, wirft Izanagi ein. »Raeanne hat es geschafft. Sie hat ihre Zöglinge und das Haus einfach verlassen und sich aus dem Staub gemacht. Und Hades hat sie bis heute nicht gefunden.«

Loki schnaubt. »Woher willst du das wissen? Dass nie wieder jemand von ihr gehört hat, ist eher ein Beweis, dass Hades sie längst erwischt und … mit in den Tartaros genommen hat.« Er schüttelt den Kopf. »Ich gehe lieber auf Nummer sicher. Hades entkommt man nicht. Und wenn er einen haben will, kann man sich nicht vor ihm verstecken.«

Mir wird ganz anders, wenn ich ihn so reden höre.

»Wollten wir nicht noch den Plan für die Woche besprechen?«, werfe ich ein, bevor die anderen sich noch mehr in Unheilsverkündungen reinsteigern, die ich gerade jetzt wirklich nicht vertragen kann.

Ich habe mein Möglichstes getan, um Summer vor ihm zu verstecken. Ich habe ihr einen anderen Namen gegeben, habe meine besten Hackerkenntnisse genutzt, um ihre Spuren im System zu löschen, habe seit zweieinhalb Jahren keinen Kontakt mit ihr gehabt, damit niemand eine Verbindung zwischen uns herstellen kann. Und ich habe sie gewarnt, so gut ich konnte, ohne ihr etwas zu verraten, das ich nicht sagen darf. Ich muss einfach glauben, dass Summer vor ihm sicher ist und dass ich sie gut versteckt habe. Muss einfach.

Aber was ist mit Jenna? Ich halte es nicht aus, bis nächsten Sonntag zu warten. Eine ganze Woche! Ich beiße mir auf die Lippen. Wer sagt eigentlich, dass ich das muss? Nur ich selbst. Und wäre in so einem Fall eine Ausnahme nicht vertretbar? Wenn ich sofort wieder jemanden küsse, kann ich Jenna sicherlich sehen und wieder ruhig schlafen.

»Ich würde gerne heute Abend jemanden übernehmen«, sage ich. Je schneller, desto besser.

Kali zieht die Augenbrauen zusammen. »Du warst doch erst gestern dran. Ich hab mir für heute schon alles zurechtgelegt.«

»Ich weiß, aber …« Ich konnte Jenna nicht sehen. Natürlich kann ich das nicht sagen, denn natürlich weiß keiner von ihnen über diesen Teil meiner Abmachung Bescheid, denn auch darüber darf ich nicht sprechen.

Maya wendet sich mir zu. »Aber?«, fragt sie mehr interessiert als abweisend.

»Ich habe da jemanden im Auge«, fahre ich schnell fort.

Lügnerin. Du bist noch nicht so weit mit der Recherche, und auch Damon hat noch kein neues Opfer für dich aufgetan. Was willst du tun? Einfach irgendwen küssen?

Egal. Irgendwie finde ich bis heute Abend jemanden.

Maya zieht die Stirn kraus. Genau genommen müssen wir sie nicht fragen, wann und wo wir unsere Quote erfüllen. Aber die Gefahr, dass wir Aufsehen erregen, ist geringer, wenn wir uns absprechen.

»Ich wollte heute eigentlich Georgina bei ihrem ersten Kuss helfen«, merkt Maya an.

»Dem zweiten«, flüstert Georgina.

Maya stockt kurz. »Ja, natürlich. Entschuldige.«

Den ersten Kuss führt man immer sofort aus, direkt nach dem Pakt mit Hades. Noch im Rausch der Wut.

»Georgina hat nicht mehr so viel Zeit«, fährt Maya fort. »Und da heute keine Party stattfindet, könnte es zu auffällig sein, wenn wir mehr als zwei Kerlen die Seele abnehmen. Wenn drei Typen auf einmal seelenlos herumwanken, könnte das auffallen. Und Damon schafft es auch nicht einfach so, an einem Abend an drei Orten die Spuren zu verwischen.«

Mist. Alles gute Argumente. Aber ich kann nicht warten. Auf keinen Fall. Ich muss sofort wissen, dass alles in Ordnung ist. »Ich weiß nicht«, sage ich langsam, in der Hoffnung, dass mir noch irgendein Argument einfällt, warum ich es ausgerechnet heute tun muss. »Der Typ muss aus dem Verkehr gezogen werden, bevor er noch mehr anrichten kann ...«

Maya legt den Kopf schief und schenkt mir ihren durchdringenden »Ich ahne, dass da was im Busch ist«-Blick. »Du willst ganze sechs Tage vor der Deadline jemanden küssen? Was ist mit deiner Regel, immer erst kurz vor Ablauf des Countdowns jemandem die Seele zu rauben, damit du es wirklich nur so oft wie unbedingt nötig tun musst?«

Ich hebe das Kinn, um möglichst selbstsicher zu wirken. »Er ist sehr gefährlich.« Wen auch immer ich nehme, es wird sicher auf ihn zutreffen. »Es wäre nicht gut, noch länger zu warten. Wir sollten ihn dringend aus dem Verkehr ziehen.« Und zwar heute. Damit ich heute noch die Chance habe, Jenna zu sehen.

Maya seufzt. »Na gut, wenn du darauf bestehst, dann soll Georgina sich eben um ihn ...«

Argh. Muss sie denn auf alles eine Antwort haben? »Nein! Das will ich selbst machen. So einen Mistkerl wie ihn will ich niemand anderem zumuten. Ich werde auch besonders vorsichtig ...«

»Erin«, unterbricht Maya mich. »Du weißt, warum ich so darauf achte, dass wir nie alle auf einmal den Kuss anwenden«, flüstert sie. »Nie mehr an einem Abend, als unbedingt nötig.«

Ja, das weiß ich. Trotzdem weiche ich ihrem Blick nicht aus.

»Wenn du einen Fehler machst, kann uns allen etwas passieren. Und nicht nur uns, sondern auch den Leuten, die uns enttarnen.«

Ich schlucke schwer. Natürlich. Sie hat recht. Hades straft nicht nur uns, sondern auch die, die von uns erfahren. Damit sie nicht die geringste Chance haben, es jemandem weiterzuerzählen.

»Georgina und Kali sind heute dran. Izanagi morgen«, fährt Maya fort. »Am Mittwoch machen wir Pause, zur Sicherheit. Außerdem kann

Damon da nicht. Loki und ich sind am Donnerstag dran. Tauschen geht nicht, da wir sonst unsere Deadlines verpassen. Du kannst den Freitag haben, wenn du unbedingt früher dran sein möchtest.«

Freitag? Vier ganze Tage? Noch so lange? Ich starre sie ungläubig an. »Aber ich kann nicht …«

»Denk daran, was du mir versprochen hast, Erin. Damals in Chicago«, sagt Maya sanft.

Chicago. Ich fluche leise. Sie weiß genau, dass ich mich ihr nicht widersetzen kann, wenn sie diese Karte ausspielt. Ich halte ihren Blick fest. »Ich werde deinen Rat respektieren«, antworte ich, so wie ich es damals getan habe. »Du hast recht. Wir dürfen nicht leichtsinnig sein.«

Maya nickt mir dankbar zu. »Wir sehen uns heute Abend beim Training«, antwortet sie und geht. Ich sehe ihr kurz nach. Vielleicht ist es besser so. Ich finde bis heute Abend wahrscheinlich sowieso niemanden mehr, der meinen Kuss wirklich verdient. Meine Liste mit Verdächtigen ist zwar lang, aber die Beweise fehlen noch. Ich hatte in den letzten Wochen einfach zu wenig Zeit, mich darum zu kümmern. Zu viel Arbeit, zu viele Nachhilfeschüler. Und Damon hat auch noch andere Aufgaben, als mir zu helfen.

Ich seufze. Also gut. Ein paar Tage muss ich mich eben noch gedulden. Bis Freitag. Bis dahin finde ich jemanden. Dann werde ich Jenna sehen, ich werde merken, dass es nur ein dummer Fehler war, und alles ist wieder gut.

Ich atme tief durch, dann schnappe ich mir meine Sachen, verabschiede mich von den anderen und laufe die Treppe nach unten. Aber plötzlich bleibe ich wie angewurzelt stehen.

Da ist er.

Arden. Er hat seinen Rucksack über die Schulter geworfen. Seine Haare schimmern im Sonnenlicht. Blond, sie sind einfach blond. Oder?

Hellblond. Verdammt, es ist schon wieder nicht richtig zu erkennen. Er sieht mich unverwandt an. Dann lächelt er. Und mir stockt der Atem. Dann lächle ich zurück.

Sofort ärgere ich mich über mich selbst. Was soll das? Warum lächle ich ihn dauernd an? Er ist nichts Besonderes. Denk nicht mehr an ihn, sage ich mir, während ich mich schnell abwende, zwischen die vielen Studenten flüchte und mich von ihnen zu meinem nächsten Kurs treiben lasse.

Nicht an ihn denken. Wenn es nur so einfach wäre.

KAPITEL 8

Arden

»Dieser Darren Bradford ist wohl Geschichte«, sagt Carson. Er geht neben mir her in Richtung Hauptgebäude, ein Buch und seinen Laptop unter den Arm geklemmt. Lustigerweise haben wir einen Kurs in wissenschaftlicher Recherche zusammen, obwohl wir völlig unterschiedliche Fächer studieren. »Irgendwer hat behauptet, dass er gesehen hat, wie Darren etwas weggetreten durch die Gegend getorkelt ist, aber jetzt ist er wohl weg.«

»Wir sollten trotzdem die Augen offen halten«, antworte ich.

Carson nickt. »Was ist mit dem Mädchen, mit dem er gesehen wurde?«

»Was soll mit ihr sein?«, frage ich vorsichtig. In der kurzen Zeit, in der ich ihn kenne, habe ich schon mitbekommen, dass er wie ein Raubtier ist, das mit seiner scharfen Nase einfach alles aufstöbert, was es interessiert.

»Hast du sie gestern noch gefunden?« Er grinst.

Ich zucke betont gleichgültig mit den Schultern. »Jap. Hab sie gewarnt.«

Das tut seiner guten Laune allerdings keinen Abbruch. »Warum so wortkarg?«

»Weil du ganz sicher alles, was ich sagen könnte, gegen mich verwenden würdest«, gebe ich trocken zurück.

»Stimmt wahrscheinlich.« Er lacht und klopft mir auf die Schulter. »Aber hey, gut zu wissen, dass es etwas gibt, das ich gegen dich verwenden kann.«

Ich berichtige ihn nicht. Es ist besser, nicht zu sehr seine Aufmerksamkeit zu erregen, indem man versucht, vor ihm wegzulaufen. Dabei gibt es, was Erin betrifft, eigentlich gar nichts, was er hervorzerren könnte. Absolut nichts. Wirklich nicht.

Wir überqueren den Campus, vorbei an den Cafés und Ständen, die jetzt zur Mittagszeit vollkommen überfüllt sind, bis zum Hauptplatz der Universität.

Etwas Rotes zieht meinen Blick auf sich. Ohne es zu wollen, bleibe ich stehen und könnte mich im nächsten Moment dafür ohrfeigen. Denn Carson ist natürlich auch stehen geblieben und folgt meinem Blick. Auf der anderen Seite des Hauptplatzes sitzt Erin auf der riesigen Freitreppe. Der Wind fährt durch ihre roten Haare.

»Hey, ist sie das nicht?« Carson sieht zu Erin hinüber und verengt die Augen. »Wow!«, macht er. Dann wendet er sich wieder mir zu. »Das tut mir wirklich schrecklich leid für dich«, sagt er mit übertriebener Leidensmiene.

»Wie?«

Carson seufzt laut auf, als müsse er mir gleich die schrecklichste Geschichte der Welt erzählen. »Sie ist nichts für dich, glaub mir.«

»Was redest du da?« Nicht, dass es eine Rolle spielen würde. Ich habe ja nicht vor, etwas mit ihr anzufangen. Selbst wenn ich wollte – es wäre unmöglich.

Carson deutet auf die anderen Studenten, bei denen sie sitzt. »Sie ist eine von denen. Ich kenne die. Das ist eine Studentenverbindung, und sie ist berühmt-berüchtigt. Glaub mir, mit denen willst du nichts zu tun haben.«

Ein merkwürdiges Gefühl breitet sich in mir aus. »Wieso nicht?«

Carson schaut mich todernst an. »Sie versuchen es zu verstecken, sie verheimlichen es«, sagt er mit Grabesstimme. »Aber jeder, der ihnen schon einmal begegnet ist, weiß, dass es wahr ist.«

Ich verdrehe die Augen. »Ich glaube, ich gehe schon mal weiter …«

Carson legt mir die Hand auf die Schulter. »Dieses Mädchen«, grollt er mit düsterer Stimme, »gehört zur absolut sterbenslangweiligsten Studentenverbindung auf dem ganzen Campus.«

Ich starre ihn an. »Wie bitte?«

»Vielleicht sogar zur langweiligsten Studentenverbindung in den gesamten USA. Ich schwöre dir, die sind so langweilig, dass ich mich schon oft gefragt habe, wie sie es überhaupt miteinander aushalten. Ich meine, niemand, wirklich absolut niemand spricht über sie. Deswegen hast du auch noch nie etwas von ihnen gehört. Weil sie so uninteressant sind, dass sich nicht mal Lyras Vestalinnen über sie das Maul zerreißen können.«

Seine Worte versetzen mir einen Stich, aber Carson redet schon weiter. »Sie geben niemals Partys, laden nie auch nur Leute zu sich ein. Aber es würde sowieso keiner hingehen, denn schon ihr Verbindungshaus ist sterbenslangweilig. Absolut nichts Besonderes. Angeblich haben sie es von irgendwem geerbt, von irgendeiner vollkommen langweiligen Frau, die wollte, dass sie hier ein absolut langweiliges Leben führen können. Es ist keins der üblichen Gebäude, wie die anderen hier. Es ist einfach nur ein altes Holzhaus, total windschief mit abgeblätterter Farbe. Und es steht ganz am Ende vom Campus, an dem Weg, den nie jemand nimmt. Aber nicht, weil er gruselig ist, wie der, der zum Bloody Marsh Battlefield führt, sondern weil es dort einfach gar nichts gibt. Sterbenslangweilig eben. Genau wie die Leute aus der Verbindung.«

»Das kann doch überhaupt nicht wahr sein.«

Carson zuckt mit den Schultern. »Hey, ich schwöre dir, noch nie hat irgendwer davon erzählt, dass er eine von ihnen auch nur geküsst hat.«

»Ach, und das ist der Beweis, dass sie langweilig sind?«

Carson, der sich in seiner Rolle als Gruselgeschichtenerzähler offensichtlich gut gefällt, nickt bedeutungsschwer und beugt sich etwas zu mir herüber. »Sie gehen manchmal auf Partys, so wie gestern. Aber sie sind nie an irgendwas beteiligt. Sie stehen immer nur in der Ecke rum. Und wenn sie mal jemanden abschleppen, dann … Wie gesagt – nie hat jemand auch nur davon berichtet, eine von ihnen geküsst zu haben. Geschweige denn mehr. Du siehst also, sie sind komplett und vollkommen sterbenslangweilig.«

Hätte ich mir ja denken können, dass das seine Definition von langweilig ist.

»Man vermutet, dass sie irgendeine Art Gelübde abgelegt haben.« Er hält inne und zieht die Stirn kraus. »Aber nein, warte, das passt nicht.« Er schüttelt den Kopf. Dann grinst er. »Das wäre viel zu interessant.«

Ich muss lachen.

»Die paar Leute, die über sie reden, behaupten, dass sie sehr hart an ihrem Ruf arbeiten. Kann mir vorstellen, dass es echt anstrengend ist, so langweilig zu sein.«

Das Vibrieren seines Handys unterbricht ihn. »Oh. Nur noch drei Minuten bis zur Vorlesung. Wir sollten wohl …«

Ich will schon weitergehen, aber in diesem Moment steht sie auf und sieht zu mir herüber. Sie erstarrt, hat mich offensichtlich erkannt. Für den Bruchteil einer Sekunde harrt sie aus und hält meinen Blick fest.

»Ich finde eigentlich nicht, dass sie langweilig wirkt«, murmle ich.

Carson zuckt mit den Achseln. »Du kannst natürlich tun, was du willst. Aber wenn du dich mit ihr zu Tode langweilst, sag nicht, ich hätte dich nicht gewarnt.«

Sie sieht immer noch zu mir herüber.

Ohne darüber nachzudenken, lächle ich sie an.

Erst tut sich nichts. Aber dann lächelt sie zurück.

Ihr Lächeln erinnert mich an ihre frechen Sprüche und die Art, wie sie mir hingeknallt hat, dass sie Kung-Fu kann. Dann ist sie plötzlich fort, einfach zwischen den anderen Studenten verschwunden, als hätte sie sich in Luft aufgelöst.

Nur ihr Lächeln bleibt. Es ist wie ein bunter Farbtupfer auf einem weißen Blatt Papier.

KAPITEL 9

Erin

Erleichtert trete ich nach der letzten Vorlesung nach draußen und ziehe sofort meinen riesigen Schal fester um mich. Die Frühlingsluft ist merklich abgekühlt, in der Abenddämmerung kommt oft vom Meer ein kalter Wind. Dummerweise habe ich vor lauter warmer Morgensonne und Freude auf den Frühling heute früh meine Jacke zu Hause gelassen. Also vergrabe ich mein Gesicht so gut es geht in meinem Schal und haste mit gesenktem Kopf über den Campus.

Als ich am Hauptplatz vorbeikomme, werde ich kurz langsamer. Arden kommt mir in den Sinn.

»Hmpf«, grummle ich in meinen Schal und renne schnell weiter.

Ich sollte mir lieber überlegen, wie ich bis Freitag ein neues Opfer finde, anstatt dauernd an diesen Typen zu denken. Aber jeder meiner Schritte bringt die Erinnerung an heute Mittag zurück und auch die an gestern. Daran, wie er sich scheinbar um mich gesorgt hat und an seinen Humor. Daran, dass er mich zum Lachen gebracht hat. Es leuchtet immer noch warm in mir, dieses Lachen. Als hätte ich so etwas schon unheimlich lange nicht mehr gespürt. Vielleicht noch nie.

Quatsch! Jetzt hör aber auf, du Drama Queen.

Ich lege noch einen Zahn zu, verlasse den eigentlichen Campus und schlage den gewundenen Weg durch die Salzwiesen ein, der zu unserem Verbindungshaus führt. Es ist Flut, und die kleinen Kanäle, die das Meer und teilweise auch die Menschen in die Insel gegraben haben, sind bis zum Rand gefüllt. Die Strahlen der untergehenden Sonne glitzern noch einmal darauf, wie zum Abschied, dann ergeben sie sich endgültig der Dämmerung.

Die Kälte kriecht eisig in meine Knochen, und ich bin froh, als endlich unser Hexenhaus vor mir auftaucht. So nennen wir es, wenn wir unter uns sind, und nur dann. Dabei ist es eigentlich gar nicht so klein. Es wirkt nur so. Von außen verrät nichts an dem Holzhaus mit der umlaufenden Veranda und dem kleinen Türmchen, von dem die Farbe schon abblättert, wie groß und verwinkelt es innen ist.

Ich stoße die Tür auf und rette mich nach drinnen, bevor die Temperaturen ohne Jacke endgültig unter die Schmerzgrenze fallen. Sofort umfängt mich die mollige Wärme unseres großzügigen Wohnzimmers.

Ich bleibe stehen, schließe die Augen und genieße das Gefühl, das mich hier umgibt. Das gleiche wie damals, als ich nach zwei endlosen Jahren, in denen ich auf mich allein gestellt war, hier ankam. Zwei Jahre, in denen ich mich allein als Rachegöttin durchschlagen musste, immer unsicher, immer einsam. Bis ich erfuhr, dass hier andere sind wie ich. Als Maya mich angelächelt und willkommen geheißen hat, war es, als würde ich nach einem unglaublich dunklen Winter endlich wieder die Sonne sehen.

Ich öffne die Augen.

Kali sitzt in einem der riesigen Ohrensessel vor dem Kamin, in dem ein gemütliches Feuer prasselt. Neben ihr stehen Izanagis klägliche Versuche von Zimmerpflanzen. Ich glaube, die armen Dinger sind schon lange gestorben. Er hat wirklich einen verdammt schwarzen Daumen.

Ich seufze noch einmal, als die Wärme endlich in meine Knochen dringt. Etwas zu laut, denn Kali schaut auf und sieht mich mit hochgezogenen Augenbrauen an. »Schön, wenn der Kälteschmerz aufhört?«, fragt sie und grinst.

Ich grinse zurück und nicke.

Kali konzentriert sich wieder auf ihren Laptop. Ich will sie fragen, ob sie sich nicht langsam umziehen will, aber dann sehe ich, dass sie ihre Sportsachen schon anhat. Ich lasse ihr die letzten paar Minuten vor dem Training, damit sie noch schnell fertigmachen kann, was auch immer sie da tut, ziehe meine Schuhe aus und stelle sie neben die Eingangstür. Wie auf Wolken gehe ich auf dem weichen Teppich bis zur Treppe und dann nach oben in den ersten Stock. Eine weitere Treppe führt hinauf in den kleinen Turm – Mayas Zimmer. Ich gehe an der Treppe vorbei bis ans Ende des Gangs und öffne die Tür zu meinem Zimmer.

Ich liebe mein kleines Zimmer. Es ist zwar kein verwunschenes Turmzimmer wie das von Maya, aber es ist schief und krumm und hat an einer Seite einen Erker, in den morgens die Sonne scheint. Am Wochenende liebe ich es, dort zu sitzen und zu lesen, und wenn schlechtes Wetter ist, kuschle ich mich ins Bett und zocke auf der X-Box oder der Nintendo Switch. Aber jetzt ist für nichts davon Zeit. Ich stelle meinen Rucksack neben meinen vollkommen überfüllten Schreibtisch und will mich schon zum Schrank drehen, als mir etwas Goldenes entgegenleuchtet.

Ich ziehe es zwischen den Schichten aus Papier, Büchern, Games und Mangas hervor und betrachte es.

Mein *Handbuch für Göttinnen.*

Trotz Zeitmangel schlage ich es kurz auf und trage Nummer 132 von gestern ein. Es fühlt sich gut an. Als könnte ich ihn und den vermaledeiten Kuss so von mir wegschieben. Seit ich hierhergekommen bin, führe ich Buch. Aber ich lese nie nach. Niemals. Ich nutze das *Handbuch* nur, um jeden Gedanken an die Kerle loszuwerden. Ich sehe auch nie nach, was aus ihnen geworden ist.

Ganz am Anfang habe ich das einmal getan. Ich habe gesehen, wie der Typ, der seine Freundin monatelang malträtiert hatte, endlich damit aufhörte. Ich habe gesehen, dass er niemandem mehr etwas zuleide tun wollte, habe die Leere in seinen Augen gesehen und dass alle ihn meiden. Ich habe auch gesehen, dass er sein Leben wie in Trance abspult.

Damals habe ich mich ein einziges Mal davon überzeugt, dass ich das Richtige tue. Dass meine Strafe wirklich den Effekt hat, den ich mir wünsche. Einmal ist genug. Ich will so wenig wie möglich mit diesen Kerlen zu tun haben. Es reicht schon, dass ich sie einmal küssen muss.

Energisch schlage ich das Buch zu. Wenn es voll ist, werde ich es vielleicht verbrennen. Der Gedanke daran bereitet mir schon jetzt Genugtuung.

Ich werfe es achtlos zurück auf den Tisch, und dabei öffnet sich die erste Seite. Die einzige, die bedruckt ist.

Verstehe, dass du eine Göttin bist.
Vergiss nie, dass du einzigartig bist.
Lass deine Seele frei.

Ich schnaube. Wie sehr ich diese Allerweltsweisheiten liebe. Viel Mühe hat die gute Raeanne sich damit nicht gemacht. Das Buch sieht aus wie eines von diesen Selbsthilfenotizbüchern, die gerade so in sind. Vielleicht hat sie es nicht mal selbst gedruckt, so wie Maya glaubt, sondern ist nur durch Zufall darübergestolpert und hat alle Restbestände aufgekauft, weil es gerade so gut passte.

Handbuch für Göttinnen, dass ich nicht lache. Wäre es ein echtes Handbuch, würde darin wohl stehen, wie man den Kuss richtig durchführt, wie man die Dunkelheit küsst und wie zum Teufel man Hades dazu bringt, einem seine Schwester zu zeigen.

Jenna.

Mit unglaublicher Sehnsucht im Herzen fällt mein Blick immer wieder auf die Kiste, die in der hintersten Ecke meines Zimmers steht. Plötzlich will ich sie unbedingt herausholen und hineinsehen. So lange habe ich das nicht gemacht. Eigentlich habe ich jetzt gar keine Zeit dafür, das Training beginnt gleich. Aber ich tue es trotzdem.

Ich greife nach der Kiste und öffne den Deckel. Eine Wolke aus blaugrünem Stoff kommt mir entgegen. Das Kleid, das sie bei ihrem Abschlussball getragen hat. Ich nehme es heraus und streichle den Stoff. Es ist, als würde ich ihre Hand streicheln, so weich ist er und fast genauso warm.

Es ist das Einzige, was ich von ihr noch habe.

Am liebsten würde ich das Kleid nehmen, mich aufs Bett legen und mich damit zudecken. Aber das würde den wunderschönen Stoff vollkommen ruinieren.

Vorsichtig falte ich das Kleid wieder zusammen und lege es zurück in die Kiste. Jenna hat mir beigebracht, dass man solche Kleider besser liegend aufbewahrt, weil der schwere Rock im Hängen die Nähte belastet und sie irgendwann zerstört.

Langsam schiebe ich die Kiste zurück an ihren Platz.

Jenna.

Sie war immer für mich da.

Ich zucke zusammen, als ich Schreie aus dem Keller höre. Verdammt. Ich bin schon wieder zu spät. Das wird Kali gar nicht gefallen. Sie hasst es, wenn wir mitten im Training noch reinschneien. Hastig raffe ich meine Haare zu einem Knoten zusammen, was ziemlich sinnlos ist, weil sie sich sowieso immer wieder befreien. Dann ziehe ich mir rasch meine Sportsachen über und renne nach unten in den Keller, wo das Training bereits in vollem Gange ist. Izanagi, Loki und Maya sind da, auch die Neue, Georgina, steht schon in Kampfstellung. Sieht nicht so aus, als hätte sie so was schon mal gemacht, aber sie strahlt Entschlossenheit aus. Ich nicke ihr ermutigend zu, und ihre Augen leuchten erfreut auf.

Kali wirft mir einen bitterbösen Blick zu, sagt aber nichts. Sie leitet das Training, seit sie hergekommen ist. Früher hat Maya es gemacht, es aber nach ihrem ersten ziemlich schnell verlorenen Übungskampf mit Kali nur zu gern an sie übergeben.

»Wie schön, dass du dich auch zu uns gesellst«, wirft Maya mir zu. Aber ihr Tonfall ist freundlich.

»Tut mir leid.«

Ich könnte mich irgendwie rausreden, aber Mayas Kommentar war mehr ein freundlicher Tatzenhieb als eine echte Warnung. Wir sind nicht verpflichtet, an diesem Training teilzunehmen. Trotzdem tun wir es alle. Schließlich sind wir keine echten Göttinnen, wir haben keine Macht, die uns schützen könnte. Wir haben von Hades nur ein paar Kräfte verliehen bekommen, damit wir ihm als Rachegötter dienen können. Aber gegen Menschen, die uns attackieren, helfen diese Kräfte nicht wirklich, nur der Kuss könnte uns schützen. Und den will ich nicht als Verteidigung einsetzen müssen. Dazu zerstört er zu viel.

Ein Schauder überläuft mich, wenn ich daran denke, dass ich dieses Training schon mehr als einmal brauchen konnte. Oder geglaubt habe, es zu brauchen. Arden kommt mir wieder in den Sinn. Er wollte mir helfen. Irgendwie habe ich gespürt, dass von ihm keine Gefahr ausgeht.

Sei nicht dumm, schimpfe ich mit mir selbst, während ich Kalis Work-out-Routine befolge. Ein erster Eindruck kann täuschen. Sogar sehr. Außerdem solltest du nicht ständig an ihn denken!

Ich bin froh, als Kali zu den Kicks übergeht. Ich stecke alle Kraft in die Übungen, und irgendwann komme ich in eine Art Trance. Die Bewegungen übernehmen meinen Körper. Meine Gedanken lösen sich. Alles löst sich. Ich liebe diesen Moment.

In der Zeit, in der ich allein war, in diesen grauenhaften zwei Jahren Einsamkeit, nachdem ich Summer weggeschickt und ihr verboten habe, sich bei mir zu melden, damit sie vor Hades sicher ist – in diesen zwei Jahren ohne Jenna und Summer, allein zwischen den Hochhäusern von Chicago, war Kung-Fu meine einzige Rettung. Es war ein kostenloser Kurs in einem Jugendtreff. Eigentlich war es nur als Ablenkung gedacht, aber ich war nicht die Einzige, die es in zwei Jahren bis zum schwarzen Gürtel gebracht hat. Wenn man nur eine Sache hat, mit der man sich beschäftigen kann, dann fällt es leicht, ganz darin aufzugehen. Oder sich darin zu verlieren.

Shit. Warum muss ich jetzt dauernd an Chicago denken? Normalerweise schaffe ich es ziemlich gut, alles zu verdrängen und mich mit dem Sport abzulenken. Aber jetzt? Fehlanzeige. Vielleicht, weil Maya es heute Mittag erwähnt hat.

Die Erinnerung an das dunkle Zimmer in Chicago, das ich mir mit zwei anderen Mädchen geteilt habe, steigt in mir auf. Damals war ich froh, dort untergekommen zu sein. Ich hatte kein Zuhause mehr, dafür hatte er gesorgt. Kenneth.

Ich dresche auf den Sandsack ein.

Ich war zu alt für eine Pflegefamilie, aber zu jung, um allein zu leben. Ich schnaube. Trotz der anderen acht Teenager in der Wohnung habe ich mich selten so allein gefühlt wie dort.

Schlampe. So haben sie mich genannt, weil sie gesehen haben, dass ich jede Woche einen anderen abschleppte, um mit ihm rumzumachen. In Wahrheit natürlich, um ihn dem Kuss zu unterziehen, aber das wussten sie ja nicht. Damals war ich noch zu ungeschickt, um es zu verstecken, durfte es ihnen natürlich nicht sagen, und sie haben es nicht verstanden. Wie sollten sie auch?

Sie haben mit dem Finger auf mich gezeigt, weil ich mir bei den Schulpartys immer die Typen ausgesucht habe, die keine von ihnen wollte. Mit voller Absicht, schon damals, habe ich nur die allerschlimmsten genommen. Die, deren Fassade die hässlichsten Risse hatte. Die, bei denen ich Genugtuung spüren konnte, wenn ihre Augen leer wurden.

Nachts habe ich im Bett gelegen. Habe die Küsse gehasst, die Männer und mich selbst und dem einen Moment in der Woche entgegengefiebert, in dem ich mich nicht allein gefühlt habe. Dem Moment, in dem ich Jenna sehen durfte. Ihr Lächeln. Ihr liebevolles Gesicht. Nur das hat mich über diese schreckliche Zeit hinweggerettet. Aber ich habe immer darum gekämpft, mir nichts anmerken zu lassen. Nicht zu zeigen, wie weh es tut, immer wieder beschimpft zu werden, selbst von Leuten, die mir nichts bedeuten.

Schlampe.

Ich presse die Lippen aufeinander. Schlage härter auf den Sandsack ein, kicke mit noch mehr Kraft, bis mir der Schweiß runterläuft und mir fast schwindelig wird. Aber ich höre nicht auf. Ich trete und schlage und schreie alles heraus. Meine Wut auf die Mädchen, die mich beschimpft haben. Meinen Hass auf Jennas Ex. Und meine zerstörerische Wut auf Hades. Weil er zu mir kam, in jener allerersten Nacht, in der ich so hilflos und verletzlich war. Damals wollte ich nur, dass die Wut aufhört. Diese unglaubliche Wut auf Kenneth. Aber sie saß so tief in meiner Seele, dass ich glaubte, daran zu ersticken. Hades hat das ausgenutzt.

Und das werde ich ihm nie verzeihen.

Ich schreie noch lauter als zuvor und dresche so hart auf den Sandsack ein, dass meine Faust schmerzt. Von wegen die Wut loswerden! Sie ist immer noch da. Jeden Tag. Und jeden Tag aufs Neue muss ich sie aus mir herauskämpfen, um nicht doch noch daran zu ersticken.

Wenn sie weg ist, kommt die Angst. Und die lässt sich nicht so leicht wegkämpfen. Es ist, als hätte sie nur darauf gewartet, dass ich alle anderen Gedanken loswerde, damit sie mich mit voller Wucht treffen kann.

Angst um Jenna und Summer. Verdammt große Angst. Immer schleppe ich sie mit mir herum. Dass ich Jenna nicht sehen durfte, hat diese Angst zu einem Monster gemacht, das mich förmlich von innen heraus auffrisst, und auf dem Gesicht des Monsters liegt als hässliche Fratze der Albtraum von letzter Nacht. Der, den ich immer wieder träume seit jener Nacht, in der mein Leben für immer in unendlich viele Scherben zerbrochen ist.

Jennas warmes Lächeln wird kalt und grau. Ihr Gesicht leer. Ihre Haare schlingen sich um sie, als wollten sie sie erwürgen. Und das Blut. Immer das Blut. Es läuft aus ihren Augen wie dunkelrote Tränen.

Heftig atmend und zitternd komme ich zum Stehen.

Der Sandsack schwingt vor mir in der Luft. Um mich herum ist es still. Kali wirft mir einen merkwürdigen Blick zu, sagt aber nichts. Und ich bin unendlich dankbar, dass sie ein einziges Mal scheinbar versteht, dass ich jetzt keinen flapsigen Kommentar brauchen kann. Maya kommt vorbei, legt mir eine Hand auf die Schulter.

»Alles okay?«, fragt sie leise.

Ich nicke.

»Willst du reden?«

Ich schüttle den Kopf. Worüber sollte ich reden? Das, was mir wirklich auf der Seele brennt, darf niemand je erfahren, nicht mal Maya. Und das, was ich fragen will, habe ich schon gefragt, und sie hat Nein gesagt.

Maya geht, und ich lehne die Stirn an den Sandsack. Ich atme aus und ein, aus und ein, aus und ein, bis alle anderen weg sind und die Angst in mir mich langsam aus ihrem Würgegriff entlässt.

Ich sollte rauf in mein Zimmer gehen. Ich habe heute noch viel zu tun. Aber ich kann mich nicht rühren. Jenna zu sehen, ist immer noch der Höhepunkt meiner Woche. Das, woran ich mich festhalte. Ohne sie bin ich nach wie vor einsam.

»Erin?«

Ich fahre herum. »Georgina!« Sie steht hinter mir und sieht mich mit aufgerissenen Augen an. Offensichtlich sind doch nicht alle gegangen.

»Solltest du nicht mit Maya unterwegs sein?«, frage ich.

Sie hält meinen Blick fest, gleichzeitig färben sich ihre Wangen leicht rot. »Ähm. Ich … wollte mir noch einen Kaffee holen, bevor wir …« Sie verstummt. Räuspert sich.

… ein Opfer suchen und den Kuss anwenden. Natürlich.

Mitleid steigt in mir auf. Gleichzeitig wünsche ich mir, ich hätte Maya damals an meiner Seite gehabt, bei meinem zweiten Kuss. Alles wäre so viel leichter gewesen. Oder vielleicht auch nicht.

»Ich dachte, vielleicht möchtest du auch einen.«

Ich blinzle sie an. Einen was? Ach ja. Kaffee. »Tut mir leid, aber ich habe wirklich keine Zeit.« Es ist die Wahrheit, dennoch sieht sie so enttäuscht aus, als würde sie denken, es wäre eine Ausrede.

»Klar. Macht nichts. Es ist nur … Ich wollte dich eigentlich was fragen. Und dich als Dankeschön zum Kaffee einladen.«

»Oh.« Unwillkürlich verspanne ich mich. Was sie wohl von mir will?

»Das brauchst du nicht. Du kannst mich auch einfach so fragen.«

Sie lächelt scheu. »Kali hat erwähnt, dass du so viele Jobs hast. Und ich brauche auch ganz dringend einen. Ich dachte, vielleicht kannst du mir helfen? Woher bekommst du deine Jobs?«

Erleichtert lächle ich. »Ach so. Es gibt eine WhatsApp-Gruppe für Studentenjobs. Hier.« Ich nehme mein Handy, rufe die Gruppe auf und zeige sie Georgina. »Da sind immer viele Angebote drin. Leute fragen nach Nachhilfe, es gibt auch mal Kopierjobs oder sonstige Sachen, die man zwischendurch erledigen kann. Ist natürlich nicht gut bezahlt, aber Geld ist es auch. Gib mir deine Nummer, dann lade ich dich in die Gruppe ein.«

Georginas Augen leuchten. »Oh, das ist toll, danke dir!«

Ihre ehrliche Freude über so eine kleine Gefälligkeit bereitet mir ein schlechtes Gewissen. Ich wünschte, ich könnte mehr für sie tun. Aber zuerst muss ich mich um Jenna kümmern. »Gern geschehen.«

Sie wendet sich zum Gehen. Aber dann dreht sie sich noch mal um. »Mir hat gefallen, was du gesagt hast, weißt du? Dass man nur solche Typen küssen soll, die es wirklich verdient haben. Die ganz schlimmen zuerst. Dann … hat das alles vielleicht doch ein Gutes.« Sie nickt, als müsste sie sich selbst davon überzeugen.

Ich zögere kurz. Es fühlt sich falsch an, sie einfach wegzuschicken. »Wenn mal was ist«, sage ich dann schnell, »– du kannst jederzeit zu mir kommen. Und … schreib in dein Buch. Ich mache das auch. Es hilft, die Gedanken daran loszuwerden.«

Sie nickt. »Danke.« Damit verschwindet sie durch die Tür. Noch kurz leuchten ihre blonden Haare mir von draußen entgegen, und wieder versetzt es mir einen Stich. Nicht nur, weil sie mich so an Summer erinnert, sondern ein bisschen auch an mich selbst.

Nachdem ihre Schritte auf der Treppe nach oben verklungen sind, sammle ich meine Sachen ein. Es hat keinen Sinn, hier noch länger rumzuhängen. Ein paar Hacking-Aufträge warten auf mich, und ich brauche jeden Cent, den sie mir einbringen. Außerdem kann ich mich damit perfekt ablenken.

Ich verlasse den Trainingsraum und betrete den dunklen Flur. Aber gerade, als ich einen Fuß auf die unterste Treppenstufe setzen will, glitzert etwas in meinem Augenwinkel. Etwas Dunkles. Ich drehe mich danach um.

Und dann kommt mir eine Idee.

KAPITEL 10

Erin

Ich könnte ihn einfach fragen.

Langsam gehe ich auf die Tür am Ende des Gangs zu, lege eine Hand auf das verschnörkelte Holz, in das Goldintarsien eingearbeitet sind, spüre das Beben der Tür unter meiner Haut. Es ist, als würde sie leben. So wie die Menschen, die hier gestorben sind. Sie sind der Grund dafür, warum Raeanne das Haus gerade hier hat bauen lassen. Um einen sicheren Ort zu haben, wo die Göttinnen und Götter die Geister beschwören und die Unterwelt öffnen können, um die Seelen an Hades zu übergeben. Damals gab es noch keinen Helfer wie Damon. Jetzt benutzen den Raum nur noch die, die ihre Phiolen nicht einfach ihm überlassen.

Also ich.

Jede Woche erfülle ich hier meinen unseligen Pakt, von dem ich mir tagtäglich wünsche, ich hätte ihn nie geschlossen.

Hass steigt in mir auf. Er gilt vor allem mir selbst. Ich konnte ihn nicht beherrschen. Konnte mich nicht beherrschen. Deswegen bin ich Hades in die Hände gefallen.

Du kannst diesen Hass loswerden, Erin. Du kannst ihn zu deinem Vorteil einsetzen. Ich gebe dir die Macht dazu.

So hat er mich damals gelockt.

Was für eine schamlose Lüge! Niemals werde ich diesen Hass loswerden, solange ich lebe. Das weiß ich jetzt. Mit einer heftigen Bewegung stoße ich die verschnörkelte Tür auf, sie knallt gegen die Wand. Ich trete hindurch, hinein in die Dunkelheit dahinter.

Was, wenn ich ihn einfach frage? Hier und jetzt?

Wer sagt, dass ich ihn nur beschwören darf, wenn ich eine Seele für ihn habe?

Ich gehe tiefer in den Raum hinein. Sofort spüre ich seine düstere Präsenz. Obwohl ich ihn noch nicht gerufen habe, ist alles von Hades durchdrungen. Zu viele von uns haben ihn hier schon gerufen und ihm die Seelen ihrer Opfer gebracht. Seine grausame Nähe ist wie ein Makel, der für immer auf diesem Ort liegen wird. So wie über meinem Leben. Und ich werde mich nie wieder davon befreien können. Dafür hat er in jener Nacht gesorgt. Ohne es zu wollen, bin ich plötzlich wieder dort. Meine Erinnerung trägt mich zurück in den Herbststurm von damals, der mir unbarmherzig den Regen ins Gesicht peitscht. Ich knie auf der nassen Straße. Meine Haare hängen nass hinunter, Tropfen laufen in meine Augen. Vermischen sich mit meinen Tränen. Aber ich spüre kaum etwas davon. Alles, was ich spüre, ist dieser unglaubliche, schreckliche, schmerzhafte Hass in mir. Er zerreißt mich fast. Er zerrt meine Seele an einen Abgrund, der mir Angst macht und in den ich mich doch am liebsten hineinstürzen will.

Kenneth soll büßen. Für alles.

Nie wieder soll er jemandem antun können, was er Jenna, Summer und mir angetan hat. Ich will ihn hineinstoßen in diesen dunklen Abgrund, der sich in mir geöffnet hat. Ich will diejenige sein, die Kenneth für immer beseitigt. Für einen kurzen, beängstigenden Moment will ich ihn töten.

Ich schreie laut auf, weil ich es nicht ertrage, mich so zu fühlen. Es ist zu viel. Es zerfrisst mich, zerstört mich, jetzt schon, vielleicht mehr, als Kenneth es jemals könnte. Es macht mir Angst. Meine Finger krallen sich in meine Haare, als könnte ich mir so den Hass herausreißen. Ich will nicht an Kenneth denken und mir so sehr wünschen, dass er tot wäre. Ich will solche Gefühle nicht haben. Ich will an Jenna denken. Nur sie zählt jetzt. Aber der Hass in mir überdeckt alles.

Du kannst diesen Hass loswerden, Erin. Du kannst ihn zu deinem Vorteil einsetzen. Ich gebe dir die Macht dazu.

Schmerz. Er jagt durch meinen Körper, sticht hinter meiner Stirn. Und in ihm vibriert eine dunkle Stimme. »Was? Eine Stimme in meinem Kopf? Werde ich jetzt auch noch verrückt?«, stöhne ich.

Du wirst nicht verrückt.

Ich fahre herum. Aber da ist niemand.

Der Schmerz in meinem Kopf explodiert in meinen Augen. Es fühlt sich an, als wäre ich blind. Panik schnürt mir die Kehle zu. Ich strecke die Hände aus, taste hektisch herum. »Was … ist …?«, stoße ich hervor. »Ich sehe nicht …«

Du sollst auch nicht sehen. Niemand soll sehen. Der Schmerz in meinem Kopf wird noch heftiger. *Du musst es auch nicht. Du musst nur spüren, was du dir wirklich wünschst.*

»Was?« Spüren, was ich mir wirklich wünsche? Weglaufen, das wünsche ich mir. Weg von dieser merkwürdigen Stimme, die den Schmerz mit sich bringt und nach unendlicher Finsternis klingt. Ja. Genauso ist es. Sie klingt nicht normal, nicht von dieser Welt. Und ich … ich werde offensichtlich doch verrückt.

Ich spüre, dass sich mir etwas nähert. Etwas, das mein Herz so schnell schlagen lässt, dass mir fast schwindelig wird. Etwas, vor dem jedes vernünftige Wesen davonlaufen würde. Aber ich kann mich nicht rühren.

Nicht, weil ich nichts sehe. Nicht, weil dieses Wesen mich nicht lässt. Sondern weil ich plötzlich spüre, dass mein Hass in ihm versinkt. Mit jedem bisschen, das es mir näher kommt, ist es, als würde es mir helfen, meinen Hass zu tragen. Zum ersten Mal seit Stunden, Wochen, Monaten, nein, vielleicht Jahren kommt mir der Hass in meinem Herzen erträglich vor. »Ich wünsche mir, dass der Hass in mir aufhört«, flüstere ich.

Ich kann dir helfen. Die Stimme tut jetzt nicht mehr ganz so weh in meinem Kopf.

»Wer bist du?«, frage ich und versuche, trotz Blindheit die Augen zusammenzukneifen, um etwas zu sehen. Und dann fällt es mir auf: Ich bin nicht blind. Meine Augen funktionieren. Ich starre nur direkt in unendliche, undurchdringliche Finsternis. Und in ihrem Zentrum befindet sich die Stimme. Aber statt einer Antwort zerplatzt die Dunkelheit plötzlich, und ihre Bruchstücke wirbeln in einem Strom um mich herum. Sie setzen sich zu Bildern zusammen, die ich kenne und doch auch wieder nicht. Bilder aus alten Büchern meiner Kindheit, nur schrecklich real.

Tote, die über einen grauen Fluss ziehen. Ein Fährmann, der sie übersetzt. Und auf der anderen Seite eine dunkle Gestalt.

»Hades«, flüstere ich. Denn diesen Namen haben die Bilder in mir wachgerufen. Hades? Der Gott der Unterwelt? Wie kann es sein, dass er wirklich existiert? Wie kann es sein, dass er hier ist? Und wieso sollte er gerade zu mir kommen?

»Warum willst du mir helfen?«, frage ich, weil mir das am abstrusesten erscheint. In den letzten Jahren wollte mir und meinen beiden Schwestern niemand wirklich helfen.

Die Bilder verschwinden, die undurchdringliche Finsternis ist wieder zurück.

Sie wabert in meinen Augen. *Du trägst so viel Hass und Wut in dir.*
Trotz allem muss ich lachen. »Ja, das weiß ich selbst. Vielen Dank.«
Die Finsternis zieht sich um mich zusammen. Das Lachen vergeht
mir. *Hass und Wut sind eine Gabe, Erin, und ich kann dir die Macht verleihen, sie zu benutzen.*

»Sie … benutzen?« Ich denke wieder an den dunklen Abgrund in
mir. »Wie? Wofür?«

Rache.

Rache. Rache.

Für den Bruchteil einer Sekunde besteht alles nur noch aus diesem
Wort. Es hallt in mir wider und reißt den dunklen Abgrund in meiner
Seele noch weiter auf. Rache. Oh Gott. Wie gut Rache sich gerade anfühlen würde. Mein Hass und meine Wut könnten sich darin auflösen.
Und ich wäre frei. Der Gedanke allein bringt mich zum Zittern. »Rache«, flüstere ich plötzlich aufgeregt. »Wie?« Ich mache einen Schritt in
die Dunkelheit hinein. Gleichzeitig spüre ich, wie sie mir näher kommt.
Nein. Er kommt mir näher. Hades. Aber jetzt schmerzt es mich nicht
mehr, ihm nahe zu sein. Es ist, als hätte ich mich daran gewöhnt. Als
hätte er den Schmerz in dem Moment von mir genommen, in dem er
das Wort Rache ausgesprochen hat.

Du wirst die Macht einer Göttin haben. Die Worte umschweben mich
verheißungsvoll. *Und du kannst sie einsetzen, um Rache zu üben an denen, die es verdient haben.*

Atemlos mache ich noch einen Schritt vorwärts. »Was für eine Macht
ist das? Wie räche ich mich an Kenneth?«

Du raubst ihm die Seele.

Ich erstarre. »Ich … soll ihn töten?«, frage ich.

*Niemand stirbt, bloß weil man ihm die Seele nimmt. Er fühlt nur nichts
mehr. Keine Liebe, aber auch keinen Hass und keine Wut.*

»Aber … macht ihn das nicht noch gefährlicher?« Jemand, der nichts fühlt, wird andere doch erst recht ausnutzen und zu seinem Vorteil handeln.

Nein. Denn er ist dann nicht mehr er selbst. Er hat keine Wünsche mehr. Keine Habgier, keine Lust. Nichts.

Mein Herz setzt einen Schlag aus. Keine Wünsche mehr.

Er lebt, er funktioniert, aber ihm bleibt nur noch der Verstand.

»Wie ein … Roboter?« Wie eine künstliche Intelligenz in einem menschlichen Körper. Mein Magen krampft sich zusammen. »Das klingt grausam.« Aber dann sehe ich vor mir, was Kenneth uns angetan hat. Und plötzlich ist grausam gut. Schrecklich gut. Ich will grausam sein zu ihm, so wie er es zu uns war. Ich weiß, ich sollte es nicht. Aber ich kann nicht mehr klar denken, so sehr hasse ich ihn in diesem Moment.

Rache wäre Erleichterung.

Ich höre es in mir. Ich spüre es in mir. Ich weiß nicht, woher es kommt, aber es ist auch egal. »Was muss ich tun?«, frage ich.

Du wirst mir Treue und Loyalität schwören. Du wirst mir mit deinen Kräften dienen. Und du wirst mir deine Seele als Unterpfand dafür geben.

Ich möchte Ja sagen. Kein Preis scheint mir in diesem Augenblick zu hoch, um Kenneth zu geben, was er verdient. Im Wirbel der Wut und des Hasses kommt es mir wie ein Geschenk vor.

Aber dann sehe ich Summer vor mir. Was würde sie von mir denken, wenn ich das tue? Meine kleine, freche, wundervolle Schwester. Wir haben Kenneth gemeinsam gehasst. Wäre ihre Wut genauso groß wie meine? Könnte sie mich verstehen?

Ich wünschte, sie wäre hier. Ich wünschte, sie könnte es mir sagen. Aber sie ist verschwunden, und ich habe keine Ahnung, wo sie ist. Die

Angst um sie vertreibt meinen Rachedurst für einen kurzen Augenblick.

Meine Seele als Unterpfand? Ihm dienen?

»Was kriege ich dafür?«, frage ich. »Welche Macht werde ich haben? Und was bedeutet es, dir zu dienen?«

Wieder zerplatzt die Dunkelheit. Ich sehe Bilder in ihr herumwirbeln. Ich sehe mich mit knisternden Haaren und blitzenden Augen. Ich küsse einen Mann und entreiße ihm eine blaue Substanz.

Der Kuss der Rachegöttin.

Ich spüre die Worte mehr, als dass ich sie höre.

Ich sehe mich zwischen Geistern, wie ich die blaue Substanz Hades bringe. *Beschwörung der Toten.*

Ich sehe eine neue Welt. Die Welt ist nicht mehr die, die ich einmal kannte. Aber ich bin immer noch die Gleiche. Sehe immer noch genauso aus.

Ewige Jugend.

Und im Gegenzug wirst du mir spätestens an jedem siebten Tag die Seele eines Menschen übergeben. So wirst du mir dienen.

Ihm dienen. Noch gefangen in den Bildern, verstehe ich erst nicht, was das wirklich bedeutet. Ewige Jugend! Ich könnte die Zukunft sehen. Ich könnte wissen, wie die Welt in mehreren Hundert Jahren aussehen wird. Und ich könnte es frei von Hass erleben. Denn Kenneth würde meine Rache spüren.

Ihm dienen. Alle sieben Tage eine Seele.

Es ist wie ein kalter Wasserguss.

Hades dienen. Einem Gott. Einem Gott, der auch ein Mann ist und sich nicht mal bemüht, seine hässliche Fratze hinter einer schönen Fassade zu verstecken. Kurz denke ich, dass das vielleicht ein Vorteil ist. Er hintergeht mich nicht. Aber weiß ich das sicher? Will ich mich wirklich so an ihn binden? Ihm meine Seele ausliefern? Nur für die Rache?

Würde Jenna das wirklich wollen? Nachdem Kenneth uns schon so viel genommen hat?

»Ich kann das nicht. Ich kann dir nicht dienen. Und ich kann dir auch meine Seele nicht geben.«

So sind die Bedingungen. Du gibst mir deine Seele als Unterpfand für deine Treue. Und die Rache wird dein sein.

Rache. Wieder flammt der Wunsch so heftig in mir auf, dass ich fast Ja sagen will. Und wieder taucht Summer in mir auf. Das Lächeln aus ihren blauen Augen ist wie eine kühle Brise, die mir hilft, mich nicht von meiner sengenden Rachlust verführen zu lassen.

»Nein!«, stoße ich hervor.

Was ist mit deiner Schwester Jenna? Die Worte dringen lauernd aus der Dunkelheit und überlagern Summers Lächeln.

Ich erstarre. »Was ist mit Jenna?«

Sie könnte in mein Reich eingehen. Oder auch nicht.

Oder auch nicht? Mein Herz klopft schmerzhaft in meiner Brust. »Du meinst, du kannst sie mir zurückgeben? Du kannst sie wieder zum Leben erwecken und …«

Nein. Aber ich kann ihr erlauben, vor den Toren der Unterwelt zu bleiben.

Ich schlucke schwer. »Was soll das helfen?«

Sie muss nicht über den Fluss Lethe gehen. Sie muss nicht vergessen. Und kein gesichtsloser Schatten werden wie die anderen. Sie wird sich an euch erinnern.

Ich keuche auf. Schmerz durchzuckt mich, zusammen mit der Erinnerung an Jennas Worte.

Manchmal habe ich so große Angst vor dem Tod, Erin. Weil er bedeu-

tet, zu vergessen und zu verlassen. Wenn ich wenigstens bei euch bleiben könnte. Wenn ich euch sehen könnte, wenn ich über euch wachen könnte ... Das ist meine größte Angst, Erin. Euch allein zu lassen und nicht einmal mehr zu wissen, wer ihr seid und dass ihr mich braucht.

Ich beiße mir auf die Lippen, bis es wehtut. Jennas Worte. So oft hat sie mir das gesagt, mehrere Male seit dem Tod unserer Eltern. Es war ihre schlimmste Angst, einfach so aus dem Leben gerissen zu werden wie Mom und Dad und uns allein zu lassen.

Ein Schatten zu werden klingt genau wie das, was sie auf keinen Fall wollte. Sie würde uns vergessen. Sie wäre für immer fort. Ich denke kurz darüber nach, aber eigentlich habe ich meine Entscheidung schon getroffen.

Langsam hebe ich den Kopf. »Wenn du meine Schwester davor schützt, ein Schatten zu werden, wenn du verhinderst, dass sie uns vergisst – dann werde ich dir dienen«, flüstere ich.

Schweigen. Als würde er darüber nachdenken.

Ich sehe Jenna vor mir, wie sie am Ufer des Flusses Lethe in der Unterwelt steht. Ich spüre ihre Angst, als wäre es meine. Und darunter lauert immer noch meine Rachsucht. Plötzlich will ich diesen Handel unbedingt. Aber ich darf es Hades nicht merken lassen.

»Meine Seele bekommst du nicht, denn Jenna würde niemals wollen, dass ich meine Seele für sie verpfände«, sage ich mit mehr Selbstbewusstsein, als ich empfinde. »Aber die Sicherheit meiner Schwester ist ohnehin ein besseres Unterpfand für dich, denn ich würde alles tun, um zu verhindern, dass ihre schlimmste Angst wahr wird.«

Die Finsternis scheint sich um sich selbst zu drehen wie ein schwarzes Loch. *Dann musst du schwören, Jenna niemals zu suchen oder sie aus der Unterwelt holen zu wollen. Sonst ist dein Handel gebrochen.*

»Ich schwöre«, sage ich sofort. Bevor mir richtig bewusst wird, was er da gerade gesagt hat. Könnte ich sie doch retten? Sie vielleicht ins Leben zurückholen? Aber es ist zu spät. Ich habe es geschworen. »Was passiert, wenn du deinen Teil der Abmachung nicht einhältst?«, schleudere ich ihm entgegen.

Dann ist der Pakt nichtig, und du schuldest mir nichts mehr.

»Und Jenna?«

Müsste trotzdem nicht über den Fluss Lethe gehen.

Ich atme tief durch. Wenn ich diesen Pakt eingehe und ihn einhalte, dann ist Jenna für immer sicher vor der Unterwelt. Und ich werde dafür sorgen können, dass Kenneth niemals wieder jemandem etwas antun kann. Das Einzige, was ich dafür tun muss, ist, Männer zu bestrafen, die es verdient haben. In diesem Moment scheint es mir, als hätte ich nichts zu verlieren, sondern nur zu gewinnen.

Ich balle die Fäuste, dann hebe ich das Kinn. »Gut. Ich bin bereit.«

Dann wiederhole meinen Schwur. Die Worte, die ich sagen muss, erscheinen in meinem Kopf, und ich wiederhole sie. »Mir wird durch den Pakt mit Hades die Macht einer Rachegöttin und ewige Jugend verliehen. Dieses Geschenk werde ich mein Leben lang achten, indem ich Hades spätestens am siebten Tag einer Woche die Seele eines Opfers übergebe.« Die Worte in meinem Kopf reißen ab, es dauert ein paar Sekunden, bevor weitere auftauchen. »Ich werde mit niemandem über meine persönliche Abmachung mit Hades sprechen. Und ich werde Hades treu und in Demut dienen, ohne jemals von einem Außenstehenden als Rachegöttin erkannt zu werden. Sollte ich eine dieser Bedingungen nicht erfüllen, gilt der Handel als gebrochen und mein … Unterpfand ist verloren.«

Ich stocke kurz. Mein Unterpfand. Jenna. Sollte ich meinen Pakt jemals brechen, werden ihre schlimmsten Ängste wahr. Sie wird den Fluss

Lethe überqueren müssen, ein gesichtsloser Schatten werden, wird uns vergessen und für immer verloren sein.

Ein seltsamer Schmerz erfüllt meinen Körper. Ein Gefühl, als würde Blei über meine Haut fließen und sie von oben bis unten verbrennen. Ich schreie auf. Aber der Schmerz ist schon vorbei. Nur das Gefühl, unter einer Schicht aus Blei zu ersticken, ist nach wie vor da. Und mein Arm brennt wie die Hölle.

Durch den blutroten Schmerz hindurch sehe ich, dass sich um mein Handgelenk ein Tattoo gebildet hat. Dann höre ich Hades. Er fragt nach Summer. Irgendwie kratze ich meinen letzten Rest Verstand zusammen. Überzeuge ihn, dass er mich Jenna sehen lassen muss. Jede Woche, wenn ich ihm die Seelen meiner Opfer bringe.

Wie in einem Wirbel sehe ich Kenneth vor mir. Eine blaue Substanz. Spüre Hass, Wut und Rache über mir zusammenbrechen. Dann ist es vorbei.

Die Rache ist dein, sagte die dunkle Stimme.

Später habe ich geglaubt, das alles nur geträumt zu haben. Aber dann sah ich Kenneth. Ich sah seinen leeren Blick. Und darin erkannte ich die Wahrheit. Seine Seele war ihm geraubt worden. *Ich* hatte sie ihm geraubt. Um meinen Pakt mit Hades zu besiegeln.

Es war alles real. Und die Rache war mein.

Sie ist es immer noch. Einmal pro Woche.

Zuerst war ich regelrecht euphorisch. Bis ich verstanden habe, was dieser Pakt wirklich für mich bedeutet. In jener Nacht, in der ich Jenna verloren hatte, hat Hades mir nichts gegeben. Nein – er hat mir noch mehr genommen. Mein Leben, wie es hätte sein können, wenn ich keine Rachegöttin wäre. Und jetzt? Jetzt will er mir noch das Einzige nehmen, was ich von diesem unglückseligen Pakt habe – Jenna zu sehen?

Nein. Nicht mit mir. Auch wenn es kein Bestandteil des Pakts ist, das lasse ich mir nicht nehmen. Ich werde ihn dazu bringen, dass er sie mir zeigt.

Ich atme tief durch. Dann rufe ich die Geister.

Mit den tiefsten Schatten der Nacht reise ich zu dir.

Ich sage es laut, während ich die Arbeiter beschwöre, die hier vor Jahrhunderten im Sumpf umgekommen sind. Ihre Seelen steigen aus der Vergangenheit empor, die viel zu tiefe Finsternis des Hades öffnet sich vor mir.

Ich warte im Dunkeln. Warte auf Hades. Seine dunkle Präsenz. Ich spüre sie wie ein Knistern in der Luft. Es verdichtet sich immer mehr, eine Gänsehaut kriecht über meinen ganzen Körper. Dann kann ich ihn sehen. Kein Gesicht, keine Gestalt, nur seine absolute Finsternis. So absolut, dass sie sogar in vollkommener Dunkelheit den Blick auf sich zieht.

Ich starre hinein, für einen kurzen Moment halte ich es aus, ihn direkt anzusehen. Obwohl es mir das Herz zusammendrückt, obwohl es mir die Luft aus den Lungen presst, obwohl es mir zeigt, wie winzig klein ich vor ihm bin. In seiner Dunkelheit sehe ich die Unendlichkeit des Seins. Und meine eigene Nichtigkeit.

Ich will wegsehen, aber ich ertrage es, solange ich kann. Es ist die einzige Art, ihm ins Gesicht zu sehen, ohne klein beizugeben. Die einzige Art, ihm anzudrohen, dass er sich die Zähne ausbeißen wird, wenn er versucht, mich übers Ohr zu hauen. »Zeig mir meine Schwester«, verlange ich, während in mir immer noch das Wissen tobt, nichts wert zu sein. Nicht wichtig zu sein. Weil mein Leben im Vergleich zu Hades' Existenz nur ein winziger vergänglicher Augenblick ist.

Er antwortet nicht.

Mein Mund wird trocken. »Zeig mir meine Schwester«, wiederhole ich. »Es war ausgemacht, dass ich sie jedes Mal sehen darf, wenn ich dir die Seele eines Opfers bringe. Mir steht von gestern noch eine Begegnung mit ihr zu!«

Hades reagiert nicht. Die Finsternis vor mir wabert, dann löst sie sich auf.

Verwirrt blinzle ich in die Dunkelheit. Mein Verstand weiß längst, was passiert ist, aber mein Herz braucht ein paar Sekunden, um es zu verstehen. Dann springe ich auf. »Nein!«, schreie ich. »Das darfst du nicht!« Meine Stimme ist schwer von Wut und Tränen. »Du kannst mich nicht einfach ignorieren!«

Meine Worte hallen in dem Raum laut wider. Sie scheinen mich zu verhöhnen.

Ich balle die Fäuste. Dann atme ich tief durch. Warum? Warum tut er das? Ist es doch Absicht? Dass er mich einfach ignoriert hat, könnte ein Zeichen sein, dass er mir Jenna ganz bewusst nicht zeigt, oder?

Nein. So darf ich nicht denken. Das ergibt keinen Sinn. Ich habe nichts getan. Und natürlich würde er nicht reagieren, wenn ich ihn rufe, ohne eine Seele für ihn zu haben. Wahrscheinlich kann ich froh sein, dass er mich dafür nicht bestraft. Ich muss ruhig bleiben. Muss ihm ein weiteres Opfer bringen. Muss jemanden küssen und ihm die Seele bringen. Dann wird er mir Jenna zeigen.

Damon wird mir dabei helfen, ein neues Opfer zu finden. Jetzt sofort.

Ohne lange nachzudenken, stürze ich die Treppe nach oben und zur Eingangstür. Direkt in Mayas Arme.

»Shit«, flüstere ich.

Maya betrachtet mich. Ich spüre, dass sie weiß, was ich vorhabe. Es ist einer dieser Momente, in denen sie mir viel älter vorkommt als dreiundzwanzig. Sie hat diesen Blick drauf, der einem durch Mark und

Bein geht. Ich kenne diesen Blick von meiner Mutter und von Jenna, dieser Blick, der einem sagt, dass man einen geliebten Menschen gerade schwer enttäuscht. Wieder regt sich Wut in mir. Was soll das? Sie weiß nichts über mich. Sie ist weder meine Mutter noch mein Vormund. Sie ist nicht die oberste Rachegöttin, die hier das Sagen hat. Sie ist nur die Anführerin dieser Studentenverbindung, aber sie hat keine Macht über mich. Jedenfalls keine, die Hades ihr verliehen hat.

Ich hebe das Kinn. »Es tut mir leid, aber es muss sein.«

»Du weißt, was ich denke.« Wieder ist da dieser Tonfall, der zu dem Blick von gerade eben passt. Dieser leichte Vorwurf in der Stimme, um ein ungehorsames Kind dazu zu bringen, doch noch freiwillig dem Willen der Eltern zu folgen.

Die Wut steigt höher in mir, breitet sich aus, schwappt schließlich über meine Lippen. »Nur weil du uns findest und hierherbringst, hast du kein Recht, uns Befehle zu geben.« Sie wird blass. Sofort tut es mir leid. »Du hast keine Ahnung, wie es ist«, schiebe ich hinterher. Im selben Moment halte ich ein, weil ich spüre, woher meine Wut wirklich kommt. Ich würde Maya so gerne alles erklären. Es wäre so schön, es ihr zu sagen. Vielleicht könnte sie mir helfen. Aber ich darf nicht.

»Du hast wohl vergessen, dass jeder von uns jemanden verloren hat. Oder etwas!«, zischt Maya. »Wir alle haben einen Preis dafür bezahlt, dass wir hier zusammenleben dürfen. Wir müssen Rücksicht nehmen. Wenn einer von uns auffliegt, fliegen wir vielleicht alle auf. Was immer es ist – denkst du, dein Pakt ist wichtiger als … Georginas? Oder Kalis?«

»Nein, natürlich denke ich das nicht.«

Mir wird schlecht, wenn ich daran denke, dass ich nicht nur meinen Pakt mit Hades, sondern auch die der anderen aufs Spiel setzen könnte.

Wer weiß, wie viele Menschen ich damit gefährden könnte. Sie könnten ihre Seelen verlieren.

»Aber ich muss es tun«, sage ich, obwohl ich längst nicht mehr sicher bin, dass ich es überhaupt tun kann. Ich trete hinaus in den kalten Frühlingsabend.

»Erin, verdammt!«, ruft Maya mir hinterher.

Aber ich beachte sie nicht. Ich renne einfach los.

KAPITEL 11

Arden

Entschlossen trete ich fester in die Pedale, rase auf meinem Fahrrad den Weg entlang. Der Mond geht gerade auf, aber das Licht ist trotzdem ziemlich spärlich, viele Lampen gibt es hier nicht gerade. Verdammt. Ich glaube, ich habe in der Eile den falschen Weg eingeschlagen, und das, wo ich sowieso schon spät dran bin. Ich drehe mich um. Ob es sich lohnt, zur Kreuzung zurückzufahren? Aber nein, ich bin schon zu weit weg, und dieser Weg führt ja auch zum Krankenhaus. Ist nur ein kleiner Umweg.

Ich sehe wieder nach vorn.

Ein Schatten auf dem Weg! Hastig reiße ich das Lenkrad herum.

»Pass auf!«, schreie ich, während ich mit quietschenden Bremsen zum Stehen komme. Schwer atmend starre ich in die Dunkelheit, die nur vom silbrigen Licht des Vollmonds erhellt wird.

Trotzdem ist unverkennbar, wer vor mir steht. Erin.

»Spinnst du?«, stößt sie hervor.

»Hey, du bist in mich reingelaufen«, gebe ich zurück.

Ihre Augen weiten sich, und sie kommt etwas näher. »Du!« Es ist keine Frage. Und es klingt … wütend. »Verdammt. Kannst du nicht aufpassen?«

»Tut mir leid. Ich hab dich nicht gesehen.« Kein Wunder, wenn man sich nach hinten dreht, während man so schnell fährt. »War meine Schuld, ich hab nicht geschaut«, gebe ich zu.

Sie zögert. »Ich ja auch nicht«, antwortet sie dann leise. »Ich bin einfach auf den Weg gelaufen. Hier bei uns kommt normalerweise niemand lang.«

Ich sehe mich um. Irgendwo zwischen den Bäumen erkenne ich in der Dunkelheit ein paar leuchtende Fenster. Ein Haus. Es steht auf einer kleinen Lichtung zwischen den Bäumen, und im Licht, das durch die Fenster dringt, erahne ich, dass es im Gegensatz zu den anderen Gebäuden auf dem Campus ganz aus Holz gebaut ist. Es sieht schief und krumm aus, als wäre es nicht auf einmal gebaut worden, sondern in mehreren Anläufen. Das muss ihr Verbindungshaus sein.

An dem ich vorbeigefahren bin, ohne es zu wollen. Auf einem Weg, den ich sonst nie nehme. Es gab überhaupt keinen Grund, hier entlangzufahren. Absolut gar keinen.

Außer ihr.

Ich atme tief durch und schließe die Hände fester um den Fahrradlenker. Nein, das kann nicht sein. Ich fahre doch nicht absichtlich hier lang, in der Hoffnung, auf sie zu treffen. Ganz sicher nicht. Genauso wenig, wie sie mir ständig im Kopf herumspukt.

Erin mustert mich. »Was machst du hier um diese Zeit?«

»Ich bin nicht absichtlich hier langgefahren«, sage ich schnell.

Ein winziges Funkeln tritt in ihre Augen. »Natürlich nicht. Warum sollte ich das denken?«

Shit. Sie tut es schon wieder. Und ich muss zugeben, dass ich es schon wieder verdammt unterhaltsam finde. Ich grinse verlegen. »Ich könnte jetzt sagen, dass ich generell an Verbindungshäusern interessiert bin.«

Sie hebt belustigt eine Augenbraue. »Dann würde ich antworten, dass das die dämlichste Ausrede ist, die ich je gehört habe. Bis auf unseres sehen hier nämlich alle Verbindungshäuser gleich aus.«

»Dann würde ich so tun, als würde mich das gar nicht aus der Ruhe bringen.« Ich setze mich auf dem Fahrrad etwas auf und mache mich so groß wie möglich. »Und dir total selbstbewusst sagen, dass es mir nicht um die Häuser geht, sondern um die Verbindungen selbst.«

Sie legt den Kopf schief. »Das klingt … wahnsinnig interessant.«

»Du solltest nicht vorschnell urteilen«, sage ich vollkommen ernst. »Immerhin gibt es hier für jeden Zweck eine Studentenverbindung. Es gibt sogar eine Verbindung für Leute, die keiner Verbindung angehören wollen.«

Sie starrt mich an. »Ernsthaft jetzt?«

Ich starre zurück. Dann muss ich grinsen. »Nein. Aber ich finde, diese Verbindung sollte es unbedingt geben.«

Ihre Mundwinkel zucken. »Ja, sollte es.«

Für einen Moment hält sie meinen Blick fest und ich ihren.

Arden. Pass auf. Das hier ist … nicht das, was du gerade willst.

»Es … es tut mir leid«, sage ich schnell. »Ich muss dringend weiter. Zum Krankenhaus. Meine Schicht fängt gleich an.«

»Oh …«, macht sie und presst dann die Lippen fest zusammen, als hätte sie sich daran hindern wollen, »Oh, schade« zu sagen.

Ich fluche innerlich. Ich sollte mir nicht auch noch einbilden, dass sie mich mögen könnte. Oder dass ich ihr vielleicht genauso im Kopf herumspuke wie sie mir. Ich sollte gar nicht mehr an sie denken.

Ich stelle den Fuß auf das Pedal. »Na dann. Viel Spaß noch. Beim … Joggen?«

»Ja. Joggen«, gibt sie leise zurück. »Ich … ich musste einfach noch mal an die frische Luft.«

Ihre Stimme klingt ein wenig verloren, gar nicht mehr so selbstbewusst und stark wie bei unserem ersten Zusammentreffen. Mist. Verdammter Mist. Sie klingt, als bräuchte sie jemanden zum Reden. Aber das ist keine gute Idee. Selbst dann nicht, wenn ich Zeit hätte, was ich nicht habe.

»Ist irgendwas?«, frage ich trotzdem und rolle innerlich mit den Augen. Ganz toll, Arden. Mach nur weiter so. Ist bestimmt der richtige Weg, um zu erreichen, dass du nicht mehr an sie denkst.

»Wie?«, macht sie leise, als hätte sie kurz vergessen, dass ich überhaupt da bin. Da. Das ist der Beweis. Sie mag dich nicht. Bestimmt will sie auch nicht mit dir reden. Fahr einfach weiter.

»Brauchst du Hilfe?«, frage ich stattdessen. Ergibt ja auch total Sinn.

»Gehst du immer rum und bietest Leuten deine Hilfe an, bis sie sie annehmen?«

Ich muss grinsen. Es ist verdammt schwer, ihren Humor nicht zu mögen. »Na ja. Die anderen Leute nehmen meine Hilfe für gewöhnlich beim ersten Versuch an.« Oh Mann. Flirte ich jetzt etwa mit ihr? Das ist der letzte Beweis. Ich habe meine Fähigkeit, klar zu denken, wohl zusammen mit meinen anderen Sachen in meinem Spind eingeschlossen.

Kurz ist es still. Dann höre ich sie leise lachen.

Das bedeutet wohl, sie mag es auch noch, wenn ich mit ihr flirte. Das macht alles so viel komplizierter. Und jetzt?

Während ich mir das Gehirn zermartere, höre ich Schritte auf dem Weg knirschen. Das Licht einer Taschenlampe flackert auf dem Kies.

»Hey, Erin. Was ist los? Belästigt dich der Typ?« Eine dunkle, schlecht gelaunte Stimme. »Willst du ihn loswerden?«

»Damon«, sagt Erin. Sie klingt nicht gerade begeistert über die Störung.

Was mir viel zu gut gefällt. Überhaupt gefällt sie mir viel zu gut. Aber das geht nicht. Nicht, solange alles so ein Chaos ist. Solange ich nicht sicher bin, ob ich es mir erlauben kann, jemanden zu mögen, wie ich Erin gern mögen würde.

»Er hat mir nur seine Hilfe angeboten.« Ein Lächeln schwingt in ihrer Stimme mit.

Der Kerl kommt näher. Er leuchtet mir kurz ins Gesicht. »Du?« Seine dunklen Augen scheinen zu glühen. Der Typ von der Party! Der mit der Ratte! Ob Carson den wohl auch langweilig finden würde? Und was genau hat er mit Erin zu schaffen?

Damon lässt die Lampe sinken. Sein Blick ist undurchdringlich. Dann reißt er sich von mir los und betrachtet das Mädchen. »Wolltest du joggen gehen oder so?«, fragt er.

Sie nickt.

»Im Dunkeln?«

»Ist doch Vollmond«, gibt sie unbekümmert zurück. Dann legt sie plötzlich den Kopf schief. »Du solltest mitkommen.«

Ich öffne den Mund, als hätte sie das zu mir gesagt.

»Klar«, sagt dieser verdammte Damon.

Kurz möchte ich ihm den Hals umdrehen. Ich seufze. »Na dann, viel Spaß euch beiden!«

Erins Blick zuckt zu mir. »Ja. Dir auch. Also … bei der Arbeit.«

Ich nicke nur. »Und wenn du mal im Hellen joggen willst, ich bin morgens nach Sonnenaufgang oft da drüben in den Salzwiesen unterwegs.«

Sie starrt mich an. Ich starre zurück. Damon starrt zwischen uns beiden hin und her.

Sie öffnet den Mund. Aber bevor sie etwas sagen kann, das mich noch mehr in gefährliches Fahrwasser bringt, trete ich in die Pedale und fahre los. Ich muss verrückt sein. Absolut verrückt. Ich weiß, ich sollte nicht mit ihr flirten, aber es fühlt sich gut an. Leicht. Ihre Gegenwart lässt mich vergessen, was für ein merkwürdiger Flickenteppich mein Leben geworden ist und dass ich einfach nicht weiß, wie die einzelnen Stücke richtig ineinanderpassen. Vor allem weiß ich nicht, ob ich darin Platz schaffen darf für jemanden wie sie.

Nein. Ich spüre die Antwort in meinem Magen. Nein, ich darf nicht. Nicht jetzt. Ich kann einfach nicht, egal, wie sehr ich es mir vielleicht wünsche. Ich muss Erin in Zukunft aus dem Weg gehen. Am besten streiche ich sie völlig aus meinen Gedanken. Das muss doch möglich sein. Ich will nicht mehr an sie denken, nicht mehr ihr Lächeln vor mir sehen oder ihre frechen Sprüche hören. Und schon gar nicht will ich hoffen, dass sie mich irgendwann demnächst vielleicht beim Laufen in den Salzwiesen trifft.

»Schluss jetzt!« Über mir fliegt ein Vogel auf und krächzt empört.

Genau. Schluss jetzt. Ich nehme mir ganz fest vor, sie mir aus dem Kopf zu schlagen, sie am besten nie wieder zu sehen und ihr auf gar keinen Fall mehr nahe zu kommen. Und komplett zu ignorieren, dass mir dieser Gedanke gar nicht gefällt.

KAPITEL 12

Erin

Damon starrt mich an. »Willst du wirklich joggen, oder hast du das nur gesagt, um ihn loszuwerden?«, fragt er.

Ich weiß nicht, was ich darauf antworten soll. Vorhin, nach dem Streit mit Maya, bin ich einfach nach draußen gerannt. Ich musste meine Wut und Verunsicherung loswerden. Ich hasse es, dass sie es immer wieder schafft, mich dazu zu kriegen, zu tun, was sie will. Oder zu lassen, was sie nicht will. Und am meisten hasse ich es, wenn sie recht hat. Ich kann nicht die Sicherheit der anderen aufs Spiel setzen, nur um ein paar Tage früher mit Jenna reden zu können. Vor allem, wenn ich gar nicht weiß, ob es überhaupt ein Problem gibt. Egal, wie sehr ich es mir wünsche, egal, wie sehr mein Bauch mir sagt, dass etwas ganz und gar nicht stimmt – ich muss vernünftig sein.

Ich bin wie irre den kleinen Pfad entlanggerast, ohne nach rechts oder links zu schauen. Ich hatte diesen Tunnelblick, den man bekommt, wenn einem alle möglichen Gedanken durch den Kopf schießen. Dass es bis auf den Vollmond absolut dunkel war, hat auch nicht geholfen.

Kein Wunder, dass ich in Arden hineingelaufen bin.

Ich denke an sein freches Grinsen, an sein Lachen. Mein Magen macht einen Satz. Schon wieder. Sofort schiebe ich den Gedanken an ihn weg. Und auch die Frage, ob ich ihn gerne losgeworden wäre.

»Ich würde nicht sagen, dass ich joggen wollte.« Zu so einem klaren, zielgerichteten Gedanken war ich in dem Augenblick gar nicht fähig. Und bin es immer noch nicht wirklich. Die Wut und die Angst stecken mir nach wie vor in den Gliedern. Die Erinnerung an den Pakt und an Hades' Grausamkeit, sie juckt förmlich in meinen Knochen und versetzt meinen ganzen Körper in Aufruhr.

Plötzlich laufe ich einfach los, so schnell mich meine Füße tragen. Ich renne ein kurzes Stück über den Hauptweg, bis ich zu einem weiteren kleinen Pfad komme und ihm folge. Hinter mir höre ich Damon rufen. Aber ich halte nicht an. Ich kann es gar nicht. Die Angst um Jenna und Summer, der Streit mit Maya, meine Albträume, die Wut auf Hades und auf mich selbst treiben mich durch den nächtlichen Wald wie ein Reh auf der Flucht.

Ist irgendwas?

Ich sehe wieder sein Gesicht vor mir, als er mich das gefragt hat. So, als würde es ihn wirklich interessieren. Als würde er mir wirklich, wirklich gerne helfen wollen.

Ich seufze, schüttle den Kopf. Selbst wenn es so wäre – er könnte mir nicht helfen, ein neues Opfer zu beschaffen oder die Uhr vorwärtszudrehen, sodass Freitag ist.

Ich laufe noch schneller. Stolpere im Dunkeln fast über eine Wurzel, aber ich falle nicht. Ich werde nicht in die Knie gehen. Werde nicht nachgeben. Niemals.

Bald sehen wir uns wieder, Jenna. Ganz bestimmt!

Aber wie, ohne ein Opfer? Wie soll ich es sonst schaffen, herauszufinden, ob es Zufall war oder ob Hades sie mir mit Absicht nicht gezeigt hat? Was, wenn meine zurückgekehrten Albträume ein Hinweis darauf sind? Aber warum sollte er das tun? Was hätte er davon, mir Jenna vorzuenthalten? Will er mir wehtun? Mich in Panik versetzen? Mich bestrafen? Aber ich bin mir keiner Schuld bewusst.

»Ich habe nichts falsch gemacht, verdammt noch mal!«, schreie ich wütend und renne noch schneller, immer tiefer in die Salzwiesen hinein. Die hohen Gräser wiegen sich sanft im Küstenwind, das silbrige Mondlicht zaubert einen unwirklichen Schimmer über die Nacht.

Sehnsucht steigt in mir auf. Und mit ihr Einsamkeit. Wie schön wäre es, mit jemandem zu reden.

Brauchst du Hilfe?

Ich beiße mir auf die Lippen. Verdammt, verschwinde einfach aus meinen Gedanken! Du solltest dort nicht sein, sondern nur Jenna.

Ich atme tief durch und verlangsame mein wahnwitziges Tempo etwas. Der Pfad durch die Salzwiesen führt zum Strand. Dort läuft es sich schlecht, und ich will erst umkehren, wenn ich eine Lösung gefunden habe.

Denk nach, Erin. Denk nach. Was könnte Hades bezwecken, indem er dir Jenna nicht zeigt?

Ich gehe in Gedanken zurück zu jener Nacht des Pakts, in der ich Hades zum ersten Mal gesehen habe. Nein, nicht gesehen – seine Präsenz gespürt habe. Ich habe ihn nie gesehen, kein einziges Mal. Aber das muss ich auch nicht. Seine finstere Ausstrahlung sitzt tief in meiner Seele. Sie und diese dunkle Stimme, die nicht wirklich da ist, sondern nur in meinem Kopf und meinem Körper existiert. So wie damals, nachdem wir den Pakt geschlossen hatten und meine Welt nur aus Finsternis bestand. Ich hatte den Schwur geleistet, aber Hades ließ mich noch nicht gehen.

Wo ist deine kleine Schwester?

Ich sehe es vor mir: Ich knie auf dem regennassen Boden, zitternd vor Kälte, benebelt vor Angst und Schmerz. Will seine Frage beantworten. Aber ich weiß es ja selbst nicht. Summer ist verschwunden. Seit dem Streit heute Nachmittag ist sie fort. Sie weiß noch nicht einmal, dass Jenna … Ich denke den Gedanken nicht zu Ende. Kann es nicht.

Ich spüre Hades' Blick auf mir, spüre, dass er eine Antwort verlangt. Aber dann verstehe ich, was seine Frage wirklich bedeutet. Er weiß nicht, wo sie ist! Er ist nicht allwissend. Aber warum will er überhaupt wissen, wo Summer ist? Was nutzt ihm das? Oder besser: Für was will er sie benutzen? Mir läuft es kalt den Rücken hinunter. »Warum fragst du mich das?«

Die Finsternis vor mir verdichtet sich. Das Herz schlägt mir bis zum Hals. Ich bin jetzt seine Dienerin. Er wird nicht dulden, dass ich mich widersetze. Wahrscheinlich wird er mir auch keine Antwort geben. Aber dann tut er es doch.

Sie trägt große Wut in sich.

Ich denke an Summers Wut auf Kenneth. Wie sie heute Nachmittag aus dem Haus gerannt ist, wie sehr ich in ihr den gleichen Hass gespürt habe wie in mir. Natürlich. Hades will ihr das gleiche Angebot machen wie mir.

Mir bleibt das Herz stehen.

Er will sie als Rachegöttin.

Meine Wut ist inzwischen verraucht. Mein Verstand kommt langsam wieder in die Gänge. Ich habe den Pakt geschlossen, um Jenna zu schützen. Aber es ist ein schrecklicher Handel. Einer, der mir schon jetzt kalte Schauder über den Rücken jagt.

Nein. Ich will nicht, dass Summer sich verpflichtet, ihr Leben lang Seelen zu sammeln. Ich will nicht, dass sie sich aus dem Wunsch nach Rache Hades ausliefert. Mich hat er bekommen. Aber meine kleine Schwester wird er niemals kriegen!

Ich muss verhindern, dass er sie findet. Aber dafür muss ich sie erst einmal selbst finden. Doch ich spüre, dass Hades mich nicht gehen lassen wird, bevor ich ihm geantwortet habe. Also sage ich ihm die Wahrheit. »Ich weiß nicht, wo sie ist.«

Die Finsternis vor mir wabert bedrohlich.

Es schnürt mir die Kehle zu. Ich fürchte mich nicht schnell, aber in Hades' Nähe erwachen die Urinstinkte, gegen die man machtlos ist. Und jetzt will er meine kleine Schwester haben, und ich kann ihm nicht sagen, wo sie ist, selbst wenn ich wollte.

Dann kommt mir plötzlich eine Idee. »Summer ist weggelaufen. Aber vielleicht weiß Jenna, wo sie ist. Bitte, kann ich sie sehen?«

Zuerst glaube ich, dass er darauf nicht eingehen wird, aber dann rührt sich etwas.

Ein Licht taucht in der Finsternis auf. Ein silbriges Schimmern in meiner Blindheit. »Jenna!«

Erin?

Ihre Stimme ist wie das silbrige Klingeln von Glöckchen im Wind. Ich möchte am liebsten darin versinken.

»Summer ist noch immer nicht zurück«, stoße ich hervor, weil ich weiß, dass Hades darauf wartet.

Du musst sie finden.

Also weiß Jenna auch nicht, wo sie ist. Tränen laufen mir über das Gesicht. »Ich suche sie. Ich werde jeden Stein nach ihr umdrehen, ich verspreche es.«

Ein liebevolles Lächeln huscht über ihr Gesicht. *Ich weiß. Du wirst dafür sorgen, dass ihr nichts geschieht. Daran glaube ich ganz fest.*

Jenna verschwindet. Die Finsternis ist wieder da.

»Bitte nicht, bring sie mir zurück, bitte!« Sehnsucht wallt in mir auf. Für einen winzigen Augenblick vergesse ich Summer. Jenna ist tot. Nie wieder werde ich ihre Stimme hören. Außer ich bringe Hades irgendwie dazu, dass ich sie wieder sehen darf.

»Jenna und ich müssen in Kontakt bleiben, um meine kleine Schwester zu finden«, stoße ich hervor. Ich zittere vor Angst. Ich weiß, wie gefährlich das ist. Falls wir Summer wirklich finden – wie können wir dann verhindern, dass sie in seine Fänge gerät? Würden wir ihn dadurch nicht erst recht auf die richtige Fährte bringen? Aber es ist das Einzige, was mir einfällt.

Du kannst sie sehen. Jedes Mal, wenn du mir die Seele deines Opfers bringst.

Unbarmherzig hallen seine damaligen Worte durch mein ganzes Sein. Sie stoßen mich aus der Erinnerung zurück ins Hier und Jetzt.

Es war nie Teil meines Pakts, dass ich Jenna sehen darf, ich weiß das. Ich habe kein Recht, es von ihm zu verlangen, und er bricht den Pakt nicht, wenn er sie mir nicht zeigt. Denn er hat mir diese Zusage gemacht, nachdem wir den Pakt schon geschlossen hatten. Deswegen kann ich ihn auch nicht zwingen. Aber was bedeutet das jetzt?

Ich renne weiter über die Salzwiesen. Das Rauschen des Meeres wird immer lauter, der Wind stärker.

Wieder wandern meine Gedanken zu jener Nacht zurück.

Erst als Hades weg war und ich wieder klar denken konnte, wurde mir klar, dass Jenna mich gewarnt hatte.

Du wirst dafür sorgen, dass ihr nichts geschieht. Daran glaube ich ganz fest.

Jenna hat mir damit eine versteckte Botschaft gesendet. Sie wollte, dass ich Summer vor Hades schütze, der auch meine kleine Schwester zu einer Rachegöttin machen will. Und ich habe es geschafft. Er hat sie bis jetzt nicht gefunden.

Wie angewurzelt bleibe ich stehen. Mir wird eiskalt.

Er hat sie nicht gefunden, oder?

Was, wenn doch?

Er hat gehofft, dass wir uns verraten. Dass ich Summer finde und Jenna mitteile, wo sie ist. Nur deswegen durfte ich sie jedes Mal sehen. Und jetzt zeigt er sie mir plötzlich nicht mehr. Das lässt doch nur einen Schluss zu: Es ist nicht mehr nötig, weil er längst weiß, wo Summer ist.

Angst steigt so heftig in mir auf, dass ich einen Augenblick lang nicht atmen kann.

Summer.

Er darf sie nicht kriegen. Niemals. Ich ziehe mein Smartphone aus der Tasche. Ich muss sie anrufen, sofort. Ich muss sie warnen. Muss wissen, dass er sie noch nicht hat.

Ich weiß ihre Nummer auswendig. Wähle fast schon. Aber im letzten Moment halte ich mich zurück.

Nein. Nein, nein, nein. Tief durchatmen, Erin. Mach jetzt keinen Fehler. Es könnte eine Falle sein.

Was, wenn er genau das will? Was, wenn er mir Jenna nicht zeigt, damit ich genau zu diesem Schluss komme und Summer anrufe – und dann weiß er, wo sie ist. Er kann vielleicht keine Gedanken lesen, denn sonst wüsste er längst, wo sie steckt, aber er kann mein Handy überwachen und sie über ihre Telefonnummer finden. Was weiß ich schon, was für Möglichkeiten er hat? Deshalb habe ich Summers Nummer nicht abgespeichert, sondern nur in meinem Kopf.

Mit zitternden Fingern stecke ich mein Handy wieder weg.

Okay. Ganz ruhig. Wenn es eine Falle ist, bedeutet das, dass Summer nach wie vor in Sicherheit ist. Wenn er Summer aber doch schon auf der Spur ist, dann muss ich schnell sein. Ich kann nicht bis Freitag warten. Ich muss heute Bescheid wissen, muss Jenna unbedingt heute noch sehen!

Verzweifelt drehe ich mich um mich selbst, als könnte das helfen. Helfen.

Brauchst du Hilfe?

»Ja, verdammt! Und wie ich Hilfe brauche!«, schreie ich in die Nacht hinaus. »Aber nicht von dir. Lass mich endlich in Ruhe und verschwinde aus meinen Gedanken! Ich brauche jetzt wirklich einen klaren Kopf.«

Ich höre dumpfe Schritte auf dem Weg und Gekeuche. Ich fahre herum. Ein dunkler Schatten nähert sich mir. Mein Herz schlägt schneller. Das wird doch nicht er sein? Er ist mir gefolgt, um mir noch mal seine Hilfe anzubieten? Unfassbar.

Aber dann scheint der Mond auf sein Gesicht. Auf braune Haare und dunkle Augen.

»Mittlerweile«, japst Damon, als er neben mir stehen bleibt und die Hände auf die Oberschenkel stützt, »denke ich, du willst mich loswerden. Und nicht ... ihn.«

Ich verdrehe die Augen. »Warum bist du mir dann nachgelaufen?«

»Weil ... du ... vorhin«, er unterbricht sich, keucht, atmet tief durch, »weil du vorhin gesagt hast, dass ich mitkommen soll.«

»Oh, ja«, murmle ich. Das hatte ich ganz vergessen. »Sorry.«

»Und weil du mir noch keine Antwort auf meine Frage gegeben hast, ob du ihn loswerden willst.«

Ich beschließe, das zu tun, was ich bei Damon immer tue, wenn ich ihm keine klare Antwort geben möchte. »Warum willst du das wissen?«, frage ich. Ich weiß zwar nicht, wie Hades meine Gedanken über Arden gegen mich verwenden könnte. Aber das ist nur ein Grund mehr, vorsichtig zu sein. Vor allem, wenn Damon so auf einer Antwort beharrt.

Gib ihm niemals Informationen über dich, hat Maya mir von Anfang an eingebläut. *Er arbeitet für Hades. Du kannst ihm nicht trauen.*

Daran halte ich mich. Ich hasse Damon zwar nicht gerade, und ich bin dankbar für das, was er für mich tut, aber ich traue ihm nicht weiter, als ich ihn werfen kann.

»Es hat so ausgesehen, als würdest du ihn nett finden.« Er kommt etwas näher und lächelt. »Dabei bin ich doch der Einzige für dich.«

»Davon träumst du nachts.«

»Nicht nur davon.« Er hebt anzüglich die Augenbrauen.

Ich pruste los. »Danke, dass du mich zum Lachen bringst.«

Es scheint ihn allerdings nicht sonderlich zu stören, dass ich ihn auslache. Was ihn mir fast schon sympathisch macht. Fast. Denn solange ich das Gefühl habe, dass er solche Sachen nur halb im Scherz sagt, halte ich ihn lieber auf Abstand.

»Also … findest du ihn nett?«, fragt Damon noch einmal.

Ich werfe ihm einen misstrauischen Blick zu. »Du weißt genau, was ich denke.« Arden sieht nett aus, er hört sich nett an, aber wenn ich suchen würde, dann würde sich seine nette Fassade wahrscheinlich auch als Lüge herausstellen, und deswegen schaue ich lieber gar nicht nach. Mein Magen krampft sich zusammen, und ich erinnere mich an die Sorge, die ich in seiner Stimme gehört habe. *Was, wenn er die Ausnahme ist?*, fragt eine leise Stimme in meinem Kopf. Aber nein, ich weiß, dass das nicht so ist, und ich habe mir dieses Wissen hart erarbeitet. Sehr hart. »Ich kann auf Männer verzichten.«

Damon setzt einen übertrieben verletzten Blick auf. »Was ist mit mir?«

»Du? Du musst mir helfen. Ich brauche ein neues Opfer, und zwar heute noch. Bitte«, füge ich hinzu.

Damon wird ernst und runzelt die Stirn. »Heute noch? Aber ich habe vorhin mit Maya gesprochen, und sie sagte mir, dass heute schon zwei Küsse …«

»Darauf kann ich keine Rücksicht nehmen«, unterbreche ich ihn leise.

Er starrt mich an. »Meinst du das ernst?«

Ich presse die Lippen zusammen. »Ich habe meine Gründe.«

»Erin, du weißt, wie gefährlich es ist, wenn ihr auffallt. Es kann für euch alle …«

»Ja, ich weiß«, gebe ich zurück. »Ich werde extra vorsichtig sein. Es wird nichts passieren.«

Damon schnaubt. »Wenn es dir egal ist, dass die anderen im Tartaros landen, falls sie erwischt werden, bist du wohl doch ganz anders, als ich dachte.«

Ich zucke zusammen. »Was hast du gesagt?«

»Dass sie in den Tartaros geworfen werden«, wiederholt Damon fast brutal. »Alle, die als Unterpfand für den Pakt mit Hades gelten, kommen dorthin, wenn der entsprechende Pakt gebrochen wird. Dorthin, wo die Frevler sind, die sich gegen die Götter auflehnen und zur Vergeltung für alle Ewigkeit aufs Grausamste gequält werden.«

Ich schlucke schwer. Das wusste ich nicht. Mein Pakt ist anders. Hades bekommt meine Seele nicht, wenn ich meinen Pakt breche. Er bekommt Jenna. Sie muss über den Fluss gehen und alles vergessen.

Aber die anderen …

Für alle Ewigkeit aufs Grausamste gequält.

Ich beiße mir auf die Lippen. Normalerweise würde ich das niemals riskieren. Aber wenn Göttinnen und Götter, die sich einmal etwas zuschulden kommen lassen, für alle Ewigkeit einer grausamen Folter unterzogen werden – muss ich dann nicht erst recht dafür sorgen, dass Summer Hades nicht in die Hände fällt? Würden die anderen nicht verstehen, dass ich dieses Risiko eingehen muss? Würden sie das für jemanden, den sie mehr als alles andere lieben, nicht auch selbst tun?

»Wir laufen immer Gefahr, entdeckt zu werden. Das Risiko ist nicht viel größer als in jeder anderen Nacht. Ich werde besonders vorsichtig sein.« Das schlechte Gewissen ballt sich in mir zusammen, auch wenn ich wirklich glaube, was ich gerade gesagt habe. »Du musst mir helfen, Damon.«

Sein Gesicht ist immer finsterer geworden. »Es ist meine Aufgabe, dafür zu sorgen, dass ihr nicht entdeckt werdet, Erin.«

»Bitte, Damon. Irgendetwas musst du doch für mich haben.«

»Ich bin ein paar Kerlen auf der Spur, aber …«

»Dann nenne mir einen davon.«

Er sieht mich merkwürdig an. »Ich habe noch keine richtigen Beweise.«

»Erzähl mir von dem, der am schlimmsten klingt.«

Damon berichtet mir von einem echten Mistkerl, der auf dem Campus sein Unwesen treiben soll. Einer der allerschlimmsten Sorte, der es noch dazu versteht, sich hinter einer makellosen Fassade zu verstecken. Wut steigt in mir auf, aber ich dränge sie zurück. »Wo finde ich ihn?«

Damon zuckt mit den Schultern. »Keine Ahnung, hatte noch keine Zeit, seinen Namen herauszufinden. Bisher habe ich nur Gerüchte gehört.«

»Also kannst du mir heute gar nichts liefern?« Ich fluche leise. Aber ich kann auch nicht über meinen Schatten springen und jemanden nehmen, der es nicht erwiesenermaßen verdient hat. »Kannst du bis morgen früh versuchen, etwas über ihn rauszufinden? Irgendwas, das ausreicht?«

»Ausreicht?« Damon hebt eine Augenbraue, als wolle er sagen, dass er mich gar nicht wiedererkennt. Normalerweise will ich alles doppelt und dreifach gecheckt haben, bevor ich jemanden dem Kuss unterziehe.

»Ja«, sage ich fest. »Ausreichend ist dieses Mal gut genug.« Dieses eine Mal werde ich meine Prinzipien ausnahmsweise verraten. Denn es geht um etwas Wichtigeres – um Summer.

Damon sieht mich lauernd an. »Wenn ausreichend genug ist, dann … hätte ich schon jemanden für dich.«

Mein Herz macht einen Satz. »Wen?«

»Diesen Arden.«

Stille breitet sich zwischen uns aus. Erst nach einer Weile schaffe ich es, etwas zu sagen. »Warum?«

»Er … findet uns interessant.«

Ich starre ihn an. Dann muss ich lachen. »Oh ja, das ist natürlich ein großes Verbrechen.«

»Hey!« Er klingt fast ein wenig beleidigt. »Maya und ich stecken viel Arbeit in das Projekt ›Langweiligste Verbindung des Campus‹.«

Ich hebe die Hände. »Sorry, du hast ja recht. Aber ich würde deswegen nicht gleich ausflippen. Er ist es sicher nicht wert«, behaupte ich. Und schiebe den Gedanken an Ardens Lachen weg. »Er ist nicht wichtig.«

Damon schnaubt, seine Augen glitzern. »Ich habe ihn gestern gesehen, er hat euch beobachtet. Auf dem Campus, als ihr auf der Treppe gesessen seid. Außerdem hat er auf der Party nach dir gefragt.«

»Das hat bestimmt nichts zu bedeuten«, erwidere ich. »Er hat nur nach mir gefragt, weil er mich vor Darren schützen wollte.« Ohne es zu wollen, spüre ich ein warmes Gefühl in mir aufsteigen. Sofort unterdrücke ich es.

»Er hat mit seinem Freund über das Haus und die Verbindung geredet. Ich habe es genau gehört.«

»Du siehst Gespenster.«

»Wie ich schon sagte: Es ist meine Aufgabe, euch zu schützen«, stößt er grimmig hervor.

»Nein. Ausgeschlossen. So was reicht mir einfach nicht.«

»Du hast gerade gesagt …«

»Es ist ein Unterschied, ob jemand uns etwas zu viel Aufmerksamkeit schenkt oder ob jemand andere Menschen terrorisiert und ihnen das Leben zur Hölle macht!«, zische ich.

Damon hebt belustigt eine Augenbraue. »Du findest ihn also doch nett.«

Manchmal würde ich ihn am liebsten erwürgen. »Es geht nicht darum, ob ich ihn nett finde.«

»Du stehst auf ihn, du willst …«

»Verdammt, Damon!«

»Schon gut.« Er grinst wissend. »Ich mache mich auf die Suche nach etwas, das ausreicht. Zu Befehl.«

Ich nicke. »Der andere Typ klang vielversprechend. Ich hoffe, du findest ihn.«

Etwas, das ausreicht. Den ganzen Weg nach Hause schäme ich mich dafür und wünsche mir mit aller Macht, dass Damon es schafft, wirklich gute Beweise zu finden. Aber was, wenn nicht? Was, wenn er diesen Typen gar nicht findet? Was dann? Damons anderer Vorschlag fällt mir ein. Arden. Wenn Damon ihn loswerden will, weil er angeblich gefährlich für uns ist, kann ich es vielleicht sogar vor Maya rechtfertigen, dass ich ihn gleich morgen küsse und nicht bis Freitag warte. Alle meine Probleme wären gelöst. Abgesehen davon, dass er meinen strengen Kriterien noch weniger entspricht als der andere.

Ich lege mich ins Bett und hoffe, endlich einschlafen zu können, aber da sind immer noch die Sorgen um Jenna und Summer. Und etwas Neues. Der Gedanke daran, wie es sich wohl anfühlen würde, Ardens Lippen auf meinen zu spüren.

KAPITEL 13

Erin

Die schlaflosen Nächte stecken mir noch in den Knochen, aber ich stehe trotzdem in der Morgendämmerung auf, dusche hastig, werfe mich in Jeans und Shirt und warte dann ungeduldig darauf, dass Damon sich meldet. Als er endlich schreibt, scheint die Morgensonne schon durch die Bäume auf das Hexenhaus.

> Sorry, aber ich konnte noch nicht viel mehr rausfinden.

> Was ist mit seinem Namen?

> Weiß ich nicht. Alles, was ich sagen kann, ist, dass er wohl ungewöhnlich helle Haare hat.

Ich starre die Nachricht an. Ungewöhnlich helle Haare? Ich denke an die After-Spring-Break-Party, an den Heiligenschein und an Arden. Könnte er damit gemeint sein? Das Herz klopft mir bis zum Hals, wenn ich daran denke, dass ich ihn gestern noch vor Damon in Schutz genommen habe. Und jetzt ist er vielleicht doch derjenige, den ich küssen muss.

> Meinst du, das könnte Arden sein?

Ich warte auf Antwort, aber hinter meiner Nachricht ist nur ein Häkchen, also hat Damon sie noch nicht bekommen. Ardens Bemerkung kommt mir in den Sinn.

Ich bin morgens nach Sonnenaufgang oft in den Salzwiesen unterwegs.

Es wäre perfekt, ihn dort abzufangen. So würde ich sicher eine Möglichkeit finden, ihn unauffällig zu küssen. Falls er wirklich dieser Übeltäter mit den hellen Haaren ist. Der Gedanke versetzt mir einen Stich, aber ich sage mir, dass ich nicht albern sein soll. Er wirkt nett, aber eigentlich war doch klar, dass das alles nur Fassade ist. Er ist eben doch wie alle anderen, die mir bisher über den Weg gelaufen sind. Und dass es für einen Moment anders gewirkt hat, war nur eine Lüge, die ich mir selbst erzählt habe und die ich einfach glauben wollte. Außerdem: Wenn ich ihn küsse, kriege ich ihn vielleicht endlich aus meinem Kopf. Da. Gleich mehrere Fliegen mit einer Klappe. Ich ignoriere das blöde Gefühl in meinem Magen und auch den Stich in meiner Brust.

Ich werde ihn küssen. Sobald Damon mir bestätigt hat, dass er wirklich der Übeltäter ist.

> Damon?

Immer noch ist die Nachricht nicht bei ihm angekommen. Ich wähle seine Nummer, aber die Mobilbox geht ran. Ich fluche leise. Wahrscheinlich beobachtet er den Typen und hat sein Handy ausgeschaltet. Aber ich will sofort los. Die Sonne steigt immer höher, und ich will Arden unbedingt noch in den Salzwiesen erwischen.

> Damon? Kannst du herausfinden,
> ob es Arden ist? Bitte schnell. Ich
> gehe schon mal los.

Dann haste ich aus dem Haus.

Das Wetter ist gut, es ist sogar richtig heiß für die Tageszeit und dafür, dass erst Frühling ist. Draußen vor der Tür begegnet mir Maya. Sie sieht mich an, als wüsste sie, was ich vorhabe. Aber das kann eigentlich gar nicht sein. Außer …

»Damon«, fluche ich leise.

Ich ignoriere Mayas wütenden Blick, atme tief durch und gehe los, bevor sie auf die Idee kommt, mir noch mal einen Vortrag zu halten.

Wieder fällt mein Blick kurz auf den winzigen Schuppen neben dem Hexenhaus. Es würde so viel schneller gehen … aber nein. Nein. Nie wieder. Entschlossen mache ich längere Schritte. Ich laufe in die Salzwiesen hinein, über Wiesen, auf denen gerade die ersten Frühlingsblumen blühen, und hin und wieder begegnet einem hier sogar ein Baum.

Während ich laufe, driften meine Gedanken ab. Zu Jenna. Zu Summer. Aber beschämenderweise vor allem zu dem Kuss, der mir vielleicht bevorsteht. Zu Ardens funkelndem Blick. Mist. Mein Herz rast wie verrückt. Du dummes Ding. Wenn ich ihn küsse, hat das absolut nichts mit Romantik zu tun! Du weißt, dass er danach ein anderer ist. Und er ist es auch nicht wert, dass du wegen ihm schneller schlägst, also …

Ein lang gezogener schriller Schrei schreckt mich auf.

Ich bleibe abrupt stehen.

Vor mir auf dem Weg steht eine Gestalt. Die Sonne strahlt sie von hinten an, sodass ich sie nur halb geblendet mustern kann. Sie sieht aus wie ein Mann mit riesigen Flügeln. Nein, das kann doch nicht sein, oder?

Ich kneife die Augen zusammen und öffne sie dann wieder. Die Gestalt ist immer noch da. Die Flügel schlagen jetzt hektisch, noch einmal ertönt der Schrei. Ich bin wie gelähmt.

Dann geht alles furchtbar schnell. Die Gestalt reißt in der Mitte auseinander, so sieht es jedenfalls aus. Flügel und Körper trennen sich. Aber nein! Die Flügel gehören nicht zu dem Mann und auch nicht der Schrei. Ein riesiger Raubvogel erhebt sich schwerfällig in die Luft und gleitet davon. Mit offenem Mund sehe ich ihm nach. Dann drehe ich mich schnell wieder um. Auf dem Weg vor mir liegt der Mann. Ich renne hin, knie mich neben ihn – und erstarre.

Arden!

»Hey, geht's dir gut?«, frage ich und beuge mich über ihn.

Er sagt irgendwas, aber ich höre es gar nicht. Auch der mögliche Kuss rutscht an den äußersten Rand meines Bewusstseins.

Meine ganze Aufmerksamkeit gilt seinen Haaren, die ich zum ersten Mal in natürlichem Licht sehe. Auf der Party und im Park, sogar auf dem Campus im gleißenden Sonnenlicht war es leicht, sie für hellblond zu halten. Aber das sind sie nicht.

»Asche«, flüstere ich. »Sie haben die Farbe von Asche.« Grau? Nein, das trifft es nicht. Alle möglichen Töne von Weiß, Grau und Schwarz sind vertreten.

»Meine Haare?«, fragt er.

Ich nicke. »Das ist unglaublich, so was habe ich noch nie gesehen.« Es sollte merkwürdig aussehen, aber das tut es nicht. Im Gegenteil, es sieht unglaublich gut aus zu seinen eisblauen Augen. In die ich viel zu lange schaue. Hastig senke ich den Kopf. Er kann es nicht sein, oder?

Verstohlen ziehe ich mein Handy heraus, aber Damon hat noch

nicht geantwortet. Egal. Ich brauche seine Antwort nicht. Unnatürlich helle Haare. Wenn jemand Ardens Haare beschreiben würde, würde er sicher nicht diese Worte verwenden.

Als hätte Damon meine Gedanken gespürt, vibriert mein Handy jetzt doch.

> Nein, es ist nicht dieser Arden. Aber ich bin dem Kerl auf der Spur, ich melde mich, spätestens heute Mittag.

Die Erleichterung, die in mir aufsteigt, ist so heftig, dass mir kurz schwindelig wird. Ich versuche mir einzureden, dass es deshalb ist, weil Damon mir in Aussicht gestellt hat, dass ich heute Mittag jemanden küssen kann und Jenna sehen werde. Aber die Wahrheit ist, dass ich sofort geglaubt habe, Arden wäre genau wie alle anderen. So sehr, dass ich wirklich nicht damit gerechnet habe, es könnte anders sein. So sehr, dass mein Herz jetzt vor Freude schmerzt, weil er vielleicht doch anders ist.

Geflissentlich sehe ich nicht auf. Stattdessen fällt mein Blick auf seinen Arm. Seinen blutigen, zerkratzten Arm. »Oh Mist! Er hat dich ganz schön erwischt.«

Arden mustert die blutigen Kratzer. »Halb so wild. Sieht schlimmer aus, als es ist.«

»Das war ein echt großer Vogel.« Ich versuche, mir seine Spannweite noch mal vorzustellen. »Ein wirklich gigantischer Vogel. Ich wusste gar nicht, dass es so große Vögel überhaupt gibt.«

»Ich auch nicht.« Er verzieht das Gesicht. »Jedenfalls habe ich so einen noch nie gesehen.«

»Hat er dich einfach so angegriffen?« Beunruhigt werfe ich einen Blick in den Himmel. Wer weiß, ob er zurückkommt?

Er legt die Stirn in Falten. »Weißt du, ich glaube, er … wollte nur auf meinem Arm sitzen.« Überraschung schwingt in seinen Worten mit, als würde ihm das selbst gerade erst klar werden.

Ich starre ihn an. »Was?«

»Ja.« Wie zum Beweis hebt er seinen Arm mit den blutigen Kratzern.

»Ein Vogel wollte auf deinem Arm sitzen? Ein riesiger Raubvogel, der wahrscheinlich kleine Kinder frühstückt?« Das kann doch nicht wahr sein.

»Scheint so.«

Langsam breitet sich ein Grinsen auf meinem Gesicht aus. »Dir ist schon klar, dass du dafür 100 Punkte auf der Disney-Prinzessinnen-Skala bekommst.«

Er blinzelt mich kurz an, dann lacht er. Wieder dieses sympathische Lachen. Das gehört verboten. Ich senke wieder den Kopf, um es nicht sehen zu müssen, aber im selben Moment tut er das Gleiche. Und wir stoßen heftig gegeneinander.

»Au!« Ich reibe mir die Stirn.

Er springt auf. »Oh verdammt, tut mir leid! Ist alles okay?« Besorgt sieht er auf mich herunter. Dann hält er mir seine Hand hin. Reflexartig nehme ich sie.

Seine Finger schließen sich um meine, sie kitzeln auf meiner Haut, lösen ein Kribbeln aus, das mein Herz flattern lässt. Er zieht mich hoch, und ich komme direkt vor ihm zu stehen.

Zum ersten Mal bemerke ich, wie groß er ist. Deutlich größer als ich, sodass ich auf seine Brust schaue – wo seine Muskeln unter dem Shirt spielen, während er sich den Staub von den Sachen klopft.

Ich räuspere mich und hebe den Kopf. Er senkt seinen. Sein Gesicht ist jetzt ganz nah an meinem, unsere Nasen berühren sich fast. Wieder kommen mir die Gedanken von gestern Nacht in den Sinn, und mein

Herz beginnt zu rasen. Ich sage mir, dass das nur der Gedanke an den Kuss ist, die Angst davor, es jetzt aus Versehen zu tun. Aber die Wahrheit ist – es hat schon davor begonnen, als ich in seine Augen gesehen habe. Dieses Funkeln darin, das mir schon die ganze Zeit im Kopf herumspukt. Jetzt und hier möchte ich nichts anderes mehr tun, als es mir anzusehen.

Also halte ich still.

Auch er steht nur stumm da. Macht keine Anstalten, mich zu küssen. Warum eigentlich nicht? Er ist mir ganz nah, sein Atem geht genauso schnell wie meiner, ich spüre ihn auf meinen Lippen. Er will es. Ich bin mir sicher. Aber er tut es nicht.

Zum Glück. Denn jetzt will ich es ja gar nicht mehr. Also ... jedenfalls nicht als Rachegöttin.

Verdammt, Erin, reiß dich zusammen! Selbst wenn er tatsächlich ein anständiger Kerl sein sollte, kann zwischen euch nie etwas entstehen. Du kannst ihn nicht mal küssen. Niemals. Und du willst es ja auch gar nicht.

Ich versuche, mich dazu zu zwingen, mich abzuwenden, als er einen Schritt rückwärts macht. »Was tust du eigentlich hier?«, fragt er betont beiläufig und immer noch schwer atmend.

»Ich?« Ich wollte dich küssen, aber jetzt will ich es nicht mehr, aber eigentlich will ich es doch, nur darf ich es nicht. Oh Mann. Schon in Gedanken klinge ich vollkommen durchgeknallt. »Oh ... nur etwas Sport.«

Er mustert mich von oben bis unten. Ich trage eine Jeans, Sneakers und ein langärmeliges Shirt. Er hebt eine Augenbraue. »So machst du Sport?«

Möglichst unauffällig krempele ich die Ärmel meines Langarmshirts hoch. »Äh. Ja. Ich mag das so. Und du?«

Er grinst schief. »Hat man das nicht gesehen? Ich bin hergekommen, um mich von einem Vogel anfallen zu lassen.«

Ich kann nicht anders, ich muss lachen. Wie schafft er das bloß immer wieder?

»Nein, im Ernst, ich mache wirklich Sport.« Er bricht ab. »Womit ich nicht sagen wollte, dass du das nicht machst, also …« Er räuspert sich.

»Klar. Ähm … macht es dir was aus, wenn ich mitkomme?« What? Warum habe ich das denn gesagt? Sollte ich nicht eher froh sein, dass er nicht der Übeltäter ist, und hier verschwinden? Aber hey, laufen macht den Kopf frei, und ich habe sowieso Zeit totzuschlagen, bis die erste Vorlesung losgeht.

»Du willst mit mir laufen? In Jeans?«

Stimmt, das ist wirklich dumm. Andererseits habe ich gerade gesagt, dass ich das so mag. Die Blöße will ich mir jetzt nicht geben. »Warum nicht?« Ja. Warum nicht? Es hat ja bloß gefühlte 5000 Grad, und mir läuft der Schweiß in Strömen hinunter.

»Okay.« Er läuft los. Und zwar ziemlich schnell. Offenbar erinnert er sich noch an unsere Verfolgungsjagd.

Ich folge ihm und schließe auf. »Du bist ganz schön fit«, keuche ich.

Als er mich leicht spöttisch ansieht, wird mir klar, wie das geklungen haben muss. Plötzlich bin ich dankbar, dass ich vom Laufen ohnehin schon einen roten Kopf habe.

»Ich bin im Fechtteam. Unser Teamcaptain führt ein strenges Fitnessregime.«

Oh mein Gott, er ist im Fechtteam? Ich möchte sterben. »Ah. Ja. Fechten. Nett.« Ich versuche, mir nicht vorzustellen, wie heiß es wohl aussieht, wenn er in diesem engen Anzug auf der Matte steht. Wie die Muskeln darunter spielen, während er elegant den Degen führt. Und vor allem, wie er danach die Maske abnimmt und seine Haare ausschüttelt. Diese unglaublich interessanten Haare.

Zu spät. Ich habe es mir vorgestellt.

Shit, shit, shit.

»Und du?«, fragt er. »Du bist sicher im Trail-Team oder so was. Oder Cross-Country?«

»Was?«, frage ich, immer noch leicht benebelt von meiner eigenen Fantasie. »Oh, nein.«

»Ach, stimmt ja, Kung-Fu. Hat das College ein Kung-Fu-Team?«

»Keine Ahnung. Ich studiere Game Design«, sage ich, als würde sich das ausschließen.

»Ah«, macht er entsprechend leicht verwirrt.

»Und du?«, frage ich neugierig, weil er es nicht von selbst sagt.

Er wirft mir einen Seitenblick zu. »Ich bin an der Divinity School.«

»Ernsthaft?« Ich bleibe stehen.

Er hält neben mir an.

Ich muss mir ein Grinsen echt hart verkneifen. »Was studierst du? Wie man Priester wird?«

Er hebt eine Augenbraue. »Priester? Nein, was will ich denn mit dem Fußvolk? Ich studiere natürlich, wie man ein Gott wird.« Für eine winzige Sekunde überzeugen mich seine Ernsthaftigkeit und die feine Arroganz in seinem Tonfall, dass er es ernst meint. Ich überlege tatsächlich, ob Hades vielleicht auch Götter aufs College schickt, um sie auszubilden.

Bis Arden zu lachen anfängt.

Es ist ansteckend.

»Im Ernst – ich studiere Philosophie mit Schwerpunkt Mythologie, und die Divinity School hat die beste Bibliothek dafür.«

»Oh«, hauche ich. »Das stimmt.« Die Bibliothek der Divinity School ist legendär. Angeblich gibt es Bücher, die nur die Schüler mit den besten Noten und einem tadellosen Charakterzeugnis benutzen dürfen. Und jeder von uns im Game Lab, der in seinem Spiel auch nur im entferntesten mit Fantasy zu tun hat, würde seine rechte Hand und vielleicht sogar seine Lieblingskonsole hergeben, um die satanischen Schriften zu studieren, die dort angeblich gelagert werden.

Mein Handy vibriert. Es ist Damon.

> Tut mir leid, aber ich kriege den Typ nicht zu fassen. Sieht düster aus für heute.

Ich fluche leise.

> Gibt es keinen anderen, der infrage kommt?

> Keinen, über den ich Genaueres weiß. Bisher nur Gerüchte. Die alle abzuchecken, wird dauern. Kann auch nicht versprechen, dass es morgen klappt.

Verdammt. Also wird es heute nichts. Vielleicht nicht mal morgen. Aber ich muss wissen, dass Hades Summer nicht auf den Fersen ist!

> Damon, bitte. Irgendwas muss doch gehen.

Nicht, wenn du deinen Prinzipien
treu bleiben willst. Ansonsten nimm
irgendwen, das steht dir frei. Nimm
diesen Arden, wenn es nach mir geht.
Dann sind wir ihn los.

Ich starre auf das Display.

Dann sehe ich auf. Direkt in Ardens Gesicht. Und ich weiß, dass ich
das nicht kann. Ich kann nicht einfach jemanden küssen, der es nicht
ganz sicher verdient. Nicht irgendwen, nicht Arden. Vielleicht könnte
ich es, wenn ich wüsste, dass Summer wirklich in Gefahr wäre und es
der einzige Weg wäre, sie zu schützen. Aber nicht so. Nicht aus purer
Angst, für die ich keine Beweise habe.

Ich bin besser als das.

Aber was dann? Irgendwie muss ich weitermachen. Irgendwie muss
ich rausfinden, was los ist. Ich kann nicht nur Däumchen drehen und
abwarten, bis Damon jemanden findet. Natürlich werde ich selbst versuchen, ein neues Opfer zu finden, aber ich war dabei noch nie schneller als Damon. Verdammt, wenn es doch nur irgendeine andere Möglichkeit gäbe, Jenna zu kontaktieren! Aber wie? Ich weiß einfach viel
zu wenig über griechische Mythologie, um zu wissen, wie man einen
Toten kontaktiert.

In diesem Moment kommt mir eine Idee. Eine sehr gefährliche Idee,
wenn ich daran denke, was Ardens Blick in mir auslöst. Aber nicht so
gefährlich wie Hades, wenn er herausfindet, was ich vorhabe. Und das
ist kein Kuss.

Ich stecke das Handy weg. »Arden? Was genau meinst du damit, dass
du Mythologie studierst? Auch griechische Götter und so?«, frage ich.

Er blinzelt mich an. Mir wird klar, dass ich ziemlich lange nichts gesagt habe. Und dann das. Aber er fängt sich schnell. »Klar. Auch griechische Mythologie.«

Mein Herz stolpert über die Hoffnung, die in mir aufsteigt. Wenn Arden sich mit griechischer Mythologie auskennt, dann kann er mir vielleicht helfen. Wirklich helfen. Mit ihm zusammen könnte ich vielleicht einen Weg finden, mit Jenna zu reden, ohne dass Hades sie mir zeigt. Und … Ich keuche auf. Natürlich, warum bin ich nicht eher darauf gekommen? Und vielleicht sogar einen Weg, den Hades nicht überwachen kann und der es möglich macht, dass Jenna und ich wirklich reden können.

»Sag mal, hast du uneingeschränkten Zutritt zur Bibliothek?« Ich versuche, völlig beiläufig zu klingen.

»Was möchtest du denn nachschauen?«, fragt er mit einem Lachen in der Stimme.

Okay, das Beiläufige ist mir wohl nicht so gut gelungen. »Ist das nicht egal?«, frage ich mit einem süßlichen Lächeln. »Immerhin gebe ich dir endlich Gelegenheit, mir zu helfen.«

Arden legt selbstgefällig den Kopf schief. »Ich wusste, dass es so kommen würde.«

»Na sicher.«

Er grinst. »Selbstverständlich helfe ich dir gern. Aber ich müsste schon wissen, worum es geht.«

Ich denke darüber nach, was ich ihm sagen kann, und mir wird klar, dass ich verdammt vorsichtig werde sein müssen. Ich muss ihm genug erzählen, damit er mir wirklich helfen kann; das heißt, ich muss Hades erwähnen und vielleicht sogar den Pakt, wenn es hart auf hart kommt. Aber ich muss es so formulieren, dass Arden mir nicht auf die Schliche kommt. Er darf nie, unter gar keinen Umständen, herausfinden, was ich bin. Sonst müssen wir alle dafür büßen.

»Ach, weißt du«, beginne ich vorsichtig, »ich programmiere da gerade ein Fantasyspiel, und ich würde gerne mal was Neues machen. Es gibt bestimmt nicht viele Game Designer, die die Möglichkeit haben, in der Bibliothek der Divinity School zu recherchieren und sich dort Inspiration für Wesen und Kulturen zu holen.«

Und sicher gibt es auch nicht viele Göttinnen, die die Gelegenheit bekommen, in derart uralten Schriften nach einer Möglichkeit zu suchen, Hades auszutricksen. Und dabei alles zu riskieren, was ihnen wichtig ist.

KAPITEL 14

Arden

Okay. Halten wir mal fest: Ich wollte sie mir aus dem Kopf schlagen. Stattdessen habe ich die ganze Vorlesung über ständig an sie gedacht.

Ich wollte sie nie wiedersehen. Seitdem bin ich ihr dreimal begegnet.

Und ich wollte ihr auf keinen Fall zu nahe kommen, aber ich hätte sie fast geküsst. Und habe ihr dann auch noch meine Handynummer gegeben.

Es ist ziemlich deprimierend, wie sehr ich gerade dabei versage, meine Vorsätze in die Tat umzusetzen. Es ist auch deprimierend, wie wenig sich meine Gedanken darum scheren, was ich will. Denn natürlich habe ich mir vorgenommen, Erin nicht so interessant zu finden. Aber jetzt gehe ich neben Carson langsam über den Campus auf sie zu. Wir haben uns vorhin gleich für heute Nachmittag verabredet. Ihre feuerroten Haare glänzen in der Sonne. Genau wie heute Morgen, als sie mir so verdammt nahe gekommen ist. Mein Herz macht einen höchst uncoolen Satz, als ich daran denke, wie nah. Fast so nah, als wollte sie mich küssen.

Ich räuspere mich. »Sag mal, Carson, wenn ich glauben würde, dass ein Mädchen auf mich steht und ich irgendwie dafür sorgen müsste, dass das … aufhört, wie würde ich das am besten machen?«

Er bleibt stehen, hebt eine Augenbraue.

Mein Fehler wird mir bewusst. »Vergiss es. War eine dumme Frage.« Wahrscheinlich hat Carson in seinem ganzen Leben noch nie auch nur darüber nachgedacht, mit einem Mädchen bloß befreundet zu sein. Aber mir bleibt keine andere Wahl.

Natürlich bleibt dir eine andere Wahl, sagt eine kleine gemeine Stimme in meinem Kopf. *Du musst ihr einfach nur sagen, dass du keine Zeit hast und ihr nicht helfen kannst. Vielleicht könntest du sogar jemand anders finden, der mit ihr die Recherche in der Bibliothek erledigt.*

Allein der Gedanke ist wie ein Schlag in die Magengrube.

Sie hat mich gefragt! Sie braucht meine Hilfe. Es wäre unhöflich – ja, genau –, es wäre verdammt unhöflich, ihr einfach jemand anders vor die Nase zu setzen, nachdem sie mich gefragt hat.

Ja, ja, red dir das ruhig ein. Diese kleine gemeine Stimme in meinem Kopf fängt an, mich tierisch zu nerven.

»Meine Schwester sagt immer, dass sie nette Kerle langweilig findet.« Carsons Kommentar reißt mich aus meinen Gedanken.

Ich verziehe das Gesicht. »Du schlägst also vor, dass ich besonders nett sein soll, weil Frauen auf Arschlöcher stehen?«

Carson zuckt etwas hilflos mit den Schultern. »Sorry, aber das ist alles an Weisheit, was ich dir zu diesem Thema anbieten kann.«

Also glaubt er das selbst nicht so richtig. Wundert mich nicht. Ich weiß überhaupt nicht, was ich dazu sagen soll. Aber die Idee dahinter ist gar nicht so schlecht. Einfach nur nett sein, nichts weiter. Keine Witze machen. Nicht auf ihren Humor eingehen. Alles tun, damit sie mich langweilig findet. Leider finde ich allein den Gedanken daran schrecklich öde. Sofort schimpfe ich mich einen Idioten. Dass es mir keinen Spaß macht und ihr auch nicht, ist doch gerade der Sinn der Sache!

Ich atme tief durch. »Also gut. Ich werde nett sein und mich selbst und sie damit zu Tode langweilen. Dann ist die Sache geregelt.«

Carson sieht mich an, als hätte ich komplett den Verstand verloren. »Äh. Ja. Das klingt … logisch?«

In diesem Moment fällt mir etwas ein. »Was, wenn sie auf langweilig steht?«

Carsons Gesichtszüge entgleisen ihm jetzt völlig. Ich würde lachen, wenn ich mir nicht gerade so sehr den Kopf zerbrechen würde. »Du hast selbst gesagt, dass sie zu dieser langweiligen Studentenverbindung gehört. Was, wenn die Leute dort alle auf absolut langweilige Typen stehen?« Ich kratze mich am Kopf. »Ach verdammt«, fluche ich. »Ich werde noch wahnsinnig.«

Carson atmet hörbar auf. »Das ist gut, damit kenne ich mich aus.« Er klopft mir auf die Schulter. »Das ist vollkommen normal.« Er trollt sich und lässt mich mit meinen verknoteten Gedankengängen stehen.

Ich sehe zu Erin hinüber, die bereits beim großen Brunnen in der Mitte des Campus auf mich wartet. Sie hat mich noch nicht entdeckt, zu viele Studenten rennen um diese Zeit über den Platz. Sie sieht sich auch nicht nach mir um, starrt nur ins Leere und wirkt allgemein nicht gerade so, als könne sie es kaum erwarten, mich wiederzusehen.

Mein Ego möchte sich ein wenig gekränkt fühlen, aber ich sage ihm, dass wir beide doch froh sein sollten, dass sie offensichtlich wirklich nur unsere Hilfe will. Dann sage ich mir, dass ich anscheinend völlig am Durchdrehen bin, wenn ich jetzt schon anfange, mich und mein Ego als verschiedene Personen zu betrachten.

Also gut. Es ist eigentlich ganz einfach. Ich muss nur rausfinden, was sie denkt. Gestern wirkte es so, als würde sie sich für mich interessieren, aber wenn sie wirklich nichts von mir will, dann habe ich kein Problem.

Ich seufze.

Außer, dass ich ihren Humor mag, dass ich schon unheimlich oft darüber nachgedacht habe, ihre Sommersprossen zu zählen, und dass ich schrecklich gerne wissen würde, wie ihre Haare sich anfühlen.

»Verdammt«, flüstere ich. Schluss jetzt. Ich beschließe jetzt einfach, dass sie sich absolut nicht für mich interessiert und mich nur benutzt, um in die Bibliothek zu kommen. Ja, das klingt gut. Sofort verbiete ich mir, darüber nachzudenken, auf welche anderen Arten sie mich noch benutzen könnte.

Ich gehe zu ihr hinüber. »Erin.«

Sie sieht auf. Es dauert einen Moment, bevor der leere Blick verschwindet und sich das Wiedererkennen in ihrem Gesicht abzeichnet. »Oh, hallo.«

Ich versuche, an ihrem Tonfall zu erkennen, ob sie sich freut, mich zu sehen. War das Vorfreude? Nein. Sie wirkt eher niedergeschlagen.

»Die Bibliothek ist ein Stück vom Campus entfernt, man findet sie nicht so leicht«, sage ich, als müsste ich ihr noch mal erklären, warum wir uns hier treffen.

Ich erwarte fast, dass sie mich damit aufzieht, aber sie nickt nur, schaut dann noch mal kurz auf ihr Handy, flucht leise und steckt es dann weg. Ohne mich groß zu beachten.

Okay. Sieht so aus, als hätte ich mir umsonst Gedanken gemacht. Wenn das so weitergeht, wird das für keinen von uns ein Spaß. Ziel erreicht.

Ich gehe los, auf den Durchgang zwischen dem Hauptgebäude der Universität und dem Flügel für Literatur und Kunst zu. Erin folgt mir.

»Vielleicht erzählst du mir auf dem Weg dorthin schon mal, was du eigentlich genau suchst«, versuche ich, die Stimmung ein wenig aufzulockern.

Sie antwortet erst nicht, dann schreckt sie auf. »Hast du was gesagt?«

Ich verziehe das Gesicht. Ganz so deutlich müsste sie mir auch nicht zeigen, wie uninteressant sie mich findet. Ich wiederhole die Frage.

»Ach so. Ja, natürlich.« Sie denkt eine Weile nach, dann sagt sie: »Es ist ein RPG, also ein Role-Playing-Game, das bedeutet …«

»Man läuft durch die Gegend, quatscht mit irgendwelchen Leuten, löst Rätsel, ab und zu kämpft man, erobert irgendwelche tollen Ausrüstungsgegenstände, und am Ende besiegt man den Evil Overlord«, fasse ich zusammen. »Oder wird es selbst.«

Ein winziges Grinsen zeichnet sich auf ihren düsteren Gesichtszügen ab. »Ich sehe, du kennst dich aus.«

»Ich zocke auch ab und an mal was.«

»Was denn? Auch so was wie Witcher 3?«

Ich will sofort Ja sagen, aber dann fällt mir wieder ein, dass ich versuchen wollte, nicht interessant für sie zu sein. Aber lügen kann ich irgendwie auch nicht, deswegen zucke ich nur mit den Schultern. Ich muss aufpassen, dass sie nicht auf mein Handydisplay schaut, wo ich das Titelbild von Witcher 3 als Screensaver habe.

Ein Schatten der Enttäuschung huscht über ihr Gesicht. Sie schüttelt kurz den Kopf. »Macht nichts. Es ist eigentlich gar nicht wichtig, dass du gern Computerspiele spielst. Ich brauche ja nur deine Hilfe mit den Fakten der Story.«

»Klar. Und worum geht es?«

Sie legt die Stirn in Falten. »Also, die Grundlage für das Spiel ist die griechische Mythologie. Du weißt schon …«

»Olymp, Zeus und der ganze Kram.«

Das winzige Lächeln auf ihrem Gesicht wird etwas breiter, und mein Herz macht erneut einen uncoolen Satz. Es gefällt ihm wohl, wenn ich

sie zum Lächeln bringe. Vor allem, nachdem sie zuerst so niedergeschlagen gewirkt hat.

»Die Heldin ist ein Mädchen, das irgendwie ... mit Hades zu tun
hat.«

Sie spricht, als müsse sie jedes Wort auf die Goldwaage legen. Vielleicht hat sie Angst, mir den Kern ihrer Idee zu verraten. Das eine Detail, das ihr Spiel so besonders macht. »Keine Sorge. Du kannst mir
vertrauen.«

Sie schnaubt, als wäre allein der Gedanke völlig absurd. Dann hebt
sie hastig die Hände. »Tut mir leid. Das ... war nicht persönlich gemeint.«

»Schon gut. Du kennst mich ja nicht. Ich meinte auch nur dein Spiel.
Ich verspreche dir, mit niemandem darüber zu reden, wenn du das
nicht möchtest. Aber wenn du auf Nummer sicher gehen willst, dann
verrate mir einfach nur das, was ich unbedingt wissen muss.«

»Okay«, sagt sie und sieht mich dabei fast verwundert an. Als wäre
es so außergewöhnlich, dass ich sie nicht dränge, mir mehr zu verraten.
Als wäre es etwas Besonderes, dass ich sie verstehen kann. Und als wäre
diese Tatsache überhaupt nicht langweilig. Mist.

»Eigentlich ist es ganz einfach. Meine Heldin möchte mit jemandem
Kontakt aufnehmen, der von Hades ... gefangen gehalten wird.«

Bevor ich dazu etwas sagen kann, bleibt sie stehen und starrt mit
aufgerissenen Augen nach vorn. Ich bleibe ebenfalls stehen, reiße meinen Blick von ihr los und wende ihn dem Gebäude zu, das sie gerade
betrachtet. »Arden, das ist die Divinity School? Hier kommst du jeden
Tag her?« Sie seufzt leise. »Beneidenswert.«

»Jap, hab mich ehrlich gesagt auch noch nicht daran gewöhnt.« Ich
folge ihrem Blick und betrachte das ehrwürdige Hauptgebäude, das sich
gar nicht so sehr vom Rest der Universität unterscheidet, außer durch

ein riesiges kreisförmiges Glasfenster, das in die Front eingelassen ist. Außen herum steht in goldenen Buchstaben auf Lateinisch der Name der Schule. »Warte, bis du die Bibliothek siehst.« Ich bedeute ihr, mir zu folgen, und wir gehen an dem Hauptgebäude vorbei, hinter dem nun ein kleineres Gebäude auftaucht.

»Wow«, haucht sie.

Ich lächle nur, während ich überlege, wie ich Erin überhaupt reinbekomme. Gäste werden normalerweise nicht zugelassen, alles hängt davon ab, wer heute am Eingang sitzt. Als wir dort ankommen, ziehe ich einen Flügel der schweren Holztür auf und halte sie für Erin auf. Es ist der Eingangsbereich einer Kirche, aber wenn man durch die Schwingtüren an den Seiten geht, steht man nicht direkt im großen Raum, sondern im Vorraum an einer Garderobe und einem Infoschalter. Dana, eine Studentin aus einem höheren Semester, sitzt dort. Als wir vor ihr stehen, sieht sie auf. »Hey, Arden.« Sie lächelt strahlend.

»Hey, Dana.« Ich zeige ihr meinen Ausweis, aber sie winkt nur ab.

»Und wer ist das?« Sie sieht an mir vorbei zu Erin. »Die Bibliothek ist nur für Studenten der Divinity School«, sagt sie streng.

»Oh.« Ich drehe mich kurz zu Erin um, dann wieder zu Dana. Ich mache ein todernstes Gesicht. »Erin ist meine erste Anhängerin für die ›Bilde deinen eigenen Kult‹-Challenge.«

Dana blinzelt mich an. »Die was bitte?«

»Die ›Bilde deinen eigenen Kult-Challenge‹. Du weißt schon. So viele Anhänger wie möglich sammeln, die dir überallhin folgen und den Boden unter deinen Füßen anbeten.«

Ich höre Erin hinter mir ein Geräusch machen, das wie ein ersticktes Schnauben klingt, und Dana starrt mich für einen Moment so bewegungslos an, dass ich schon denke, sie wird nicht nur Erin abweisen,

150

sondern auch meinen Bibliotheksausweis zerschneiden und mich für immer verbannen.

Aber dann fängt sie plötzlich an zu grinsen. »Ach, *die* Challenge meinst du. Klar. Ergibt total Sinn. Und natürlich müssen deine Anhänger – oh, Verzeihung –, dein einer Anhänger dir überallhin folgen?«

»Ganz genau. Man muss immer ein Auge auf sie haben. Sonst passt man eine Sekunde nicht auf, und schon ist einer zur dunklen Seite konvertiert, nur weil ihm Cookies angeboten wurden.«

Dana prustet los. Dann steht sie auf, geht zur Eingangstür der Bibliothek, wirft einen Blick hinein und winkt uns heran. »Also gut, sie kann rein. Aber lasst euch nicht erwischen. Klar?«

»Du bist ein Schatz.«

»Ich weiß.« Dann lässt sie sich wieder auf ihren Stuhl fallen und widmet sich wieder ihrem Laptop.

Erin folgt mir mit einem entgeisterten Blick in die Bibliothek. »Unfassbar.«

»Ja, nicht wahr?«

Sie schüttelt den Kopf. »Ich meine, unfassbar, dass so was funktioniert.«

Ich muss grinsen. »Ach, Dana gehört zur Verbindung der Bibliophilen. Sie liebt alte, seltene Bücher abgöttisch, und ich habe zufällig zwei, die sie schon immer sehen wollte. Seit ich sie ihr mal für ein paar Tage ausgeliehen habe, habe ich bei ihr einen riesigen Stein im Brett.«

Erin will etwas erwidern, aber sie verstummt, als wir den Hauptraum der Bibliothek betreten. Die Decke wölbt sich weit über uns. Die hohen Fenster, durch die Tageslicht hereinfällt, sind aus Buntglas und lassen den Innenraum in allen möglichen Farben leuchten. An den Wänden stehen Bücherregale, die bis hinauf zwischen die Fenster reichen und nur durch hohe Leitern erreicht werden können. Lange Bücherregale ziehen sich quer durch den Raum, dazwischen unzählige Tische, an denen ein paar wenige Studenten sitzen.

»Es sieht aus wie eine Kirche, ist das Absicht?«

»Es ist eine Kirche. Oder besser, es war mal eine Kirche. Das Hauptgebäude der Divinity School ist im 19. Jahrhundert abgebrannt, aber ein paar Studenten und Professoren konnten aus der Bibliothek, die noch nicht brannte, die wichtigsten und wertvollsten Bücher retten. Leider konnte die Feuerwehr den Brand aber nicht aufhalten, und schließlich mussten sie aufgeben. Die ganze Divinity School brannte aus. Ein paar Jahre lang hatten die Studenten und Professoren nur die Kirche hier, um die Bücher aufzubewahren und sie zu studieren. Also wurde es zur Gewohnheit, dass zwischen den Messen hier immer Studenten mit Büchern saßen. Als das neue Gebäude gebaut wurde, hat man beschlossen, statt einer neuen Bibliothek einen neuen neutralen Kirchenraum für alle Religionen in das Hauptgebäude einzubauen. Die Bücher durften hierbleiben und die Studenten auch.« Wow. Was für ein Infoblock. Erin hat auch schon ganz glasige Augen. »Diese Information wurde Ihnen von der Campusführung für neue Studenten zur Verfügung gestellt«, versuche ich mich an einem Witz.

Erin lacht nicht. Ich glaube, sie hört nur mit halbem Ohr zu, denn sie ist viel zu sehr damit beschäftigt, die Bibliothek zu bestaunen. Sie geht langsam in den riesigen Raum hinein, an den Wänden entlang, mustert die Bücher. An einer Leiter bleibt sie stehen und schaut begehrlich nach oben.

»Denk nicht mal dran«, warne ich sie sofort. »Studenten dürfen die Leitern nicht einfach so benutzen, und man kriegt ziemlich Ärger, wenn man es trotzdem macht.«

Sie hebt eine Augenbraue. »Das klingt, als hättest du es schon ausprobiert.«

Ich grinse. »Natürlich, was denkst du denn? Das war das Erste, was ich gemacht habe, als ich hergekommen bin.«

Erin legt eine Hand auf das uralte Holz der Leiter. »Es ist … warm. Fast als würde es leben.«

»Manchmal denke ich, sie haben diese Leitern hier nur aufgestellt, um uns in Versuchung zu führen.« Ich lege den Kopf in den Nacken, um an den Regalen entlang nach oben zu sehen. »Natürlich stehen die interessantesten Bücher ganz oben.«

»Natürlich«, bestätigt sie. In ihrer Stimme klingt ein Lachen mit, ein unbeschwertes Lachen, das weder zu ihrer schroffen Art von vorletzter Nacht noch zu ihrer Niedergeschlagenheit von gerade eben passt. Ich senke den Blick und sehe sie an. Ihre Augen glitzern frech. Ihre Lippen sind leicht geöffnet, und Niedergeschlagenheit und Düsternis sind wie weggewischt. Mit einem Mal wird mir klar, wie nah sie vor mir steht. Wie einfach es wäre, sie zu küssen. Wie gerne ich wissen würde, wie ihre Lippen schmecken.

Nur noch wenige Zentimeter trennen uns.

Nur noch wenige Zentimeter trennen uns!

Hastig stolpere ich einen Schritt rückwärts. Zu spät. Denn jetzt hat sich die Vorstellung in mir festgesetzt, sie zu küssen, der Wunsch, sie zu spüren, ihr noch viel näher zu kommen. Offensichtlich hat sie es auch gemerkt, denn sie hat die Hand vor ihren Mund gelegt und sieht mich mit aufgerissenen Augen an. »Was war das?«

»Ähm. Das war … nichts. Gar nichts, ich habe nur das Gleichgewicht verloren. Bücher haben manchmal diese Wirkung auf mich«, versuche ich wenig erfolgreich, mich herauszureden. Vielleicht hoffe ich sogar, dass dieser wenig sinnvolle Erklärungsversuch sie zum Lachen bringt.

Stattdessen starrt sie mich nur erschrocken an. »Oh Mist, das war mein Fehler. Tut mir leid. Ich hätte von Anfang an viel deutlicher machen müssen, dass das hier kein Date ist. Absolut nicht. Ich meine, ich interessiere mich nicht so für dich«, stößt sie hastig hervor. »Wirklich, überhaupt nicht.«

Autsch.

Ich meine, ich wollte ja, dass es so ist. Aber es so direkt ins Gesicht gesagt zu bekommen, versetzt meinem Ego zugegebenermaßen einen schweren Schlag.

»Klar«, antworte ich möglichst unbeeindruckt. Was mir wohl nicht besonders gut gelingt, denn jetzt leuchtet Mitleid in ihren Augen auf. Verdammt, wo ist die Erdspalte, wenn man sie braucht? Das Tor zur Unterwelt, das sich auftut, um einen zu verschlucken? Aber natürlich tut sich nichts. Der Steinboden der Bücherei bleibt geradezu lächerlich solide.

»Oh nein, sorry, so deutlich wollte ich das gar nicht formulieren«, stottert sie.

Na toll. Hätte sie nicht wenigstens sagen können, dass es nicht ganz so hart gemeint war, wie es geklungen hat? Aber dann sage ich mir, dass ich doch froh sein sollte. Ich schiebe mein lächerlich gekränktes Ego zur Seite, zerre meine Vernunft aus dem hintersten dunklen Eck, in das sie sich für ein paar Minuten zurückgezogen hatte und schüttle den Kopf. »Macht nichts. Ich hatte mir schon so was gedacht.«

Hattest du nicht. Nicht wirklich. Aber damit musst du jetzt wohl leben. Immerhin hast du dein Ziel erreicht, uninteressant für sie zu sein. Das ist doch was.

Sie lässt die Hände sinken. »Tut mir leid, ich war noch nie gut darin, jemandem so was zu sagen.« Ihre Augen weiten sich. »Was jetzt nicht heißen soll, dass ich dauernd Kerle abwehren muss oder so, also …« Sie kichert ein wenig verzweifelt. »Ich glaube, das kann ich nicht mehr retten, oder?«

Ich lege den Kopf schief, dann grinse ich. »Nein. Kannst du nicht.«

Sie verzieht das Gesicht, als hätte sie Zahnschmerzen. »Ich hoffe, du hilfst mir trotzdem noch.«

»Klar. Ich finde es nämlich ganz nett, wenn du dich auch mal um Kopf und Kragen redest und nicht immer nur ich.«

Sie starrt mich kurz an, dann fängt sie an zu lachen.

Ein silbriges, ansteckendes Lachen, das mich befürchten lässt, dass ich mein Ziel, sie mir aus dem Kopf zu schlagen, noch lange nicht erreicht habe, sondern gerade wieder dabei bin, grandios zu versagen.

KAPITEL 15

Erin

Lachen. Ja, lachen ist gut. Dann vergesse ich vielleicht endlich, dass er mich gerade fast geküsst hätte! Oder mir zumindest gefährlich nahe gekommen ist. Der Schreck sitzt mir nach wie vor in den Knochen. Jedes Mal, wenn er sich zu mir umdreht, will ich instinktiv die Hand vor den Mund heben.

Hör auf. Was wäre denn so schlimm daran, wenn er dich küsst?

Nichts, beantworte ich meine Frage gleich selbst. Nichts, außer der Tatsache, dass er mir dann nicht mehr bei der Recherche helfen könnte. Das ist das Einzige. Es wäre überhaupt nicht schlimm, nie wieder von ihm so angesehen zu werden wie gerade eben bei der Leiter. Nein. Ich will auch nie wieder dieses merkwürdige Kribbeln im Magen spüren, weil sein Gesicht meinem so nah ist. Darauf könnte ich total verzichten. Jawohl.

»Erin?«

»Entschuldige, hast du was gesagt?«

Ein Grinsen zuckt um seine Mundwinkel, als wüsste er, was ich gerade gedacht habe. Aber das ist natürlich vollkommen unmöglich. Denn ich habe ihm absolut glaubwürdig versichert, dass ich nichts von ihm will.

Verdammt! Ich habe es ihm nicht nur versichert, es ist so. Ich will nichts von ihm.

»Erin?«

Sein Grinsen ist noch breiter geworden. Habe ich seine Frage etwa schon wieder nicht mitbekommen? Wenn ich die Angewohnheit hätte, rot zu werden, wäre das jetzt wohl der ideale Zeitpunkt dafür. »Sorry«, sage ich kleinlaut. »Ich war abgelenkt.«

Wenn er jetzt auch nur einen dummen Kommentar macht, erwürge ich ihn mit meinem schwarzen Gürtel. Aber er sagt nichts, seine Augen funkeln nur belustigt, und mein dummes Herz fliegt total darauf.

»Ich habe gefragt, inwieweit du dich in der griechischen Mythologie auskennst.«

Ich starre ihn an. Was soll ich darauf antworten? Dass ich Hades persönlich kenne, mit ihm geschachert habe wie ein Marktweib und ihm immerhin einen Handel abgerungen habe, um den mich ein paar der anderen wahrscheinlich beneiden würden, wenn sie davon wüssten? Oder dass ich eine Rachegöttin bin? Zwar keine echte Göttin wie Athene oder so, aber immerhin mit der Macht der Erinnyen ausgestattet, die Hades traditionell benutzt, um unliebsame Subjekte in seine Fänge zu bekommen oder einfach zu beseitigen. Eigentlich müsste ich sagen: Mehr, als mir lieb ist. Aber das würde vielleicht zu viel verraten.

»Na ja, äh, ich … habe ein bisschen auf Wikipedia nachgelesen.«

»Ach so.« Er wirkt nachdenklich, dann lächelt er. »Das heißt, du brauchst das volle Programm, ja?« Er sagt es, als würde ihm der Gedanke gefallen, viel Zeit mit mir zu verbringen und mir alles haarklein zu erklären. Mir gefällt der Gedanke auch.

Verflixt.

»Nein«, antworte ich hastig. »Ich würde dich nie für etwas um deine Hilfe bitten, was ich einfach über Google finden kann.«

»Oh.« Er klingt tatsächlich enttäuscht!

Ich räuspere mich. »Selbstverständlich habe ich ordentlich recherchiert, ich kenne die wichtigsten Sagen. Aber zu meinen Fragen konnte ich einfach nichts finden.«

»Alles klar.« Er legt den Kopf schief. »Gefällt mir, dass du das so siehst.«

Das darf doch nicht wahr sein! Egal, was ich sage, er mag es.

Ich seufze innerlich. Geht mir mit ihm ja auch nicht anders.

»Bevor ich dir mit der Beantwortung deiner Fragen helfen kann, brauche ich noch mehr Fakten. Du hast gesagt, die Person, mit der deine Heldin sprechen möchte, wird von Hades gefangen gehalten. Meinst du damit, sie ist tot?«

Ich erstarre. Er stellt diese Frage so unschuldig, als wäre sie nur Smalltalk. Nur ein Fakt in meinem Computerspiel. Nichts Wichtiges, nichts Besonderes. Was es für ihn natürlich auch nicht ist. Aber für mich schon.

»Ja, sie ist tot«, flüstere ich. »Die Schwester meiner Heldin ist tot.«

Jennas Gesicht taucht vor meinem inneren Auge auf. Sie lächelt, zieht mich auf, streicht mir durch die Haare und legt ihre Arme um mich. Es ist so lange her. Zweieinhalb unendliche Jahre schon, doch ich kann immer noch nicht einsehen, dass sie nicht mehr da ist.

»Hey«, fragt Arden. »Alles in Ordnung?«

Ich schiebe den Gedanken an Jenna fort, vorsichtig, wie etwas Zerbrechliches, unendlich Kostbares.

»Ja, ja, natürlich.« Warum muss er mich so besorgt anschauen? So, als würde ihn wirklich interessieren, wie es mir geht? Ich weiß doch, dass die meisten Kerle so was nicht ernst meinen. Aber jedes Mal, wenn er mich so kalt erwischt, will ich für einen kurzen Moment glauben, dass er anders ist. Und manchmal, so wie jetzt, wünsche ich mir für einen kleinen, verräterischen Augenblick, ich könnte ihm alles sagen. Aber natürlich steht das außer Frage.

»Tut mir leid, ich gehe nur sehr mit den Figuren mit, weißt du? Ich versetze mich sehr stark in meine Heldin hinein, das macht es mir leichter, mir eine gute Geschichte auszudenken. Und ihre ältere Schwester zu verlieren, war für sie …« Meine Stimme versagt.

Wie soll man erklären, wie es sich anfühlt, einen Menschen zu verlieren, von dem man dachte, dass er immer da sein würde? Ein Mensch, der auf eine Art ein Teil von einem selbst ist, die man niemandem erklären kann. Und den man nie ersetzen kann.

»… als hätte man ihr bei lebendigem Leib das Herz herausgerissen«, flüstere ich.

Arden sieht mich prüfend an. Mist. Wenn ich so weitermache, ahnt er noch was. Reiß dich zusammen! Was ich hier tue, ist verdammt gefährlich. Es ist eine Gratwanderung, bei der ich jederzeit in eine tiefe Schlucht stürzen kann. Wenn Arden auch nur vermutet, dass meine Geschichte wahr ist, könnte Hades meinen Pakt als gebrochen ansehen. Ich muss vorsichtiger sein, viel vorsichtiger.

Aber als ich zu ihm aufsehe, scheint er meinen Fehler gar nicht bemerkt zu haben. »Ja«, antwortet er nur langsam. »So etwas fühlt sich ziemlich schrecklich an.«

Ich runzle die Stirn. Das klingt fast, als hätte er etwas Ähnliches erlebt wie ich. Mein Herz pocht schmerzhaft in meiner Brust. Beinahe sehnsuchtsvoll. Wenn das wahr wäre … es wäre so schön, jemanden zu haben, der mich versteht. Jemand, der keine Rachegöttin ist, sondern einfach nur ein anderer Mensch.

Einen Moment lang glaube ich, dass es ihm ähnlich geht, denn er kommt mir wieder näher, viel zu nah, verführerisch nah. So, dass ich die Augen schließen und nur seine Gegenwart genießen will.

Doch bevor es wirklich gefährlich wird, schüttelt er den Kopf. »Ich finde es gut, dass du dich da so reinversetzen kannst. Man merkt es Games an, wenn Herzblut in der Story steckt.« Er lächelt mir aufmunternd zu, und irgendwie macht das die Trauer um Jenna ein ganz klein wenig leichter. Wieder hält er meinen Blick fest und ich seinen.

»Also«, stoße ich schnell hervor. »Meine Heldin möchte mit ihrer Schwester sprechen. Sie braucht sozusagen eine Methode, mit jemandem Kontakt aufzunehmen, der sich in der Unterwelt aufhält.«

»Oh. Das ist interessant.« Arden beugt sich zu mir. In seinen Augen funkelt etwas, das fast wie Abenteuerlust aussieht. Zum ersten Mal, seit wir uns getroffen haben, scheint er alles andere zu vergessen. Als er zu einem Regal geht, verschiedene Bücher heranschleppt und auf einen der großen Tische legt, wirkt er ganz in seinem Element. »Ich glaube nämlich, das ist gar nicht so einfach.« Er schlägt ein paar der Bücher auf, lässt sich dann mir gegenüber in einen Stuhl fallen und schiebt mir eines der Bücher herüber. »Was weißt du über den Hades?«

Ich zermartere mir das Hirn und muss mir eingestehen, dass ich dafür, dass ich mit dem Herrscher der Unterwelt einen Pakt geschlossen habe, beschämend wenig über sein Reich weiß. Ich meine, klar, das Wichtigste habe ich mir mal angeeignet, aber vielleicht hätte ich schon längst mehr Zeit darin investieren sollen, wirklich alles über ihn und die Unterwelt herauszufinden. »Der Hades ist das Totenreich der alten Griechen«, sage ich langsam. »Es gibt bei ihnen nicht wie bei den Christen einen Himmel und eine Hölle, sondern alle Toten gelangen in die Unterwelt, den Hades. Thanatos, der am ehesten unserem Tod entspricht, begleitet die Toten dorthin, vorbei an Kerberos, dem Höllenhund, der den Eingang bewacht. Unten angekommen, müssen die Toten mithilfe des Fährmanns den Fluss Lethe überqueren, aus ihm trinken und alle Erinnerungen an ihr altes Leben vergessen. Danach existieren sie nur noch als Schatten im Hades, fristen ihr Dasein ohne Gefühle und ohne jegliche Unterhaltung.«

Arden verzieht das Gesicht. »Schreckliche Vorstellung, oder? Ich stelle mir das irgendwie schlimmer vor, als in der Hölle zu sein, aber wenigstens Netflix gucken zu können.«

Ich blinzle ihn an, dann muss ich grinsen. Die Vorstellung, dass die Seelen in der Hölle Netflix gucken, ist zu herrlich. Genauso wie das belustigte Funkeln in seinen unglaublich blauen Augen.

Schnell senke ich den Blick. »Hm. In der Hölle wird man von Dämonen gequält. Ich weiß nicht, ob Netflix das aufwiegen könnte.«

Er lacht leise. Ich widerstehe dem Drang aufzusehen. Aber seine Nähe ist mir plötzlich extrem bewusst. Obwohl er auf der anderen Seite des Tisches sitzt, ist es, als könnte ich seine Wärme neben mir spüren.

»Der Hölle entspricht am ehesten der Tartaros, wobei da eigentlich nur Leute reinkommen, die es sich mit Hades persönlich verscherzt haben. Oder?«

Er nickt. »Frevler, die seine Aufträge nicht erfüllen, Halbgötter, die rebelliert haben. So was.«

Und Rachegöttinnen, die ihren Pakt brechen. Schnell spreche ich weiter. »Es gibt auch noch eine Art Himmel, das Elysion, aber auch das ist nicht für normale Menschen gedacht, sondern als besondere Belohnung für treue Dienste. Wenn ich das richtig verstanden habe.«

»Genau. Das Normalprozedere ist der Schattenkram, und nur bei den VIPs passiert was anderes.«

Ich muss grinsen. Arden auch. Dann wird er wieder ernst. »Und die Schwester deiner Heldin, wo möchtest du sie haben?«

Schlagartig vergeht mir das Lachen. Wo ich sie haben möchte? Bei mir. Hier. Neben mir. Ich schlucke die Worte hinunter. »Ich … weiß nicht genau.«

Arden nickt nachdenklich, scheint vollkommen in der Mythologie versunken zu sein. »Hat sie den Fluss Lethe schon überquert?«

Ich krampfe die Hände um meinen Notizblock. Hades hatte mir versprochen, dass sie den Fluss nicht überqueren muss. Aber was, wenn er mir Jenna gar nicht absichtlich vorenthält? Was, wenn etwas schiefgegangen ist? Vielleicht ist sie aus Versehen hinübergeraten, zusammen mit anderen, hat sich zwischen ihnen verirrt, und der Fährmann hat es nicht gemerkt? Wäre das nicht auch eine Möglichkeit? Verzweiflung steigt in mir auf. Wenn sie über den Fluss gegangen ist und mich vergessen hat, ist es vielleicht sie selbst, die mich nicht sehen will. Weil sie mich gar nicht mehr kennt.

Ich beiße mir auf die Lippen, bis ich den Schmerz spüre. Er hilft mir, die Tränen zurückzudrängen. »Möglicherweise hat sie den Fluss überquert«, flüstere ich langsam. »Wenn sie aus dem Fluss getrunken hat, vergisst sie dann tatsächlich alles? Oder besteht die Möglichkeit, dass sie ihre Erinnerungen wieder zurückbekommt?«, frage ich.

Dann fällt mir auf, dass es wieder viel zu echt klingt. Als würde ich wirklich an all das glauben. Aber ich glaube nicht. Ich *weiß*, dass all das existiert. Nur darf Arden das nicht erfahren. »Ich meine, wäre das in einem Computerspiel total unglaubwürdig?«, schiebe ich schnell hinterher.

Arden zieht nachdenklich die Stirn kraus. »Ich weiß nicht. Als Orpheus seine geliebte Eurydike im Totenreich findet, weiß sie auch nicht mehr, wer er ist. Aber als ihre Rettung scheitert und sie erneut in die Unterwelt zurückmuss, erinnert sie sich und trauert um ihn. Daher ist es durchaus möglich.«

Erleichtert atme ich aus.

Das scheint Arden aus seiner leichten Trance zu wecken. »Was du dir immer wieder klarmachen musst, ist, dass es für die griechische Mytho-

logie keine einzelne verlässliche Quelle gibt. Es gibt unzählige unterschiedliche Autoren aus der Antike, die ihre eigene Version der Mythologie festgehalten und anderen Versionen etwas hinzugefügt haben.
Damals geschah das wahrscheinlich durch mündliche Überlieferung.
Später haben sich Forscher aufgrund von Tempeln, die man gefunden
hat, Gedanken dazu gemacht, ihre eigenen Überlegungen angestellt
und diese festgehalten. Jeder zitiert dabei unterschiedliche Quellen und
legt sie anders aus. Mythologie ist nicht wie Mathematik – es gibt kein
festes System, kein Richtig oder Falsch. Es gibt sehr viel Deutungsspiel-
raum und sehr viele verschiedene Versionen.«

Kälte steigt in mir auf, als mir klar wird, was das bedeutet. »Aber das
ist gar nicht gut!« Denn wenn es keine verlässlichen Quellen gibt, wenn
ich nicht wissen kann, was wahr ist und was sich nur irgendwer ausgedacht hat – wie soll ich dann jemals einen Weg finden, Jenna zu finden und Summer zu schützen?

Arden lächelt. »So würde ich das nicht sehen. Zumindest nicht an
deiner Stelle. Für uns, die die Mythologie studieren und versuchen,
Fragen zu beantworten und Überschneidungen von Quellen zu finden
und Annahmen zu belegen, ist das manchmal ziemlich nervig. Aber für
dich ist das eigentlich sogar sehr gut.«

»Wieso soll das gut sein?«

»Na ja, du bist nicht festgelegt. Du bist ja keine Wissenschaftlerin,
sondern eine Künstlerin, die sich eine eigene Geschichte ausdenkt.
Und selbst wenn du den Anspruch hast, dass deine Geschichte möglichst dem aktuellen Stand der Forschung entsprechen soll, bleibt dir
sehr viel Freiraum für eigene Interpretation.«

Wenn ich das Ganze wirklich für ein Computerspiel brauchen würde,
hätte er damit recht. Deswegen versuche ich, ein Lächeln aufzusetzen.
»Ja, natürlich. Das ist ziemlich cool.« Mist, wie mache ich ihm jetzt klar,

dass mir das aber nicht reicht? Ich beiße mir auf die Lippen und denke nach. Lange.

»Das reicht dir wohl nicht«, sagt Arden trocken.

Zerknirscht sehe ich ihn an. »Sorry. Ich möchte es einfach ganz genau wissen. Ich möchte alles so originalgetreu wie möglich haben. Immerhin hängt mein Stipendium von diesem Spiel ab.« Ja, genau. Gutes Argument. Auch wenn es eine Lüge ist. »Da will ich mir nichts ausdenken. Klar könnte ich etwas erfinden, einen Spiegel, durch den man ins Totenreich sehen kann oder so was. Aber das käme mir vor wie …«

»… schummeln«, beendet er meinen Satz.

»Genau.« Erstaunt und dankbar atme ich auf, weil er so eine plausible Erklärung für mich gefunden hat. »Ich muss eine Möglichkeit finden, die so perfekt wie möglich dokumentiert ist. Verstehst du?«

»Du ahnst gar nicht, wie gut ich das verstehe. Mir geht es genauso. Ich mag es nicht, wenn bei solchen Dingen geschludert wird.« Wieder ist da dieses Gefühl der Nähe zwischen uns, ein Knistern in der Luft, ein leichtes Kribbeln in meinen Fingerspitzen, die nur das Buch berühren und sich doch nur wenige Millimeter strecken müssten, um seine Finger zu streifen.

Hastig ziehe ich meine Hand weg. »Was könnte sie also tun?«, frage ich. »Gibt es vielleicht tatsächlich irgendeinen Spiegel, durch den man in die Unterwelt sehen kann? Und wenn ja, wie bekomme ich den richtigen Schatten auf der anderen Seite vor den Spiegel? Wie mache ich es, dass Hades davon nichts mitbekommt, und wie …« Ich verstumme. So viele Hindernisse, die mir im Weg stehen. Mir wird plötzlich klar, wie verdammt schwierig mein Vorhaben ist. Aber aufgeben kommt nicht infrage.

»Ehrlich gesagt bin ich mir nicht ganz sicher, ob so was existiert. Was deine Heldin auf jeden Fall machen könnte, wäre, selbst in die Unterwelt zu gehen. Da sie nicht tot ist, müsste sie diese auch wieder verlassen dürfen. Sie darf nur nicht von den verbotenen Früchten essen, wie Persephone es getan hat, nachdem Hades sie geraubt hatte. Sonst muss sie für immer bleiben.«

Er sagt es leichthin, weil es für ihn nur eine Geschichte ist. Aber für mich ist es harte Wirklichkeit. In die Unterwelt gehen? Vielleicht könnte ich das sogar. Maya hat mir mal erklärt, dass alle Orte, an denen wir Hades rufen können, auch mögliche Eingänge in die Unterwelt sind. Wahrscheinlich wäre das sogar die einfachste und schnellste Methode. Selbst hinuntergehen und nach Jenna suchen, so wie Orpheus es getan hat. Aber ich bin nicht wie Orpheus, und ich bin auch keine echte Göttin. Ich bin nur ein Mensch mit ein paar göttlichen Kräften. Ich kann nicht einfach in den Hades hinabsteigen und da rumlaufen. Ich müsste mich an Kerberos vorbeischleichen und dann den Fährmann austricksen, damit er mich übersetzt.

Meine Nackenhärchen stellen sich auf, als mir klar wird, was ich da eigentlich denke. Allein die Präsenz von Hades jagt mir einen kalten Schauder über den Rücken – wie muss es dann erst sein, sich in sein Reich zu begeben? Und vor allem musste ich ihm versprechen, Jenna nicht zu holen. Solange ich nicht weiß, ob er mir Jenna mit Absicht nicht gezeigt hat, halte ich mich besser daran. Sonst mache ich am Ende alles noch viel schlimmer. »Nein, das geht nicht.«

»Warum nicht?«, fragt Arden. »Ich könnte mir das in einem Game ziemlich cool vorstellen. Da hast du einige geniale Settings und viele Möglichkeiten für tolle Kämpfe.«

Tolle Kämpfe? »Ja«, antworte ich gedehnt. »Kämpfe. Ganz super.« Ich sehe mich schon mit Kerberos um seinen Knochen ringen. Da würde ich sicherlich den Kürzeren ziehen. Aber wie sage ich das Arden, ohne

ihm noch mehr zu verraten? »Das kann ich nicht machen. Es … es soll
ja keine eigene große Geschichte werden. Es soll nur ein kleines Detail
sein, das bloß ein paar Minuten im Spiel in Anspruch nimmt. Es passt
überhaupt nicht in die restliche Handlung, wenn sie in die Unterwelt
geht. Es dauert viel zu lange, und ich müsste das doch alles programmieren und …«

»Schon gut.« Er lächelt wieder. »Du musst dich nicht rechtfertigen.
Du willst das nicht, dann überlegen wir uns etwas anderes.« Er legt die
Stirn in Falten. Ich mag es, ihm zuzusehen, wenn er so völlig in Gedanken versunken ist. Aber plötzlich springt er auf, wirft einen Blick zum
Eingang der Bibliothek, klettert dann schnell eine der Leitern hoch und
holt ein Buch herunter, das in dickes Leder gebunden ist. Es sieht ziemlich alt aus, und Arden behandelt es, als wäre es ein rohes Ei. Sicherlich muss das eines der Bücher sein, für die viele Game Designer töten
würden, um es zu sehen. Arden blättert vorsichtig darin herum, aber
dann seufzt er nur und schüttelt den Kopf.

»Darf ich?«, frage ich, und er schiebt mir das Buch zu. Voller Ehr-
furcht sehe ich mir den alten, in Leder gebundenen Band an. Die Seiten
sind dick, und gleichzeitig wirken sie unendlich zerbrechlich. Wunderschöne Bilder und Schautafeln illustrieren den Text. Hätte ich doch nur
mehr Zeit, es mir in Ruhe anzusehen! Bedauernd schiebe ich es weg
und wende mich wieder an Arden.

»Gibt es vielleicht irgendjemanden im Hades, den man kontaktieren
kann?«, frage ich.

»Hm.« Arden tippt sich mit dem Zeigefinger auf die Unterlippe,
greift noch mal nach dem Buch und blättert vorsichtig darin herum.
Plötzlich sieht er auf. »Dämonen und Nymphen kann man nicht einfach so herbeirufen, die müsste man mühselig suchen. Aber vielleicht
könnte ihr irgendein Halbgott begegnen. Jemand, der sich sowohl auf

der Erde als auch in der Unterwelt frei bewegen kann. Er könnte für sie eine Nachricht überbringen.«

Meine Güte. Ein Halbgott? Wo soll ich den denn jetzt hernehmen? Nein, unmöglich. »Äh. Wäre das nicht ein ziemlicher Zufall? Und müsste sie diesen Halbgott dann nicht auch erst kennenlernen, damit sie ihn um einen Gefallen bitten kann?«

Arden sinkt entmutigt in seinem Stuhl zurück. »Ja, da hast du wahrscheinlich recht.« Wieder runzelt er nachdenklich die Stirn und zieht dabei die Nase kraus. Wieder kann ich den Blick nicht davon abwenden.

Schnell greife ich nach einem anderen Buch.

Arden hat eine Seite aufgeschlagen, auf der die Götter der Unterwelt beschrieben werden. Thanatos, der Tod. Aber er ist nicht der Einzige, der an der Unterbringung der Seelen in der Unterwelt beteiligt ist. »Hier steht, es gibt noch Hypnos, den Gott des Schlafes. Ein Bruder von Thanatos, weil Schlaf und Tod sich in der Vorstellung der Menschen häufig sehr ähnlich sind.« Ich sehe auf. »Könnte es nicht möglich sein, dass man im Schlaf mit den Toten Kontakt aufnehmen kann?« Hoffnung steigt so heftig in mir auf, dass mir fast schlecht wird. Das wäre vielleicht machbar, oder? Aber mir sinkt das Herz, als ich Ardens Blick sehe.

»Ehrlich gesagt, ist das alles recht wenig belegt. Meistens, wenn es Kontakt zwischen der Götterwelt und der Menschenwelt gibt, geht dieser Kontakt von den Göttern aus, nicht von den Menschen. Bei den Toten ist es genauso. Sie erscheinen dir, aber du kannst sie nicht beschwören oder so. Daher ist es ziemlich schwer zu sagen, was ein lebender Mensch tun könnte. Wie schon gesagt: Du kannst das innerhalb deiner kreativen Freiheit bestimmt so hindrehen, aber wenn du es durch eine Quelle belegt haben möchtest, dann ...«

»Ich verstehe.« Meine Stimme klingt rau. Denn ich verstehe es wirklich. Ich habe offenbar tatsächlich keine Möglichkeit, an Jenna heranzukommen, und mir bleibt nur, auf Freitag hinzufiebern, wenn ich endlich wieder jemanden küssen darf.

Ich schnaube. Küssen darf. Von wegen.

Wut steigt plötzlich in mir auf. Wut auf mich selbst, weil ich mich so verdammt hilflos fühle. Ich habe die Kräfte einer Göttin, zum Teufel! Und trotzdem kann ich nicht mal mit meiner eigenen Schwester reden. Ich springe auf. »Das hat doch keinen Sinn.« Es hallt durch die ehrwürdige Bibliothek, die wenigen anderen Studenten sehen auf. Aber es ist mir egal. Ich will auf einmal nur noch hier weg. »Danke, dass du mir helfen wolltest«, stoße ich hervor.

Dann schnappe ich mir meinen Rucksack und drehe mich um, bevor meine Wut überkocht und meine Verzweiflung sich in Tränen niederschlägt. Ich laufe zum Eingang zurück. So ein Gefühlsausbruch bringt jetzt wirklich niemandem etwas. Aber es ist schwer, sich zusammenzureißen, wenn man so eindeutig in einer Sackgasse steckt, aus der es kein Entkommen gibt.

KAPITEL 16

Erin

Ich laufe aus der Bibliothek nach draußen, ohne nach rechts und links zu schauen. Dann weiter, den langen Weg entlang, den ich vorhin mit Arden gegangen bin, bis ich das Hauptgebäude der Universität sehen kann. Erst dann werde ich langsamer. Wind ist aufgekommen, er ist kalt auf meinen heißen Wangen. Wolken haben sich über mir zusammengezogen, und in einem Baum, dessen Äste mit dicken Knospen besetzt sind, sitzt ein Rabe. Er krächzt so laut, dass ich unwillkürlich zusammenzucke. Ich starre ihn böse an, dann komme ich mir lächerlich vor. Er ist nur ein Vogel. Er kann nichts dafür, dass nichts so läuft, wie ich es mir vorstelle und ich vor Sorge um Jenna und Summer fast umkomme.

»Erin! Warte!«

Ich fahre herum. Arden kommt hinter mir den Weg entlang. Kurz überlege ich, ihn abzuwimmeln, aber er kann ja nichts dafür, dass ich mich gegen Hades nicht wehren kann. Es ist nicht Ardens Schuld, dass ich mich so ohnmächtig fühle. Er hat sein Bestes gegeben.

Er bleibt vor mir stehen, kaum außer Atem, obwohl er wie der Teufel hinter mir hergerast sein muss. Der Wind zerrt an seinen aschefarbenen Haaren.

Ich seufze. »Tut mir leid, dass ich weggerannt bin. Ich wollte dich nicht einfach stehen lassen. Auch wenn wir keine Lösung gefunden haben, bin ich dir sehr dankbar für deine Hilfe.«

»Erin …«

Die Art, wie er meinen Namen sagt, lässt mich in seine Augen sehen. Diese unglaublich blauen Augen, in denen man versinken kann. Wie gerne würde ich das jetzt, einfach darin versinken und alles andere vergessen! »Tut mir leid, dass ich etwas ausgetickt bin. Aber das Projekt ist so wichtig für mich, und es fühlt sich schrecklich an, nicht weiter-zukommen.«

»Das ist doch nicht schlimm.« Seine Stimme ist sanft und dunkel, sie legt sich wie ein tröstlicher Mantel um mich, in den ich mich einhüllen könnte. Es ist fast schon ein Angebot, alles zu vergessen und hinter mir zu lassen.

»Erin?«

Ich höre Ardens Stimme nur wie durch einen Nebel, denn ich stehe auf dem Deck eines Schiffes, das mich von hier wegbringt. Mit einem Mal fühle ich mich wie Odysseus, bin die Herrin der Meere, und neben mir steht Arden. Er hält meine Hand, und der Wind fährt durch seine Haare genau wie jetzt.

Oh mein Gott. Das darf nicht wahr sein, ich kann mir so was doch nicht vorstellen!

»Was denkst du?«, fragt Arden.

Ich starre ihn entsetzt an. Ja, das wüsste ich auch gern! Was denke ich da eigentlich? Das ist doch totaler Quatsch, absoluter, unglaublicher Blödsinn.

»Gar nichts«, antworte ich schnell.

»Schade. Ich dachte, die Idee würde dir gefallen.« Er wirkt fast ein wenig niedergeschlagen.

Ich weiß nicht, was ich jetzt sagen soll, denn die Wahrheit ist, ich habe seine Idee überhaupt nicht mitbekommen. Ich war viel zu sehr damit beschäftigt, mir vorzustellen, wie wir Seite an Seite die Seeungeheuer auf den Weltmeeren besiegen.

»Oh, äh, nein, ich meinte, dass ich nicht richtig verstanden habe, wie mir das helfen soll.«

Seine Miene hellt sich auf. »Ach so. Also … mir ist noch etwas eingefallen, was ich dir unbedingt sofort sagen wollte: Es gibt zwar keine Möglichkeit, Götter oder Tote garantiert beschwören zu können, aber es gibt eine Quelle, die belegt, dass Familienmitglieder versucht haben, einen toten Angehörigen herbeizulocken.«

Hoffnung steigt in mir auf. »Wirklich? Wie?«

Er lächelt geheimnisvoll. »Ich bin draufgekommen, weil wir darüber geredet hatten, dass Schlaf und Tod für die Griechen sehr ähnlich waren. Deswegen muss deine Heldin vielleicht einfach nur schlafen.«

»Einfach nur schlafen?« Ich wage kaum zu hoffen, dass das tatsächlich eine Lösung sein könnte. »Das ist doch sicher nicht alles, oder?«

»Wie man's nimmt. Es gibt verschiedene Möglichkeiten, sich in einen Zustand zu versetzen, der den Geist öffnet, sodass man versuchen kann, Tote herbeizulocken.«

»Den Geist öffnen?«, frage ich misstrauisch. »Meinst du damit … Drogen?«

»Nein.« Er lächelt. »Es ist davon die Rede, zu meditieren und zu fasten und sich dabei in einen tranceartigen Zustand zu versetzen. Wenn man dann einschläft, ist es möglich, dass der Tote, den du herbeilocken willst, sich dir zeigt.«

Mein Herz schlägt schmerzhaft bis hinauf in meinen Hals. »Meinst du wirklich, das könnte funktionieren?«

Er denkt kurz nach. »Um die Chancen zu erhöhen, kannst du deine Heldin laut der Quellen auch auf einer Tierhaut schlafen lassen.«

»Auf einer Tierhaut? Woher könnte sie die haben?«

Er zuckt mit den Schultern. »Die Menschen haben wahrscheinlich einen Bock geopfert …«

»Einen Bock opfern?«, quietsche ich entgeistert. Wie soll ich das denn bitte anstellen? Maya und die anderen wären sicher total begeistert, wenn ich einen Ziegenbock in unser Verbindungshaus schleppe, um ihn dort fachgerecht zu opfern. Ich sehe Kalis Gesicht förmlich vor mir. »Äh, nein. Einfach nein. Kommt nicht infrage.«

Arden grinst. »Dachte ich mir schon fast. Abgesehen davon … es wird davon berichtet, dass die Menschen nicht nur fasten, sondern sich dafür auch abkapseln, sie ziehen sich ein paar Tage von allen zurück und konzentrieren sich ganz auf den Toten oder den Gott, den sie herbeirufen wollen.«

Ein paar Tage abkapseln? Mitten im Semester? Das würde sicherlich auffallen. Außerdem dauert das viel zu lange! Ich wollte doch vor Freitag eine Lösung finden und nicht danach. Andererseits … wenn es die einzige echte Chance ist, die ich habe, mit Jenna zu reden, und vielleicht sogar, ohne dass Hades uns hört, bleibt mir keine andere Wahl. »Wie häufig klappt es, dass jemand auf diese Art mit einem Toten spricht? Ich meine, in den Geschichten.«

Er zuckt mit den Achseln. »Es ist nicht gerade gängig, aber es ist ja dein Computerspiel. Wenn du willst, dass es funktioniert, musst du es nur so programmieren. Niemand kann behaupten, du hättest dich nicht an die Quellen gehalten. Ich glaube, bei Karl Kerényi, einem der bekanntesten Autoren auf diesem Gebiet, finden sich einige gut belegte Stellen dafür. Wenn du willst, kann ich noch mal nachsehen.«

Mein Herzschlag verlangsamt sich etwas, die Aufregung legt sich. »Das kommt mir alles ziemlich unsicher vor.«

»Du könntest es deine Heldin mehrmals probieren lassen. Vielleicht klappt es nicht sofort, aber je häufiger man es versucht, desto mehr steigt vielleicht die Wahrscheinlichkeit? Außerdem wäre es ja möglich, dass man die Toten öfter anlocken muss. Zuerst müssen sie einen vielleicht hören, überhaupt bemerken, dass jemand nach ihnen ruft. Verstehst du, was ich meine? Immerhin wandern sie im Hades als Schatten herum. Vielleicht sind sie nicht so schnell und begreifen erst gar nicht, was da vor sich geht. Vielleicht geben viele nach einer Nacht auf, wenn es nicht geklappt hat, aber wenn man weitermacht, dann funktioniert es irgendwann.«

Ein Lächeln breitet sich auf meinem Gesicht aus. Natürlich, er hat recht. Die Methode wirkt vielleicht nicht so sicher, nicht, wie eine richtige Beschwörung oder dergleichen. Aber wenn man es oft genug versucht, dann könnte es klappen.

»Danke«, flüstere ich so leise, dass der Wind mir das Wort fast von den Lippen reißt.

»Keine Ursache«, antwortet Arden mit dieser Stimme, die meine Seele streichelt.

Plötzlich wünsche ich mir, dass er seine Arme um mich legt und mich an sich zieht. Sein Geruch steigt mir in die Nase, frisch und wild und staubig zugleich, wie von jemandem, der unheimlich viel Zeit zwischen alten Büchern verbringt. Auf keinen Fall will ich die Augen schließen und einfach nur an ihm riechen.

Dann tue ich es trotzdem.

Es ist betörend. Für einen Moment vergesse ich sogar, wo ich bin. Ich halte einfach nur still, genieße seine Nähe, koste den Augenblick vollkommen aus. Auch er rührt sich nicht, bewegt sich kein Stück, ist mir so nahe, dass ich für einen winzigen Moment sogar seinen Atem auf meiner Wange spüre.

Ich schrecke auf.

Sein Atem auf meiner Wange! Das ist viel zu nah. Hastig stolpere ich ein paar Schritte nach hinten. »Ich muss gehen«, stoße ich hervor.

»Oh. Ja. Natürlich.« Arden wirkt ebenso atemlos wie ich.

»Danke, dass du mir geholfen hast, danke für alles.« Ich gebe meiner Stimme einen fröhlichen Klang. Merkwürdigerweise fällt es mir gar nicht schwer, denn ich fühle mich wirklich so. Zum ersten Mal seit Langem. Dank ihm.

»Habe ich gern gemacht. Wenn irgendwann noch mal was sein sollte, weißt du ja, wie du mich finden kannst. Du hast ja meine Handynummer oder …« Er zögert kurz. »Komm doch mal am Freitagabend zu einem Fechtkampf. Gibt danach auch eine Party.« Er sagt es hastig, fast so, als hätte er es sich eigentlich verbeißen wollen.

Ein Fechtkampf. Der Gedanke, ihn dabei zu beobachten … »Danke«, sage ich schnell. Bevor er noch mehr Bilder in meinen Kopf projiziert, die ich mir nicht vorstellen sollte. »Das weiß ich sehr zu schätzen.«

Arden zögert kurz, sieht aus, als wolle er noch etwas sagen.

Fast hoffe ich, dass er mich fragt, ob es wirklich ernst gemeint war, dass das hier kein Date ist und ob es nicht vielleicht irgendwann eine Chance dafür gibt. Aber dann bin ich erleichtert, als er es nicht tut, denn ich hätte Nein sagen müssen.

Es sieht aus, als würde er das verstehen, denn er nickt mir knapp zu, dann dreht er sich um und geht zur Bibliothek zurück. Ich kann nicht anders, als ihm dabei zuzusehen, wie er kerzengerade durch den tosenden Wind läuft, der an seinen wunderbaren Haaren zerrt, und wie sich die Muskeln unter seinem Shirt bewegen.

Habe ich gern gemacht.

Es klang, als würde er es auch so meinen.

Mit Absicht warte ich nicht, bis er verschwunden ist. Ich drehe mich um, wie um mir selbst zu beweisen, dass ich ihm überhaupt nicht nachsehen will. Wenn alles klappt, kann ich vielleicht bald mit Jenna reden, und meine Sehnsucht nach Trost und Nähe wird auch verschwinden. Ja, alles wird sich normalisieren, sobald ich mit Jenna geredet habe. Mein Herz macht einen freudigen Satz. Fasten, meditieren – nicht gerade meine Lieblingsbeschäftigungen, aber das schaffe ich schon irgendwie. Am besten fange ich gleich damit an. Irgendeine App wird es schon geben, die mir dabei helfen kann.

Ich laufe los. Der Wind ist noch stärker geworden, es ist fast schon ein Sturm. Er wird so heftig, dass sogar der Rabe über meinem Kopf empört krächzt, die Flügel ausbreitet und sich dann vom Wind in die Richtung davontreiben lässt, in die Arden verschwunden ist. Ich widerstehe dem Drang, dem Vogel nachzusehen und so vielleicht noch einen winzigen Blick auf Arden zu erhaschen.

Dann erstarre ich.

Ein paar Meter von mir entfernt steht Damon. Er mustert mich prüfend. Und er sieht ziemlich wütend aus. Trotzdem kommt er nicht zu mir herüber. Aber ich weiß, was sein Blick bedeutet. Vielleicht ahnt er, dass ich versuche, Hades auszutricksen, und als sein treuer Diener wird er es ihm natürlich sofort stecken. Ich schlinge die Arme um mich, als könnte ich mich dadurch vor seinem Blick schützen. Aber ich weiß, dass er mich von jetzt an ganz genau beobachten wird. Und das macht das, was ich vorhabe, noch um vieles gefährlicher.

KAPITEL 17

Erin

Zehn Tage lang habe ich kaum an Arden gedacht. Er war immer da, am Rande meines Bewusstseins, aber es war Jenna, die all meine Gedanken beherrschte.

Und der verdammte Hunger.

Seit jenem Tag in der Bibliothek versuche ich, mit ihr Kontakt aufzunehmen, indem ich faste und meditiere, genau so, wie Arden es gesagt hat. Am Anfang habe ich in der Früh noch eine Kleinigkeit gegessen und dann den restlichen Tag nichts mehr. Das war schon echt hart, vor allem mittags, wenn ich zuschauen musste, wie die anderen auf unserer Treppe irgendwelche tollen Bagels verspeist und dazu einen Vanille-Latte getrunken haben. Aber für Jenna habe ich es gern gemacht.

Nur hat es leider nichts gebracht.

Dann habe ich meine ganze Hoffnung auf den Kuss gesetzt. Gemeinsam mit Damon habe ich jemanden gefunden, Nummer 133, und den Kuss am Freitag ausgeführt, wie mit Maya ausgemacht. Es war nicht der Typ mit den unglaublich hellen Haaren, den wollte Damon mir fürs nächste Mal beschaffen. Ein anderer wurde Nummer 133, und ich habe Hades seine Seele gebracht. Ich hatte so sehr gehofft, dass ich

Jenna sehen und alles sich in Wohlgefallen auflösen würde. Aber das hat es nicht.

Ich habe Jenna wieder nicht gesehen. Und Hades hat mir wieder nicht gesagt, warum. Also habe ich komplett aufgehört zu essen, damit die Trance noch besser wird.

Jetzt habe ich mich darüber hinaus auch noch abgekapselt, was in einem Verbindungshaus gar nicht so leicht ist. Vor allem, wenn Damon immer hier herumschleicht und nicht wissen darf, was ich mache. Ich habe einen Schnupfen vorgeschoben und behauptet, dass ich dabei unbedingt allein sein will. Aber Izanagi hat mir ständig herrlich duftende Suppe gebracht, die ich nicht anrühren durfte, und Maya wollte auch immer wieder nach mir sehen. Schließlich habe ich mich so nah wie möglich an die Wahrheit herangewagt und behauptet, dass ich ein Reinigungsritual vollziehen muss, das Hades mir auferlegt hat, und dass ich dabei völlige Ruhe und Einsamkeit brauche. Seit drei Tagen bin ich jetzt in meinem Zimmer eingeschlossen, ohne Essen, ohne irgendwas.

Bitte mach, dass ich nicht auch noch einen Bock opfern muss.

Ich habe gekniet und meditiert, bis meine Knie wund waren, mir schwindelig wurde und ich vor Hunger halb in Trance gefallen bin. Jeder meiner Gedanken war bei Jenna. Alle meine Wünsche haben sich darum gedreht, dass sie mir im Traum erscheint.

Aber das ist sie nicht. Dafür träume ich von ihr. Und was für Träume. Allein der Gedanke an den Traum von heute Nacht bereitet mir eine Gänsehaut.

Er war so echt. So verdammt, unglaublich echt:

Jenna läuft hinaus in die dunkle, regennasse Nacht. Sekunden später ist sie schon auf der Straße, wütend und gleichzeitig außer sich vor Angst.

»Jenna!«, schreie ich ihr nach, aber durch den Straßenlärm hört sie mich nicht.

Ich will ihr nach, aber jemand packt mich am Arm. Bieratem auf meinem Gesicht. Ich muss würgen.

»Lass sie gehen!«, spuckt er mir förmlich vor die Füße.

Ich zerre an meinem Arm, aber seine Finger sind hart wie Stahl und bohren sich schmerzhaft in meine Haut.

Lautes Krachen und Splittern lässt uns herumfahren.

Mein Blick fällt auf die Straße, ein Stück unterhalb von unserem Haus.

Ein Schrei, der durch Mark und Bein geht. Nein. Der Schrei ist stumm. Jetzt, im Traum, ist er stumm. Ich kann nicht schreien, weil ich träume. Aber damals habe ich geschrien. Laut. Schrecklich laut. So laut, dass Kenneth mich losgelassen hat.

Ich bin hinausgerannt auf die Straße. Zu Jenna.

Und da war so viel Blut.

Blut, das mich mit seinem metallischen Geruch erstickt, auch so lange Zeit danach noch. Zitternd atme ich ein, immer noch hilflos gegen diese Bilder und den Geruch. Der Bieratem. Das Blut. Jenna.

Mühsam finde ich in die Realität zurück. Der Traum verschwindet nicht, er verblasst nur und macht die Sehnsucht nach Jenna noch größer.

Vielleicht sollte ich doch selbst in die Unterwelt gehen, sollte sie suchen, irgendwas, verdammt! Aber damit würde ich meinen Pakt brechen. Und mir spukt seit Tagen im Kopf herum, was Damon gesagt hat.

Alle, die als Unterpfand für den Pakt gelten, werden in den Tartaros geworfen, wenn der Pakt gebrochen wird.

Jenna ist mein Unterpfand. Also gilt das auch für sie. Oder?

Vor ein paar Tagen ist mir dieser Gedanke gekommen, und seitdem lässt er mich nicht mehr los. Es ist total logisch. Es muss so sein. Panik will in mir aufsteigen, jedes Mal, wenn ich darüber nachdenke.

Ganz ruhig. Nicht durchdrehen.

Ich kann nicht sicher wissen, dass auch Jenna in den Tartaros geworfen werden würde, aber ich kann es auch nicht riskieren.

Nein. Ich muss einen anderen Weg finden, mit ihr zu reden. Aber wie? Die Zeit läuft mir davon, mit jedem Tag, der verstreicht, könnte Hades Summer näher kommen. Falls er sie nicht schon längst in seinen Fängen hat.

Und jetzt dämmert es. Bald ist ein weiterer Tag verstrichen, an dem ich gefastet und nichts erreicht habe.

Wenn irgendwann noch mal was sein sollte ... du hast ja meine Handynummer.

Ich seufze. Zehn Tage lang habe ich mich dagegen gewehrt, Arden anzurufen, weil ich mir selbst nicht eingestehen wollte, dass ich Jenna nicht herbeirufen kann. Ich wollte doch so sehr glauben, dass es funktioniert. Ich habe mir immer gesagt, dass es morgen bestimmt klappt, wenn ich noch mehr gefastet, noch intensiver an Jenna gedacht, die Götter noch flehentlicher angerufen habe. Aber es hat nicht geklappt. Kurz entschlossen ringe ich mich dazu durch, meine selbst gewählte Einsamkeit aufzugeben. Ich laufe nach unten und an den anderen vorbei zur Tür. Im Vorbeilaufen fällt mir auf, dass Izanagis Pflanzen blühen. Und nicht nur das. Sie sind größer, gesünder, man könnte sie schon fast als ... prächtig bezeichnen. Er muss sie ersetzt haben. Ich schüttle den Kopf. Ist das jetzt nicht völlig egal? Ich renne aus dem Haus. Wenig später erreiche ich den Hauptplatz des Campus und starre in die Richtung, in der die Divinity School liegt.

Arden ist der Einzige, der mir jetzt noch helfen kann. Vielleicht hat er in der Zwischenzeit eine weitere Möglichkeit gefunden oder ihm ist eine andere Idee gekommen. Und vielleicht hat er sogar ein paar nette Worte für mich. Tröstende Worte, in seiner dunklen, angenehmen Stimme.

Da.

Er kommt den Weg entlang. Offenbar war er in der Bibliothek. Sicherlich geht er zu seinem Verbindungshaus zurück.

Sprich ihn an. Frag ihn. Er hat es dir selbst angeboten.

Ich sehe mich um und suche nach braunen Haaren und dunklen Augen. Nichts zu sehen. Kann ich es wagen? Auf keinen Fall darf Damon mich mit Arden erwischen. Am Ende belauscht er uns noch und erfährt, was ich vorhabe. Er ist so oft gerade da, wo ich bin. Als könnte er meine Gedanken lesen und mich überall finden. Aber jetzt sehe ich ihn nicht. Vielleicht hat er sein Vorhaben, mich ständig zu beobachten, aufgegeben, nachdem ich tagelang nur in meinem Zimmer saß.

Entschlossen mache ich einen Schritt in Ardens Richtung. Aber dann bleibe ich stehen. Vielleicht sollte ich mir zuerst überlegen, was ich ihn fragen werde.

»Du magst ihn.«

Ich zucke zusammen. »Damon.« Er steht neben mir und starrt Arden ebenfalls nach.

Wut steigt in mir auf, weil er mir schon wieder einen Strich durch die Rechnung macht. Aber ich beherrsche mich. Anstatt ihm meine Wut vor die Füße zu schleudern, setze ich eine unbeteiligte Miene auf. »Nein. Ich mag ihn nicht.« Der tröstliche Tonfall seiner Stimme kommt mir in den Sinn. »Absolut gar nicht.«

»Warum schleichst du dann dauernd um ihn herum? Triffst du dich heimlich mit ihm?«

Nun platzt mir doch der Kragen. »Spinnst du? Und selbst wenn, ich wusste gar nicht, dass du mein Kindermädchen bist.« Mir wird schmerzlich bewusst, dass mein Ärger nicht nur Damon gilt, sondern auch mir selbst, weil ich mich trotz aller Vorsicht von ihm habe erwischen lassen. Wie macht er das nur?

Damon hebt beschwichtigend die Hände. »Schon gut, kein Grund, gleich die Rachegöttin raushängen zu lassen.«

Ich verbeiße mir eine wütende Erwiderung. »Was willst du?«

Damon atmet tief durch, vielleicht muss auch er sich zurückhalten, um seine eigene Wut nicht an mir auszulassen. »Es tut mir leid, ich wollte dir nicht hinterherschnüffeln.«

Ich lächle betont liebenswürdig. »Aber du tust es trotzdem.«

Er verzieht das Gesicht. »Ich bin für eure Sicherheit verantwortlich, das weißt du doch.«

Ich schlucke die Antwort hinunter, die mir auf der Zunge liegt. Meine Sicherheit? Wo warst du, als ich dich gebraucht hätte? Wo warst du, nachdem ich den Pakt mit Hades geschlossen hatte und ganz allein war? Warum hast du mir da nicht geholfen? Bitterkeit steigt in mir auf, als ich an diese zwei schrecklichen Jahre zurückdenke, in denen ich ganz allein lernen musste, was es bedeutet, Hades als Rachegöttin zu dienen. Wie ich verzweifelt versucht habe, rechtzeitig irgendwelche Typen an meiner Schule zu finden, an die ich nahe genug herankam, um sie küssen zu können. Und wie ich meinen allerersten Kuss …

Nein. Daran will ich jetzt nicht denken. Es ist unfair, Damon vorzuwerfen, dass er mir damals nicht geholfen hat. Er ist nur für Ivy Hall zuständig. Solche Beschwerden müsste ich an Hades richten, nicht an ihn.

»Hier gibt es nichts für dich zu tun.« Ich sage es entschlossen, aber ich sehe sofort, dass es Damon nicht überzeugt.

»Erin, er könnte euch enttarnen. Und wenn du dich mit ihm triffst, dann wird diese Gefahr immer größer.«

»Ich treffe mich nicht mit ihm.«

Damon mustert mich prüfend. »Du stehst also wirklich nicht auf ihn?«

»Nein.«

Damon wirkt nicht überzeugt. Ich seufze und entscheide mich dafür, ihm eine Art Wahrheit zu sagen, eine, die immerhin nicht komplett gelogen ist und ihn hoffentlich von meiner Spur abbringt. »Ich finde ihn sexy. Ist das verboten? Mehr ist es nicht und … es geht mir selbst auf die Nerven.«

Ein Grinsen legt sich auf Damons Gesicht. »Prima. Dann küss ihn doch, und wir sind beide ein Problem los.«

»Ich werde Arden nicht küssen.« Ich gebe meiner Stimme einen festen Klang. Gleichzeitig krampft sich in meinem Magen ein Gefühl zusammen, das ich nicht benennen kann.

»Was ist mit deinem nächsten Kuss?«, fragt Damon.

»Ich habe noch genug Zeit, jemand anders zu suchen«, gebe ich kalt zurück.

Damon lächelt raubtierhaft. »Genug Zeit? Heute ist Freitag.«

»Ja, eben. Freitag.« Und noch während ich es sage, fällt mir mein Fehler auf. Freitag. Ich keuche entsetzt auf. Durch den Kuss letzte Woche hat sich der Tag verschoben, an dem ich jemanden küssen muss. Und weil das bisher bei mir noch nie vorgekommen ist, habe ich überhaupt nicht mehr daran gedacht. Sonntag. Es war einfach immer Sonntag. »Verdammt«, fluche ich leise.

»Du hast nur noch ein paar Stunden.«

Ich hebe das Kinn, um Damon nicht zu zeigen, dass er mich erwischt hat. »Ein paar Stunden sind genug. Du hast diesen Kerl mit den unglaublich hellen Haaren inzwischen doch bestimmt gefunden?«

»Warum wehrst du dich so dagegen, Arden zu küssen, wenn er dir doch nichts bedeutet?«

»Warum bist du so hartnäckig?«, knurre ich.

Er antwortet nicht, aber er gibt auch nicht nach. Ich beschließe, ihm noch mehr von der Wahrheit zu verraten, um ihn endgültig loszuwerden. Wenn er mir weiter dauernd hinterherschnüffelt, komme ich nie dazu, Arden noch mal zu befragen. »Wenn du es genau wissen willst, ich benutze ihn nur.«

Sein Gesichtsausdruck ist zu herrlich. Allein dafür hat es sich schon gelohnt.

»Vielleicht solltest du auch mal daran denken, dass wir nicht nur Rachegöttinnen sind, die deinem ach so tollen Boss helfen müssen, sondern auch ein eigenes Leben haben.«

Ich sehe Damon förmlich an, wie er versucht, die Informationen zusammenzusetzen, um einen Rückschluss ziehen zu können. Natürlich einen völlig falschen. Leicht entsetzt starrt er mich an. »Du ... benutzt ...«

Ich grinse und erlöse ihn. »Arden hilft mir bei einem Computerspiel, das ich programmieren muss. Nichts weiter. Er hat Zugang zu Büchern, an die ich allein nicht herankomme. Es könnte sein, dass ich Ardens Hilfe in Zukunft noch mal brauche. Nach dem Kuss, wenn er nur noch ein seelenloser Roboter ist, nützt er mir vielleicht nichts mehr.«

Kurz frage ich mich, ob es ein Fehler ist, Damon so viel zu erzählen. Aber dann denke ich, dass es wahrscheinlich besser ist, so nah wie möglich an der Wahrheit zu bleiben. Denn es ist unwahrscheinlich leicht für ihn herauszufinden, was Arden studiert. Mit dieser Erklärung wird er sich hoffentlich zufriedengeben und nicht weiter herumschnüffeln.

»Ich hoffe, das genügt dir und du kannst jetzt wieder andere Leute mit deiner Anwesenheit beehren. Mir geht sie nämlich gehörig auf die Nerven.« Ich will an Damon vorbeigehen, aber er packt mich am Arm.

Ich werfe ihm einen derart bösen Blick zu, dass er mich sofort wieder loslässt. Leider lässt er sich jedoch nicht komplett entmutigen. Wenn überhaupt, habe ich seine Entschlossenheit nur verstärkt, denn jetzt blitzt Wut aus seinen Augen. »Du wirst ihn küssen.«

»Nein!«

»Doch!« Unnachgiebig hält er meinen Blick fest. Etwas leuchtet darin auf, als würde er eine Trumpfkarte aus dem Ärmel ziehen. »Hades will es so!«

Die Welt beginnt, sich um mich zu drehen. Hades. Er will, dass ich Arden küsse? »Was hast du gesagt?«, frage ich wie benebelt.

»Ich habe mit Hades über Arden gesprochen und ihm erzählt, dass er sich in unserer Nähe herumtreibt und euch beobachtet.«

»Ich habe dir letztes Mal schon gesagt, dass das nichts zu bedeuten hat.«

Er lächelt humorlos. »Hades scheint das nicht zu denken, denn er hat befohlen, dass du Arden küsst.«

Nein, nein, nein. Mein Herz zieht sich zusammen. Arden küssen? Ausgerechnet Arden? Ich höre sein Lachen. Ich sehe das Funkeln in seinen Augen, das ich so mag. Wenn ich ihn küsse, wird all das verschwinden. Alles, was ich so an ihm mag. Er wird nur noch eine leere Hülle sein, ein Schatten seiner selbst. Aber wenn Hades es befohlen hat …

»Du kannst dich einem direkten Befehl von Hades nicht widersetzen, Erin«, sagt Damon fast schon beschwörend.

»Nein«, entgegne ich tonlos. »Das kann ich wohl nicht.«

Der Triumph verschwindet aus Damons Gesicht. »Tröste dich damit, dass er wahrscheinlich nicht so nett ist, wie du glaubst«, sagt er beinahe sanft. »Auch er hat etwas zu verbergen. Ganz bestimmt.«

In mir steigt so heftiger Hass auf, dass es mich würgt. »Wie oft muss ich dir noch sagen, dass es nicht darum geht, ob ich ihn mag?«

Damon lacht nur. Dann lässt er mich stehen.

Jetzt weiß ich auch, was für ein Gefühl das vorhin war, das sich so ekelhaft in meinem Magen zusammenkrampfte.

Angst.

Die Angst, dass Damon mir genau das sagen würde, was nun eingetreten ist. Ich muss Arden küssen, und das wird ihn für immer zerstören.

Und vielleicht auch mich.

KAPITEL 18

Erin

Ich atme tief durch. Es gibt keinen Grund, theatralisch zu sein.

Arden ist nur ein Junge, den ich nicht mal besonders gut kenne. Er bedeutet mir nichts. Es sollte mir nichts ausmachen, ihn dem Kuss zu unterziehen. Ich will nichts von ihm, und selbst wenn – als Rachegöttin könnte ich ohnehin niemals mit ihm zusammen sein. Ich kann mit niemandem jemals zusammen sein. Nicht wirklich. Dass Arden mir noch mal behilflich sein kann, wie ich es Damon gesagt habe, steht dem auch nicht im Weg. Im Gegenteil. Ich kann mich unter dem Vorwand, ihn noch mal nach einer Lösung für mein Computerspiel fragen zu wollen, mit ihm treffen, und sobald er meine Frage beantwortet hat, werde ich ihn küssen.

Allein bei dem Gedanken daran, ihn so zu hintergehen, steigt mir ein bitterer Geschmack in den Mund. Ihn erst auszunutzen und dann zu küssen. Widerlich. Aber mir bleibt keine Wahl. Ich kann weder Hades' Befehl missachten, noch kann ich darauf verzichten, Arden noch mal wegen Jenna zu fragen.

Es ist besser, ich finde mich damit ab.

Ich hole mein Handy heraus und wähle Ardens Nummer. Er geht nicht ran. Shit. Wo ist er denn bloß? Bevor Damon mich abgefangen hat, habe ich ihn noch gesehen. Wie lange ist das her? Ich weiß es nicht. Plötzlich wird mir schummrig. Alles dreht sich um mich. Mein Mund ist trocken, meine Lippen fühlen sich an wie Sandpapier. Mir wird ein wenig schwarz vor Augen.

»Erin?« Hände legen sich kühl auf meine Arme. »Was ist los mit dir? Du siehst echt nicht gut aus.«

Maya.

»Ich … Wie … Du hier?«, stammle ich.

»Georgina hat gesehen, dass du nicht mehr in deinem Zimmer bist, und nachdem wir dich drei Tage nicht gesehen haben, haben wir nach dir gesucht, um sicherzugehen, dass es dir gut geht. Hier. Setz dich. Wie lange hast du nichts mehr gegessen?«

Ich erlaube ihr, dass sie mich mit sanfter Gewalt zwingt, mich auf eine Treppenstufe vor dem Hauptgebäude zu setzen.

»Georgina!«, ruft sie. »Schnell, bring was zu essen von dem Stand da drüben! Und Wasser.«

Wenig später hält sie mir ein Sandwich unter die Nase. Mir ist speiübel, aber sie nötigt mich, abzubeißen, und nachdem ich mich gezwungen habe, die ersten paar Bissen runterzuschlucken, überfällt mich der Hunger, und ich esse das halbe Sandwich auf. Danach trinke ich die ganze Flasche Wasser leer, die Georgina mir mit besorgtem Blick hinhält.

»Danke«, flüstere ich und will aufstehen. Es ist längst dunkel. Die meisten Studenten sind auf dem Weg in ihre Zimmer oder zu irgendwelchen Partys. Und auch ich sollte allmählich in die Gänge kommen.

»Bist du verrückt? Bleib sitzen!« Maya drückt mich förmlich auf die Treppe zurück.

Ich schüttle etwas benommen den Kopf. »Ich kann nicht.« Ich halte ihr meine Hand mit dem Ziffernblatt hin.

Sie zieht scharf die Luft ein. »Erin!«

»Ich weiß.«

Maya flucht leise. »Das war leichtsinnig von dir.«

»Ich habe das im Griff«, antworte ich.

»Sorry, aber so siehst du wirklich nicht aus. Du wirkst schon seit ein paar Tagen, als hättest du das nicht im Griff«, sagt Maya leise.

»Ich war nur ein wenig abgelenkt.«

Maya schnaubt. »Ein wenig? Sogar Professor Cain hat es gemerkt, und der ist nicht gerade berühmt dafür, seine Studenten im Auge zu behalten. Er hat mir gegenüber eine Andeutung gemacht, weil er weiß, dass du in meiner Verbindung bist.«

Meine Mundwinkel zucken. Professor Cain hat im Creative-Writing-Kurs einmal eine ganze Stunde lang nur auf seine Tafel geschaut und nicht bemerkt, dass ein Student nach dem anderen die Vorlesung verlassen hat. Ich bin als Einzige geblieben, weil ich wissen wollte, wie es ausgehen würde. Aber Professor Cain hat am Ende der Stunde nur seine Tasche genommen und ist gegangen, ohne sich noch mal umzudrehen.

»Was immer du da tust, Erin«, fährt Maya fort, »es muss aufhören. Es ist gefährlich für uns alle, wenn du unkonzentriert bist. Man wird dann viel zu schnell nachlässig. Stell dir bloß vor, dass du bei einem Kuss nicht vorsichtig genug bist und wir entdeckt werden. Nicht nur wir werden es büßen, sondern auch alle, die uns enttarnen. Das weißt du. Hades ist nicht zimperlich. Er sorgt dafür, dass unser Geheimnis gewahrt bleibt.«

Ich bekomme eine Gänsehaut. Gleichzeitig schüttle ich den Kopf.

»Ich passe schon auf.« Ich würde ihr gerne sagen, dass es heute noch vorbei sein wird mit meiner Unkonzentriertheit. Wenn ich Hades die Seele meines Opfers gebracht habe.

Arden.

Nummer 134.

Ich schlucke schwer. Ja, vielleicht sollte ich anfangen, ihn so zu nennen. Ich will wieder aufstehen. Diesmal lässt Maya es zu, aber sie sieht mich misstrauisch an.

»Keine Sorge. Es geht mir schon wieder gut. Das Sandwich hat geholfen.« Das ist nicht mal eine Lüge. Ich spüre förmlich, wie mein Blutzuckerspiegel steigt und meinen Kreislauf auf Trab bringt. »Ich sollte jetzt …«

»Wo willst du hin?«, fragt sie.

Ich denke kurz nach. Auf dem Handy erreiche ich Arden nicht. Aber … »Warte, heute ist Freitag, oder?«

Komm doch mal am Freitagabend zu einem Fechtkampf.

Maya nickt.

»Dann … zum Fechtkampf«, antworte ich.

Ich will noch etwas sagen, aber Maya deutet nur auf mein Handgelenk und scheucht mich weg. Ich werfe einen Blick auf meine Uhr, dann fluche ich leise und laufe los. Maya hat recht. Ich muss mich beeilen. Dadurch, dass ich auf Sonntag fixiert war, habe ich viel zu viel Zeit verloren.

»Hey, Erin! Warte!« Im Laufen sehe ich mich um. Es ist Georgina. Mist.

Ich werde etwas langsamer.

»Maya hat gesagt, ich soll mit dir gehen.«

»Was? Wohin?«, frage ich perplex.

»Na, zum Fechtkampf.« Sie lächelt entschuldigend. »Ich muss meine Quote auch noch erfüllen, und Maya hat gesagt, beim Fechtkampf würde es nicht so auffallen, wenn wir zu zweit sind.«

Ich schaue sie verwundert an. Ist Georgina denn schon wieder dran? Letztes Mal war es bei ihr ein Montag, oder? »Sag doch gleich, dass Maya will, dass du mich im Auge behältst, damit ich nicht umkippe.«

Georgina grinst verlegen. »Na ja, sie hat selbst keine Zeit mitzu-kommen, und der Fechtkampf ist ein interner Verbindungskampf mit anschließender Party, da haben wir beide Gelegenheit zu einem Kuss, ohne dass es zu sehr auffällt. Und Damon kommt auch, also …«

»Na gut, dann los«, grummle ich.

Es dauert ein paar Minuten, bis wir die Fechthalle erreichen. Heute ist der erste Kampf für den internen Teamkampf des Fechtclubs, der sich über das ganze Jahr hinzieht und mit der internen Meisterschaft endet. Das erklärt uns jedenfalls das Plakat am Eingang. Die Kämpfe haben schon längst angefangen; draußen höre ich, wie die Menge ju-belt. Der Uhrzeit nach sind die Vorrunden längst vorbei, und die Party müsste auch schon in vollem Gange sein.

Plötzlich wird es still, ein Kampf muss gerade begonnen haben. Zusammen mit Georgina betrete ich das Gebäude und sehe mir die Hinweisschilder an, die überall hängen. »Vielleicht sollten wir uns tren-nen«, sage ich zu ihr. »Sonst ist es zu auffällig.«

Sie wirkt nicht gerade begeistert, aber dann nickt sie, und ich be-deute ihr vorauszugehen. Ich warte, bis sie in der Halle verschwunden ist, dann folge ich ihr. Durch eine große offene Tür sehe ich Studenten, die klatschen und gleichzeitig mit Flaschen und Gläsern anstoßen. Jap, die Party läuft schon eine Weile. An der Kasse bleibe ich stehen. Ich will meinen Geldbeutel herausholen, aber er hat sich irgendwo in den Tie-fen meiner Tasche versteckt.

»Ist schon gut, sie gehört zu mir.«

Ich erstarre mitten in der Bewegung. Arden. Er ist hier. Neben mir. Seine Nähe ist so überwältigend, dass ich mich frage, warum ich sie nicht sofort gespürt habe. Und er trägt diese sexy Fechtuniform, die an ihm noch besser aussieht, als ich vermutet habe.

Sieh nicht auf. Schau auf keinen Fall in sein Gesicht.

Aber natürlich tue ich es doch. Ich sehe auf. Direkt hinein in sein strahlendes Lächeln.

»Du bist gekommen.« Er klingt seltsam atemlos.

Mein Magen flattert. »Ja. Aber nicht wegen dir.« Mist. So was sagt man doch nicht. Außerdem überzeugt es ihn auch nicht wirklich. Oder wenn, dann höchstens vom Gegenteil.

Sein Lächeln wird breiter. »Natürlich nicht. Aber vielleicht erlaubst du mir trotzdem, dich herumzuführen?«

Ich atme tief durch. Er macht es mir leicht, ich sollte froh sein. Ich muss nur Ja sagen und ihn bitten, mir die Garderobe zu zeigen oder irgendeinen anderen Raum, in dem wir allein sind. »Die Waffenkammer«, stoße ich hervor. Okay. Warum nicht?

Ein weiteres Lächeln huscht über Ardens Gesicht, während ich am liebsten vor Scham im Boden versinken würde.

»Habe ich das richtig verstanden – du willst die Waffenkammer sehen?«, fragt er, scheinbar vollkommen beiläufig. Aber ich höre genau, dass in seiner Stimme ein leises Lachen mitschwingt. Eines, das sagt: Niemand will die Waffenkammer »sehen«. Du bist also doch wegen mir gekommen.

Mein Herz zieht sich zusammen. Ja, ich bin wegen dir gekommen. Warum sage ich ihm das nicht einfach? Es spielt doch sowieso keine Rolle mehr. Ich könnte ihn frech anlächeln, so wie ich es manchmal bei den anderen Typen mache, und sagen: Natürlich, ich gebe es zu, ich bin wegen dir gekommen. Aber ich kann nicht. Genauso wie ich es nicht fertigbringe, ihn Nummer 134 zu nennen.

Ich mache den Mund auf, aber dann kommen ganz andere Worte heraus. »Später. Zeig mir die Waffenkammer später. Zuerst möchte ich einen Kampf sehen.« Ein paar Minuten Schonfrist kann ich mir leisten.

Ich spüre, dass Ardens Selbstsicherheit ein wenig ins Wanken gerät.

Vielleicht fragt er sich, ob er sich in meinen Absichten nicht doch geirrt hat. Aber er lässt sich seine Enttäuschung nicht anmerken. Im Gegenteil, Freude glimmt in seinen Augen auf, als er mich mit in die Halle nimmt und herumführt. An mehreren langen Bahnen vor uns finden gerade Kämpfe statt, Studenten und Studentinnen verschiedener Klassen fechten. Sie tragen alle weiße Anzüge und dunkle Masken. Frag ihn jetzt. Bring es hinter dich. Ich schlucke schwer. Irgendwie kann ich es einfach nicht. Es fühlt sich schrecklich falsch an, ihn so zu benutzen.

»Wie geht es deiner Heldin?«, fragt er plötzlich. »Hat sie ihre Schwester schon in ihre Träume gelockt?«

Ungläubig, dass er so nett ist, danach zu fragen, antworte ich: »Läuft nicht so gut. Es klappt irgendwie nicht.«

Er bleibt stehen. »Wieso? Du musst es doch nur programmieren.«

Klar. Wenn es nur ein Spiel wäre. »Na ja, es hat sich nicht richtig … in die Story eingefügt …«, druckse ich herum.

Nachdenklich bleibt Arden stehen.

»Hast du vielleicht eine andere Idee?«, frage ich.

Er schüttelt den Kopf. »Tut mir leid.«

»Könnte ich nicht noch mal irgendwo nachsehen …?«

»Natürlich kannst du«, antwortet er sanft. »Aber ich habe die letzten eineinhalb Wochen damit verbracht, alles zu durchforsten und nach einer anderen Möglichkeit zu suchen. Ich habe nichts gefunden.«

»Du hast was?«, frage ich leise.

Er fährt sich verlegen durch die Haare. »Na ja, ich wollte vorbereitet sein, falls du mich noch mal fragst.«

Ich kann nicht glauben, dass er das wirklich getan hat. So viel Arbeit. Nur für mich. Ich halte seinen Blick fest. »Das ist … ich weiß gar nicht, was ich dazu sagen soll«, hauche ich.

»Hat ja leider nichts gebracht«, antwortet er langsam, ohne den Blick von mir abzuwenden. »Aber du könntest natürlich noch jemand anders fragen.«

Er steht so unglaublich nah vor mir. Fast so nah wie in der Bibliothek. Seine Nähe ist überwältigend, fast schon berauschend. Sie nimmt mir den Atem.

Tu es jetzt. Küss ihn.

Zieh ihn in irgendeine dunkle Ecke und bring es hinter dich. Er kann dir nicht mehr helfen, das hat er gerade selbst gesagt. Es gibt keine bessere Gelegenheit.

Mein Mund wird trocken. Unsere Gesichter nähern sich. Ich sehe in seine funkelnden Augen. Sehe darin immer noch die leise Enttäuschung, weil er mir nicht helfen konnte.

Im letzten Moment stolpere ich einen Schritt zurück.

Ein seltsames Schweigen breitet sich zwischen uns aus. Sag was. Los. Irgendwas. Ganz egal.

»Wirst du auch kämpfen?«, stoße ich schließlich hervor, erleichtert, dass mir etwas eingefallen ist.

Arden blinzelt mich an. »Äh. Ja?« Er deutet auf seine Uniform.

Das kommt davon, wenn man mal schnell irgendwas sagt.

Ardens belustigtes Gesicht bringt mich trotz meiner Anspannung zum Grinsen. »Hätte ja sein können, dass du die nur aus Spaß trägst. Oder für einen Sponsor«, sage ich schnell.

»Netter Versuch«, gibt er zurück.

Ich muss lachen. »Na ja, was soll ich sagen?«

Sein Lächeln verschwindet und sein Blick wird ernst. Hält meinen fest. Ich erschauere. »Du könntest sagen, dass du gekommen bist, um mich kämpfen zu sehen.«

»Das hättest du wohl gerne.« Meine Stimme klingt heiser.

»Klar. Es ist immerhin der Wettkampf des Jahrhunderts, ich gegen

Carson, meinen Teamcaptain.« Er neigt sich verschwörerisch zu mir. Sein Atem kitzelt an meinem Ohr. »Ich werde ihm die Hölle heißmachen.«

Ich erschauere von Kopf bis Fuß.

»Arden, Arden.«

Ich zucke zusammen. Jemand ist hinter Arden aufgetaucht und schnalzt mit der Zunge. Es ist der große Blonde, den ich schon mal bei ihm gesehen habe. Wahrscheinlich damals auf der Party. »Da musst du schon früher aufstehen, wenn du mich schlagen willst. Oder mal aufhören zu flirten. Wir sind jetzt dran.«

Flirten.

Das Wort stößt mich in die Wirklichkeit zurück. Auch Ardens Lächeln ist plötzlich wie weggewischt. Er sieht mich an, aber nicht mit diesem intensiven Blick, in dem ich versinken möchte. Sondern beinahe erschrocken. Als hätte dieser Carson uns bei etwas absolut Verbotenem erwischt.

»Er hat recht. Ich muss los.« Er mustert mich, zögert kurz. Etwas wie Bedauern steht in seinem Gesicht, aber dann weicht es Entschlossenheit. »Es war schön, dass du da warst.« Er dreht sich um und geht schnellen Schrittes davon.

Ich sehe ihm nach und versuche den Stich zu ignorieren, den mir dieses plötzliche abweisende Verhalten versetzt. Er hat nicht mal gefragt, ob ich zuschauen möchte. Aber dann schimpfe ich mich eine dumme Kuh. Warum sollte er das auch tun? Immerhin war ich es, die ihm in der Bibliothek ziemlich deutlich gemacht hat, dass ich nichts von ihm wissen will. Und das stimmt ja auch. Ich will nichts von ihm.

Außer einem Kuss.

Ich lache bitter.

Einen Kuss, der sein Leben für immer verändern wird.

»Erin! Und? Schon Erfolg gehabt?«

Ich seufze innerlich. Georgina. Ich hatte sie ganz vergessen. Als wäre es nicht schon schwierig genug, diesen verdammten Kuss mit Arden durchzuziehen. Ich schüttle den Kopf.

»Ich auch nicht.« Sie seufzt. »Ich würde am liebsten weglaufen. Dabei mag ich Fechten total gern. Es wäre so schön, einfach nur zuschauen zu können.«

Sie geht ein Stück an den Bahnen entlang und bleibt schließlich vor der stehen, zu der Arden gerade gegangen ist. Der Kampf hat schon begonnen, und Carson und er bewegen sich in einem eleganten und gleichzeitig wilden Tanz über die Matte. Im Fernsehen ist Fechten oft nur ein kurzer Schlagabtausch, man sieht kaum, dass die beiden Kämpfer sich bewegen. Aber hier ist das anders, auf dem College wird noch richtig gekämpft. Arden macht einen Vorstoß, ich weiß trotz Maske, dass er es ist. Ich würde ihn an seiner Art, sich zu bewegen, überall erkennen. Carson pariert, und zwar so schnell, dass Arden einen großen Sprung machen muss, um nicht getroffen zu werden. Jetzt stehen sie beide auf anderen Seiten. Das lange Kabel, das an Carsons Rücken hängt und sonst nach hinten wegführt, liegt jetzt zwischen ihnen. Arden macht erneut einen Vorstoß, Carson weicht elegant aus.

Georgina neben mir zieht jedes Mal scharf die Luft ein, wenn Arden einen Ausfallschritt macht oder ein gewagtes Manöver, als würde sie ihn verdammt sexy finden. Ich möchte ihr am liebsten jedes Mal die Augen auskratzen.

Erin, verdammt. Das nimmt Ausmaße an, die nicht mehr gesund sind. Er gehört dir nicht, wenn du dich vielleicht mal dran erinnern könntest. Und außerdem planst du, ihn dem Kuss zu unterziehen.

Ich atme tief durch. Aber es ist schwer, ruhig zu bleiben, wenn ein Kampf so verdammt ausgeglichen und spannend ist. Immer wieder macht einer einen Punkt. Wobei ich mir nicht ganz sicher bin, was genau die Regeln sind. Denn es bekommt nicht immer der den Punkt, der den anderen mit dem Säbel erwischt. Arden und Carson kämpfen bis aufs Blut, als ginge es nicht nur um einen einzelnen Kampf in einer internen Meisterschaft, sondern um Leben und Tod. Ich bin mir sicher, dass sie sich gegenseitig irgendwelche Sprüche an den Kopf werfen würden, wenn es kein Wettkampf wäre.

Und dann ist es vorbei.

Arden reißt sich die Maske vom Kopf und reckt die Faust in die Luft.

Auch Carson entledigt sich seiner Maske und klopft Arden gutmütig auf die Schulter. Dann fallen sie sich in die Arme.

Ardens Blick schweift über die Zuschauer, und als er an mir hängen bleibt, weiß ich, dass er wissen wollte, ob ich seinen Sieg beobachtet habe, obwohl er mich vorhin weggeschickt hat. Seine offensichtliche Erleichterung, dass ich noch da bin, bringt mein Herz zum Flattern. Ich lächle ihm zu. Es fühlt sich mies an, ihn zu ermutigen, aber ich brauche diesen Kuss. Verzweifelt werfe ich einen Blick auf das Ziffernblatt an meinem Handgelenk. Nicht mal mehr eine Stunde. Ich muss ihn weglocken. Jetzt. Sonst schaffe ich es nie rechtzeitig zurück zum Hexenhaus, um Hades die Phiole selbst zu übergeben, und das ist meine einzige Chance, Jenna heute zu sehen. Ich weiß, es ist unrealistisch, aber ich kann die Hoffnung einfach nicht aufgeben.

Aber er kommt von selbst auf mich zu, wobei er den Blick ganz fest auf mich geheftet hat. Als könnte er ihn nicht abwenden. Und mir geht es genauso – auch ich kann meinen Blick nicht von ihm abwenden, und als er vor mir stehen bleibt, geht mein Atem genauso schnell wie seiner, dabei habe ich ihm nur beim Kämpfen zugesehen und nicht selbst gekämpft.

Ich merke, dass es ihm auffällt und sein Blick zu meinen Lippen wandert.

»Die Waffenkammer«, stoße ich hervor.

Georgina neben mir habe ich ganz vergessen. Jetzt sehe ich aus dem Augenwinkel, wie sie mich ungläubig anstarrt. Aber dann verschwindet sie vollkommen aus meinen Gedanken, als Arden meine Hand nimmt. Die Wärme seiner Haut auf meiner durchfährt mich wie ein Stromschlag. Es ist das erste Mal, dass er mich wirklich bewusst berührt.

»Komm.« Seine Stimme ist rau, und das dunkle Versprechen darin lässt mich erschauern.

Für einen Moment vergesse ich, was für ein Kuss das werden wird. Ich stelle mir einfach nur vor, wie es sein wird, seine Lippen auf meinen zu spüren. Diese wunderschönen, festen Lippen. Vielleicht wird er mich in die Arme schließen, mich dann zuerst sanft küssen und schließlich leidenschaftlicher. Ich werde meine Arme um seinen Hals legen und ihn zu mir herunterziehen, weil ich es nicht abwarten kann, bis er den Kuss von selbst vertieft.

»Wir sind da.« Sein Atem streift heiß mein Ohr, und mein Herz setzt einen Schlag lang aus.

Ich höre einen Schlüssel, der sich in einem Schloss dreht. Arden zieht die Tür einen Spaltbreit auf und verbeugt sich halb vor mir. »Darf ich bitten?«

Aber ich stehe still.

Ich will das nicht.

Die Abneigung gegen das, was ich da vorhabe, steigt so heftig in mir auf, dass mir fast schlecht davon wird. Oh Gott, natürlich will ich ihn küssen, aber nicht so!

Zum ersten Mal stelle ich mir die Frage, warum Hades das eigentlich von mir verlangt. Damons Begründung, dass Arden uns gefährlich werden könnte, kommt mir seltsam vor. Würde Hades deswegen wirklich seine Seele fordern? Ist er so schnell damit bei der Hand? Ich kann mir das einfach nicht vorstellen. Wenn es so wäre, würden wir sicher viel öfter Aufträge von ihm bekommen. Aber es ist das allererste Mal, dass ich von einem direkten Auftrag höre, seit ich Rachegöttin bin. Nein. Es muss etwas anderes dahinterstecken. Aber was? Warum will Hades ausgerechnet Arden? Vielleicht hat er von Damon erfahren, dass ich ihn mag, denn ja, verdammt – das tue ich. Es wäre lächerlich, das noch länger abzustreiten.

Vielleicht kann Hades nicht zulassen, dass eine seiner Rachegöttinnen eine tiefere Verbindung zu einem Mann aufbaut. Oder er will meine Loyalität prüfen, indem er von mir verlangt, den ersten Kerl zu küssen, den ich anfange zu mögen!

Ich schlucke schwer. Könnte es sein, dass Hades mir Jenna auch darum nicht zeigt, um meine Loyalität zu prüfen? Weil er wissen will, ob ich deshalb den Pakt mit ihm aufs Spiel setze? Er ahnt doch, dass ich Summer vor ihm verstecke.

Wenn es sich wirklich so verhält: Darf ich Jenna dann wiedersehen, sobald ich Hades Ardens Seele bringe? Und wenn nicht: Spielt das überhaupt eine Rolle? Nein. Denn ich kann einen direkten Auftrag von Hades nicht ablehnen. Ich muss es tun. So oder so. Besser, ich bringe es schnell hinter mich.

Mein Handgelenk pocht zur Bestätigung. Nur noch 50 Minuten.

Ich beiße die Zähne zusammen, dann gehe ich an Arden vorbei in die Waffenkammer, drehe mich um, packe ihn am Fechtanzug und ziehe ihn zu mir herein.

KAPITEL 19

Arden

Die letzten eineinhalb Wochen waren die reinste Folter. Die ganze Zeit habe ich versucht, nicht an sie zu denken, und habe wieder mal auf ganzer Linie versagt. Wenn sie dann auch noch vor mir steht und mich so ansieht, dann kann ich nicht anders, als mich zu fragen, ob ich mich wirklich zurückhalten muss.

Wie letzte Woche mit ihr in der Bibliothek – so habe ich mich schon lange nicht mehr gefühlt. So normal, ganz ohne die Last, die ständig auf meine Schultern drückt. Ich hatte sie für ein paar gnädige Stunden vollkommen vergessen.

Und als Erin mir vom Rand der Matte aus gerade beim Kämpfen zugesehen hat, da ist irgendetwas in mir erwacht. Ich weiß, es ist dämlich, total archaisch, als wäre ich ein Höhlenmensch. Aber es fühlt sich einfach verdammt gut an, wenn sie mich dabei beobachtet, wie ich gegen Carson gewinne. Es war wie ein Rausch, der mich von Kopf bis Fuß erfasst und offensichtlich meine Fähigkeit, klar zu denken, ausgelöscht hat.

Deswegen stehe ich jetzt hier.

Erin hat mich an die Wand gepresst, immer noch hat sie mich am Fechtanzug gepackt. Ihre Unterarme drücken gegen meine Brust, so fest, dass ich nicht sicher bin, ob sie sich an mich presst oder ob sie mich damit auf Abstand halten will. Auch sie hat einen Grund, mich nicht küssen zu wollen. Ich sehe es in ihren Augen. Widerwille blitzt darin auf und Selbsthass.

»Ich weiß genau, wie du dich fühlst«, flüstere ich.

Auf einmal verschwindet das Funkeln aus ihren Augen, und etwas anderes kommt zum Vorschein. Sie lässt die Schultern sinken, ihr Griff um meinen Anzug lockert sich, ihre Hände liegen plötzlich flach auf meiner Brust. Aber ihr Blick hält meinen immer noch fest. »Das bezweifle ich«, gibt sie leise zurück.

Ich möchte sie in die Arme nehmen, möchte sie trösten, ihr helfen. Was auch immer sie bedrückt – ich möchte sie davon befreien. Aber ich weiß, dass es wahrscheinlich nicht so einfach ist. Also hebe ich nur eine Hand und lege sie vorsichtig an ihre Wange.

Sie fährt zusammen, sieht mich fast erschrocken an. Ihre Hand zuckt, als wolle sie meine wegschlagen, aber dann legt sie sie darauf und schließt die Augen.

Ich halte den Atem an.

Noch nie habe ich sie so gesehen. So friedlich und gleichzeitig so verletzlich.

Dann öffnet sie die Lippen.

Ich bin nicht stolz darauf, aber ich spüre, wie alle Gedanken aus meinem Kopf sacken. Da sind nur noch ihre Lippen, diese wunderschönen weichen Lippen, die ich unbedingt auf meinen spüren möchte. Trotzdem halte ich ganz still. Immer noch schmiegt sie ihre Wange in meine Hand. Die Wärme ihrer Haut dringt in meine Finger und fließt von dort durch meinen ganzen Körper.

Der Moment dauert unendlich lange und ist doch viel zu schnell vorbei, als sie die Augen öffnet. Sie nimmt meine Hand ganz langsam von ihrer Wange, lässt sie aber nicht los.

»Glaubst du, ein einzelner Moment kann außerhalb der Zeit existieren? Glaubst du, eine Sekunde kann wunderschön sein, unabhängig davon, was davor oder danach passiert?«

Ich schlucke schwer. Ich hatte also recht – auch für sie gibt es etwas, das zwischen uns steht. Etwas, das sich nicht wegschieben lässt, egal, wie sehr wir es uns auch wünschen. Ich sehe, dass ihr Blick nun auf meine Lippen fällt. Ich spüre, dass sie sich diesen Kuss auch wünscht. Egal, ob er zu etwas anderem führt oder nicht.

Ein Kuss. Nur ein einziger. Ein winziger gestohlener Moment, an den wir beide uns immer erinnern können.

»Ja, das glaube ich«, gebe ich rau zurück. »Ich glaube, dass es möglich ist, eine Erinnerung zu erschaffen, die für sich allein stehen kann, egal, was danach passiert.«

Ich weiß nicht, ob ich das Richtige gesagt habe, denn anstatt zu nicken und mich zu küssen, presst sie die Lippen zusammen, und ihre Augen glänzen verräterisch. Aber dann blitzt Entschlossenheit in ihnen auf.

Die gleiche, die auch ich spüre.

Langsam senke ich den Kopf. Ich bin mir sicher, dass sie diesmal nicht zurückweichen wird. Ich spüre ihre Nähe so intensiv wie nie zuvor, ihr Geruch steigt mir in die Nase. Sie riecht nach Kräutern. Und Kerzen. Warum riecht sie nach Kerzen? Wie merkwürdig. Aber dann schließe ich die Augen. Ich spüre ihren Atem schon auf meinen Lippen.

»Bist du dir sicher, dass du das willst?«, raune ich ganz nah an ihrem Mund. Ich will nicht, dass sie es hinterher bereut.

Erin seufzt ein leises Ja. Ich schmecke es auf meinen Lippen.

»Erin!« Ein lautes Hämmern an der Tür zur Waffenkammer reißt uns jäh aus dem Beinahekuss. Erin zuckt zurück, die Augen weit aufgerissen, die Hand erschrocken auf den Mund gelegt.

»Erin! Bist du da drin? Bitte, ich brauche deine Hilfe.«

Sie schweigt, ich auch. Ich weiß, dass der Moment vorbei ist. Was ich nicht weiß, ist, ob wir noch einmal die Gelegenheit bekommen werden, uns einen winzigen Splitter aus der Ewigkeit zu brechen.

»Erin? Bitte sag doch was! Es… Es geht um den Kuss.« Die Stimme klingt panisch.

Einen Augenblick noch bleibt sie vollkommen reglos, dann kommt Leben in sie. Mit einem letzten Blick zu mir springt sie zur Tür und reißt sie auf. Ein blondes Mädchen steht davor, mit schreckgeweiteten Augen und leichenblass.

»Georgina!« Erin starrt sie mit gerunzelter Stirn an.

»Oh, Gott sei Dank! Du bist da. Bitte, du musst mitkommen. Irgendwas ist mit dem Kuss schiefgegangen. Ich weiß nicht, was ich ohne dich tun soll.«

Mir schießt der wahnwitzige Gedanke durch den Kopf, dass Küsse heute wohl verflucht sind. Denn der Kuss dieses Mädchens ist nicht der einzige, bei dem etwas schiefgegangen ist.

Erin sagt nichts, sie wirft mir nur einen merkwürdigen Blick zu, dann packt sie das Mädchen am Arm und will sie zur Tür hinausschieben.

»Er liegt einfach nur da, es sieht aus, als hätte er einen Anfall.«

Ich horche auf. Sofort ist jeder Gedanke an das, was hier gerade beinahe passiert wäre, wie weggeblasen. »Jemand hat einen Anfall?« Ich folge den Mädchen in den Gang. »Wo ist er?«

Erin bleibt stehen und dreht sich zu mir um. »Ist schon gut, ich kümmere mich darum«, sagt sie, wieder total verschlossen, als hätte es die letzten Minuten nicht gegeben.

»Lass mich mitkommen, ich arbeite im Krankenhaus. Ich bin Sanitäter. Also … ich mache gerade die Ausbildung.«

Erin sieht aus, als würde ihr das gar nicht passen.

Das andere Mädchen hingegen atmet erleichtert auf. »Gott sei Dank, komm. Hier entlang!«

Sie läuft voraus, und Erin folgt ihr, nachdem sie mir einen ungnädigen Blick zugeworfen hat. Warum will sie nicht, dass ich mir diesen Kerl ansehe?

Das blonde Mädchen führt uns auf den baumbestandenen Platz hinter der Fechthalle.

»Hier ist er!«, ruft sie.

Ein braunhaariger Junge liegt neben einem Baum vor uns auf dem Boden. Sein Körper ist total angespannt, sein Rücken aufgebäumt, als würde er unter Strom stehen. Jeder seiner Muskeln ist bis zum Zerreißen gespannt. Sein Gesicht ist schmerzverzerrt, seine Augen weit aufgerissen, nur das Weiße ist zu sehen. Sein Mund schreit in stummer Qual.

Erin ist neben ihm in die Knie gegangen. Sie tastet an seiner Halsschlagader nach einem Puls. Auch ich gehe hastig zu seinem Kopf, umfasse ihn vorsichtig mit beiden Händen und bringe den Jungen langsam in die stabile Seitenlage. Oder versuche es jedenfalls. Aber es funktioniert nicht.

»Wir müssen warten, bis der Krampfanfall vorbei ist«, sage ich. »Vorher können wir nichts für ihn tun, außer versuchen zu verhindern, dass er sich die Zunge abbeißt oder sonst wie verletzt.« Ich sehe das blonde Mädchen an. »Georgina? Hast du schon einen Krankenwagen gerufen?«

Erschrocken sieht sie Erin an, dann schüttelt sie den Kopf.

»Ich mache das.« Erin zieht ihr Handy aus der Tasche.

Ich behalte weiterhin den Jungen im Auge, für den Fall, dass er aus seiner Starre erwacht und anfängt, sich zu übergeben.

»Verdammt«, fluche ich leise.

»Was ist?« Georgina beugt sich ängstlich über uns.

»Ich kenne ihn«, murmle ich. Er ist in meinem Team, gerade erst dazugestoßen. »Ich frage mich, was das hier ist. So was habe ich noch nie gesehen.« Ich mustere den Jungen, versuche herauszufinden, was mit ihm passiert ist. »Hat er irgendetwas gegessen?«

Das Mädchen schüttelt heftig den Kopf. »Ich habe ihn geküsst, und da …«

»Ich glaube wirklich nicht, dass das irgendwas mit einem Kuss zu tun hat«, sage ich sanft, bevor sie noch anfängt, sich tatsächlich Vorwürfe zu machen.

Sie sieht Erin an, dann bricht sie in Tränen aus und schlägt sich die Hände vors Gesicht. »Ich habe sie fallen lassen«, schluchzt sie fast unverständlich.

Erin ist plötzlich wie erstarrt. »Die Phiole?«

Das Mädchen nickt. »Sie ist zerbrochen und das … alles ist … entwichen.«

Erin flucht laut.

Ich runzle die Stirn. »Was für eine Phiole?«

Georgina sieht mich an, als hätte ich sie gefragt, ob sie den Kerl eigenhändig umgebracht hat.

»Ach, das … war nur ein Chemieexperiment.« Erin schiebt sich zwischen uns.

Ein Chemieexperiment? Aber es ist jetzt keine Zeit für weitere Fragen. Viel wichtiger ist, dem Jungen zu helfen. »Wo ist die Phiole? Was war da drin? Irgendeine Art Gift? Oder etwas, das an der frischen Luft zu Gift wird? Das könnte eine Erklärung sein.«

Das Mädchen schnieft und deutet auf die Wurzeln des Baums, wo ein paar Scherben auf dem Boden liegen.

»Ich sehe keine Flüssigkeit. Sie muss bereits verdampft sein. Gut, dass du das gesagt hast«, sage ich zu dem völlig verängstigten Mädchen.

»Könnte sein, dass das der Grund war.«

»Nein, das war es ganz bestimmt nicht.« Die Entschlossenheit in Erins Stimme überzeugt mich für einen kurzen Moment. Dann macht sie mich misstrauisch. Es klingt ganz danach, als wolle sie nicht, dass ich weiterfrage. Als hätte sie Angst, dass der Inhalt der Phiole Georgina in Schwierigkeiten bringen könnte.

»Wenn etwas Gefährliches in der Phiole war, müsst ihr es mir sagen. Ich werde bezeugen, dass es ein Unfall war. Bitte, Erin. Nur wenn wir ganz genau wissen, was ihm fehlt, können wir ihm helfen.«

Wieder wirft Georgina Erin einen erschrockenen Blick zu.

»Ich bin schuld«, flüstert das Mädchen dann. »Ich …«

Über uns krächzt ein Rabe so laut, dass sie zusammenzuckt und mitten im Satz verstummt.

Gleichzeitig kommt endlich Leben in den Jungen auf dem Boden. Er windet sich und wirft den Kopf hin und her, unmöglich, ihn noch in der stabilen Seitenlage zu halten. Dann schreit er plötzlich auf, als würde er gefoltert. Ein lang gezogener, verzweifelter Schrei, der laut zwischen den Gebäuden der Universität widerhallt.

»Ganz ruhig«, sagen Erin und ich wie aus einem Mund.

Der Junge verstummt. Aber er windet sich weiterhin, es wirkt nicht, als hätten wir ihn beruhigt, sondern eher, als würde er immer noch schreien, aber den Schrei in seiner Brust zurückhalten.

Ich schüttle den Kopf. Nein, das kann nicht sein.

»Stabile Seitenlage geht so nicht, er ist viel zu verkrampft. Halt ihn vorsichtig fest«, weise ich Erin an, die sich sofort hinter den Kopf des Jungen setzt und ihn so gut wie möglich absichert, so wie ich es gerade noch getan habe. Es fällt ihr schwer, denn der Junge windet sich nun noch heftiger hin und her. Aber als würde er spüren, dass wir ihm helfen wollen, hält er den Kopf ruhig. Fast, als würde er die Berührung brauchen. Als wäre es das Einzige, das ihm nicht wehtut.

Hastig ziehe ich das Oberteil meines Kampfanzugs aus, es ist kaum dazu geeignet, es über jemanden auszubreiten, aber es ist besser als nichts. Natürlich bleibt es nicht lange liegen, so wie er sich hin und her wirft, und als in der Ferne die Sirenen des Krankenwagens ertönen, stößt der Junge noch immer stumme Schreie aus.

»Kannst du mich verstehen?«, frage ich so sanft und ruhig wie möglich. »Der Krankenwagen wird gleich da sein.«

Der Junge windet sich noch heftiger, fast als würde er den Krankenwagen gar nicht wollen. Aber das ist natürlich Quatsch. Wahrscheinlich versteht er kein Wort von dem, was ich sage. Oder?

»Ich weiß, es ist schwer, aber du musst versuchen, dich weniger zu bewegen. Wenn es irgendwie geht. Sonst verletzt du dich noch«, versuche ich, ihn zu beruhigen, und lege meine Hände auf seine Schultern. »Lieg ganz ruhig da, okay? Ganz ruhig.«

Sofort liegt er still. Aber es ist wieder diese merkwürdige Starre, die wir schon am Anfang beobachtet haben. Das ist alles so seltsam – bei einem Krampfanfall kann man doch nicht selbst entscheiden, ob man still liegt. Vielleicht hat er etwas völlig anderes, das nur wie ein Krampfanfall wirkt?

»Bitte gib mir ein Zeichen, wenn du mich verstehen kannst«, sage ich. »Irgendetwas. Heb deine Hand, beweg einen Finger oder schließ einmal fest die Augen. Was immer möglich ist.«

Es dauert eine Weile, aber schließlich kneift der Junge die Augen zusammen, bevor er sie wieder weit aufreißt.

Erleichtert atme ich auf. Ein kurzer Blick zu Erin zeigt mir, dass sie alles Mögliche ist, aber ganz sicher nicht erleichtert. Im Gegenteil, ihr Gesichtsausdruck wird von Minute zu Minute düsterer.

Ob sie spürt, dass es nicht gut aussieht für ihn? Auch wenn es ein Hoffnungsschimmer ist, dass er mich versteht. »Ich möchte, dass du versuchst, dich zu entspannen. Auch wenn es wehtut. Der Krampf setzt deinen Körper unter Stress.« Unter normalen Umständen dürfte das gar nicht funktionieren, aber was immer er hat, ist nicht normal, und deswegen ist es einen Versuch wert.

Ich leite den Jungen an, helfe ihm, tiefer zu atmen. Zunächst passiert nichts, aber irgendwann bemerke ich eine kaum merkliche Bewegung im Körper des Jungen. Sein Rücken wirkt nicht mehr ganz so durchgedrückt, seine Finger nicht mehr wie Krallen. Und sein Atem hört sich nicht mehr so an, als würde er gleich ersticken.

»Sehr gut, das machst du sehr gut«, lobe ich ihn. »Erschrick nicht, ich werde dir jetzt mit meinen Händen über die Arme reiben.« Ich lege meine Handflächen auf seinen Oberarm und beginne vorsichtig, auf und ab zu reiben, in der Hoffnung, dass die Wärme seine Muskeln noch etwas mehr entspannt, bis der Krankenwagen hier ist und sie ihm etwas geben können. »Sie sind gleich da. Keine Angst. Du machst deine Sache sehr gut. Bleib ganz ruhig, bleib ganz entspannt.« Der Körper des Jungen erschlafft noch etwas mehr, so sehr, dass es nun fast das Gegenteil von vorhin ist. »Kannst du dich auf die Seite legen?«, frage ich ihn. Nach einem Krampfanfall sollte man den Patienten wieder in die stabile Seitenlage bringen, habe ich jedenfalls gelernt. »Versuch, dich wieder auf die Seite zu drehen.«

Der Junge dreht sich auf die Seite, fast so, als wäre gar nichts geschehen.

Ich starre ihn ungläubig an.

Erin streicht ihm über die Haare, sie beruhigt ihn und murmelt ihm zu, dass er ruhig atmen soll.

»Genau, ruhig atmen«, bestätige ich. »Das ist gut.«

Sein Atem geht nun regelmäßig und tief.

Endlich ist der Krankenwagen da. Er hält neben der Fechthalle, zwei Frauen springen heraus und kommen mit einer Bahre auf uns zugelaufen. Ich kenne sie, ich bin schon mal mit ihnen gefahren. Marjorie, die Ältere, nickt mir kurz zu und fragt dann alles, was ich schon gefragt habe. Erin und das Mädchen geben ihr die gleichen Antworten wie mir. Ich erzähle von der Phiole, und sie nimmt die Scherben an sich. Ich höre sie etwas murmeln. »Diese verdammten Drogen, es gibt doch immer wieder was Neues.«

Erin wirft Georgina einen äußerst beunruhigten Blick zu. Sie wirkt nicht glücklich, als würde sie befürchten, dass das Ganze noch Konsequenzen oder unangenehme Fragen nach sich ziehen könnte. Ich runzle die Stirn. Erins Blick trifft meinen. Ich frage mich, was wirklich vorgefallen ist und was das sogenannte Chemieexperiment eigentlich ist. Wenn Erin etwas damit zu tun hat … Aber nein, das kann nicht sein, oder?

»Arden? Wir müssen los.« Marjorie reißt mich aus meinen Grübeleien. Was immer mit Erin ist, ich muss das später klären.

»Kann ich mitfahren?«, frage ich.

Marjorie nickt.

Ich trete an die Bahre und lege dem Jungen eine Hand auf die Schulter. »Keine Sorge. Du musst nur ruhig bleiben und weiter so gut mitmachen wie bisher. Du bist sehr tapfer.«

Während wir zum Krankenwagen gehen, sehe ich zurück zu Erin, die jetzt das Mädchen im Arm hält. Unsere Blicke treffen sich, sie hält meinen fest, und was ich darin lese, lässt mein Herz trotz aller unbeantworteter Fragen schneller schlagen.

KAPITEL 20

Erin

Ich sehe Arden nach, wie er mit den beiden Frauen neben der Bahre her zum Krankenwagen läuft. Wie er mich gerade angesehen hat, als eine der Sanitäterinnen die Drogen erwähnte. Als würde er nicht glauben wollen, dass ich etwas damit zu tun habe, es aber gleichzeitig vermuten. Mist. Ich will nicht, dass er so was von mir denkt. Ich bin eine Rachegöttin. Ich bestrafe schlechte Menschen und helfe damit ihren Opfern. Was hier passiert ist, war ein Unfall. So etwas ist noch nie vorgekommen, es ist nicht normal. Aber leider kann ich ihm das nicht erklären.

Während ich dem Krankenwagen nachsehe, lege ich einen Arm um Georgina, die neben mir leise schluchzt, und drücke sie an mich. Als ich schnelle Schritte auf dem Asphalt höre, sehe ich auf. »Damon!« Fast wütend starre ich ihm entgegen. Sonst ist er doch auch immer so schnell vor Ort. Wo war er ausgerechnet diesmal so lange?

Damon bleibt schwer atmend vor mir stehen. Zu seinen Füßen bewegt sich etwas, und ich sehe die leuchtend roten Augen seiner Ratte. »Sorry, ich wurde aufgehalten. Irgend so ein Blödmann hat mich mit einem Fechtteam in eine Besenkammer gesperrt.«

Entgeistert starre ich ihn an. »Was?«

Er macht eine wegwerfende Handbewegung. »War ein Streich, und ich bin versehentlich hineingeraten. Ich habe für dich nach diesem hellblonden Typen gesucht, der ist nämlich auch ein Fechter. Aber egal. Sag mir lieber, was hier passiert ist. Warum war der Krankenwagen da? Ist irgendwer von euch verletzt?« Echte Sorge schwingt in seiner Frage mit, und sein Blick tastet Georgina und mich ab, als würde es ihm wirklich etwas bedeuten, dass es uns gut geht.

Irritiert blinzle ich ihn an, während meine Wut sich langsam in Luft auflöst. »Nein, mit uns ist alles in Ordnung.« Was natürlich nicht ganz stimmt. Die Sache mit der Phiole ist ein ziemlicher Mist, schließlich könnte man uns dadurch vielleicht auf die Schliche kommen. Mein Handgelenk pocht warnend. Der Kuss mit Arden hat nicht geklappt, und in der ganzen Aufregung habe ich das übliche warnende Pochen nicht bemerkt und vollkommen vergessen, dass ich noch jemanden küssen muss. Aber jetzt ist Arden weg und meine Zeit läuft ab. Und Georgina hat ihren Pakt auch nicht erfüllt, weil ihr die Phiole runtergefallen und die Seele entwichen ist. Shit. Ich weiß gar nicht, worum ich mich zuerst kümmern soll. Das zitternde Bündel in meinen Armen gibt den Ausschlag. »Georgina hat jemanden geküsst, aber … ich glaube, wir brauchen sofort zwei neue Opfer.« Wir haben ohnehin schon so viel Aufsehen erregt – und jetzt das!

Damons Gesicht verfinstert sich. »Wie kann das sein? Wenn sie den Kuss ausgeführt hat, wo ist dann die Phiole?«

»Es war so schrecklich, Damon«, schluchzt Georgina plötzlich.

Sie löst sich aus meinen Armen, hebt den Kopf und macht einen Schritt auf Damon zu, als wollte sie sich ihm gleich an die Brust werfen. Doch dann bleibt sie unsicher stehen. »Es war der erste Kuss, bei dem ich allein war. Alles hat gut funktioniert, aber dann ist mir die Phiole runtergefallen. Die Seele ist entwichen.« Ihre Stimme bricht.

Damons Gesicht wird noch grimmiger. »Zeig mir deinen Arm.«

Georgina gehorcht. Damon nimmt ihre Hand, und ich sehe, dass sie kurz zusammenzuckt. »Deine Uhr steht wieder auf Anfang. Das bedeutet, Hades hat deine Gabe akzeptiert.«

Ich starre Damon an. »Wie kann das sein? Die Phiole ist zerbrochen, ist es nicht viel wahrscheinlicher, dass die Seele in den Jungen zurückgeflossen ist?«

Damon schüttelt den Kopf. »Nein, dann wäre ihre Uhr nicht wieder auf Anfang gesprungen.«

»Vielleicht ist das ein Fehler und …«

»Hades macht keine Fehler«, unterbricht Damon mich hart.

Ich balle die Fäuste. Bestimmt macht auch Hades Fehler. Er ist nicht allwissend, nicht perfekt. Aber ich sage nichts. Ich bin einfach nur erleichtert, dass Georgina ihren Pakt erfüllt hat. Im Gegensatz zu mir, wie das Pochen in meinem Handgelenk bestätigt.

»Ich bin ja hier«, erklärt Damon. »Ich nehme an, dass das für Hades genauso zählt, als hätte Georgina mir die Seele gegeben.«

Ich verenge die Augen. Ergibt das Sinn? Immerhin war er nicht hier, als die Seele aus der Phiole entwichen ist. Zum ersten Mal frage ich mich, wie Damon die Seelen eigentlich an Hades weitergibt. Aber ich habe Wichtigeres im Kopf. »Also ist Georgina in Sicherheit?«, frage ich noch einmal.

Damon nickt. »Alles scheint in bester Ordnung zu sein.«

Erleichtert atme ich auf. Ein Problem weniger. Wie auch immer es funktioniert hat. »Dann musst du bitte …«

»In bester Ordnung?« Wütend blitzt Georgina ihn an.

Damon verstummt, wahrscheinlich genauso überrascht über Georginas unerwartet entschlossenen, anklagenden Tonfall wie ich. »Du hast nicht gesehen, wie er sich gequält hat. Daran ist nichts in Ordnung!«

Damon presst die Lippen zusammen, seine Kiefer mahlen. »Was erwartest du? Es soll schließlich eine Strafe sein.«

»Damon, bitte, das ist doch jetzt egal«, versuche ich, die beiden zu unterbrechen.

Aber Georgina starrt Damon entsetzt an. Sie hört mich gar nicht. »Willst du damit sagen, dass es immer so ist?«

»Nein, normalerweise passiert so was nicht«, sage ich schnell, in der Hoffnung, dass sie dann aufhört. »Das hier muss ein dummer Zufall gewesen sein. Vielleicht, weil die Phiole zerbrochen ist.«

Damon öffnet den Mund, schließt ihn dann aber wieder. Fast, als wollte er widersprechen. Aber mir ist plötzlich alles egal, denn ein schrecklicher, stechender Schmerz durchfährt mich. Mein Arm. Er brennt wie die Hölle. Ich presse ihn an meine Brust, in der Hoffnung, dass der Schmerz nachlässt. Stattdessen fängt der Arm an, heftig zu pulsieren.

»Erin!« Damon greift nach mir.

Ich ringe um Atem, und als die schwarzen Punkte vor meinen Augen etwas weniger werden, lasse ich den Arm langsam sinken, um ihn anzusehen.

Georgina keucht entsetzt auf.

Das Ziffernblatt auf meinem Handgelenk. Es ist rot und geschwollen. An einigen Stellen ist die Haut aufgeplatzt und Blut tritt hervor. »Verdammt!«, fluche ich. Unter der Rötung und dem Blut erkenne ich den mittleren Zeiger. Neun Minuten. Nur noch neun Minuten. Unter zehn! So knapp war es noch nie.

»Oh Erin, es tut mir so leid!« Georgina schlägt sich die Hand vor den Mund.

»Oh Gott, Jenna«, flüstere ich. Wenn ich meinen Pakt nicht erfülle, muss sie es büßen. Vielleicht wird sie dann nicht nur ein Schatten, sondern landet im Tartaros.

Panik steigt in mir auf, aber ich dränge sie zurück. Das hilft mir jetzt nicht. Aber es ist schwer, sich zu konzentrieren, nach allem, was gerade passiert ist, und mit dem durchdringenden Schmerz in meinem Arm, der mein Gehirn vollkommen vernebelt. Ich atme tief durch. Denk nach, Erin. »Ich habe noch niemanden ausgesucht. Ich dachte, dass ich Arden ...« Ich verstumme.

»Du brauchst ja nur irgendeinen Kerl, Erin«, höre ich Georginas Stimme.

Zitternd fahre ich mir über die Stirn. »Aber ich suche die Kerle immer in Ruhe aus, ich kann doch nicht ...«

»Ich weiß jemanden.« Damon.

Ich fahre zu ihm herum. Zum ersten Mal in meinem Leben bin ich verdammt froh, dass er hier ist. »Wen?«, frage ich.

»Der Typ mit den ungewöhnlich hellen Haaren, der auch zu den Fechtern gehört. Glaub mir, er hat genug verbrochen, um es zu verdienen und mehr als nur ausreichend zu sein.«

Vor Erleichterung steigen mir die Tränen in die Augen. »Danke!«

»Komm mit, ich bringe dich zu ihm. Mit etwas Glück ist er noch bei der Party. Ich habe ihn vorhin dort gesehen.«

Ich wende mich an Georgina. »Geh zum Verbindungshaus zurück, sprich mit Maya. Sie kümmert sich um dich.«

Georgina wirkt immer noch verstört, aber sie nickt.

Ich folge Damon, der jetzt mit großen Schritten zurück zur Fechthalle läuft.

Die Siegerehrung ist inzwischen im Gang, nebenher läuft die Party. Als ich das Podest sehe, versetzt es mir einen Stich. Das oberste Treppchen ist leer. Ob das Ardens Platz ist? Carson steht auf dem zweiten Platz und runzelt die Stirn. Aus dem Augenwinkel sehe ich, wie er zwei Pokale entgegennimmt. Vielleicht, weil er Ardens Teamcaptain ist?

»Erin!«, zischt Damon.

Sofort reiße ich mich von der Siegerehrung los. Mein Arm tut mittlerweile so weh, dass ich ihn kaum noch richtig bewegen kann. Damon geht zielstrebig auf eine Ecke der Halle zu, aber bevor er dort ankommt, deutet er auf eine Seitentür, die in einen dunklen Flur führt.

Ich trete hindurch. Mein Herz rast, genauso wie die Zeiger der Uhr, die sich jetzt schmerzhaft und blutig über meine Haut bewegen. Von Damon in so einer verletzlichen Lage abhängig zu sein, fühlt sich unglaublich mies an. Ausgerechnet von ihm, dem ich so absolut nicht trauen kann.

Nur noch fünf Minuten.

Vielleicht sollte ich doch besser selbst …

Aber da höre ich Stimmen. Sie nähern sich der Tür, durch die aus der Halle Licht fällt. Ich krieche etwas tiefer in die Schatten.

Damon kommt herein, an seiner Seite ein Typ, der mir irgendwie bekannt vorkommt und der jetzt Nummer 134 werden wird. In diesem Moment bin ich Damon unendlich dankbar, dass er jemanden für mich gefunden hat, der meinen Anforderungen wirklich entspricht.

»Ach verdammt«, sagt Damon zu Nummer 134 und klatscht sich an die Stirn. »Ich habe was vergessen. Bitte geh schon mal vor, die Zeit läuft. Ich komme sofort nach.«

Kurz stelle ich mir die völlig belanglose Frage, was Damon dem Typen wohl gesagt hat. Dann tut meine Hand so schrecklich weh, dass mir schwarz vor Augen wird und ich ein lautes Stöhnen unterdrücken muss.

Die letzten drei Minuten haben begonnen.

Ich atme tief durch, dann reiße ich mich zusammen. Nummer 134 geht gerade an mir vorbei.

Ohne lange nachzudenken, springe ich aus dem Schatten.

Nummer 134 bleibt stehen, die Augen weit aufgerissen und reißt die Fäuste hoch. Mein Kung-Fu-Training kommt durch, und ich mache mich bereit, notfalls gegen ihn zu kämpfen. Aber als er mich sieht, lässt er die Hände sinken und setzt ein Lächeln auf.

Ein Lächeln, das so gar nicht wie das von Arden ist. Ich kenne dieses Lächeln. Es ist hungrig und abschätzend und ekelhaft. Damon hatte recht. Ich bin froh darüber, denn das macht es mir jetzt unendlich leicht. Ich packe Nummer 134 an seinem Anzug, versuche nicht daran zu denken, dass ich vorhin Arden genauso angefasst habe.

Dann ziehe ich ihn heftig zu mir herunter. Seine Lippen treffen meine. Er erschlafft in meinem Griff und sinkt zu Boden.

Schnell ziehe ich die Phiole aus meiner Tasche, um seine Seele aufzufangen, die sich bereits bläulich um ihn herum abzeichnet. Dann gehe ich neben ihm auf die Knie und beobachte erleichtert, wie die blauen Schlieren sich langsam in der Phiole sammeln. Es ist ein surreales Gefühl. Nach allem, was gerade passiert ist, bin ich immer noch vollkommen verwirrt. Kurz erwarte ich sogar, dass auch Nummer 134 anfängt, sich vor Schmerzen zu winden. Aber er bleibt vollkommen ruhig liegen. Ich sehe wieder vor mir, wie schrecklich der andere Junge gelitten hat. Wie sein Körper ganz verzerrt war vor Qual. Das Jubeln der Menge draußen in der Halle dringt kaum zu mir durch, während ich die Phiole verschließe.

Die Phiole, die ursprünglich für Arden bestimmt war.

Mein Herz pocht schmerzhaft in meiner Brust, weil die Erleichterung, die ich jetzt spüre, nicht nur daher rührt, dass ich meine Quote im allerletzten Augenblick doch noch erfüllt habe. Sondern vor allem daher, dass es nicht Ardens Seele ist, die sich nun bläulich hinter dem dünnen Glas hin und her windet.

»Hast du sie?«

Ich zucke zusammen, aber bevor ich ebenfalls Gefahr laufe, die Phiole fallen zu lassen, hält Damon schützend seine Hand darunter. »Ich nehme an, es ist in deinem Sinne, dass ich sie dir diesmal abnehme, damit der Countdown sofort aufhört.«

Ich nicke und gebe sie Damon. Die Phiole verschwindet in seiner Hand, als wäre er ein Magier, der sie weggezaubert hat. Dann wird mir klar, dass ich dadurch schon wieder die Chance verliere, Jenna zu sehen. Aber wahrscheinlich hätte es sowieso wieder nicht geklappt. Denn ich habe zwar meine Quote, aber nicht Hades' Auftrag erfüllt.

»Zeig mir deinen Arm!«, befiehlt Damon.

Wie benebelt gehorche ich und halte ihm meinen Arm hin, der immer noch unglaublich wehtut.

Ich höre ihn erleichtert aufatmen. »Gut. Gerade noch rechtzeitig.«

Ich entziehe ihm meinen Arm wieder und sehe ihn mir selbst an. Es ist kein schöner Anblick. Er ist blutverschmiert und sieht aus wie eine einzige große Brandwunde. Die Zeiger der Uhr haben sich in meine Haut eingegraben, sind aufgeplatzt. Vielleicht bleiben Narben unter dem Tattoo zurück. Wahrscheinlich ist das von Hades so beabsichtigt. Es soll mich wohl daran erinnern, es nie wieder so knapp werden zu lassen.

Und daran, ihm zu gehorchen.

Ich kann nicht anders, als mich zu fragen, ob das mit meinem Arm normal ist. Passiert das immer, wenn eine Rachegöttin die Zeit so ausreizt? Oder ist das ein Zeichen von Hades, dass er ungehalten ist, weil ich Arden nicht geküsst habe?

»Hast du so was schon mal gesehen?«, frage ich Damon und halte ihm meinen Arm hin. »Denkst du, Hades will mich dafür bestrafen, dass ich seinen Auftrag nicht sofort erfüllt habe?«

»Ich weiß nicht, Erin.« Keine sehr ausführliche Antwort, stattdessen beugt er sich über Nummer 134, der immer noch bewusstlos im Gang liegt und sich jetzt langsam regt. »Vielleicht. Oder vielleicht reagiert deine Haut auch einfach anders auf Warnungen in letzter Sekunde.«

Ich schnaube. »Das glaubst du doch selbst nicht.«

Er zuckt mit den Schultern. »Ich weiß nicht, was ich dir sagen soll. Wahrscheinlich kannst du froh sein, dass Hades die Opfergabe dieses Mal noch akzeptiert hat und dich nicht viel schwerer bestraft, weil du Arden nicht geküsst hast. Ehrlich gesagt verstehe ich selbst nicht, warum er es nicht tut.«

Mir wird fast schlecht bei dem Gedanken daran, dass er mein Opfer vielleicht hätte ablehnen können. Was wäre dann mit Jenna geschehen?

»Warum will er so unbedingt, dass ich ausgerechnet Arden die Seele raube?« Vorhin dachte ich noch, dass Hades nur meine Loyalität prüfen will und Arden deshalb ausgesucht hat, weil ich ihn mag. Aber wenn es so wäre, hätte er mich dann nicht sofort richtig bestraft? Immerhin habe ich seinen Auftrag nicht erfüllt. Dass ich es nicht getan habe, weil Georgina meine Hilfe gebraucht hat, wäre ihm bestimmt egal. Aber vielleicht geht es dabei gar nicht um mich, und es war doch kein Zufall, dass er ausgerechnet Arden ausgesucht hat. Am Ende lässt er mich nur deshalb ungestraft weiter herumlaufen, damit ich ihm Ardens Seele besorge. Denn ich stehe Arden schon so nahe, dass ich bessere Chancen habe als die anderen Göttinnen.

Damon blinzelt mich an. »Ich habe dir schon gesagt, warum Hades Arden will. Damit er aufhört herumzuschnüffeln.«

Ich schnaube leise. Aber ich reite besser nicht weiter darauf herum. Am Ende berichtet Damon Hades noch, dass ich merkwürdige Fragen stelle, und das würde Hades wohl kaum gefallen.

»Erin, der hier wacht bald auf.« Damon deutet auf Nummer 134.

»Du solltest verschwinden, ich kümmere mich um ihn. Und denk daran, Arden sobald wie möglich zu küssen.«

Ich nicke. Dann fällt mir noch etwas ein. »Damon, die Ärzte und Arden haben die Phiole gesehen und … das alles wird ihnen ziemlich merkwürdig vorkommen. Es besteht die Gefahr, dass sie Fragen stellen und …«

»Mach dir keine Sorgen, Erin. Ich kümmere mich darum. Gleich nachdem ich den hier versorgt habe. Verschwinde jetzt besser.«

Dankbar nicke ich und verlasse den dunklen Flur. Während ich zurück zu meinem Verbindungshaus gehe, kreisen meine Gedanken um das Gespräch mit Damon.

Dass Hades Arden nur will, weil er neugierig ist, kann Damon seiner Großmutter erzählen. Da muss etwas anderes dahinterstecken.

Aber was? Ich zermartere mir das Hirn und denke über alle meine bisherigen Begegnungen mit Arden nach. Angefangen damit, wie ich ihn zum ersten Mal gesehen habe. Auf der Verbindungsparty bei den Vestalinnen, als es einen Moment lang so ausgesehen hat, als hätte er einen Heiligenschein. Damals fand ich diesen Gedanken furchtbar albern. Aber was, wenn er das gar nicht ist? Natürlich glaube ich nicht, dass es so etwas wie Engel gibt. Aber ich bin eine Rachegöttin, meine Aufgabe ist es, böse Menschen zu bestrafen. Ist es da so abwegig, dass ich auch erkennen kann, wenn einer meine Bestrafung nicht verdient hat? Mir fällt ein, dass es eigentlich Maya war, die das mit dem Heiligenschein gesagt hat. Was diese Annahme nur noch unterstützt! Auch sie ist eine Rachegöttin, also hätte auch sie die Gabe zu erkennen, wenn ein Mann wirklich einen guten Charakter hat.

Hoffnung steigt so heftig in mir auf, dass es mir den Atem verschlägt.

Ich sehe vor mir, wie Arden sich um den kranken Jungen gekümmert hat. Wie sanft und vorsichtig er dabei war. Wie ehrlich seine Sorge war und wie nett er auch mit Georgina umgegangen ist. Aber da ist noch mehr. Vorhin, als ich ihn küssen wollte, da ist er nicht sofort über mich hergefallen. Zuerst vielleicht nur, weil irgendetwas ihn davon abhält, mich zu küssen. Etwas, das zwischen uns steht und von dem ich keine Ahnung habe. Aber das war nicht alles. Denn kurz bevor unsere Lippen sich fast berührt hätten, hat er mich gefragt, ob ich das wirklich will.

Niemand hat mich das je gefragt. Kein einziger von den Typen, die ich dem Kuss unterzogen habe, auch am Anfang nicht, als ich noch schüchtern und unsicher war und gewartet habe, bis sie mich küssen. Doch Arden hat mir nie auch nur im Geringsten das Gefühl gegeben, nichts als ein Objekt seiner Begierde zu sein. Er ist vielleicht der einzige Mann, der mir je begegnet ist, der sich so verhalten hat. Vielleicht … vielleicht der einzige, der tatsächlich kein Skelett im Schrank hat.

Könnte das wahr sein? Könnte es sein, dass Maya und ich Arden als einen der ganz wenigen guten Männer erkannt haben? Und könnte es sein, dass Hades das nicht in den Kram passt?

Vielleicht weil jemand, der so gut ist wie Arden, uns dazu bringen könnte, unsere ganze Arbeit als Rachegöttin infrage zu stellen? Ich schlucke schwer. Was würde Arden sagen, wenn er wüsste, was ich tue? Dass ich Männer bestrafe, ihnen die Seelen raube? Und sie vielleicht zu schrecklichen Schmerzen verdamme?

Es ist die Art, wie Arden mich angesehen hat, als ich behauptet habe, dass es ein Chemieexperiment ist. Und als die eine Helferin Drogen erwähnte. Er glaubt nicht, dass ich zu so etwas fähig bin. Er will nicht, dass ich zu so etwas fähig bin. Und ich will nicht, dass er das von mir glaubt.

Zweifel erwachen in mir. Zum allerersten Mal. Ist das, was ich hier tue, wirklich richtig?

Und ergibt es nicht Sinn, dass Hades es darauf abgesehen hat, Arden unbedingt zu beseitigen, wenn er solche Gedanken in mir weckt? Würde Hades nicht verhindern wollen, dass Arden auch den anderen Rachegöttinnen begegnet und auch sie zu zweifeln beginnen? Würde er Arden nicht beseitigen wollen, gerade weil er einer von den wirklich Guten ist?

Ich jedenfalls weiß gerade nicht mehr, was ich nach allem, was gerade geschehen ist, denken soll. Dann ist da noch die Erinnerung an den Jungen, die alles andere auslöscht. Dieser schreckliche Schmerz. So etwas habe ich noch nie gesehen.

Und Georginas Kuss ist daran schuld.

Ob es tatsächlich ein Unfall war? Was, wenn auch mein Kuss so etwas schon ausgelöst hat?

KAPITEL 21

Erin

Die ganze Nacht werfe ich mich hin und her. Ich kann die qualvollen Schreie des Jungen von gestern einfach nicht vergessen. Und jetzt, im Nachhinein, fällt mir dazu auch immer wieder ein, wie Damon ausgewichen ist, als wir ihn gefragt haben, ob so was öfter passiert. Ich würde gern mit irgendwem darüber reden, jemandem ein paar Fragen stellen, aber Damon fällt auf jeden Fall aus. Ich kann ihm nicht vertrauen, und ich glaube kaum, dass die anderen Rachegöttinnen mehr wissen als ich.

Die Einzige, die mir dazu vielleicht etwas sagen könnte, ist Maya. Aber tatsächlich ist es heute fast unmöglich, ihr über den Weg zu laufen. Ich suche nach ihr im Sporttrakt, wo sie auch am Wochenende fast täglich für ihr Sportstudium trainiert, und am Kaffeestand, aber sie ist unauffindbar. Also lauere ich ihr am Abend nach dem täglichen Training im Gemeinschaftsraum des Hexenhauses auf. Sie nimmt nicht jeden Tag daran teil, wir alle setzen hin und wieder aus, obwohl Kali es konsequent jeden Abend anbietet. Aber heute war Maya da, ist nur schnell hochgelaufen, um sich umzuziehen. Während ich darauf warte, dass sie nach unten kommt, fest entschlossen, sie diesmal nicht entwischen zu lassen, fällt mein Blick wieder auf Izanagis Dschungel. Er steht selbst gerade davor und starrt das Grünzeug mit komischem Blick an.

Dann mich. Sein Gesicht entspannt sich. »Haha, sehr witzig von euch. Einfach neue Pflanzen zu kaufen.«

Ich starre ihn an. »Was? Nein, das hab ich ganz sicher nicht. Ich dachte, du hättest …«

»Erin?«

Ich fahre herum.

Maya kommt gerade die Treppe herunter, in Glitzertop und High Heels; hat sich nach dem Training offensichtlich schnell in Schale geworfen.

»Ich muss mit dir reden«, sage ich.

Sie beißt sich auf die Lippen, aber dann nickt sie. »Sollen wir in dein Zimmer gehen?«

»Ist vielleicht besser.« Wir gehen in den ersten Stock hoch. Ich bedeute ihr einzutreten und schließe die Tür hinter uns. »Gestern bei Georginas Kuss ist etwas passiert …«

»Ja. Georgina hat es mir erzählt. Sie war völlig verstört. Das war auch der Grund, warum ich dir heute aus dem Weg gegangen bin, Erin. Ich musste erst über ein paar Dinge nachdenken, und ich wollte nicht zwischen Tür und Angel darüber reden. Tut mir leid.«

Ich tue es mit einer Handbewegung ab. »Was ich wissen möchte, ist, ob das öfter vorkommt. Ich habe Damon danach gefragt, aber er hat sehr komisch reagiert.«

Maya weicht meinem Blick aus, dann beginnt sie, in meinem Zimmer auf und ab zu gehen. »Was spielt das für eine Rolle?«

Ich sehe sie scharf an. »Vielleicht spielt es für dich keine Rolle, aber du weißt genau, dass es für mich sehr wohl eine Rolle spielt. Für mich ist wichtig, dass unsere Strafe nicht nur die Richtigen trifft, sondern auch gerecht ist. Aber das, was da gestern passiert ist, das wünsche ich niemandem. Also. Hast du so etwas schon mal gesehen?«

Maya senkt den Kopf. »Ich habe das schon mal gesehen, ja«, antwortet sie leise.

Mein Magen krampft sich zusammen. Sie hat mich also belogen. »Du hast mich all die Zeit in dem Glauben gelassen, dass die Opfer einfach nur wie seelenlose Roboter durch die Gegend laufen – obwohl du wusstest, dass das nicht stimmt!«, schleudere ich ihr wütend entgegen.

»Erin …«

»Und was soll das überhaupt für eine Antwort sein?«, unterbreche ich sie schroff. »Du hast das schon mal gesehen? Was bedeutet das? Wie oft hast du es gesehen? Einmal? Jedes Mal?« Meine Stimme wird immer lauter, jedes meiner Worte geht wie ein Schlag auf Maya nieder. Und bei jedem einzelnen blitzen ihre Augen wütender.

»Bist du jetzt fertig?«, fragt sie, als ich verstumme. »Du weißt aber schon, dass das nicht meine Schuld ist, oder? Ich habe mir das nicht ausgedacht. Wirklich, ich habe es so satt, dass alle zu mir kommen und so tun, als wäre ich verantwortlich für jeden Mist, der hier passiert!« Ihre Stimme wird immer lauter und zittert jetzt vor Wut. »Ich bin nicht Hades, verdammt noch mal! Ich bin … ich bin eine von euch, und ich stehe auf eurer Seite.«

Scham erfüllt mich.

Ja, sie ist auf unserer Seite. Sogar sehr. Ich erinnere mich an den Tag vor ziemlich genau einem Jahr. Frühlingsstürme hatten Chicago fest im Griff, der Winter wollte sich einfach nicht vertreiben lassen.

Schlampe. Dieses eine Wort hatte sich tief in meine Seele gegraben. Dazu die lüsternen Blicke der Jungs, die mir ihren Alkoholdunst ins Gesicht bliesen. Natürlich waren nicht alle miesen Typen Säufer. Aber Partys waren schon immer der einfachste Weg, an ein neues Opfer ranzukommen. Manchmal der einzige. Damals waren es noch Highschool-Partys mit gepanschtem Punsch, irgendwo in den vielen öffentlichen Schulen von Chicago. Und ich mittendrin, obwohl ich um jeden Preis woanders sein wollte. Nur der Gedanke an Kenneth und dass andere genauso sein könnten wie er, hat mich aufrechtgehalten. Der Gedanke, etwas Gutes zu tun, das anderen Jennas Schicksal erspart.

Im Herbst war es einfach, Partys zu finden. Homecoming, Thanksgiving, Weihnachten. Es scheint, im Herbst wird an Schulen überall und alles gefeiert. Danach wurde es schwieriger. Ich musste mich bei Sportevents herumtreiben, in der Hoffnung, dort jemanden zu finden. Und ich musste mich auf meine Instinkte verlassen, denn ich hatte Damon noch nicht. Ich schnaube. Das klingt, als wäre er meine Rettung gewesen. Aber die Wahrheit ist: Maya war es.

Ich hatte in einer Seitenstraße einen Collegetypen geküsst. Er war besonders gemein gewesen. Besonders ekelhaft. Seine Blicke, seine Berührungen besonders widerlich. Ich hatte mich noch nie so sehr wie der Dreck unter jemandes Schuhen gefühlt. Wie etwas, das man benutzt, bevor man es in den Schmutz tritt.

Der Typ sank an der Mauer entlang nach unten. Er lag vor mir auf der Straße und sah mich mit leeren Augen an. Ich stand einfach nur da und wollte die Genugtuung spüren, dass er niemals wieder jemandem wehtun würde. Aber alles, was ich fühlte war: In sieben Tagen muss ich es wieder tun. In sieben Tagen werde ich ein weiteres Mal jemanden küssen, der mich behandelt, als wäre ich nichts wert.

Schlampe.

In diesem Moment hatte ich die Beschimpfung der anderen als Wahrheit in meiner Seele gespürt.

Danach brachte ich Hades die Seele. Ich durfte Jenna sehen. Und ich dachte: Wenn sie wüsste, was ich tun muss, würde sie sich wünschen, ich wäre nie geboren worden. Ich ging zurück zu dem Haus, in dem ich mit den anderen und dem Betreuer wohnte. Aber ich konnte nicht reingehen. Ich stand einfach nur davor.

Ich stand ewig so da. Viel zu lange. Ich konnte mich nicht rühren, konnte nichts tun, in mir war nur dieser eine Gedanke: Ich kann nicht mehr. Ich will nicht mehr. Ich ertrage das nicht mehr.

Rache allein ist einfach nicht genug.

Wäre es nicht um Jenna gegangen, wäre nicht ihre Seele das Unterpfand für den Pakt gewesen, sondern meine – vielleicht hätte ich in jener Nacht aufgegeben. Aber das kam nicht infrage, und die Zukunft tat sich vor mir auf wie ein grausamer dunkler Abgrund, aus dem es kein Entkommen gibt.

Ich weiß nicht, was ich in jener Nacht gemacht hätte, wenn Maya nicht gekommen wäre, und bis heute weiß ich nicht, wie sie uns findet. Ich habe keine Ahnung, warum sie sich für bestimmte Leute entscheidet, die sie in Raeannes Haus holt oder zu Bekannten an andere Unis oder in andere Städte schickt. Aber sie war da, in jener Nacht.

Sie hat mir gesagt, dass ich im Herbst nach Ivy Hall kommen kann, wenn ich den Highschool-Abschluss schaffe. Dass sie Mittel und Wege hat, sicherzustellen, dass ich einen Platz bekomme und sogar ein Stipendium, wenn meine Noten stimmen. Sie hat mir gesagt, dass es hier andere gibt wie mich, und mir geholfen, die letzten Monate in Chicago durchzustehen.

Ich blicke auf. Sehe ihr direkt ins Gesicht. »Es tut mir leid«, sage ich leise. »Ich bin dankbar für alles, was du für mich getan hast. Wirklich.« Lange habe ich gedacht, dass sie das in Hades' Auftrag tut. Vielleicht zusammen mit Damon. Jetzt bin ich mir nicht mehr so sicher. »Aber das ist immer noch keine Antwort«, sage ich sanft. Weil alles, was sie für mich getan hat, ihr trotzdem nicht das Recht gibt, mich anzulügen oder mir Dinge vorzuenthalten, die meine Entscheidungen beeinflussen.

Sie seufzt und schüttelt den Kopf. »Was macht das für einen Unterschied, Erin? Es gibt sowieso keinen Ausweg. Du tust ohnehin schon, was du kannst. Du nimmst nur die, die es selbst in den Augen der freundlichsten Menschen absolut verdient haben.«

Ich tue, was ich kann? Nein, das ist nicht wahr. Nicht, wenn ich Arden dem Kuss unterziehen soll, denn ich habe nach wie vor keinerlei Grund zu glauben, dass er das wirklich verdient. Plötzlich kann ich nicht mehr. Ich kann das alles nicht mehr allein mit mir herumschleppen. Ich will mich ihr anvertrauen, so wie ich es damals in jener Nacht in Chicago getan habe. Soweit ich es eben durfte.

»Maya, ich … ich habe einen …« … Auftrag von Hades, will ich sagen. Denn immerhin geht es dabei nicht um meinen Pakt. Also müsste ich darüber reden dürfen.

»Hör auf!«, unterbricht Maya mich so scharf, dass ich sofort verstumme. Noch nie habe ich erlebt, dass sie mich so zurückstößt, wenn ich ihren Rat brauche. »Warum musst du plötzlich in diesen Dingen herumwühlen?«, zischt sie. »Das ist gefährlich, das muss dir doch klar sein! Hades gefällt es nicht, wenn wir uns in seine Angelegenheiten einmischen. Wenn du so weitermachst, wird er es dich büßen lassen.« Angst und Panik schimmern in ihren Augen. Als hätte sie das schon einmal erlebt. Wenn es so wäre, würde so vieles Sinn ergeben.

»Maya«, flüstere ich.

»Du willst die Wahrheit wissen?«, schreit sie plötzlich. »Du willst wissen, warum ich das alles tue?« Sie kommt auf mich zu und starrt mir so intensiv in die Augen, dass ich zurückzucke. »Weil ich gesehen habe, was passiert, wenn jemand seinen Pakt bricht. Weil ich weiß, dass es Hades egal ist, was der Grund dafür ist. Ob jemand verzweifelt ist und nicht mehr kann, kümmert ihn nicht.« Maya zittert, ihre Worte sind kaum noch verständlich. »Ihm ist egal, ob du Skrupel hast und die Typen deswegen nicht mehr küssen willst, Erin. Und ja, ich verheimliche euch manche Dinge, weil ich weiß, wie gefährlich es ist, darüber nachzudenken. Weil man seinen Pakt dann vielleicht brechen will.«

»Maya, ich …«

»Vor meinen Augen hat er seine Seele genommen, Erin!«, zischt sie mir zu. »Vor meinen Augen hat er meinen besten Freund … dorthin … geschickt.« Sie würgt die Worte förmlich hervor.

Dorthin. In den Tartaros.

»Und ich habe mir geschworen, nie wieder zuzulassen, dass das passiert. Nicht, wenn ich es irgendwie verhindern kann. Ich habe Raeanne gefunden. Und mit ihrer Hilfe tue ich, was ich kann, Erin.« Ihre Stimme wird leiser. »Ich tue, was ich kann. Wirklich.«

Stumm sehe ich sie an. Tränen steigen mir in die Augen und ich möchte Maya am liebsten in die Arme nehmen. Aber ihre ganze Körperhaltung ist so abweisend, dass ich es bleiben lasse.

Irgendwann seufzt Maya. »Ich weiß genau, wie du dich fühlst, glaub mir.« Mehr sagt sie nicht. Aber in diesen Worten liegt so viel schwere Erinnerung. »Es stimmt: Ich habe kein Recht, irgendetwas von dir zu verlangen. Was ich tue, tue ich nicht, um über euch zu bestimmen, sondern um euch zu helfen. Alles andere müsst ihr selbst entscheiden.« Sie legt mir eine Hand auf die Schulter. »Ich respektiere das.« Sie atmet tief durch. »Aber eins solltest du wissen: Wenn du die anderen gefährdest, Erin, dann musst du gehen. Denn das werde ich niemals zulassen.«

Damit verschwindet sie.

Ich sehe ihr nach. Alles, was sie gesagt hat, geht mir im Kopf herum. Aber am meisten dieser eine Satz: *Ich verheimliche euch manche Dinge, weil ich weiß, wie gefährlich es ist, darüber nachzudenken. Weil man seinen Pakt dann vielleicht brechen will.*

Die ganze Zeit, seit Hades mir die Macht einer Rachegöttin verliehen hat, habe ich geglaubt, das Richtige zu tun. Ich habe geglaubt, wenn ich die Opfer entsprechend aussuche, kann ich meine Kräfte für das Gute einsetzen. Aber nach allem, was ich jetzt weiß, nach dem Erlebnis mit Georginas Opfer und dem, was Maya mir gerade gesagt hat, bin ich mir nicht mehr so sicher.

Warum musst du plötzlich in diesen Dingen herumwühlen?

Natürlich könnte ich alles vergessen. Ich könnte so weitermachen wie bisher, Arden endlich dem Kuss unterziehen und Hades so besänftigen. Meinen Pakt brav erfüllen, damit Jenna nicht dafür büßen muss.

Aber dann sehe ich Jenna vor mir.

Manchmal muss man Dinge tun, deren Konsequenzen man nicht abschätzen kann, Erin. Das Einzige, was du tun kannst, ist, immer aufgrund deiner Menschlichkeit zu entscheiden. Niemals grausam. Niemals vorschnell. Das wünsche ich mir von dir.

Jenna hat mir beigebracht, dass alle Menschen wichtig sind. Nicht nur die, die wir mögen oder verstehen. Und ich habe all die Jahre darauf geachtet, nur die miesesten Typen zu küssen, weil ich jemand sein möchte, der tut, was sich richtig anfühlt. Einfach weiterzumachen, einfach Hades' Auftrag zu erfüllen, nachdem ich all diese Dinge erfahren habe, fühlt sich nicht richtig an. Sondern abgrundtief falsch.

Nein, Jenna würde niemals wollen, dass ich jemanden dem Kuss unterziehe, ohne sicher zu sein, dass er es verdient hat. Auch nicht, um sie oder Summer zu schützen.

Das besiegelt mein Vorhaben.

Ich habe eine Woche Zeit, bevor ich wieder jemanden küssen muss.

Bevor ich es das nächste Mal tue, muss ich wissen, woran ich bin. Ich muss wissen, was mein Kuss wirklich auslöst und ob alles, was ich die ganze Zeit geglaubt habe, eine Lüge ist.

Dafür muss ich nur auf die Suche nach meinen Opfern gehen und prüfen, was mein Kuss bewirkt hat. Das kann ich jetzt sofort tun. Ich schnappe mir mein *Handbuch für Göttinnen,* in dem ich alle Opfer vermerkt habe, und meine Jacke und mache mich auf in den kühlen Frühlingsabend.

KAPITEL 22

Erin

Es ist eine mühselige Arbeit. Denn natürlich ist es nicht so leicht, auf diesem riesigen Campus um diese Zeit jemanden zu finden, dessen Handynummer man nicht hat und von dem man auch nicht weiß, wo er genau wohnt. Ich beginne bei den Verbindungshäusern und frage mich durch. Es ist ein Glück, dass hier fast alle Studenten in irgendwelchen Verbindungen sind. Drei Tage lang forsche ich nach, und mit der Zeit bekomme ich so doch etliche Informationen über viele meiner Opfer. Das Bild, das sich daraus ergibt, verschafft mir eine Gänsehaut.

Ein paar von ihnen wanken tatsächlich wie seelenlose Roboter durch den Alltag, ohne Wünsche, ohne Gefühle und vor allem ohne Bosheit. Irgendwie bewältigen sie ihren Alltag, wie eine Maschine, die den Platz eines Menschen eingenommen hat. Und niemand stört sich daran, dass ihr Verhalten seltsam ist, denn alle weichen vor ihnen zurück. Niemand will mehr etwas mit ihnen zu tun haben. So sollte die Strafe sein.

Aber so sind nur wenige von ihnen.

Ich folge den Spuren weiter, fort vom Campus bis hin zu den Räumen einer Hilfsorganisation, die sich laut ihrer Infobroschüre um verlorene Seelen kümmert. Was für eine Ironie. Betroffen sehe ich, wie überfüllt ihre Räume mit unseren Opfern sind. Und deren Augen sind nicht so leer, wie sie sein sollten. Ich sehe Terror darin und Pein. Albträume oder grausame Tagträume oder quälende Visionen, von denen sie mir nicht erzählen können, weil sie nicht mehr in der Lage sind, Gefühle in Worte zu fassen. Gefühle, die sie eigentlich gar nicht haben dürften.

Und dann sind da die anderen. Die, deren Spur ich nur mit Müh und Not finde und von denen einige in einer psychiatrischen Klinik gelandet sind. Ein Junge, der nur noch schreit, als würde er schrecklich gefoltert. Unmöglich, an ihn heranzukommen. Unmöglich, seine Qual zu lindern. Die Ärzte sind ratlos. Nur eines wissen sie sicher: Was auch immer mit ihm geschehen ist, sein Gehirn hat dauerhaft Schaden genommen, er lässt sich nicht rückgängig machen, und der Junge, ein Student, kaum älter als ich, wird den Rest seines Lebens ständig Qualen leiden. Mir kommt die Galle hoch, wenn ich daran denke, dass ich dafür verantwortlich bin. Und ich muss mir in Erinnerung rufen, dass er einer von den ganz Schlimmen war. Dass wir den Frauen helfen, die es selbst nicht können. Dass seine Freundin unheimlich erleichtert wirkte, weil er nicht mehr da ist, um sie zu quälen.

Doch ist das eine Rechtfertigung dafür, dass ich sein Leben vollkommen zerstört habe? Noch dazu, ohne mir seine Seite jemals anzuhören? Aber nein. Sie waren alle gemein, bösartig sogar; sie haben Straftaten begangen und wurden dafür von niemandem zur Rechenschaft gezogen, weil sie ihre Opfer so sehr unterdrückt haben, dass die sich nicht trauten, Anzeige zu erstatten. Muss da nicht irgendjemand einspringen? Ist es nicht gut, dass wir Rachegöttinnen diesen Job machen, den kein anderer übernehmen will?

Aber die kleine gemeine Stimme in meinem Kopf gibt keine Ruhe.

Selbst Massenmörder bekommen ein Gerichtsverfahren. Und ich schwinge mich zum Richter auf, ohne meinen Opfern die Gelegenheit zu geben, sich zu verteidigen?

Nein. So ist das nicht. Oder?

Auf einmal bekomme ich keine Luft mehr.

Was habe ich getan? Und wie soll ich damit weitermachen? Aber wie kann ich nicht weitermachen, wenn Jenna und Summer es büßen müssten?

Nein. Es gibt keinen Ausweg, selbst wenn ich wollte. Es ist sinnlos.

Warum musst du plötzlich in diesen Dingen herumwühlen?

Mayas Worte hallen in meinem Kopf wider. Einen Moment lang wünschte ich, ich hätte auf sie gehört. Warum konnte ich nicht einfach meinen Job machen und weiterhin der Meinung sein, genau das Richtige zu tun, weil all diese Typen eine Strafe verdient haben und aus dem Verkehr gezogen werden müssen? Natürlich kenne ich die Antwort.

Sie hat eisblaue Augen und aschefarbene Haare.

»Arden«, flüstere ich.

Plötzlich wird mir bewusst, wo ich bin. Ich bin einfach drauflosgelaufen und stehe jetzt direkt vor dem Verbindungshaus der Fechter.

Unschlüssig bleibe ich vor dem Haus stehen. Was soll ich hier? Warum bin ich zufällig gerade hier gelandet?

Als ein paar Leute das Haus verlassen, hole ich schnell mein Handy heraus und spiele damit herum. Ich stöbere in der WhatsApp-Gruppe mit den Jobangeboten, als könnte ich das nirgendwo anders so gut tun wie hier.

> Nachhilfe gesucht.

> Unterstützung bei Verbindungsparty gewünscht.

> Kellner/-in für Fakultätsball gesucht.

Das Angebot lenkt mich für einen Moment von Schreien, Pein und Albträumen ab. Es ist eine Feier zu Ehren der berühmten Professorin Dora P. Thompson. Sie ist Expertin auf dem Gebiet der griechischen Mythologie und bekannt für ihre unorthodoxen Theorien. Ich starre die Ausschreibung an. Dann kopiere ich schnell die Nummer und schreibe eine Nachricht, dass ich Interesse habe.

> Tut uns leid, wir haben bereits genug
> Leute.

Mist. Vielleicht hätte ich die Professorin befragen können. Unorthodoxe Theorien klingt, als könnte sie vielleicht Dinge wissen, die andere nicht wissen. Vielleicht könnte sie mir meine Fragen wegen meiner Opfer beantworten, mir vielleicht sogar helfen, Jenna zu kontaktieren. Ich könnte sie einfach um einen Termin bitten. Aber da steht, dass sie erst an dem Abend der Veranstaltung anreist und auch vorher nicht zu sprechen ist. Verzweifelt sehe ich auf.

Direkt in Ardens Gesicht.

Oh Mann. Wie lange stehe ich schon hier? Und vor allem – wie lange steht er schon hier?

»Erin«, sagt er überrascht.

Ich bringe keinen Ton heraus.

Besorgt runzelt er die Stirn. »Alles okay?«

Sein sanfter Tonfall hüllt mich ein und macht mir mit beängstigender Intensität klar, warum ich hierhergekommen bin. Es war kein Zufall. Mein Unterbewusstsein hat mich hierhergeführt, in der Hoffnung, dass ich ihm begegne, und aus der Sehnsucht heraus, dass er mich in die Arme nimmt und mich alles vergessen lässt.

»Ich…«, beginne ich, aber meine Stimme versagt. Alles, was ich in den letzten Tagen über meine Opfer erfahren habe, stürzt auf mich ein. Und damit auch die Erkenntnis, dass ich mit niemandem darüber reden kann. Vor allem nicht mit Arden.

Ich muss mich zusammenreißen. Er darf auf keinen Fall merken, was mit mir los ist. Sonst nimmt er mich vielleicht in die Arme, und dann verwandle ich mich in ein schluchzendes Häufchen Elend.

»Ich wollte hören, wie es dem Jungen von gestern geht.« Die perfekte Ausrede, und es interessiert mich sogar wirklich. Wie gern würde ich hören, dass bei ihm alles anders ist als bei meinen Opfern.

»Ach so.« Ardens Miene verdüstert sich etwas. »Ähm, ich war gerade auf dem Weg nach oben …«

Mein Herz setzt einen Schlag aus. »Schon klar, ich wollte dich nicht stören.«

»Nein«, sagt er hastig. »So habe ich das nicht gemeint. Ich habe Zeit, aber ich meine … Also …« Er verstummt, dann lacht er leise. Es klingt ein wenig hilflos. »Sorry, irgendwie bringst du mich schrecklich durcheinander.«

Seine Worte vertreiben alle anderen Gedanken aus meinem Kopf. Sein Tonfall legt sich leise und rau um mein Herz. »Du mich auch«, gebe ich zurück.

Er sieht mich lange an, seine Augen glänzen in der Dämmerung. »Dann … Also willst du … möchtest du mit raufkommen?«

Ähm. Was? Ich starre ihn an wie ein Kaninchen, das vom Lichtschein einer Taschenlampe in Schockstarre versetzt wurde. Er starrt zurück wie ein Hirsch, der wie gelähmt vom Autoscheinwerfer auf der Straße steht und offensichtlich selbst nicht weiß, wohin er will.

Dann, zum ersten Mal seit drei Tagen, steigt ganz langsam ein Lachen in mir auf.

KAPITEL 23
Arden

Ja klar. Eine wirklich gute Idee, das Mädchen, das mich verwirrt und das ich besser nie wiedersehen sollte, auf mein Zimmer einzuladen. Aber da. Ich habe es getan. Zum Glück starrt sie mich an, als wäre ich vollkommen durchgeknallt – und als würde sie sofort Nein sagen wollen und wüsste nur nicht, wie sie es mir schonend beibringen soll. Wenigstens einer von uns beiden hat seinen Verstand also noch beisammen.

Ich hingegen hoffe unvernünftigerweise so sehr, dass sie Ja sagt, dass ich es kaum über mich bringe, ihr dabei zu helfen, mich zurückzuweisen. »War bloß so eine Idee, aber wenn du nicht willst …«

»Doch, ich will.«

»Ich versteh das schon, man geht schließlich nicht einfach mit einem fremden …« Ich verstumme. »Warte, was hast du gesagt?«

Ihre Augen weiten sich noch etwas mehr. »Was?«

Ich blinzle sie an. »Ich dachte, du hättest gesagt, dass du mit hochkommen willst.«

»Ja«, antwortet sie langsam.

Ich lege den Kopf schief. Besonders sicher klingt sie nicht. »Gut.«

»Gut«, wiederholt sie.

»Ja, gut, dann.« Ich unterbreche mich. Wenn wir so weitermachen, stehen wir noch in zwei Tagen hier. »Ich gehe jetzt mal voraus«, sage ich langsam. »Wenn du mitkommen möchtest, kannst du mir ja einfach folgen.«

Ganz ohne Vorwarnung fängt sie plötzlich an zu lachen. Es ist ein wunderschönes Geräusch und ein noch schönerer Anblick. Ihr ganzes Wesen scheint aufzubrechen, die Schutzhülle platzt Stück für Stück von ihr ab, und darunter kommt jemand zum Vorschein, von dem ich den Blick noch weniger abwenden kann als zuvor. Je näher ich es mir ansehe, desto ansteckender wirkt ihr Lachen, es springt auf meinen Körper über, bis auch meine Mundwinkel zucken und ich schließlich selbst lachen muss.

Sie japst nach Luft. »Wir sind wirklich beide total durchgeknallt.«

»Das ist das netteste Kompliment, das mir jemals wer gemacht hat.«

Erin sieht mich mit leuchtenden Augen an, ihre Wangen, die sonst so blass sind, röten sich leicht. Genau wie ihre Lippen. Ich mache einen Schritt rückwärts. »Also, ich … gehe jetzt. Wie gesagt, die Entscheidung liegt bei dir.«

Ich drehe mich um und greife nach der Türklinke, aber bevor ich die Haustür ganz geöffnet habe, steht Erin schon neben mir. Sie grinst immer noch breit, und mein Magen macht einen Satz.

Verdammt. Es ist wirklich keine gute Idee, sie mit raufzunehmen. Absolut nicht.

Wie schlecht die Idee tatsächlich ist, wird mir allerdings erst klar, als ich die Tür zu meinem Zimmer öffne und mir meine übliche Unordnung entgegenspringt. Hastig knalle ich die Tür wieder zu. »Sorry, aber du musst kurz draußen warten.«

Sie legt den Kopf schief. »Glaubst du ernsthaft, bei mir sieht es anders aus, nur weil ich ein Mädchen bin? Newsflash: Viele Mädchen sind schrecklich unordentlich. Zumindest, wenn man nach unserem Verbindungshaus geht.«

Ich denke kurz darüber nach. »Mag sein, aber ich würde trotzdem gern sichergehen, dass sich in dieser Unordnung nichts versteckt, was dazu führen würde, dass ich sofort in Grund und Boden versinke, wenn du es siehst.«

»Ja, ich verstecke meine Unterwäsche und meine Pornos auch immer, bevor ich jemanden in mein Zimmer lasse.«

Sie verzieht dabei keine Miene, und ich muss schon wieder grinsen. Hastig schlüpfe ich in mein Zimmer und räume wenigstens die Wäsche weg. Zum Glück ist es hier immer noch ziemlich leer, sodass weiter nicht viel zu tun ist. Das riesige Witcher-Poster an der Wand fällt mir auf. Ich verfluche mich dafür, dass ich es aufgehängt habe, aber das kann ich auf die Schnelle nicht abreißen. Natürlich wird ihr das auffallen, das lässt sich jetzt nicht mehr ändern. Ich lasse sie herein und deute auf einen Stuhl, den ich für sie freigeräumt habe.

Sie lässt sich aufs Bett fallen. Als ihr bewusst wird, wo sie gerade sitzt, starrt sie mich an. Und ich starre zurück.

»Sorry, aber im Studentenwohnheim macht man das halt so. Ich hab nicht nachgedacht, ich …«

»Es ist gut zu wissen, dass ich dich offensichtlich genauso durcheinanderbringe wie du mich«, sage ich und lache leise.

Im nächsten Moment würde ich mich am liebsten dafür ohrfeigen. Ich hatte doch beschlossen, nicht mehr mit ihr zu flirten. Ich reiße mich von ihrem Anblick los und hole den kleinen Karton aus meinem Rucksack, den ich gerade eben besorgt habe. Dann gehe ich zum Fenster und öffne es. Krallen kratzen über das Fensterbrett, als der Rabe näher heranhüpft. Ich schütte etwas von der Vogelfuttermischung auf das Sims. Sofort fängt er an zu picken.

»Wolltest du deshalb so schnell nach oben?«, fragt Erin, die den Raben misstrauisch beäugt. Ich verstehe sie sogar. Es ist ein verdammt großer Rabe.

Ich drehe mich halb zu ihr um und nicke. »Sie ist jetzt wohl so was wie mein Haustier.«

»Sie?«

Ich zucke mit den Schultern. »Irgendwie denke ich, dass es eine Sie ist. Sie kommt jeden Tag um die gleiche Zeit. Ich weiß nicht mal genau, warum. Aber ich wollte sie nicht warten lassen.«

In Erins Augen blitzt es frech auf. »Vielleicht möchte sie dich singen hören und auf deinem Finger sitzen. Du weißt schon: ›Ich hab geträumt, heut Nacht …‹«, singt sie die uralte Melodie aus *Dornröschen*.

Ich verziehe das Gesicht. »Wenn ich dir verrate, dass ich genau weiß, aus welchem Disney-Film dieses Lied stammt, macht das meine Lage sicher nicht besser, oder?«

Sie schürzt die Lippen. »Ach, ich weiß nicht. Ich mag es, wenn ein Mann zugeben kann, dass ihm so was gefällt. Ich kann Typen nicht leiden, die denken, dass Gefühle oder schöne Filme oder Musik oder was auch immer ihre Männlichkeit bedrohen.« Sie hält meinen Blick fest, als wolle sie prüfen, wie es mir damit geht und ob ich einer von diesen Typen bin.

Ich verziehe das Gesicht. »Ehrlich gesagt habe ich über so was noch nie nachgedacht. Aber niemand ist perfekt, oder?«

Das freche Funkeln verschwindet aus ihren Augen, sie wird ernst. »Nein, niemand ist perfekt.« Ihr leiser Tonfall rührt etwas in mir an. Das Bedürfnis, ihr noch einmal die Hand an die Wange zu legen, so wie gestern, erwacht in mir. Und vielleicht mit dem Daumen über ihre Lippen zu fahren, um zu sehen, ob sie sich wirklich so weich anfühlen.

Sie räuspert sich. Der Moment zwischen uns zerbricht.

Sofort sehe ich weg, schütte dem Raben noch etwas Futter vor die Füße und schließe dann das Fenster. Sie mustert mich mit schief gelegtem Kopf, wirkt fast ein wenig unglücklich darüber, dass ich sie aussperre. So ein Blödsinn. Sie ist nur ein Vogel. Ein wilder noch dazu. Ich sollte sie eigentlich gar nicht füttern. Aber irgendwie habe ich das Gefühl, dass sie darauf wartet. Jeden verdammten Tag.

Ich drehe mich zu Erin um. Sie sieht mich merkwürdig an. Mich und den Raben. Dann fällt ihr Blick auf mein Witcher-Poster.

Ich seufze. »Ja, ich kenne das Spiel. Ich liebe es.«

»Warum hast du das nicht gesagt?«

Ich zucke grinsend mit den Achseln. »Ich wollte, dass du mich langweilig findest.«

Sie blinzelt mich an. »Hat ja toll funktioniert.« Im nächsten Moment wird ihr wohl klar, was sie da gesagt hat, denn sie schlägt sich die Hand vor den Mund. »Ich meine, ich wollte auch nicht …«

»… dass wir etwas gemeinsam haben?«, frage ich leise.

Sie nickt. Dabei ist etwas in ihrem Blick, das verdammt wie Verzweiflung aussieht. Ich hatte also recht – auch von ihrer Seite aus steht etwas zwischen uns.

Verlegen starren wir uns an.

»Du wolltest doch wissen, wie es dem Jungen geht«, sage ich schließlich.

Sofort wird mir klar, dass ich einen Fehler gemacht habe. Ich hätte nicht davon anfangen dürfen, denn ich kann förmlich zuschauen, wie die Schutzhülle, die durch ihr Lachen abgeplatzt ist, sich rasend schnell wieder um sie schließt. Schließlich nickt sie.

»Sein Zustand ist leider unverändert. Er ist jetzt ruhig. Mehr noch – er hat keinen einzigen Mucks mehr gemacht. Die Ärzte sind ein wenig ratlos, weil er überhaupt keine Geräusche von sich gibt. Seine Muskeln sind entspannt, aber die Blutwerte passen nicht dazu. Die Blutwerte und auch die Hirnströme sagen, dass er nach wie vor in genau dem Zustand sein müsste, in dem wir ihn vorgefunden haben.«

Ich verstumme, denn ihre Augen weiten sich mit jedem meiner Worte etwas mehr, und ich frage mich, ob sie den Rest überhaupt hören will.

»Weiter, bitte, sag mir alles.«

Ich hole tief Luft. »Den Ergebnissen nach müsste er eigentlich immer noch vollkommen verkrampft mit durchgedrücktem Rücken daliegen und vor Schmerz laut schreien.«

Sie beißt sich auf die Lippen, dann wendet sie den Blick ab.

»Aber das Merkwürdigste ist: Diese Krampfanfälle, die überhaupt nicht mehr aufhören, das Schreien, das einem durch Mark und Bein geht – davon gab es in den letzten Jahrzehnten hier mehrere Vorfälle. Keiner weiß, warum, es gibt überhaupt keine Anhaltspunkte für irgendetwas, das mit diesen Jungen nicht stimmt. Immer wieder gibt es auch Mädchen, die damit eingeliefert werden.«

Mädchen. Natürlich. Kalis und Lokis Opfer.

»Leider bedeutet das auch, dass es kaum Heilungschancen gibt. Denn die Ärzte wissen überhaupt nicht, wo sie ansetzen sollen. Sie geben ihnen Muskelrelaxantien und Schlafmittel; damit verhindern sie, dass die Körper durch die ständigen Krampfanfälle versagen. Aber mehr ist nicht möglich.«

Erin ist leichenblass, fast so, als wäre sie selbst für das Schicksal des Jungen verantwortlich. Mit zwei großen Schritten bin ich bei ihr. Ich setze mich neben sie und nehme ihre Hand, ohne groß darüber nachzudenken.

»Du trägst daran keine Schuld und auch deine Freundin nicht. Wir hätten nichts tun können, um ihm zu helfen.«

Sie antwortet nicht, sie sieht nicht mal auf. Ihr Blick ist starr auf meine Hand gerichtet, auf meinen Daumen, der langsam über ihre Haut streicht. Dann keucht sie auf und zieht ihre Hand plötzlich weg. Aber es ist zu spät, ich habe gesehen, was sie offensichtlich vor mir verstecken will.

»Erin, was ist das?« Ich strecke eine Hand nach ihr aus, aber sie springt auf, ihren Arm fest an die Brust gedrückt.

»Nichts. Nichts, was dich angeht.«

»Wenn dir jemand wehtut, dann geht es mich sehr wohl etwas an. Niemand sollte bei so was einfach wegschauen.«

Kurz starrt sie mich an, dann fängt sie an zu lachen. Aber diesmal klingt es bitter und verzerrt. »Nein, daran bin ich selbst schuld.«

Ich schlucke schwer. Ich habe im Krankenhaus zu oft gehört, wie Frauen so etwas sagen, wenn sie mit Verletzungen zu uns kommen, die sie sich unmöglich selbst zugefügt haben können, und doch niemals verraten, dass ihr Mann oder ihr Freund sie schlägt oder mit einer heißen Pfanne verbrennt.

»Erin, bitte, lass mich dir helfen. Wenn es dein Freund ist, der das tut, dann gibt es Möglichkeiten …«

Wieder schnaubt sie. »Glaub mir, ich kenne diese Möglichkeiten. Ich habe selbst schon mehreren Frauen geholfen, sich gegen ihre gewalttätigen Männer zur Wehr zu setzen.« Sie weicht noch weiter zurück, ihre ganze Haltung sagt mir, dass sie etwas vor mir verbergen will.

»Dann weißt du ja sicher auch, dass das Wissen darum, wie solche Männer ihre Partnerinnen unterdrücken, kein Schutz ist«, sage ich ruhig.

Sie starrt mich immer noch an, aber dann wird ihr Gesichtsausdruck plötzlich weich. Mein Herz setzt einen Moment aus, weil mich die Zärtlichkeit in ihrem Blick so unvorbereitet trifft. Wie kann sie mich so anschauen? Sie kennt mich doch überhaupt nicht. Nein, sie darf mich nicht so anschauen. Niemand sollte mich so anschauen.

Langsam lässt sie den Arm sinken und betrachtet die grässliche Wunde darauf fast überrascht, dann hält sie mir den Arm hin. »Sieh her, schau es dir an, dann weißt du, dass ich selbst schuld bin.«

Ich mache einen Schritt auf sie zu. Vorsichtig greife ich nach ihrer Hand, erwarte schon, dass sie sie wegzieht, aber sie lässt zu, dass ich sie in meine nehme. Als unsere Finger sich berühren, keucht sie leise auf. Schnell werfe ich einen Blick auf ihr Gesicht, aber es ist nicht Schmerz, den ich darin lese. Sondern etwas viel Gefährlicheres.

Jedenfalls für mich.

Ich reiße mich von dem leuchtenden Verlangen in ihren Augen los und betrachte die Wunde. Zuerst sehe ich nur Schorf und eine ziemlich üble Schwellung, aber dann fallen mir die schwarzen Linien dazwischen auf. »Ein Tattoo«, sage ich überrascht. Trotzdem bin ich mir nicht sicher, ob ich erleichtert sein sollte. »Das sieht ziemlich übel aus.«

Sie entwindet mir ihren Arm. Sofort streicht Kälte über meine Finger, dort, wo gerade noch ihre Hand in meiner lag.

»Glaubst du mir jetzt?«

Ich nicke. »Aber das sollte wirklich nicht so bleiben. Das könnte sich entzünden; an einigen Stellen sieht es so aus, als wäre es schon passiert.«

Sie will sich den Arm jetzt wieder fest an die Brust pressen.

»Bitte, lass mich dir helfen«, komme ich ihr zuvor. »Ich kann das desinfizieren und verbinden, du brauchst dich nicht zu schämen.«

»Warum denkst du, dass ich mich schäme?«, fragt sie misstrauisch.

»Mir ging es damals genauso.«

Als sie mich verwirrt ansieht, hebe ich mein T-Shirt, sodass sie meine Brust sehen kann. Es ist ein winziges Tattoo, und es ist gut abgeheilt, obwohl es entzündet war. Trotzdem starrt sie darauf, als hätte sie so was noch nie zuvor gesehen. Dann atmet sie tief ein und fährt sich mit der Zunge über die Lippen.

Hastig ziehe ich mein T-Shirt wieder nach unten. Verdammt. Was mache ich da? Das ist ja noch schlimmer als Flirten. Jetzt ziehe ich mich schon halb vor ihr aus! Ich versuche, die Erinnerung daran zu verdrängen, wie sie sich gerade mit der Zunge die Lippen befeuchtet hat. Und wie sie mich dabei angesehen hat. So, als würde sie nicht Nein sagen, wenn ich sie küssen würde. Oder an mich ziehen, oder auf mein Bett ... Nein. Das muss aufhören. Sofort.

Aber stattdessen mache ich einen Schritt auf sie zu.

Sie sieht mich an, aber sie weicht nicht zurück. Wider besseren Wissens mache ich noch einen Schritt. Ich stehe jetzt fast direkt vor ihr. So nah, dass ihre Nähe mich fast um den Verstand bringt. Nein, sie hat mich schon um den Verstand gebracht. Dass ich noch einen Schritt auf sie zumache, ist der beste Beweis. Denn wenn noch der kleinste Rest Vernunft in mir übrig wäre, dann würde ich mich umdrehen und gehen. Ich würde sie einfach stehen lassen, obwohl es mein Zimmer ist, und gehen, bevor ich etwas tue, das mir leidtut. Etwas, das uns beiden leidtut. Das wir nicht rückgängig machen können.

Ich stehe jetzt so nah bei ihr, dass ich ein paar von ihren wunderbaren Haaren auf meinen Armen spüren kann. Sie lösen ein leichtes Kribbeln auf meiner Haut aus, das die Situation endgültig unerträglich macht.

Komm schon. Du bist doch kein wildes Tier. Aber es ist verdammt schwer, diese Lust zurückzudrängen, wenn ich in ihren Augen den Wunsch aufflackern sehe, genau diese Lust auch zu spüren. Unsere Nasen berühren sich fast, ihr Atem streift meine Lippen.

Dann zuckt sie zusammen. »Was tust du da?« Heftig stößt sie mich weg, stolpert dabei selbst ein paar Schritte nach hinten und stößt gegen das Bett. »Tu das nie wieder! Hast du mich verstanden?« Sie wirkt vollkommen verstört, noch schlimmer als gerade eben, als ich ihr von dem Jungen erzählt habe.

»Natürlich, tut mir leid«, sage ich schnell.

Wahrscheinlich sollte ich mir wünschen, dass sie jetzt an mir vorbeistürmt und für immer aus meinem Leben verschwindet. Aber ich kann nicht. Ich wünsche mir, dass sie hierbleibt. Ich wünsche mir, dass sie mir noch einmal eine Chance gibt, sie zum Lachen zu bringen, bis diese Schutzhülle wieder von ihr abplatzt. »Wenn du gehen willst …«

»Wenn ich gehen wollte, wäre ich nicht mehr hier.« Es soll wohl schroff klingen, aber ihre Stimme zittert dabei, und ich höre heraus, was sie eigentlich sagen will: Ich möchte jetzt nicht allein sein.

Mir fällt wieder ein, wie verloren sie gewirkt hat, als sie mir unten vor der Haustür begegnet ist. Aber sie wirkt nicht, als würde sie darüber reden wollen. Eher, als würde sie gern von etwas abgelenkt werden wollen. Aber wie soll ich das anstellen?

»Dein Spiel! Wir könnten darüber reden«, stoße ich schließlich erleichtert hervor. Zuerst glaube ich, dass auch das ein Fehler war, denn ich hatte ihr ja schon gesagt, dass ich keine Lösung weiß. Aber dann atmet sie tief durch und nickt. Sie ringt sich sogar ein Lächeln ab.

»Ja, mein Spiel. Lass uns darüber reden.« Vorsichtig, wie eine Katze, die sich noch nicht sicher ist, ob sie bleibt oder geht, setzt sie sich auf die Kante meines Schreibtischs.

Okay, sie will reden. Aber sie sagt nichts. Also will sie vielleicht, dass ich rede. Ich zermartere mir das Gehirn. »Alles wäre so einfach, wenn deine Heldin selbst eine Göttin wäre. Dann könnte sie ihrer Schwester einfach erscheinen, statt ihre Schwester dazu zu bringen, es bei ihr zu tun.«

Erin zuckt zusammen. Dann starrt sie mich entgeistert an. »Was hast du da gesagt?«, fragt sie, wobei sie wirkt, als hätte sie mich genau verstanden. Sie springt auf. »Natürlich! Das ist vollkommen logisch. Verdammt, warum bin ich da nicht selbst draufgekommen?« Sie bleibt stehen. »Warte. Könnte sie das vielleicht auch, wenn sie nur ein paar göttliche Kräfte hat? Oder muss sie dazu wirklich eine Göttin sein?«

Ich denke darüber nach. »Wie meinst du das – nur ein paar göttliche Kräfte haben? Als hätte ein Gott sie ihr verliehen oder so?«

Sie nickt. »Würde das reichen?«

»Das käme wahrscheinlich auf die Kräfte an, die sie bekommen hat.«

Sie verzieht nachdenklich das Gesicht. »Ja«, antwortet sie langsam. »Das ergibt Sinn. Aber ich weiß nicht, ob …« Sie verstummt mitten im Satz. Ihr ganzer Körper ist angespannt, dann lacht sie plötzlich. »Ich war so dumm. So verdammt dumm.«

Langsam löst sich meine Anspannung etwas. Ich weiß zwar nicht, wovon sie redet, aber immerhin habe ich es geschafft, sie aufzuheitern. »Schön. Und was genau …?«

»Tut mir leid, ich muss sofort weg. Danke, du hast mir das Leben gerettet. Wahrscheinlich. Also … eigentlich der Schwester meiner Heldin. Ich schulde dir was.« Sie grinst. Dann rast sie davon, bevor ich noch etwas sagen kann.

Zum Beispiel: »Auf Wiedersehen.« Das hätte ich wahnsinnig gern gesagt. Oder: »Wie wäre es, wenn wir uns morgen treffen?« Oder nein, noch besser: »Wie wäre es, wenn wir einfach vergessen könnten, was zwischen uns steht?«

Oh verdammt.

Langsam lasse ich mich auf mein Bett sinken und stütze das Gesicht in die Hände.

KAPITEL 24

Erin

Ich war so dumm! Ich kann überhaupt nicht glauben, wie dumm. Die Lösung lag die ganze Zeit direkt vor meinen Füßen. Arden hat sie mir bei unserem allerersten Treffen in der Bibliothek fast als Erstes gesagt. Götter können den Menschen erscheinen. Und ich, ich verfüge über die Kräfte einer Rachegöttin! Eine davon kann ich vielleicht nutzen, um Kontakt mit Jenna aufzunehmen.

Ich kann ihr im Traum erscheinen. Natürlich klingt das leichter, als es ist. Denn wie mache ich das? Und träumen Tote überhaupt?

In der Unterwelt angekommen, müssen die Toten mithilfe des Fährmanns den Fluss Lethe überqueren, aus ihm trinken und alle Erinnerungen an ihr altes Leben vergessen. Danach existieren sie nur noch als Schatten. Aber Jenna ist nicht wie die anderen Toten. Sie musste den Fluss nicht überqueren. Sie ist kein Schatten, hat uns nicht vergessen, das hoffe ich jedenfalls. Vielleicht kann sie dann auch noch träumen. Ich muss es einfach versuchen.

Ich atme tief durch. Okay. Aber wie soll das gehen? Ihr im Traum erscheinen. Ihr einen Traum senden. Argh, es macht mich wahnsinnig. Ich zermartere mir das Hirn nach etwas, was Hades dazu gesagt haben könnte. Beim Pakt hat er aufgezählt, welche Kräfte ich haben werde.

246

Aber von Träumen war da nicht die Rede. Ich grüble weiter. Irgendetwas nagt an mir. Es lauert in meiner Erinnerung. Ich schließe die Augen und versetze mich zurück in die Nacht des Pakts.

Du kannst mich nicht beschwören, niemand kann Hades beschwören. Aber du hast die Macht, die Albträume der Toten zu rufen.

Ich keuche auf. Aber natürlich! Die Albträume der Toten, so hat er es formuliert. Mein Herz beginnt zu rasen. Ich kann also Träume heraufbeschwören. Aber was dann? Ich versuche, mich an den Rest zu erinnern.

Dort, wo einer Seele etwas Schreckliches passiert, bleiben ihre Albträume als Geister zurück, auch wenn die Seelen als Schatten in den Hades eingehen. Denk an mich, wenn du die Unterwelt öffnest und die Geister beschwörst, und ich werde ihr Rufen als deines erkennen.

Denk an mich, und ich werde ihr Rufen als deines erkennen. Das klingt … ja, natürlich. Ich habe noch nie auf diese Weise darüber nachgedacht, aber das klingt, als könnte ich Hades durch die Geister eine Botschaft senden. Weil sie Träume sind und weil ich Träume als eine Art Boten aussenden kann.

Mein Mund wird trocken. Wenn das mit Hades funktioniert, dann könnte es doch auch mit Jenna klappen. Ich muss nur ganz fest an sie denken, wenn ich die Geister der Toten beschwöre, dann wird Jenna mein Rufen hören.

Mir wird schwindelig vor Aufregung.

Kann es wirklich so einfach sein? Natürlich würde Hades nicht wollen, dass wir wissen, wie das geht. Es ergibt Sinn, dass er das vor uns versteckt, weil es zu viele interessante Möglichkeiten eröffnet und wir uns unterhalten können, ohne dass er zuhören kann. Natürlich wird es verdammt gefährlich werden, denn ich darf nicht an ihn denken, sonst sende ich den Traum auch an ihn, und er bekommt mit, was ich Jenna sage.

Aber ich muss das Risiko eingehen.

Mit den tiefsten Schatten der Nacht reise ich zu dir.

Irgendwie habe ich immer gedacht, dass Hades damit die Toten meint. Aber er meint ihre Albträume. Die Schatten der Schatten.

Es muss einfach klappen. Es muss. Ich habe schon nicht mehr geglaubt, dass es eine Möglichkeit geben würde, aber nun gibt es doch eine. Es kommt mir vor wie ein Wunder.

Ich renne die Treppe von Ardens Verbindungshaus hinunter und bleibe dann kurz stehen. Wenn es funktionieren soll, muss ich mich an den Rand der Unterwelt begeben. Dorthin, wo sie unsere Welt berührt. Aber ich will nicht riskieren, im Keller unseres Verbindungshauses von den anderen Göttinnen oder gar von Damon dabei überrascht zu werden, wie ich die Tore zur Unterwelt öffne, um nach meiner Schwester zu rufen. Damon streift ständig überall herum, und gerade er sollte das nicht sehen. Ich kann auch überhaupt nicht einschätzen, wie lange es dauern wird. Nein, es ist besser, es nicht dort zu tun.

Ich beiße mir auf die Lippen. Bleibt nur das Bloody Marsh Battlefield. Aber dort bin ich nicht geschützt, jemand könnte mich sehen. Dummerweise fällt mir nichts anderes ein. Es hilft nichts, ich muss es riskieren. Zumindest ist es schon Nacht, die Dunkelheit ist hereingebrochen, und die Wahrscheinlichkeit, dass mich dort jemand entdeckt, ist nicht sehr groß. Keine der anderen Göttinnen hat mir gegenüber erwähnt, dass sie dort hingeht, um die Seelen ihrer Opfer zu übergeben. Sie alle geben sie Damon.

Ich zögere noch kurz, dann laufe ich los.

Je näher ich der Küste komme, desto stärker wird der Wind und desto weiter stehen die Laternen auseinander, bis sie schließlich vollkommen verschwinden. Ich ziehe mein Smartphone aus der Tasche und schalte die Taschenlampen-App ein. Je mehr ich mich dem Bloody

Marsh Battlefield nähere, desto lauter tost das Meer. Der Sturm muss es in ziemlichen Aufruhr versetzen. Wahrscheinlich wäre es schlauer zu warten, bis das Wetter sich beruhigt, aber ich kann einfach nicht. Ich habe zu lange Angst gehabt. Falls wirklich etwas mit Jenna ist, falls Summer wirklich in Gefahr ist, dann muss ich ihnen sofort helfen.

Mühsam suche ich mir mit meinem Handy den Weg über das alte Schlachtfeld, durch die sumpfigen Stellen, an den Meerwasserkanälen entlang, die die ausgedehnten Salzwiesen durchziehen.

In der Mitte angekommen, suche ich die Stelle, an der die Grenze zwischen meiner Welt und dem Hades so dünn ist, dass es wirkt, als würde die Finsternis der Unterwelt in meine Welt hineinkriechen. Genau dort knie ich mich hin.

Und jetzt? Wenn ich wieder die Geister sämtlicher Soldaten beschwöre, dann wird Hades durch die wahnsinnige Todesenergie vielleicht doch auf mich aufmerksam, selbst wenn ich ihn nicht direkt rufe. Das muss ich um jeden Preis vermeiden.

Aber wie? Wie könnte ich vermeiden, sie alle zu rufen? Ich denke zurück an jene erste Nacht, in der ich die Schatten hier auf dem Feld gerufen habe. All das Blut. All der Tod. Und dieser eine Junge, der vor mir in die Knie sank.

Ich ziehe scharf die Luft ein. Natürlich! Das ist es.

Im nächsten Moment kommt es mir abartig vor, was ich tun will. Aber es ist meine einzige Chance.

Ich schließe die Augen. Ich tue das Gleiche, was ich immer tue, wenn ich mit Hades reden will. Ich beschwöre die Albträume der Toten. Oder besser gesagt: den Albtraum des einen, der mein Herz berührt hat. Ich lasse ihn als Nebel aus dem Gras aufsteigen und dann noch einmal sterben. Für mich, damit ich meine Schwester sehen kann.

»Es tut mir so leid«, flüstere ich. Meine Stimme bricht fast, als er erneut vor mir in die Knie sinkt. Ich hasse mich in diesem Moment. Er ist nur ein Geist, nur eine Erinnerung, aber trotzdem bin ich angewidert von mir selbst.

Fast bin ich froh, als die Schwärze der Unterwelt mich endlich umgibt. So kann ich den Jungen wenigstens nicht mehr sehen. Ich atme die Tränen weg. Vielleicht hätte ich sie wenigstens weinen sollen, für ihn. Aber jetzt muss ich schnell sein, ich muss mich auf Jenna konzentrieren, damit sie durch ihn mein Rufen hört.

Das Herz klopft mir bis zum Hals. Es wäre ziemlich leicht, aus Versehen an Hades zu denken und ihn damit ebenfalls herbeizurufen oder ihm zu erscheinen.

Da, ich habe es schon getan! Erschrocken sehe mich um, aber die Finsternis, die mich blind macht, taucht nicht auf. Noch scheint er nicht hier zu sein, aber ich muss sofort aufhören, an ihn zu denken! Stattdessen konzentriere ich mich vollkommen auf Jenna. Ich halte mich an ihr fest. An ihrem Namen, an ihrem Gesicht, an ihrer Zärtlichkeit. Nicht an jemanden zu denken, ist unmöglich. Aber den Geist vollkommen mit jemand anders zu füllen, das ist leicht. Zumindest, wenn dieser Jemand Jenna ist. Ich sehe sie vor mir, bevor unsere Eltern gestorben sind. Wie fröhlich sie damals war. Wie sehr ich sie bewundert habe. Und danach noch mehr, als sie sich um uns gekümmert hat.

In meiner Erinnerung sehe ich ihr lachendes Gesicht.

Mit den tiefsten Schatten der Nacht reise ich zu dir. Nur zu dir, Jenna.

Der Geist des Soldaten ist fort, aber ich spüre ihn noch. Es ist, als hätten wir eine Verbindung.

Jenna. Jenna.

Die Dunkelheit vor mir wabert. Ich erstarre. Aber dann beginnt etwas in der bedrohlichen Finsternis sanft zu leuchten, wie ein Engel in der tiefsten Hölle.

»Jenna!« Ich halte mir die Hand vor den Mund. Es ist besser, nicht laut zu reden.

Erin.

Sie steht vor mir. Sie ist es, kein Zweifel. Und sie hat mich erkannt! Sie ist kein Schatten, nein, definitiv nicht. Sie wirkt so echt, so vollkommen real. Fast so, als könnte ich mich in ihre Arme werfen. Die Sehnsucht danach bringt mich beinahe um. Unwillkürlich strecke ich eine Hand nach ihr aus. Aber natürlich gleitet sie hindurch. Ich kann sie nicht berühren. Sie ist zwar kein gesichtsloser Schatten, aber sie ist nach wie vor tot. Bloß eine Seele ohne Körper. Und ich bin nur ihr Traum.

Jenna, denke ich. *Ich habe dich so vermisst! Geht es dir gut?*

Dumme Frage, wie kann es einem gut gehen, wenn man vor den Toren der Unterwelt ausharren muss?

Aber Jenna lächelt. *Ja, natürlich, Erin, warum sollte es mir nicht gut gehen?*

Had… Er hat nicht zugelassen, dass ich dich sehe. Mein Herz zieht sich vor Schreck zusammen. Fast hätte ich seinen Namen gedacht, schon sehe ich seine Gestalt im Geiste vor mir. Hastig denke ich wieder an Jenna. Ich konzentriere mich auf sie, mit allem, was ich habe.

Es ist so lange her, Jenna.

Aber wir haben uns doch gerade erst gesehen, schweben Jennas Gedanken in meinen Kopf.

Nein, Jenna, die letzten drei Male warst du nicht da.

Sie runzelt die Stirn. Alles, was sie tut, wirkt, als würde sie es ein bisschen zu langsam tun. Als wäre sie benebelt und nicht ganz da. Natürlich. Sie schläft, sie träumt.

Wirklich?

Ich nicke. *Ich hatte solche Angst!*

Wie hast du es gemacht?

Was? Dir diesen Traum geschickt?

Sie nickt.

Ich sage ihr, wie ich den Albtraum eines Toten beschworen und an sie gedacht habe.

Das hast du getan, um mit mir zu reden?

Ich hatte Angst, er lässt uns nicht mehr miteinander reden, weil er mittlerweile herausgefunden hat, was er von uns wissen wollte.

Du meinst, wo sie ist?

Ja.

Jenna neigt unendlich langsam den Kopf zur Seite. Ihre wunderschönen, schimmernden Haare fallen zur Seite wie ein langer Schleier. *Aber das weiß ich doch gar nicht. Du hast es mir nie gesagt.*

Nein, weil Hades immer dabei war, wenn wir uns gesehen haben. *Ich weiß. Aber vielleicht hat er es auf anderen Wegen herausgefunden. Oder es sollte eine Falle sein, damit ich Summer kontaktiere und er mir dabei folgen kann.*

Panik steigt in mir auf, aber Jennas Lächeln verjagt sie sofort. *Hab keine Angst, Erin. Summer ist sicher. Wo immer du sie hingeschickt hast, sie ist sicher.*

Woher weißt du das?

Ich spüre es. Ihre Haare wogen um sie herum, als würde sie in Wasser schweben. *Ja. Glaub mir. Sie ist sicher.*

Ganz langsam weicht die Angst von mir. Erst jetzt merke ich, dass sie mich die ganze letzte Zeit ständig bedrückt hat. Aber jetzt hat Jenna sie ein ganz klein wenig aufgelöst. Jenna wusste schon immer, ob wir sicher sind. Sie hat das im Gespür. Sie weiß auch, wenn uns Gefahr droht. Wenn sie sagt, dass Summer sicher ist, dann stimmt das auch.

Du ahnst nicht, wie erleichtert ich bin.

Jenna sieht mich zärtlich an. *Doch, natürlich, Erin. Aber hab keine*

Angst, sollte ihr auch nur das kleinste bisschen Unheil drohen, werde ich es merken.

Meine Angst kehrt zurück. Natürlich. Jetzt ist Summer sicher, aber das heißt nicht, dass es so bleiben muss.

Wenn du etwas spürst, auch nur eine winzige Kleinigkeit, dann lass es mich wissen, Jenna. Du kannst mir im Traum erscheinen, weil du … weil du … tot bist. Du musst nur ganz fest an mich denken.

Sie nickt. *Verlass dich auf mich.*

Das tue ich. Von ganzem Herzen. Ich wünschte, ich könnte sie für immer in Sicherheit bringen.

Ich auch. Sie streckt eine Hand aus und streift meine Wange. Meine Haut bleibt kalt, aber meine Seele spürt ihre Wärme. *Aber nicht alle unsere Wünsche erfüllen sich auch.*

Nein. Das tun sie nicht. Ich lege meine Hand auf ihre. Obwohl wir es beide nicht spüren können, fühlt es sich an, als würden wir uns nach unendlich langer Zeit endlich wieder berühren. So wie wir es nie dürfen, wenn er bei uns ist.

Erin, sag mir schnell, geht es dir gut?

So gut, wie es mir eben gehen kann, antworte ich, ohne nachzudenken.

Unendliche Traurigkeit huscht über Jennas Gesicht. *Es tut mir leid, dass du das alles durchmachen musst, wegen mir.*

Ich starre sie entsetzt an. *Also weiß sie es. Sie weiß, dass ich den Pakt geschlossen habe? Du weißt …*

Natürlich weiß ich es, Erin. Sie lächelt traurig. *Unsere Zeit ist bald zu Ende. Der Traum von dir verblasst. Aber ich bitte dich um ein Geschenk. Sag mir eins, nur eins, was in deinem Leben wunderbar ist. Sag mir, dass es etwas gibt, das dein Herz vor Freude schneller schlagen lässt. Irgendetwas. Das würde es mir leichter machen.*

Ohne es zu wollen, sehe ich sein Gesicht vor mir. Sein Lächeln.

»Arden«, flüstere ich.

Jennas Gesicht strahlt vor Freude. *Oh, Erin. Das ist wunderbar.*

Ja. Einen berauschenden Augenblick lang gestatte ich mir, es auch wunderbar zu finden. Ich denke nicht an das, was zwischen uns steht, sondern einfach nur an ihn und sein Lächeln und sonne mich in Jennas Freude, dass ich nicht mehr allein bin. Es ist ein großartiges Gefühl. Eins, das mir hier in dieser Sekunde niemand nehmen kann. Nicht mal Hades.

Die Dunkelheit franst an den Rändern aus. Grelle Schwärze durchdringt die Finsternis, die Jenna umgibt. Blind machende Schwärze.

Offensichtlich kann Hades es mir doch nehmen. *Ich sollte gehen.*

Ja. Auch Jenna wirkt entsetzt. *Geh, Erin. Schnell. Bevor er uns entdeckt. Und pass auf dich auf!*

Du auch!

Sie beginnt schon zu verblassen, und in ihren Schimmer mischt sich eine Vorahnung der dunklen Präsenz, die ich so hasse.

Er darf mich hier nicht erwischen. Ich drehe mich um und laufe davon. Meine Füße stolpern über die Salzwiese, ich höre den Matsch, das Wasser. Aber mein Geist hängt noch in der Unterwelt fest. Verzweifelt versuche ich, mich von ihr zu lösen. Es fühlt sich an, als würde ich versuchen, meinen Fuß aus zähem Teer zu ziehen. Es gelingt mir nicht. Ein fieser Schmerz bohrt sich in meinen Kopf.

Arden.

Ich weiß nicht, warum ich an ihn denke. Es ist, als würde ich versuchen, mich an ihm festzuhalten. Vielleicht kann ich mich so vor Hades verstecken. Aber nein, ich habe schon wieder an ihn gedacht! Ich schaffe es nicht mehr, mich auf etwas zu konzentrieren. Arden. Sein Lächeln, sein Gesicht.

Er darf mich nicht erwischen.

Dunkelheit. Blindheit. Finsternis, die mir in Mund und Nase dringt. Verzweifelt ringe ich um Luft. Ich falle auf die Knie.

Ist er hier? Hat er mich gefunden?

Luft. Ich kriege keine Luft. Alles dreht sich um mich. Angst und Panik rauschen durch meine Adern. Genau wie damals.

Ich sitze bei Jennas leblosem Körper. Tränen laufen mir über die Wangen, aber ich werde von Hass und Wut beherrscht. Und vom Wunsch, dass Kenneth dafür büßen soll.

Er hat sie umgebracht. Nicht indirekt. Nein. Er ist direkt schuld an ihrem Tod.

Hass. Immer noch ist da so viel Hass. Auch noch all die Zeit danach. Er frisst mich auf, dieser Hass, macht mich blind und taub und kalt. Unerträglich, wie ein Geschwür, das auch mein Leben beenden wird, langsam und qualvoll.

Du kannst diesen Hass loswerden. Ich gebe dir die Macht dazu.

Damals dachte ich, ich wollte Rache. Aber eigentlich wollte ich, dass Hades diese schrecklichen Gefühle von mir nimmt, damit ich weiterleben kann.

Ich knie im eiskalten, feuchten Gras. Über mich tobt der Wind hinweg, das Meer leckt an der Küste, so wie die Erinnerung an meiner Seele zerrt. Damals habe ich geglaubt, Hades könnte mir mein Leben zurückgeben. Ich habe geglaubt, er würde mir helfen, wieder ich selbst zu sein. Aber das Gegenteil ist der Fall. Er hat mir den Hass nicht genommen und auch nicht die Wut. Er hat sie nur noch größer gemacht. Für einen Moment spüre ich diese Gefühle in mir mit zerstörerischer Macht. Es wäre so leicht, sich ihnen zu ergeben. Vielleicht ist es das, was Hades eigentlich von uns will. Endloser Zorn, der uns nicht mehr klar denken lässt und uns zu gehorsamen Dienerinnen macht. Aber ich denke gar nicht daran, ihm diesen Gefallen zu tun. Ich habe ihm mein Leben geopfert. Mehr bekommt er nicht!

Langsam stehe ich auf. Es ist mühsam, und alles tut mir weh, aber ich stehe mit erhobenem Kinn da und warte. Ich warte darauf, dass Hades mich bestraft, weil ich Jenna ohne seine Erlaubnis gesehen habe. Weil ich die Kräfte, die er mir gegeben hat, gegen ihn verwendet habe.

Aber es ist mir egal. Ja! Heute ist mir alles egal.

Ich reiße die Augen auf, um ihm direkt ins Gesicht zu sehen. »Ich habe dich nicht gerufen!«, schreie ich. »Verschwinde von hier!« Ein Rabe flattert erschrocken auf.

Die absolute Finsternis vor mir zerplatzt.

Entgeistert starre ich hinein.

Ich warte noch immer auf die Strafe von Hades, wenn er merkt, was ich getan habe. Aber sie kommt nicht. Er hat mich nicht bemerkt. Oder ich habe ihn vertrieben. Oder vielleicht war er gar nicht wirklich hier.

Lachen steigt in mir auf, erleichtert und fassungslos. Dann Triumph. Meine Knie werden weich, mein Kopf leicht. Ich habe es geschafft! Ich habe Jenna gesehen, ich habe herausgefunden, dass Summer nach wie vor in Sicherheit ist. Ich habe Hades ein Schnippchen geschlagen!

Ich mache mich auf den Weg zurück zum Campus. Als ich fast dort bin, taucht wie aus dem Nichts Damon vor mir auf. Ist er gekommen, um mich an Hades' Stelle zu bestrafen? Weiß er, was ich getan habe?

Aber auch das ist mir heute egal. Ich lasse meine ganze Wut auf Hades zusammen mit meinem Triumph über meinen Sieg auf ihn herabprasseln. »Bist du jetzt endgültig zum Stalker geworden?«

Er sieht mich so verwirrt an, dass es fast lustig ist. »Wie oft muss ich dir noch sagen, dass ich hier bin, um euch zu helfen?«

Ich lache auf. »Du bist hier, um Hades zu helfen. Du bist sein loyaler Diener, nicht unser Freund.«

Über Damons Gesicht huscht etwas, das verdächtig nach Verletzlichkeit aussieht und mich fast aus dem Konzept bringt. Ich hätte nie gedacht, dass er zu so etwas fähig ist.

»Ich bin nicht sein loyaler Diener, Erin. Ich bin genau wie ihr. Auch ich habe vor langer Zeit einen Pakt mit ihm geschlossen, der mich zwingt, ihm zu dienen.«

Ich runzle die Stirn. »Das wusste ich nicht«, sage ich leise. Dann reiße ich mich am Riemen. Also hat auch er einen Handel mit Hades gemacht und dafür bestimmte Kräfte bekommen? »Aber das bedeutet nicht, dass ich dir vertraue«, sage ich hart.

»Du hast dich in Arden verliebt, oder? Deswegen fällt es dir so schwer, ihn zu küssen.«

Ich starre ihn an. Arden. Der Kuss. Hades' Auftrag. Über der Tatsache, dass ich Jenna sehen konnte, hatte ich das kurz vergessen. Es reißt eine riesige Lücke in meinen Schild aus neu gefundener Selbstsicherheit. Aber ich bin nicht bereit, das zuzulassen. Nicht heute. Nicht jetzt. »Das geht dich nichts an.«

Damon verzieht verächtlich das Gesicht. »Nein, vielleicht nicht. Aber Hades wird dich schwer bestrafen, wenn du seinen Auftrag nicht ausführst.«

»Glaubst du, das weiß ich nicht?«, gebe ich gefasster zurück, als ich mich fühle.

»Dann küss ihn doch! Wo ist das Problem?«, zischt er.

Wut steigt in mir auf. »Das Problem? Das Problem ist, dass Hades ihn beseitigen will, weil er weiß, dass Arden meinen Kuss gar nicht verdient. Und weil er nicht will, dass die anderen das erfahren, soll ich Arden für ihn aus dem Weg räumen. Und das ist nicht richtig!« Ich schlage mir die Hand vor den Mund. Mist, das hätte ich nicht sagen sollen. Diese neue selbstsichere Erin ist ein verdammtes Plappermaul.

Aber Damon reagiert vollkommen anders, als ich erwartet habe. Anstatt die Fäuste zu ballen und mich wütend anzublitzen, starrt er mich verblüfft an. Doch dann fängt er sich wieder. »Das … das ist absoluter Blödsinn, Erin.«

»Ist es nicht.«

Nun funkelt er mich doch wütend an. »Verdammt, Erin. Willst du seinetwegen riskieren, dass Hades deinen Pakt als gebrochen betrachtet? Ich weiß nicht, was dein Handel mit ihm ist, aber willst du wirklich die Konsequenzen dafür tragen?«

Ich schlucke schwer. »Ich weiß nur, dass ich ganz sicher nicht das Leben des einzigen Mannes zerstören will, der sich mir gegenüber nicht wie ein Arschloch verhalten hat! Und erst recht nicht, wenn Hades es auf ihn abgesehen hat, weil er einer der wenigen wirklich guten Männer ist.«

Damon schnaubt. »Das ist totaler Quatsch! Denn wenn er wirklich gut wäre, wenn er sich absolut nichts zuschulden hätte kommen lassen, was den Kuss einer Rachegöttin rechtfertigt, dann würde der Kuss ihm nicht schaden.«

Das Blut sackt aus meinem Kopf. Ich brauche einen Moment, bis ich Damons Worte voll und ganz verstehe. »Was hast du da gesagt?«

Damons Augen weiten sich entsetzt. »Mist, vergiss das wieder. Das hätte ich überhaupt nicht sagen dürfen.«

Aber natürlich werde ich das ganz bestimmt nicht wieder vergessen. »Du meinst, ich könnte Arden vielleicht küssen, ohne dass ihm etwas passiert? Und hätte damit Hades' Auftrag erfüllt, weil es ja nicht meine Schuld wäre, dass der Kuss bei ihm nicht wirkt?« Aufgeregt sehe ich Damon an.

Widerwillig nickt er. »Versprich mir, dass du es den anderen nicht erzählst. Und dass du niemals irgendwem sagst, dass du es von mir hast.« Zum ersten Mal, seit ich ihn kenne, sieht er vollkommen verängstigt aus.

Mein Herz zieht sich zusammen, weil sogar jemand wie Damon offensichtlich eine Riesenangst vor Hades hat. Trotzdem will ich nichts versprechen, was ich vielleicht nicht halten kann. »Danke«, sage ich stattdessen. »Du hast mir sehr geholfen.«

Er runzelt die Stirn. »Du wirst ihn also küssen?«, ruft er mir noch hinterher, während ich schon auf dem Weg zurück zum Verbindungshaus bin.

Ich beschließe, das nicht jetzt zu entscheiden. Denn dank Damon habe ich endlich etwas verstanden; etwas, das ich so lange überhaupt nicht im Blick hatte. Und während ich Damon hinter mir lasse, breitet sich ein merkwürdiges Gefühl in mir aus. Eine Leichtigkeit, die ich schon lange nicht mehr gespürt habe. Vielleicht noch nie.

Eine Ahnung von Glück.

KAPITEL 25

Erin

Auch am nächsten Tag bin ich noch glücklich.

Ich schwebe förmlich durch meine Nachhilfestunden, kann gar nicht mehr aufhören zu grinsen, während ich an meinen Aufträgen hacke, und Kali wendet sich angewidert von mir ab, weil so viel Fröhlichkeit ihr suspekt ist.

Aber ich freue mich einfach weiter. Nicht mal Damons düstere Miene, mit der er mir überall auflauert, kann meine gute Laune vertreiben.

Maya fragt mich, was ich genommen habe und ob ich ihr was abgeben kann. Aber ich kann ihr nicht mal im Spaß eine Antwort geben. Ich bin einfach zu glücklich. Schon wegen Jenna und Summer. Jenna geht es gut, und Summer ist in Sicherheit. Doch das allein ist es nicht. Es ist auch wegen dem, was Damon gesagt hat. Wenn er nicht gelogen und mir bloß etwas vorgemacht hat, dann kann ich Arden möglicherweise küssen, ohne dass ihm etwas passiert. Eine Vorstellung, die mich zugegebenermaßen ein bisschen über dem Fußboden schweben lässt. Aber da ist noch mehr. Der eigentliche Grund, warum sich plötzlich alles so leicht anfühlt, ist ein anderer.

»Bestimmt liegt es an diesem Typen«, platzt Loki in meine Gedanken. »Wahrscheinlich hat er ihr seine unsterbliche Liebe gestanden.«

»Nein«, antworte ich und grinse noch breiter. »Aber er wird auf jeden Fall einiges von meiner Freude abbekommen.«

Kali verzieht übertrieben angewidert das Gesicht. »Der Arme. Wenn er es satt hat, schick ihn zu mir, dann erlöse ich ihn von seinem Leid.«

Ich pruste los. »Du?«

Sie zuckt betont unbeteiligt mit den Schultern. »Ich kann ihn gegen Izanagis Lippen schubsen. Problem gelöst.«

Mein Lachen ist echt. Und es fühlt sich so gut an. Kurz habe ich Angst, dass ich tatsächlich high bin oder krank oder tot oder sonst irgendwas. Aber nein. Ich fühle mich einfach gut. Und ich will es bis zum Letzten ausnutzen.

»Ich will heute einfach mal ganz normal sein«, sage ich fröhlich und stehe auf. »Das ist doch auch mal nett.« Ich winke den anderen zu, die mir beinahe entsetzt nachstarren.

»Sie ist krank«, höre ich Kali entgeistert sagen. »Wir müssen was tun ...«

Im Weggehen sehe ich noch Mayas liebevollen Blick auf mir ruhen. Ich höre nicht mehr, was sie sagt. Stattdessen bringe ich die restlichen Nachhilfestunden hinter mich und laufe dann erleichtert nach draußen. Es ist Nachmittag, noch viel Zeit, normal zu sein. Denn heute will ich tun, was ich mir schon die ganze Zeit wünsche: Keine Rachegöttin sein, die ständig über das nächste Opfer nachdenkt oder darüber, wie Hades sie bestrafen könnte, wenn sie nicht gehorcht. Nein. Heute will ich einfach nur ich selbst sein. Ein ganz normales Mädchen.

Und da ich ein ganz normales Mädchen bin, spüre ich wegen dem, was ich vorhabe, auch eine völlig normale Aufregung. Tatsächlich klopft mein Herz so heftig, dass mir fast schwindelig wird. An meinem Ziel angekommen, bleibe ich stehen. Die Bücherei der Divinity School. Für einen Moment habe ich Angst, dass ich kein Wort herausbekomme, wenn er vor mir steht. Merkwürdigerweise freue ich mich darüber irgendwie. Denn auch das ist vollkommen normal.

Ich beobachte Arden, wie er zur Tür herauskommt, wie der Wind fast zärtlich durch seine Haare fährt und der Sonnenschein seine Augen zum Leuchten bringt. Dann fällt sein Blick auf mich. Überraschung huscht über sein Gesicht, dann ein Lächeln. Und mein Magen flattert, wie ein ganz normaler Magen es eben tun würde.

Ich bleibe stehen, warte darauf, dass er zu mir kommt. Weil ich das völlig normale Bedürfnis habe, mich nicht aufzudrängen. Vielleicht auch ein klein wenig, weil ich wissen will, ob er von sich aus zu mir kommen möchte.

Als er vor mir steht, verschlägt mir die Freude in seinen Augen für einen Moment die Sprache. Ihm offenbar auch, denn er öffnet den Mund, schließt ihn dann aber wieder, ohne etwas zu sagen.

Ich spüre ein Grinsen auf meinen Lippen, das schließlich zu einem leichten Lachen wird. Leicht, es ist plötzlich alles so leicht. Weil ich durch das, was Damon gesagt hat, mit einem Mal Hoffnung habe.

»Du musst mitkommen«, stoße ich hervor. »Auch wenn das jetzt unverständlich wirkt.«

Er grinst. »Also ich finde, du hast dich ziemlich klar ausgedrückt. Wohin soll ich denn mitkommen?«

Ich antworte nicht. Nehme sein ganzes Wesen in mich auf. Seine Art zu reden, wie unkompliziert er immer ist. Ja, alles ist so einfach mit ihm. Ich fühle mich sicher. So, als könnte ich absolut nichts falsch machen und als könnte absolut nichts schiefgehen.

»Ich weiß nicht genau«, antworte ich fröhlich.

Er hebt eine Augenbraue. »Okay, es ist also doch nicht so klar. Aber du hast es immerhin ziemlich gut drauf, so zu tun, als wüsstest du Bescheid.«

»Und du hast es ziemlich gut drauf, mich noch mehr durcheinander-
zubringen«, gebe ich zurück.

Sein Grinsen wird noch breiter. »Ach ja?«

Ich sehe in seine funkelnden Augen und verliere mich fast darin. »Ich
habe etwas zu feiern«, sage ich. Wieder ist da diese Freude in mir. Sie
fühlt sich so gut an, denn sie hat mir so lange gefehlt. Ich war so wahnsinnig ausgehungert danach, mich so zu fühlen wie heute.

»Hat es etwa funktioniert?«, fragt Arden.

»Ja«, antworte ich, auch wenn es nicht das ist, was ich feiern möchte.
»Meine Heldin hat ihre Schwester sprechen können. Und es fügt sich
alles ganz wunderbar in die Geschichte ein.«

Die Belustigung verschwindet aus seinem Gesicht. »Das freut mich,
Erin, wirklich. Es ist schön, dass ich dir helfen konnte.«

Er sagt es so ernst, dass mir ganz warm ums Herz wird. »Danke.
Ohne dich hätte ich das nicht geschafft. Deswegen ...« Ich hole tief Luft.
»Also ich habe gedacht, wenn du Lust hast, dann könnten wir ja ge-
meinsam feiern.«

Da ist es wieder, das völlig normale Herzrasen. Die völlig normale
Angst, dass der Junge, auf den ich ein Auge geworfen habe, mich zu-
rückweisen könnte. Leider wird diese Angst von dem bedauernden
Ausdruck, der jetzt in seine Augen tritt, geschürt.

»Erin, ich ...«

Ich lege ihm meine Hand auf den Arm. Er verstummt. Betrachtet
meine Hand. Ich sehe, dass er schluckt.

»Ich weiß, dass irgendetwas zwischen uns steht, Arden«, sage ich
leise. »Etwas, das wir nicht so leicht überwinden können. Aber du musst
es mir nicht sagen. Nicht heute. Heute will ich nichts darüber wissen.«

»Aber ...«

Ich lächle ihn an, versuche, ihm dieselbe Zuversicht zu geben, die ich in diesem Moment spüre. »Heute spielt all das keine Rolle. Weil heute gar nicht wichtig ist, wie es in Zukunft weitergeht. Es ist total egal, denn es zählt nur, dass es überhaupt die Möglichkeit gibt, verstehst du?«

So wie er mich anblinzelt, versteht er wohl nicht.

Ich überlege, wie ich ihm erklären kann, was auch für mich so schwer zu verstehen war. »Die ganzen letzten Jahre habe ich mich in meinem Leben immer schrecklich eingesperrt gefühlt«, beginne ich. »Ich dachte, dass es aus vielen Situationen keinen Ausweg gibt. Ich war absolut überzeugt davon, dass sich nie etwas ändern könnte. Aber gestern, da … da habe ich gemerkt, dass das gar nicht stimmt. Ich hatte die Hoffnung schon fast aufgegeben, und dann hat sich mir ein neuer Weg eröffnet. Einfach so, aus dem Nichts.«

Ich kann niemals riskieren, Damon zu glauben, dass der Kuss guten Männern nicht schadet. Die Wahrscheinlichkeit, dass er gelogen hat, um mich zu manipulieren, ist zu groß. Aber allein, dass es so eine Möglichkeit geben könnte, an die ich noch nie gedacht habe, hat mir klargemacht, dass es so vieles gibt, von dem ich keine Ahnung habe. So viele Möglichkeiten zwischen Himmel und Erde, die ich einfach nur noch nicht kenne, weil ich bisher nicht wusste, wo ich suchen soll. Möglichkeiten, die vielleicht mein Leben als Rachegöttin verändern könnten, die die Sicherheit meiner Schwestern bedeuten könnten und – eine Zukunft für Arden und mich. Bisher sehe ich diese Möglichkeiten nicht, aber das bedeutet nicht, dass sie nicht da sind.

»Heute möchte ich feiern, dass ich nach ein paar endlosen dunklen Jahren endlich wieder daran glaube, dass Dinge sich verändern können. Dass etwas möglich ist, das ich bisher für unmöglich gehalten habe. Und dass es möglicherweise Auswege gibt, auch wenn ich sie vielleicht noch nicht sehe.« Dass vielleicht, irgendwo in den verworrenen Fäden des Schicksals, auch für mich die Möglichkeit von Glück besteht.

»Dadurch löst sich nicht alles auf, das weiß ich. Aber es ist, als hätte sich für mich etwas geöffnet … als … als würde ich nach einer endlosen Nacht endlich wieder das Licht der Sonne spüren. Verstehst du?« Es ist vollkommen egal, dass das vielleicht nicht anhält, dass es morgen vielleicht regnet oder stürmt oder die Sonne für immer verglüht. Heute möchte ich einfach nur ihre Wärme auf meinem Gesicht genießen.

Ich halte Ardens Blick fest und hoffe, dass er mich nicht für vollkommen durchgeknallt hält.

Der Wunsch nach einem Kuss steht plötzlich zwischen uns, aber natürlich kann ich es niemals riskieren, Arden zu küssen, solange ich nicht weiß, ob mein Kuss ihm wirklich nicht schadet, und solange ich nicht herausgefunden habe, was für ein Spiel Hades treibt.

Aber ich will Arden heute auch gar nicht küssen. Solange ich ihn nicht küsse, kann ich nicht wissen, ob mein Kuss ihm schaden würde, und so lange sind beide Möglichkeiten absolut real. Dass der Kuss ihm die Seele raubt, ist ebenso eine reale Zukunft wie die Möglichkeit, dass alles gut geht, er nach meinem Kuss immer noch derselbe ist und es doch eine gemeinsame Zukunft für uns gibt. Erst, wenn ich ihn küsse, wird eine der beiden Möglichkeiten unabänderlich eintreten.

»Schrödingers Kuss!«, flüstere ich.

»Was?«

»Solange wir nichts tun, was unsere Zukunft in eine bestimmte Richtung lenkt, ist alles möglich. Deswegen will ich heute kein Date, ich will dich auch nicht küssen. Ich will einfach nur mit dir zusammen sein und diesen Moment genießen, in dem noch nichts entschieden ist und es sich anfühlt, als gäbe es für uns alle Möglichkeiten.«

Ardens Gesichtsausdruck ist ernst geworden. »Das klingt wunderbar«, flüstert er schließlich. Und wieder wallt Freude in mir auf, als er meine Hand in seine nimmt. »Ich weiß auch, wohin wir gehen können.«

»Was hast du vor?«, frage ich.

Er zwinkert mir zu. »Etwas, was ich schon eine Weile tun wollte. Nur konnte ich es bisher nie.«

»Und was ist das?«, frage ich neugierig.

»Den Leuchtturm suchen.«

Ich bleibe wie angewurzelt stehen. »Arden …«

Er lacht wie ein kleiner Junge, den man beim Kuchenstehlen erwischt hat. »Hey, du hast doch selbst gesagt: kein Date, kein Kuss. Verstehst du nicht, was das bedeutet? Niemand hat den alten Leuchtturm je gefunden. Weil alle immer zu sehr damit beschäftigt sind, sich hinter der ersten Düne in den Sand zu werfen und rumzumachen. Aber wir nicht! Wir können den Leuchtturm tatsächlich finden.«

Ich starre ihn an. Dann muss ich lachen. Als er auffordernd an meiner Hand zieht und losläuft, folge ich ihm. Wir rennen über den sandigen Weg hinein in die Salzwiesen, die sich bis zur Küste hinunterziehen. Es fühlt sich merkwürdig an, seine Hand zu halten. Fremd und gleichzeitig vollkommen vertraut. Als wäre es das Normalste von der Welt.

»Da lang!«, ruft er plötzlich und schlägt einen Haken nach rechts.

»Wo rennen wir überhaupt hin?«, frage ich.

»Keine Ahnung«, antwortet er.

Mein Herz überschlägt sich fast vor Glück. Ich glaube, ich habe ihn noch nie so unbeschwert lachen sehen. Es wirkt, als wolle auch er einfach nur das Jetzt genießen.

»Hey, schau mal da!«, rufe ich und deute auf ein kleines Nest aus Blumen, das in der Salzwiese steht. Ich übernehme die Führung und ziehe ihn dorthin. Vor den Blumen bleibe ich kurz stehen. Es ist kein Nest, sondern … »Eine Straße!«, keuche ich. »Wir müssen ihr nur folgen, dann finden wir den Leuchtturm bestimmt.« Das ist natürlich

totaler Quatsch. Diese Blumenstraße ist nur eine Laune der Natur und
der Leuchtturm wahrscheinlich sowieso nur eine urbane Legende. Aber
was macht das schon? Arden ist bei mir und wir laufen.

»Warum laufen wir eigentlich?« Nicht, dass es mir was ausmachen
würde. Ich liebe es zu laufen. Es fühlt sich an, als würde alles von mir
abfallen, was ich sonst mit mir herumschleppe.

»Weil wir es können?«, fragt er.

»Ich mag, wie du denkst.« Plötzlich habe ich Lust, mich im Kreis zu
drehen, mit Wind und Sonne im Gesicht, bis mir schwindelig wird. Ich
lasse Ardens Hand los und tue es einfach. Weil ich es kann. Es ist wunderbar, berauschend.

»Erin!«

»Versuch's auch mal!«, rufe ich.

»Nein, Erin. Schau mal.«

Ich halte an. Die Welt allerdings nicht. Sie dreht sich einfach weiter
vor meinen Augen und vor allem in meinem Magen. Ich schwanke und
torkle ein paar Schritte, bis ich Ardens Hand fest auf meinem Arm
spüre. Die Welt bleibt stehen, als hätte er sie für mich angehalten.

»Schau«, flüstert er.

»Ich will ja«, stöhne ich. »Ehrlich. Aber es dreht sich alles.«

Arden lacht leise. Es überträgt sich über seinen Arm in meinen Körper. Es erdet mich. Ich atme tief durch und sehe auf. Direkt in seine
wunderschönen blauen Augen.

»Siehst du es jetzt?«, fragt er.

»Ja«, flüstere ich, unfähig, den Blick von ihm abzuwenden.

Er schluckt. »Ich habe von dir geträumt heute Nacht, Erin, weißt du
das?« Seine Stimme ist rau.

Ich bringe kein Wort heraus.

Sein Blick fällt auf meine Lippen, aber er scheint sich an unsere Abmachung zu erinnern, denn sofort macht er einen Schritt zurück, jedoch ohne meinen Arm loszulassen. Seine Finger liegen heiß auf meiner Haut.

»Natürlich weißt du das nicht. Was für eine dumme Frage«, murmelt er.

»Was?«, frage ich. »Was hast du geträumt?« Noch während ich es sage, bin ich nicht sicher, ob ich es wissen will. Was, wenn es etwas ist, das etwas zwischen uns unweigerlich verändert und dadurch unsere Möglichkeiten zerstört?

»Ich … ich war auf der Suche nach meiner Familie. Ich kam nach Hause, und sie waren nicht da. Das Haus war leer.« Er verzieht das Gesicht. »Das war immer so. Irgendwie waren immer alle unterwegs. Und das verdammte Haus war so groß. In meinem Traum wurde es sogar noch größer. Es war ein Labyrinth aus Gängen, strahlend weiß und dann wieder dunkel und feucht.« Er runzelt die Stirn. Für den Bruchteil einer Sekunde scheint er mich vergessen zu haben. »Ich wusste, dass sie dort sind. Meine Mutter, mein Vater und mein Bruder. Was Blödsinn ist. Ich habe gar keinen Bruder. Aber ich konnte sie nicht finden.«

»Das klingt … nicht so schön«, sage ich leise.

Er kehrt aus seiner Traumwelt zurück und sieht mich an. »Ach«, sagt er dann langsam. »Das … war ja nur ein Traum.«

»Aber gerade hast du noch gesagt, dass das bei dir zu Hause immer so war.«

»Ja, so war es auch. Mein Dad war immer mit seinem Job beschäftigt, meine Mom war irgendwie auch nie da. Vor allem nach der Trennung. Aber er hatte eine nette Freundin, die sich um mich gekümmert hat.«

»Klingt chaotisch.«

»Eigentlich war es eher ziemlich …« Einsam. Ich sehe in seinen Augen, dass er das sagen will. »Ereignislos«, beendet er schließlich seinen Satz und wendet das Gesicht ab. »Im Traum wirkt so was immer viel dramatischer. Aber auch da war es nicht so schlimm. Denn du warst ja da. Du standst plötzlich einfach vor mir. Mitten im Gang. Es sah ein bisschen aus wie Galadriel in *Herr der Ringe.*« Er lacht. »Du weißt schon, mit wehenden Haaren und blitzenden Augen, als wärst du auf einem persönlichen Powertrip.«

Entgeistert starre ich ihn an. Könnte das …? Aber nein. Oder? Könnte es sein, dass ich ihm auch erschienen bin, so wie Jenna? Ich habe an ihn gedacht, gestern, als ich mit einem Fuß in der Unterwelt stand. Ich habe sogar sehr lange an ihn gedacht. Irgendwie muss ich dabei wohl in seine Träume geschwappt sein.

»Klingt … romantisch«, versuche ich mich an einem Witz.

Er grinst. »Na ja, ich mag Frauen, die auch mal ordentlich draufhauen können.«

»Draufhauen?« Ich versuche noch, mich zurückzuhalten, aber dann pruste ich doch los. »Das erklärt einiges.« Die Freude von vorhin steigt wieder in mir auf, als er ebenfalls ausgelassen lacht.

»Komm, du musst es dir jetzt endlich ansehen!« Er lässt seine Hand an meinem Arm entlang nach unten gleiten, und ich möchte sterben, so unglaublich gut fühlt sich das an. Ich verbeiße mir mit letzter Kraft ein wohliges Seufzen, als er auch noch seine Finger um meine Hand schließt.

Er deutet in Richtung Küste. Ich kneife die Augen zusammen.

»Ich sehe nichts. Nur einen Sandhaufen oder so was.«

Arden schüttelt den Kopf. »Los, näher ran!«

Wir laufen weiter, und ganz langsam wird aus dem Haufen vor uns etwas anderes. Steine. Aufeinandergestapelte Steine. Nein, eine Mauer.

»Der alte Leuchtturm!«, rufe ich. »Wir haben ihn gefunden.«

Wir rennen darauf zu durch das hohe Gras, bis Arden plötzlich stehen bleibt. Ein Meerwasserkanal in der Wiese versperrt uns den Weg. Arden sieht nachdenklich nach rechts und links.

Ich nur nach vorn.

»Hier geht's nicht weiter. Sieht auch nicht aus, als gäbe es hier eine Brücke. Offenbar steht der Leuchtturm auf einer Art kleiner Insel«, sagt Arden enttäuscht.

Diesmal bin ich es, die an seiner Hand zieht. Weg vom Kanal, ein paar Schritte nach hinten. »Jetzt gebe ich nicht mehr auf.«

»Erin!« Er hält mich fest. »Das ist zu weit, das wird niemals …«

Aber ich laufe schon los. Ich spüre nur einen winzigen Ruck an meiner Hand, dann schließt Arden zu mir auf, macht riesige Schritte, und als wir die Kante erreichen, zieht er an meiner Hand und verleiht mir damit zusätzlichen Schwung. Wir fliegen über das glitzernde Wasser. Es ist nur der Bruchteil einer Sekunde, aber es fühlt sich tatsächlich an, als würden wir fliegen.

»Weil wir es können!«, schreie ich und lache.

Wir landen hart auf der anderen Seite. Man sollte meinen, Sand ist weich, aber meine Knie werden schmerzhaft zusammengestaucht, und meine Fußgelenke stechen ekelhaft vom Aufprall auf dem erstaunlich festen Untergrund. Doch wir haben es geschafft. Wir sind hier.

»Wir haben ihn gefunden!« Arden starrt auf die Ruine vor uns.

Sie ist nicht sehr imposant, nur noch das untere Stockwerk steht. Trotzdem zieht mich irgendetwas daran an. Es ist, als wären wir hier nicht allein. Als wäre hier eine Präsenz, jemand oder etwas, das nicht zulässt, dass Menschen in den Untiefen vor der Küste Schaden nehmen.

Ich packe Ardens Hand fester. Ja, jemand ist hier. Er. »Es ist wirklich wunderschön«, raune ich in den Wind.

Arden sieht mich an. Nur mich. »Das ist es.«

Plötzlich spüre ich die Wärme seiner Hand noch viel intensiver. Die Berührung seiner Haut auf meiner ist alles, was zählt. Seine Nähe, der warme Tonfall seiner Stimme. Das Gefühl, dass ich vielleicht lernen könnte, ihm zu vertrauen. Und die Gewissheit, dass ich es mir mehr als alles andere wünsche. Ich habe es so satt, immer zynisch zu sein und von allen das Schlechteste zu glauben.

Wir gehen bis an den Rand der kleinen Insel, auf der der Leuchtturm steht. Dort lassen wir uns nieder und betrachten das wilde Spiel der Brandung, das seit Jahrmillionen das gleiche ist und doch immer wieder neu und anders.

Pures Glück rauscht durch meine Adern. Ein Glück, das existieren kann, ganz ohne dass Arden und ich uns küssen und das dadurch sogar noch schöner wird.

»Ich möchte dir etwas sagen«, flüstere ich. »Etwas, das ich nur sagen kann, weil es heute keine Konsequenzen haben wird.« Ich hole tief Luft. »Niemand hat mich je so behandelt wie du, Arden.«

»Erin«, flüstert er rau.

Es ist schön, ihm so etwas einfach sagen zu können. Es ist die Wahrheit, niemand hat mich je so behandelt, niemand hat je in mir den Wunsch geweckt, wieder jemandem zu vertrauen oder mir so viel Glück geschenkt wie Arden heute an diesem Tag.

Ich weiß nicht, was es ist, das von seiner Seite aus zwischen uns steht. Vielleicht ist es seine Familie oder die Tatsache, dass er sich nicht von seinem Studium ablenken lassen möchte. Oder vielleicht wurde er in der Vergangenheit ebenso verletzt wie ich, und es fällt ihm schwer, sich wieder jemandem zu öffnen.

»Das alles ist heute nicht wichtig. Wichtig ist nur, dass wir zusammen sind.«

Ardens Finger schließen sich fest um meine, als müsse er sich an mir festhalten. »Ich wünschte, es wäre so einfach.«

Unsere Blicke treffen sich, und ohne darüber nachzudenken, rutsche ich an ihn heran, als wollte ich seine Nähe in mich aufsaugen. Auch er kommt mir näher, und ich wünsche mir so sehr, ich könnte einfach die Augen schließen und abwarten, was er tun wird. Der verzweifelte Wunsch, Damon hätte wirklich die Wahrheit gesagt, bringt mich fast um den Verstand.

Lange harren wir beide so aus. Bis ein Vibrieren uns aus unserer Trance reißt. Ardens Handy. Er greift danach, mit einem Lächeln, das im nächsten Augenblick wie weggewischt ist. Leichenblass und mit weit aufgerissenen Augen starrt er auf sein Display.

In diesem Moment piepst auch mein Handy. Ich habe ein ungutes Gefühl, als ich es aus der Tasche hole. Es ist eine Nachricht von Georgina.

> Erin, das musst du dir ansehen. Ist das nicht der Typ, der uns geholfen hat?

Mir wird eiskalt, während ich auf den Link klicke. Eine Internetseite öffnet sich, und sofort springt mir ein Foto von Arden entgegen. Von Arden mit einem Mädchen, das ihre Stirn an seine legt. Ein unglaublich hübsches Mädchen. Ich kenne dieses Gesicht.

Wie betäubt lese ich die Überschrift.

Die Gerüchte sind wahr!
Lyra hat einen geheimen Freund!

Mein Smartphone rutscht mir fast aus der Hand. Ich zittere so sehr, dass ich kaum weiterlesen kann, aber ich zwinge mich dennoch dazu.

> Vielleicht habt ihr gedacht, es handelt sich bei der Tatsache, dass Lyra einen Freund haben soll, nur um ein Gerücht. Aber jetzt wissen wir, dass es wahr ist. Und es ist niemand anders als unser sexy Campusneuzugang Arden Lowell, wie ihr an dem schönen Foto erkennen könnt. Sicherlich hat er hierher gewechselt, um bei seiner Freundin zu sein.

Einen Augenblick lang bin ich wie gelähmt, versuche, mir klar zu werden, was das bedeutet.

Dann hebe ich langsam den Kopf. »Sag mir, dass das nur ein Missverständnis ist. Dass sie deine Cousine ist oder deine Schwester. Oder auch deine Sandkastenfreundin, was weiß ich.« So ist es doch immer, die Wahrheit wird verdreht, man regt sich auf, und am Ende stellt man fest, dass alles ganz harmlos war.

Aber schon bevor Arden antwortet, sehe ich ihm an, dass es diesmal nicht so ist. Er rechtfertigt sich nicht, er sagt mir auch nicht, dass er mir doch vorhin alles gestehen wollte. Durch sein Schweigen gibt er es einfach zu.

In diesem Moment reißt etwas in mir auf, und mir wird klar, wie sehr ich mich in ihn verliebt habe. Wie sehr ich gehofft hatte, dass Damon die Wahrheit gesagt hat, als er behauptet hat, der Kuss würde guten Menschen nicht schaden und dass Hades einen Fehler gemacht hat, als er Arden für den Kuss ausgewählt hat. Ja für ein paar kurze Augenblicke hatte ich tatsächlich gehofft, dass es für Arden und mich eine Zukunft geben könnte.

Aber Hades hat keinen Fehler gemacht.

Arden hat eine Freundin, die er mir verheimlicht hat. Hades hat ihn zu Recht ausgesucht.

Es drückt mir das Herz ab, als all die Möglichkeiten, die wir hätten haben können, in einem Regen aus scharfkantigen Scherben über mir zusammenstürzen.

Arden hat eine Freundin, und wenn ich nach dem Foto gehe, dann ist sie für ihn der Mittelpunkt der Welt. Ja, das ist vielleicht das Schlimmste daran. Der Blick, mit dem er Lyra ansieht und der mir mehr als alles andere klarmacht, dass ich keine Chance bei ihm habe.

Mein Herz schmerzt vor lauter Sehnsucht, dass er mich so ansehen könnte, wie er sie ansieht. Aber das hat er nie getan. Mit zitternden Fingern stecke ich mein Handy wieder weg und lasse Ardens Hand los, die immer noch in meiner liegt. Meine Knie sind weich, und mir tut alles weh.

»Erin …«

Ich schüttle den Kopf. »Nein. Du musst nichts sagen. Ich wollte es ja so. Ich habe dich gebeten, heute alles zu vergessen. Heute wollte ich nur die vielen Möglichkeiten für uns sehen. Aber das hier verändert die Dinge zwischen uns für immer.« Meine Stimme bricht fast, als ich das sage. Etwas ist passiert, das alles, was für uns möglich gewesen wäre, zerstört. Ich spreche es nicht aus. Denn ich will diesen Tag nicht so beenden. Mit einem Vorwurf, zu dem ich kein Recht habe. »Du schuldest mir nichts«, füge ich hinzu. Dann versagt meine Stimme endgültig.

Nein, er schuldet mir nichts.

Mein Verstand weiß, dass das die Wahrheit ist. Aber mein Herz erinnert sich an die Blicke, die er mir zugeworfen hat. An seine Stimme, an jedes einzelne Wort von ihm, das mich hat glauben lassen, dass ich ihm auch wichtig bin. Und dann sehe ich immer wieder dieses Foto von ihm und Lyra. Wie kann er sie so ansehen? Als wäre sie sein ganzes Glück. Und mir gleichzeitig das Gefühl geben, ich wäre der Mittelpunkt der Welt für ihn? Ja, ich gebe es zu – ich fühle mich verletzt und verraten, auch wenn mein Verstand mir sagt, dass das Blödsinn ist.

»Du hast mir nie etwas versprochen.« Ich sage es für ihn, aber vor allem für mich. »Wir sind uns noch nie so nahe gekommen, dass du mir die Wahrheit über dich und Lyra hättest sagen können. Außer heute. Und heute hatte ich es dir verboten, damit wir einen schönen Tag voller unendlicher Möglichkeiten haben können.« Ich atme tief durch, als könnte ich damit mein schmerzendes Herz beruhigen. »Ich bin froh, dass wir diesen Tag hatten«, flüstere ich. »Aber jetzt ist er vorbei.«

Arden schließt die Augen, aber er sagt nichts. Er streitet nichts ab, er erklärt nichts.

Und als ich gehe, lässt er es einfach zu.

KAPITEL 26

Arden

Ich fühle mich wie der mieseste Mistkerl im Universum.

Du bist der mieseste Mistkerl im Universum, sagt eine gemeine kleine Stimme in mir.

Na danke. Sehr hilfreich.

Ich sehe Erin nach, wie sie durch den Sand und das hohe Gras davongeht. Sie sieht sich nicht nach mir um. Nicht ein einziges Mal.

Der Wind zerrt an ihren wunderschönen roten Locken, wirbelt sie durcheinander, und ich bin neidisch auf den Wind, denn ich würde das selbst gern tun. Einmal diese wunderschönen Haare berühren. Erin nur ein einziges Mal küssen.

Ich mache einen Schritt in ihre Richtung. Wie gerne würde ich ihr nachlaufen und sagen: Es ist nicht so, wie es aussieht.

Leider ist es genau so, wie es aussieht.

Und doch ganz anders.

Aber was würde es ändern, wenn ich ihr alles sage? Nichts.

Ich bleibe stehen. Sie ist jetzt fast verschwunden, aber ihr Lachen bleibt in meinen Gedanken hängen – und ihre Worte.

Heute möchte ich feiern, dass etwas möglich ist, das ich bisher für unmöglich gehalten habe. Und dass es möglicherweise Auswege gibt, auch wenn ich sie vielleicht noch nicht sehe. Mein Herz schlägt schneller. Was, wenn sie recht hat? Wenn tatsächlich alles möglich ist und ich es bisher nur nicht sehen konnte?

»Erin!«, rufe ich, aber der Wind trägt ihren Namen davon.

Ich renne los. Ihre Gestalt ist schon fast zwischen dem hohen Gras verschwunden. Zum Glück rennt sie diesmal nicht, sonst hätte ich wahrscheinlich keine Chance, sie einzuholen.

»Erin, warte!«, rufe ich noch einmal, als ich zwischen das Gras eintauche. Aber sie ist fort. Ich drehe mich einmal um mich selbst.

»Du gibst wohl nie auf, was?«

Ich fahre herum. Sie steht hinter mir, genau wie an unserem ersten Abend. Aber da ist kein wütendes Funkeln in ihren Augen, sondern nur ein trauriges Lächeln.

Okay. Sie hört dir zu. Jetzt sag was. Aber was? Dass ich ihr ohnehin alles erzählen wollte? Lächerlich. Auch wenn es stimmt. Dass alles vielleicht ganz anders wäre, wenn sie es mich erklären ließe? Erbärmlich. Nichts würde sich dadurch ändern.

Verdammt, was tue ich hier?

»Arden?«, fragt sie sanft.

Es ist die Tatsache, dass sie mich nicht anschreit und nicht sofort das Schlechteste glaubt, die mich schließlich zum Reden bringt. »Du hast gesagt, du glaubst, dass für uns alles möglich ist. Ich … ich weiß nicht, ob das stimmt. Aber wenn du mir die Chance gibst, dir alles zu erklären, vielleicht …« Ich stocke. »Vielleicht siehst du dann einen Ausweg, den ich selbst bisher nicht gesehen habe«, füge ich leise hinzu.

Etwas wie Schmerz flackert in ihren Augen auf. »Du musst mir nichts erklären. Ich bin nicht wütend. Vielleicht sollte ich es sein, aber ich habe gemeint, was ich gesagt habe. Du schuldest mir nichts. Du hast mir nie etwas versprochen, Arden.«

Ich starre sie an. Nein, ich habe ihr nie etwas versprochen. »Aber ich habe mich auch nicht von dir ferngehalten, so wie ich es hätte tun sollen, so wie ich es mir vorgenommen hatte. Ich habe mit dir geflirtet, obwohl ich gewusst habe, dass nie etwas daraus werden kann. Es war keine böse Absicht, das musst du mir glauben, aber ich weiß, dass ich dir trotzdem irgendwie Hoffnungen gemacht habe, und das war falsch.«

Ein Teil von mir erwartet fast, dass sie lacht und mir sagt, ich soll mich bloß nicht für so toll halten und ja nicht glauben, dass sie mir verfällt, nur weil ich sie mal nett anlächle. Aber sie tut es nicht.

»Dann hast du nicht mehr gemacht als ich. Denn auch ich wusste ja, dass aus uns nie etwas werden kann. Ich habe zwar keinen Freund, aber ich habe andere Gründe, die es unmöglich machen. Trotzdem bin ich immer wieder zu dir gekommen. Ich habe dir auch Hoffnungen gemacht. Keiner von uns hat mehr Schuld als der andere.« Ihre Stimme ist leise, und die Mutlosigkeit darin bringt mich fast um den Verstand.

Ich will sagen, dass das nicht das Gleiche ist. Denn ich habe ihr Hoffnungen gemacht, obwohl es Lyra gibt. Ich habe mit ihr geflirtet, obwohl ich das nicht durfte. Aber was bringt es, mich jetzt in Schuldgefühlen zu suhlen? Es ist nicht fair, von ihr zu erwarten, dass sie mich freispricht, nur damit ich mich besser fühle.

»Du hast recht, Erklärungen würden nicht helfen.« Ich bleibe kurz vor ihr stehen, unsicher, was ich jetzt tun soll. Dann nicke ich ihr zu und will gehen.

»Warte.« Es klingt gar nicht mehr niedergeschlagen, sondern entschlossen.

Überrascht drehe ich mich wieder zu ihr.

»Ich … ich hätte schon einmal fast den Fehler gemacht zu glauben, dass du … jemand bist, der du nicht bist«, sagt sie langsam.

Ich runzle die Stirn. Was meint sie denn damit?

»Das … war damals, da dachte ich, du hättest helle Haare … und wärest …« Sie schüttelt ungeduldig den Kopf. »Ist jetzt nicht wichtig. Aber wenn ich damals nicht darauf gepocht hätte, dass ich Beweise kriege, dann … hätte ich es mein Leben lang bereut.« Sie fixiert mich. »Also … das Foto, was ist damit?«

»Ich habe es noch nie gesehen«, antworte ich wahrheitsgemäß. Irgendwer muss uns heimlich fotografiert haben. Ich erinnere mich nicht daran.

Erin zögert. »Wer hat dieses Foto eigentlich gepostet?«

Ich zucke mit den Schultern. »Was spielt das für eine Rolle?«

Aber sie hört mich gar nicht. Sie ist damit beschäftigt, auf ihrem Handy noch einmal das Foto aufzurufen. »Es ist doch komisch, dass gerade heute jemand ein Foto von dir und Lyra postet, eines, an das du dich nicht mal erinnern kannst. Ob uns irgendwer hat weggehen sehen?«, murmelt sie leise, als hätte sie vergessen, dass ich da bin. »Vielleicht war er es. Aber nein, das ergibt keinen Sinn – oder?« Nachdenklich runzelt sie die Stirn. Dann sieht sie mich an. »Vielleicht solltest du es mir doch erklären.« Sie hält meinen Blick fest, ganz ohne Vorwurf, nur mit dieser seltsamen Entschlossenheit.

»Denkst du, jemand hat das absichtlich ausgerechnet jetzt gepostet?« Aber das würde ja bedeuten, dass sie glaubt, jemand will uns auseinanderbringen. Das ergibt doch überhaupt keinen Sinn. Wer könnte ein Interesse daran haben? Dann fällt mir jemand ein. »Glaubst du, es war eines von Lyras Fangirls?«

»Ich weiß es nicht. Ich weiß nur, dass ich mich nicht verleiten lassen will, dem äußeren Schein zu glauben, nur weil irgendwer ein altes Foto postet. Keine Ahnung, ob es etwas ändern wird, aber ich möchte deine Version hören.«

Ich sollte erleichtert sein, aber das Gegenteil ist der Fall. Denn ich spüre, dass ich nur diese eine Chance bekommen werde, ihr alles zu erklären. Die Gedanken rasen durch meinen Kopf, während ich versuche zu entscheiden, was der beste Weg ist. Damit wir beide vielleicht noch den Hauch einer Chance haben.

»Komm mit«, bitte ich sie plötzlich.

Zuerst bin ich selbst erschrocken über meinen Einfall, aber dann denke ich, dass es wahrscheinlich tatsächlich die beste Lösung ist. »Lass es mich dir zeigen, anstatt es dir zu erzählen.«

Misstrauisch legt sie den Kopf schief, aber dann nickt sie. Erleichtert gehe ich mit ihr zurück zum Campus. Als wir bei meinem Verbindungshaus angekommen sind, bleibe ich stehen. »Ich hab leider kein Auto hier, du?«

Sie schüttelt den Kopf. »Nein, nur …« Sie verstummt. »Nein. Nichts.«

»Dann müssen wir zu Fuß gehen, fürchte ich. Aber es ist nicht weit.«

Es stimmt, der Weg über den Campus zum Krankenhaus ist eigentlich nicht weit, nur sind wir ganz am anderen Ende. Vor allem aber begleitet uns ein bleischweres Schweigen, das den Weg endlos erscheinen lässt, und ich atme auf, als wir endlich beim Krankenhaus ankommen.

Erin sieht mich fragend an, sagt aber nichts, sondern folgt mir einfach durch die langen Gänge bis nach oben in den vierten Stock, bis zu dem Zimmer, das ich jeden Tag aufsuche, ob ich gerade arbeite oder nicht.

Ich öffne die Tür.

Das leise Piepsen von Geräten empfängt uns, zusammen mit dem sterilen Geruch von Desinfektionsmitteln. Erin steht an der Schwelle, die Augen geweitet, als ahnte sie schon, was sie erwartet.

Ich atme tief durch, dann betrete ich das Zimmer und bedeute Erin, es mir gleichzutun. Langsam gehen wir zum Bett, das einzige im Zimmer. Ich höre Erin leise aufkeuchen, als ihr Blick darauffällt. Ich weiß genau, wie es ihr geht. Ich habe mich genauso gefühlt, als ich zum ersten Mal hier war und Lyra nach dem Unfall besucht habe.

»Man kann gar nicht glauben, dass sie im Koma liegt, nicht wahr?«

Aus dem Augenwinkel sehe ich, dass Erin sich eine Hand vor den Mund hält. Dann lässt sie sie langsam sinken. »Arden ... das ist ...« Sie verstummt. »Wann war der Unfall noch mal?«, fragt sie.

Natürlich hat sie davon gehört. Lyras Unfall war damals Gesprächsthema Nr. 1 auf dem Campus.

»Im Dezember. Wir hatten den Unfall im Dezember.«

»Wir?« Sie sieht mich überrascht an. »Du warst dabei? Bei dem Unfall?«

Ich nicke. »Ich hatte Glück. Bei mir war nur ein kurzer Check-up nötig, deswegen weiß niemand davon. Lyra hingegen ... sie brauchte jede medizinische Unterstützung, die sie kriegen konnte. Aber es hat ihr bisher nichts genutzt.«

Erin nickt stumm. Ihr Blick ist auf Lyra gerichtet. Ihre ganze Haltung drückt Trauer und Mitleid aus, aber noch etwas anderes. Wut. Eine Wut, die sich ganz klar gegen mich richtet. Sie fährt zu mir herum.

»Warum bringst du mich hierher? Was soll das? Glaubst du, nur weil sie im Koma liegt, ist es kein Betrug?«

Jedes ihrer Worte ist wie ein Messerstich in meine Brust. Sie hat recht. Nichts, was ich sagen könnte, könnte die Situation besser machen. Was habe ich mir bloß dabei gedacht?

Aber Erin hält sich die Hand vor den Mund. »Tut mir leid«, flüstert sie. »Es ist furchtbar, so etwas zu sagen. Es tut mir leid, dass ihr das durchmachen müsst.« Ich merke, wie schwer ihr jedes einzelne Wort fällt.

»Nein. Du hast recht«, gebe ich leise zu. »Natürlich wäre es Betrug. Das ist ja das Problem. Jedes Mal, wenn ich dich angelächelt habe, habe ich mich geschämt. Immer, wenn ich es nicht geschafft habe, mich von dir fernzuhalten, habe ich mich innerlich dafür gehasst.«

Ihre Augen werden feucht. »Dann verstehe ich nicht, was das hier ändern soll.«

Sag es jetzt. Auch wenn es vielleicht nur wie eine lächerliche Rechtfertigung klingt. Lass diese Chance nicht verstreichen, ihre Meinung zu hören.

»Ich erwarte nicht, dass du mir verzeihst oder dass du mir danach um den Hals fällst und wir ein Paar werden. Aber ich will nicht, dass du denkst, ich würde mit dir spielen. Ich … mag dich wirklich. Ich darf nur nicht …« Ich fluche leise. Gott verdammt, wie kann man so etwas sagen, ohne dass es nach einer billigen Ausrede klingt?

Ich liebe Lyra nicht. Ich bin mir nicht mal sicher, ob ich sie jemals geliebt habe. Los, sag es.

»Ich habe das noch nie jemandem gesagt, Erin, aber seit dem Unfall stimmt irgendwas nicht mit mir. Ich war nur ganz kurz bewusstlos, es gab keine Verletzungen, nichts, aber …« Ich schlucke schwer, weil es mir tatsächlich nicht leichtfällt, das irgendwem einzugestehen. Ich habe es nicht mal den Ärzten gesagt. »… aber mein Leben ergibt seitdem irgendwie keinen Sinn mehr. Ich erinnere mich an alles, ich habe nichts vergessen. Sogar der Unfall ist ganz klar in meinem Kopf. Lyras blasses Gesicht neben mir, die Sanitäter, die Fahrt ins Krankenhaus. Aber … es wirkt alles irgendwie verschoben, als würden die Teile nicht richtig ineinanderpassen.« Mein Gott, sie muss mich für komplett übergeschnappt halten.

Aber sie sieht mich nur abwartend an. Die Wut ist aus ihrem Blick verschwunden, und das ermutigt mich weiterzureden.

»Da sind so viele Details, alles ist da – mein altes College, das Haus meiner Eltern. Aber es gibt auch so vieles, was keinen Sinn ergibt; Dinge, die mir nicht einfallen, obwohl ich mir gleichzeitig sicher bin, dass ich sie nicht vergessen habe. Und alles … fühlt sich leer und unbedeutend an.« Ich verstumme. Sehe Lyra an. »Ich erinnere mich nicht, sie jemals geliebt zu haben, verstehst du? Ich weiß, dass sie mir etwas bedeutet hat, dass wir uns geküsst haben und …« Mehr. Nein, das muss sie wirklich nicht wissen. »Aber ich kann es nicht greifen. Ich spüre in meinem Herzen, dass sie nicht meine Freundin ist, ich spüre, dass sie das auch nicht erwartet. Ich erinnere mich nicht, wie es war, ihr nahe zu sein. Aber ich erinnere mich auch nicht daran, mit ihr Schluss gemacht zu haben. Dabei bin ich mir ganz sicher, dass sie zu dem Zeitpunkt, als der Unfall passiert ist, nicht meine Freundin war.« Ich reibe mir übers Gesicht und seufze. »Ich weiß, das klingt wie eine total lahme Rechtfertigung. Ich erwarte nicht, dass du mir glaubst, aber …« Hilflos sehe ich sie an. »Ich weiß nicht, was ich tun soll. Ich könnte wirklich einen Rat gebrauchen.«

»Du fühlst dich ihr verpflichtet, weil du dir nicht absolut sicher bist, dass ihr Schluss gemacht habt?«, fragt sie tonlos.

Ich lache bitter. »Ich habe nicht mal das Gefühl, dass wir wirklich ein Paar waren, Erin. Ich weiß, dass es so gewesen sein könnte. Aber ich … Es kommt mir … falsch vor. So wie mein ganzes Leben, in dem seit dem Unfall einfach nichts mehr zusammenpasst.« Ich sehe sie an und halte ihren Blick fest. »Alles, was ich weiß, ist, dass ich nichts mehr für sie empfinde.« Ich verstumme. Was mir auf der Zunge liegt, wenn Erin so vor mir steht, sollte ich jetzt lieber nicht aussprechen. Um unser beider willen. Ich räuspere mich. »Und ich wünsche mir mit jeder Faser meines Seins, mein Verstand könnte Lyra loslassen. Aber ich weiß nicht, wie.«

KAPITEL 27

Erin

Ich wünsche mir mit jeder Faser meines Seins, mein Verstand könnte Lyra loslassen.

In mir zieht sich alles zusammen, wenn ich Arden ansehe. Alles, was er gesagt hat, klingt so, als würde er es ganz tief in seiner Seele spüren.

Arden sieht mich an, und ich lese in seinen Augen die gleiche Frage, die auch ich mir stelle. Die Frage, auf die ich keine Antwort weiß.

Glaubst du mir?

Ich würde so gerne mit Ja antworten. Aber ich kann nicht. Ich habe zu viel Angst. Angst, dumm und naiv zu sein, nur weil Arden mein Herz dazu bringt, schneller zu schlagen. Ich will mich nicht von ihm einwickeln lassen, nur weil er so ein unglaublich schönes Lächeln hat.

Trotzdem würde ich es so gerne sagen. Ja, ich glaube dir.

»Es spielt keine Rolle«, stoße ich stattdessen hervor. Es ist die Wahrheit. Wir könnten niemals eine Beziehung führen, denn ich müsste ihn ständig anlügen, und er dürfte niemals erfahren, wer und was ich wirklich bin.

»Du hast recht«, flüstert Arden. »Es spielt keine Rolle. Selbst wenn ich wollte, ich könnte sie nicht einfach … verlassen.« Natürlich hat er nicht verstanden, was ich andeuten wollte. Kann er auch gar nicht.

»Es wäre einfach nicht richtig.« Ardens Hände krallen sich in Lyras Bettdecke. »Egal, ob ich es ihr schuldig bin oder nicht. Egal, ob sie meine Freundin ist oder nicht. Ich spüre, dass sie in meinem Leben schon immer eine Rolle gespielt hat. Egal, was wir füreinander sind oder waren – ich habe das Gefühl, sie braucht mich. Ich glaube, dass sie ziemlich einsam ist.«

Ich betrachte das Mädchen in dem Krankenhausbett, dieses wunderschöne Mädchen, das so unglaublich beliebt auf dem Campus ist. Und Ardens Worte kommen mir seltsam vor. Sie beten sie an wie einen Filmstar, kein Tag vergeht, ohne dass jemand über sie redet. »Sie ist so beliebt. Alle scheinen sie zu kennen, und die Mädchen, die zu ihrer Verbindung gehören, verehren den Boden, über den sie geht. Sicher bekommt sie viel Besuch, oder nicht?«

Ein Ausdruck von Bedauern huscht über Ardens Gesicht. »Ja, die Mädchen aus ihrer Verbindung kommen her. Sie bringen die Neuen her, und sie wechseln sich dabei ab, ihr frische Blumen zu bringen. Aber das ist …« Er verstummt, überlegt offensichtlich, wie er das sagen soll. »… mehr eine Pflicht, die sie erfüllen. Sie machen davon Selfies und schicken sich dann gegenseitig die Bilder.« Er sagt es regelrecht angewidert. »Sie kommen nicht wegen Lyra, sondern weil man das eben so macht, wenn man zu den Vestalinnen gehört. Sie bringen die Blumen und gehen dann gleich wieder. Und ihre Familie … sie kommt gar nicht. Niemand, Erin. Jedenfalls ist mir noch nie jemand begegnet, und ich komme jeden Tag hierher. Verstehst du jetzt? Viele Leute kommen vorbei, aber niemand, der wirklich für sie da ist.«

Während er redet, scheint das Mädchen in dem Bett immer schmaler zu werden, das Bett und das Zimmer hingegen immer größer. Sie wirkt einsam und verloren, sodass sogar ich am liebsten bei ihr bleiben würde. Und endlich verstehe ich, warum Arden mich hergebracht hat.

Er wollte, dass ich es verstehe. Warum er sich ihr verpflichtet fühlt. Warum er nicht loslassen kann. Warum es für uns beide keine Chance gibt, obwohl er sich nicht mal sicher ist, ob Lyra und er jemals ein Paar waren. Und warum er mir das alles bisher nicht erzählt hat.

»Am Anfang habe ich noch gehofft, dass sie bald wieder aufwacht«, fährt er leise fort. »Aber dann wurde immer deutlicher, dass das nicht passieren würde. Genauso, wie deutlich wurde, dass sie außer mir nicht wirklich jemanden hat. Also habe ich das College gewechselt und mir den Job hier besorgt, damit ich so oft herkommen kann, wie ich will, ohne dass sich jemand darüber wundert.«

Seine Worte versetzen mir einen Stich. Weil er so unglaublich loyal ist. Jeden Tag besucht er sie, jeden einzelnen Tag. Hat extra das College gewechselt, sich sogar hier einen Job gesucht. Würde er das alles tun, wenn er sich ihr nur aus Pflichtgefühl verbunden fühlt?

»Empfindest du wirklich gar nichts für sie?«, frage ich leise.

Er betrachtet sie, wie sie da so verloren in ihrem Bett liegt, und ich sehe, dass seine Finger sich fester um ihre Hand schließen. »Ich habe nicht gesagt, dass sie mir gar nichts bedeutet. Sie spielt in meinem Leben eine Rolle, sie war immer da, von Anfang an.«

»Wie eine einfache Freundin?« Ich weiß nicht, warum ich nachbohren muss. Aber ich will es ganz genau wissen.

»Ich weiß nicht.« Er verstummt und sucht offensichtlich nach den richtigen Worten. »Ich sehe, dass wir zusammen waren, ich habe Erinnerungen an eine gemeinsame Zeit mit ihr. Aber … da ist … keine echte Nähe zwischen uns, nicht dieses Gefühl, den anderen schon ewig zu kennen, obwohl man ihm gerade erst begegnet ist.« Er hebt langsam den Kopf und sieht mich an. »Vor allem nicht das Gefühl, dem anderen alles erzählen zu können, wenn es nur die Gelegenheit dafür gäbe.«

Das Schlucken fällt mir plötzlich schwer. So fühlt es sich für ihn also an, wenn er mit mir zusammen ist? Kann das die Wahrheit sein?

»Was ist mit dem Foto?«, frage ich leise. »Das sah nicht aus, als würde sie dir nichts bedeuten. Ganz im Gegenteil. Es sah nach sehr viel Nähe zwischen euch aus.«

Arden runzelt die Stirn. »Ich erinnere mich nicht an dieses Foto, Erin, ich weiß nicht, wann es gemacht wurde. Ich kann nur sagen: Da ist etwas, das uns aneinanderbindet. Etwas, das ich nicht richtig erklären kann, das aber dazu geführt hat, dass wir in der Vergangenheit gelegentlich zueinandergefunden haben. Vielleicht ist es das, was man auf dem Foto sieht. Eine Verbindung, aber keine … echte Nähe.«

Sein Blick geht jetzt ins Leere, lange steht er nur so da, Lyras Hand in seiner. Als könnte er durch diese Berührung herausfinden, was sie wirklich für ihn bedeutet. »Da war Einsamkeit, Erin«, flüstert er. »Dunkelheit und Einsamkeit. Und irgendwo dazwischen sie, der es genauso ging.«

Plötzlich fühle ich mich wie ein Eindringling in dieser Erinnerung. Gleichzeitig flattert mein Herz vor Freude, weil er sich mir so vorbehaltlos öffnet. In diesem Moment wird mir bewusst, dass ich ihm schon längst glaube. Von der ersten Sekunde an, als er versucht hat, es mir zu erklären, habe ich ihm geglaubt.

Und warum auch nicht? Nur weil er ein Mann ist? Würde ich seine Worte anders einschätzen, wenn er ein Mädchen wäre? Oder eine Rachegöttin? Und ist das nicht verdammt unfair? Er hat mir nie auch nur den geringsten Grund gegeben, an ihm zu zweifeln. War mir gegenüber immer freundlich und liebenswert. Er hat mich nie gedrängt, mich nie mit diesem ekelhaften Blick angesehen, der mir das Gefühl gibt, nur ein Objekt zu sein. Aber vor allem hat er mir nie etwas versprochen oder böswillig verheimlicht.

Ich habe genug davon, immer nur zu misstrauen, mich zu verschließen und allein zu sein. Ich kann das nicht mehr. Ich brauche jemanden. Einen anderen Menschen, dem ich mich anvertrauen kann. Der mich tröstet. Und für den auch ich da sein kann.

Langsam gehe ich zu Arden hinüber und lehne meinen Kopf an seine Schulter. Er erstarrt unter meiner Berührung, aber dann zieht er mich plötzlich an sich. Ganz fest schließt er mich in seine Arme, vergräbt sein Gesicht in meinen Haaren und hält sich an mir fest, ebenso, wie er mich festhält.

»Ich glaube dir«, flüstere ich in sein T-Shirt. Ich zittere am ganzen Körper, aber es fühlt sich nicht schrecklich an, sondern schön. Ich will ihm vertrauen. Auch wenn sich irgendwann herausstellt, dass es ein Fehler war. Ich will dieses Risiko eingehen.

Ich dränge mich noch enger an Arden, und er klammert sich an mich.

Mein Herz rast und mein Kopf wird leicht. Ja, ich glaube ihm wirklich.

Als er seine Arme fester um mich schließt, kommen wir uns näher als je zuvor. Sein unglaublicher Geruch steigt mir betörend in die Nase. Sein Atem geht schneller. Ich müsste nur ein wenig den Kopf heben. Meine Wange würde an seiner ruhen, dann würden unsere Lippen sich streifen.

Ich halte den Atem an. Auch Arden steht vollkommen still.

Vielleicht ist er wirklich einer von den Guten, einer, denen mein Kuss nicht schadet, so wie Damon behauptet hat.

Ich könnte es gleich tun, jetzt sofort.

Langsam hebe ich den Kopf ein wenig, spüre Ardens Atem auf meinen Lippen.

Tu es. Ihm wird nichts geschehen.

Wirklich? Kann ich da sicher sein? Mein Blick fällt auf Lyra. Dass

Arden aus Pflichtgefühl so zu ihr hält – macht ihn das nicht zu einem wirklich guten Menschen? Mit geschlossenen Augen spüre ich den Kuss zwischen uns. Er fühlt sich jetzt schon wunderschön an, bevor er überhaupt passiert ist. Alles in mir schreit danach, dieses Gefühl endlich mit Arden teilen zu können. Die wunderbare Nähe zwischen zwei Menschen, die durch einen Kuss entsteht.

Ich hebe den Kopf noch etwas mehr. Zittrig. Aufgeregt. Und voller schmerzhafter Sehnsucht, diesen Moment mit ihm zu erleben.

Aber ich kann nicht.

Ich wollte spüren, wie es sich anfühlen würde. Ich wollte wenigstens eine Ahnung davon bekommen, wie es sein würde, ihn zu küssen. Aber ich könnte das niemals wirklich tun. Denn vielleicht reicht schon die Tatsache, dass Arden mit mir geflirtet hat, obwohl er sich eigentlich Lyra verpflichtet fühlt, um seine Seele zu beschmutzen. Und dann würde mein Kuss bei ihm das Gleiche anrichten wie bei den anderen.

Ich seufze leise und senke bedauernd wieder den Kopf.

Ich kann nicht wissen, wo Hades die Grenze ziehen würde.

Außerdem ist einfach viel zu wahrscheinlich, dass Damon mich manipuliert hat, damit ich Arden küsse. Er hat mir vollkommen absichtlich erzählt, dass wirklich gute Menschen dem Kuss widerstehen, und nur so getan, als wäre es ihm aus Versehen herausgerutscht, damit ich ihm glaube. Und als ich Arden trotzdem nicht geküsst habe, hat er das Foto von Lyra gepostet, damit ich Arden aus lauter Enttäuschung die Seele raube. Das klingt logisch, oder nicht? Genauso gut könnte es natürlich sein, dass Lyras Vestalinnen mich und Arden gesehen haben und uns um Lyras willen auseinanderbringen wollen.

Ich seufze. Wie auch immer: Ich kann es nicht riskieren, Arden zu küssen. Nicht, solange ich nicht mehr darüber weiß. Und so lange werde ich Hades' Auftrag nicht ausführen. Mir ist bewusst, dass das dumm und gefährlich und waghalsig ist. Aber nach allem, was in den letzten beiden Wochen geschehen ist, kann ich Hades nicht mehr bedingungslos gehorchen. Vor allem, wenn es um Arden geht.

Arden. Ich will ihn nicht loslassen. Ich würde am liebsten für immer so stehen bleiben.

Dennoch schiebe ich ihn langsam von mir weg. Wir können nicht zusammen sein und werden es höchstwahrscheinlich nie können.

»Lass uns gehen, ja?«, sage ich mit schwankender Stimme.

Er nickt stumm, und wir treten hinaus auf den Flur. Bedrückt stehen wir eine Weile dort herum. Irgendwo höre ich einen Krankenpfleger reden. Jemand schiebt ein Bett an uns vorbei.

Ich weiß nicht, warum ich den Mann in dem Bett ansehe, aber ich tue es.

Ich ziehe scharf die Luft ein. »Das ist doch …« Ich verstumme.

Arden blickt kurz zu dem Mann hinüber. Seine Augen weiten sich, dann nickt er. »Ja. Er ist es.«

Georginas Opfer. Der Junge, der eigentlich vor Schmerz laut schreien müsste, aber trotzdem vollkommen entspannt in seinem Bett liegt. Ich sehe in seine leeren Augen, und in diesem Moment verspreche ich mir, dass ich einen Ausweg finden werde. Ich weiß nicht wie, und ich weiß nicht wann. Aber ich muss glauben, dass ich nicht mein Leben lang eine Rachegöttin sein und anderen Menschen so etwas antun muss. Sonst drehe ich durch.

»Hey.« Arden berührt mich sanft an der Schulter. »Es ist nicht deine Schuld.«

Nein. Nicht bei ihm. Aber bei einigen anderen vielleicht. Abgehackt atme ich ein. Mein Herz tut weh für diesen Jungen und für Georgina, auf deren Gewissen er nun lastet, und es schmerzt auch für mich selbst und für Arden. Wie froh ich bin, dass er gerade jetzt bei mir ist.

Ich will mich nicht trennen müssen. Ich will bei ihm sein. Egal wie.

Das Bett des Jungen wird in ein Zimmer geschoben, und ich erwache aus meiner Starre. Ich werfe Arden einen Blick zu, und wortlos beschließen wir, dass es Zeit ist zu gehen. Stumm machen wir uns auf den Weg zurück zum Campus, während vor uns die Sonne über den Salzwiesen untergeht.

Irgendwann fasse ich mir ein Herz. »Du hast mich gefragt, ob ich für uns eine Möglichkeit sehe, Arden. Und das tue ich.«

Er bleibt stehen. »Wirklich?«

Ich lächle schief. »Ich weiß nur nicht, ob diese Möglichkeit dir gefallen wird.«

»Woran denkst du?«

»Wir könnten Freunde sein«, sage ich.

Ich stelle mich darauf ein, dass er mich auslacht. Oder dass er den Kopf schüttelt und sagt, dass ihm das nicht reicht. Aber stattdessen tritt ein warmes Leuchten in seine Augen, und er nimmt meine Hand.

»Freunde zu sein würde mir gefallen.«

Ich beiße mir auf die Lippen. »Es wäre überzeugender, wenn du dabei nicht aussehen würdest, als hättest du Zahnschmerzen.«

Er lacht rau. »Natürlich ist es nicht das, was ich will. Einfach nur ein Freund für dich sein. Das muss dir inzwischen doch klar sein, oder?«

Die dunkle Leidenschaft, die in diesen Worten liegt, macht mich sprachlos. Und sie macht mir Angst. Denn sein Blick fällt auf meine Lippen und ich kann schon spüren, dass er mir näher kommt.

Hastig hebe ich die Hände und stemme sie gegen seine Brust.

Sofort macht er einen Schritt nach hinten und fährt sich verlegen durch die Haare. »Sorry. Ich … ich glaube, Freunde zu sein wird nicht so einfach werden.«

»Nein, aber das hast du wohl auch nicht wirklich geglaubt? Oder?«

Seine Mundwinkel zucken. »Nein, das habe ich nicht wirklich geglaubt.«

Ich atme zitternd ein. Sein Wunsch, mich zu küssen, weckt wieder diese unglaubliche Sehnsucht in mir, ihn so nah zu spüren. Und im Moment weiß ich nicht, wie ich das ertragen soll, jedes Mal, wenn wir uns sehen. Aber ich werde es müssen. Denn ich will ihn nicht verlieren. Und es ist besser, mit ihm befreundet und ihm auf diese Weise nahe zu sein, als ihn gar nicht mehr zu sehen. »Wir kriegen das hin.«

»Klar«, antwortet er viel zu schnell und immer noch leicht atemlos. »Wir kriegen das hin.«

»Also Freunde, für den Moment?«, frage ich.

Langsam lässt er meine Hand los und lächelt. »Ja, Freunde. Solange es nicht anders geht.«

Ich sehe ihm an, dass er sich tatsächlich genauso freut wie ich. Ich frage mich nur, ob es sich auch für ihn anfühlt wie eine tickende Zeitbombe, die uns bei nächster Gelegenheit um die Ohren fliegen wird.

Und der Auslöser dieser Bombe ist unglaublich empfindlich. Vielleicht reicht es, wenn Arden mich nur noch einmal so anlächelt.

KAPITEL 28

Erin

Wenn ich herausfinden will, warum Hades mir befohlen hat, ausgerechnet Arden zu küssen, ist es da nicht die nächstliegende Lösung, möglichst viel Zeit mit ihm zu verbringen? Jedenfalls kann ich auf diese Art wunderbar vor mir rechtfertigen, dass ich mich gleich heute wieder mit ihm treffe. Den ganzen Vormittag über rutsche ich schon unruhig auf meinem Stuhl hin und her, verpasse in der Vorlesung die Hälfte der Tipps, die mir vielleicht helfen könnten, meinen Eisdrachen endlich richtig zu programmieren, und mache alle um mich herum so nervös, dass mich lauter böse Blicke treffen. Aber ich kann nicht anders. Es ist einfach so ein wunderbares Gefühl zu wissen, dass er nach den Vorlesungen draußen auf mich warten wird.

Kaum ist die Zeit endlich um, springe ich auf und renne vor allen anderen nach draußen. Wir haben uns bei der großen Treppe verabredet. Arden hat es vorgeschlagen, wahrscheinlich, weil es der übliche Treffpunkt ist.

Als ich dort ankomme, sehe ich allerdings die anderen auf der Treppe sitzen, und sie haben mich auch gesehen. Da Arden noch nicht da ist, gehe ich zu ihnen, während ich mich frage, ob ich ihm noch schnell schreiben soll, dass wir uns woanders treffen. Aber es ist schon zu spät.

Er kommt über den Platz auf mich zu; der Wind spielt mit seinen Haaren, in seinen Augen liegt dieses Funkeln, und mein Herz beginnt zu flattern.

»Erin«, flüstert Maya. »Das ist doch dieser Typ …«

Ich nicke nur.

Sogar aus dem Augenwinkel bemerke ich, wie Maya die Stirn runzelt. »Triffst du dich etwa mit ihm?«

Ihre ungläubige Frage lässt die anderen Göttinnen aufhorchen. Na toll. Vielen Dank auch. Ich verziehe das Gesicht.

»Wie bitte?«, ruft Kali. »Erin trifft sich mit einem Typen? Nein, das glaube ich nicht. Auf gar keinen Fall. Das würde mein gesamtes Weltbild ins Wanken bringen«, fährt sie übertrieben theatralisch fort.

Die anderen kichern. Auch meine Mundwinkel heben sich gegen meinen Willen. Sie haben ja recht. Es ist absurd.

»Nein, ihr versteht das falsch. Ich …«

»Ach so, du triffst dich nicht mit ihm, du *triffst* dich nur mit ihm«, meint Georgina, malt Anführungszeichen in die Luft und kichert wieder.

Vielleicht sollte ich wütend werden oder mich ärgern, dass sie mich aufziehen. Aber ich kann nicht. Denn diese Situation fühlt sich so wunderbar normal an. Es ist ein Gespräch, das wir nie führen, weil es für uns überhaupt nicht zur Debatte steht, sich mit jemandem zu treffen. Ein paar gnädige Sekunden lang genieße ich das Gefühl, immer noch dieses normale Mädchen zu sein, das ich gestern für ein paar Stunden mit Arden gespielt habe.

Aber kurz bevor Arden zu uns stößt, schüttle ich den Kopf.

Er runzelt die Stirn und bleibt ein paar Meter vor uns stehen. Zum Glück weit genug weg, dass er nicht hören kann, was ich sage.

»Ich treffe mich nicht mit ihm. Er ist der Nächste. Nummer 135.«

Sofort verschwindet das Lächeln aus Mayas Gesicht. »Du willst ihn doch nicht am helllichten Tag …«

»Nein«, unterbreche ich sie. »Aber dieser Fall ist nicht so einfach. Es braucht ein bisschen mehr … Überredungskunst.« Ich will zu Arden gehen, aber Georgina raunt mir noch etwas zu. »Er sieht eigentlich gar nicht so aus, als wäre es schwer für dich, ihn zu küssen. Er fällt ja schon mit Blicken fast über dich her.«

Wieder dieses Gefühl, dass ich verärgert sein sollte. Oder wehmütig, weil zwischen uns beiden nie etwas sein kann. Aber da ist einfach nur Freude in mir, weil er mich tatsächlich so ansieht, als hätte er den ganzen Vormittag an nichts anderes gedacht als an mich.

»Ich sage euch doch, das ist was anderes. Ein Spezialauftrag von Hades.« Irgendwo tief in mir drin ohrfeige ich mich dafür, dass ich das gesagt habe. Denn ein kleiner Teil von mir spürt, dass es vielleicht ein Fehler war, ihnen davon zu erzählen. Aber die Freude, Arden wiederzusehen und mich vorbehaltlos darauf freuen zu dürfen, Zeit mit ihm zu verbringen, weil wir nur Freunde sind, überdeckt alles. Sogar das Wissen, dass mir nur ein paar Tage bleiben, bis ein weiterer Kuss ansteht. Der Kuss mit Arden, wenn ich keinen Ausweg finde. Ich lasse die anderen stehen und gehe zu ihm hinüber.

»Hallo, Freund«, begrüße ich ihn.

Er verzieht das Gesicht. »Musst du mir das so reinreiben?«, sagt er und hält sich theatralisch die Hände an die Brust.

Ich muss lachen. Es ist ein zittriges, atemloses Lachen. Weil ich spüre, dass darunter eine tiefere Wahrheit liegt. »Offensichtlich schon«, erwidere ich und zwinkere ihm fröhlich zu. Aber auch darunter liegt eine Ernsthaftigkeit, eine Warnung. Der Hinweis, dass wir nur zusammen sein können, wenn er sein Versprechen hält.

Sein Lächeln verblasst. »Ich weiß«, raunt er, als hätte er meine Gedanken gelesen. »Freunde. Versprochen.«

»Freundschaften können doch viel tiefer gehen und viel länger halten als Beziehungen.« Ich weiß nicht genau, ob ich es zu ihm sage oder um mich selbst zu überzeugen.

Er sieht mich merkwürdig an. »Sicher.«

Ich nicke bekräftigend. »Ich habe heute ein paar Stunden frei. Falls du Zeit hast, könnte ich dir etwas zeigen.« Ich frage mich, ob es wirklich so klug ist, ihn ausgerechnet dorthin zu führen. Aber ich weiß, dass es ihm gefallen wird. Das gibt den Ausschlag. Schließlich sollten Freunde sich Dinge zeigen, die dem anderen gefallen könnten, und sie einander nicht vorenthalten, oder?

»Musst du gerade mit dir selbst diskutieren, ob das eine gute Idee ist?«, fragt er. Dabei lächelt er, aber ich höre trotzdem den heiseren Unterton in seiner Stimme. Dass er schon wieder so genau weiß, was mich bewegt, macht die Entscheidung, nur seine Freundin zu sein, nicht gerade leichter.

»Woher weißt du das?«, frage ich.

Er lacht rau. »Weil ich gerade genau das Gleiche gedacht habe.«

»Eigentlich sollte ich darüber nicht nachdenken müssen. Du hast es ja versprochen.«

»Ja.« Er zögert. »Wegen Lyra.« Er sagt es, als würde er ihren Namen wie eine Sicherheitsabsperrung zwischen uns stellen.

Es versetzt mir einen Stich. Wir gehen los, verlassen das Universitätsgelände, gehen über die Salzwiesen und schließlich am Leuchtturm vorbei. Arden schließt zu mir auf.

Immer wieder habe ich das Gefühl, dass er dazu ansetzt, etwas zu sagen, es dann aber doch bleiben lässt. Es ist das erste Mal, dass wir einfach so nebeneinander hergehen und reden könnten, aber stattdessen schweigen wir. In mir steigt Panik auf, dass wir uns vielleicht gar nichts zu sagen haben. Aber ist diese Angst nicht völlig normal? Hat man diese merkwürdig stummen Momente nicht am Anfang jeder Freundschaft, nachdem der erste begeisterte Redeschwall versiegt ist? Und ist diese Unsicherheit dem anderen gegenüber nicht etwas, das die ersten gemeinsamen Momente noch süßer macht, noch atemloser? Noch aufregender?

Ich werfe ihm einen Seitenblick zu. »Also …«

»Wohin …?«, beginnt er gleichzeitig.

Wir sehen uns an. Grinsen. Die Sonne brennt auf unsere Gesichter. Irgendwo in der Ferne wartet das Meer. Ein ganz normaler Augenblick zwischen Freunden. Erleichtert atme ich aus und bedeute ihm, dass er zuerst sprechen soll.

»Wohin bringst du mich?«, fragt er.

Ich sehe ihn frech an. »Natürlich in einen dunklen Wald, wo ich dich überfalle.«

»Wow«, gibt er trocken zurück. »Das würde unser Freundschaftsabkommen auf so viele Arten verletzen, dass ich es nicht mal aufzählen kann.«

Ich muss lachen. Ein unbeschwertes, fröhliches Lachen. Eines, das ich so nie lachen könnte, wenn ich mich nicht so sicher fühlen würde. Eines, das ich Lyra verdanke, wie mir plötzlich klar wird. Diesem Mädchen, auf das ich eigentlich eifersüchtig sein sollte. Aber nur die Tatsache, dass er sich ihr verpflichtet fühlt, erlaubt es uns, auf diese Art zusammen zu sein. Sie ist wie ein Schutzwall zwischen uns, der verhindert, dass er die unsichtbare Linie der Freundschaft überschreitet. Gäbe es diese Linie nicht, wäre es zu gefährlich, zu wahrscheinlich, dass er mich ohne Vorwarnung küsst.

Allein der Gedanke daran bringt mein Herz zum Rasen.

»Wir sind da«, sage ich hastig, bevor ich noch an Dinge denke, die ich besser komplett aus meinem Kopf verbannen sollte.

Arden bleibt stehen und schaut zum Horizont hinaus. Es ist Ebbe, das Meer ist unendlich weit weg, nur Sand und Watt erstrecken sich vor uns. Fast nur. Aber davon weiß Arden noch nichts. Er verengt die Augen, offensichtlich verwirrt, was daran so besonders sein soll. »Äh. Ja, das ist total schön«, sagt er.

Ich muss lachen. »Lügner. Ich meine: Klar, hier ist es immer schön. Aber was ich dir eigentlich zeigen will, hast du noch gar nicht gesehen.« Ich widerstehe dem Drang, ihn an der Hand zu nehmen und ins Watt zu ziehen.

»Es tut mir leid, aber ich muss jetzt etwas tun.« Arden steht vor mir, ein klein wenig zu nah. Ich schlucke schwer, frage mich, ob er sein Versprechen schon wieder vergessen hat. Er beugt sich etwas nach vorn, ich keuche entsetzt auf, bereit, nach hinten zu stolpern. Aber in diesem Moment geht er in die Knie und zieht sich die Schuhe aus.

Erleichterung durchfährt mich so heftig, dass mir schwindelig wird. Dann lache ich. Ich lache die ganze Anspannung aus mir heraus. Ich glaube, ich habe im ganzen letzten halben Jahr nicht so viel gelacht wie an diesen zwei Nachmittagen mit ihm.

»Du willst die Schuhe ausziehen? Bist du sicher?«

Er grinst mich entschuldigend an. »Ich weiß, das könnte alles zwischen uns für immer zerstören. Aber es muss sein.«

Immer noch grinsend lasse ich mich neben ihm in den Sand fallen und streife mir ebenfalls die Schuhe ab. Arden gräbt seine Zehen in den feuchten Sand und schließt die Augen. Ein Ausdruck von Selbstvergessenheit breitet sich auf seinem Gesicht aus. Ich glaube, ich habe noch nie so etwas Schönes gesehen.

Sofort verpasse ich mir mental eine Ohrfeige. Wie kannst du so was nur denken? Erstens ist das schrecklich kitschig und zweitens verdammt gefährlich.

Ich reiße mich von Ardens Anblick los und konzentriere mich ganz auf meine Füße, die sich durch den warmen trockenen Sand in die feuchte Tiefe des Strandes graben. Aber auch die kühle Feuchtigkeit auf meiner Haut kann mich nicht davon ablenken, wie gerne ich ihn mit einem winzigen Kuss auf die Wange aus dem Konzept bringen möchte.

Hastig springe ich auf. »Wer zuerst am Wasser ist!«, rufe ich.

Das überraschte Entsetzen auf seinem Gesicht ist fast so lustig, als hätte ich ihn tatsächlich auf die Wange geküsst. Aber es braucht nur den Bruchteil einer Sekunde, bevor er verstanden hat, aufspringt und mir folgt.

»Erin! Warte!« Der Wind reißt ihm fast die Worte von den Lippen.

»Sicher nicht!«, schreie ich zurück. »Hast du etwa Angst zu verlieren? Komm schon, du musst deiner Angst ins Gesicht sehen! Greif sie an, bis sie vollkommen weg ist.« Ich lache auf.

Arden zögert kurz, ein seltsamer Ausdruck huscht über sein Gesicht, aber dann rennt er los.

Fast gleichzeitig erreichen wir den feuchten Teil des Sandes. Ich quieke auf, als die kalte Nässe meine Fußsohlen kitzelt. Jetzt merkt man, dass es erst Frühling ist. Aber ich werde nicht langsamer. Ich laufe so schnell ich kann über das feuchte Watt, Arden im Schlepptau. Ob er nicht überholen kann oder will, weiß ich nicht, aber es ist mir auch egal. Es ist berauschend, so mit ihm über das Watt zu laufen, den Wind in den Haaren, die Sonne auf dem Gesicht.

Es dauert eine Weile, bis wir den Ort erreichen, den ich ihm zeigen will. Eine winzige Insel, nur wenige Meter lang, bewachsen mit langen Gräsern und wunderhübschen rosa Blumen.

Ardens Augen weiten sich. »Wow.« Mein Herz macht einen freudigen Satz. »Wie hast du das entdeckt?«, fragt er mich.

»Ehrlich gesagt weiß ich das gar nicht mehr. Ich bin einfach hier langgegangen, und auf einmal war sie da.« Lügnerin. Natürlich weißt du das noch ganz genau. Es war einer jener Abende, an denen du dich besonders einsam gefühlt hast. Du bist nicht darübergestolpert, nein, du hast danach gesucht. Nach einem Ort, an dem du die Einsamkeit noch mehr spüren kannst.

»Das ist wirklich wunderschön. Danke, dass du mir das zeigst.« Arden sieht mich zärtlich an, und für einen winzigen Moment vergesse ich, wie Einsamkeit sich anfühlt.

»Man kann sie nur bei Ebbe zu Fuß erreichen«, sage ich schnell. »Bei Flut ragt sie meistens aus dem Wasser; nur wenn Sturm ist, geht sie ganz unter.«

Wir überwinden die Böschung und betreten weichen warmen Sand. Ich bleibe seufzend stehen, weil es so schön ist, endlich wieder Wärme unter den Fußsohlen zu spüren, aber Arden ist schon weitergegangen, hat die kleine Insel, auf der sich hie und da Treibholz stapelt, in wenigen Schritten überquert und schaut zum Horizont. Dann dreht er sich zu mir um. Ein abenteuerlustiger Ausdruck liegt auf seinem Gesicht. »Wie weit ist das Meer weg?«

Ich zucke mit den Schultern.

»Lass es uns herausfinden.«

Ich zögere nicht lange. Wir laufen weiter. Es dauert erstaunlich lange, bis wir endlich das Plätschern von Wasser hören. Kleine Tümpel bilden sich jetzt in jeder unserer Fußstapfen im Sand, und bald stehen wir im flachen Wasser.

Arden schließt die Augen und atmet tief durch. Ich tue es ihm gleich. Salzige Luft strömt in meine Lungen. Mir wird klar, wie weit weg wir hier von allem sind, und es fühlt sich an, als könnte ich endlich wieder freier atmen. Wir gehen ein paar Schritte tiefer ins Wasser hinein, und eine Schar kleiner Fische flüchtet vor mir, nur um sich wenig später um Ardens Füße zu scharen.

Ich deute darauf. »Die haben wohl nichts dagegen, dass du die Schuhe ausgezogen hast.«

Er starrt auf die Fische hinab, und ich bilde mir ein, dass seine Wangen einen ganz schwachen rosa Schimmer annehmen. Ich muss mir ein Kichern verkneifen. Wird er etwa tatsächlich rot?

Er schüttelt vorsichtig einen seiner Füße, als würde er die Fische vertreiben wollen. »Keine Ahnung, was die wollen.« Aber er klingt nicht wirklich überrascht.

Mit einem Mal fällt mir wieder ein, wie ich ihn mit dem Raubvogel auf dem Arm überrascht habe. »Hast du wieder dein Disney-Prinzessinnen-Ding am Laufen?«, ziehe ich ihn auf.

Er hebt den Kopf, offensichtlich eine freche Erwiderung auf den Lippen. Aber bevor er etwas sagen kann, fliegt eine Möwe direkt über seinen Kopf und streift mit ihren Füßen durch seine Haare.

»Was zur Hölle …« Arden stolpert ein Stück rückwärts.

Ich muss noch mehr lachen. »Die will sicher nur die Fische, die du angelockt hast.«

Wie um mich Lügen zu strafen, fliegt die Möwe auf ihn zu und versucht, auf Ardens Arm zu landen. Er streckt ihn weg, wie um sie zu verscheuchen, und diesen Moment nutzt sie, um sich auf seinem Unterarm niederzulassen.

Geschockt starrt Arden die Möwe an. Und sie starrt ebenso geschockt zurück, als könnten beide nicht fassen, was da gerade passiert ist.

»Vielleicht ist sie in ihrem Herzen ein Raubvogel«, witzle ich.

Arden grinst. »Ehrlich gesagt habe ich sogar mal ein bisschen Falknerei gelernt. Aber wie man eine Möwe abrichtet, war nicht Teil der Ausbildung.«

Es sieht nicht aus, als müsste er das überhaupt können. Sie sitzt auf seinem Arm, als wäre sie dort festgewachsen. Erstaunlich, dass sie mit ihren Schwimmfüßen nicht runterkippt.

»Immerhin, die Fische machen sich vom Acker.« Ich deute auf die kleinen silbrigen Flecken unter Wasser, die jetzt in alle Richtungen flüchten.

»Ich fürchte, sie mögen meine Füße doch nicht«, scherzt Arden.

»Liegt vielleicht daran, dass sie bald vor Kälte absterben.« Ich verziehe das Gesicht. »Ich spüre meine schon gar nicht mehr.«

»Wir sollten zurückgehen«, stimmt Arden zu. »Schau.« Er deutet nach oben zum Himmel, wo langsam Wolken aufziehen. Graue Wolken, unter denen ein Rabe seine Kreise zieht.

Die Möwe auf seinem Arm erbarmt sich und fliegt davon. Arden sieht allerdings alles andere als erleichtert aus, sondern starrt der Möwe nach. Dann schüttelt er den Kopf. »Komm.«

Wir drehen uns um und laufen zurück. Kleine Rinnsale haben sich im Sand gebildet.

»Das Wasser kommt zurück«, sage ich. »Die Flut setzt ein.«

Arden nickt. »Wir sollten uns beeilen.« Er klingt angespannt.

Stumm laufen wir nebeneinanderher zurück zum Meeresufer. Jedenfalls hoffe ich das, denn ich kann die Küstenlinie nicht erkennen. Ich schaue zurück und halte Ausschau nach der kleinen Insel, aber auch die sehe ich nicht mehr. Gleichzeitig werden die Rinnsale im Sand immer mehr.

Mit einem unguten Gefühl im Magen bleibe ich stehen. »Arden? Siehst du das Ufer?« Ich drehe mich einmal um mich selbst, aber auf allen Seiten ist nur ein grauer Strich am Horizont zu sehen. Unmöglich zu sagen, was Wasser ist und was Land.

»Shit!«, stößt er hervor. Offensichtlich geht es ihm auch nicht besser.

Ich ziehe mein Smartphone heraus, aber natürlich hat das verdammte Ding hier kein Netz. Trotzdem rufe ich die Umgebungskarte auf. Manchmal funktioniert sie auch ohne Internet. Ein blauer Punkt wird mir angezeigt. Da sind wir! Wenigstens das GPS funktioniert. Zuerst bin ich erleichtert, denn mit der Richtungsanzeige können wir vielleicht zur Küste zurückfinden. Aber dann sehe ich, wo der blaue Punkt sich befindet.

Mitten im Meer.

KAPITEL 29

Erin

Arden flucht leise.

Sein Atem streift meinen Nacken, und erst jetzt merke ich, dass er über meine Schulter auf mein Display schaut.

Ich halte den Atem an. »Was?« Das Wasser um uns herum wird immer mehr, und die kleinen Rinnsale werden immer breiter.

Arden starrt weiterhin auf das Display, als würde er überlegen, was die beste Lösung wäre. Aber jede Sekunde, die wir hier verschwenden, kann uns das Leben kosten. Das Meer kommt jetzt rasend schnell zurück. Ohne abzuwarten, was er denkt, packe ich ihn an der Hand und reiße ihn mit in Richtung Küste.

»Lauf einfach!«, schreie ich. »Laufen ist besser als stehen bleiben.«

Er scheint ebenso zu denken, denn plötzlich läuft er mit voller Kraft los. Um uns herum steigt das Wasser in rasendem Tempo. Die Priele füllen die Wasserlöcher im Sand immer schneller auf und verlaufen schließlich ineinander. Der blaue Punkt auf meinem Handydisplay nähert sich der Küste. Aber leider viel zu langsam.

»Wir schaffen es nicht!«, schreie ich über den Wind hinweg, der immer stärker wird.

Aus dem Augenwinkel sehe ich Ardens düsteren Blick, der nach vorn auf die Küste gerichtet ist, die man noch immer nicht wirklich als solche erkennen kann. »Nein!«, schreit er.

Seine Antwort liegt mir bleischwer im Magen. Irgendwie hatte ich gehofft, er würde etwas anderes sagen. Ich sehe ihn kurz an, und als hätten wir gemeinsam beschlossen, niemals aufzugeben, legen wir noch einen Zahn zu. Das Wasser ist mittlerweile knöcheltief.

Verzweifelt zermartere ich mir das Gehirn. Irgendwas muss ich doch tun können!

»Wir können schwimmen!«, ruft Arden über den Sturm, als hätte er gehört, was ich denke.

»Ja!«, schreie ich zurück. Ich sage nicht, dass wir viel zu weit gelaufen sind und der Sturm uns die Sache nicht gerade einfacher machen wird. Wir werden schwimmen müssen. Aber wir werden es nicht bis zur Küste schaffen.

Ich schließe meine Finger fester um Ardens Hand.

Er wirft mir einen kurzen, entschlossenen Blick zu, als wollte er sagen: Ich werde nicht zulassen, dass wir hier heute sterben. Nicht jetzt, nicht so. Aber ich spüre, dass er keine Ahnung hat, wie er dieses Versprechen erfüllen soll.

Immer noch laufen wir durch Wasser und Sand, immer wieder stechen scharfe Muscheln in meine Sohlen, aber ich werde nicht langsamer. Gleichzeitig sehe ich mich immer wieder nach allen Seiten um, auf der Suche nach einem Ausweg, den ich bisher bloß nicht als solchen erkannt habe. Es ist, als würde ich meine Theorie von gestern testen wollen und mir selbst beweisen, dass es wirklich immer eine Möglichkeit für uns gibt, für Arden und mich.

Unwillkürlich lächle ich ihm im Laufen zu.

Aber er lächelt nicht zurück. Er wirkt vollkommen konzentriert und ziemlich beunruhigt. Ich richte meinen Blick wieder nach vorn. Mir fällt auf, dass wir beide etwas langsamer geworden sind, weil Laufen kaum noch möglich ist. Das Wasser steht zu hoch. Bei jedem Schritt muss ich die Füße mühsam herauszuziehen, und die Küste ist nach wie vor unendlich weit weg.

Arden murmelt etwas, dabei sieht er sich hektisch um.

»Bitte, Hades, hilf uns, wenn du kannst«, flüstere ich. Ich sage es im Affekt, aber würde Hades wirklich zulassen, dass eine seiner Rachegöttinnen einfach so, völlig unzeremoniell, ertrinkt?

Hades. Bitte. Hilf uns. Tu irgendwas, wenn dir an deinen Rachegöttinnen etwas liegt.

Ich keuche leise auf, als eine winzige rosa Blüte vor uns durchs Wasser treibt. »Arden!«, schreie ich und zerre an seiner Hand.

Er sieht sich um, und seine Augen weiten sich, als er die Blüte sieht. »Aber …« Verwirrt starrt er die Blume an, die auf den Wellen schaukelt. Dann sieht er zur Küste hinüber, die jetzt endlich zu erkennen ist. »Das kann nicht sein. Am Strand waren gar keine Blüten …«

»Da!«, schreie ich. »Da sind noch mehr!« Weitere rosa Blüten treiben auf uns zu und umspülen uns auf Höhe meiner Knie. »Oh!« Ich reiße die Augen auf und starre Arden an. »Die kleine Insel! Natürlich, sie muss hier ganz in der Nähe sein.«

Entgeistert starrt er mich an, als könne er nicht fassen, dass wir nicht mehr daran gedacht haben. Dann zieht er an meiner Hand. »Los, den Blüten nach. Dorthin, wo sie herkommen. Das ist unsere einzige Chance.«

Hastig folgen wir der Spur. Es ist unglaublich anstrengend. Das Wasser steigt immer weiter, es reicht mir inzwischen bis zu den Oberschenkeln, und der Saum meiner kurzen Hose ist schon feucht. »Jetzt … lasse … ich mich … nicht mehr … aufhalten!«, stoße ich bei jedem Schritt wütend hervor und marschiere unbeirrbar den Blüten entgegen.

»Da, Erin, schau!«

Ich hebe den Kopf. Erleichterung lässt meine Knie weich werden. Wenige Meter vor uns ist die Insel aufgetaucht. Mit einem Schluchzen in der Kehle überwinde ich die letzten Meter und erklimme gemeinsam mit Arden die winzige Insel.

»Wir haben es geschafft!«, rufe ich ihm zu.

Er antwortet nicht. Stattdessen sieht er mich nur ernst an.

Schwer atmend stehen wir im langen Gras. Die rosa Blüten schwanken im Wind. Meine Hand liegt immer noch in Ardens. Ich will nicht loslassen. Nie mehr. Er wohl auch nicht, denn seine Finger schließen sich noch fester um meine. Er deutet auf die höchste Erhebung der Insel. »Lass uns dort hingehen.«

Sofort sinkt mir das Herz. Ich sehe mich nach dem Meer um, und mir wird klar, warum er nicht annähernd so erleichtert ist wie ich, dass wir die Insel erreicht haben. Sie ist zu klein. Zu niedrig. Solange bloß die Flut einsetzt, sind wir hier sicher. Aber wenn ein echter Sturm aufzieht … Beunruhigt hebe ich den Blick zum Himmel und zu den schwarzen Gewitterwolken, die dort oben lauern.

»Bitte, Hades«, flüstere ich. »Hilf uns noch ein weiteres Mal.« Sicherlich war es kein Zufall, dass wir die Blumen gerade in dem Moment gesehen haben, in dem ich ihn um Hilfe angefleht habe. Wie sollten sie auch sonst ins Meer gelangt sein? Die Insel ist nicht überflutet. Noch nicht. Aber eine handfeste Sturmflut aufzuhalten, ist wohl auch für Hades eine größere Nummer, als ein paar Blümchen über das Wasser treiben zu lassen, denn das Wasser kommt immer bedrohlicher auf uns zu.

Ich atme tief durch. Okay. Panik nützt bestimmt keinem was. Ob ich wohl auf irgendeine Art meine Kräfte einsetzen könnte, um uns zu retten? Aber was sollten mir der Kuss oder die Beschwörung der Geister jetzt nutzen? Ich gehe trotzdem alle Möglichkeiten durch, aber mir fällt nichts mehr ein. Mein Herz pocht schmerzhaft in meiner Brust.

»Arden …«

»Erin, es tut mir so leid. Ich hätte es besser wissen müssen, ich … ich hätte vorsichtiger sein müssen. Ich …« Er fährt sich mit der freien Hand durch die Haare, wobei er meine Hand keine Sekunde loslässt. Im Gegenteil: Er drückt sie noch fester.

»Es ist nicht deine Schuld«, sage ich leise. »Sondern meine. Ich bin einfach drauflosgelaufen …«

»Nein, du verstehst nicht. Ich … ich wusste doch, wie gefährlich es hier werden kann, ich hätte dich aufhalten müssen.« Er verstummt, presst die Lippen aufeinander. Ich möchte fragen, was geschehen ist, das ihn so in Aufruhr versetzt, aber er redet schon weiter. »Ich muss doch irgendetwas tun können, verdammt!«, flucht er und blickt zum Himmel empor.

»Ich fürchte, wir können nur abwarten.«

»Nein!« Er fährt zu mir herum. »Das reicht mir nicht. Ich werde nicht zulassen, dass …« Er atmet tief durch. »Dass dir das Gleiche passiert wie ihr.«

Wie gelähmt starre ich ihn an. »Was meinst du damit?«

Er presst die Kiefer so fest zusammen, dass ein Muskel an seiner Wange zuckt. »Lyra!«, stößt er dann hervor. »Sie ist bei einer Sturmflut fast ertrunken.«

Ich halte mir eine Hand vor den Mund. »Oh, Arden. Das … warum hast du nichts gesagt?« Das muss der Unfall gewesen sein, bei dem Lyra ins Koma gefallen ist.

Er schüttelt nur den Kopf. »Ich … wollte … der Angst ins Gesicht sehen.«

Ich starre ihn an. Dann überläuft es mich kalt. Ich habe das gesagt! Ich habe ihm zugerufen, dass er das tun soll.

Du musst deiner Angst ins Gesicht sehen! Greif sie an, bis sie vollkommen weg ist.

Es war nur so dahingesagt, als Witz, aber für ihn war es das offensichtlich nicht. Er hat es getan. Hat seine Angst zur Seite geschoben. Bis sie sich grausam bestätigt hat. Ich senke den Kopf und komme mir plötzlich schrecklich dumm vor. Ich wollte nur einmal alles hinter mir lassen, und dabei habe ich alles noch schlimmer gemacht. »Es tut mir leid«, flüstere ich.

Plötzlich zieht Arden an meiner Hand.

Ich fahre zu ihm herum. Er deutet nach oben, und mir bleibt der Mund offen stehen. Die Sonne. Unnatürlich machtvoll frisst sie sich durch die schwarzen Wolken. Wir können zusehen, wie der Sturm sich vor unseren Augen in nichts auflöst, die Wellen flacher werden und der Wind sich in eine zahme Brise verwandelt. Sprachlos sehe ich zu. Vielleicht ist es nicht ganz unpraktisch, eine Dienerin von Hades zu sein.

»Der Sturm hat sich aufgelöst! Wir sind in Sicherheit.« Arden klingt fassungslos. Dann lacht er auf, als würde plötzlich alle Anspannung von ihm abfallen, die ganze Angst und Sorge. Er packt mich, zieht mich in seine Arme und wirbelt mich herum. Im nächsten Augenblick treffen sich unsere Blicke.

Ja, wir sind in Sicherheit. Aber uns beiden scheint in diesem Moment klar zu werden, was das wirklich bedeutet. Bis die Ebbe kommt, sitzen wir auf dieser Insel fest.

Das Lachen weicht aus seinen Augen, und er stellt mich hastig wieder auf meine Füße. Dann lässt er meine Hand los.

Es fühlt sich an, als würde plötzlich ein Teil von mir fehlen. Unwillkürlich reibe ich mir über die Handfläche. Eine merkwürdige Stille entsteht zwischen uns, und ich versuche, mich zu erinnern, wie lange die Flut hier dauert und wie lange wir uns hier die Zeit vertreiben müssen.

Ich drehe mich einmal um mich selbst, dann entdecke ich einen Haufen Treibholz, der halbwegs bequem aussieht, gehe hinüber und lasse mich darauf nieder. Arden tut es mir gleich. Wir sitzen hier, als würden wir auf den Bus warten, und nicht darauf, dass die Flut zu Ende ist.

»Das … wird eine Weile dauern, schätze ich.« Arden deutet auf das Wasser, das nun vergleichsweise friedlich heranrollt.

Ich nicke. »Sieht so aus. Ich weiß nicht ganz genau, wie lange die Flut hier dauert, aber ich schätze, es wird dunkel sein, wenn die Ebbe das nächste Mal einsetzt.«

»Ja. Die Gezeiten dauern hier nicht so lang, die nächste Ebbe ist wahrscheinlich mitten in der Nacht. Wir müssen aufpassen, dass wir sie nicht verpassen.« Er zieht sein Handy heraus und tippt darauf herum. Vielleicht stellt er eine Erinnerung ein. Dann steckt er es wieder weg.

»Das wird eine lange Nacht«, sage ich, einfach, um irgendwas zu sagen.

Er öffnet den Mund, schließt ihn dann aber wieder. Und setzt noch mal an. »Wenn es kalt wird … also … du kannst dich jederzeit bei mir anlehnen … Ich …« Er verstummt.

Ich starre ihn an. Bisher hatte ich gar nicht daran gedacht, aber jetzt kann ich an nichts anderes mehr denken, als mich an ihn zu kuscheln und in seiner Umarmung zu wärmen. »Arden …«

»Ich wollte nur sagen«, unterbricht er mich hastig. »Ich werde dich nicht …« Küssen. Obwohl er es nicht sagt, steht es zwischen uns.

Ich brauche ein paar Sekunden, um mich zu fangen. »Das ist auch besser so«, antworte ich schließlich. »Sonst kicke ich dich mit meinem berühmten Roundhouse-Kick ins Meer.«

Er lacht leise, aber es klingt darin ein dunkler Unterton mit, der meinen ganzen Körper zum Schwingen bringt.

»Themenwechsel«, sage ich. »Jetzt.«

Er nickt ernst. »Okay. Dann …« Er sucht verzweifelt nach Gesprächsstoff. Aber schließlich scheint er aufzugeben und sieht aufs Meer hinaus. Ich frage mich, ob er jetzt an sie denkt. An Lyra und den Unfall.

»Arden, es tut mir leid, dass ich dich in diese Situation gebracht habe, ich …«

Er sieht mich an. »Du hast mich nicht in diese Situation gebracht. Das habe ich selbst getan.«

Ich verstumme. »Willst du … willst du darüber reden? Über den Unfall?«, sage ich dann.

Er zuckt mit den Schultern. »Gibt nicht viel zu erzählen. Lyra und ich, wir hatten einen Streit. Glaube ich. Wir hatten uns hier in der Nähe getroffen. Es ging um Ivy Hall, aber ich erinnere mich nicht mehr genau. Ich weiß nur noch, dass wir am Strand standen. Es war unglaublich warm, fast dreißig Grad, und das im Dezember.«

»Ich erinnere mich daran!« Hier in Georgia kommt es manchmal vor, dass es auch im Winter so hohe Temperaturen hat. Ich weiß noch, wie verrückt ich das fand, als ich hier ankam.

Arden nickt. »Dann habe ich irgendwie eine Lücke. Wir müssen schwimmen gegangen sein, oder das Meer hat uns erwischt. Ich bin in der Brandung aufgewacht, mit nassen Sachen, Lyra lag neben mir. Sie hatte ihr Kleid noch an. Sie …« Er schluckt. »Sie war so blass, und ihre Lippen waren ganz blau. Alles an ihr … leblos.« Er verstummt, sein Blick ist glasig. »Der Krankenwagen kam, aber sie konnten sie nicht aufwecken. Seitdem liegt sie dort. So …«

»Unerreichbar?« Ich drücke seine Hand.

Er sieht auf, und da ist etwas zwischen uns. Eine Verbindung.

»Ich weiß, wie sich das anfühlt«, sage ich, ohne darüber nachzudenken. »Meine Schwester …«

Arden runzelt die Stirn. »Erzähl mir davon«, bittet er mich.

Im ersten Moment will ich sagen, dass ich nicht darüber reden will. Aber was würde das helfen? Die gute Stimmung ist so oder so zerstört. Dann merke ich, dass das nicht wahr ist. Die Stimmung ist nicht zerstört. Sie ist nur anders. Anders, als ich sie je zuvor erlebt habe. Gelöst und frei und gleichzeitig warm und sicher. Und ich merke, dass es eine Lüge wäre zu sagen, dass ich nicht darüber reden will. Denn ich will es. Zum ersten Mal in meinem Leben will ich es.

»Sie ist tot.« Der Satz fällt zwischen uns, aber nicht wie ein Messer, das etwas zerschneidet, sondern wie ein kleines Sandkorn in eine Schale, die er mir geduldig hinhält. »Sie ist gestorben, als ich sechzehn war. Auch ein Unfall«, erzähle ich, und mit jedem Wort lege ich weitere Sandkörner in die Schale, fast als wollte ich testen, wann sie ihm zu schwer wird und aus seiner Hand rutscht.

Anstatt irgendeine leere Floskel von sich zu geben, wartet er einfach ab. Fragt nicht, drängt mich nicht. Und genau das ist es, was mich schließlich weiterreden lässt. »Sie hatte einen Streit mit ihrem Mann und ist auf ihrem Motorrad hinaus auf die Straße. Es war dunkel und hat geregnet, der Fahrer konnte nichts dafür.« Plötzlich fließt alles aus mir heraus wie Körner aus einer zerbrochenen Sanduhr, und mit jedem Körnchen fühle ich mich etwas freier. »Schuld hatte ihr Mann, er …« Ich hebe den Blick und sehe Arden an. Er sagt noch immer nichts. Stattdessen nimmt er meine Hand, streichelt sanft mit dem Daumen darüber.

Die Sandkörner versiegen.

Zum ersten Mal seit Jennas Tod gelingt es mir, nicht in die Spirale aus Hass und Wut zu fallen, die mich sonst immer mit sich reißt, wenn ich an jenen Tag zurückdenke. Ich schaffe es, nicht an das zu denken, was danach passiert ist und mein Leben vielleicht genauso sehr verändert hat wie die Tatsache, dass Jenna nicht mehr da war. Zum ersten Mal denke ich nur an sie.

»Sie war eine tolle große Schwester. Als ich noch klein war, hat sie mich immer abgelenkt, wenn irgendwas war, und später hat sie sich um uns gekümmert, nachdem unsere Eltern gestorben waren.« Ich beiße mir auf die Lippen. Uns. Verdammt. Das wollte ich nicht sagen. Niemand soll von Summer wissen. Niemand. Verstohlen versuche ich herauszufinden, ob Arden es bemerkt hat. Aber natürlich lässt sich das nicht so einfach feststellen. Schnell rede ich weiter. »Ohne sie war ich zuerst ganz schön aufgeschmissen. Aber irgendwie habe ich es hinbekommen.«

»Natürlich hast du das«, antwortet Arden sanft.

Schmerz bohrt sich in meine Brust, weil so viel Vertrauen in mich aus seinen Worten spricht und ich mir damals so sehr gewünscht hätte, dass irgendwer nur ein paar Worte in diesem Tonfall zu mir sagt.

Natürlich kannst du das schaffen.

Stattdessen gab es endlose Streits vor dem Vormundschaftsgericht, mit der Fürsorge. Es ging darum, ob ich selbst für mich sorgen kann, aber vor allem ging es um Summer. Hätte ich nicht die Möglichkeit gehabt, sie mit Jennas Lebensversicherung und einem Stipendium auf das Internat zu schicken, hätte ich sie vielleicht verloren, und dann wäre sie wer weiß wo gelandet.

Wut steigt in mir auf, diese uralte Wut, die vielleicht der Anfang von allem war. »Ich bin so wütend, Arden. So wütend, auf … das Schicksal, das uns meine Eltern genommen hat. Einfach so. Ohne Grund, ohne Vorwarnung. Und auf Jennas Mann, diesen … diesen …«

Ich starre Arden ins Gesicht, aber ich nehme ihn gar nicht wahr. In der Tiefe seiner Augen sehe ich nicht seine Seele, sondern meine. Diesen Moment tiefster Verzweiflung, als ich Jennas lebosen Körper in meinen Armen hielt. Das Wissen, jetzt vollkommen allein auf der Welt zu sein und die wahnsinnige Last der Verantwortung für meine kleine Schwester auf meinen Schultern. Ich balle die Fäuste so fest, dass meine Fingernägel sich in meine Handflächen bohren. Ich begrüße den Schmerz, denn er hindert mich daran, auszusprechen, was ich Arden niemals sagen darf.

Nur weil ich so allein war, nur weil ich nichts gespürt habe als tiefe Verzweiflung, hat Hades es geschafft, mich zu diesem verdammten Pakt zu überreden. Weil Jennas Mann unser Leben zerstört hat, bin ich den Rest meines Lebens dazu verdammt, nur Männer zu küssen, die ich zutiefst verabscheue.

Niemals den, den ich aus ganzem Herzen liebe.

Seit jener Nacht, in der Jenna tot in meinen Armen lag, habe ich nicht mehr geweint. Es war so viel einfacher, die Wut herauszulassen als die Tränen.

Aber jetzt, da ich vor Arden sitze, verfliegt die Wut, und zurück bleibt nur der Schmerz. Weil nun etwas in greifbarer Nähe ist, von dem ich niemals gedacht hätte, dass ich es haben könnte. Und weil ich es mir niemals nehmen darf.

Ich stütze mein Gesicht in meine Hände und weine alles heraus, aber es fühlt sich nicht an, als würde ich mir eine Blöße geben. Es ist, als würde Arden jede meiner Tränen auffangen, bis sie versiegen, als wäre er wirklich und wahrhaftig mein Freund.

Als es endlich aufhört, entschuldige ich mich nicht. Ich komme mir auch nicht dämlich vor oder schwach, nein, es fühlt sich einfach richtig an. Als wäre jede meiner Tränen ein Tropfen Blei gewesen, der nun nicht mehr auf meiner Seele lastet. Lange sitzen wir so da, und ich vergesse vollkommen, dass wir auf einer winzigen Insel mitten im Ozean sind. Es ist mir auch egal. Ich könnte überall so mit ihm sitzen.

Irgendwann fällt mir ein, dass ich ja eigentlich herausfinden wollte, warum Hades ausgerechnet ihn haben will, aber ich kann kaum noch geradeaus denken, und mich überkommt die Müdigkeit. Ich verspüre den Wunsch, mich an Arden zu lehnen, aber es ist zu gefährlich. Trotz seines Versprechens kann ich es einfach nicht wagen, ihm so nahe zu kommen, während ich schlafe und nicht aufpassen kann. Wahrscheinlich ist es ihm auch lieber so, denn er sagt nichts, als ich mich zwischen den Ästen des Treibholzes zusammenrolle und ein Grasbüschel als Kopfkissen wähle, statt mich an seine Schulter zu lehnen, wie ich es so unfassbar gern tun würde.

Ich schließe die Augen.

Vollkommene Dunkelheit.

Arden. Ich sehe ihn und mich am Strand, die Sonne im Gesicht. Wir küssen uns. Nichts passiert. Er bleibt, wer er ist. Nur ich, ich bin für immer eine andere.

Die Sonne wird heller, sie überstrahlt das Leuchten in Ardens Gesicht.

Ich spüre den Kuss nicht mehr. Hat es ihn überhaupt jemals gegeben?

Erin!

Die Sonne blendet mich so sehr, dass meine Augen schmerzen. Ich schließe sie.

Nein, Erin. Sieh mich an. Bitte.

Ich gehorche.

Jenna. Sie ist die Sonne. Sie ist das Licht.

Es ist Summer, Erin! Summer! Sie ist in Gefahr.

KAPITEL 30

Erin

Ich weiß, dass ich träume. Aber ich spüre auch sofort, dass das hier nicht nur ein Traum ist. Es ist Jenna, die mich kontaktiert. Das bedeutet, Summer schwebt wirklich in Gefahr.

Erin, du darfst nicht aufwachen. Bleib ruhig, reg dich nicht auf, sonst wirst du den Traum automatisch verlassen, und ich kann nicht mehr mit dir reden.

Nicht aufregen? Bei so einer Nachricht? Wie stellt sie sich das vor?

Sieh mich an, Erin!

Ich gehorche.

Ich weiß nicht genau, was Summer passiert ist, fährt Jenna fort. *Aber ich spüre, dass etwas nicht in Ordnung ist. Es fühlt sich an, als ...* Sie hält inne und sucht nach Worten. *Als würde sich ihr etwas nähern. Oder jemand. Als wäre sie in Bedrängnis.*

Ich spüre, dass die Realität an mir zerrt. Mein Herz schlägt viel zu schnell. Ich drifte aus dem Traum.

Erin!

Mühsam starre ich meine große Schwester an. Ich versuche, mich an ihrer leuchtenden Erscheinung festzuhalten, aber ich weiß schon, dass es vergebens ist. Gleich werde ich aufwachen. *Jenna, schnell! Sag mir alles, was du weißt.*

Wir müssen davon ausgehen, dass er weiß, wo sie ist. Du musst einen Weg finden, sie noch besser vor Hades zu verstecken.

Ich schrecke hoch.

Verwirrt starre ich mit weit aufgerissenen Augen in die Dunkelheit. Ich nehme meine Umgebung kaum wahr, ich kann nur an Jennas Worte denken.

Es fühlt sich an, als würde sich ihr etwas nähern. Oder jemand.

Das bedeutet, es ist noch nicht zu spät. Ich kann ihr noch helfen. Nur wie?

Ich springe auf und sehe mich um. Erst jetzt wird mir klar, wo ich bin. Auf der kleinen Insel im Meer, mit Arden. Fröstelnd schlinge ich meine Arme um mich.

Arden. Für einen kurzen Moment vergesse ich meine Schwestern und blicke auf ihn hinunter. Er lehnt neben dem Stapel Treibholz, auf dem ich gerade noch gelegen habe. Sein Arm ist ausgestreckt, als hätte er im Schlaf versucht, mich zu umarmen.

Es ist immer noch dunkel über dem Meer, aber die Sterne leuchten hell und ich glaube, es ist nicht nur Wunschdenken, dass das Wasser langsam wieder sinkt. Wir müssen ziemlich lange geschlafen haben. Trotzdem bin ich noch immer hier auf dieser verdammten Insel gefangen, während Summer in Gefahr ist. Ich kann überhaupt nichts tun, um ihr zu helfen. Ich kann nicht mal jemanden anrufen, damit er nach ihr sieht, weil mein Handy hier kein Netz hat.

Ich fluche leise.

»Dir auch einen guten Morgen.«

Ich fahre herum. Arden streckt die Arme über seinen Kopf und reckt sich. Ein Anblick, der kurz all meine Sinne gefangen nimmt. Dann steht er langsam auf. Ein verschlafenes Lächeln liegt auf seinen Lippen, während er sich durch die zerzausten Haare fährt.

»Ich muss so schnell wie möglich hier weg!«, stoße ich hervor.

Sofort ist er hellwach, sieht sich um und wendet sich dann bedauernd an mich. »Ich fürchte, wir können nur abwarten. Wenigstens so lange, bis das Wasser nur noch knöcheltief ist. Dann können wir los.«

Ich weiß, dass er recht hat. Aber das bedeutet nicht, dass es mir auch gefallen muss. Wie ein eingesperrter Tiger wandere ich auf der kleinen Insel hin und her, beobachte dabei das Wasser und überlege, wie ich meiner Schwester helfen könnte.

»Hey.« Arden stellt sich vor mich, sodass ich kurz in meinem Lauf innehalten muss. »Keine Sorge, das Schlimmste haben wir überstanden«, sagt er sanft.

Ich atme tief durch. »Ich weiß. Aber mir ist etwas eingefallen, etwas, das nicht warten kann. Verdammt, ich hätte niemals mit dir hierherkommen dürfen.«

»Ich bin trotzdem froh, dass du es getan hast.«

Ich sehe direkt in seine Augen. Wieder ist da ein Moment, in dem ich fast alles andere vergesse. »Ich auch. Ich wünschte nur, wir würden hier nicht festsitzen.«

»Kann ich irgendwas tun?«

Ich schüttle den Kopf. »Ich muss nachdenken, damit ich sofort etwas tun kann, wenn wir von dieser verdammten Insel herunterkommen.« Ich nehme meine Runde über die winzige Insel wieder auf.

Du musst einen Weg finden, sie noch besser vor Hades zu verstecken.

Einen anderen Weg. Welchen denn?

Eine dunkle Erinnerung steigt in mir auf. Es dauert einen Moment, bis ich sie zu fassen kriege.

Man kann sich nicht vor ihm verstecken. Er findet einen. Immer. Wenn er dich einmal hat, dann war's das.

Stimmt.

Stimmt nicht. Raeanne hat es auch geschafft, oder? Sie hat ihre Zöglinge und das Haus einfach verlassen und sich aus dem Staub gemacht. Und Hades hat sie bis heute nicht gefunden.

Mein Herz beginnt zu rasen. Ja, natürlich. Raeanne. Was, wenn es ihr wirklich gelungen ist, Hades zu entkommen? Aber dann fällt mir der Rest des Gesprächs ein.

Woher willst du das wissen? Dass nie wieder jemand von ihr gehört hat, ist eher ein Beweis, dass Hades sie längst erwischt und … mit in den Tartaros genommen hat.

Meine Hoffnung gerät ins Wanken. Ist Letzteres nicht viel wahrscheinlicher? Wenn ich nur wüsste, was stimmt. Lebt Raeanne und versteckt sich, oder ist sie tot?

Ich weiß es nicht. Ich weiß nur eins: Raeanne ist der einzige Anhaltspunkt, den ich habe, und sobald ich von dieser dämlichen Insel herunterkomme, werde ich sie finden. Und wenn ich dafür jeden Stein umdrehen muss.

Quälend langsam sinkt das Wasser, und als der Sand halbwegs sichtbar ist, piepst Ardens Handywecker, den er gestern Nacht gestellt hatte. Sofort laufe ich los. Arden folgt mir. Es dauert eine ganze Weile, bis wir die Küste erreichen. Niemals hätten wir das in der Nacht schwimmend geschafft. Am Strand angekommen, drängt es mich gleich weiterzulaufen, trotzdem bleibe ich stehen. »Es tut mir leid, aber ich muss sofort weg.«

»Natürlich. Wenn du mich brauchst, weißt du ja, wo du mich findest.«

Seine fürsorglichen Worte wecken die Sehnsucht in mir, ihn in alles einzuweihen und mir von ihm helfen zu lassen. Aber es geht nicht. »Danke«, sage ich nur. »Danke, dass du das verstehst.« Ich drehe mich um und renne los. Es ist ein weiter Weg über die Salzwiesen und den Campus bis zu unserem Verbindungshaus. Ich schaffe ihn in Rekordzeit. Der Campus erwacht gerade, einige wenige Studenten sind schon auf dem Weg zu ihren Vorlesungen. Im Hexenhaus schlurfen die Ersten gerade die Treppe herunter, um sich Kaffee zu machen. Auch Kali. Ich kneife die Augen zusammen. Ich hatte gehofft, gerade ihr nicht zu begegnen. Sicher wird sie mir gleich eine schnippische Bemerkung hinwerfen.

Na, Erin? Walk of Shame?

Aber sie lächelt mich nur an und zwinkert mir zu. So als würde sie sich für mich freuen. Fassungslos sehe ich ihr nach. Dann erwache ich aus meiner Starre, renne die Treppe nach oben. In meinem Zimmer beginne ich mit der Suche nach Hinweisen, die mich zu Raeanne führen könnten. Als Allererstes nehme ich mir das *Handbuch für Göttinnen* vor. Es ist der einzige Gegenstand, den ich von Raeanne bekommen habe, auch wenn sie ihn mir nicht persönlich gegeben hat. Aber wie schon gedacht, liefert es mir keinerlei Anhaltspunkte. Ich lege es auf den Schreibtisch, durchsuche mein restliches Zimmer, dann den Flur und das ganze restliche Haus. Vielleicht gibt es irgendwo hinter einem Bild oder einem Stück Tapete einen Hinweis? Maya wirft mir einen merkwürdigen Blick zu, als sie an mir vorbei die Treppe herunterkommt.

»Lauftraining auf der Treppe«, sage ich schnell.

Maya hebt eine Augenbraue, sagt aber nichts. Hastig suche ich weiter.

Ich durchkämme das ganze Haus. Ich weiß nicht einmal genau, wonach ich überhaupt suche. Ich schaue mir jedes Bild an, taste die Verzierungen an den Wänden mit den Fingern ab, als würde ich nach einem Geheimgang suchen. Dabei ist mir klar, dass das lächerlich ist. Und ich finde auch nicht den klitzekleinsten Hinweis. Irgendwann weiß ich mir keinen Rat mehr, als mir auf einmal Mayas Zimmer einfällt. Hat sie nicht erwähnt, dass es früher Raeanne gehört hat? Vielleicht finde ich dort etwas. Der Gedanke, Mayas Vertrauen dermaßen zu missbrauchen, erfüllt mich mit Scham. Aber es ist die einzige Möglichkeit, die mir jetzt noch bleibt. Ich denke an das Gespräch mit Maya, und Hass steigt in mir auf, Hass auf Hades, weil mein Pakt es mir verbietet, mich Maya einfach anzuvertrauen und sie um Hilfe zu bitten. So bleibt mir nur, sie zu hintergehen.

Ich warte, bis alle anderen das Haus verlassen haben. Auf Zehenspitzen schleiche ich die Treppe nach oben in Mayas Zimmer. Natürlich hat sie abgesperrt, aber das ist kein Hindernis für mich und meine Haarnadel. Wenn man zwei Jahre allein als Rachegöttin unterwegs ist, dann lernt man ein paar Dinge. Mit einem leisen Klicken springt das Schloss auf. Ich husche schnell in Mayas Zimmer und beginne, es zu durchsuchen. Ich weiß nicht genau, was ich mir erhoffe. Vielleicht irgendwelche Aufzeichnungen, die mir einen Hinweis darauf geben könnten, wie ich mit Raeanne in Kontakt treten kann. Aber da ist nichts. Tatsächlich finde ich so gut wie gar nichts, was darauf hinweist, dass Maya mehr ist als ein Mädchen wie ich und die anderen. Nichts, was verrät, dass sie ihre Freizeit damit verbringt, nach Rachegöttinnen in Not zu suchen und ihnen zu helfen.

Ich will das Zimmer schon wieder verlassen, als mir oben von Mayas Schrank etwas entgegenblitzt. Ich hatte dort vorhin sogar schon nachgesehen, aber offenbar nicht weit genug nach hinten gegriffen. Ich schiebe einen Stuhl an den Schrank und klettere hinauf.

Dort oben steht ein Kästchen, das mit unzähligen winzigen Spiegeln bestückt ist. Aber obwohl es oben auf dem Schrank steht, liegt kein einziges Staubkörnchen darauf. So, als würde Maya es öfter herunterholen und öffnen.

Ich halte inne. Ich komme mir schrecklich mies vor, so etwas zu tun, aber es geht um Summer. Sie ist in Gefahr, es ist nicht nur ein dummes Gefühl. Ich muss handeln. Entschlossen greife ich nach dem Kästchen. Mit zitternden Fingern öffne ich es.

Ein paar Bücher liegen darin, Notizhefte und ganz unten ein vergilbtes, stark verknittertes Blatt Papier. Die Hefte sind Mayas Aufzeichnungen über die Rachegöttinnen – Hinweise, wer wo ist und ob derjenige zurechtkommt oder nicht. Woher sie diese Infos hat, kann ich nicht nachvollziehen. Es steht auch dabei, wenn sie jemanden woanders unterbringt. Ivy Hall ist offensichtlich nicht das einzige College, das ein Haus für Rachegöttinnen hat, und Maya scheint nicht die Einzige zu sein, die sich kümmert. Aber über Raeanne finde ich hier nichts.

Bleibt nur noch das zerknitterte Blatt Papier. Vorsichtig nehme ich es heraus und falte es mit bebenden Fingern auseinander. Für einen kurzen schrecklichen Moment denke ich, dass es etwas Privates von Maya ist. Bis mein Blick auf die Initiale am Ende des Briefes fällt. R.

Meine Knie werden weich vor Erleichterung. Bestimmt ist es eine Anweisung von Raeanne, wie wir sie finden können, wenn wir ihre Hilfe brauchen.

Ich atme tief durch, dann lese ich den Text.

Liebe Rachegöttin,

wenn du diesen Brief in den Händen hältst, bedeutet das, dass du die Leiterin meines Göttinnenhauses geworden bist. Ich danke dir dafür, dass du dich meiner Mädchen annimmst. Du wirst deine Sache sicher hervorragend machen. Bitte gib diesen Brief an deine Nachfolgerin weiter.

Alles Gute
R.

PS: Jedes Mitglied der Verbindung soll ein Handbuch für Göttinnen bekommen. Sie sind nur für euch bestimmt.

Ich starre den Brief ein paar Sekunden an, bevor mir klar wird, was das bedeutet, und Enttäuschung mich übermannt. Wie soll mir das denn weiterhelfen? Ich muss mich mühsam zurückhalten, den Brief nicht zu zerknüllen. Ich falte ihn wieder zusammen, lege ihn in das Kästchen zurück und stelle es wieder auf den Schrank. Dann sehe ich mich ratlos im Zimmer um. Soll ich weitersuchen?

»Maya? Erin?«

Ich zucke zusammen.

»Shit«, fluche ich leise. Jemand ist im Haus!

Hastig räume ich den Stuhl und alles andere, was ich berührt habe, an den alten Platz zurück und stürze aus dem Zimmer.

»Erin?«

Georgina! Verflixt! Sie kommt die Treppe herauf. Schon ist sie im ersten Stock. Ich schaffe es niemals, nicht erwischt zu werden. Und wenn schon? Es ist schließlich nicht verboten, hier oben zu sein. Aber natürlich sieht es verdammt merkwürdig aus, wenn man mich hier entdeckt. Ich mache ein paar Schritte von Mayas Tür weg.

»Maya?«

Die Stimme kommt immer näher. Verzweifelt überlege ich, was ich tun soll. Ich kann mich hier nirgendwo verstecken! Aber dann gehe ich einfach zum Geländer und lege eine Hand darauf. Mit pochendem Herzen beobachte ich, wie ein blonder Schopf sich die Treppe heraufschiebt.

»Oh.« Georgina hebt die Augenbrauen, als sie mich sieht. »Erin.«

Ich mache ein paar schnelle Schritte auf sie zu. »Ja. Sorry, hab keine Zeit, ich mache Treppenlauf. Fit bleiben und so.«

»Sicher. Dann will ich nicht stören.« Sie lächelt etwas angestrengt, und es tut mir leid, dass ich sie abwimmeln muss. Sie sieht aus, als hätte sie Redebedarf. Aber ich kann jetzt einfach nicht.

Zurück in meinem Zimmer denke ich darüber nach, was ich sonst noch tun kann. Im Internat anrufen, um sicherzugehen, dass es Summer gut geht? Summer selbst anrufen und ihr noch mal einschärfen, ja keinen Pakt mit irgendwem zu schließen?

Nein. Bei aller Angst erinnere ich mich daran, was Jenna gesagt hat.

Etwas oder jemand nähert sich ihr.

Das bedeutet, noch hat er sie nicht. Wenn ich sie anrufe, könnte ihn das auf die richtige Spur bringen. Es ist nach wie vor zu gefährlich. So leicht werde ich es ihm nicht machen. Ich muss darauf vertrauen, dass Summer sich an meine Warnung von damals erinnert.

Du darfst niemandem vertrauen außer mir.

Dummerweise weiß ich nur zu gut, wie verführerisch Hades sein kann und was für gute Argumente er hat. Wenn er Summer wirklich will, wird er Elysion und Tartaros in Bewegung setzen, damit sie seinen Handel akzeptiert.

Ich muss sie endgültig vor ihm verstecken.

Raeanne ist meine einzige Chance. Aber dann wird mir bewusst, wie naiv es ist zu glauben, dass ich sie finden kann. Wenn Raeanne es geschafft hat, sich vor Hades zu verstecken – wie sollte gerade ich sie dann finden können? Entmutigt lasse ich mich auf mein Bett sinken, kurz davor, aufzugeben. Ein Klopfen an der Tür lässt mich auffahren.

»Erin?«

Ich seufze innerlich. Georgina. »Ja?«

»Ich ... habe dir ein Sandwich gebracht.«

Äh. Okay. Ich habe keine Ahnung, warum Georgina mir etwas zu essen bringt, aber noch während ich darüber nachdenke, spüre ich, dass mein Magen gefährlich knurrt. »Komm rein.«

Langsam öffnet sich meine Zimmertür einen Spaltbreit, und Georgina steckt den Kopf hindurch. Dann schiebt sie sich langsam ins Zimmer. Als wäre ich ein gefährliches Raubtier, das sie besänftigen will, streckt sie mir ein riesiges Sandwich entgegen. Hungrig greife ich zu. »Danke.« Ich beiße ein großes Stück ab.

»Keine Ursache.« Georgina steht etwas unschlüssig mitten im Zimmer.

»Setz dich doch«, murmle ich zwischen zwei Bissen. Ich komme gerade sowieso nicht weiter. »Tut mir leid, dass ich vorhin so kurz angebunden war.«

»Muss dir gar nicht leidtun.« Sie lächelt etwas verzagt. »Ich wollte dich mal was fragen. Also ...«

Ich lasse das halb gegessene Sandwich sinken. »Nur zu.«

»Ich treffe mich später mit Maya auf einer Party.«

Sie muss nicht mehr sagen. Ich weiß auch so, dass Maya ihr noch ein paar weitere Kniffe beibringen wird, wie man seine Quote schnell und effizient erfüllen kann.

»Mach dir keine Sorgen, Maya ist eine großartige Lehrerin. Sie wird dich nicht zwingen, etwas zu tun, was du nicht willst.«

Georgina lacht bitter. »Nein, sie nicht.«

Mein Magen krampft sich zusammen. »Ihre Taktiken werden dir helfen, alles schnell über die Bühne zu bringen. Wenn man etwas mehr Erfahrung hat, kann man sogar Spaß dabei haben.« Heuchlerin. Wie kannst du ihr so etwas sagen, wenn du es selbst nicht mehr glaubst?

»Ich weiß nicht, ob ich diesen Punkt jemals erreichen werde, Erin.« Sie ist blass geworden, und ihre Augen sind viel zu groß in ihrem hübschen Gesicht. »Es ist einfach nicht richtig. Ich will das nicht, irgendwelche wildfremden Kerle küssen und ihnen das antun.« Sie sieht mich an, und ich erkenne das Entsetzen auf ihrem Gesicht wieder. Ich habe es dort gesehen, als ihr letztes Opfer vor uns zusammengebrochen ist.

»Ich habe doch nur verhindern wollen, dass er weitermacht. Mein Ex-Freund. Ich wollte, dass er nie wieder jemanden so mies behandeln kann. Ich … ich habe überhaupt nicht richtig verstanden, was es bedeutet, diesen Pakt zu schließen. Dass ich dann für immer …« Sie verstummt. »Das ist dumm und naiv, ich weiß. Aber ich … war damals so wütend, ich konnte an nichts anderes mehr denken als an die Rache.«

»Ja«, flüstere ich. »So kriegt er uns.«

Sie presst die Lippen zusammen.

Ich suche nach etwas Tröstlichem, das ich ihr sagen kann. »Du kannst entscheiden, wen du küsst. Du kannst dir jemanden aussuchen, der es wirklich verdient hat, so wie ich es tue.« Auch diese Worte klingen in meinen Ohren hohl. Dabei habe ich so lange an sie geglaubt, mich so unglaublich lange an ihnen festgehalten. Aber noch während ich sie ausspreche, sehe ich die Qual auf dem Gesicht des Jungen, den Georgina geküsst hat.

Ihr Blick ist leer. »Glaubst du wirklich, dass irgendeiner auf diesem

Campus so etwas verdient hat?«, fragt sie leise. »Und selbst wenn – sollten tatsächlich wir diejenigen sein, die darüber entscheiden?«

Ich starre sie an. Habe ich vor einer Weile nicht genau das Gleiche gedacht?

Sie schüttelt verzweifelt den Kopf, und ihre Augen glänzen verräterisch. »Ich will das einfach nicht, Erin. Ich weiß nicht, wie ich es aushalten soll, mein Leben lang jede Woche jemanden zu küssen und ihn *dazu* zu verurteilen.«

Mir tut das Herz weh, weil ich mir so sehr wünsche, ihr helfen zu können. Denn nicht nur, dass ihre Verzweiflung meine eigenen Erinnerungen an jene ersten schrecklichen Monate wieder hervorholt. Nein, noch viel schlimmer. Sie erinnert mich an Summer. Sie ist eine schreckliche Vision dessen, was aus meiner kleinen Schwester werden könnte, wenn Hades sie jemals findet.

»Es muss doch einen Ausweg geben, Erin.« Flehentlich sieht Georgina mich an. »Irgendwie muss es doch möglich sein, diesem verdammten Pakt zu entkommen.«

»Ich … glaube nicht …«

Georgina schüttelt plötzlich heftig den Kopf und springt auf. »Wie lange geht das schon so? Seit wann gibt es uns?«

Mit gerunzelter Stirn starre ich sie an. »Maya hat mir einmal erzählt, dass die ersten drei Rachegöttinnen vor mehreren Tausend Jahren von Zeus und Hades versklavt wurden. Seitdem sucht Hades Menschen für den Pakt, der uns unsere Kräfte verleiht, uns aber auch zwingt, ihm zu Diensten zu sein.«

Georgina sieht mich an. »Seit Tausenden von Jahren. Solange gibt es uns also schon. Und ständig kommen neue hinzu. Wie viele Frauen sind bereits Rachegöttin gewesen und sind es noch? Und die viel bessere Frage ist: Warum braucht Hades immer wieder neue Rachegöttinnen, wenn wir doch ewig leben könnten und uns niemals von dem Pakt befreien können? Nein, es muss einfach so sein, dass immer wieder ein paar von uns entkommen.«

Ich starre sie an. Mein Herz beginnt schneller zu klopfen, aber ich versuche, es zu beruhigen. Es kann nicht sein. Es kann einfach nicht sein. »Das muss einen anderen Grund haben. Vielleicht verletzen sie alle irgendwann die Regeln, und er bestraft sie dafür. Und dann können sie ihm nicht mehr dienen.«

Georgina presst die Lippen zusammen, offenbar hält auch sie das für eine plausible Erklärung. »Natürlich. Wie lange kann man das denn durchhalten, bevor man wahnsinnig wird und den Pakt bricht? Ein paar Jahre?« Sie sagt es mit derselben Abscheu, die ich selbst verspüre. Dann schüttelt sie den Kopf. »Meine Mutter ist Anwältin, und ich weiß, dass kein Vertrag jemals wasserdicht ist. Irgendetwas lässt sich immer finden. Irgendeine Göttin muss es im Laufe dieser vielen Tausend Jahre doch geschafft haben, sich aus diesem Pakt zu befreien, ohne die Konsequenzen zu tragen. Das ist keine unvernünftige Hoffnung, sondern nur Logik.«

Wie sehr ich mir doch wünsche, dass sie recht hat. Dann müsste ich nicht solche Angst um Summer haben, sondern könnte sie von dem Pakt befreien, sollte es Hades jemals gelingen, auch sie zu einer Rachegöttin zu machen.

»Hey, denkst du, diese Professor Thompson weiß etwas darüber? Die, die bei dieser Veranstaltung geehrt werden soll? Ich hab das Jobangebot in der WhatsApp-Gruppe gesehen und dachte …«

»Ich weiß nicht. Vielleicht«, antworte ich, immer noch in Gedanken. »Aber man kommt nicht an sie ran.«

»Na ja, man könnte vielleicht …«

»Hör zu, Georgina, ich muss dringend noch was erledigen.«

»Oh, ja, natürlich. Tut mir leid. Ich wollte dich gar nicht so lange aufhalten.«

Ich lege ihr meine Hand auf den Arm. »Hast du nicht. Du kannst immer zu mir kommen, okay?«

Sie nickt dankbar, und ich merke, dass ich es schön finde, für sie da zu sein. Genauso wie Maya für mich da ist, so gut es eben geht, ohne dass wir über die wichtigsten Dinge in unserem Leben reden können. Ein warmes Gefühl steigt in mir auf.

»Es ist schön, damit nicht allein zu sein«, flüstert Georgina.

»Ja«, antworte ich leise. »Das ist es.«

»Ich bin so froh, dass es dieses Haus hier gibt. Raeanne muss wirklich ein gutes Herz gehabt haben, dass sie das für uns eingerichtet hat.« Sie lächelt mir zu und verschwindet dann.

Kurz sehe ich ihr nach, aber sobald sie weg ist, drehe ich mich um und nehme mein *Handbuch für Göttinnen* in die Hand. Ein gutes Herz. Ja, vielleicht. Raeanne ist zwar geflohen, aber sie hat uns das Haus hinterlassen, und ihr Brief klang warm und freundlich. Sie hat sogar von »ihren Mädchen« gesprochen. Als wären wir alle ihre Töchter. Ich fahre mit dem Finger über die goldene Prägung auf dem dunklen Ledereinband des *Handbuchs*. Wie passt das damit zusammen, dass sie uns einfach allein lässt, ohne eine Möglichkeit, sie zu erreichen? Würde sie nicht viel eher einen Hinweis hinterlassen, wie wir sie finden können, ohne dass Hades es sofort merkt?

Ja, so muss es sein. Und das Einzige, was uns den Weg zu ihr weisen könnte, ist das Buch. Nur das ergibt Sinn. Deshalb wollte sie ja auch, dass jede Rachegöttin eines bekommt.

Ich schlage die erste Seite auf.

Verstehe, dass du eine Göttin bist.
Vergiss nie, dass du einzigartig bist.
Lass deine Seele frei.

Das hilft mir total. Nicht. Aber irgendetwas an dem Buch muss es sein. Etwas, das nicht so offensichtlich ist, dass Hades es sofort versteht. Ich blättere weiter darin herum. Ich durchleuchte die Seiten mit einer Kerze, hole sogar Zitronensaft, versuche, damit eine Geheimschrift sichtbar zu machen, und komme mir dabei vollkommen lächerlich vor.

Deprimiert lasse ich das Buch schließlich sinken. Die letzte Seite liegt offen vor mir. Aber dort steht nichts Interessantes, außer die Angaben der Druckerei. In winzigen, halb verblichenen Lettern steht da: Gedruckt in Blackwater Falls, Louisiana.

»Warte«, flüstere ich. »Ja, das muss es sein!«

Hastig greife ich nach meinem Handy und google Blackwater Falls in Louisiana. Es gibt keinerlei Hinweise auf eine Druckerei in der Nähe davon. Es gibt auch keinerlei Hinweise auf einen richtigen Ort. Es ist nur eine Markierung im Nirgendwo. Eine, die vorher nicht da war und die jemand von Hand bei Google Maps gesetzt hat, damit andere sie finden können. Das muss der Ort sein, an dem ich Raeanne suchen muss.

Hoffnung steigt in mir auf, atemberaubend. Und schmerzhaft.

Louisiana. Das ist nicht gerade um die Ecke. Und ich habe nur eine Möglichkeit, schnell dorthin zu kommen. Eine, die mich von Kopf bis Fuß erschaudern lässt.

KAPITEL 31

Arden

Das verschachtelte Haus von Erins Studentenverbindung taucht düster vor mir auf, die uralten Bäume knarzen im Wind. Ich frage mich, wie Carson jemals auf die Idee kommen konnte, dass das hier die langweiligste Studentenverbindung überhaupt ist. Zumindest ihr Haus ist es schon bei Tag nicht, und in der Dämmerung wirkt es besonders außergewöhnlich. Ich hebe die Hand, um an die Tür zu klopfen. Gleichzeitig frage ich mich, was mich eigentlich geritten hat hierherzukommen. Ich wälze alle Ausreden in meinem Kopf hin und her, kann mich aber für keine entscheiden. Entsprechend bleibt meine Hand, wo sie ist. Knapp vor der Tür. Komm schon, Mann, sei nicht feige. Du hast es bis hierher geschafft, jetzt zieh es durch. Ich hole tief Luft und will gerade an die Tür klopfen.

Die genau in diesem Moment aufgerissen wird.

Erin steht im Türrahmen und starrt mich entgeistert an.

Ich starre zurück.

Irgendwie hatte ich mit einer Schonfrist gerechnet. Damit, dass jemand anders mir öffnen würde und ich noch ein paar Sekunden Zeit hätte, mir irgendetwas auszudenken, das ich Erin – natürlich atemberaubend eloquent formuliert – sagen könnte. Etwas anderes als »Ich würde gern noch mal eine Nacht neben dir auf einer Insel verbringen« oder »Hättest du nicht Lust, dich noch mal mit mir im Watt zu verirren?«.

Langsam lasse ich meine Hand sinken.

»Was machst du hier?« Sie wirft einen merkwürdig gehetzten Blick über ihre Schulter, über der ein riesiger Rucksack hängt. Dann verzieht sie das Gesicht. Aber es gilt nicht mir, sondern dem dunkelhaarigen Jungen, der jetzt neben sie tritt.

Damon.

Als er mich sieht, huscht ein seltsamer Ausdruck über sein Gesicht, aber vielleicht habe ich mir das auch nur eingebildet, denn nun lächelt dieser Damon mich an. Ein merkwürdiges Lächeln, eines, das irgendetwas in mir anrührt. Etwas Dunkles. Abneigung? Ja, das muss es sein.

»Arden, wie schön, dich zu sehen, komm doch rein«, sagt Damon mit entwaffnender Freundlichkeit.

Ich blinzle ihn an. »Wie bitte?«

Auch Erin wirft Damon einen entgeisterten Blick zu.

Er grinst. »Ja, komm rein. Oder wolltest du einfach ein bisschen auf unserer Türschwelle herumlungern?« Sein Grinsen wird breiter.

Meine Mundwinkel zucken. Sofort unterdrücke ich es. So weit kommt's noch, dass dieser Typ mir sympathisch wird. Vor lauter Staunen bemerke ich erst jetzt, dass Erin mir ihre Hand auf den Arm gelegt hat. Das vertreibt alle anderen Gedanken aus meinem Kopf. Sogar das merkwürdige Verhalten von Damon.

»Es ist gerade ein wirklich schlechter Zeitpunkt, Arden«, raunt Erin mir zu und schiebt mich sanft von der Eingangstür weg.

»Ach was.« Damon macht eine wegwerfende Handbewegung. »Nur weil Erin weg muss, heißt das doch nicht, dass du nicht bei uns vorbeischauen kannst. Wir freuen uns über Besuch.«

Ich suche in seinem Gesicht nach Anzeichen von Spott oder Belustigung, aber da ist nichts, sondern einfach nur ehrliche Gastfreundschaft. Nein, unmöglich. Das kann nicht sein.

Verwirrt wende ich mich Erin zu. »Du fährst weg?«

Sie murmelt etwas, das wie ein Fluch klingt.

Meine Mundwinkel zucken. Sie wirft mir einen bösen Blick zu. »Ja, ich habe mich kurzfristig entschieden. Es ist etwas Wichtiges. Etwas Privates«, setzt sie schnell hinzu, bevor ich sie fragen kann.

»Das von gestern?«, frage ich.

Sie nickt hastig.

»Soll ich dich begleiten?«, frage ich sofort, ohne darüber nachzudenken. Es ist ja auch eine tolle Idee, mitten im Semester einfach zu fehlen. Und vor allem ist es eine ganz tolle Idee, mit ihr überhaupt irgendwohin zu fahren. Wo doch schon die Nacht auf der Insel die Hölle war. Wenn auch eine verdammt schöne Hölle. Eine, in der ich wider besseres Wissen gern mehr Zeit verbringen würde.

Erin schluckt sichtbar. Vielleicht denkt sie das Gleiche. »Ich halte das für keine gute Idee, Arden«, sagt sie und hält meinen Blick dabei ganz fest.

»Ich halte es für eine hervorragende Idee«, sagt Damon und nimmt mir damit die Worte aus dem Mund.

Erins Blick verdüstert sich. »Halt die Klappe, Damon!«

Damons Grinsen verblasst nicht. »Auf der anderen Seite wäre es nicht schlecht, wenn du bleibst, Arden. Erin verlässt uns recht plötzlich, dabei hat sie doch Aufgaben zu erledigen.« Er sieht Erin mit einem Lächeln an.

Ihre Augen weiten sich mit mehr Entsetzen, als die Vernachlässigung ihrer WG-Pflichten rechtfertigen würde.

»Ähm, ich …«, stottert sie.

Damon öffnet die Tür noch etwas weiter und zieht mich ein Stück in das riesige Wohnzimmer hinein. Die Mädchen, die ich schon öfter mit Erin gesehen habe, sitzen dort auf gemütlichen Sofas und Sesseln um ein warmes Kaminfeuer herum. Es wirkt unglaublich anziehend und verlockend. Gar nicht langweilig.

»Irgendjemand wird Erins Aufgaben schließlich übernehmen müssen«, sagt er. »Vielleicht …« Er klingt plötzlich wie ein Raubtier, das zum Sprung ansetzt. »… könntest du uns dabei behilflich sein.« Er gibt mir einen Schubs in Richtung Kamin, auf die anderen Mädchen zu, die mich interessiert ansehen.

»Nein!« Erin klingt so panisch, dass ich zu ihr herumfahre. Sie packt mich am Arm. »Auf gar keinen Fall.«

»Aber, aber, Erin.« Damon schnalzt mit der Zunge. »Du musst dir keine Sorgen um Arden machen. Maya und die anderen werden sich sehr gut um ihn kümmern. So gut, wie du es nicht kannst oder willst.« Nun ist da doch ein winziges Fünkchen Belustigung in seinem Tonfall, und ich verstehe endlich, woher der Wind weht.

Dass wir beide versuchen wollen, nur Freunde zu sein, ist schon für uns ein guter Witz. Wundert mich nicht, dass auch ihre Freunde es lustig finden.

Erin wirkt allerdings gar nicht amüsiert. Ihr Gesichtsausdruck ist ernst geworden; ich bilde mir ein, sogar etwas wie Panik darin zu lesen. Mein verräterisches Herz schlägt schneller, weil der Gedanke, dass eine ihrer Freundinnen vielleicht etwas mit mir anfangen möchte, sie offensichtlich ziemlich eifersüchtig macht. Wenn sie wüsste, dass keine andere eine Chance bei mir hat.

»Ähm, Arden, vielleicht wäre es wirklich besser, wenn du mich begleitest«, stößt sie schließlich hervor.

»Ich finde auch, dass das besser wäre«, antworte ich.

Damons Grinsen wird etwas breiter, er neigt sich mir verschwörerisch zu, als hätte er das alles nur für mich gemacht und nicht, um Erin aufzuziehen. Wahrscheinlich sollte ich mich darüber wundern, aber die Vorstellung, mit Erin allein unterwegs zu sein, vertreibt alles andere aus meinen Gedanken.

Bis ich ihr Gesicht sehe. Zweifel, Angst und Sorge stehen darin. Sofort packt mich das schlechte Gewissen. »Wenn du lieber allein fahren möchtest, dann …«

»Nein«, fällt sie mir ins Wort. »Ich möchte ja gar nicht.«

Sie sieht mich fast schon verzweifelt an. Mein Herz zieht sich zusammen. Wie sehr ich diese Situation hasse, in der wir beide festsitzen. Diese Sache mit Lyra, die mir verbietet, Erin jetzt in den Arm zu nehmen und zu trösten, und mich davon abhält, ihr nicht nur ein Freund zu sein, sondern mehr. Jemand, der nur für sie da ist. Ich presse die Lippen zusammen. Nein, dafür muss ich doch nicht mit ihr zusammen sein. Das kann ich auch so. Ich bin schließlich kein Tier, das sich nicht zurückhalten kann.

»Dann komme ich mit. Was auch immer du vorhast.«

Sie nickt dankbar. »Dann solltest du schnell noch ein paar Sachen zusammenpacken. Wir werden ein paar Tage unterwegs sein.«

Ein paar Tage? Was hat sie denn bloß vor?

Wir gehen zu meinem Verbindungshaus, und sie beobachtet mich, während ich hastig ein paar Sachen zusammensuche. Ich stopfe alles in meinen Rucksack, schnappe mir noch meine Jacke und folge ihr dann in die Dämmerung. »Wohin gehen wir?«

Sie lacht seltsam heiser. »Wir gehen nicht. Wir fahren.«

»Mit was?«

Ihr Mund verzieht sich zu einem Lächeln. »Natürlich mit deinem Fahrrad. Was meinst du, warum ich dich mitnehme?«

Ich muss lachen. »Verstehe. Dann hoffe ich nur, dass wir nicht zu weit hinauf in die Berge fahren.«

»Natürlich fahren wir in die Berge, wo wäre sonst der Spaß?« Aber dann lacht sie, als wäre das nicht ernst gemeint, und führt mich durch die Dämmerung zurück zu ihrem Verbindungshaus. Allerdings nicht zur Haustür, sondern um das Haus herum. Schließlich bleibt sie vor einem kleinen Schuppen stehen, der sich an die Seitenwand des Hauses drückt. Sie atmet tief durch, öffnet die Brettertür und betritt den dunklen Raum. Ich folge ihr. Zunächst erkenne ich im Dunkeln nicht genau, was ich vor mir habe, bis sie danach greift.

»Ein Motorrad?«

»Ja, ein Motorrad.« Sie holt tief Luft und fährt dann leiser fort. »Das Motorrad, auf dem meine Schwester gestorben ist.«

»Wow. Das klingt ja echt … vertrauenerweckend.« Es rutscht mir heraus, bevor ich darüber nachdenken kann, dass ich lieber etwas Tröstliches sagen sollte.

Aber Erin registriert es kaum, sie hat nur Augen für das Bike. »Ja, nicht wahr? Der Typ, der sie umgefahren hat, hat es wieder herrichten lassen und mir hierher nachgeschickt. Damals hätte ich es ihm am liebsten vor die Füße geworfen.« Ihre Stimme zittert leicht.

»Hey«, ich lege ihr eine Hand auf die Schulter. »Wenn du es nicht fahren willst, dann sehen wir uns nach was anderem um. Wir warten bis morgen und …«

»Nein!« Sie schüttelt meine Hand ab. »Dafür ist keine Zeit.«

Ich runzle die Stirn. »Was hast du eigentlich vor?«

Es dauert eine Weile, bis sie antwortet. »Wenn du wirklich mitkommen willst, dann frag mich das nicht mehr. Bitte.«

»Klar, wenn du es so willst. Kein Problem.«

Sie wirkt, als wolle sie noch etwas sagen, aber dann schüttelt sie den

Kopf und sieht wieder das Motorrad an. Sie betrachtet es fast schon feindselig, dann geht sie zu einer Kiste, die dahintersteht, und holt zwei Helme heraus. Sie drückt mir einen davon in die Hand. »Ich hoffe, der passt.«

Ich nehme den Helm und sehe zu, wie sie sich ihren über ihre Haarmähne stülpt. Dann holt sie ein Paar Handschuhe aus der Kiste und schließt diese wieder. Hastig setze ich mir den Helm auf, der erstaunlich gut passt, und stehe dann etwas ratlos vor dem Motorrad, genau wie Erin.

»Du kannst nicht zufällig total geil Motorrad fahren, oder?«, fragt sie schließlich.

Verdammt, wie gern würde ich jetzt Ja sagen. Ich meine, welcher Kerl, der etwas auf sich hält, kann bitte nicht Motorrad fahren? Aber die Wahrheit ist, dass ich noch nie auf so einem Ding gesessen habe, hat mich einfach nie interessiert. »Ich fürchte nicht. Aber ich dachte, du …«

Sie zuckt mit den Achseln. »Wird schon gehen. Ich habe mir vorhin auf Youtube ein paar Tutorials angeschaut.«

Ich muss wohl ziemlich entsetzt gucken, denn sie fängt plötzlich an zu lachen. »Das war nur ein Witz. Meine Schwester hat mir beigebracht, wie man es fährt. Es ist nur schon 'ne Weile her, das ist alles.«

Das sind natürlich Worte, die man gerne hört, wenn man in fast vollkommener Dunkelheit zu jemandem auf ein Motorrad steigt. Aber ich sage nichts, immerhin bin ich ja auch keine große Hilfe. Stattdessen versuche ich, ihr Selbstvertrauen einzuflößen. Das kann sicher nur helfen.

Erin schwingt ein Bein über den Sattel und startet das Motorrad. Schon an diesen paar Bewegungen merke ich, dass sie die Maschine wahrscheinlich besser beherrscht, als sie selbst denkt. Jeder ihrer Handgriffe wirkt vollkommen natürlich und hundertfach eingeübt. Trotzdem zögere ich, hinter ihr aufzusteigen, als sie mich dazu auffordert. Mangelndes Vertrauen in sie ist allerdings nicht der Grund. Sondern eher mangelndes Vertrauen in mich und meine Fähigkeit, einfach nur ihr Freund zu sein. Wie soll ich es bloß aushalten, hinter ihr zu sitzen und die ganze Zeit ihren Körper an meinem zu spüren?

Aber es hilft nichts. Jetzt noch einen Rückzieher zu machen, gilt nicht, und ich will es auch nicht. Ich möchte bei ihr sein und ihr beistehen, was auch immer sie vorhat.

Mit den besten Absichten schwinge ich mich hinter ihr auf das Motorrad, aber in dem Moment, in dem sich meine Arme um ihre Taille schließen und ihr Körper sich unter meiner Berührung leicht anspannt, weiß ich, dass diese Fahrt nicht nur für mich die Hölle auf Erden werden wird.

KAPITEL 32

Erin

Mein Herz rast, als wir losfahren, aber nicht wegen des Motorrads.

Als er gesagt hat, dass er nicht Motorrad fahren kann, war ich zuerst froh. Denn die Vorstellung, mich von hinten gegen ihn zu lehnen, meine Arme um ihn zu legen und mich an ihm festzuhalten, war der absolute Horror.

Aber die Wahrheit ist: Jetzt ist es noch viel schlimmer!

Er sitzt hinter mir, eng an mich gepresst, seine Brust an meinem Rücken, so nah, dass ich mir einbilde, seinen Herzschlag zu spüren. Seine Arme liegen um meine Taille, sie halten mich eng umfasst, nicht, als würde er sich an mir festhalten, sondern als müsste er mich festhalten. Aber das Schlimmste sind seine Oberschenkel, die meine auf ganzer Länge berühren. Ja, so ist es unendlich viel unerträglicher als andersherum. Denn es fühlt sich an, als würde er mich im Arm halten, mich sogar in seinen Körper einhüllen, wie ich es mir in meinen unvernünftigen Träumen schon die ganze Zeit wünsche. Gott sei Dank haben wir die Helme, die verhindern, dass auch noch seine Wange an meiner liegt.

Ich atme tief durch und versuche, mich auf die Straße zu konzentrieren. Was für eine unglaublich dumme Idee, gerade im Dunkeln und dann auch noch mit einem Beifahrer nach so langer Zeit zum ersten Mal wieder zu fahren. Jenna würde mich eigenhändig umbringen, wenn sie das wüsste. Aber ich habe keine andere Wahl. Ich kann nicht warten, Summer braucht mich. Hades kommt ihr näher, und mit jeder Stunde, die verstreicht, sinkt meine Chance, sie vor ihm zu verstecken.

Ich fahre über die Straßen von Georgia. Irgendwann vergesse ich, dass ich so lange nicht gefahren bin. Die Geschwindigkeit berauscht mich, das Gefühl, durch die Kurven zu fliegen, überdeckt alles. Nur nicht Ardens Nähe. Die vergesse ich nicht. Keine einzige Sekunde lang.

Es ist die Hölle auf Erden, ihn so nah zu spüren und zu wissen, dass niemals mehr daraus werden kann. Gleichzeitig ist es das schönste Gefühl, das ich mir vorstellen kann. Einfach so mit ihm zusammen durch die Nacht zu fliegen, nur wir beide, eng aneinandergeschmiegt. Auf eine Art, die mein Herz zum Rasen bringt und meine Seele zum Schwingen, bittersüß und schmerzlich schön und gleichzeitig zumindest im Moment ungefährlich. Solange wir fahren, kann nichts weiter passieren. Solange wir auf diesem Motorrad sitzen, kann ich diese Nähe zwischen uns zulassen.

Dieses Gefühl ist so wunderbar, dass ich es nicht loslassen will. Nicht einmal für eine kurze Pause. Aber irgendwann muss es doch sein. Rechtzeitig, bevor ich wirklich müde werde, suche ich eine passende Stelle. Denn egal, wie sehr Summer mich braucht, ich kann mich nicht über die Sicherheitsregeln hinwegsetzen, die Jenna mir eingetrichtert hat. Tot oder verletzt nutze ich meiner kleinen Schwester gar nichts.

Ich bremse und halte schließlich an. Arden rührt sich nicht, abgesehen davon, dass er wie ich die Füße auf den Boden stellt. Ich halte den Atem an. Jetzt, ohne die Geschwindigkeit, ohne den Fahrtwind, spüre ich nur noch ihn und diese unglaubliche Sehnsucht, mich zu ihm umdrehen zu können, den Helm abzunehmen und ihn zu küssen. Oder ihn einfach nur zu umarmen.

Mit geschlossenen Augen, die Hände nach wie vor um die Griffe des Lenkers gekrallt, warte ich darauf, dass er tut, was ich nicht über mich bringe. Diese Nähe zwischen uns auflösen, die Berührung beenden. Es ist ja nur für kurze Zeit. Nur bis wir wieder weiterfahren. Vielleicht wird das auch ihm gerade klar, denn schließlich rührt er sich langsam und löst sich von mir.

Sofort umfängt mich die Kälte der Nacht.

Arden steigt ab, zieht sich den Helm vom Kopf und streckt sich. Ich hingegen kann immer noch nicht loslassen. Nicht das Motorrad und auch nicht seinen Anblick. Ich beobachte ihn im fahlen Licht der Rastplatzlaternen, lasse meinen Blick über seine breiten Schultern und seine langen Beine wandern.

Er lässt den Kopf wieder sinken und grinst mich an. Sicherlich hat er bemerkt, wie ich ihn mit Blicken abgetastet habe. Ich möchte am liebsten im Boden versinken.

»Du hast maßlos untertrieben«, sagt er.

»Wie bitte?« Ich blinzle ihn an.

»Du fährst ziemlich gut, du musst damals mit deiner Schwester viel geübt haben.« Es klingt bewundernd. Wärme steigt in mir auf. Es ist lange her, dass jemand so mit mir geredet hat. Genau genommen zweieinhalb Jahre.

»Ich habe uns beide noch nicht umgebracht, das ist doch schon mal was.«

Er lacht nicht. »Dein Fahrstil ist es jedenfalls nicht, der mich beinahe umbringt«, sagt er leise.

Mein Herz setzt einen Schlag aus, weil er das einfach so ausspricht.

Offensichtlich wird auch ihm gerade klar, was er da gesagt hat, denn er räuspert sich und murmelt etwas von »sich ein wenig die Beine vertreten«. Endlich kann auch ich vom Motorrad steigen. Es tut gut, sich etwas zu strecken und zu bewegen.

Arden allerdings läuft wie wild geworden über den Rastplatz. Ich will ihn gerade fragen, ob er vorhat, hier sein tägliches Laufprogramm zu absolvieren, als er zurückkommt und vor mir stehen bleibt.

»Es tut mir leid, Erin.«

Mein Herz beginnt zu rasen. Was tut ihm leid? Dass er nicht einfach nur mein Freund sein kann? Dass er trotz allem ständig auf andere Art an mich denken muss? Ich weiß, ich sollte es mir nicht wünschen, aber irgendwo tief in mir spüre ich Freude, weil es ihm so geht.

»Ich sollte solche Dinge nicht sagen. Nicht, nachdem ich mehrmals versprochen habe, dein Freund zu sein.«

Ich öffne den Mund, aber er schüttelt den Kopf.

»Nein, sag bitte nicht, dass das okay ist. Das ist es nämlich nicht. Als ich gesagt habe, dass ich dein Freund sein möchte, habe ich das ernst gemeint. Ich habe es nicht als Vorwand gesehen, dir nahe zu sein und dich dann doch irgendwie herumzukriegen. Das möchte ich jedenfalls glauben.« Sein leicht verzweifeltes Grinsen rührt etwas in mir an, und meine Mundwinkel zucken ebenfalls. Aber dann wird er wieder ernst.

»Es ist nur …« Er bricht ab. Fährt sich verzweifelt durch die Haare, die sowieso nichts mehr retten kann, nachdem sie so lange unter dem Helm zusammengequetscht waren. »Vergiss es. Ich werde mich von jetzt an beherrschen.«

Ich sehe ihn an und spüre, dass unter alldem etwas brodelt. Etwas, das nicht mich betrifft, sondern ihn und an das ich vielleicht nicht rühren sollte, wenn ich ihn nicht in Gefahr bringen will, sein Versprechen zu brechen. Ich sollte lieber froh sein, dass er wirklich vorhat, es zu halten.

»Danke«, flüstere ich und meine es auch so.

Er atmet tief durch. »Gut.«

Ich nicke mit zusammengepressten Lippen und wende mich ab. Aber während ich über die Lichtung zu einem umgefallenen Baumstamm gehe, um mich darauf zu setzen, werde ich immer langsamer. Schließlich bleibe ich stehen. Drehe mich um.

»Ich habe auch versprochen, deine Freundin zu sein. Das bedeutet, dass du mir alles sagen kannst.« Shit. Wir waren so nah dran. Fast hätten wir es geschafft. Fast hätte es endlich eine klare Trennlinie zwischen uns gegeben. Aber ich musste sie überschreiten. Es war sein merkwürdiger Tonfall von gerade eben, diese leichte Verzweiflung in seiner Stimme, die mich dazu gebracht hat.

Aber im nächsten Moment ist der Ausdruck schon wieder fort, und seine Entschlossenheit kehrt zurück. »Nein. Es ist nicht wichtig.«

Ich schnaube. »Als deine Nur-Freundin merke ich ziemlich genau, wenn du mich loswerden willst. Was natürlich nicht bedeutet, dass du mir etwas erzählen musst. Aber du kannst, wenn du willst. Ich werde dir daraus keinen Vorwurf machen.« Ich lächle bitter. »Und es wird mich auch nicht dazu bringen, gegen unsere Abmachung zu verstoßen.«

Langsam hebt er den Kopf. Ich sehe Sehnsucht in seinen Augen, den Wunsch, sich jemandem anzuvertrauen. Etwas zu sagen, das er vielleicht noch nie jemandem gesagt hat. Er atmet tief durch. »Also gut. Ich … ich möchte dir geben, was du brauchst. Ich möchte dein Freund sein und nur dein Freund. Ich möchte für dich da sein. Wirklich.«

»Ich glaube dir«, sage ich sanft.

Er schüttelt den Kopf. »Aber es ist seltsam, weißt du? Ich habe akzeptiert, dass im Moment nichts anderes für uns möglich ist. Oder besser gesagt, mein Herz hat das akzeptiert.« Er lacht heiser. »Verdammt, das klingt so bescheuert kitschig.«

Ich muss mich wirklich bemühen, ernst zu bleiben. »Stimmt.«

Das altbekannte freche Funkeln tanzt für einen winzigen Augenblick in seinen Augen, bevor es erlischt. »Aber mein Verstand akzeptiert es nicht.«

Ich runzle die Stirn.

Arden beobachtet mich genau, sein Gesicht verzieht sich spöttisch. »Ja, genau. Ist das nicht merkwürdig? Sollte es nicht andersrum sein?«

»Warte«, erwidere ich. »Willst du sagen, du fühlst, dass es richtig ist, nur befreundet zu sein, und deine Gefühle lassen sich im Zaum halten, aber deine … Gedanken nicht?«

»Es ist verrückt, oder? Natürlich will ich mehr von dir, das habe ich dir schon gesagt.«

Mir stockt der Atem. Wie sehr ich mir in diesem Moment wünsche, dass er die Freundschaft zwischen uns nicht so sehr achten würde. Wie gern ich hören würde, was er für mich empfindet und wie schwer es ihm fällt, es zu unterdrücken.

»Aber es sind meine Gedanken, die keine Ruhe geben. Es ist, als würde mein Verstand ständig an meinen Entscheidungen und Argumenten zweifeln.« Er wirkt jetzt beinahe hilflos in dem Wunsch, dass ich ihn verstehe.

»Du meinst, du suchst nach einem Ausweg?«, versuche ich, es mir zusammenzureimen.

Er schüttelt heftig den Kopf. »Nein. Es ist eher, als würde ich mich die ganze Zeit selbst infrage stellen. Als würde mein Verstand nicht akzeptieren wollen, dass meine Sichtweise richtig ist. Das klingt total verrückt. Es klingt schizophren, aber so meine ich es nicht. Es fühlt sich nicht an, als würden zwei Teile von mir diskutieren, als wäre ich gespalten oder so was. Nein, im Gegenteil. Mein ganzes Ich scheint sich einig zu sein, dass irgendetwas nicht stimmt.«

Etwas in seinen Worten macht mir Angst. Und dann möchte ich ihn einfach umarmen. Ich möchte ihm irgendwie helfen, aber ich habe keine Ahnung wie.

»Seit dem Unfall fühlt es sich an, als wäre mein Leben auf Pause gesetzt. Ich weiß nicht, was ich wirklich fühle oder was richtig ist. Ich kann ja nicht einmal sagen, was Lyra mir bedeutet.«

Ich muss mich daran hindern, erleichtert aufzuatmen, weil er sich endlich so ausdrückt, dass ich ihn verstehen kann. »Aber das ist doch total verständlich«, sage ich sanft.

Wieder schüttelt er den Kopf. »Aber ich komme mir dabei wie der größte Mistkerl auf diesem Erdboden vor. Immerhin lebe ich und bin gesund, während sie im Koma liegt. Und trotzdem versuche ich ständig, irgendeine Entschuldigung zu finden, um mich ihr nicht mehr verpflichtet zu fühlen.«

Der intensive Selbsthass, der jetzt sein Gesicht verzerrt, erschreckt mich. Weil ich dieses Gefühl viel zu gut kenne und es niemandem, wirklich niemandem an den Hals wünsche. Langsam gehe ich auf ihn zu und lege ihm eine Hand an die Wange. Ich weiß, wie wichtig es in so einem Moment ist, menschliche Wärme zu spüren. Wärme, die die Eiseskälte in der eigenen Seele vertreiben kann.

»So habe ich mich nach dem Tod meiner großen Schwester jeden Tag gefühlt«, flüstere ich. »Ich habe mich ständig gefragt, warum ich weiterleben darf und sie nicht.«

Er legt eine Hand auf meine, die immer noch an seiner Wange ruht. Er schließt die Augen. »Weißt du, was mein größter Wunsch ist?«, raunt er leise. »Dass mir irgendjemand sagt, dass es in Ordnung ist. Dass ich für sie getan habe, was ich tun konnte, und jetzt loslassen darf. Dass ich ihr nichts wegnehme, wenn ich endlich nach vorn sehe, und dass ich ihr nichts mehr schulde.«

Meine Augen werden feucht, und ich wünschte so sehr, ich könnte diesen Schmerz von ihm nehmen. Aber ich kann nicht. »Niemand kann dir das sagen, Arden. Weil du es sowieso nicht glauben würdest.«

Ich spüre, wie sein Kiefer sich unter meiner Hand verspannt. Wie er die Zähne fest zusammenpresst, als könnte er all den Schmerz und die Wut, die er wahrscheinlich fühlt, dazwischen zermalmen.

Ich hole tief Luft. »Das weiß ich, weil meine kleine Schwester immer wieder versucht hat, mir genau das klarzumachen. Aber es hat nie funktioniert.« Ich bemerke, dass ich zugegeben habe, eine kleine Schwester zu haben, aber irgendwie ist das in diesem Moment nicht wichtig. Es spielt keine Rolle, weil ich Arden absolut vertraue. »Die Erlaubnis, weiterzumachen und loszulassen, die muss man sich selbst geben.« Meine Stimme zerbricht endgültig an diesen Worten, die so wahr sind und gleichzeitig so heuchlerisch. Denn ich rede, als hätte ich diesen Punkt schon überwunden, dabei habe ich ihn die ganze Zeit nur verdrängt. Die Wahrheit ist: Ich habe noch längst nicht meinen Frieden mit Jennas Tod gemacht. Ich frage mich immer noch, warum sie an jenem Tag sterben musste und ich leben darf. Und in jeder Sekunde meines Daseins verachte ich mich für den Augenblick der Schwäche, in dem ich für einen einzigen berauschenden, zerstörerischen, schrecklichen Moment der Genugtuung diesen verdammten Pakt akzeptiert habe.

Ardens Finger schließen sich viel zu fest um meine. Dann lässt er meine Hand plötzlich los. »Wir sollten weiterfahren.« Sein rauer Tonfall schneidet mir ins Herz, denn er sagt mir mehr als alles andere, dass er sich die Erlaubnis weiterzuleben vielleicht nie wird geben können.

»Arden …«

»Du siehst müde aus, wir sollten einen Platz zum Übernachten finden.« Er sagt es, als hätte er meinen Einwurf gar nicht gehört. Ich beschließe, seinen offensichtlichen Wunsch, nicht mehr darüber zu reden, zu akzeptieren. Außerdem muss ich zugeben, dass er recht hat. Ich bin verdammt müde.

Er hat längst sein Smartphone herausgezogen und deutet auf einen Punkt auf der Karte. »Hier ist ein Hostel, die einzige Übernachtungsmöglichkeit in der Nähe. Laut ihrer Internetseite haben sie noch was frei.«

»Dann los«, gebe ich zurück, und wir gehen zum Motorrad. Als Arden sich wieder hinter mich setzt, macht mein Herz nur einen kurzen Satz, und mein Magen flattert nur ein ganz klein wenig. Daran merke ich, wie erschöpft ich bin. Dankbar folge ich seinen Handzeichen zu dem Hostel.

Erst als wir an der Tür klingeln und der verschlafene Besitzer uns aufmacht, mache ich mir Gedanken darüber, was für eine Schlafgelegenheit uns hier wohl erwartet. Kurz sehe ich Arden und mich in einem einzigen Schlafzimmer mit nur einem Bett. Widerstreitende Gefühle wie Panik, Vorfreude, Aufregung und Angst überfallen mich.

Als der Hostelbesitzer uns in einen Schlafsaal führt und uns mit der Taschenlampe zwei einzelne Betten zeigt, die an gegenüberliegenden Enden des Raums liegen, sollte ich wohl erleichtert sein. Genauso, wie ich es gut finden sollte, dass noch eine Gruppe Studenten dort schläft.

Aber stattdessen spüre ich eine verräterische Enttäuschung in mir.

KAPITEL 33

Erin

Am nächsten Morgen frühstücken wir im Hostel und fahren dann weiter. Der Himmel ist unglaublich blau. Der Highway nähert sich der Küste stetig, und immer öfter fahren wir über lange Brücken, um eine Bucht zu überqueren. Das Meer glitzert im Sonnenlicht, und mein Herz hüpft, wann immer wir ihm nahe kommen. Für ein paar gnädige Momente kann ich vergessen, wohin ich unterwegs bin und warum. Kann lächeln und den Rausch der Geschwindigkeit, der Sonne und der Sorglosigkeit in mir spüren, den ich vor so langer Zeit durch Jenna zum ersten Mal kennengelernt habe.

Ich kann mir sogar einbilden, dass Arden und ich zusammengehören und nichts zwischen uns steht. Es ist, als würde die Sonne alles wegbrennen, was uns belastet. Ich frage mich, ob es sich für ihn auch so anfühlt, und wünsche mir, es könnte für immer so bleiben. Aber als wir das Meer wieder hinter uns lassen, die großen Seen passieren, auf deren gegenüberliegender Seite New Orleans liegt, und schließlich den Mississippi überqueren, sind Wolken aufgezogen. Ungestüm rasen sie über den Himmel, verdecken immer wieder die Sonne und werfen wilde Schatten auf die Erde.

Kurz hinter Baton Rouge biegen wir vom Highway auf eine kleinere

Straße ab. Wir nähern uns dem Ziel unserer Reise. Nach zehn langen Stunden Fahrt sind wir endlich angekommen.

Ich lenke das Motorrad den Weg entlang, der immer schmäler wird und immer tiefer in die wunderschöne, unglaublich grüne Landschaft hineinführt. Als das Navi uns bestätigt, dass wir unser Ziel erreicht haben, stehen wir auf einer Lichtung mitten in den wilden, ausgedehnten Sümpfen von Louisiana, genau so, wie ich es vermutet hatte.

Mit einem unguten Gefühl im Magen steige ich vom Motorrad und nehme den Helm ab. »Das kann doch nicht richtig sein.« Ich sehe mich nach Arden um, der gerade ebenfalls seinen Helm vom Kopf zieht. Auch er sieht sich überrascht um.

»Ist Blackwater Falls nicht auch ein merkwürdiger Name für diese Gegend? Man würde eher etwas Französisches erwarten.«

»Das stimmt, darüber habe ich noch gar nicht nachgedacht.« Ich kaue an meiner Unterlippe. Das Navi hat uns hierhergeführt, und ich bin mir ziemlich sicher, dass wir am richtigen Ort sind. Aber wäre es nicht logisch, dass dies hier noch nicht das Ende der Suche ist? Würde Raeanne nicht noch weitere Sicherheitsvorkehrungen treffen, damit man sie nicht zu leicht findet? Ja, das muss es sein. Voll motiviert hänge ich meinen Helm über den Griff des Motorrads und gehe auf die Suche. »Sieh dich um, vielleicht gibt es irgendwo einen Hinweis.«

»Einen Hinweis?«

Ich erstarre vor Schreck. Erst jetzt fällt mir wieder ein, dass Arden überhaupt nicht weiß, was ich hier will. Er hat keine Ahnung, wonach ich suche, und fragt sich wahrscheinlich, warum ich ausgerechnet hier etwas zu finden hoffe. »Ähm, ja, irgendetwas, was einen Hinweis gibt, wo wir langmüssen.«

Arden bleibt stehen und sieht mich an. »Erin«, sagt er sanft. »Willst du mir nicht sagen, was los ist?«

Meine Kehle wird eng. Du ahnst ja nicht, wie gern ich dir alles sagen würde. »Das geht nicht.« Natürlich könnte ich mir irgendeine wilde Story ausdenken, aber … nein. »Ich müsste dich anlügen«, sage ich leise. »Und das will ich nicht.«

Er runzelt die Stirn. »Es ist nur … Es ist echt verdammt schwer, dir zu helfen, wenn ich keine Ahnung habe, wonach wir suchen.«

Ich lächle wackelig. »Dann sind wir schon zwei. Ich habe nämlich auch überhaupt keine Ahnung.« Aber noch während ich es sage, entdecke ich etwas. Es ist ein kleines, halb verwittertes Schild, das zwischen ein paar Büschen am Rand der Lichtung steckt.

Mein Herz beginnt zu rasen, als ich lese, was darauf geschrieben steht.

WENN DU IN NOT BIST,
RUF NACH UNS.

Darunter steht eine Telefonnummer. Ich bin mir sicher, dass ich auf der richtigen Spur bin. Wer außer einer Rachegöttin würde den Hinweis auf eine Notfallnummer so merkwürdig formulieren? Mit bebenden Fingern hole ich mein Smartphone heraus und tippe die Nummer ein.

»Ja?« Eine junge Stimme meldet sich. Viel zu jung. Das kann nicht Raeanne sein.

Mein Herz sinkt. »Mein Name ist Erin, ich …«

»Was solltest du niemals vergessen, Erin?«

Ich verstumme. Meine Gedanken kreisen wild um die Frage. Was soll das? Aber dann verstehe ich. »Dass ich einzigartig bin«, antworte ich.

Ich spüre förmlich, wie sich am anderen Ende der Leitung etwas ändert. Das Mädchen öffnet sich mir wie eine Blüte im Frühling. »Gut«, sagt sie erleichtert. »Oder auch nicht gut. Ich nehme an, du hast einen schwerwiegenden Grund, um uns aufzusuchen. Wie wir ihn alle hatten.« Ihre Stimme klingt so verständnisvoll, dass mir fast die Tränen kommen. Sie klingt wie jemand, der mich sofort verstehen könnte, wenn ich ihm alles erzählen dürfte. Sie muss selbst eine Rachegöttin sein, die Raeanne bei sich aufgenommen hat.

»Ich muss Raeanne sprechen. Bitte.«

Am anderen Ende der Leitung ist es kurz still. »Sie empfängt neue Besucher nicht sofort.«

Ich fluche innerlich. Natürlich hatte ich damit rechnen müssen, dass es nicht so einfach ist. »Bitte, es geht um …«

»Warte«, unterbricht mich das Mädchen. »Wer ist der Typ da? Hast du den mitgebracht?« Sie klingt plötzlich richtiggehend feindselig. Irritiert sehe ich mich um, bis mir klar wird, dass sie wahrscheinlich eine Überwachungskamera angebracht haben, mit der sie diesen Ort jederzeit einsehen können. Arden muss gerade ins Blickfeld der Kamera geraten sein.

»Ein Freund.«

»Er muss verschwinden, bevor du weiterredest.«

Sie hat recht. Es ist ja auch in meinem Interesse. »Ich erledige das.« Ich wende mich an Arden. »Könntest du … uns etwas Privatsphäre gönnen?« Ich komme mir mies dabei vor, schließlich ist er nur wegen mir hier. Aber er scheint sich nichts dabei zu denken, denn er schlendert ein Stück weg, ganz ans andere Ende der Lichtung.

»Du kannst ihn auf keinen Fall mit zu uns bringen. Und du darfst ihn auch nicht mit zu ihr nehmen. Hast du das verstanden? Zu ihr darf man nur allein gehen.«

»Ja, natürlich. Ich werde dafür sorgen, dass er nicht weiß, wohin ich gehe, und dass er mir nicht folgen kann. Bitte, helft ihr mir?«

»Was brauchst du?«, fragt das Mädchen.

»Ich muss jemanden verstecken. Vor ihm. Wisst ihr, wie man das machen kann?«

»Raeanne weiß es. Sie sagt es niemandem von uns, weil dieses Wissen viel zu gefährlich ist.«

»Dann muss ich zu ihr. Bitte, jede Minute zählt. Er ist ihr auf den Fersen, und es kann jeden Moment zu spät sein. Vielleicht ist es sogar schon zu spät.«

Es knackt kurz in der Leitung, ich höre Stimmengemurmel im Hintergrund. Dann ist ihre Stimme plötzlich wieder ganz klar. »Raeanne wird dich treffen.«

Meine Knie werden vor Erleichterung weich. »Gott sei Dank. Wo finde ich sie?«

Das Mädchen gibt mir Anweisungen, und während sie redet, stellen sich die Haare in meinem Nacken auf. Ich renne zu Arden zurück, und wir fahren mit dem Motorrad in den nächsten Ort. Etwas ratlos halte ich dort an. Hier gibt es nicht viel mehr als einen Pizzaservice, ein Café und eine Tankstelle.

»Lass mich hier zurück«, sagt Arden und lächelt schief.

»Was?«

»Du musst mich hier zurücklassen. Es ist die einzige Lösung.«

»Woher …?«

Er zuckt mit den Schultern. »Das war ziemlich offensichtlich.«

Zerknirscht sehe ich ihn an. »Tut mir leid.«

»Schon gut, ich komme zurecht. Vergiss mich nur nicht hier«, scherzt er.

»Ich könnte dich niemals vergessen«, antworte ich.

Der Blick, den er mir daraufhin zuwirft, lässt tausend Schmetterlinge in meinem Bauch tanzen. Aber dann wird er ernst. »Ich würde nur gern irgendwo warten, wo ich notfalls nachkommen und dir helfen kann.«

»Ja«, flüstere ich. »Und genau deswegen muss ich dich hier lassen, wo du das ganz sicher nicht tun kannst.«

Er presst die Lippen zusammen, aber schließlich nickt er.

Mein schlechtes Gewissen regt sich, als ich Arden allein zurücklasse, aber ich habe keine andere Wahl.

Während ich zurück in die Sümpfe fahre, bedeckt sich der Himmel immer mehr. Es ist ein Wechselspiel aus Licht und Schatten, wunderschön und erschreckend zugleich, und atemberaubend auf der schier endlosen Weite des Atchafalaya Basins, das sich jetzt vor mir öffnet. Eine kilometerlange Brücke führt über den Sumpf, der sich aus dem Wasser des Mississippi und des Atchafalayan River gebildet hat und immer weiter von ihnen gespeist wird. Ein riesiger Moorsee, so weit das Auge reicht. Für einen Moment überwältigt mich dieser Anblick, und ich wünschte, ich könnte ihn mit Arden teilen. Dann gebe ich Gas, fliege förmlich über die Brücke, und die grüne Pracht rast an mir vorbei, bis das Navi mich in eine Straße einbiegen lässt, die in der Mitte der Brücke abzweigt und in die ausgedehnten Sumpfgebiete des Atchfalaya Basins führt. Bedauernd gehorche ich. Bald finde ich den kleinen Parkplatz, auf den das Mädchen mich am Telefon hingewiesen hat. Dort muss ich das Motorrad stehen lassen und zu Fuß weitergehen. Einmal verlaufe ich mich fast zwischen den Mangroven, aber bald stehe ich vor einem halb verrotteten Steg, der wenig vertrauenerweckend in das weite tiefe Wasser der Sümpfe hinausführt. Nebel hängt jetzt über dem Wasser, die Sonne ist nicht mehr stark genug, um dagegen anzukommen. Die dramatischen Wolken über mir haben gewonnen. Langsam gehe ich über den knarzenden Steg, setze vorsichtig jeden meiner Schritte. Am Ende des Stegs finde ich ein Boot, das auch schon bessere Tage gesehen hat. Ich stöhne auf. Natürlich hat es keinen Motor, sondern nur Ruder.

Das Boot schaukelt gefährlich, als ich einsteige und die Ruder mit festem Griff packe. Ich mache ein paar Ruderschläge, bevor ich mich umsehe und versuche, die kleine Insel zu entdecken, die das Mädchen mir beschrieben hat. Alles sieht hier gleich aus, und in dem immer dichter werdenden Nebel ist es noch schwerer, den richtigen Weg zu finden. Aber dann entdecke ich den verkrüppelten Baum, den sie mir beschrieben hat. Meine Arme schmerzen, als ich dort ankomme und langsam um die kleine Insel herumrudere. Auf der Rückseite tut sich ein winziger Kanal zwischen den Bäumen auf.

Ich kneife die Augen zusammen, kann aber trotzdem kaum noch etwas sehen. Verdammt, es wird schon dunkel! Wo ist bloß die Zeit hin? Ich sehe auf mein Smartphone. Nein, es wird nicht dunkel, es ist noch nicht so spät. Es sind Gewitterwolken, die den Himmel über mir verdunkeln. Ich rudere schneller.

Als Bretter vor mir aus dem Nebel auftauchen, atme ich erleichtert auf. Das muss das Hausboot sein. Oder besser: sein Wrack. Denn die Bretter sind halb vermorscht und von Pflanzen überwuchert. Für März ist das alte graue Holz von erstaunlich vielen bunten Blüten bedeckt. Vorsichtig binde ich das Ruderboot an einer Ecke des Hausboots an und steige langsam auf die Plattform, die gefährlich unter mir schwankt. Mein Mund wird trocken. Was, wenn das eine Falle ist? Wenn Raeanne auf diese Weise ungebetene Gäste entsorgt? Aber nein, dann hätten sie doch wohl darum gebeten, dass ich Arden mitbringe, damit er nicht nach mir sucht. Ich schalte das Display meines Handys ein und leuchte damit in das Innere des halb verrotteten Hausboots. Bis hier führen die Anweisungen des Mädchens, das mir nicht mal seinen Namen verraten hat.

Erin.

Ich erstarre. Jemand hat meinen Namen gesagt! Aber nicht laut, sondern in mir. Wie kann das sein? Ich drehe mich einmal um mich selbst, nehme instinktiv Kampfhaltung an.

Ein Lachen. Ein Lachen in meinen Gedanken! Was soll das? Spielen meine Nerven verrückt? Oder dünstet dieser Sumpf irgendwelche giftigen Dämpfe aus, die Halluzinationen verursachen?

Hab keine Angst.

»Ich habe keine Angst!«, sage ich laut in das bisschen Licht, das zwischen den Holzdielen hindurch ins Innere fällt.

Natürlich nicht.

Ich atme tief durch. Ich habe gelernt, meine Angst zu kontrollieren. Jetzt ist der richtige Zeitpunkt dafür. Übernimm die Kontrolle. Lass nicht zu, dass du kontrolliert wirst. »Raeanne, ich bin gekommen, um mit dir zu reden.«

Ein Plätschern hinter mir. Betont langsam drehe ich mich um. Durch ein paar kaputte Bodendielen sehe ich etwas Riesiges, Dunkles vorbeischwimmen. Ein Alligator?

»Was muss ich tun, damit du mir einen Rat gibst, Raeanne?«, frage ich und sehe dabei den Alligator an, der langsam vorbeigleitet, wie als Warnung, ja keinen falschen Schritt zu machen. »Dafür hast du uns das Buch doch hinterlassen, oder? Deswegen ist es so wichtig, dass wir alle eins bekommen. Damit wir dich finden können. Ich habe dich gefunden, jetzt hilf mir. Bitte.«

Warum sollte ich euch helfen wollen?

Eine wütende Antwort liegt mir auf der Zunge, bis mir klar wird, dass es keine Zurückweisung ist, sondern eine echte Frage. »Weil du Hades genauso hasst wie ich.« Zitternd harre ich in der Dunkelheit aus, die Hände vor meinem Körper zu Fäusten geballt. Nicht, weil ich glaube, dass sie mich körperlich angreifen wird, sondern weil es mir Sicherheit gibt und meinen Geist aufmerksam hält.

»Hades interessiert es nicht, dass wir ihn hassen.« Eine angenehm dunkle Stimme, die alt klingt und zugleich jung, schwebt durch den Raum hinweg auf mich zu. Jetzt, endlich, kann ich dort auch eine dunkle Gestalt ausmachen. Unwillkürlich mache ich einen Schritt auf sie zu.

»Nein, komm nicht näher. Ich habe nur zugestimmt, dich sofort zu treffen, weil du nicht um Aufnahme gebeten hast, sondern um einen Rat. Also frage mich, was du wissen willst. Aber versuche nicht, mir ins Gesicht zu sehen. Dieses Privileg muss man sich langsam verdienen.«

Eine Gänsehaut kriecht über meine Arme, aber ich nicke. »Es geht um meine kleine Schwester. Ich muss sie vor ihm schützen. Er will sie, seit er mich bekommen hat.«

In der Dunkelheit vor mir glitzert etwas. »Das heißt, es ist dir gelungen, sie bis jetzt vor ihm zu verstecken? Bewundernswert. Wie hast du das geschafft?«

Ich denke an Summer und wie sie mich angesehen hat, als ich ihr gesagt habe, dass wir uns nicht mehr sehen dürfen. Nicht mehr sprechen, keine Nachrichten mehr schicken. Es war noch in der Nacht von Jennas Tod. Ich hatte sie gefunden, an einer Stelle im Wald, an der wir früher ein Baumhaus hatten, damals, als unsere Eltern noch gelebt haben. Wie ich es geschafft habe, dorthin zu gelangen, ohne dass Hades mir folgt, ist mir ein Rätsel. Wo er Summer doch so unbedingt finden wollte.

»Schick mich nicht weg, Erin, bitte!«, fleht Summer.

»Du wolltest doch auf ein Internat. Deswegen bist du ja auch weggelaufen, weil du es zu Hause nicht mehr ausgehalten hast.«

»Das ist nicht fair!« Ihre Augen füllen sich mit Tränen. »Du weißt genau, dass das wegen Kenneth war. Aber du hast gesagt, dass er nie wieder zurückkommt.« Sie verstummt. »Genau wie Jenna«, flüstert sie und fängt an zu weinen. »Sie wollte nicht, dass ich gehe. Sie wollte, dass ich bei euch bleibe. Aber ich … ich kann Kenneth einfach nicht ertragen.«

Mühsam schlucke ich meine Tränen hinunter. Ich habe den Streit gesehen, ich kam dazu, als Summer gerade sagte, wie sehr sie Kenneth hasst. Für seine Kälte. Seine Strenge und sein unfaires Verhalten uns gegenüber.

Ich verstehe nicht, wie du so jemanden lieben kannst! Siehst du nicht, was er uns antut? Er macht unsere Familie kaputt.

Jenna wurde wütend, Summer noch wütender. Schließlich schrie Jenna, dass Summer nicht aufs Internat könne, weil Kenneth unser ganzes Geld durchgebracht hatte. Sogar das Haus unserer Eltern hatte er verpfändet, um alles in seine Firma zu stecken, die nie einen Cent abgeworfen hat.

»Ich war so gemein zu ihr, Erin«, flüstert Summer jetzt. »Ich hab ihr vorgeworfen, dass sie zugelassen hat, dass Kenneth unser ganzes Geld genommen hat.«

Schnell nehme ich sie in die Arme und drücke sie ganz fest an mich. »Ich habe im Streit auch schon oft Dinge gesagt, die ich nicht so gemeint …«

Sie stößt mich weg. »Aber ich habe es so gemeint!«, schreit sie, und ihr Gesicht ist verzerrt vor Scham und Schuld. »Er hat alles kaputt gemacht, und sie hat nichts dagegen getan.« Summer krümmt sich zusammen, sie geht in die Knie und schlägt sich die Hände vor das Gesicht. Ihr schmaler Körper wird von hilflosen Schluchzern geschüttelt. Wie gelähmt sehe ich auf sie hinunter. Wie kann ich sie jetzt allein lassen? Wie kann ich sie mit solchen Gefühlen wegschicken? Sie braucht mich. Und, verdammt, ich brauche sie auch.

Dann fällt mir der lauernde Tonfall in Hades' Stimme wieder ein, und ich will sie am liebsten einsperren. Irgendwo, wo sie sicher ist. Wo ich sie schützen kann vor allem, was diese grausame Welt ihr antun könnte. Natürlich ist das unmöglich. Ich kann sie nicht vor allem behüten. Aber ich werde sie vor Hades verstecken, und wenn es das Letzte ist, was ich tue.

Langsam gehe ich neben ihr in die Knie und lege einen Arm um sie. »Jenna wusste, dass du sie lieb hast. Ein Streit und auch solche Vorwürfe, die man vor lauter Wut herausschreit, ändern das nicht.«

Summer wirft sich förmlich auf mich. Sie schlingt ihre Arme um meinen Hals. »Bitte schick mich nicht weg. Das … das kannst du auch gar nicht. Wir haben kein Geld.«

Ich halte sie fest, vergrabe mein Gesicht in ihren Haaren. »Wir hatten kein Geld«, sage ich mit schwankender Stimme. »Aber jetzt werden wir welches haben. Jennas Lebensversicherung. Es ist nicht viel, aber es wird reichen, um deine Schule zu bezahlen.«

Summer schüttelt heftig den Kopf. »Ich will das Geld nicht. Jeden einzelnen Cent würde ich geben, wenn ich dafür Jenna wiederbekommen könnte.«

»Ich auch.« Ich halte inne, um meine Stimme wieder unter Kontrolle zu bekommen. »Aber das geht eben nicht. Und es geht auch nicht, dass du bei mir bleibst. Sie … sie würden dich niemals bei mir lassen. Ich bin noch nicht volljährig. Das Internat ist die beste Möglichkeit, die wir haben, damit sie dich nicht in eine Pflegefamilie oder in ein Heim stecken.«

Summer sieht mich an. »Also muss es wirklich sein?«

Ich nicke. »Bitte, du musst mir vertrauen. Nur mir, und niemandem sonst.«

Ihre Augen werden groß. »Was soll das heißen?«

Mist. Warum musste ich das sagen? Aber ich muss sie ja warnen. Irgendwie muss ich ihr verständlich machen, dass sie aufpassen muss.

»Wegen Kenneth. Er ist an Kredithaie geraten«, lüge ich. »Sie werden alles tun, um an ihn ranzukommen. Möglich, dass sie auch nach uns suchen. Deswegen habe ich dir auch einen neuen Namen gegeben. Den alten musst du vergessen, okay? Sag ihn niemandem, nicht mal deiner besten Freundin, nicht der Liebe deines Lebens.«

Angst schimmert in ihren Augen. Es zerreißt mir das Herz. Ich wollte ihr doch keine Angst machen, nicht das auch noch. Aber irgendwie ... irgendwie muss ich dafür sorgen, dass sie sich auch selbst schützt.

»Okay«, flüstert sie schließlich. »Ich gehe. Und ich ... passe auf.«

Erleichtert ziehe ich sie noch einmal an mich, dann stehe ich gemeinsam mit ihr langsam auf.

»Ich habe mich in das EDV-System des Internats eingehackt. Sie denken, Jenna hätte dich schon vor Wochen angemeldet, und sie wissen, dass dein Schuldgeld erst kommt, wenn die Versicherung gezahlt hat. Du fährst heute noch dorthin. Es gibt einen Nachtbus, der dich in die Nähe bringt.« Der Gedanke, sie allein fahren zu lassen, versetzt mich in Panik, aber wenn ich sie begleite, ist sie noch mehr in Gefahr.

»Geh nie wieder zu unserem Haus zurück – auf gar keinen Fall, hörst du mich? Sobald das Geld da ist, richte ich dir ein Konto ein, damit du dir Schulsachen und alles Weitere kaufen kannst. Die Direktorin weiß Bescheid, ich habe ihr alles geschrieben. Unter falschem Namen.« Ich krame in meiner Hosentasche und stecke ihr mein letztes Bargeld zu, damit sie für die Busfahrt irgendetwas hat. Dann drücke ich ihr die Sachen in die Hand, die ich schnell zu Hause für sie zusammengerafft habe.

Sie nimmt alles entgegen. In ihren wunderschönen Augen steht jetzt Entschlossenheit, und ich bin so wahnsinnig stolz auf sie. In diesem Moment weiß ich, dass sie klarkommen wird. Auch ohne mich.

»Wie lange?«, fragt sie leise.

»Für immer«, antworte ich. Es bringt mich fast um den Verstand. In einer Nacht habe ich beide Schwestern verloren. Die einzigen Menschen, die mir wirklich etwas bedeuten. Ich drücke Summer noch einmal an mich, dann schicke ich sie in die Dunkelheit hinaus.

Ein Knarzen reißt mich aus der Erinnerung. Ich bin auf dem Boot im Sumpf. Raeanne wartet auf eine Antwort. Sie will wissen, wie ich Summer versteckt habe.

Ich schüttle den Kopf. »Das kann ich nicht verraten. Ich verrate es niemandem. So ist es am sichersten.«

Stille. Ich habe Angst, dass sie mich wegschicken wird, weil ich ihr nicht bedingungslos vertraue.

»Geheimnisse zu bewahren ist eine fast vergessene Kunst«, sagt die Stimme schließlich. Es klingt wohlwollend.

Erleichtert atme ich aus.

»Wie hat er sie gefunden?«, fragt sie.

»Das weiß ich nicht. Ich weiß nicht einmal, ob er ihr wirklich schon auf der Spur ist. Es kann aber auch sein, dass es schon zu spät ist.«

»Es ist nie zu spät, Erin. Wenn du das nicht glauben würdest, wärst du nicht hier.«

Die Zuversicht in ihrer Stimme treibt mir die Tränen in die Augen. Sie klingt so sehr wie Jenna. »Aber es ist unmöglich, sich von dem Pakt zu befreien, oder? Wenn er sie dazu gebracht hat, einen Handel mit ihm einzugehen, dann …« Ich verstumme.

»Dann ist sie genau wie du und ich. Und wie all die anderen, denen ich helfe.«

Ja. Sie hat recht. »Dann wirst du uns helfen?«, frage ich atemlos.

Langes Schweigen. »Versprechen kann ich nichts, aber ich kann es versuchen. Es ist nicht leicht, eine potenzielle Rachegöttin vor Hades zu verstecken. Vor allem eine, nach der er schon so lange sucht.«

»Bitte, sag mir, was ich tun muss.«

»Du musst sie zu mir bringen.« Die Stimme klingt jetzt sachlich.

»Dann kann ich versuchen, ihr zu helfen.«

»Gut«, stimme ich hastig zu. »Das schaffe ich. Ich hole sie und bringe sie hierher. Gleich morgen.«

»Nein.« Die Stimme hallt in dem winzigen Raum wider, als wäre es eine uralte Kathedrale. »Zuerst musst du mit Hades im Reinen sein.«

Mein Herz setzt einen Schlag aus. »Was … was meinst du damit? Ist es, weil ich gesagt habe, dass ich ihn hasse? Aber du hast doch selbst gemeint, dass ihn das nicht …«

»Der Auftrag, Erin. Er hat dir einen Auftrag gegeben.«

Ich starre in die Dunkelheit. »Woher …?«

»Der unerfüllte Auftrag einer Gottheit zeichnet einen Menschen. Er hinterlässt Spuren in der Seele. Rückstände von Angst, Widerstand und Entschlossenheit.« Die dunkle Stimme zieht Kreise um mich wie Wasser, in das man einen Stein geworfen hat. »Es ist wie ein Makel, den jeder sehen kann. Und solange dieser Makel dich zeichnet, wird Hades dich nicht aus den Augen lassen.«

Ich schlucke gegen die Enge in meiner Kehle an, denn ich fürchte, ich weiß, worauf das hinausläuft.

»Solange dieser Makel des unerfüllten Auftrags an dir haftet, solange Hades dich deswegen ständig beobachtet, kann ich deiner Schwester nicht helfen.«

KAPITEL 34

Erin

Entsetzt schließe ich die Augen, als könnte ich auf diese Weise die Wahrheit ausblenden, die so klar vor mir liegt. Aber Raeanne gönnt mir keine Atempause.

»Es tut mir leid, dass ich so hart sein muss, aber wenn ich die anderen schützen will, geht es nicht anders. Ich kann nicht riskieren, dass du seine Aufmerksamkeit auf uns lenkst. Ich kann nur denen helfen, die die Regeln befolgen, Erin, und die nicht offen gegen ihn rebellieren. Wenn du das tun willst, ist das hier nicht der richtige Ort für dich. Du musst den Auftrag, den er dir erteilt hat, erfüllen. Erst dann kann ich euch helfen.«

Den Auftrag erfüllen. Diesen verdammten Auftrag, dessen Erfüllung ich immer wieder aufgeschoben habe. Jetzt holt er mich ein. »Was, wenn meine Schwester allein zu dir kommt?«, frage ich rau.

»Erin«, antwortet sie sanft. »Der Makel befleckt deine ganze Familie. Deswegen wird er es merken. Auch jetzt sieht er zu, er weiß, dass du in diesem Sumpf bist. Nur meine Macht hält ihn davon ab, uns genau hier zu entdecken. Aber je länger wir uns unterhalten, desto größer wird die Gefahr, dass er auch mich enttarnt.«

Ich schüttle verwirrt den Kopf. Das kann nicht stimmen, oder? »Hades ist nicht allwissend, er weiß nicht einfach so, wo seine Göttinnen sich aufhalten.« Wie kann er uns sehen? Und wie kann sie uns davor schützen? Was für Kräfte hat sie, die wir anderen nicht haben?

»Sieh nach draußen. Vorsichtig.«

Ich blicke durch einen Spalt zwischen zwei Brettern – und zucke im nächsten Moment zurück. Krähen ziehen über dem Sumpf ihre Kreise. Riesige, düstere Krähen, die unnatürlich leise sind. Will Raeanne damit sagen, dass das seine Boten sind? Seine Augen? Seine Ohren? »Man hört sie nicht«, flüstere ich, und mir wird ganz anders, wenn ich daran denke, wie oft in letzter Zeit Krähen oder Raben über mich hinweggeflogen sind.

»Nein, man hört sie nicht. Nicht, solange sie dich nicht gefunden haben. Erst dann geben sie Laut, damit ihr Herr weiß, wo du dich befindest.«

Hades hat mich also tatsächlich die ganze Zeit beobachtet?

»Es wird erst aufhören, wenn du seinen Auftrag erfüllt hast.«

»Und wenn ich dir sage, wo sie ist? Könnt ihr sie nicht holen, deine Mädchen und du?«

Die Stille um mich herum wirkt plötzlich wie ein hungriges Tier. Sie nähert sich mir, als wolle sie mich mit Haut und Haar verschlingen. Gierig und blutrünstig beschnüffelt sie mich.

»Du würdest meine Mädchen in so eine Gefahr bringen wollen? Sie aus ihrem sicheren Versteck reißen, Hades zu Füßen werfen und sie seinem Zorn aussetzen, nur um irgendeinen Jungen zu schützen, der den Kuss wahrscheinlich sowieso verdient hat?«

Jedes ihrer Worte trifft mich wie ein Peitschenhieb. »Nein, natürlich nicht.« Angst legt sich bleischwer um mein Herz. »Also muss ich den Auftrag erfüllen, wenn ich meine Schwester schützen will«, sage ich tonlos.

»Das musst du sowieso. Denn wenn du es nicht tust, wird er dich bestrafen.«

»Das wäre mir egal«, gebe ich zurück, ohne darüber nachzudenken.

»Wirklich?«, fragt die Stimme. »Obwohl nicht du selbst dafür büßen müsstest?«

Ich schließe verzweifelt die Augen. Jenna. Oh Gott, Jenna. Noch ein Mensch, dessen Schicksal in meiner Hand liegt. Arden. Summer. Jenna. Die Angst um sie lastet auf meiner Seele und nimmt mir die Luft zum Atmen. »Ich … kann … nicht …«

»Du hast versprochen, Hades in Demut zu dienen«, unterbricht sie mich. »Das bedeutet, dass du auch seine Aufträge erfüllen musst. Er hat dir mehrere Chancen gegeben, aber er wird sich nicht mehr lange hinhalten lassen. Vielleicht ist seine Geduld schon am Ende. Und meine bald auch, wenn du nicht weißt, was du wirklich willst. Also …«

Entsetzen macht sich in mir breit. »Nein, warte. Warte. Was meinst du damit, dass seine Geduld vielleicht schon am Ende ist?«

»Das heißt«, tönt es unheilvoll aus der Dunkelheit, »dass er deinen Pakt möglicherweise bereits als gebrochen betrachtet.«

»Jenna!«, flüstere ich.

»Ja. Auch sie trägt einen Makel, weil du deinen Auftrag nicht erfüllt und möglicherweise den Pakt gebrochen hast. Mach dir keine Illusionen. Auch wenn du nicht selbst sein Unterpfand bist, heißt das nicht, dass er dich seinen Zorn nicht spüren lassen kann.«

Mühsam versuche ich, Ruhe zu bewahren. »Wenn das wahr ist, dann ist alles vorbei. Dann kann ich nichts mehr tun.«

»Es ist nie zu spät, Erin. Das sagte ich bereits. Solange die Strafe noch nicht vollzogen ist, kannst du versuchen, es wiedergutzumachen und so den Makel, den du trägst, loszuwerden.«

»Wiedergutmachen?«, frage ich.

»Ja. Erfülle den Auftrag. Vielleicht gibt Hades sich damit zufrieden.«

Der Auftrag. Tief in mir drin weiß ich, dass ich ihn niemals erfüllen werde können. Aber natürlich habe ich keine andere Wahl. Ich muss es tun. Für Summer.

»Hast du … Hast du je davon gehört, dass der Kuss bei wirklich guten Menschen keine Wirkung hat?« Ich klammere mich an dieses letzte bisschen Hoffnung, obwohl ich weiß, dass es sinnlos ist.

»Ja, das habe ich.« Die Stimme ist jetzt wieder tröstlich und sanft.

»Und ist ein guter Mensch nicht jemand, der immerzu an andere denkt und sie respektiert? Nur weil man Fehler macht, ist man doch kein schlechter Mensch, oder? Jemand, der loyal zu anderen hält, kann doch den Kuss unbeschadet überstehen, auch wenn er nicht perfekt ist, oder?«

»Würde es dir helfen, den Auftrag auszuführen, wenn ich Ja sage?«, fragt sie unendlich liebevoll.

Ich will nicht weinen. Nicht hier. Nicht jetzt. Ich hasse Tränen. Plötzlich steigt wieder die alte Wut in mir auf. »Das ist nicht fair! Es ist nicht richtig, dass er uns so in der Hand hat.«

»Natürlich ist es nicht fair. Er nutzt jede Möglichkeit zu seinem Vorteil. So sind die Götter, Erin. Das merkst du dir besser. An Absprachen halten sie sich nur, wenn sie keine Schlupflöcher finden. Du kannst ihnen nicht trauen, und du kannst bei ihnen nicht auf Moral oder Verständnis hoffen. Sie sind zu … alt. Sie haben schon zu lange gelebt. Wenn man nichts zu verlieren hat, Erin, dann verliert man oft genug sich selbst.«

Ihre Stimme klingt jetzt ebenfalls so voller Hass und gleichzeitig so resigniert, dass es mir das Herz zerreißt. Wie konnte ich vergessen, dass sie selbst ihr Leben lang unter Hades gelitten hat?

»Aber manchmal gibt es einen Ausweg …«, beginne ich.

»Ja, wenn man ein Schlupfloch findet. Aber nicht, weil er Gnade zeigt. Hades, Zeus und die anderen kennen kein Gewissen. Sie lügen und betrügen, betreiben Rufmord, um Göttinnen zu entmachten und die Menschen, die an sie glauben, für sich zu gewinnen, so wie sie es bei Pandora getan haben. Sie war eine Göttin, und sie haben ihr aus reiner Willkür ihre Macht geraubt. Glaubst du wirklich, Hades würde Nachsicht walten lassen, wenn du dich weigerst, ihm zu gehorchen?«

Die Stimme bricht so abrupt ab, dass ich das Gefühl habe, sie hat in ihrer Wut zu viel gesagt; auch Dinge, die sie lieber für sich behalten hätte.

»Es tut mir leid, dass ich dir nichts anderes sagen kann«, fährt sie dann fort. »Aber du musst diesen Auftrag erfüllen, wenn du meine Hilfe willst. Und jetzt muss ich fort, bevor er uns doch noch entdeckt.« Etwas raschelt in der Dunkelheit. »Erfülle deinen Auftrag, Erin, und bringe die Seele des Opfers dorthin, wo du das Boot gefunden hast. Mithilfe von Geistern kannst du dort ein Tor zum Hades öffnen. Versuche auf keinen Fall, mir zu folgen oder mich zu finden. Ich werde dich beobachten. Ich werde wissen, ob der Makel verschwunden ist. Sollte er dich bestrafen, werde ich wissen, dass du auf meine Hilfe verzichten willst.«

Die Dunkelheit wird schwerer. Das Wasser draußen plätschert plötzlich lauter. Sie ist fort. Ich spüre die Leere. Aber statt mich selbst ebenfalls auf den Weg zu machen, stehe ich wie gelähmt in der Dunkelheit und versuche, eine Entscheidung zu treffen, die ich eigentlich nicht treffen darf.

Arden oder meine Schwestern.

Ich schlage die Hände vors Gesicht. Was für ein schrecklicher Mensch bin ich, dass ich überhaupt darüber nachdenke? Die Antwort muss doch klar sein. Sie sind meine Schwestern! Ich atme die Tränen in meiner Kehle weg und verfluche sie gleichzeitig.

Ja, die Entscheidung ist einfach.

Sie muss natürlich für Summer und Jenna ausfallen. Alles andere wäre entsetzlich falsch. Langsam gehe ich über die knarrenden Dielen des schwankenden Bretterhaufens zurück zu dem kleinen Ruderboot, fest entschlossen zu tun, was nötig ist.

Ich werde den Auftrag erfüllen. Auch wenn es mir das Herz zerreißt. Und zwar so schnell wie möglich. Gott sei Dank wollte Arden mitkommen, Gott sei Dank ist er hier. Es ist besser für uns alle, es keine Sekunde länger hinauszuzögern.

KAPITEL 35

Erin

Arden sitzt auf einem Baumstamm und unterhält sich mit ein paar riesigen Kerlen und einer Frau, die alle Waldarbeiterkluft tragen. Die Abendsonne hat sich durch die Wolken gekämpft und taucht die Szene in ein warmes Licht. Als ich mit dem Motorrad auf dem Parkplatz zum Stehen komme, lacht Arden gerade laut auf, und die anderen fallen mit ein.

Mein Herz bekommt einen Sprung.

Wie soll ich das jemals schaffen? Wie soll ich ihn küssen und ausgerechnet ihn opfern?

Ich schließe die Hände fester um die Griffe des Lenkers und atme ein paarmal aus und ein. Ganz ruhig, Erin. Du schaffst das. Weil du es schaffen musst. Du hast bisher noch immer alles geschafft, wenn es wirklich sein musste. Für Jenna und Summer. Du kannst das. Es dauert etwas, bevor ich mich dazu durchringen kann, vom Motorrad zu steigen. Ich nehme den Helm ab und schüttle meine Haare aus. Dann will ich auf Arden zugehen, um ihm zu sagen, dass ich da bin. Aber er hat mich schon gesehen und starrt mich wie hypnotisiert an. Trotz allem kann ich ein winziges Grinsen nicht verhindern. Offensichtlich gefallen ihm meine Haare.

Ich mache ein paar Schritte auf ihn zu, aber er steht schon auf, verabschiedet sich von den anderen und kommt auf mich zu. »Erin. Alles okay?« Er mustert mich, als hätte er die ganze Zeit tatsächlich Angst gehabt, dass mir etwas zustoßen könnte.

»Ja, alles okay.« Die Lüge bohrt sich in den Sprung in meinem Herzen und vergrößert ihn noch mehr. »Wir ... wir sollten schauen, dass wir wegkommen.«

Ich werde es durchziehen. Sobald wir diesen Ort hinter uns gelassen haben, fahre ich mit ihm irgendwo in den Wald und küsse ihn. Dann kann ich seine Seele Hades übergeben, und Raeanne wird mir helfen, Summer zu verstecken. Es ist alles ganz einfach.

»Willst du etwa heute noch zurückfahren?«, fragt Arden mit hochgezogenen Augenbrauen.

Ich weiß es nicht. Spielt es eine Rolle, ob ich danach überhaupt zurückfahre? Aber das kann ich natürlich nicht sagen. »Ich ... Keine Ahnung.«

Arden macht ein entschlossenes Gesicht. »Wir sollten hierbleiben, finde ich. Ist jetzt auch schon egal, ob wir noch einen Tag in der Uni verpassen. Du solltest dich ausruhen.«

Da ist es wieder. Er sorgt sich um mich. »Du hast recht«, murmle ich. Hauptsache, er steigt auf das Motorrad, und ich kann es hinter mich bringen.

Erleichtert lächelt er. »Gut.« Er folgt mir zum Motorrad und setzt seinen Helm auf. »Wir sollten schauen, dass wir in der Nähe etwas finden.« Prüfend mustert er mich. »Du siehst ziemlich erschöpft aus.«

»Bin ich auch«, gebe ich zu. Allerdings sage ich nicht, dass es nicht die lange Fahrt ist, die mich so fertigmacht, sondern der Gedanke an das, was ich tun muss.

Er schaut etwas auf seinem Handy nach. »Hier im Ort gibt es ...«

»Nein«, sage ich sofort und hole mein eigenes Smartphone hervor. Ich suche in der Umgebung der Stelle, wo ich später seine Seele hinbringen soll. Mein Finger zittert, aber ich zwinge mich, ruhig zu bleiben. »Hier. Da ist ein Pub, das auch Gästezimmer hat. Das nehmen wir.« Es liegt in einem winzigen Ort. Vielleicht ist es gar nicht blöd, ein Zimmer zu nehmen. Damon ist nicht hier, um mir danach mit Arden zu helfen. Wenn wir ein Zimmer nehmen, kann ich den Kuss dort ausführen und danach verschwinden. Es braucht mich dann nicht zu kümmern, ob er vielleicht Aufsehen erregt, weil er nicht mehr weiß, wer er ist. Oder wahnsinnige Schmerzen hat.

Bei dem Gedanken wird mir schlecht, und ich muss mich am Motorrad abstützen. Mist. Erin, reiß dich zusammen! Für Summer. Ich atme die Übelkeit weg und steige auf das Motorrad. Arden setzt sich hinter mich und legt seine Arme um meine Taille.

Unerträglich. Es ist unerträglich, ihn so nah zu spüren und zu wissen, was ich ihm antun muss. Werde. Was ich ihm antun werde. Mit quietschenden Reifen brettere ich über den Parkplatz und auf die Straße. Viel zu schnell rase ich durch die Landschaft, als hätte ich einen Todeswunsch. Wenn wir beide jetzt hier sterben, dann muss ich ihn nicht küssen. Mein Blickfeld verschwimmt. Bist du verrückt geworden, Erin? Was sind das für abartige Gedanken? Und wie soll das Summer bitte helfen?

Sofort fahre ich langsamer und blinzle die Tränen weg.

Wenig später halte ich vor einem kleinen Pub, vor dem ein Schild hängt, auf dem »Guest Room« steht. Es sieht niedlich aus, viel zu niedlich für das, was ich vorhabe.

»Guest Room?« Arden grinst. »Da fehlt wohl ein s.«

Aber tatsächlich gibt es nur ein einziges Zimmer. Wir haben Glück, dass es frei ist.

»Ist das … okay für dich?«, fragt Arden. »Oder sollen wir lieber weitersuchen?«

Unter normalen Umständen würde diese Frage mir Herzklopfen verursachen. Stattdessen wird meine Übelkeit immer schlimmer. »Ein gemeinsames Zimmer ist okay«, bringe ich mühsam raus. »Ich will nicht weiterfahren.« Während wir die Anmeldung unterschreiben, kommt es mir vor, als würde ich Arden in eine Falle locken. Was ich ja auch tue.

Als wir die schmale dunkle Treppe ins obere Stockwerk hinaufsteigen, stolpere ich über meine Angst. Arden ist sofort da und stützt mich. Ich wünschte, er würde das lassen! Warum kann er kein Arschloch sein wie die anderen?

»Erin?«, sagt er leise, als er hinter mir das Zimmer betritt.

Ich drehe mich nicht um.

»Willst du mir nicht sagen, was los …«

»Nein!« Ich beiße mir auf die Lippen. »Bitte. Ich will nicht darüber reden, okay?«

»Ich will nur, dass du weißt, dass ich für dich da bin …«

Ich fahre zu ihm herum. »Ja, das hast du schon oft genug gesagt.« Ich weiß, dass ich unfair bin. Aber mit jedem verständnisvollen Satz, den er zu mir sagt, macht er es mir noch schwerer. »Sorry. Das geht nicht gegen dich. Du kriegst es nur ab.« Ich lache bitter auf. Ja, im wahrsten Sinne des Wortes. Er kriegt es nur ab.

»Du musst dich nicht entschuldigen.« Dieser liebevolle Tonfall. Diese endlose Freundlichkeit. Und diese wunderschönen blauen Augen, die mich ansehen, als wäre ich der Mittelpunkt seiner Welt.

»Du bist einfach zu gut, um wahr zu sein«, flüstere ich. Ja, genau das ist es. Und deswegen darf ich ihn nicht haben. Weil ich nie etwas haben darf, das gut oder schön ist.

Jeder Atemzug tut weh. Gleichzeitig möchte ich mich selbst ohrfeigen, um diesem Anfall von Selbstmitleid ein Ende zu setzen.

»Du kannst das Bett nehmen. Ich schlafe dort.« Arden deutet auf die Couch in einer Ecke des Zimmers.

»Natürlich.« Natürlich würde er das anbieten, ganz Gentleman, der er ist. Eigentlich sollte ich auf der Couch schlafen; sie ist viel zu kurz für ihn, aber für mich würde es vielleicht gerade noch so reichen. Aber ich weiß, dass er dieses Angebot nicht annehmen wird. »Danke«, sage ich tonlos.

Ich lasse mich auf das Bett fallen und bereite mich darauf vor, Arden zu mir zu rufen. Ich werfe einen Blick zu ihm hinüber. Er hat sich eine Decke und ein Kissen vom großen Doppelbett geschnappt und sie auf die Couch geworfen.

Komm zu mir, Arden. Setz dich neben mich.

Komm schon. Sag es.

Ich öffne den Mund.

Mein Handy macht Pling.

Zitternd vor Erleichterung greife ich danach und starre auf das Display.

> Erin, wo steckst du? Geht es dir gut?
> Ich mache mir Sorgen um dich.
> Melde dich mal, rede mit mir, ja? Du
> musst deine Quote heute noch erfüllen,
> vergiss das nicht!

Wie gelähmt starre ich auf Mayas Nachricht. Wie sehr ich mir wünschte, jetzt ihr Gesicht zu sehen. Sie ist so selbstsicher und ruhig. Ich würde so gern mit ihr sprechen. Ich werfe verstohlen einen Blick zu Arden hinüber, der sich hingelegt hat. Ich könnte sie anrufen.

Erst jetzt wird mir so richtig klar, wie wichtig Maya für mich geworden ist. Sie ist nicht nur die Leiterin meiner Verbindung. Sie ist eine echte Freundin für mich. Ich denke an die anderen. Denke an Kalis erfreutes Lächeln, weil ich eine schöne Nacht hatte. An Izanagis Sorge um mich, wenn ich mal wieder zu spät dran bin, und Lokis Bereitschaft, immer sofort vor Ort zu sein und zu helfen, wenn es nötig ist. Freunde. Ja, sie sind meine Freunde. Ich weiß nicht, warum ich das vorher nie verstanden habe. Vor Arden habe ich mich immer so einsam gefühlt. Dabei war ich es schon eine ganze Weile nicht mehr.

Ich sehe wieder auf Mayas Nachricht. *Melde dich mal, rede mit mir, ja?*

Ich seufze. Es würde mir nicht helfen, mit ihr zu reden, denn ich kann ihr nicht sagen, warum ich zögere, und ich kann ihr auch nicht sagen, warum ich keine Wahl habe. Ich muss Arden küssen, um meinen Schwestern zu helfen. Aber ist es richtig, was ich da tue? Ich werde sein Leben zerstören, um Jenna und Summer zu schützen. Ist sein Leben weniger wert als das meiner Schwestern? Selbst wenn ich ihn nicht mögen würde – dürfte ich ihn als Mensch einfach so übergehen?

Wie soll ich diese Entscheidung treffen?

Ich stütze das Gesicht in meine Hände.

»Erin?« Ardens Stimme lässt mich erstarren. »Alles in Ordnung?«

Nein, nichts ist in Ordnung!, möchte ich schreien. Ganz laut. Ich möchte alles aus mir herausschreien, bis nichts mehr übrig ist als gähnende Leere.

Hastig schalte ich das Licht aus, damit er mein Gesicht nicht sieht. Mein Atem geht unruhig, und ich bemühe mich, es zu unterdrücken, damit Arden es nicht hört. Ich kralle die Hände in die Bettdecke, aber es hilft nicht. Nichts hilft gegen das Wissen, dass ich ihm gleich etwas Schreckliches antun werde. Und alles nur wegen Hades. Feuer bricht in meiner Seele aus und verzehrt mich von innen heraus. Diese unbändige Wut auf mich selbst, auf das Schicksal und vor allem auf Hades. Auf den dunklen Schatten, der meine Schwäche ausgenutzt und damit mein Leben zerstört hat.

Ich weiß, dass ich selbst schuld bin. Denn ich habe sein Angebot angenommen. Aber ich war sechzehn, verdammt noch mal! Auch wenn ich es damals nicht so gesehen hätte – ich war fast noch ein Kind. So alt wie Summer jetzt.

»Was, wenn ich keinen Freund brauche?«, stoße ich hervor.

Die Worte hängen zwischen uns im Zimmer. Unmöglich, sie wieder zurückzunehmen. Aber ich will es auch gar nicht.

»Wie meinst du das?« Er klingt vorsichtig, aber ich höre, dass er sich aufrichtet.

Mein Herz setzt einen Schlag aus bei dem Gedanken, dass er zu mir herüberkommen könnte. »Du hast gesagt, du willst mir geben, was ich brauche, und deswegen willst du mein Freund sein und nur mein Freund.« Meine Stimme zittert so sehr, dass ich mich selbst kaum verstehe.

»Ja, das habe ich gesagt«, antwortet er heiser. Sein kaum verhohlener Wunsch, sich über dieses Versprechen hinwegzusetzen, bringt jede Faser in mir zum Schwingen.

»Aber ich habe Freunde, Arden. Genug davon.« Es klingt wie eine billige Ausrede, aber ich weiß jetzt, dass es wahr ist. »Ich brauche keinen weiteren. Ich brauche … Etwas ganz anderes.«

Arden sitzt nach wie vor auf der Couch, aber ich spüre förmlich, dass jeder seiner Muskeln angespannt ist und er nur auf ein einziges deutliches Zeichen wartet, dass ich ihn neben mir haben will. »Und was genau ist das?«

Ich zögere. »Mehr«, flüstere ich schließlich. »Ich brauche mehr. Ich … ich brauche dich. Jetzt. Bitte.«

Da, ich habe es gewagt. Und Arden hat verstanden. Er zögert noch kurz und kommt dann langsam zu mir herüber. Vor dem Mond, der durch das Fenster scheint, zeichnet sich seine Silhouette scharf ab, seine breiten Schultern, seine hochgewachsene Gestalt. Vor dem Bett bleibt er stehen und sieht auf mich herunter, als wäre er sich immer noch nicht sicher, was ich eigentlich von ihm will. Ich weiß es ja selbst nicht.

»Halt mich einfach nur fest«, flüstere ich leise.

Ohne etwas zu sagen, lässt er sich langsam auf der Matratze nieder. Das Herz schlägt mir bis zum Hals, und meine Kehle ist so eng, dass ich kein Wort herausbringe. Aber dann legt er sich neben mich, zieht mich in seine Arme, hüllt mich vollständig ein. Alle Gedanken verschwinden aus meinem Kopf. Sein unglaublicher Geruch steigt mir in die Nase, während ich meine Wange an seine Brust lege, und sein Herz schlägt an meinem Ohr, zu schnell, zu aufgeregt – im selben Takt wie meins.

Aber dann, ganz langsam, beruhigt sich mein Herz. Je länger ich in seinen Armen liege, je länger ich zulasse, dass er mich mit seiner Wärme und seiner Nähe vollkommen umfängt, desto mehr spüre ich, dass ich die Wahrheit gesagt habe. Ich brauche keinen Freund. Ich brauche ihn. Jemanden, der ein Teil von mir ist und der möchte, dass ich ein Teil von ihm werde.

Lange liegen wir einfach nur so da, und ich wünsche mir mehr als alles andere, dass er das Gleiche empfindet wie ich; eine tiefe innere Ruhe und die Gewissheit, endlich den einen Ort gefunden zu haben, an dem man ganz man selbst sein kann.

»Erin?«, flüstert er schließlich rau. »Denkst du, dass wir uns nur deshalb so zueinander hingezogen fühlen, weil es verboten ist?«

»Fühlt es sich für dich so an?«, frage ich vorsichtig.

Er zögert lange, bevor er antwortet.

»Ich …« Er verstummt, lacht leise. »Verdammt, weißt du, wie schwer es ist, das zu sagen?« Er holt tief Luft. »Aber ich habe mich noch nie so gefühlt, Erin. Bei dir zu sein, ist, wie einen Ort gefunden zu haben, an dem ich ganz ich selbst sein kann. Ein Ort, an dem mich niemand verurteilt oder mir vorschreibt, was ich tun soll.« Während er das sagt, schließen sich seine Arme noch fester um mich, als hätte er Angst, dass ich sonst einfach verschwinde. »Ich habe noch nie einen Menschen getroffen, bei dem ich nicht das Gefühl hatte, irgendetwas sein zu müssen, was ich nicht bin. Aber du … dir muss ich nichts vormachen. Das ist…« Wieder lacht er leise. »… auf merkwürdige Art berauschend.«

Nichts vormachen.

Seine Worte sitzen quer in meiner Brust wie eine riesige Scherbe. Sie vervielfältigen sich an der Lüge, die ich ihm immer noch jeden Tag erzähle. Diese eine große Lüge, dass ich ein normaler Mensch bin. Und dazu noch all die kleinen, die damit einhergehen. Nur die Wahrheit – die darf ich ihm niemals, absolut niemals erzählen.

In diesem Moment wird mir klar, wie tief der Abgrund zwischen uns wirklich ist. Nicht nur, dass wir uns nicht küssen dürfen, weil ich ihn nicht gefährden will. Nicht nur, dass sein schlechtes Gewissen wegen Lyra zwischen uns steht. Ich werde ihm auch niemals sagen können, wer ich wirklich bin. Denn mein Pakt verbietet es mir. Ich werde mich ihm niemals ganz zeigen können, niemals dieses Gefühl spüren, das er mir gerade beschrieben hat.

Es fühlt sich an, als würde mir erst jetzt wirklich klar werden, was mir durch diesen verdammten Pakt genommen wurde. Der älteste Wunsch eines jeden Menschen. Das tiefste Bedürfnis, das man haben kann: von einem anderen Menschen erkannt und angenommen zu werden, genau so, wie man ist.

»Jetzt gerade denke ich«, sagt Arden rau, »dass ich mir vielleicht die Erlaubnis geben könnte, nach vorn zu sehen. Solange du da bist.«

Seine Worte lassen mein gesprungenes Herz endgültig in unendlich viele Scherben zerbrechen. Jetzt, gerade jetzt, da ich ihm das Schlimmste antun muss, was ich mir vorstellen kann, gesteht er mir, dass er für mich sogar seine Zweifel überwinden könnte? Alle Gefühle, die sich in mir angestaut haben, explodieren in mir und treiben mir die Tränen in die Augen. Ich fange an, hilflos zu schluchzen, und klammere mich an Arden wie ein kleines Kind.

»Hey.« Arden drückt mich noch fester an sich, streicht mir sanft die Haare aus dem Gesicht und küsst mich auf die Stirn. »Wir kriegen das hin. Ich weiß, es wirkt im Moment aussichtslos, aber wir kriegen das hin.«

Erst jetzt merke ich, dass ich am ganzen Körper zittere. Es ist wieder diese Wut, die aus dem tiefen Abgrund in mir emporgestiegen ist wie glühendes Feuer und sich in jede meiner Fasern geschlichen hat, jede meiner Zellen umschlingt und droht, daraus hervorzubrechen. Als würde sie mich von innen heraus verbrennen, bis nichts mehr von mir übrig ist.

Wieder streichelt Arden meine Wange, dann meine Stirn. Die sanfte Berührung seiner Fingerspitzen auf meiner Haut ist wie kühlender Balsam. Wie ein Heilmittel, nach dem ich unglaublich lange gesucht habe.

Ich schließe die Augen. Lasse zu, dass er meinen glühenden Zorn mit seiner Zärtlichkeit besänftigt, und stürze mich gedankenlos in den Fluss des Vergessens, an den er mich führt. Als meine Stirn seine berührt, wird mir klar, dass meine Hände ihn ebenfalls streicheln. Ich fahre durch seine Haare, über seinen Hals, seine Schultern. Ich habe ihn zu mir heruntergezogen, so nah, wie er mir noch nie zuvor war.

Die Wut ist verschwunden, in mir tobt jetzt etwas ganz anderes, und das liegt wie ein Knistern zwischen uns in der Luft, wie winzige Funken, die sich jederzeit entzünden können. Und dann spüre ich seinen Atem auf meinem Mund. Ich erahne die Berührung seiner Lippen auf meinen.

Mir bleibt das Herz stehen. Ja, für einen winzigen Moment bleibt es tatsächlich stehen.

Ich könnte es tun. Jetzt. Meinen Auftrag erfüllen und Summer helfen. Nein, ich muss es tun. Es ist der perfekte Moment.

Ich höre einfach auf zu denken. Ich nähere mich Arden noch etwas mehr, sodass unsere Münder sich fast berühren.

Ich kann Summer helfen.

Hades will es so.

Tu es.

Ich schmecke seine Lippen schon fast auf meinen.

Aber dann erstarre ich.

Hades. Warum will er Arden eigentlich so unbedingt haben? Es ist die Frage, die ich mir gestellt und dann völlig vergessen habe: Warum will Hades Arden mit dem Kuss bestrafen? Arden ist zu gut, um wahr zu sein, bis auf ein paar kleine Fehler, die jeder Mensch hat. Er ist loyal und respektvoll, er achtet meine Wünsche. Er unterstützt mich und hilft mir. Hat es von Anfang an getan, obwohl er mich damals noch gar nicht richtig kannte. Nur dank ihm habe ich herausgefunden, wie ich Jenna kontaktieren kann. Was dazu geführt hat, dass ich jetzt auch weiß, dass ich Summer besser schützen muss. Deshalb bin ich ja hierhergekommen.

Er hilft mir.

Ich keuche auf.

Ja, das muss es sein! Arden hilft mir.

Ich zermartere mir das Gehirn, wann Damon mir gesagt hat, dass ich Arden küssen soll. Das war, nachdem Arden angefangen hatte, mir bei der Recherche zu helfen. Natürlich! Also denkt Hades, dass Arden mir hilft, und deswegen will er ihn beseitigen. Nicht, weil Arden es verdient hat oder weil er etwas Besonderes mit ihm vorhat, nein – sondern weil er mir hilft, und mir dadurch vielleicht ermöglicht, Jenna und Summer vor Hades zu schützen!

Aber nicht mit mir! So etwas Ekelhaftes werde ich nicht tun. Ich lasse mich nicht zum Werkzeug einer solchen Ungerechtigkeit machen. Egal, was die Konsequenzen sind.

Ich erwache aus meiner Starre, stoße Arden heftig von mir und springe aus dem Bett.

Schwer atmend stehe ich auf dem Teppich.

Ich werde Arden nicht küssen. Niemals. Diesen Gefallen werde ich Hades nicht tun. Kurz fühlt sich diese Entscheidung gut und richtig an. Sie ist wie ein Sieg, der einem zu Kopf steigt. Aber dann höre ich meine Gedanken noch einmal.

Ich werde Arden niemals küssen.

Mein Herzschlag setzt wieder ein, schrecklich schmerzhaft und verdammt endgültig. Als würde mein Herz mir klarmachen wollen, dass ich niemals mit Arden zusammen sein kann, solange es schlägt und ich lebe und atme.

Wenn ich nicht will, dass er zu einer leeren Hülle wird, zu einem gequälten Abbild seiner selbst, das irgendwo in einer Zwischenwelt existiert, dann werde ich niemals einen Kuss mit ihm teilen dürfen.

Mühsam ringe ich nach Luft.

Dann wird mir klar, wie knapp das gerade war. Nicht nur, weil ich meinen Auftrag erfüllen wollte. Sondern weil ich mir so sehr gewünscht habe, Arden zu küssen.

»Tu das nie wieder!«, stoße ich hervor.

Arden versucht nicht, sich zu rechtfertigen. Er sagt nicht, dass ich doch eindeutige Signale ausgesendet hätte. »Tut mir leid«, sagt er nur.

Mir auch. Tränen steigen so heftig in mir auf, dass ich für einen Moment keinen Ton herausbringe. Mir auch, du ahnst nicht, wie sehr. »Nein, du verstehst nicht«, sage ich schließlich. Wie sollte er auch. Aber ich muss sicherstellen, dass er niemals wieder in Versuchung gerät, meinen Mund mit seinem auch nur zu streifen.

»Ich küsse nicht«, sage ich und halte seinen Blick dabei fest. »Niemals, verstehst du?«

Es fühlt sich an, als würde ich damit alle Brücken hinter mir abbrechen. Ich weiß nicht, was aus mir wird und aus Jenna und Summer, und ich habe verdammt große Angst. Aber ich weiß, dass es abgrundtief falsch wäre, Arden zu Nummer 135 zu machen. »Du darfst mich niemals küssen. Du darfst niemals auch nur daran denken, mich zu küssen. Versprich mir das!«

Ich schlinge die Arme um meinen Körper, als könnte ich mich so daran hindern, an meinen eigenen Worten zu zerbrechen. Niemals. Selbst wenn wir uns erlauben könnten, zusammen zu sein. Selbst dann dürften wir uns niemals küssen.

»Bitte«, fordere ich ihn auf. »Sag es.«

Arden runzelt die Stirn. Dann nickt er. »Ich verspreche es.« Er sagt nichts weiter, aber in seinen Augen steht die Frage, warum ich nicht geküsst werden will. Ich will gar nicht wissen, was für schreckliche Dinge er sich jetzt ausmalt. Ich will auch nicht lügen, will mir nichts ausdenken müssen. Und das muss ich auch nicht. Ich kenne ihn gut genug, um zu wissen, dass er meine Bitte akzeptieren wird.

»Ich will nicht, dass du mir jemals auf diese Art nahekommst. Das darf niemals passieren. Auch nicht im Schlaf oder aus Versehen. Verstehst du?«, setze ich noch hinzu. Verdammt. Ich reibe mir über die

Stirn. Was für ein Leben wäre das? Ich würde ständig aufpassen müssen, in jeder Sekunde. Ist das überhaupt möglich? Kann ich es verantworten, ihm so nahe zu sein und das zu riskieren?

»Ich verstehe«, sagt Arden sanft.

Endlich wird mir klar, was der Ausdruck in seinen Augen bedeutet. Gerade jetzt versteht er erst, wie kaputt ich wirklich bin. Aber er schreckt nicht zurück, er diskutiert auch nicht. Er nickt einfach nur. Dankbarkeit steigt in mir auf. Weil er von Anfang an so war. So anders als die anderen.

»Erin«, sagt er und steht langsam auf. »Ich werde nie etwas tun, was du nicht möchtest. Egal, ob wir Freunde sind oder mehr.«

Ihn das sagen zu hören tut gut. Gleichzeitig schmerzt es, denn ich wäre ja nicht allein in dieser Beziehung. Er wäre mit mir darin gefangen, und ich weiß, dass ich niemals glücklich werden könnte, wenn er um meinetwillen Zugeständnisse macht, die er eigentlich gar nicht machen will oder kann.

»Was ist mit dem, was du möchtest?« Meine Stimme klingt unsicher.

Er beißt sich auf die Lippen. »Ich weiß es nicht. Alles, was ich weiß, ist, dass ich bei dir sein will. Was ich dir versprechen kann, ist, dass ich dir immer sagen werde, was wirklich in mir vorgeht.«

Unschlüssig sehen wir einander an, jeder auf einer Seite des Bettes. Irgendwie ist für den Moment alles gesagt, nur nicht, wie es jetzt weitergehen soll. Es steht nach wie vor noch so vieles zwischen uns. Ich weiß nicht, ob er damit klarkommt, mich nie küssen zu dürfen. Ich weiß ja nicht einmal, ob *ich* damit klarkommen würde! Ach, zur Hölle – am liebsten würde ich das Zimmer verlassen und einfach nur laufen. Laufen, laufen, bis die Gedanken in mir zur Ruhe kommen. Die Schuld, die Freude, die Wut.

Und das sollte ich wohl auch, wie mir plötzlich mit Schrecken klar wird. Denn viel Zeit bleibt mir nicht mehr, um meine Quote zu erfüllen. Wenn ich Arden nicht küsse, dann muss es jemand anders sein. Ich muss los, so schnell wie möglich. Aber ich kann nicht riskieren, dass Arden mir folgt.

Behutsam lege ich mich wieder ins Bett, und er tut es mir gleich. Er lässt Platz zwischen uns, nimmt mich nicht in den Arm, und trotzdem tut seine Nähe mir gut. Lange liegen wir beide wach. Viel zu lange, bis meine Hand schon wehtut von dem warnenden Pochen meines Tattoos. Wie auf glühenden Kohlen harre ich aus, bis Arden eingeschlafen ist. Dann stehe ich leise auf. Während ich das Zimmer verlasse und die Treppe nach unten gehe, wird mir klar, dass Ardens Berührung kein Heilmittel für meine Wut ist. Es gibt kein Heilmittel dagegen. Seine Nähe und sein Verständnis haben den Zorn in mir nur für eine Weile besänftigt. Aber er wird immer ein Teil von mir sein, solange ich eine Rachegöttin bin.

Ich laufe die Straßen in dem winzigen Ort entlang, Suche nach einer anderen Möglichkeit als der Bar direkt unter unserem Zimmer, wo Arden mich entdecken könnte. Aber da ist nichts. Niemand ist hier unterwegs, und die Zeit läuft mir davon. Ich kann nicht durch die Gegend fahren und woanders nach einem Opfer suchen. Verflucht. Warum habe ich nicht Ardens Vorschlag angenommen, in dem Ort zu übernachten, wo er vorhin auf mich gewartet hat? Dort gab es viel mehr Möglichkeiten als hier. Egal. Es muss eben hier sein. Ich muss es riskieren. Mit einem miesen Gefühl in der Magengegend laufe ich zurück zur Bar. Ich gehe zum Barkeeper und frage ihn, wer hier der größte Mistkerl ist.

Er schaut etwas verdattert drein, aber ich habe ihn überrumpelt, und er deutet auf einen Kerl ungefähr in meinem Alter, der am Billardtisch lehnt und einem Mädchen in den Ausschnitt starrt. Ich überlege nicht lange, ob so ein Verhalten schon meinen Kuss rechtfertigt. Ich erlaube es mir nicht. Ich gehe zu ihm, werfe ihm ein paar eindeutige Blicke zu, die ihn neugierig machen, ziehe ihn am Arm durch den Hinterausgang in die kleine verlassene Gasse hinter der Bar, drücke ihn mit all der Wut in mir gegen die nächstbeste Wand und küsse ihn, ohne zu wissen, wer er ist oder ob er meinen Kuss wirklich verdient hat. Sein Leben wird sich für immer ändern, einfach weil er nicht Arden ist.

Noch nie habe ich mich selbst so sehr gehasst wie in diesem Moment.

KAPITEL 36

Arden

»Erin?« Ich flüstere es leise in die Dunkelheit.

Ich bin eingenickt, obwohl die Gedanken sich in meinem Kopf ständig drehen, und jetzt höre ich Erin nicht mehr neben mir atmen. Aber ich will sie nicht wecken, indem ich das Licht einschalte. Sie wird doch nicht rausgegangen sein? Allein?

Sofort schimpfe ich mich einen Idioten.

Ich habe den schwarzen Gürtel. In Kung-Fu.

Ich muss lächeln. Sie braucht mich nicht. Sie kann sich bestimmt ganz ausgezeichnet selbst vor irgendwelchen zwielichtigen Typen schützen und wahrscheinlich noch dafür sorgen, dass sie es zutiefst bereuen, ihr über den Weg gelaufen zu sein. Trotzdem lässt es mir keine Ruhe, dass sie jetzt mit ihren Gedanken allein ist.

Vorsichtig taste ich neben mich, und tatsächlich – sie ist fort.

Ich fluche leise. Wie lange ist sie schon weg? Ich bilde mir ein, dass ihre Seite des Bettes noch warm ist. Es kann also höchstens ein paar Minuten her sein. Mir kommt der Gedanke, dass sie vielleicht nicht rausgegangen ist, um den Kopf freizubekommen, sondern um ein für alle Mal zu verschwinden. Hastig schlüpfe ich in meine Schuhe, schnappe mir meine Jacke und laufe zur Tür und die Treppe hinunter.

Aus der Bar dringt noch Musik, aber ich achte gar nicht darauf. Mich interessiert nur eines. Ich reiße die Haustür auf und stürze nach draußen.

Das Motorrad ist noch da. Sie ist also nicht weggefahren. Erleichtert atme ich auf. Bis mir ihre Worte wieder in den Sinn kommen.

Du darfst mich niemals küssen!

Ich fahre mir mit der Hand über die Stirn, als könnte ich diesen Satz damit vertreiben.

Ich will nicht, dass du mir jemals auf diese Art nahekommst. Das darf niemals passieren. Auch nicht im Schlaf oder aus Versehen. Verstehst du?

Wie sie mich dabei angesehen hat. Das Entsetzen in ihren Augen, die Angst, nein – die Panik. Sie hat versucht, es zu überspielen, aber ich habe es trotzdem gesehen.

Ich schlucke schwer.

Was ist mit dem, was du möchtest?

Ich kann nicht glauben, dass sie mich das gefragt hat. Es kommt mir so vor, als hätte mich das noch nie jemand gefragt. Was für ein komischer Gedanke. Ich erinnere mich an nichts, auch nicht daran, dass jemand mich schlecht behandelt oder übergangen hätte. Mein ganzes bisheriges Leben ist einfach vollkommen ereignislos. Warum fühlt es sich dann so an, als wäre sie die Erste, die mich wirklich zur Kenntnis nimmt und sich dafür interessiert, was ich eigentlich will?

Ich schüttle den Kopf. Ich sollte lieber nach Erin suchen. Ich beschließe, zuerst in die Bar zu gehen. Vielleicht hat der Barkeeper sie gesehen und kann mir sagen, in welche Richtung sie verschwunden ist. In der Bar schlägt mir Kneipendunst entgegen, der Geruch nach altem Frittierfett, Alkohol und abgestandenem Zigarettenrauch. Ich sehe mich nach dem Barkeeper um. Er steht an der Spüle und poliert Gläser. »Hey. Hast du ein Mädchen gesehen? Rote Haare – nicht zu übersehen.«

Der Barkeeper mustert mich mit hochgezogener Augenbraue. Dann deutet er auf den Hinterausgang.

Merkwürdig. Warum ist sie denn da raus? Aber ich zögere nicht. Ich laufe los, umrunde den Billardtisch, stürze durch den Hinterausgang hinaus auf eine kleine Gasse. Der Gestank von Abfall dringt in meine Nase, und das Licht einer einzelnen flackernden Straßenlaterne erhellt diesen unseligen Ort.

Und dort, bei der Laterne, sehe ich sie. Oder besser gesagt: ihre unverwechselbaren Haare. Wie angewurzelt bleibe ich stehen. Mein Magen krampft sich zusammen.

Ihre Hände sind in das Shirt eines Typen vergraben, den sie gegen die Wand drückt. Für einen winzigen Augenblick will ich glauben, dass sie ihn bloß fertigmacht, weil er sie dämlich angequatscht hat. Aber ich weiß es besser. Obwohl ich sie nur von hinten sehe, weiß ich es besser. Trotzdem mache ich ein paar Schritte auf die beiden zu, weil ich es mit eigenen Augen sehen muss.

Aber dann würde ich den Anblick am liebsten sofort wieder vergessen.

Erins Lippen auf denen des Fremden.

Sie küsst ihn. Kein Zweifel möglich.

Ich küsse nicht!

Ihre Worte hallen in meinem Kopf wider. Ich habe ihr sofort geglaubt. Verdammt, wie leid sie mir getan hat! Wegen der Panik in ihren Augen habe ich geglaubt, dass ihr irgendetwas Schlimmes widerfahren ist, was daran schuld ist, dass sie niemanden küssen will. Offensichtlich habe ich mich geirrt.

Ich sollte gehen. Sollte mein verletztes Ego und die Tatsache, dass ich mir unglaublich dumm vorkomme, irgendwohin schleppen und meine Wunden lecken. Aber ich kann nicht. Ich kann nicht wegsehen. Es ist, als müsste ich mir dieses Bild in mein Gehirn einbrennen, damit ich es glauben kann. Nur glauben. Denn verstehen werde ich es ganz sicher nicht.

Erin küsst diesen Typen. Sie nimmt nichts um sich herum wahr, ist völlig darauf konzentriert. Er fasst sie nicht an. Sie ist es, die ihn gegen die Wand drückt. Und eins hat sie ganz eindeutig nicht: Angst.

Ich sollte wütend sein, weil sie mich angelogen hat. Ich sollte sie von diesem Mistkerl wegzerren und anbrüllen. Aber ich kann mich immer noch nicht rühren.

»Erin?«, sage ich. Ich weiß nicht mal genau, warum. Vielleicht hoffe ich, dass ich plötzlich oben im Hotelzimmer aufwache und alles nur ein Traum war.

Sie dreht sich um, und ihre Augen weiten sich, als sie mich sieht. Da ist wieder diese Panik in ihrem Gesicht. »Arden!« Sie klingt so merkwürdig. Hilflos, verloren fast. Nicht wie jemand, der kaltblütig lügt. Denn genau das hat sie getan: mir kaltblütig ins Gesicht gelogen. Nachdem ich ihr meine ganze Wahrheit zu Füßen gelegt habe, hat sie mich eiskalt angelogen.

»Verschwinde!«, zischt sie mich unvermittelt an. Ihre Haare winden sich um ihren Kopf, als hätten sie ein Eigenleben. Wie Schlangen. Ich blinzle. »Wie bitte?«

»Du sollst gehen!«

Keine Rechtfertigung, keine Entschuldigung. Sie will nur, dass ich verschwinde? Mein Herz zieht sich zusammen, und dann kommt die Wut. Aber ich will mir keine Blöße geben.

»Du musst verschwinden, jetzt sofort!«, wiederholt sie. Ihr Tonfall hat nichts Ängstliches mehr, er ist herrisch und befehlend.

»Wie du willst.« Ich drehe mich um, aber aus dem Augenwinkel sehe ich etwas in ihren Augen aufflackern, und erst, als ich schon wieder durch die Bar durch und fast bei der Tür bin, wird mir klar, was es ist.

Abgrundtiefe Verzweiflung.

Ich bleibe stehen, renne zurück. Der Barkeeper sieht mir nach, als wäre ich vollkommen durchgedreht. Irgendetwas stimmt da nicht. Ich muss sie noch mal sehen. Ich weiß nicht, warum. Vielleicht klammere ich mich noch immer an die Hoffnung, dass sie mich nicht vollkommen für dumm verkauft hat. Ich weiß es nicht. Ich weiß nur, dass ich es mir nie verzeihen werde, wenn sie mich jetzt braucht und ich sie allein lasse. Ich stürze hinaus in die kleine Gasse.

Sie sind nicht mehr hier.

Nein, ich muss mich korrigieren. Sie ist nicht mehr hier.

Denn der Typ, mit dem sie gerade noch rumgemacht hat, ist sehr wohl noch hier. Er kauert an der Wand und murmelt unverständliches Zeug.

»Hey, wo ist sie hin?«, frage ich. Was hast du mit ihr gemacht?, will ich ihn am liebsten anschreien. Aber ehrlich gesagt sieht es eher aus, als hätte sie etwas mit ihm gemacht. Ich bekomme keine Antwort. Er brabbelt bloß komisches Zeug vor sich hin. Es erinnert mich an irgendetwas, aber ich komme nicht drauf, woran. Ich überlasse ihn sich selbst und renne aus der Gasse auf die Straße.

Das Motorrad ist weg.

Kurz überlege ich aufzugeben. Es hat nicht viel Sinn, ihr zu folgen, oder? Aber dann sehe ich wieder ihren merkwürdigen Blick vor mir. Diese abgrundtiefe Verzweiflung.

Entschlossen gehe ich zurück in die Bar. »Ich brauche ein Auto. Bitte.« Es ist irrwitzig, das einfach so zu sagen, aber hey, welche Wahl habe ich schon? Auf ein Taxi oder ein Uber brauche ich in dieser Einöde wohl nicht zu hoffen.

Der Barkeeper runzelt die Stirn. »Gibt nicht wirklich eins.«

Ich könnte verzweifeln. Was ist das hier bloß für ein merkwürdiges Kaff? Aber dann hellt sich die Miene des Barkeepers auf. »Du kannst meins nehmen.«

Verdattert sehe ich ihn an. »Wirklich?«

»Sicher. Machen die anderen auch immer. Um eins ist meine Schicht zu Ende. Dann muss es wieder hier sein, und du gibst mir was fürs Benzin. Getrunken hast du ja nicht, oder?« Er mustert mich prüfend.

Ich schüttle den Kopf und reiße ihm den Schlüssel aus der Hand. Wenig später sitze ich in seiner rostigen Klapperkiste und fahre damit in die Richtung, in die mich mein Bauchgefühl lenkt. Ich weiß nicht, warum, aber ich glaube ziemlich genau zu wissen, wo Erin ist. Es ist, als würde sie nach mir rufen. Blödsinn. Aber welchen anderen Anhaltspunkt habe ich schon? Ich folge meiner Intuition. Ich fahre, bis ich zu einer Lichtung komme. Zuerst denke ich, dass es die ist, an der wir vorhin gemeinsam waren, aber die hier sieht anders aus. Verlassener, einsamer. Als ich abbiege, sehe ich schon das Motorrad. Erleichtert parke ich daneben und renne dann los, den dunklen Pfad entlang, der in den Sumpf führt.

Mit der Taschenlampen-App meines Handys erleuchte ich den Weg vor mir; der Mond wirft sein Licht über die Landschaft, aber trotzdem ist es eigentlich zu dunkel, um so schnell zu laufen. Ich tue es dennoch.

»Erin!«, schreie ich. »Wo bist du?«

Keine Antwort.

Panik schnürt mir die Kehle zu. Ich spüre, dass Erin mich braucht. Spüre, dass jede Minute, die vergeht, eine zu viel ist. Und tief in mir regt sich Angst. Angst, zu spät zu kommen.

KAPITEL 37

Erin

Ich renne durch den Sumpf dorthin, wo vorhin das Boot vertäut war. Jetzt ist da nichts mehr. Am Ufer angekommen, sehe ich mich schwer atmend um. Raeanne hat gesagt, dass ich die Seele hier abgeben soll. Mein Mund wird trocken. Was wird Hades tun, wenn er merkt, dass es nicht die von Arden ist? Oder wird er es vielleicht gar nicht merken? Erkennt er überhaupt, wessen Seele ich ihm bringe?

Eine unvernünftige Hoffnung steigt in mir auf, dass es nicht so ist, aber der stechende Schmerz in meinem Arm erinnert mich daran, wie knapp ich es schon wieder habe werden lassen. Ich gehe noch ein paar Schritte nach vorn ans Wasser, denn ich spüre, dass hier der Schatten des Todes liegt, der mir hilft, Hades die Albträume der Toten zu senden. Wie neblige Geister steigen sie aus dem schwarzen Sumpf empor. Das Wasser gurgelt in der Dunkelheit, und mein Herz klopft schneller, als sich die tiefe Finsternis zusammenballt, die seine Ankunft verheißt. Ohne es zu wollen, denke ich an Arden und wie gern ich ihn jetzt bei mir hätte.

Mit zitternden Fingern hole ich die Phiole aus meiner Hosentasche und öffne sie. Ich halte den Atem an, als sich der bläuliche Schimmer in der abgrundtiefen Schwärze seiner Gegenwart verliert.

Nichts geschieht.

Blau und Schwarz mischen sich und lösen sich ineinander auf. Die Geister um mich herum verblassen. Das Gefühl, blind zu sein, lässt langsam nach. Das Pochen in meinem Handgelenk hört auf. Er hat die Seele akzeptiert, obwohl es nicht die von Arden war. Aber trotzdem will sich keine Erleichterung einstellen. Irgendetwas stimmt nicht. Ich reiße die Augen weiter auf, um das fahle Licht des Mondes besser zu nutzen, aber ich sehe noch immer nichts. Mit ausgestreckten Händen taste ich mich vorwärts, weg, nur weg vom Ufer.

Platsch!

Ich schreie leise auf, als ich mit einem Fuß ins Wasser steige. Ich muss in die andere Richtung! Ich trete einen Schritt zurück.

Platsch. Wieder versinke ich knöcheltief im Wasser. Ich reibe mir mit den Händen über die Augen, um irgendetwas zu sehen, aber es ist wie verhext. Hades' Finsternis macht mich nicht mehr blind, aber der Mond ist hinter Wolken verschwunden. Und jetzt kommt auch noch ein heftiger Wind auf, der mir brutal die Luft zum Atmen nimmt.

Eine Ahnung steigt in mir auf. Eine, die mein Herz aussetzen lässt.

Ich zerre mein Handy aus der Tasche und schalte das Display ein, um meine Umgebung zu beleuchten. Dabei drehe ich mich um mich selbst, aber überall ist Sumpf. Sumpf mit ein paar Seerosen. Wie kann das sein? Gerade stand ich doch noch auf festem Boden!

Mein Handy geht aus. Ich drücke auf den Tasten herum, aber nichts tut sich. Akku leer. Auch das noch!

Ein schmatzendes Geräusch ertönt, während ich mich im Kreis drehe. Meine Jeans wird immer nasser. Nein. Mir stockt der Atem. Das Wasser. Es geht mir bis zum Knie.

Ich versinke!

»Hilfe!«, schreie ich und greife verzweifelt mit meinen Händen in die Dunkelheit. »Arden! Hilf mir!« Wie dämlich. Er liegt im Bett und schläft. Trotzdem kann ich nicht anders, als immer wieder an ihn zu denken.

Aber dann reiße ich mich am Riemen.

Irgendwas muss da doch sein. Ein Ast, ein Strauch, das lange Gras! Etwas, woran ich mich festhalten kann. Ich könnte laufen. Das hier ist kein kniehoher Schlamm, in dem man sich nicht bewegen kann. Es ist Wasser, das auf einer Schicht aus Matsch steht. Aber ich traue mich nicht loszugehen, solange ich nichts sehe. Sonst gehe ich am Ende noch tiefer in den See hinein.

Panik steigt in mir auf. Nur mühsam dränge ich sie zurück. Bleib ruhig, Erin, Panik hilft nicht.

Stehen bleiben allerdings auch nicht. Das Wasser reicht mir mittlerweile schon bis zum Oberschenkel. Shit! Aber immerhin bilde ich mir ein, langsam wieder etwas sehen zu können. Ohne nachzudenken, gehe ich einfach los. In die Richtung, in der die Dunkelheit am durchdringendsten ist. Über dem See sind keine Bäume und Sträucher. Dort wäre es heller, oder?

Jeder Schritt ist ein Kampf. Aber jetzt setzt mein Trotz ein. Ich gebe ganz sicher nicht auf! Mit voller Kraft stemme ich mich gegen das Wasser und den Wind. Und es klappt! Ich spüre, dass das Wasser sinkt, ich muss also in Richtung Ufer unterwegs sein.

Im nächsten Augenblick zieht es mir den Boden unter den Füßen weg. Ich reiße die Arme in die Höhe, aber da ist nichts, an dem ich mich festhalten kann. Ich schreie laut auf, trete um mich. Falle ins Wasser. Mein Kopf geht unter, ich will mich mit den Füßen vom Boden abstoßen, aber da ist nichts mehr. Hastig schließe ich den Mund, um jedes bisschen kostbaren Sauerstoff zu bewahren.

Ich muss nach oben! Ich schwimme, doch plötzlich sind überall Seerosen. Im Gewirr ihrer Stängel komme ich nicht vorwärts, weiß sowieso nicht mehr, wohin ich eigentlich muss. Es ist wie in einem grässlichen Albtraum. Nur, dass das hier Wirklichkeit ist. Panisch sehe ich mich um. Ich kann nicht erkennen, wo oben und wo unten ist. Und mein Fuß hängt irgendwo fest! Etwas Scharfes gräbt sich in meinen linken Knöchel. Ich stöhne vor Schmerz auf, und kostbare Luftbläschen steigen nach oben.

Ich greife nach meinem Fuß, aber was immer mich festhält, ich kann mich nicht davon lösen. Es ist, als würde ein Unterwasserwesen mich mit stählernen Fingern unerbittlich festhalten.

Und da begreife ich endlich.

Während mir die Luft ausgeht, mein Herz panisch das Blut durch meinen Körper pumpt, um das letzte bisschen Sauerstoff rauszupressen, während mir langsam schwarz vor Augen wird, verstehe ich, dass das hier seine Strafe ist.

Ich lasse mich fallen. Ich weiß nicht, warum, ich tue es einfach. Akzeptiere es. Nimm seine Strafe an. Gib ihm zu erkennen, dass er die Oberhand hat. Vielleicht lässt er dich dann noch einmal davonkommen.

Ich sinke weiter. Was immer mich am Fuß gepackt hat, zerrt mich weiter in den See hinaus und tiefer hinunter in den Morast. Ich halte still, obwohl ich noch nie solche Angst verspürt habe. Angst um den nächsten Atemzug, den nächsten Herzschlag. Angst um dieses verdammte Leben, das ich manchmal so sehr verfluche. Ardens Gesicht taucht vor meinem inneren Auge auf. Und Summer. Bitte. Bitte, lass mich sie noch einmal wiedersehen.

Mein Gesicht verzieht sich. Luft. Ich brauche Luft. Jetzt. Ich öffne den Mund. Wasser dringt in meine Lungen. Schmerz. Kalter, schrecklicher Schmerz breitet sich in meinem ganzen Körper aus.

Und dann spüre ich nichts mehr.

KAPITEL 38

Erin

Hustend und spuckend knie ich im Morast und fülle meine gequälten Lungen mit Luft. Ich weiß nicht, wie ich hierhergekommen bin, weiß nicht, warum das Etwas meinen Knöchel losgelassen hat und ich mich mit letzter Kraft nach oben kämpfen konnte.

Mein ganzer Körper schmerzt vom Sauerstoffmangel, meine Kehle ist wund vom Husten und vom Moorwasser, und meine Augen brennen wie verrückt. Mein Herz rast immer noch, ich kann es nicht glauben, dass ich wirklich entkommen bin. Doch nein, ich bin nicht entkommen. Er hat mich entkommen lassen. Aber ein weiteres Mal wird er das nicht tun.

Ich huste noch einmal, würge Wasser, Spucke und Dreck heraus.

Der Schmerz nimmt mir für einen Moment den Atem.

Plötzlich umfangen mich Arme. Etwas wird um meine Schultern gelegt. Eine Jacke? Zuerst will ich mich wehren, bis ich die Stimme höre. Seine Stimme.

»Arden.« Mehr bringe ich nicht heraus. Nur seinen Namen.

»Ist ja gut, ich bin da.«

Ich klammere mich an ihn, und er hält mich fest, murmelt mir irgendetwas ins Ohr, das ich nicht verstehe. Meine Hände krallen sich in seinen Unterarm. Ich ringe noch immer um Atem. Luft. Mehr Luft.

»Bist du verletzt?« Er reibt mit seinen Händen über meinen Rücken. Ganz allmählich lässt der Schmerz nach.

Ich will den Kopf schütteln, aber ich kann nicht. Denn seine Fürsorge ruft mir wieder ins Gedächtnis, warum ich gerade fast gestorben wäre. Weil ich ihn schützen wollte.

Während ich zitternd im Dreck kauere, schwöre ich mir, nicht nachzugeben. Egal, was Hades mir antut. Ich werde Arden nicht küssen, und ich werde trotzdem einen Weg finden, Summer zu schützen, auch wenn mir das im Moment vollkommen unmöglich vorkommt. Denn wenn ich seinen Auftrag nicht erfülle, wird er mich dafür töten. Und dann wird Summer vollkommen schutzlos sein.

»Ich kann das nicht mehr, Arden. Ich will das nicht«, stoße ich hervor.

Keine Antwort. Was denkt er, was glaubt er, warum ich in so einem Zustand bin?

»Arden? Bist du wirklich hier?«

»Natürlich bin ich hier«, gibt er sanft zurück. »Ich bin da.«

Seine Worte bringen alles mit voller Wucht zurück. Alles, was davor passiert ist. Bevor ich fast gestorben wäre. Ich habe einen anderen geküsst, nachdem ich Arden gesagt habe, dass er mich niemals küssen darf – und er hat mich dabei ertappt. Sein Gesicht – nie werde ich das vergessen. Noch nie habe ich ihn so verletzt gesehen. »Nach allem, was gerade passiert ist – wie kannst du da immer noch hier sein?«, flüstere ich zitternd.

Plötzlich steigt eine Kälte in mir auf, die so tief und umfassend ist, dass nicht einmal Ardens Umarmung dagegen ankommt.

»Du solltest gehen«, stoße ich hervor. »Du solltest mich hier zurücklassen.«

»Bist du irre?« Er klingt ehrlich entsetzt. »Das würde ich niemals tun.«

Ohne zu wissen warum, ist da wieder diese komische Wut in mir. Und sie hat jetzt viel Raum in der schrecklichen Leere, die in meiner Seele wütet. Ich umklammere die Phiole, in der gerade noch die Seele von Nummer 135 war. Über uns im Baum zetert ein Rabe, als würde auch er meine Wut spüren. Ich springe auf. Stoße Arden förmlich von mir.

»Verdammt, Arden. Ich habe dir gerade gesagt, dass ich dich niemals küssen will. Und im nächsten Moment küsse ich einen anderen. Macht dir das denn gar nichts aus?« Warum ist er nicht wütend? Warum stellt er mich nicht zur Rede? Warum akzeptiert er einfach so, was ich getan habe?

Er steht auf, kommt auf mich zu, hebt die Arme, als wolle er mich berühren, lässt sie dann aber wieder sinken. »Natürlich macht es mir etwas aus.«

»Warum bist du dann nicht wütend? Warum nimmst du das einfach so hin?«

»Du willst, dass ich ausraste? Was würde das bringen? Wem würde das helfen?«

Ich halte seinen Blick fest und stelle mir vor, wie es sich anfühlen würde, wenn er deswegen wütend wäre. »Mir«, antworte ich leise. »Mir würde das helfen.«

Seine Augen weiten sich. »Was?«

»Weil ich dann wüsste, dass du doch mehr willst, als bloß mein Freund zu sein.«

Arden schnaubt. »Wenn du glaubst, dass es für mich nicht die Hölle auf Erden war, das zu sehen, dann liegst du falsch. Und ja, ich bin wütend. Verdammt wütend sogar. Ich habe es gehasst, dass er dir so nah war. Ich habe es verabscheut, seine Lippen auf deinen zu sehen.« Tatsächlich ballt er die Fäuste, aber seine Stimme ist vollkommen ruhig. »Am liebsten würde ich dich jetzt sofort in meine Arme reißen und dich endlich küssen, um dieses verdammte Bild aus meinem Kopf zu kriegen.«

Unwillkürlich weiche ich zurück.

Arden lächelt traurig. »Siehst du? Du willst das gar nicht. Deswegen will ich es auch nicht. Ich möchte dir helfen, was auch immer das Problem ist. Und dir beistehen, damit du es überwinden kannst.«

»Wieso bist du so?«, frage ich, und meine Stimme bricht. »Wie kannst du so … gut sein? Denkst du denn gar nie an dich?«

Er verzieht das Gesicht. »Ich denke nur an mich, Erin, wenn ich versuche, mit dir zusammen zu sein.«

»Woher weißt du, dass ich dich nicht anlüge?«, flüstere ich erstickt. »Warum denkst du nicht, dass ich irgendein gemeines Spiel mit dir treibe?«

Er sieht mich lange an. »Ich habe dein Gesicht gesehen, als du mich weggeschickt hast.«

Ich schlucke schwer. Ich erinnere mich genau an diesen Moment. Ich wusste, dass die Seele sich jeden Moment lösen würde und musste unbedingt verhindern, dass er das sieht. Gleichzeitig habe ich mir so sehr gewünscht, dass er nicht auf mich hört und mich von diesem Typen wegzerrt – egal, was das für Konsequenzen bedeutet hätte.

Wie muss sich das für ihn angefühlt haben?

»Warum hasst du mich nicht?«, flüstere ich.

»Ich könnte dich niemals hassen«, antwortet er, und ich spüre, dass es die Wahrheit ist. »Du kannst nichts tun, was mich dazu bringen würde, dich links liegen zu lassen. Ich bin hier, und ich werde es sein, solange du mich lässt.«

Sprachlos starre ich ihn an. Wie oft habe ich mir schon gewünscht, dass irgendwer mir irgendwann mal sagt, dass er mich liebt. In diesem Moment fühlt es sich so an, als hätte Arden es getan.

In diesem Moment verstehe ich, dass ich ihm vertraue. Grenzenlos. Ich glaube ihm, dass er immer für mich da sein will und dass er es tut, ohne eine Gegenleistung zu verlangen. Er ist der erste und einzige Mensch, in dessen Hand ich mein Leben legen würde. Und das meiner Schwester.

»Arden«, sage ich mit bebender Stimme. »Du musst etwas für mich tun.« Mein Mund wird trocken bei dem Gedanken an das, was ich ihm gleich sagen werde.

»Natürlich, was immer du willst.«

Ich schüttle den Kopf. »Nicht hier. Wir müssen hier weg.« Wir sind zu nah an diesem Eingang zur Unterwelt. Zu nah an Hades und seinen Gehilfen.

»Sollten wir nicht zuerst zurück zum Hotel? Du brauchst dringend eine heiße Dusche.«

»Das hat Zeit. Ich bin jetzt nicht wichtig.«

Er schnaubt leise in der Dunkelheit, als wäre er anderer Meinung, aber er widerspricht nicht. Dankbar laufe ich, so schnell mich meine Beine tragen, zurück zur Lichtung, wo ich das Motorrad stehen gelassen habe. Dann bleibe ich stehen. Ich muss einfach hoffen, dass wir weit genug weg sind. Arden muss es jetzt wissen, bevor Hades es sich vielleicht anders überlegt. Denn wenn Hades begreift, dass ich Arden nicht küssen werde, wird er vielleicht nicht bis zur nächsten Übergabe warten, um mich zu töten.

»Es ist meine Schwester, Arden.« Ich hole tief Luft. Es ihm zu sagen, nachdem ich es so lange vor allen Menschen geheim gehalten habe, fühlt sich an, als würde ich ohne Fallschirm aus einem Flugzeug springen. »Summer. Sie ist auf einem Internat, aber dort kann sie nicht bleiben. Sie ist in Gefahr. Jemand ist hinter ihr her. Und ich …« Ich beiße mir auf die Lippen. Wie kann ich das sagen, ohne dass er sinnlose Versuche unternimmt, mich zu schützen? »Vielleicht kann ich mich bald nicht mehr um sie kümmern.«

»Was?« Sein Griff um meine Hand verstärkt sich.

»Bitte«, flüstere ich mit schwankender Stimme. »Frag nicht. Ich kann es dir nicht erklären. Aber du musst dich um sie kümmern. Du musst ihr helfen. Wenn mir etwas zustoßen sollte, dann …«

»Erin, was …«

»Bitte, Arden, hör mir einfach nur zu. Ich will sie aus dem Internat holen und hierherbringen, denn nur hier kann sie geschützt werden. Deswegen war ich heute unterwegs. Um jemanden zu finden, der ihr wirklich helfen kann.« Eindringlich sehe ich ihn an. »Falls ich das nicht tun kann, musst du es für mich tun. Du bist der einzige Mensch, dem ich sie jemals anvertrauen würde.«

Er schweigt. Nach einer Weile sagt er: »Okay. Was muss ich tun?« Es klingt widerwillig, aber er hört genau zu, als ich ihm alles erkläre. Wo das Internat ist und wie das Codewort lautet, mit dem er von der Direktorin die Erlaubnis bekommen wird, Summer abzuholen. Auch das andere Codewort, das ich Summer eingebläut habe und das sie dazu bringen wird, mit ihm mitzugehen, verrate ich ihm. Dann all die Anweisungen, wie er Raeanne finden kann.

Raeannes Worte fallen mir ein.

Solange dieser Makel des unerfüllten Auftrags an dir haftet, solange Hades dich deswegen ständig beobachtet, kann ich deiner Schwester nicht helfen.

Wenn ich tot bin, haftet sicher kein Makel mehr an mir. Dann ist meine Seele sowieso bei Hades in der Unterwelt, und Raeanne wird Summer hoffentlich helfen.

Prima. Dann ist also alles geregelt. Für den Fall, dass ich sterbe. Absurderweise würde das einiges so viel einfacher machen. Aber ich habe nicht vor zu sterben.

»Erin?«

Ich fahre zusammen, in dem Glauben, dass Arden mir nun doch noch ein paar Fragen stellen will.

»Du zitterst immer noch«, sagt er stattdessen nur. »Wir sollten lieber zurückfahren.«

»Okay.« Wir gehen zur Straße zurück, wo zwischen ein paar Büschen eine alte Rostlaube geparkt ist. Arden zieht mit einem übertrieben überlegenen Blick die Schlüssel aus seiner Hosentasche. Als hätte er eine absolute Luxuskarosse besorgt.

Ich muss trotz allem grinsen. »Danke, aber irgendwer muss sich um das Motorrad kümmern.«

Er schüttelt den Kopf. »Nicht jetzt. Das können wir später machen.«

Im ersten Moment will ich Ja sagen, aber dann überlege ich es mir doch anders. »Nein, es geht schon. Danke.«

Er zögert kurz, dann nickt er. »Es ist sowieso nicht weit bis zum Pub.«

Ich schaffe die Fahrt tatsächlich ohne Probleme. Arden bleibt die ganze Zeit mit dem Auto hinter mir, als könnte er so verhindern, dass mir irgendetwas zustößt. Zurück in unserem Zimmer, gehe ich unter die heiße Dusche und bleibe dort, bis ich die Hitze fast nicht mehr ertrage. Arden hat mir seinen Pulli gegeben, der im Gegensatz zu meinen Sachen noch trocken ist, und ich ziehe ihn mir über. Sein Geruch, der daraus hervorsteigt, macht mich schwindelig. Ich öffne die Badezimmertür einen Spalt und spähe hinaus. Arden sitzt auf der Couch, das große Licht ist aus, nur eine Nachttischlampe beim Bett ist an. Als er mich sieht, bleibt sein Blick kurz an mir hängen, aber dann dreht er sich weg, ohne dass ich etwas sagen muss.

Erleichtert hüpfe ich zum Bett und vergrabe mich unter der Decke. Dann lösche ich das Licht.

Eine Weile liege ich einfach so da und versuche froh zu sein, dass Arden sich wie ein Gentleman benimmt. Es ist unglaublich schön zu wissen, dass er sich niemals über meine Bitten hinwegsetzen wird. Aber es ist nicht schön, in diesem Moment allein hier im Bett zu liegen. Mit dem Wissen, dass es viel praktischer wäre, wenn ich tot wäre, und der Gewissheit, dass Hades alles daransetzen wird, genau das zu erreichen.

»Arden?« Meine Stimme klingt kläglich in der Dunkelheit des Zimmers. Was soll ich jetzt sagen? Komm her und halt mich fest? Ja, wahrscheinlich. Aber ich will ihn nicht zu etwas auffordern, das ihn vielleicht dazu bringt, von seinen Prinzipien abzuweichen.

»Mir ist kalt«, flüstere ich stattdessen und hoffe, dass er versteht, dass es ein Angebot ist, das er einfach übergehen kann, wenn sich das für ihn besser anfühlt.

Als er wenig später tatsächlich neben dem Bett steht und auf mich hinuntersieht, stockt mir der Atem. Kurz funkelt etwas in seinen Augen auf, das dem schrecklichen Hunger im Blick der anderen ähnelt. Aber es ist anders. Nicht so verzehrend, nicht so egoistisch, und es setzt mein Herz in Flammen.

Langsam schlage ich die Bettdecke zurück.

Arden zögert.

Uns beiden ist vollkommen klar, dass das hier der Punkt ohne Wiederkehr ist. Auch wenn wir uns nicht küssen dürfen – nach allem, was heute zwischen uns gesagt wurde, wissen wir beide, dass wir mehr sein werden als Freunde, wenn er sich jetzt neben mich legt. Ich frage mich, ob er gerade an Lyra denkt. Ob er sich jetzt die Erlaubnis geben wird, endlich nach vorn zu sehen.

Ich würde es ihm so gerne leichter machen, ihm sagen, dass es okay ist. Aber ich darf nicht. Er muss das entscheiden, er ganz allein. Er muss damit im Reinen sein, sonst wird es für immer zwischen uns stehen.

KAPITEL 39

Arden

Dies ist der Moment, in dem ich mich endgültig entscheiden muss.

In Erins Blick sehe ich, dass auch sie es weiß. Aber ich stehe einfach da, kann mich nicht überwinden, diese Grenze zu überschreiten.

»Wie fühlst du dich?«, fragt sie. »Ich meine … wegen ihr.«

Ich schlucke schwer. »Ich weiß es nicht.« Es ist die Wahrheit. »Ich erinnere mich immer noch nicht daran, was ich für sie empfunden habe.«

Sie presst die Lippen zusammen und nickt. »Ja, das sind deine Erinnerungen. Aber was fühlst du jetzt?«

Ich starre sie an. Jetzt? In all der Zeit habe ich nie darüber nachgedacht, ob es vielleicht gar nicht so wichtig ist, dass ich mich erinnere. Kann ich diese Entscheidung vielleicht einfach danach treffen, was ich jetzt fühle? Dieser Gedanke bringt so große Erleichterung mit sich, dass ich fast aufatme. Fast. Denn noch ist die Entscheidung nicht getroffen.

Ich weiß, dass ich jetzt für Lyra nichts empfinde. Wenn ich an sie denke, dann ist da keine Zuneigung in mir, kein Wunsch, mit ihr zusammen zu sein. Nur eine merkwürdige Aufregung. Würde das nicht dazu passen, dass wir uns in der Vergangenheit gegenseitig getröstet haben, auf eine Art, die keine Verpflichtungen schafft?

Sofort attackiert mein Verstand diese Idee. Die Gedanken kreisen wild in meinem Kopf und sagen mir, dass ich das gar nicht wissen kann, wenn ich das Gefühl habe, dass in meinem Leben irgendwie nichts mehr zusammenpasst. Es fühlt sich nicht an, als würden mir Erinnerungen fehlen, aber trotzdem sind da Bruchkanten, die einfach keinen Sinn ergeben.

Ich atme tief durch. Jetzt. Ich will jetzt leben, nicht in der Vergangenheit. Wenn ich außer Acht lasse, was früher passiert ist, und nur an diesen Augenblick denke, an Erin, die vor mir im Bett liegt und sich wünscht, dass ich mehr für sie bin als ein Freund – ergibt das Sinn?

Mein Herz schlägt schneller. Ja. Es ergibt Sinn. Es fühlt sich an, als würden lauter falsche, schlecht geschnittene Puzzleteile verschwinden, und das, was noch übrig bleibt, fällt perfekt an seinen Platz.

Erin und ich, das ergibt Sinn. Wenn ich mit ihr zusammen bin, fühlt es sich trotz aller Ungereimtheiten und merkwürdigen Vorkommnisse nicht falsch an. Mit ihr scheint nichts mehr farblos, sondern bunt. Bei ihr zu sein, fühlt sich richtig an, und vielleicht ist das gerade das Einzige, was zählt.

»Ich glaube«, antworte ich rau, »es ist an der Zeit, die Vergangenheit hinter sich zu lassen.« Ohne sie verstehen zu wollen. Wer sagt, dass man das nicht darf? Ich kann alles loslassen, was mich daran hindert, nach vorn zu sehen und trotzdem für Lyra da sein.

In diesem Moment, in dem ich vor Erins Bett stehe, packe ich die Vergangenheit bewusst weg. Ich verschnüre alles, was nicht passt, zu einem Paket, das ganz weit hinten in meinem Bewusstsein gut aufgehoben ist. Irgendwann, wenn es neue Informationen gibt, wenn Lyra jemals aufwachen sollte, wenn ich Gelegenheit habe, mit ihr über den Unfall zu sprechen, kann ich dieses Paket wieder hervorholen. Aber jetzt, hier in der Gegenwart, brauche ich es nicht.

Ich atme auf. Tief und befreiend. Schon lange hat sich für mich nichts mehr so gut angefühlt. Dann senke ich langsam den Blick. Erin liegt immer noch dort und wartet auf mich. Ganz langsam setze ich mich auf das Bett.

Ich sehe, wie Erins Blick sich verändert. Ihre Augen weiten sich leicht, ihre Lippen öffnen sich.

Ich küsse nicht. Du darfst mich niemals küssen.

Shit. Wie soll ich das jemals aushalten?

In ihren Augen sehe ich dieselbe Frage. Aber das macht es nicht besser. Eher noch schlimmer.

Okay. Wir kriegen das hin. Ich habe es ihr versprochen.

Langsam lege ich mich neben sie. In der erwartungsvollen Stille, die den Raum erfüllt, wirkt das leise Knarzen des Bettes ohrenbetäubend laut. Dann liege ich neben ihr, und wir sehen uns an. Unsere Nasen berühren sich fast, und Erins Atem geht schneller. Ich spüre ihn in meinem Gesicht. Auf meinem Mund.

Ihr Mund. Ich kann einfach nicht wegsehen. Ihre Lippen wirken so weich und warm und verdammt sexy. Mist. Ich stöhne leise. Natürlich ist der Gedanke, sie zu küssen, umso heißer, weil es verboten ist. Wenn ich nur wüsste, was sie von mir erwartet.

Mir ist kalt, hat sie gesagt. Bedeutet das, sie will wirklich nur gewärmt werden und nichts weiter? Oder will sie doch mehr? Aber tut man das nicht normalerweise erst, nachdem man sich geküsst hat? Ist die Wahrscheinlichkeit, dass sie das auch nicht will, nicht unheimlich groß, wenn sie den Kuss wie eine unsichtbare Mauer zwischen uns stellt?

Mir ist kalt.

Ich sehe zu ihrer Schulter, die halb nackt unter meinem Pulli hervorragt.

Vorsichtig hebe ich eine Hand. Ihr Blick streift kurz meine Hand, aber sie sagt nichts, wendet sich nicht ab. Stattdessen sieht sie mich unverwandt an.

Unendlich langsam lasse ich meine Fingerspitzen auf ihre Schulter sinken. Sie weicht nicht aus, und als ich sie berühre, zieht sie scharf die Luft ein. Ich auch.

Das Gefühl ihrer weichen Haut unter meinen Fingerspitzen ist wunderschön und schrecklich zugleich. Ich will mehr von ihr spüren, will meine Hand auf die Wölbung ihrer nackten Schulter legen, sie ganz umfassen. Gleichzeitig spüre ich, dass jede Berührung, jeder Kontakt meiner Haut mit ihrer es noch schwerer machen wird. Wenn ich sie streichle, sie liebkose, dann ist der Drang, sie zu küssen, noch größer. Und die Gefahr, es zu tun, weil ich alles andere vergesse, wenn sie mir so nah ist, wächst ins Unermessliche.

Meine Fingerspitzen verharren auf ihrer Schulter. Ich habe aufgehört, sie zu streicheln. Ich wage es nicht, irgendetwas zu tun, weil ich nicht weiß, ob das nicht alle Barrieren zwischen uns niederreißen würde. Und die dunkle Leidenschaft in ihren Augen macht es nicht gerade leichter. Sie will es auch, das spüre ich. Aber wenn sie es nicht sagt, kann ich es nicht sicher wissen.

»Sag mir, was du willst«, flüstere ich.

Etwas hilflos sieht sie mich an. »Ich … möchte, dass du weitermachst. Damit. Aber nur damit.«

Nur damit. Gut. Das schaffe ich hoffentlich.

Unendlich langsam entspanne ich meine Hand. Meine Finger gleiten über ihre Haut, und dann liegt meine ganze Handfläche auf ihrer Schulter.

Zitternd holt sie Luft, als wäre diese Berührung für sie eine ebenso bittersüße Qual wie für mich.

»Weiter«, flüstert sie. »Bitte.«

Ich schließe die Augen, um ihre Lippen nicht dauernd zu sehen. Aber sofort reiße ich sie wieder auf. Denn mit meiner Hand langsam ihren Arm hinabzufahren, dann wieder hinauf und über die weiche Haut ihrer Schulter bis zur unendlich zarten Haut ihres Halses … das ist verdammt noch mal unerträglich.

Hastig ziehe ich meine Hand weg.

Ich erwarte, dass sie Angst haben könnte, dass ich doch versuchen würde, sie zu küssen. Stattdessen taucht ein wissendes Funkeln in ihren Augen auf.

»Vielleicht ist es so besser?« Ohne eine Antwort abzuwarten, dreht sie sich um und drängt ihren Rücken gegen meine Brust.

Oh nein. Nein. Das ist nicht besser. Ganz und gar nicht.

Mein Gesicht liegt an ihren Haaren, aus denen ihr wundervoller Geruch aufsteigt. Ein bisschen wild und aufregend und ein klein wenig nach Sumpf. Ihr Rücken presst sich an meine Brust und bestimmt kann sie fühlen, dass mein Herz schmerzhaft heftig an meinen Rippen schlägt. Aber das Schlimmste ist, dass in dem Moment, in dem sie sich so eng an mich gedrückt hat, auch ihr Po sich gegen meine Hüfte drückt und sie spüren muss, wie sehr ich sie in diesem Moment will.

Hastig will ich mich etwas zur Seite drehen.

»Nicht«, stößt sie hervor. Es klingt atemlos. Nicht ängstlich, sondern hungrig. »Bitte … ich will, dass …« Sie verstummt. »Du kannst …«, versucht sie es noch mal. Dann lacht sie leicht verzweifelt. »Mist, warum ist das so schwer?« Sie holt tief Luft. »Man kann … vieles tun, auch wenn man sich nicht küsst«, flüstert sie schließlich.

Ich stöhne leise auf. Sie erschauert. Ihr Ohr ist ganz nah an meinem Mund. Ich könnte die zarte Haut ihrer Ohrmuschel mit meinen Lippen streifen. Ich bin mir sicher, dass sie das verrückt machen würde.

»Was ist eigentlich ein verbotener Kuss genau?«, murmle ich, ganz bewusst so, dass sie meinen Atem spürt. »Bedeutet das, dass er auch hier verboten ist?« Ich hauche ihr Ohr an. Sie zuckt zusammen und stöhnt leise.

Okay. Vielleicht sollte ich das besser lassen. Sonst ist küssen vielleicht das Einzige, was wir heute Nacht nicht tun. Unwillkürlich rücke ich etwas von ihr ab, aber sie schüttelt heftig den Kopf.

»Nicht. Bitte. Ich mag es, wenn du …« Sie verstummt. Statt weiterzureden nimmt sie unter der Bettdecke meine Hand und legt sie auf ihre Taille. Unter meinen Pulli. Meine Finger verkrampfen sich. Will sie das wirklich? Und was genau eigentlich? Wie weit ist sie überhaupt schon mal gegangen? Hat sie schon mal mit jemandem geschlafen?

Fast bin ich dankbar über die wirren Gedanken in meinem Kopf, denn sie lenken mich davon ab, dass die weiche, warme Haut ihrer Taille sich einfach unfassbar großartig anfühlt. Ich würde sie so gerne dort küssen. Dort und … überall.

Langsam schiebe ich den Pulli etwas weiter nach oben. Mit den Fingerspitzen erkunde ich ihre zarte Haut, die Wölbung ihrer Taille, ihren Bauch, der sich schnell hebt und senkt.

Gleichzeitig berühre ich mit den Lippen ihren Hals, habe vergessen, dass sie meine Frage, was genau ein verbotener Kuss ist, noch nicht beantwortet hat. Sie erstarrt unter meiner Berührung, hält den Atem an. Ihre Hand liegt auf meiner, und ihre Finger bohren sich in meine Haut.

Für einen Moment halten wir so inne, als würden wir auf etwas warten. Dann atmet sie erleichtert auf.

»Es tut mir leid«, flüstere ich. »Ich hatte nicht mehr dran gedacht. Ich kann nicht mehr klar denken. Vielleicht ist es besser, wenn wir …«

»Nein.« Ihre Finger schließen sich noch fester um meine. »Bleib. Bitte. Aber küss mich nicht. Nirgendwo. Es ist zu gefährlich.«

»Erin, ich ...«

»Es war mein Fehler, weil ich dir vorhin nicht geantwortet habe«, setzt sie noch hinzu. »Es muss dir nicht leidtun.«

Ich lache leise, aber es bleibt mir in der Kehle stecken. »Das ist es nicht. Es ist nur, was wir da gerade tun, das ... könnte ...« Ich breche ab. Ich will nicht klingen wie jemand, der sich nicht im Griff hat. Dummerweise fühle ich mich gerade so, als hätte ich es bald absolut nicht mehr im Griff. Wenn wir noch etwas weitergehen, dann ... allein der Gedanke daran bringt mich schon fast dazu, sie an mich zu reißen und nicht mehr darüber nachzudenken, was sie will oder nicht will.

In diesem Moment zieht sie mich wieder an sich und legt meine Hand wieder auf ihre nackte Haut. An die Stelle unter ihrem Arm. Dort, wo ich mit meinen Fingerspitzen schon die Wölbung ihrer Brust spüren kann.

»Gott, Erin«, stöhne ich leise.

»Bitte«, gibt sie ebenso leise zurück. »Ich will wissen, wie es sich anfühlt. Ich möchte wenigstens das, wenn wir schon nicht ...« Sie verstummt.

Okay. Tief durchatmen. Du kannst das.

Langsam gleiten meine Fingerspitzen über ihre nackte Haut.

KAPITEL 40
Erin

Mit angehaltenem Atem liege ich da und spüre jede von Ardens Bewegungen unglaublich intensiv. Wenn er atmet, spüre ich es an meinem Ohr. Wenn sein Herz heftiger schlägt, spüre ich es an meinem Rücken. Wenn ich mich an ihn dränge, spüre ich, wie sehr er mich will. Aber sogar das verblasst unter der Berührung seiner Fingerspitzen auf meiner Haut. Ich kann selbst noch nicht fassen, dass ich seine Hand wirklich dorthin gelegt habe.

Ich halte ganz still, vollkommen gefangen von der Sanftheit, mit der er seine Finger über meine Haut gleiten lässt. Atemlos erspüre ich, wie er langsam die Rundung meiner Brust streichelt. Er lässt sich Zeit damit, erkundet jedes bisschen Haut dort ganz genau. Es ist wunderschön. Gleichzeitig macht es mich wahnsinnig! Schon seit sein Atem das erste Mal meine Ohrmuschel gestreift hat, ist jede Nervenfaser in mir bis zum Zerreißen gespannt. Immer noch brennt sein winziger, heißer, verbotener Kuss auf meinem Hals. Dieser Kuss, der ihm nicht geschadet hat, weil er vielleicht kein richtiger Kuss war oder weil er nicht auf die Lippen gegeben wurde. Dieser Kuss, den wir nie wiederholen dürfen, weil auch so ein winziges Streifen seines Mundes auf meiner Haut ein Risiko ist, das ich nicht noch einmal eingehen kann. Nicht wissentlich.

Dafür will ich alles andere, was ich haben kann. Einfach alles. Wenn ich ihn schon nicht küssen darf, dann will ich seine Nähe wenigstens auf andere Art spüren. Ich will, dass er die Gefühle, die ein Kuss angeblich weckt, auf andere Art in mir wachruft, und vor allem, dass er mich endlich dort berührt. Aber er tut es immer noch nicht!

Ich drehe mich ein wenig zu ihm, um ihm zu zeigen, dass ich es wirklich will, aber nicht so weit, dass unsere Lippen sich gefährlich nahe kommen. Meine Bewegung überrascht ihn, denn er keucht leise auf, als seine Hand auf meine Brust rutscht. Kurz sind wir beide wie erstarrt. Ich, weil ich noch nie irgendwen so nah an mich herangelassen habe. Noch nie habe ich mich vor irgendwem so entblößt. Aber bei Arden fühle ich mich sicher.

Und er, weil er sich vielleicht fragt, wie weit er gehen kann. Für ihn ist das alles offensichtlich nicht so neu wie für mich. Bevor ich weiter darüber nachdenken kann, beginnt er, seine Hand zu bewegen, und alle Gedanken verschwinden aus meinem Kopf.

Noch nie habe ich so etwas erlebt.

Seine Finger streichen zärtlich über meine Brust, über die empfindlichsten Stellen, reizen sie, bis mein ganzer Körper in Flammen steht und ich gleichzeitig so sehr in mir ruhe wie noch nie in meinem Leben. Nichts existiert mehr außer Arden und mir. Da ist nur noch seine Berührung auf meiner Haut, sein Körper, der mich umfängt, seine Nähe, die mich schwindelig macht.

Und dieser verdammte, unglaubliche, schmerzhafte Wunsch, ihn zu küssen, während er mich so berührt. Ich hatte gehofft, dass andere Berührungen die Sehnsucht danach auslöschen könnten, aber die Wahrheit ist: Wenn er mich so zärtlich berührt, macht das alles nur noch schlimmer. Es macht die Sehnsucht danach, alle Grenzen zwischen uns durch einen Kuss einzureißen, nur noch größer.

Zitternd liege ich da, bis ich sie nicht mehr aushalte, diese unglaubliche Nähe zwischen uns, die sich niemals vollständig anfühlen wird. Denn für mich ist ein Kuss die ultimative Zärtlichkeit, und in diesem Moment wird mir klar, dass es sich immer wie eine Lücke anfühlen wird. Wie etwas, das uns verwehrt ist und das unser Zusammensein unvollkommen erscheinen lässt, vielleicht sogar falsch. Weil es mich immer daran erinnern wird, dass ich Ardens Leben in einem einzigen unvorsichtigen Moment zerstören könnte.

Zitternd springe ich aus dem Bett. Ardens Pullover rutscht nach unten und bedeckt mich, aber ich fühle mich trotzdem nackt. Nicht vor ihm, sondern vor mir selbst. Als würde mir erst jetzt klar, dass ich mich die ganze Zeit selbst belogen habe, wenn ich auch nur in einem winzigen Teil meines Bewusstseins gehofft habe, dass wir ein Paar sein könnten, solange ich gleichzeitig Rachegöttin bin.

Aber das können wir nicht. Das werden wir nie können.

»Erin?«, fragt Arden leise. »Habe ich dir wehgetan?«

Tränen steigen mir in die Augen. »Nein«, sage ich mit erstickter Stimme. »Ganz im Gegenteil. Aber ich …« Ich verstumme. Was soll ich ihm sagen? Ich habe mir selbst wehgetan, indem ich versucht habe, etwas zu bekommen, was ich nicht haben kann. Wie soll ich es formulieren, wenn ich selbst nicht weiß, was ich wirklich will? Aber dann frage ich mich, ob das die Wahrheit ist. Denn eigentlich weiß ich es doch schon ganz lange. Ich habe mich bisher bloß nicht getraut, auch nur daran zu denken. Ich hatte bisher aber auch nie einen echten Grund, alles auf eine Karte zu setzen. Jetzt gibt es diesen Grund. Und damit meine ich nicht Arden und mich und den Kuss. Sondern dass ich nicht länger etwas tun möchte, das ich verabscheue. Nicht länger das Leben anderer Menschen zerstören und mein eigenes gleich dazu. Für Summer, die ich vor Hades nur dann schützen kann, wenn er keine Gewalt mehr über mich hat. Und für Jenna, die alles für Summer und mich getan hat und die niemals wollen würde, dass ich so etwas in ihrem Namen tue.

Ja, es gibt nur eine Möglichkeit.

Ich muss aus diesem Pakt entkommen.

Ich weiß zwar nicht, wie ich das anstellen soll, aber wenn ich eins gelernt habe, dann, dass es immer eine Möglichkeit gibt. Dass es immer etwas gibt, das ich noch nicht weiß. Und noch etwas habe ich gelernt: dass ich es nicht allein schaffen muss.

Ich sehe Arden an. »Hilf mir«, sage ich. »Bitte. Noch einmal.«

Er runzelt die Stirn. »Klar. Natürlich.« Auch er steht nun auf. Sein Blick wandert über mich, als würde er sich immer noch Sorgen machen, dass er der Grund für meinen plötzlichen Stimmungswandel ist.

Ich sehe zu ihm auf und wünsche mir, ich könnte einfach liegen bleiben und was wir haben, könnte genug sein. Aber das ist es nicht. »Ich muss erst … die Vergangenheit hinter mir lassen.«

Er sieht mich an. »Es wäre schön, wenn man das so einfach könnte.«

Seine Worte versetzen mir einen Stich. Sie sagen mir, dass er vielleicht geglaubt hat, wenn er sich einmal die Erlaubnis gibt, nach vorn zu sehen, dann wäre die Sache damit erledigt. Aber dem ist nicht so. Was ich getan habe, wird immer auf meiner Seele lasten, auch wenn ich es in dem Glauben getan habe, das Richtige zu tun. »Die Vergangenheit kann man nicht einfach so abschütteln.«

»Wir können nur versuchen, uns die Zukunft nicht davon verderben zu lassen«, sagt Arden leise.

Ich nicke nur. Dann atme ich tief durch. Ich werde jetzt etwas tun müssen, das viel gefährlicher ist als der Kuss. Jedenfalls für mich, Jenna und Summer. Ich werde Arden alles erzählen müssen.

Natürlich nicht die ganze Wahrheit. Ich habe keine Ahnung, was

Hades dann tun würde. Aber ich werde Arden so viel erzählen müssen, dass er mir mit seinem Wissen weiterhelfen kann. Wenn ich Pech habe, breche ich damit meinen Pakt. Aber wenn ich Glück habe, weiß er einen Weg, und dann – dann könnte alles vielleicht ganz anders werden.

Arden und ich könnten zusammen sein, und ich könnte Summer endlich zu mir zurückholen. Der Gedanke reißt so ein großes, sehnsüchtiges Loch in mein Herz, dass ich einen Augenblick lang kaum atmen kann.

Arden nimmt vorsichtig meine Hand und führt mich zur Couch. »Was kann ich tun?«

»Okay. Das klingt jetzt vielleicht komisch, aber es geht um mein Computerspiel. Ich brauche deine Hilfe dabei. Meine Protagonistin hat ihre Schwester verloren …«

»Bei einem Motorradunfall?«, fragt Arden leise.

Ich schlucke schwer. Shit. Natürlich würde er es durchschauen. »Das ist … Zufall«, behaupte ich.

Arden sagt nichts dazu, er lächelt nur traurig. Wahrscheinlich glaubt er, dass das Spiel eine merkwürdige Art ist, meine Vergangenheit aufzuarbeiten.

»Meine Heldin hat ihre Schwester verloren«, beginne ich erneut. »Jenna.« Meine Stimme bricht. Er weiß nicht, dass das der echte Name meiner Schwester ist, nur deshalb traue ich mich, ihn zu benutzen. Vielleicht wird er es sich denken, aber das ist mir jetzt egal.

Ich erzähle ihm von dem Streit in jener Nacht, in der Summer verschwand, weil sie es nicht mehr aushielt zu Hause. Mit Kenneth, der nach außen hin so perfekt war, dem jungen Unternehmer mit den großartigen Ambitionen, der so gut reden konnte. So gut überzeugen. Aber wir wussten es besser. Summer und ich. Kenneth war ein gemeiner Mistkerl, der Summer und mich nur für lästige Anhängsel von Jenna hielt.

Du bist nichts.

Er war der erste Mann, der mir je dieses Gefühl gegeben hat. Für ihn war ich nichts als ein rebellischer Teenager, der gebrochen werden musste. Er hat Jenna beschwatzt, zwischen uns Misstrauen gesät und unsere Familie auf so viele Arten zerstört, dass ich es nicht mal in Worte fassen kann. Ich habe sein Geschwätz von Anfang an durchschaut, habe gespürt, dass seine Firmenidee nur ein größenwahnsinniges schwarzes Loch war, in dem alles verschwand, was unsere Eltern so mühevoll für uns aufgebaut hatten. Jeder Cent von unserem Ersparten und schließlich auch unser Haus, mit dem Jenna für Kenneths Firma gebürgt hatte. Jenna hat länger gebraucht, um es einzusehen. Zu lange. Bis sie sich endlich eingestanden hatte, dass Kenneth sie nicht liebte, dass er sie nur ausnutzte, war es zu spät.

Ich war so dumm, Erin. Ich wollte doch nur … ich wollte nur, dass wir wieder eine Familie sind.

Meine Augen werden feucht, wenn ich daran denke, was sie zu mir gesagt hat, nachdem Summer aus dem Haus gerannt war. Aber sie war nicht dumm. Nur einsam. Dass sie uns hatte, reichte nicht, das verstehe ich jetzt. Sie brauchte etwas anderes. Aber das bekam sie von einem Mistkerl wie Kenneth natürlich auch nicht.

Jenna stürzte in jener regnerischen, stürmischen Nacht aus dem Haus. Sie war völlig durch den Wind und panisch wegen Summer. Ich sagte ihr, dass sie nicht gehen soll. Dass es zu gefährlich sei. Aber sie stieg auf ihr Motorrad und raste auf die Straße hinaus. Ich lief ihr nach, sah noch, wie sie bergab fuhr, wie ihr Motorrad ins Schlingern kam und dann ungebremst in das Auto hineinraste.

Ungebremst.

Da wusste ich, dass etwas nicht stimmte.

Jenna war die beste Motorradfahrerin in der Umgebung. Bei jedem Wetter. Wenn sie nicht gebremst hatte, bedeutete es, dass sie es nicht konnte.

Ich rannte zu ihr, hielt sie in den Armen. Betrachtete entsetzt das ganze Blut. So viel Blut. Jennas Blut.

Kenneth stand neben mir und schaute auf uns herunter. Ich habe ihn angesehen. Habe das gierige Glitzern in seinen Augen gesehen.

Und ich wusste, dass er sie getötet hatte. Er hatte ihre Bremsen manipuliert, ganz sicher. Ebenso wusste ich, dass mir niemand glauben würde. Wer würde mir überhaupt zuhören? Alle glaubten ja, ich wäre seine missratene Schwägerin, das undankbare Mädchen, das ihm bei jeder Gelegenheit ihre Widerworte ins Gesicht schrie.

Was du da behauptest, ist eine freche Lüge.

Ich schlucke die Erinnerung daran hinunter. So wie ich geschluckt habe, dass mir niemand helfen würde, ihn loszuwerden. Kenneth legte mir eine Hand auf den Arm und sagte mir, dass er sich um mich und Summer kümmern würde. Da wusste ich, dass wir nie frei von ihm sein würden. Niemals. Nicht, solange er Jennas Lebensversicherung bekam und es zu auffällig wäre, die beiden Schwestern seiner toten Frau einfach links liegen zu lassen.

In mir erwachte der Hass. Hass auf alle, die mir nicht geglaubt hatten. Hass auf mich selbst, weil ich es nicht geschafft hatte, sie zu überzeugen. Aber am meisten auf Kenneth. Der niemals zur Rechenschaft gezogen werden würde.

Kenneth, der zu Jenna in den Krankenwagen stieg und mich auf der Straße zurückließ. Und mir wenig später eine Nachricht schrieb, dass sie gestorben war.

In diesem Moment wollte ich ihn töten.

Ich wollte, dass er büßen müsste für das, was er getan hatte. Und dafür, dass er bei Jenna war, als sie gestorben ist, und nicht jemand, der sie wirklich liebt. Nicht ich. Ich sah es vor mir. Sah mich, wie ich ihn in den dunklen Abgrund meiner Seele stürzte. Sah noch viel schlimmere Dinge in meinem Kopf.

Noch nie hatte ich so große Angst vor mir selbst gehabt wie in jenem Moment.

Ich zitterte am ganzen Körper vor Panik, Trauer und Wut. Aber alles wurde überdeckt vom Hass, den ich erst durch Hades als den einen, blendenden, verzehrenden Wunsch nach Rache erkenne. Es war dieser tiefschwarze Wunsch, der Hades angelockt hat. Denn dieser Wunsch fühlt sich genauso an wie die Finsternis, die mich umgibt, wenn Hades die Seelen meiner Opfer von mir bekommt.

Schwer atmend sitze ich da. Wie ich es schaffe, das alles Arden zu erzählen, ohne zu verraten, dass es dabei um mich geht, weiß ich nicht. Aber als ich ihn ansehe, weiß ich, dass es nicht funktioniert hat. Er weiß es. Jetzt ganz sicher.

Er hebt eine Hand und streicht mir sanft über die Wange, als wollte er sagen, dass es ihm leidtut.

Meine Augen füllen sich mit Tränen. »Nicht«, flüstere ich. »Bitte.«

Er lässt die Hand sinken. »Erzähl mir, was deine Heldin als Nächstes getan hat«, sagt er sanft.

Dankbar atme ich durch. »In meinem Spiel«, fahre ich leise fort, »ist das der Moment, in dem Hades erscheint. Er bietet ihr an, ihr Kräfte zu verleihen, mit denen sie dafür sorgen kann, dass dieser Mistkerl nie wieder einer Frau schadet. Sie muss ihm nur seine Seele rauben und diese an Hades übergeben. Sie will nicht. Aber er bietet ihr an, ihre tote Schwester dafür nicht zu zwingen, über den Fluss des Vergessens zu gehen. Ihr nicht die Erinnerungen zu nehmen, sondern ihr zu erlauben, immer dann mit ihrer Schwester zu reden, wenn diese ihm die wöchentliche Opfergabe bringt.«

Meine Stimme versagt. Wenn ich es so nüchtern erzähle, klingt es so einfach. Aber es fühlt sich so schrecklich schwer an. »Es kann sein, dass ihre Schwester für alle Ewigkeit die Qualen des Tartaros erleiden muss, wenn meine Heldin den Pakt mit Hades brechen sollte. Deswegen muss sie ihm als Rachegöttin dienen.«

Arden setzt sich langsam auf. »Als Rachegöttin? Du meinst als eine der Erinnyen, die untreue Männer bestrafen, indem sie ihnen mit einem Kuss die Seele rauben?«

Ich fluche innerlich. Mist. Ich habe zu viel verraten. Viel zu viel. Ich kann nicht mal behaupten, dass ich es nur getan habe, damit er mir hilft. Ich habe es getan, weil es sich unendlich gut angefühlt hat, es endlich jemandem zu sagen. Mein Mund wird trocken. In dem Moment, in dem Arden versteht, dass ich über mich geredet habe und nicht über meine Heldin, habe ich gegen meinen Pakt verstoßen. Ich muss hoffen, dass dieser Moment nie kommen wird. »Ja.«

Er sieht mich prüfend an. »Dieser Kuss in der Bar …«

Mein Herz setzt einen Schlag aus. Verzweifelt suche ich nach etwas, das ich sagen kann. Irgendwie muss ich ihn davon ablenken, dass alles, was ich gerade gesagt habe, real ist. »Ich … wir … ähm …«

Er sieht mich prüfend an. »Wir alle tun merkwürdige Dinge, um mit Trauer umzugehen.«

Ich starre ihn an. Glaubt er tatsächlich, dass ich wildfremde Typen küsse, um über den Tod meiner Schwester hinwegzukommen? Es scheint so.

»Also meine Heldin … sie muss sich nun aus diesem Pakt mit Hades befreien, um endlich nach vorn sehen zu können. Aber sie steckt ziemlich in der Klemme. Denn wenn sie sich aus dem Pakt befreit, wird trotzdem passieren, was sie immer verhindern wollte: Ihre Schwester wird über den Fluss Lethe gehen und alles vergessen, denn Hades wird dann nicht mehr verhindern, dass sie wie alle anderen hinübergehen muss. Aber wenn sie den Pakt bricht, wird ihre Schwester nicht nur über den Fluss gehen müssen, sondern auch noch für alle Ewigkeit im Tartaros gequält.«

Wieder mustert Arden mich mit diesem durchdringenden Blick. »Was passiert mit deiner Heldin, wenn sie den Pakt bricht?«, fragt er.

»Wie bitte?«

»Du hast gesagt, dass Hades ihre Schwester quält, wenn sie den Pakt bricht. Aber was passiert dann mit ihr selbst?«

»Nichts«, sage ich langsam. »Sie selbst ist nicht das Unterpfand für den Pakt, sondern ihre Schwester.«

Arden sieht mich merkwürdig an. »Dann hat er eigentlich gar keine Macht über sie. Wenn sie entscheiden würde, dass ihre Schwester ihr egal ist ...«

»Das würde sie nie!«, falle ich ihm entsetzt ins Wort.

Er lächelt traurig. »Nein. Natürlich nicht. Aber wenn, dann hätte Hades keinerlei Macht über sie. Er bekäme nicht ihre Seele, könnte sie nicht töten oder strafen, nichts davon.«

»Ja«, antworte ich langsam. »Aber wie hilft ihr das?«

»Es dürfte Hades ziemlich ärgern, dass er keine direkte Macht über sie hat. Vielleicht könnte sie das irgendwie nutzen, um ihn auszutricksen?«

Ich denke lange darüber nach. Wie sollte ich Hades dazu kriegen, Jenna und mich freizugeben, indem ich ihm als Karotte vor die Nase halte, dass er einen Vertrag direkt mit mir als Unterpfand schließen kann? Das ergibt keinen Sinn. Dann wäre Hades ja frei, Jenna über den Fluss zu schicken, und ich wäre vollkommen in seiner Hand. Das wäre so ziemlich das Schlimmste, was mir passieren könnte.

»Mir fällt nichts ein«, gebe ich schließlich zu.

Arden seufzt. »Mir leider auch nicht.« Aber dann hebt er entschlossen den Kopf. »Was nicht heißt, dass es keine Möglichkeit gibt. Vielleicht muss man nur etwas unorthodoxer an die Sache rangehen. Irgendwie … anders. Das Ganze von einem neuen Blickwinkel aus betrachten.«

Unorthodox.

Das Wort weckt in mir eine ferne Erinnerung an etwas, das ich irgendwo in meinem Kopf abgespeichert habe. Und dann fällt es mir plötzlich ein. Ich ziehe mein Handy heraus. Ich rufe eine Seite auf und zeige sie Arden.

Seine Augen weiten sich. »Du hast recht, das könnte interessant sein.«

»Kannst du mich dort einschleusen?«

Er hebt eine Augenbraue. »Du meinst, so wie ich dich in die Bibliothek eingeschleust habe?«

Ich nicke heftig.

Er zieht ein nachdenkliches Gesicht. »Ich habe da eine Idee. Aber das wird nicht einfach werden. Und ich bin mir nicht ganz sicher, ob es dir gefallen wird.«

KAPITEL 41

Erin

Er hat recht, es gefällt mir nicht.

Nachdem wir die lange Rückfahrt hinter uns gebracht haben, inklusive einer weiteren Nacht in einem Hostel, in der Jenna mich noch einmal gewarnt hat, dass Summer in Gefahr ist, hat Arden sich mit den Worten »Dann ist alles klar?« von mir verabschiedet.

Ich habe genickt. Und jetzt stehe ich hier, im Wohnzimmer des Hexenhauses, und warte auf ihn. Mein Herz weiß nicht, ob es rasen oder stehen bleiben soll. Mein Mund ist trocken und meine Hände haben keine Ahnung, was sie tun sollen.

Kali starrt mich schon seit einer Weile geschockt an. Zum ersten Mal, seit ich sie kenne, hat es ihr tatsächlich die Sprache verschlagen.

»Wow! Erin.« Ich fahre herum. Maya mustert mich von oben bis unten. »Du bist der absolute Wahnsinn in dem Kleid!« Ehrliche Bewunderung spricht aus ihren Blicken. Es ist einer dieser Momente, in denen ich unglaublich froh bin, dass es Maya gibt, und sie mich gleichzeitig unglaublich traurig macht. Weil es eigentlich Jenna sein sollte, die das zu mir sagt.

»Danke«, flüstere ich. Meine Hände krallen sich in den weiten, bodenlangen Rock, dessen unzählige Unterröcke meine Beine weich umfließen.

»Lass das! Bist du verrückt geworden?« Georgina springt auf mich zu und zieht meine Hände weg, die sich um den Stoff krampfen. »Du wirst es zerknittern. Mit so einer Schönheit kann man doch nicht so umgehen!« Sie betrachtet beinahe liebevoll den schimmernden blaugrünen Stoff und streicht ihn wieder glatt. Dann mustert sie mich ebenfalls von oben bis unten. »Es ist atemberaubend«, flüstert sie.

Ich nehme es ihr nicht übel, dass sie nicht mich meint. Als ich das Kleid das erste Mal gesehen habe, hatte ich auch für nichts anderes Augen. Ich erinnere mich noch genau daran. Es war Jennas 18. Geburtstag, ein paar Wochen vor dem Abschlussball ihrer Schule. Dieses Kleid war das letzte Geschenk, das eine von uns Schwestern von unserer Mutter erhalten hat.

»Wirst du dieses arme Kleid jetzt endlich in Ruhe lassen?« Noch einmal stößt Georgina meine Hände weg, die schon wieder den glänzenden weichen Stoff zerknittern.

Ich erinnere mich noch genau, dass ich alles an diesem Kleid geliebt habe. Dass es die Schultern nicht bedeckt, sondern nur gerade so streift. Den Ausschnitt, der ein wunderschönes Dekolleté macht und doch nicht zu freizügig ist. Das Mieder, das die Figur betont, aber nicht einengt. Und dann diesen unglaublichen Rock, der unterhalb der Taille ansetzt und über die Hüften fällt wie eine weiche Wolke aus Sternenstaub. Als ich Jenna zum ersten Mal in diesem Kleid gesehen habe, war ich viel zu verliebt darin, um sie darum zu beneiden. Ich habe mich gefreut wie ein kleines Kind, das ich damals ja auch war, bin um sie herumgesprungen und habe sie bewundert, als wäre sie eine Prinzessin.

Hätte sie mir damals gesagt, dass ich dieses Kleid einmal würde tragen dürfen, wäre ich ihr um den Hals gefallen. Aber jetzt weiß ich nicht, ob ich es liebe oder hasse. Denn tief in mir wünsche ich mir, Jenna wäre hier und könnte das Kleid selbst tragen. Gleichzeitig erinnere ich mich noch daran, wie sehr sie es geliebt hat und wie ihre Augen geleuchtet haben, als sie nach dem Abschlussball nach Hause kam und mir jede Einzelheit erzählt hat.

Irgendwann werde ich dieses Kleid dir geben, Erin, hat sie damals gesagt. *Und dann Summer. Denn das Tollste an diesem Kleid ist, dass es uns allen dreien hervorragend stehen wird.*

Sie hat recht. Das dunkle Blaugrün, das wirkt wie ein Nachthimmel, über den das Nordlicht flimmert, sieht einfach toll aus zu Jennas dunkelbraunen Haaren. Es würde unglaublich aussehen zu Summers blonden Haaren, und auch meine roten Locken, die ich hochgesteckt habe, hebt es hervor.

Ich habe geschnaubt, als Arden gestern zu mir gesagt hat, dass wir auf den Ball gehen sollten. *Ich gehe nicht auf Bälle,* war meine Antwort. Nur weil ich das Kleid schön finde, muss ich Bälle nicht mögen.

Er hat gegrinst. *Das dachte ich mir schon fast. Wir können natürlich auch auf eine andere Gelegenheit warten, es wird sowieso nicht einfach, sich auf diesen Ball einzuschleusen.*

Nein. Ich will nicht warten. Es muss morgen sein.

Ich hatte den Eindruck, dass Arden sich irgendwie darüber gefreut hat. Vielleicht gefällt ihm ja die Idee, mit mir auf einen Ball zu gehen. Und ich muss zugeben, dass es mir gefällt, dieses Kleid zu tragen, und dass ich mich auf den Moment freue, in dem Arden mich darin sehen wird.

Es klopft an der Tür.

Ich reiße die Augen auf. Georgina hat die Tür bereits geöffnet und kichert, als Arden hereinkommt. Wow. Ich habe mich auf den Moment gefreut, in dem er mich sehen würde, aber dabei habe ich ganz vergessen, dass es auch der Moment sein würde, in dem ich ihn sehe. Zum allerersten Mal in einem Smoking.

Zuerst wirkt es seltsam, es scheint nicht zu ihm zu passen, dieses formelle Kleidungsstück, aber dann lasse ich meinen Blick an ihm auf und ab wandern. Der schwarze glänzende Stoff schmiegt sich eng an seine Figur, betont seine langen Beine und seine breiten Schultern. Die weiße Fliege hebt das Blau seiner Augen unfassbar stark hervor, und das Funkeln darin passt perfekt zu seinen aschefarbenen Haaren. Er gibt ein atemberaubendes Gesamtbild ab.

»Ich glaube, mit diesem Blick will sie dir sagen, dass sie dich ziemlich heiß findet«, übersetzt Kali, was mir durch den Kopf geht und ich nicht aussprechen kann.

Ich will es schon abstreiten, aber dann lächle ich schief und zucke mit den Achseln.

Arden scheint es gar nicht zu bemerken, denn so wie ich ihn angestarrt habe, starrt er jetzt mich an. Als wäre es vollkommen absurd, dass ich so ein Kleid trage. Sein Blick wandert langsam an mir nach oben und hält dann meinen fest. Daraus spricht nicht nur Bewunderung, sondern auch unverhohlenes Verlangen.

Kali räuspert sich. »Und er möchte mit diesem Blick sagen, dass er dir das Kleid, so schön er es findet, bei der ersten Gelegenheit vom Leib reißen wird.«

Auch Arden grinst nur und zuckt mit den Schultern, genau so, wie ich es getan habe.

Ich muss lachen.

Arden kommt immer noch stumm auf mich zu und streckt die Hand nach mir aus. »Ich habe überlegt, dir Blumen für dein Handgelenk mitzubringen. Aber ich fürchte, bei einer solchen Veranstaltung ist das nicht üblich. Das hätte viel zu viel Aufmerksamkeit auf uns gelenkt.«

»Ich brauche keine Blumen«, antworte ich leise und sehe ihn dabei fest an.

»Wenn du jetzt sagst, dass du nur ihn brauchst«, wirft Kali ein, »dann muss ich mich leider auf eure hübschen Klamotten übergeben.«

Arden und ich grinsen uns an, dann nehme ich schnell meine kleine Handtasche und ein großes dunkelblaues Tuch, das Maya mir geliehen hat, und folge Arden nach draußen.

Sobald die Tür sich hinter uns geschlossen hat, bleibt Arden stehen. »Du siehst umwerfend aus, Erin.« Er sagt es, als hätte er es sich aufgehoben, für den Moment, wenn wir allein sind.

»Du auch. Also … jedenfalls drinnen, wo ich dich noch richtig sehen konnte.«

Es ist längst dunkel, über uns ist der Mond aufgegangen, in einiger Entfernung singt ein Rabe sein disharmonisches Lied. Der Kuss, den wir uns niemals werden geben dürfen, hängt zwischen Arden und mir in der Luft. So nah, als könnte ich ihn greifen. So erreichbar, als könnte ich ihn fast schon schmecken. Aber dann macht Arden einen Schritt rückwärts. Der Kuss zwischen uns zerfällt.

Stumm nimmt Arden meine Hand, und ich raffe mit der anderen behutsam meinen Rock zusammen, damit er nicht schmutzig wird. Arden führt mich durch die Bäume, immer darauf bedacht, jegliche Gefahren für mein Kleid zu umschiffen. Als wir schließlich auf dem breiten Weg stehen, atme ich auf.

»Manchmal ist es ganz schön unpraktisch, dass man zu unserem Haus nicht mit dem Auto fahren kann.«

Arden lächelt nur, und im nächsten Moment höre ich Reifen auf dem Kies knirschen. Ich starre ihn mit großen Augen an. »Du hast doch nicht etwa …«

»Ich kann dich doch nicht den ganzen Weg über den Campus in diesem wunderschönen Kleid laufen lassen. Am Ende läufst du wieder in irgendeinen unschuldigen Radfahrer hinein, und der Rock zerreißt.«

Aus seinen Augen blitzt der Schalk. Ich muss grinsen, aber es vergeht mir, als ich das Auto sehe, das nun langsam auf uns zukommt. Es ist keine richtige Limousine, aber es ist ein riesiges glänzendes schwarzes Auto mit Chauffeur.

»Woher hast du …?«

»Carson«, antwortet er unbekümmert. »Es gehört seiner Mutter. Er hat das Auto übers Wochenende, aber heute braucht er es nicht.«

Ich erlaube Arden, die hintere Tür für mich zu öffnen, und steige ein. Die ganze Fahrt über kann ich nicht glauben, dass das hier echt ist. Nachdem ich fast im Sumpf gestorben wäre, nach einer schrecklich schönen Nacht in seinen Armen und ein paar unglaublich anstrengenden Tagen auf dem Motorrad sitze ich jetzt hier und lasse mich zu einem Ball chauffieren wie eine Prinzessin.

»Nicht schlecht, oder?« Arden mustert mich mit leicht spöttisch hochgezogenen Augenbrauen.

»Ganz nett. Aber jeden Tag bräuchte ich das nicht«, grummle ich.

Das amüsierte Funkeln in seinen Augen sagt mir, dass er mir diese Gleichgültigkeit nicht abnimmt. Aber er sagt nichts mehr. Stattdessen nimmt er meine Hand in seine, und ich erlaube mir, es einfach zu genießen, an seiner Seite zu sitzen und mich wie ein normales Mädchen zu fühlen, das mit seinem Freund einen einzigen unvergesslichen Ballabend vor sich hat.

Bald verlassen wir den Campus, und es geht in die kleine Stadt, die ich nur selten betrete, obwohl ich jetzt schon ein halbes Jahr hier bin. St. Ives ist überaus hübsch und strahlt mit seinen fragil verschnörkelten Häusern so eine wunderbar elegante Südstaatenatmosphäre aus, dass ich mich frage, wieso wir nicht viel häufiger hierherkommen.

Als wir vor dem altehrwürdigen Gebäude ankommen, in dem der Ball stattfinden wird, zerplatzt die kleine rosarote Blase der Autofahrt. Denn natürlich sind wir nicht hier, um den Ball zu genießen. Wir sind hier, weil ich mit der Professorin sprechen will. Der mit den unorthodoxen Methoden, die heute hier für ihr Lebenswerk geehrt wird. Sie könnte Rat wissen. Weil sie anders denkt, die Dinge von einem anderen Blickwinkel aus betrachtet. Zwar hieß es, dass sie keine Termine vergibt und nicht zu sprechen ist, aber davon werde ich mich nicht abhalten lassen.

Ich hebe das Kinn. Sie wird mich anhören, um jeden Preis.

Arden beugt sich ein wenig zu mir herüber. »Ich mag es, wenn du so kämpferisch aussiehst. Aber dir ist schon bewusst, dass Kung-Fu auf einem Ball nicht unbedingt zum guten Ton gehört, oder?«

»Das heißt aber nicht, dass ich es nicht als mentale Grundstimmung verwenden kann.«

Er grinst, dann steigt er aus und öffnet mir die Tür. Es ist gar nicht so leicht, mit all den Unterröcken aus dem Auto zu steigen. Aber irgendwie schaffe ich es dann doch.

»Jetzt weiß ich wieder, warum ich nicht auf Bälle gehe. Ich fühle mich wie ein Cupcake, der in seiner eigenen Glasur festklebt.«

Arden prustet los, und ich sehe, dass auch die Mundwinkel des Chauffeurs zucken.

Als das Auto weggefahren ist, hält Arden mir seinen Arm hin, und ich lege meinen darauf. Es fühlt sich merkwürdig an, sich so offiziell zu geben, aber er hat mir ganz genau eingetrichtert, wie ich mich verhalten soll. Diese Bälle sind nur für ein sehr ausgewähltes Publikum; Studenten haben normalerweise gar keinen Zutritt. Aber zufälligerweise stehen Carsons größerer Bruder und seine Verlobte auf der Gästeliste.

»Du musst jetzt so tun, als ob du mindestens Ende zwanzig wärst«, erinnert Arden mich. »Und ... meine Verlobte.« Das Lachen ist aus seinem Gesicht verschwunden, und an seine Stelle ist wieder die dunkle Leidenschaft getreten, die jede einzelne Faser von mir in Aufruhr versetzt. Mit wild klopfendem Herzen gehe ich neben ihm die große Freitreppe hinauf zum Eingang. Der Türsteher mustert uns scharf, und ich gebe mir Mühe, viel älter zu wirken, als ich bin. Aber das ist ziemlich schwer, wenn in mir die Gefühle toben, die Arden gerade wieder in mir geweckt hat. Die Erinnerungen an letzte Nacht, an seine Berührungen, an das unglaubliche Gefühl der Nähe zwischen uns.

»Hör auf, so zu schauen, sonst muss ich dich jetzt gleich in irgendeine dunkle Ecke ziehen und ...«

»Arden!«

Er verstummt, dann murmelt er etwas, das wie ein Fluch klingt. Vor uns steht ein Professor, der mir vom Sehen her bekannt vorkommt. Dummerweise scheint Arden ihn etwas besser zu kennen. Kurz weiten sich seine Augen, aber dann hat er sich wieder vollkommen im Griff und reagiert bewundernswert gelassen. »Professor Heller. Wie schön, Sie hier zu treffen. Darf ich Ihnen meine ... Begleiterin vorstellen. Erin. Sie ist eine Koryphäe auf dem Gebiet des Game Design.«

Professor Heller deutet eine Verbeugung an. »Sehr charmant.« Er reicht mir die Hand und haucht sogar einen Handkuss darauf. Ich sollte mir wahrscheinlich vorkommen, als wäre ich im falschen Film. Aber seltsamerweise wirkt das alles hier völlig natürlich. Es passt alles zusammen – dieses wunderbare Gebäude, das in seiner ganzen Pracht vor uns erstrahlt. Die marmornen Fußböden und Treppen, die Kronleuchter und goldgerahmten Bilder an den Wänden. Die Menschen in Smoking und Ballkleidern, die miteinander reden, als hätte es uns alle plötzlich ins 19. Jahrhundert verschlagen. Ich muss zugeben, dass es mir auf merkwürdige Art gefällt.

Professor Heller mustert mich genauer. »Eine Koryphäe auf dem Gebiet des Game Design also?« Er legt den Kopf schief.

Arden räuspert sich. »Allerdings. Ich fungiere nur als Begleitung.« Es ist erstaunlich, wie er es schafft, nicht zu lügen und trotzdem den Eindruck zu erwecken, wir hätten ein Recht, hier zu sein. Jetzt nickt er dem Professor elegant zu. »Es war schön, Sie hier zu treffen, Professor Heller. Ich wünsche Ihnen einen angenehmen Abend«, sagt er vollkommen selbstsicher. Er legt sogar eine Hand auf meinen Rücken, ganz der galante Beschützer, und ausnahmsweise, weil es sich unglaublich gut anfühlt, seine warme Handfläche auf meinem nackten Rücken zu spüren, lasse ich ihn in diese Rolle schlüpfen.

Professor Heller lächelt freundlich. Dann wird daraus ein Grinsen. »Netter Versuch, Arden.«

Arden seufzt. »Na ja, es hätte funktionieren können.«

Mein Mund wird trocken. So ein Mist. Was jetzt? Wird der Professor uns rauswerfen? Ich will irgendetwas sagen, aber Ardens Hand auf meinem Rücken übt plötzlich einen sanften Druck aus. Als wolle er mir zu verstehen geben, dass ich ihn machen lassen soll. Ich schließe den Mund wieder.

»Wissen Sie, Erin ist ein unglaublich großer Fan von Professor Thompson, dem Ehrengast des Abends. Sie verwendet in ihren Arbeiten gern mythologische Themen und ist sehr interessiert an den neuesten Forschungen und Interpretationen. Ich musste einfach versuchen, ihr wenigstens ein kurzes Treffen zu ermöglichen, das müssten gerade Sie doch verstehen. In der kurzen Zeit, die ich hier bin, habe ich in Ihren Vorlesungen schon öfter gehört, dass man für seine Ziele vollen Einsatz zeigen und seine … Verbindungen nutzen muss.«

So eine Eloquenz hätte ich Arden gar nicht zugetraut. Wo nimmt er die plötzlich her? Mir wird klar, dass ich wahrscheinlich erst einen winzigen Teil von ihm kenne. Aber das beunruhigt mich nicht, im Gegenteil. Ich freue mich unbeschreiblich darauf, ihn ganz kennenzulernen und vollkommen zu erkunden.

Erkunden.

Meine Gedanken wandern zu dem Moment, in dem er mich … erkundet hat und wie es sich angefühlt hat.

Mist. Mit heißen Wangen konzentriere ich mich wieder auf Professor Heller. Der lacht jetzt und klopft Arden anerkennend auf die Schulter.

»Frech und gleichzeitig charmant, das gefällt mir. Natürlich kann ich Sie nicht dafür bestrafen, dass Sie mir in der Vorlesung so aufmerksam zuhören.« Er betrachtet uns kurz nachdenklich. Dann hellt seine Miene sich auf. »Ich werde sehen, was ich tun kann. Zufällig ist die Dame eine alte Bekannte von mir. Aber es wird wahrscheinlich eine Weile dauern. Ich nehme an, Sie und Ihre Begleiterin werden nichts dagegen haben, im Ballsaal auf mich zu warten.«

Er lächelt gutmütig, geleitet uns noch bis zur Tür des Ballsaals und verschwindet dann in der Menge.

Es wäre gelogen zu sagen, dass ich die nächste halbe Stunde nicht ausgiebig genieße. Vielleicht wäre es sogar angebracht zu behaupten, dass es eine der schönsten halben Stunden meines Lebens ist. Arden führt mich in den Ballsaal, der voller wunderschön gekleideter Menschen ist, die uns nicht beachten. Und das gefällt mir fast am besten daran. Niemand dreht sich nach uns um, keiner zeigt auf uns oder kichert, wie es bei einem Schulball vielleicht der Fall wäre. Wir sind ganz normale Gäste wie alle anderen, die sich unter die tanzende Menge mischen.

»Willst du tanzen?«, fragt er.

Ich zögere. Ich muss zugeben, dass ich sogar wollen würde, nur …

»Das Problem ist, die Frage sollte eigentlich lauten: Kannst du tanzen? Und ich müsste wohl leider Nein sagen.« Jenna hat mir beigebracht, wie man Motorrad fährt, sie hat mir gezeigt, wie man eine kleine Schwester nach einem Albtraum beruhigt und wie man es schafft, sich mit drei Jobs durchzubringen. Wie man tanzt, ist dabei irgendwie untergegangen.

»Das macht nichts. Ich zeige dir ein paar Schritte, die sind ganz leicht zu lernen. Und dann musst du dich nur von mir führen lassen.« Er lächelt frech.

Ich lege den Kopf schief. »Ach, so ist das also. Du willst mir sagen, was ich zu tun habe.«

Mit einem Ruck zieht er mich an sich. »Natürlich. Nur das«, raunt er in mein Ohr.

»Normalerweise würde ich …«

»Ich will unbedingt hören, was du als Strafe für diese Anmaßung mit mir anstellen möchtest, aber jetzt …«

Er beginnt, sich langsam zur Musik zu bewegen, und erklärt mir, wie man einen Walzer tanzt. Ich versuche, es mir zu merken, aber es hilft meiner Konzentration nicht gerade, dass er mich so fest an sich drückt. Dass ich sein Herz schlagen spüre und mir sein Geruch in die Nase steigt. Er fängt an, sich mit mir gemeinsam über die Tanzfläche zu drehen. Ich weiß selbst nicht, wie ich es anstelle, mir dabei nicht die Füße zu verknoten. Wahrscheinlich ist das allein sein Verdienst. Vielleicht ist es auch die Musik, die meinen ganzen Körper durchdringt und mich zusammen mit Arden durch den Saal trägt. Alles verschwimmt um mich herum, die anderen Menschen, der prächtige Saal. Da sind nur noch er und dieser Blick, mit dem er mich ansieht.

Und der Kuss.

Wir sind stehen geblieben, mitten auf der Tanzfläche. Ich sehe ihn an und er mich, beide außer Atem vom Tanzen. Mein Herz rast wie verrückt, und meine Lippen fühlen sich plötzlich kalt an ohne seine. Als wäre es richtig, dass er mich küsst, und absolut falsch, dass wir es nicht dürfen.

Aber es ist kein schmerzhafter Moment. Denn wir sind hier. Hier auf dem Ball, wo es mir hoffentlich endlich gelingen wird, eine Lösung zu finden. In diesem Moment hier mit Arden auf der Tanzfläche spüre ich ganz genau, dass die Möglichkeiten für uns in greifbarer Nähe sind. Ich werde mit dieser Professorin reden, und sie wird mir sagen können, wie ich aus dem Pakt herauskomme. Danach können Arden und ich uns küssen, so viel wir wollen.

»Erin, ich glaube, es ist so weit.« Ardens Worte reißen mich aus meinen Gedanken. Er deutet hinter mich zum anderen Ende des Saals. Eine Tür hat sich dort einen Spalt geöffnet, Professor Heller schaut heraus und winkt Arden unauffällig zu. Meine Knie werden vor Aufregung weich. Als Gegenmaßnahme hebe ich das Kinn. »Du lenkst Professor Heller ab, bring ihn weg, damit ich allein mit ihr reden kann.«

Arden nickt, und ich bin erleichtert, dass er nichts dagegen einzuwenden hat. Es ist besser, wenn er nicht dabei ist, wenn ich mit ihr rede.

Bei der Tür angekommen, schenkt Arden Professor Heller wieder sein elegantestes Lächeln, das mich erneut in Erstaunen versetzt. Ich schlüpfe an ihnen vorbei, und während Arden Professor Heller Richtung Büfett lenkt, schließt sich die Tür hinter mir.

Ich befinde mich in einem kleinen Zimmer mit hohen Decken und

Spiegeln an den Wänden. Spiegeln, die alle das Bild einer hochgewachsenen Frau zurückwerfen. Ihre schwarzen Haare sind von ein paar wenigen weißen Strähnen durchzogen, die sie noch schöner machen. Langsam dreht sie sich zu mir herum. Ich erwarte, dass sie mich ungnädig anfährt, mich schnell abwimmeln will. Aber stattdessen lächelt sie.

»Erin, so ist doch dein Name?« Sie kommt langsam auf mich zu, mit der Eleganz einer Raubkatze. Dabei lächelt sie. »Keine Sorge. Ich beiße nicht. Ich treffe mich nicht mit dir, um dir etwas anzutun. Auch nicht wegen Professor Heller oder deinem charmanten jungen Freund.« Sie steht jetzt vor mir und mustert mich beinahe wohlwollend. »Sondern weil ich vorhin, als ihr hereingekommen seid, zufällig gesehen habe, wer du bist.«

Ich starre sie an.

Sie lacht leise. Dann hebt sie ihren Arm. Es ist das Tattoo. Das Mal von Hades. Die Ranke mit dem Ziffernblatt, die auch mein Handgelenk umschließt.

»Sie ... waren mal eine Rachegöttin«, hauche ich. Das bedeutet ja, dass sie mir vielleicht wirklich helfen kann. Dass es ihr gelungen ist, sich von dem Pakt zu befreien, und das, ohne sich vor Hades verstecken zu müssen.

Sie lächelt kühl. »Wer sagt, dass ich keine mehr bin?«

KAPITEL 42

Erin

Mein Herz sinkt und meine Hoffnung, sie würde mir helfen können, zerbricht an ihrem kühlen Lächeln.

»Jetzt schau nicht so. Dass ich nach wie vor eine Rachegöttin bin, bedeutet nicht, dass ich dir nicht helfen kann, keine mehr zu sein.«

»Woher …?«

Sie lacht leise. »Woher ich weiß, dass du deinen Pakt auflösen möchtest? Ich habe gesehen, wie du diesen Jungen ansiehst.« Sie lächelt versonnen. »Ich weiß noch, wie es sich anfühlt, wenn man jemanden unbedingt küssen will und es nicht darf.« Merkwürdigerweise sieht sie nicht so aus, als hätte es ihr etwas ausgemacht.

Sie fixiert mich wieder. »Ich habe mich freiwillig dazu entschieden, eine Rachegöttin zu bleiben.« Wieder lacht sie, als sie meinen schockierten Gesichtsausdruck sieht. »Es hat auch viele Vorteile, weißt du? Es gibt immer noch viele Männer, die … das Potenzial einer Frau nicht erkennen. Manchmal kann es ziemlich hilfreich sein, wenn man sie mit einer einzigen winzigen Berührung der Lippen davon überzeugen kann.«

Ich bin schockiert, wie beiläufig sie darüber redet, das Leben eines Menschen zu zerstören, nur um ihre Karriere voranzutreiben. Aber wer bin ich, über sie zu urteilen? Ich weiß doch, wie es sich anfühlt, wenn jemand anders einen daran hindert, das Leben zu leben, das man sich wünscht.

»Arden sagt, wenn jemand mir helfen kann, dann Sie, Professor Thompson.«

Sie lächelt mich unverbindlich an. »Bitte, sag Dora zu mir. Immerhin sind wir sozusagen Schwestern. Du bist doch eines von Raeannes Mädchen?«

Natürlich. Sie kennt Raeanne. Vielleicht ist sie eine Freundin von ihr, vielleicht haben die beiden sogar zusammen studiert, und sie hat zusammen mit ihr in unserem Verbindungshaus gewohnt.

»Dora.« Es ist, als würde ich ausprobieren, ihren Vornamen zu benutzen. Fühlt sich seltsam an.

Misstrauisch mustere ich sie. »Warum kennen wir dich nicht? Ich meine, wir Rachegöttinnen. Raeanne hat uns Hinweise hinterlassen für den Fall, dass wir ihre Hilfe brauchen. Warum gibt es keine Hinweise auf dich?«

»Warum sollte es? Ich habe mit Raeannes kleinem Hilfsprojekt nichts zu tun. Und ich kann es nicht brauchen, dass irgendwelche verzweifelten Mädchen ständig vor meiner Tür stehen.«

Na reizend. Aber ich muss sie schließlich nicht mögen. Ich muss nur die richtigen Informationen von ihr bekommen. Ich denke einen Moment darüber nach, wie viel ich erzählen kann. Über meinen Pakt darf ich auch mit ihr nicht reden. Tatsächlich kann ich ihr sogar weniger erzählen als Arden, weil sie ja sofort wüsste, dass es wirklich um meinen Pakt geht und nicht um ein Computerspiel. Aber sie unterbricht mich sowieso, bevor ich etwas sagen kann.

»Es ist unwichtig, wie dein Pakt genau aussieht. Es gibt ohnehin nur eine Möglichkeit, aus ihm zu entkommen, ohne ihn zu brechen.«

Ich krampfe die Hände ineinander. »Wie?«

»Ich nehme an, dass auch du dich an die Regeln für Rachegöttinnen halten musst. Genau wie alle anderen?«

Ich nicke.

»Mir wird durch den Pakt mit Hades die Macht einer Rachegöttin und ewige Jugend verliehen. Dieses Geschenk werde ich mein Leben lang achten«, wiederholt sie einen Teil des Treueschwurs und lächelt mich an, als müsste ich jetzt eigentlich verstehen, was sie mir sagen will.

Und irgendwie tue ich das auch. Eiseskälte steigt in mir auf. »Du meinst, man kann dem Pakt nur entkommen, indem man stirbt?«

»Sehr gut. Siehst du, du brauchst mich gar nicht. Du hast es ganz allein herausgefunden.« Der Sarkasmus in ihren Worten schneidet mir ins Herz.

Ich hatte mir solche Hoffnungen gemacht, habe schon vor mir gesehen, dass ich mich von dem Pakt befreien kann. Ich war so dumm. Ich hätte wissen müssen, dass es nicht so einfach ist.

»Na, na, du willst doch jetzt nicht gleich aufgeben? Immerhin heißt es nicht, dass man auch tot bleiben muss.«

Mit aufgerissenen Augen sehe ich sie an. Mir ist natürlich klar, was sie sagen will. Ich muss sterben und dann wiederbelebt werden, dann wäre ich von dem Pakt befreit.

»Damit würde man den Pakt nicht brechen?«

Sie schüttelt den Kopf. »Du musst nicht glauben, dass Hades nichts davon weiß. Er hat uns diesen Weg mit Absicht offen gehalten. Denn wenn wir versagen und wirklich sterben, gehört unsere Seele ohnehin ihm.«

»Warum tut er das?«

»Vielleicht als Spiel?« Sie zuckt mit den Schultern. »Es ist natürlich nicht ganz ohne Risiko. Könnte passieren, dass du tot bleibst. Vielleicht amüsiert es ihn zu sehen, wie wir darüber nachdenken, ob wir es tun sollen. Aber immerhin, du hast eine faire Chance. Du musst es nur gut planen.«

Eine faire Chance. Ja. Eine faire Chance, aus dem Pakt zu entkommen, mich so von dem Makel zu befreien und zu erreichen, dass Raeanne Summer hilft. Aber es wird dennoch ein schreckliches Opfer kosten. Jenna. Sie wird nicht im Tartaros landen, weil ich meinen Pakt nicht gebrochen habe, aber ihre schlimmste Angst wird wahr werden. Sie wird über den Fluss Lethe gehen müssen und uns vergessen.

Ich schlucke gegen die Enge in meiner Kehle an, denke daran, wie panisch Jenna war, als sie mir im Traum mitgeteilt hat, dass Summer in Gefahr ist und dass uns nicht mehr viel Zeit bleibt.

Es ist zwar Jennas größte Angst, uns zu vergessen, aber noch viel größer ist ihr Wunsch, uns zu schützen. Ja, sie würde wollen, dass ich das tue. Für Summer. Und zwar schnell, bevor es zu spät ist. »Hilf mir«, sage ich und sehe Dora fest an. »Hilf mir zu sterben und dann wieder aufzuwachen.«

Sie mustert mich beinahe anerkennend. »Also gut. Du musst dich von deinem Schatten lösen, bis du selbst einer bist.« Sie lächelt wieder ihr kühles Lächeln. »Dafür musst du nur den Hades öffnen, wie du es tust, wenn du die Seele der Opfer abgibst.«

»Kann ich es jetzt gleich tun?« Meine Stimme klingt nicht so fest, wie ich es gerne hätte.

Dora sieht mich fast verständnisvoll an. »Natürlich. Jetzt sofort, wenn du willst.«

Ich schlucke schwer. Nein. Eigentlich will ich das nicht. Aber was könnte ich gewinnen, wenn ich warte? Ich kenne niemanden außer Dora, der mir den Weg weisen kann. Ich werde niemanden fragen können, ob sie mir die Wahrheit sagt. Und Raeanne wird nicht mit mir sprechen, solange ich noch den Makel an mir habe.

»Okay.« Schweiß steht mir auf der Stirn. Ich weiß, dass es riskant ist. Aber es ist die einzige Chance, die ich habe. Je schneller ich von dem Pakt und dem Makel befreit bin, desto schneller kann Raeanne Summer helfen und sie verstecken, damit sie den Pakt gar nicht erst eingeht. »Dann los.«

Zum ersten Mal huscht ein weicher Ausdruck über Doras Gesicht. »Ich werde dir die ganze Zeit beistehen. Komm. Es ist besser, wir suchen uns einen ruhigeren Ort.«

Gefasst führt sie mich durch eine zweite Tür im Spiegelsaal auf einen langen Flur. Hohe Flügeltüren gehen nach hinten hinaus in einen Park. Die Fenster des Ballsaals sind hell erleuchtet und werfen ein schwaches Licht auf Hecken und Wege. Dora führt mich nach draußen, und in meinem fast schulterfreien Kleid fröstelt es mich in der kühlen Abendluft. Trotzdem schlinge ich mir nicht die Arme um die Schultern. Im Hades wird es noch kälter sein. Besser, ich gewöhne mich daran.

Dora deutet auf ein riesiges Gebäude, das vor uns aus der Dunkelheit aufgetaucht ist. Im Mondschein schimmert es geheimnisvoll. Erst als wir es betreten, wird mir klar, was es ist. Ich drehe mich einmal um mich selbst.

»Wie schön«, hauche ich.

Es ist ein altes Gewächshaus, dessen Glasdach sich hoch über uns wölbt. Obwohl Gewächshaus vielleicht das falsche Wort dafür ist. Es ist eher eine Kathedrale aus Glas und Stahl, so groß, dass ich von hier aus das andere Ende durch all die Pflanzen hindurch kaum sehen kann. Filigrane Verzierungen ranken sich an den Glasscheiben entlang, die in der Mitte eine hohe Kuppel bilden. Es muss aus dem 19. Jahrhundert stammen. Eine komplette Parklandschaft mit Bäumen und Sträuchern erstreckt sich vor mir. Ein paar Meter von uns entfernt steht eine Bank an einem kleinen künstlichen See.

»Hier.« Dora deutet auf eine Stelle in der Nähe des Sees, direkt unter der hohen Kuppel in der Mitte des Gewächshauses. »Vor langer Zeit ist hier ein Dienstmädchen von seiner Herrin ermordet worden. Hier solltest du Zugang zur Unterwelt finden. Aber sieh dich vor. Hades darf dich nicht erwischen.«

Ich atme tief durch und nicke. Ein Schauder läuft mir über den Rücken, als der fahle Schatten des Dienstmädchens aus dem Boden aufsteigt. Finsternis erwacht um mich herum. Für einen Moment höre und sehe ich nichts anderes mehr, bis meine Augen sich daran gewöhnt haben. Die Dunkelheit ist nicht so vollkommen wie in seiner Präsenz, aber es ist schwer, etwas zu erkennen. Die ganze Zeit bin ich mir bewusst, dass es nur mein Geist ist, der den Hades betritt. Aber so ist es bei den Toten ja auch. Ihre Körper bleiben zurück, ihre Seelen werden zu Schatten.

»Wie soll ich es tun?«, rufe ich mit bebender Stimme in die Dunkelheit.

»Stürz dich in den Fluss des Vergessens.« Doras Stimme schwebt über mir. »Solange du unter Wasser bist, ist es, als wärest du tot. Um zurück ins Leben zu finden, musst du nur wieder daraus auftauchen.«

»Nur auftauchen?«, rufe ich und wage mich langsam tiefer in den Hades hinein. Ganz bestimmt ist das nicht so einfach, wie es klingt.

»Ja. Aber lass dich nicht vom Fährmann erwischen. Wenn er dich herauszieht, bringt er dich auf die andere Seite.«

Während ich weitergehe, denke ich ununterbrochen an Jenna. Solange ich mich auf sie konzentriere, wird Hades mich hoffentlich nicht bemerken. Ich erschaudere. Aber ich wage mich weiter und weiter vor, bis ich schließlich ein sanftes Plätschern höre. Es sollte mir Angst machen, aber die Wahrheit ist, es klingt merkwürdig tröstlich. Ardens Worte fallen mir ein.

Natürlich kannst du das schaffen.

Arden. Kurz denke ich nur an ihn, fülle meinen Geist mit ihm, und es fühlt sich an, als wäre er bei mir. Je näher ich dem Fluss Lethe komme, desto wärmer wird es. Sein Plätschern wird immer deutlicher, aber nicht lauter. Es bleibt leise, wie ein sanfter Lockruf. Ich beginne zu ahnen, warum es fast unmöglich ist, aus dem Fluss wieder herauszufinden.

»Was, wenn ich nicht wieder auftauchen will?«, flüstere ich.

»Erinnere dich, warum du aus dem Pakt herauskommen willst, Erin.« Doras Stimme.

Ich schließe die Augen. Ich will nicht mehr tun müssen, was Hades von mir verlangt. Ich will, dass meine Schwestern und ich frei von ihm sind und Raeanne Summer endgültig vor Hades verstecken kann. Ich möchte mein Leben ohne diesen ewigen Fluch leben müssen. Daran muss ich denken, wenn ich im Wasser bin. Nur daran. Und an Jenna, Summer und Arden. Zu ihnen werde ich zurückfinden.

»Tu es jetzt.« Doras Stimme ist dunkel und beschwörend.

Ich gehorche. Mache einen Schritt nach vorn. Hinein in das graue Wasser.

Jenna. Jenna. Sie füllt meinen Geist vollkommen aus. Sie und ihre schreckliche Angst.

Ich bleibe stehen. Gerade noch war ich überzeugt, dass sie richtig finden würde, was ich tue. Aber ich kann das nicht. Ich kann sie nicht opfern, um Summer zu retten.

»Ich kann nicht«, flüstere ich.

»Du darfst nicht zögern, Erin«, beschwört Dora mich. »Nicht, wenn du den Fluss einmal betreten hast. Der Fährmann spürt es. Er wird bald hier sein. Und dann hast du deine Chance vertan, und dein Leben ist verwirkt.«

Verzweifelt betrachte ich das Wasser, das meine Knöchel benetzt. Ich habe nur eine Chance, den Pakt zu lösen. Jetzt. Aber ich kann das Jenna nicht antun. Ich kann sie nicht für Summer opfern. Nicht, ohne sie wenigstens zu fragen. Ich keuche auf. Fragen! Natürlich, ich kann sie fragen. Ich kann ihr einen Albtraum senden, damit sie zu mir kommt. Hier unten sind genug von ihnen.

Jenna!, denke ich. Hilf mir doch. Gib mir einen Rat. Sag mir, was ich tun soll, Jenna. Bitte, entscheide du für mich.

Stille.

Verzweifelt warte ich darauf, dass sie mich hört.

Jenna! Bitte! Ich kann Summer helfen. Ich kann sie für immer schützen. Aber wenn ich es tue, dann musst du ein Schatten werden. Dann schützt mein Pakt dich nicht mehr, weil er nicht mehr existieren wird. Bitte sag mir, was ich tun soll!

»Der Fährmann ist nah, Erin!« Dora. Sie klingt nicht mehr kalt, sondern panisch. »Du musst es jetzt tun, jetzt sofort.«

Shit, shit, shit. Was soll ich nur tun?

Einen Moment starre ich zögernd ins graue Wasser. Denke an Summer und Jenna.

Dann, ohne darüber nachzudenken, mache ich einen Schritt nach vorn.

Erin, nicht! Was tust du da?

Es ist Jennas entsetzter Tonfall, der mich zurückfahren lässt.

Vor Erleichterung werden meine Knie weich. Sie ist doch noch gekommen! *Jenna? Bist du hier?*

Du hast mich gerufen, natürlich bin ich hier! Aber was tust du da?

Ich … ich kann aus dem Pakt entkommen, und dann kann ich Summer schützen. Ich halte inne. Jetzt muss ich es ihr sagen. Dass ich sie opfern müsste, um Summer für immer zu verstecken.

Aber bevor ich das tun kann, spüre ich Jennas Gedanken in meinem Kopf.

Erin! Du musst doch wissen, dass das unmöglich ist.

Nein, nichts ist unmöglich. Man muss nur sterben und dann wieder zum Leben erwachen. Es ist nicht einfach, aber ich kann es schaffen. Ich kann im Fluss des Vergessens versinken und dann wiederauftauchen, und damit habe ich mich von dem Pakt befreit.

Ich will meinen Fuß ein weiteres Mal in den Fluss tauchen.

Was? Jennas Stimme klingt panisch. *Nein, Erin, das ist nicht wahr!*

Doch, es ist nur logisch. Solange wir leben, sind wir an den Pakt gebunden, aber danach nicht mehr.

Oh Erin. Jenna klingt jetzt unfassbar traurig. *Wer hat dir das erzählt? Das ist eine Lüge. Nichts kann dich von dem Pakt befreien. Nicht einmal der Tod. Bitte glaub mir.*

Was?

Mühsam löse ich meinen Geist von der verlockenden Vorstellung, ganz im Fluss Lethe zu versinken. *Aber warum sollte Dora lügen?*

Ich weiß es nicht, Erin. Aber selbst wenn du es schaffst, aus dem Fluss wiederaufzutauchen, wirst du dem Pakt nicht entkommen sein. Ich bitte dich – glaub mir.

Verwirrt starre ich auf das graue Wasser. *Ja, ja, natürlich. Ich glaube dir, Jenna. Ich vertraue dir. Aber …*

Dann komm, kleine Schwester. Komm zurück mit mir.

Jenna streckt mir ihre leuchtende Hand hin, als wäre sie wirklich ein Schutzengel, der mich im letzten Moment vor mir selbst bewahrt. Mit einem beinahe sehnsuchtsvollen Blick zum Fluss lege ich meine Hand in ihre. Wir sind nicht körperlich, sind beide nicht wirklich hier, aber mein Geist berührt ihren, und zum ersten Mal seit Langem fühle ich mich endlich wieder ganz.

Ich wünschte, du könntest mit mir kommen. Bitte. Lass mich nicht allein.

Tiefe Trauer erfüllt mich.

Es tut mir leid. Ich kann dich nur ein Stück weit begleit… Ah!

Sie stöhnt auf, lässt meine Hand los. Einsamkeit überflutet mich.

Jenna!

Sie krümmt sich zusammen. *Es ist Summer, Erin. Summer. Ich spüre es. Jetzt. Sie tut es jetzt. Wieder stöhnt sie auf. Sie hat Angst. Schreckliche Angst, aber sie … du … der Pakt … sie tut es um deinetwillen, Erin.*

Jenna geht vor mir in die Knie. Ihre leuchtende Gestalt scheint zu erlöschen.

Nein. Bitte. Bleib. Hilf Summer. Tu irgendwas!

Ich kann nicht, Erin. Sie keucht leise auf. *Es ist zu spät. Sie hat den Handel besiegelt. Um dich zu retten.*

Was? Nein! Nein, das darf nicht …

Jennas Gestalt erlischt. Sie löst sich vor meinen Augen auf. Und ich spüre, wie die Unterwelt vor mir verblasst.

»Nein!«, schreie ich laut. »Nein, das darf nicht sein!« Schwer atmend knie ich auf dem Boden des Gewächshauses.

Jenna ist fort. Ich spüre auch Dora nicht mehr. Und Summer …

Ich greife zu meinem Smartphone, aber meine Hände zittern so stark, dass ich es kaum schaffe. Ich muss Summer anrufen, jetzt sofort. Ich wähle ihre Nummer, aber sie geht nicht hin.

Ich schlage die Hände vors Gesicht. Summer. Bitte nicht. Es tut mir so leid! Warum gerade jetzt? Wieso gerade in diesem Moment, in dem ich sterben wollte, um mich zu befreien? Jennas Worte kommen mir in den Sinn.

Sie hat den Handel besiegelt. Um dich zu retten.

Eiseskälte umfängt mich. Ja. Ich wollte sterben. Ich war in Gefahr. Summer hat den Pakt geschlossen, um mich davor zu bewahren, in den Fluss Lethe zu tauchen. Es ergibt alles Sinn. Wie gelähmt knie ich da und kann nicht fassen, was gerade passiert ist. Dora hat mich hereingelegt. Sie hat mir das alles nur erzählt, damit ich mich in Gefahr bringe und Summer glaubt, sie müsse mich retten. Sicherlich hat Hades Summer gezeigt, wie ich am Fluss stehe. Und sobald Summer in den Pakt eingewilligt hatte, hat er mir Jenna geschickt, damit sie mich davon abhält, mich wirklich umzubringen.

Ich weiß nicht, wie Dora mich genau zum passenden Zeitpunkt auf den Ball locken konnte, aber ich bin sicher, dass es so war.

Es war von Anfang an so geplant. Damit Hades Summer bekommt.

Verzweifelt raufe ich mir die Haare.

Ich habe mich freiwillig dazu entschieden, eine Rachegöttin zu bleiben. Es hat auch viele Vorteile, weißt du?

Wütend schreie ich auf, als ich mich an ihre Worte erinnere. Warum habe ich ihr geglaubt? Warum nur? Die alte Wut raubt mir den Atem. Schon wieder hat Hades meine Verzweiflung ausgenutzt. Schon wieder hat er mich besiegt, es war alles umsonst.

Schluchzend bleibe ich sitzen, wo ich bin. Ich habe versagt. Summer hat den Pakt geschlossen. Es ist vorbei.

»Erin?« Eine Stimme. Eine, die ich nur zu gut kenne.

Langsam sehe ich auf. Arden steht vor mir in der Tür des Gewächshauses. Als er mich auf dem Boden knien sieht, stürzt er auf mich zu. »Erin! Geht es dir gut? Ich … ich habe dich gesehen, in meinem Kopf, ich weiß nicht wie, aber ich wusste, dass du hier bist.« Er kniet neben mir nieder und streicht mir sanft über die Schultern.

Er hat mich gesehen. Natürlich. Ich habe ihn gerufen. Ich habe den

Hades geöffnet und an ihn gedacht. Ich habe ihm unabsichtlich durch einen Albtraum eines Toten eine Nachricht geschickt, und jetzt ist Arden hier. Zuerst bin ich unendlich erleichtert. Ich lehne mich an ihn und genieße seine Nähe. Aber dann fällt mir ein, wie er mich angesehen hat, als er auf mich zugelaufen ist. Entsetzt. Ungläubig. Als hätte er endlich alle Puzzlestücke zusammengesetzt.

Mit einer schrecklichen Ahnung sehe ich auf.

Ardens Blick sagt mir, dass ich recht habe. Er hat alles gesehen. Mich, Jenna, vielleicht sogar den Hades und den Fluss Lethe. Jedenfalls genug, um zu wissen, dass alles, was ich ihm über Jenna und mich erzählt habe, die Wahrheit ist. Genug, um zu wissen, wer und was ich bin.

Arden hat mich enttarnt. Er weiß alles.

Mein Pakt mit Hades ist endgültig gebrochen.

KAPITEL 43

Arden

Ich weiß, dass ich nicht glauben sollte, was ich da sehe. Alles in mir schreit, dass es nicht echt sein kann, dass es eine optische Täuschung sein muss.

Erin steht in der Mitte des Gewächshauses. Sie hat die Hände erhoben, ihre Haare bewegen sich, als wären es ... lebendige Schlangen?

»Nein! Bitte bleib. Hilf Summer. Tu irgendwas!«, schreit Erin.

Ich starre sie ungläubig an. Um sie herum wirbelt unendliche Finsternis, als hätte sie die sternenlose Nacht zu sich hereingeholt und sich darin eingehüllt.

Das Seltsame ist – ich kann sie spüren. Die Finsternis. Sie ist nicht nur vor mir, sie ist irgendwie in mir. Sie ist dunkel und kalt und unendlich, sie lässt mich frösteln.

Sofort will ich einen Schritt auf Erin zumachen, um sie dort herauszuholen. Aber dann sehe ich in ihr Gesicht. Sie hat keine Angst, nicht vor der Finsternis. Sie kennt sie. Sie hat sie selbst heraufbeschworen.

Das ist doch absolut irrsinnig. Immer noch weigert sich mein Verstand zu akzeptieren, was mein Herz längst als die Wahrheit anerkannt hat.

Nicht nur, weil es sich so echt anfühlt, sondern weil nun endlich auch alles andere Sinn ergibt. Alles fällt jetzt an seinen Platz. Warum sie mich nicht küssen wollte, warum sie diesen anderen Mann geküsst hat und warum sie so viel über die Rache der Götter und die griechische Mythologie wissen wollte.

Weil sie selbst eine von ihnen ist.

Die Dunkelheit vor mir wird noch intensiver, sie wandelt sich, weckt eine tiefe ursprüngliche Angst in mir und den noch ursprünglicheren Wunsch, Erin davor zu beschützen. Sie ist jetzt fast ganz in die Finsternis eingetaucht und kaum noch zu sehen. »Erin!«, schreie ich und will auf sie zulaufen, aber in diesem Moment zerfällt die Finsternis in unendlich viele Partikel, die sich einfach auflösen. Zurück bleibt Erin. Sie kniet auf dem Boden, und jetzt sehe ich ihre Angst.

Ich laufe zu ihr und gehe neben ihr in die Knie. »Erin! Geht es dir gut? Ich … ich habe dich gesehen, in meinem Kopf, ich … ich weiß nicht wie, aber ich wusste, dass du hier bist.« Genau wie vor ein paar Tagen im Sumpf. Und genauso zittert sie jetzt auch, als wäre ihr unendlich kalt. Ich will sie an mich ziehen, aber etwas hindert mich daran. Ich lege meine Hände auf ihre Schultern und reibe sie, gebe ihr all die Wärme, die ich geben kann.

Erin starrt mich mit weit aufgerissenen Augen an. »Arden. Du … du hast alles gesehen?«

Ich schlucke. Dann nicke ich. Ich kann mich vor der Wahrheit nicht mehr verschließen. »Alles, was ich nur für Sagen und Mythen gehalten habe, ist real«, flüstere ich. »Und du bist eine von ihnen, eine Rachegöttin, eine Erinnye, nicht wahr?«

Sie kneift die Augen zusammen und flucht leise. Dann sieht sie mich wieder an. »Irgendeine Chance, dass du das vielleicht ganz schnell vergessen könntest?« Ein winziges, angestrengtes Lächeln mischt sich in ihre Verzweiflung.

Sanft streiche ich ihr über die Wange. »Ich fürchte, so etwas wieder zu vergessen, übersteigt meine Fähigkeiten.«

Sie lächelt schief, aber in ihren Augen steht Angst. »Das hätte nicht passieren dürfen, Arden, das … zerstört alles.«

Ich würde gern sagen, dass es bestimmt nicht so schlimm ist, wie es jetzt scheint, aber ihr Tonfall hält mich davon ab. »Wie? Bitte, erklär es mir. Sag mir alles. Vielleicht können wir ja doch irgendetwas tun.«

Erin stöhnt leise. Die unglaubliche Hoffnungslosigkeit in ihrem Blick verschafft mir eine Gänsehaut. Dann erklärt sie mir in hastigen Sätzen, dass sie einen Pakt mit Hades geschlossen hat und was es mit dem Kuss auf sich hat. Und auch, dass sie den Auftrag von Hades hatte, mich unbedingt zu küssen, und wie sehr sie das gequält hat.

»Aber dadurch, dass du jetzt Bescheid weißt, Arden, habe ich meinen Pakt gebrochen. Kein Außenstehender darf jemals erfahren, wer oder was ich wirklich bin. Aber du hast mich gesehen, du kennst jetzt die ganze Wahrheit.« Ihre Augen sind viel zu groß, sie zittert am ganzen Körper. Noch nie habe ich sie so gesehen, so voller Angst und Panik. »Er wird sie bestrafen«, flüstert sie. Ihre Hände krampfen sich in den Stoff ihres Kleides. »Er wird sie dazu zwingen, über den Fluss Lethe zu gehen und sie für alle Ewigkeit im Tartaros quälen.«

Es ist ein grauenhafter Schlag, als ich verstehe, dass alles, was sie mir die ganze Zeit über ihr Computerspiel erzählt hat, tatsächlich real ist. Auch ihre Schwester, deren Seele Hades als Unterpfand für Erins Pakt hat und die er grausam bestrafen wird, wenn Erin ihm nicht gehorcht.

Ich versuche immer noch, das alles zu verstehen, aber vor allem will ich Erin helfen. »Es gibt immer einen Weg, das hast du selbst gesagt.«

Sie lacht bitter. »Ach ja? Welchen denn, bitte? Ich habe meinen Pakt gebrochen, und es kann nicht lange dauern, bis Hades es bemerkt. Dann ist alles vorbei, und nichts lässt sich wiedergutmachen.«

Auf keinen Fall bin ich bereit, so schnell aufzugeben. »Dann lass uns die wenige Zeit nutzen. Dein Pakt ist gebrochen, weil ich die Wahrheit herausgefunden habe. Oder? Was, wenn ich es wirklich wieder vergessen würde? Würde das helfen?«

»Ich weiß es nicht. Und ich wüsste nicht mal, wie ich das bewerkstelligen soll. Ich kann nicht einfach einen Vergessenszauber über dich verhängen. Über solche Kräfte verfügen wir nicht.« Sie stützt das Gesicht in die Hände. »Es ist hoffnungslos.«

»Es ist nicht hoffnungslos.«

Ich fahre auf. Damon. Ist der denn überall? Und wie schafft er es, sich immer so anzuschleichen?

»Du solltest ihn küssen.«

Erin starrt ihn entgeistert an. Dann lacht sie plötzlich bitter auf. »Was sollte das bringen? Ich habe meinen Pakt gebrochen, das bedeutet, ich verfüge über keine Kräfte mehr. Ich kann Hades' Auftrag nicht mehr erfüllen. Wenn ich Arden jetzt küsse, wird gar nichts passieren, es wird Jenna nicht helfen.«

Damon schüttelt den Kopf. »Noch ist nicht alles verloren.« Er deutet auf Erins Handgelenk. Sie starrt erst ihn an, dann ihre Hand.

»Das Tattoo ist noch intakt«, sagt Damon leise.

»Was … bedeutet das?«, fragt sie tonlos.

»Ich habe schon öfter erlebt, dass eine Rachegöttin so einen Fehler wieder ausbügeln konnte. Es ist nicht das erste Mal, dass ein Pakt gebrochen wurde. Wenn die Rachegöttin es nicht darauf angelegt hat, lässt Hades manchmal Nachsicht walten. Dass er dich bis jetzt noch nicht bestraft hat und dass dein Tattoo noch intakt ist, ist ein Zeichen dafür, dass er dir noch eine Chance gibt.«

Erin zögert, aber dann springt sie plötzlich auf. »Das heißt, ich habe auch meine Kräfte noch? Mein Kuss wirkt nach wie vor?«

Damon nickt. »Und du kannst ihn benutzen, um Hades zu beweisen, dass es nicht absichtlich geschehen ist und dass du von jetzt an wieder seine loyale Dienerin sein wirst.«

Irgendetwas sagt mir, dass Erin das auf gar keinen Fall tun sollte. Gleichzeitig weiß ich, dass es für sie und ihre Schwester die einzige Möglichkeit ist.

»Wie, Damon? Wie soll ich diesen Fehler wieder ausbügeln und Hades meine Loyalität beweisen?«

»Ich fürchte, ich ahne es schon«, sage ich leise.

Im selben Moment versteht sie es auch.

»Indem du seinen Auftrag endlich erfüllst«, sagt Damon.

Sie reißt die Augen auf und schüttelt heftig den Kopf. »Nein. Auf gar keinen Fall.«

»Erin …«, beginne ich sanft.

»Nein, das tue ich nicht. Vergiss es. Ich habe längst beschlossen, dass ich dich niemals dem Kuss unterziehen werde. Weil es falsch ist und dein Leben zerstören wird. Außerdem ist nicht gesagt, dass du dann alles vergisst.«

»Das wird er auch nicht«, erklärt Damon. »Aber alle Menschen werden sich von ihm fernhalten, er wird niemandem mehr etwas erzählen können und vor allem … wird er es nicht wollen.«

Entsetzt starrt Erin ihn an. »Nein. Das … das ist …«

»Absolut logisch«, unterbreche ich sie.

Mit glänzenden Augen sieht sie mich an. »Arden, du kannst doch nicht wollen, dass ich dir das antue.«

Ich schlucke schwer. Es ist nicht leicht, jemanden aufzufordern, einem die Seele zu nehmen. Ich verstehe selbst nicht wirklich, dass ich es tue. Aber tief in mir drinnen fühlt es sich auf sehr seltsame Art richtig an. Als hätte mein ganzes bisheriges Leben darauf abgezielt. Nur werde ich Erin niemals davon überzeugen können. Ich wende mich an Damon, werfe ihm einen Blick zu, damit er es tut.

Er presst die Lippen zusammen. »Er wird sowieso bestraft werden, Erin.«

»Wie bitte?«

Damon seufzt. »Glaubst du etwa, dass Hades jemanden, der von den Rachegöttinnen erfahren hat, einfach so gehen lässt? Nein. Er wird wahrscheinlich eine andere Göttin damit beauftragen, ihn zu küssen. Abgesehen davon, dass er Arden ohnehin haben will, macht er das mit allen, die von euch erfahren. Er straft sie mit dem Kuss oder auf andere Art, damit sie nichts weitererzählen. Wenn du ihn jetzt nicht küsst, schützt du ihn nicht, sondern besiegelst nur dein eigenes Schicksal. Küss Arden und rette wenigstens deinen Pakt und dein Unterpfand«, beschwört Damon sie.

Erin wird kreidebleich. Offensichtlich hat Damon die Wahrheit gesagt. Ich strecke eine Hand nach ihr aus.

»Du siehst, es ist unausweichlich«, flüstere ich. »Und ich … ich bin bereit.«

Sie weicht zurück. »Du könntest dich wehren, du könntest vor den Rachegöttinnen fliehen.«

Ich schüttle den Kopf. »Nein, denn dann würde ich dich und deine Schwestern im Stich lassen. Und wer weiß, was Hades sonst noch für Strafen auf Lager hat.« Langsam gehe ich auf sie zu, und diesmal weicht sie nicht zurück. Ich nehme ihre Hand in meine und streiche sanft mit dem Daumen über ihren Handrücken. »Erin. Es ist das Erste seit Langem, was sich wirklich richtig anfühlt. Was wirklich … passt. Bitte, lass mich das für dich tun. Für dich und für deine Schwester.«

Erin hält meinen Blick fest, ohne mit der Wimper zu zucken. »Du weißt nicht, was du da von mir verlangst, Arden.«

In meinem Kopf tauchen Bilder von dem Jungen auf, der sich in Qualen auf dem Boden gewälzt hat. »Doch, ich weiß es. Tu es, Erin.«

»Nein. Ich würde lieber sterben, als dafür verantwortlich zu sein, dass du etwas aushalten musst, das schlimmer ist als der Tod.«

»Findest du nicht, dass ich das entscheiden sollte?«, frage ich sanft.

Sie verstummt und sieht mich hilflos an. »Aber …«

»Vielleicht gibt es Hoffnung. Du hast selbst gesagt, dass es manchmal Möglichkeiten gibt, die wir nur noch nicht sehen. Vielleicht lässt es sich irgendwie rückgängig machen, oder es gibt einen anderen Weg für uns.« Ich streichle ihr zärtlich über die Wange. »Es ist meine Entscheidung, und ich bitte dich, sie zu respektieren.«

Ihre Hände klammern sich fest um meine. »Ich will dich nicht verlieren … Ich … ich kann das nicht.«

»Dann tue ich es.« Ich will nach ihr greifen und sie an mich ziehen.

»Nein!« Damon.

Ich hatte fast vergessen, dass er noch da ist. »Das darfst du nicht. Der Kuss muss von ihr ausgehen, nur dann wird Hades ihre Aufgabe als erledigt ansehen und den Kuss als Beweis ihrer Loyalität anerkennen. Sie muss es tun.«

Er deutet auf Erins Handgelenk, an dem das Tattoo leuchtet. »Und zwar bald. Bevor er es sich anders überlegt und …«

»Lass uns allein«, unterbricht sie ihn. »Bitte.«

Er nickt, geht zur Tür, sieht sich noch einmal kurz um und verschwindet dann.

Als er fort ist, sieht sie mich an. »Ich werde alles dafür tun, rückgängig zu machen, was immer dir geschieht«, sagt sie mit fester Stimme. »Das schwöre ich. Bei meinem Leben.«

Sie atmet tief durch. »Hades, ich schwöre dir noch einmal meine Treue. Ich bin deine Dienerin, solange ich lebe.«

Dann legt sie mir die Arme um den Hals.

KAPITEL 44

Erin

Arden sieht auf mich herunter. Sein Gesicht ist angespannt. Ich spüre seinen rasenden Pulsschlag.

»Küss mich«, flüstert er rau und beugt sich zu mir herunter. »Keine Angst. Alles wird gut.« Seine Stimme ist kaum noch hörbar. Da ist nur sein Atem, heftig und schwer und ganz nah an meinem Mund.

Ich schließe die Augen, reiße sie aber sofort wieder auf. Ich will ihn ansehen, wenn ich es tue. Ich will dieses Funkeln in seinen Augen sehen. Den Humor, sein Lachen, die Wärme, seine Zärtlichkeit. All das, worum ich fürchte.

Ich halte mich daran fest, während ich mich auf die Zehenspitzen stelle. Lasse ihn nicht aus den Augen, aus Angst, den Moment zu verpassen, in dem all das verschwindet und er mich mit leerem Blick ansehen wird, so wie die anderen.

Ich zucke zusammen, als Arden vorsichtig seine Hände um meine Taille legt. »Alles wird gut«, wiederholt er leise.

Mein Gesicht verzieht sich, ich bin hilflos gegen die Tränen, die mir die Wangen runterlaufen. »Ich will dich nicht verlieren.« Den einzigen Menschen, dem ich vollkommen vertraue. Der Einzige, der mir vielleicht sogar nähersteht als Jenna. Der alles, wirklich alles über mich weiß.

Aber ich werde keine Schwäche zeigen. Nicht jetzt, da Arden sich für mich opfert. »Ich liebe dich.« Meine Stimme schwankt schrecklich, als ich es sage. Zum allerersten Mal. Ich will, dass er es weiß, bevor er sich für immer verändert.

»Ich dich auch.« Sein Griff um meine Taille wird fester. Sein Puls schlägt schneller. Als würde er sich darauf vorbereiten, dass es jetzt passiert. Mein Herz rast.

»Es ist mein allererster Kuss«, flüstere ich.

Ardens Augen weiten sich. »Was?«

»Der allererste Kuss, den ich wirklich will.« Noch nie habe ich einen Jungen geküsst, den ich mochte. 135 Küsse, und doch weiß ich nicht, wie es sich anfühlt, diese Nähe mit jemandem zu teilen, den man liebt. Wie lange habe ich mich nach diesem Moment gesehnt. Aber dieser Moment wird wieder voller Angst, Hass und Wut sein. Weil dieser Kuss, den ich mir so verzweifelt gewünscht habe, mir Arden nehmen wird.

»Dann lass ihn uns einfach genießen«, flüstert Arden an meinem Mund. »Lass uns einfach alles andere vergessen, außer dass der Moment endlich gekommen ist, den wir uns beide so sehr gewünscht haben.«

Ich spüre jedes seiner Worte auf meinen Lippen. Und jedes einzelne schmeckt nach Verzweiflung. »Ja.« Meine Stimme zerbricht an diesem einen kleinen Wort. »Ja, lass uns das tun.« Ich schlinge meine Arme noch fester um seinen Hals. Dann, ganz langsam, nähere ich mich ihm. Ich möchte ihn ganz zart küssen, möchte seinen Mund ganz sacht mit meinem streifen. Aber ich habe Angst, dass das zu lange dauert. Dass Arden nicht mehr er selbst ist, bevor der Kuss richtig angefangen hat. Also überwinde ich mich, es schnell zu tun. Ich nehme all meinen Mut zusammen und berühre seine Lippen mit meinen. Eine einzige, heftige Berührung, und die Welt beginnt, sich um mich zu drehen, im rasenden Takt meines Herzens. Mir wird schwindelig, mein Kopf wird leicht, und überschäumendes Glück steigt in mir auf.

Arden.

Dieser Kuss ist alles, was ich je davon gewollt habe. Und so viel mehr.

Die Welt dreht sich immer schneller, dann steht sie plötzlich still. Für einen Moment gibt es nur noch Arden und mich. Dann nicht mal mehr das. Da ist nur noch das Gefühl unglaublicher Nähe zwischen uns. Das Wissen, eins zu sein. Das Vertrauen, dem anderen alles von sich zu geben.

Und das tue ich. Von ganzem Herzen.

Ich dränge mich noch näher an ihn, öffne meine Lippen ganz leicht für ihn, will jetzt mehr. Alles, was ich noch nie hatte. Ihn. Ganz.

Ich höre ihn leise stöhnen, als er mich noch fester an sich zieht und dann ganz sanft mit der Zunge in meinen Mund eindringt. Es ist, als würden wir wirklich und wahrhaftig verschmelzen. Die Nähe wird noch intensiver, die Sehnsucht, voll und ganz in dieser warmen, tröstlichen, unglaublich erregenden Zweisamkeit aufzugehen, schmerzt bittersüß in meiner Brust.

Ich seufze leise an seinen Lippen und er an meinen.

Lange harren wir so aus. Dann öffne ich langsam die Augen und sehe in seine. Das Funkeln ist immer noch da.

Mein Herz macht einen Satz. Es ist immer noch da. Er ist immer noch da! Kein leerer Blick, keine bläulichen Schlieren um uns herum, keine Seele, die sich löst.

Wie ist das möglich?

»Arden«, flüstere ich mit bebender Stimme. Ich bringe kaum ein Wort heraus, so heftig schlägt mein Herz. »Der Kuss … du und ich … du hast … du bist …« Ich möchte lachen und weinen zugleich. Mein Kuss hat ihm nicht geschadet. Ich weiß nicht, wie das möglich ist, aber jetzt, in dieser Sekunde, ist mir das auch egal. Arden und ich haben uns geküsst, und es war wunderschön. Mein erster, echter Kuss war alles, was ich mir je hätte erträumen können. Und Arden ist immer noch bei mir.

Arden legt seine Hände auf meine Wangen. Seine Augen leuchten zärtlich. Er öffnet den Mund, um etwas zu sagen.

Krach!

Ein ohrenbetäubendes Geräusch lässt mich zusammenzucken.

Ich reiße den Kopf hoch.

Es dauert ein paar Sekunden, bis ich verstehe, was gerade passiert. Das riesige Glasdach des Gewächshauses hat einen Riss. Direkt über unseren Köpfen. Entsetzt beobachte ich, wie er sich langsam ausdehnt. Meine Finger krallen sich um Ardens Hals.

»Erin, vielleicht sollten wir …«

Krach!

Ich zucke zusammen. Das … das ist doch nicht möglich. Oder?

»Hast du das auch gesehen?«

Ich höre Arden schlucken. Dann nickt er. »Etwas ist gegen das Glas gekracht.«

Nicht etwas. Ein Rabe!

Der Riss wird immer größer. Weitere kommen hinzu. Wie ein schrecklich schönes Spinnennetz breitet es sich über uns aus. Unwillkürlich löse ich mich von Arden und weiche ein wenig vor dem Riss zurück. »Lass uns von hier verschwinden«, dränge ich.

Aber Arden starrt wie gebannt nach oben. »Das … nein. Unmöglich«, flüstert er. Seine Augen sind geweitet. Dann zieht er plötzlich heftig an meinem Arm.

»Pass auf!«, schreit er, stößt mich zu Boden und wirft sich über mich.

Der Nachthimmel über uns zerbirst. Das Glasdach zerspringt und regnet in unzähligen tödlichen Scherben auf uns herab. Ein scharfer Schmerz an der Schulter lässt mich zusammenzucken. Dann ist alles still.

»Arden?« Ich wage kaum zu atmen. Aber bevor mein Herz vor Angst um ihn bersten kann, springt er auf und zieht mich in die Höhe. Wie durch ein Wunder ist er vollkommen unversehrt. Bis auf einen langen Schnitt, der sich über seine linke Wange zieht.

Er lässt mir keine Zeit, ihn genauer anzusehen. »Wir müssen weg hier, schnell.«

Aber es ist zu spät.

Ich spüre es in den Tiefen meiner Seele, denn ich kenne das Gefühl. Obwohl ich nicht weiß, was hier geschieht, ist mir eines vollkommen klar: dass ich es nicht mehr ändern kann. Es ist wie der Kuss, wenn er beginnt. Alles entgleitet mir, ich habe keine Kontrolle mehr. Nichts liegt mehr in meiner Macht.

Angst und Hilflosigkeit schnüren mir die Kehle zu. Ich will dagegen ankämpfen, will Arden mit mir reißen und einfach von hier verschwinden. Aber alles geht viel zu schnell. Ich sehe es wie in Zeitlupe, aber in Wirklichkeit dauert es nur den Bruchteil einer Sekunde.

Durch das Glasdach, dessen scharfkantige Scherben zerstörerisch in den Nachthimmel über uns ragen, stößt ein Rabe auf uns herab.

Nein. Auf Arden.

Ohne nachzudenken, werfe ich mich dazwischen. Aber etwas schleudert mich brutal zurück. Ich schlage auf dem Fußboden auf, und mir wird schwarz vor Augen. Nur eine winzige Sekunde lang, dann kämpfe ich mich aus der Schwärze hervor. Ich muss zu Arden. Was immer da passiert, ist meine Schuld. Ich habe ihm das angetan, ich und mein Kuss. Da bin ich sicher. Es gibt keine andere Erklärung.

Mühsam rapple ich mich auf und stolpere auf Arden und den Raben zu.

Bis ich gegen eine unsichtbare Barriere stoße. Ich hämmere darauf ein, will nicht akzeptieren, dass ich nicht helfen kann. Doch schließlich muss ich einsehen, dass ich dazu verdammt bin zuzuschauen.

Arden steht in der Mitte des Gewächshauses, merkwürdig starr. Der Rabe kreist noch einmal über seinem Kopf, als hätte er darauf gewartet, dass ich alles sehe. Alles, was jetzt gleich passieren wird. Ja. Das ist meine Strafe. Ich habe versucht, Hades zu betrügen. Habe versucht, ihm zu verheimlichen, dass ich den Pakt gebrochen habe. Ich wollte ihm Arden vorenthalten und mir nehmen, was Hades allein gehört: meinen allerersten echten Kuss. Und dafür verdammt er mich, zuzusehen, wie er Arden bestraft.

Der Rabe stößt auf Arden herab und schlägt seine langen Krallen in seine Brust.

Ich schreie auf. »Nein!« Mit den Fäusten trommle ich gegen die unsichtbare Barriere. »Lass ihn in Ruhe! Nimm mich, aber lass ihn gehen. Er ist unschuldig, er hat nichts damit zu tun!« Ich brülle, bis meine Kehle schmerzt und ich heiser bin. Aber es nutzt nichts. Mit ausgebreiteten Flügeln schlägt der Rabe nun auch seinen Schnabel in Ardens Fleisch. Bisher war Arden stumm. Jetzt schreit er vor Schmerz auf.

»Arden!«, wimmere ich entsetzt, trommle ohne Unterlass gegen die Barriere. Irgendetwas muss ich doch tun können! Ich muss unbedingt verhindern, dass Arden für meine Fehler büßen muss. Wie ein Tiger im Käfig laufe ich an der unsichtbaren Barriere entlang.

»Hades!«, schreie ich. »Gib mir eine Chance, ihn zu retten! Mach mir irgendein Angebot. Ich tue alles. Alles, verdammt noch mal!«

Wieder schlägt der Rabe seinen Schnabel und seine Krallen in Ardens Brust. Wieder schreit Arden auf. Und ich möchte am liebsten sterben, nur um seine Qual nicht mit ansehen zu müssen.

Dann bleibe ich stehen.

Zusehen. Ich muss wenigstens zusehen. Auf diese Art bei ihm zu sein ist alles, was ich tun kann. Der Rabe löst sich von Ardens geschundenem Körper. Sein Hemd ist zerfetzt, er blutet aus mehreren tiefen Wunden. Schmerz strahlt aus jeder seiner Fasern, und der Schweiß läuft ihm über die Stirn.

Unsere Blicke treffen sich.

Tiefschwarz und düster ist seiner. Ein ganzes Universum leuchtet darin. Ein winziges Lächeln umspielt seine Lippen, das mir fast das Herz bricht. »Alles wird gut«, höre ich ihn flüstern.

Dann stößt der Rabe ein weiteres Mal auf ihn herab, und Finsternis ergießt sich über die Welt. Blendende, pechschwarze Finsternis. Sie macht mich blind, taub und stumm. Egal, wie laut ich schreie.

Dann ist es vorbei.

Die Finsternis ist fort, aber ich sehe noch nicht hin. Ich wappne mich erst dafür, Arden dort liegen zu sehen. Leblos. Wegen mir. Langsam öffne ich die Augen.

Und ziehe scharf die Luft ein. Arden liegt nicht dort. Er steht immer noch auf beiden Beinen. Er blutet heftig aus unzähligen Wunden, und er schwankt gefährlich, als könnte er jederzeit umfallen. Ich mache einen Schritt auf ihn zu. Und renne los. Die Barriere ist fort, nichts trennt uns mehr. Ich will Arden in meine Arme schließen, aber dann bleibe ich kurz vor ihm stehen. Ich will ihm nicht noch mehr Schmerzen bereiten, als er ohnehin schon auszuhalten hat.

In jedem seiner rasselnden Atemzüge höre ich seinen Schmerz. Unmöglich zu sehen, was für Schaden der Rabe angerichtet hat. Unmöglich zu wissen, ob Arden nicht doch noch jeden Moment zu Boden stürzt. Sein Kopf ist gesenkt, seine aschefarbenen Haare hängen ihm feucht ins Gesicht. Ich hebe eine Hand, um sie ihm aus der Stirn zu streichen, aber auch das traue ich mich nicht. Jede Berührung könnte eine Qual für ihn sein. Ich halte mir eine Hand vor den Mund, um nicht laut aufzuschluchzen.

»Erin.« Seine Stimme klingt rau.

»Oh Gott, Arden. Das wollte ich nicht. Ich ... ich liebe dich. Niemals hätte ich gewollt, dass er dich so grausam bestraft. Es tut mir so leid.«

Ganz langsam hebt er den Kopf und sieht mich an. Ein schiefes Lächeln umspielt seinen Mund, das mein Herz schmerzhaft pochen lässt. Das Funkeln in seinen Augen ist immer noch da. Aber es sieht ... anders aus. Wie glühendes, eisblaues Feuer. Und darum herum unendliche Schwärze.

»Es muss dir nicht leidtun, Erin«, sagt Arden, und sein Lächeln verändert sich. Es bekommt einen Zug, den ich an ihm nicht kenne. Etwas Grausames. Ich kann nicht wegsehen. Mit jeder Sekunde, die wir hier stehen, scheint die Erschöpfung aus Ardens Blick zu weichen und auch der Schmerz.

»Du hast nur getan, was ich von dir verlangt habe.«

Ich keuche auf. Die Finsternis, die der Rabe gebracht hat, die mir das Gefühl gibt, blind zu sein, sie ist nicht verschwunden.

Ich sehe sie in Ardens Augen.

KAPITEL 45

Erin

Ich mustere Arden von oben bis unten. Nur wenige Sekunden sind vergangen, und doch sind die Wunden auf seiner Brust verheilt. Lange dunkle Narben ziehen sich stattdessen über seine Haut, dort, wo sich zuvor die Krallen des Raben in seinen Körper gebohrt haben.

Arden selbst sieht merkwürdig aus. Irgendwie … nicht echt. Am liebsten würde ich ihn berühren, um sicherzugehen, dass er immer noch da ist.

»Was ist mit dir passiert?«, flüstere ich. »Was hat er dir angetan?« Irgendetwas hat der Rabe mit ihm gemacht. Er hat ihm diese Finsternis übertragen, die ich bisher nur gespürt habe, wenn ich Hades die Seele meines Opfers übergebe. Diese beängstigende, alles verzehrende Finsternis, sie wütet jetzt in Arden. Sie hat Besitz von ihm ergriffen. Wie schrecklich muss es sich anfühlen, sie in sich zu tragen?

Arden sieht sich nach dem Raben um, streckt dann die Hand aus, und der Vogel stößt mit einem lauten Kreischen auf ihn herunter, um sich auf seinem Unterarm niederzulassen. Arden zuckt nicht einmal mit der Wimper, als sich die scharfen Krallen des Vogels wieder in seine nackte Haut bohren.

»Es war nötig«, sagt Arden und sieht den Raben mit seinen eiskalten Augen beinahe liebevoll an.

Der Anblick ist völlig surreal. Mein Gehirn weigert sich zu verstehen, was das alles bedeuten soll.

»Diese ... diese Finsternis«, stottere ich. »Sie gehört Hades. Er hat dich damit ... infiziert. Du bist nicht mehr du selbst. Aber das werde ich nicht zulassen. Ich ...«

Arden sieht mich nicht an. Er starrt den Raben an, als würde er mit ihm Zwiesprache halten. Dann wirft er ihn mit einer einzigen eleganten Bewegung in die Luft. Der Vogel breitet seine riesigen schwarzen Schwingen über uns aus, zieht einen Kreis und fliegt dann durch die zerbrochenen Überreste des Dachs davon.

Arden sieht dem Raben nach, dann, ganz langsam, konzentriert er sich wieder auf mich. »Du irrst dich, Erin. Diese Finsternis in mir ... sie gehört nur mir allein. Sie war und ist von Anfang an mein. Für eine Weile hatte der Rabe sie für mich verwahrt, aber jetzt ...« Er schließt die Augen und atmet tief durch. Es wirkt, als würde er die blind machenden Partikel der Finsternis noch tiefer in seinen Körper aufnehmen und sie sich ganz einverleiben. Dann sieht er mich wieder an. »Jetzt bin ich endlich wieder ich selbst.«

Die Eiseskälte seiner Augen legt sich um mein Herz. Ich habe mich geirrt. Arden wirkt nicht, als wäre er nicht echt. Er wirkt nur, als wäre er nicht von dieser Welt. Als wäre er ... irgendwie zu alt.

Mein Herz verkrampft sich um die Ahnung, die langsam in mir aufsteigt und die ich einfach nicht wahrhaben will.

Unendlich vorsichtig weiche ich einen Schritt zurück.

»Nicht doch.« Arden schenkt mir ein Lächeln, das mir eine Gänsehaut beschert. »Du musst keine Angst vor mir haben. Ich werde dir nichts tun. Immerhin bist du meine treueste Dienerin.«

Arden kommt einen Schritt näher. Ein wohlwollendes Lächeln liegt auf seinen Lippen, das ebenso seltsam fehl am Platz wirkt wie die Grausamkeit in seinem Blick. »Ich danke dir für alles, was du für mich getan hast. Es ist großartig, endlich wieder ich selbst zu sein.«

Es gibt so viele Erklärungen. So viele, die Sinn ergeben und die ich gerne glauben möchte. Arden ist eine Inkarnation von irgendwem. Oder Hades hat von Arden Besitz ergriffen. Irgendetwas hat von ihm Besitz ergriffen, ganz egal, was. Aber ich spüre, dass es nicht so ist. Diese unendliche Düsternis, die ich jedes Mal gesehen habe, wenn ich Hades die Phiole gebracht habe – sie ist ein Teil von Arden. Sie ist er. Genau, wie er es gerade gesagt hat.

Ich will etwas sagen, aber im selben Moment stößt der Rabe wieder kreischend durch das Dach, und hinter mir ertönen hastige Schritte auf dem Kiesweg.

»Arden!« Es ist Damon. Schwer atmend rennt er an mir vorbei, bleibt kurz vor Arden stehen, legt sich eine Hand auf die Brust und senkt den Kopf. »Endlich. Es tut mir leid, dass es so lange gedauert hat.«

Damon.

Ich brauche nur den Bruchteil einer Sekunde, um das zu verstehen. Natürlich. Natürlich steht er auf Ardens Seite. Ich versuche, alle Puzzleteile zusammenzusetzen, aber mir fehlen zu viele Details. Nichts ergibt mehr einen Sinn.

»Ich danke dir, Damon. Ich weiß, wie treu du zu mir gehalten hast. Das werde ich dir nicht vergessen.« Arden lächelt wieder dieses grausam wohlwollende Lächeln, das so schrecklich fremd an ihm wirkt.

Für einen Moment verschwinden alle Gedanken aus meinem Kopf. In mir existiert nur der Wunsch, dieser neue Arden möge verschwinden und ich könnte den alten wiederhaben. Die Sehnsucht nach diesem alten Arden zerreißt mich innerlich. Ich sehe sein liebevolles Lächeln vor mir. Das belustigte Funkeln in seinen Augen. Ich denke an den Rückhalt, den er mir immer gegeben hat. Wie sehr könnte ich das jetzt brauchen. Stattdessen steht diese düstere, abartige Version von ihm vor mir.

»Wer bist du?«, frage ich, nicht länger bereit, auf Antworten zu warten.

Er wendet sich mir zu, und mit einem Mal verschwindet alles um uns herum. Die Finsternis ist da, aber sie blendet mich nicht. Es ist Arden, der da vor mir steht, aber es ist Hades' Aura, die er verströmt. Es ist die gleiche Aura wie in jenen Momenten, in denen ich Hades die Seelen meiner Opfer überbracht habe. »Nein«, flüstere ich. »Das ist unmöglich. Du bist ... Hades?«

»Das hätte er wohl gern.«

Eine glockenreine Stimme, die verächtlich und wunderschön zugleich klingt, dringt durch das Gewächshaus zu uns herüber. Langsam drehe ich mich um.

Ein strahlend schönes Mädchen steht in der Tür. Ihre hüftlangen blonden Haare umfließen sie, als hätten sie ein Eigenleben. Sie trägt ein Nachthemd, aber an ihr sieht es aus wie ein prächtiges Ballkleid. Langsam kommt sie näher, dabei hält sie Ardens Blick fest. Mich würdigt sie keines Blickes, als sie an mir vorbeigeht.

Lyra! Sie ist es. Ardens angebliche Freundin, die doch im Koma liegen müsste. Jetzt verstehe ich gar nichts mehr.

Ich reiße meinen Blick von ihr los, um Arden anzusehen. Gerade noch rechtzeitig. Als Lyra ihn mit einem Kuss auf die Wange begrüßt, huscht ein Ausdruck von Abscheu über sein Gesicht. Doch dann verwandelt er sich so schnell in ein kühles Lächeln, dass ich glaube, es mir nur eingebildet zu haben.

»Arden.« Lyra lächelt süßlich. »Es ist wirklich schön, dich wiederzusehen.«

»Lyra. Ich muss zugeben, dieses falsche Foto war ein genialer Schachzug.« Er lacht.

Mein Magen krampft sich zusammen. Wie kann er darüber lachen? Aber ja, vielleicht kann man darüber lachen, wenn man weiß, dass nichts davon real war. Warum auch immer, aber offensichtlich hat es diesen Unfall nie gegeben. Lyra lag nie wirklich im Koma. Und Arden hat nie um sie getrauert. Arden war nie der, für den ich ihn gehalten habe.

Nichts spielt plötzlich mehr eine Rolle, nur das. Der Arden, in den ich mich verliebt habe, hat nie existiert. Er war nur eine Kunstfigur, die dieser grausame, falsche Arden mir vorgespielt hat. Schmerz steigt in mir auf und zerreißt mich innerlich. Mein Herz möchte zerbrechen, aber es darf nicht. Es muss schlagen, muss mich am Leben halten. Damit ich diesem ganzen Scherbenhaufen vor mir endlich einen Sinn geben kann.

»Nichts davon war also echt«, stoße ich hervor. »Du hast mir alles nur vorgespielt.«

Arden sieht mich an, als hätte er kurz vergessen, dass ich auch noch da bin. Was den Schmerz in meiner Brust nicht gerade besser macht.

»Warum das alles? Warum hast du so getan, als wärst du jemand anders?«, frage ich ihn.

»Ich habe dir nichts vorgespielt, Erin.«

Ich lache bitter. »Das glaubst du doch selbst nicht.«

Aber er meint es vollkommen ernst. »Es war alles echt. Ich … war echt.« Er runzelt die Stirn, als müsste er selbst erst verstehen, was das wirklich bedeutet.

Mein Herz zerspringt fast in meiner Brust. »Nein, das … das kann nicht sein. Du hast gerade bewiesen, dass du nicht der bist, den ich kennen und …« lieben gelernt habe. Im letzten Moment verkneife ich es mir. Niemals würde ich ihm das gestehen. Jetzt nicht mehr.

»Doch. Ich war es. Ich habe dich nie belogen, Erin. Alles, was ich gesagt habe, war die Wahrheit. Meine Wahrheit.« Er sieht mich wieder an. »Eine Zeit lang.«

Ich schüttle heftig den Kopf. »Unmöglich. Du musst es gespielt haben. Und ich? Ich habe dir geglaubt. Ich bin auf dich reingefallen. Ich … ich habe dir vertraut, verdammt!« Ich schreie jetzt, weil das die leichteste Art ist, die Tränen zurückzuhalten. Ich wollte ihm vertrauen, und ich habe sogar geglaubt, er wäre einer von den Guten. »Mein Gefühl hat mich getäuscht.«

Arden lächelt kühl. »Nein. Das ist ja das Schöne daran, Erin. Es hat dich nicht getäuscht.«

Lyra mustert mich von Kopf bis Fuß. »Du hast es immer noch nicht verstanden, Süße. Aber mach dir keine Vorwürfe. Wie solltest du auch auf das richtige Ergebnis kommen, wenn du die Zahlen nicht kennst?« Ihre Worte treiben mir die Galle in den Mund. Aber im nächsten Moment lächelt sie so strahlend, ja beinahe liebevoll, dass es mir die Sprache verschlägt.

»Ich erkläre es dir, wenn du willst. Arden ist nicht Hades, natürlich nicht.« Sie lacht, aber nicht über mich, sondern mit mir. Als hätte ich von Anfang an gewusst, dass das Blödsinn ist. Wie macht sie das nur? Gerade eben habe ich sie noch gehasst, und jetzt kann ich nicht anders, als sie irgendwie zu mögen.

»Schau ihn dir doch an. So sieht kein Gott aus.« Sie wirft Arden einen Blick zu, der ziemlich deutlich sagt, dass sie das als Kompliment meint. »Götter.« Sie schüttelt den Kopf. »Die sind viel zu abgehoben und langweilig. Man sieht ihnen an, dass die Unsterblichkeit ihnen das

Leben ausgesaugt hat. Bei uns ist es noch nicht so weit.« Sie zwinkert Arden zu. »Ein paar Hundert Jahre reichen dafür noch nicht aus.«

Ich starre sie an. Will sie damit sagen, dass Arden mehrere Hundert Jahre alt ist? Und sie selbst auch? Das ist doch absurd. Oder? Ich schüttle verzweifelt den Kopf. Nein, scheinbar ist nichts absurd, stattdessen ist alles möglich, und ich ahne, worauf es hinausläuft.

»Nein, Arden ist nicht Hades. Sondern …«

Sie verstummt, als Arden die Hand hebt. Ein merkwürdiger Ausdruck huscht über sein Gesicht. Als hätte er das Gefühl, er müsste mir das selbst sagen. Es ist etwas, das der alte Arden getan hätte.

Mein Herz zieht sich zusammen.

»Hades ist mein Vater.«

»Ja«, erwidere ich. »Das dachte ich mir jetzt schon.«

Arden hebt belustigt eine Augenbraue. Auch das eine Geste, die fremd und vertraut zugleich wirkt.

Wut steigt in mir auf. Die alte Wut, die ich schon kenne. Die ich immer verspüre, wenn ich Hades die Seelen meiner Opfer bringe oder wenn ich daran denke, wie sehr er mich an jenem Abend ausgenutzt und übervorteilt hat. Hades hat mein Leben zerstört. Und Arden ist sein Sohn.

Zitternd atme ich ein. »Immerhin muss ich dann nicht wütend auf dich sein, für das, was Hades mir angetan hat.«

Lyras Lächeln verwandelt sich in Bedauern. »Verstehst du es denn immer noch nicht, Erin? Du bist Hades nie begegnet. Nicht ein einziges Mal.«

Ich versuche, nicht zu verstehen, was sie da gerade gesagt hat. Denn das, was sie da gerade gesagt hat, ist schlimmer als alles andere. Schlimmer noch als die Tatsache, dass der gute Arden nie existiert hat, dass er ihn mir immer nur vorgespielt hat. Schlimmer noch als die Tatsache, dass er Hades' Sohn ist – ein unsterblicher Halbgott, der sich niemals auch nur eine Minute wirklich für mich interessiert hat.

Nein, es ist noch viel grausamer als das.

Die blendende Finsternis, die ich jedes Mal gespürt habe, wenn ich die Seelen meiner Opfer übergeben habe – sie gehört zu Arden. Sie ist unverwechselbar sein. Es ist die gleiche, die ich in jener Nacht gespürt habe, als Jenna gestorben ist.

»Arden?« Meine Stimme klingt flehentlich. Ich hasse mich selbst dafür, aber ich muss wissen, dass das nicht die Wahrheit ist. Ich muss wissen, dass es nicht Arden war, der mich in jener Nacht zu einem Leben voller Grausamkeit und Unglück verdammt hat.

Arden sieht mich an. Ich wünschte, er würde mich einfach anlügen und es abstreiten. Aber er streitet es nicht ab. Nein. Er gibt es zu. Mit jeder Geste offenbart er die ganze Wahrheit. Er ist es, der im Namen seines Vaters über uns Rachegötter bestimmt. Er ist es, der den Pakt mit uns schließt und auf seine Einhaltung pocht.

Der Schmerz, der jetzt in mir aufsteigt, nimmt mir den Atem. Es kostet mich alles, was ich habe, nicht hier und jetzt vor Lyra und dieser abartigen, dunklen Version von Arden zusammenzubrechen.

Ich schließe die Augen. Ich wünschte, ich könnte sie auch vor der Wahrheit verschließen. Der einen Wahrheit, die ich vielleicht nicht ertragen kann. Arden, der einzige Mann, dem ich je vertraut, der einzige, den ich je so nah an mich herangelassen habe, ist der, der mich am meisten verraten hat.

Er hat mein Leben zerstört. Und das meiner Schwestern gleich mit.

KAPITEL 46

Erin

Wut schlägt über mir zusammen, und ihre Macht lässt meine Haare knistern. Ich balle die Fäuste, will tief einatmen, als könnte ich die ganze Wut einfach in mich hineinsaugen. Aber stattdessen bricht sie aus mir heraus. Und sie ergießt sich nicht über Arden.

»Du lügst!«, fahre ich Lyra an. »Das ergibt keinen Sinn. Arden kann nicht an zwei Orten gleichzeitig gewesen sein.« Tatsächlich habe ich keine Ahnung, was er kann oder nicht kann. Aber ich weigere mich zu akzeptieren, dass das, was Lyra über ihn gesagt hat, die Wahrheit ist. »Wer hat die Verträge mit den Rachegöttinnen geschlossen, während er nicht mehr wusste, wer er war? Wer hat die Seelen eingesammelt?« Ich weiß, dass ich mich an einen Strohhalm klammere. Denn wer sagt, dass Damon der einzige Diener von Hades ist, dem die Rachegöttinnen die Seelen bringen können? Vielleicht ist es sogar normal, dass Arden die Seelen gar nicht persönlich einsammelt. Vielleicht macht er das nur bei ein paar wenigen. So wie bei mir. Und bei mir war er es immer selbst, da bin ich sicher. »Arden war längst hier in Ivy Hall, angeblich ohne Erinnerung an sein früheres Leben. Ich habe ihm auch in dieser Zeit die Seelen gebracht. Ihm selbst. Ich habe seine Präsenz gespürt.« Diese blendende Finsternis, die ich immer für Hades gehalten habe.

Lyra sieht mich an, als wolle sie etwas Zorniges erwidern, aber dann seufzt sie und schüttelt den Kopf. »Du gibst ja doch keine Ruhe, bevor du es nicht vollkommen verstanden hast, oder?«

Dass sie mit mir spricht wie mit einem kleinen Kind, facht meinen Zorn nur noch mehr an. Ich mache einen Schritt auf sie zu, als wollte ich … ja, was? Meine Kung-Fu-Kenntnisse an ihr ausprobieren? Lächerlich. Vor allem, weil ihr mein Zorn ohnehin vollkommen egal ist.

Sie steht einfach vor mir, mit geschlossenen Augen.

»Lyra? Das halte ich für keine gute …«, beginnt Arden.

Aber in dem Moment hebt Lyra die Hände. Sie greift vor uns in die Luft, als hinge dort ein Vorhang. Sie packt richtiggehend in den imaginären Stoff hinein. Die Erde verschiebt sich. Es bebt um mich herum. Die Luft. Der Himmel. Der Boden. Die ganze Realität.

»Lyra! Das ist es nicht wert, verdammt!«, schreit Arden.

Aber sie lacht laut auf, ohne ihn anzusehen. »Welchen Sinn hat es, eine Tochter von Zeus zu sein, wenn man seine Fähigkeiten nicht nutzt?«

Wieder bebt der Boden.

Ich stolpere ein Stück zur Seite, halte mich nur mühsam auf den Beinen. Lyra hingegen steht vollkommen still. Nein, sie schwebt im Zentrum des Bebens. Und unter den merkwürdig sanften, fast zärtlichen Bewegungen ihrer Finger öffnet sich vor uns ein Riss. Das Beben wird stärker, die Erde dreht sich wild vor und zurück. Als würde sie sich gegen Lyra wehren.

Mir wird speiübel.

Unbeeindruckt dehnt Lyra den Spalt, bis die Realität in Fetzen hängt und der Riss in ihr so groß ist, dass wir nebeneinander hindurchgehen könnten. Aber das müssen wir nicht. Denn wir sind schon dort. Nein. Nicht wir. Sie. Durch das riesige Loch in der Wirklichkeit sehe ich Lyra und Arden. Den düsteren Arden. Nicht meinen.

Sie stehen an einem Strand, der mir vertraut vorkommt. Auf der einen Seite hohes Gras, auf der anderen das Meer. Über ihnen ziehen Möwen im stürmischen Küstenwind unter grauen Wolken ihre Kreise. Es muss in der Nähe von Ivy Hall sein, da bin ich mir sicher. Arden ist ganz in Schwarz gekleidet, nichts deutet darauf hin, wer er angeblich ist. An Lyras dünnem goldenen Kleid zerrt der Wind.

Der Arden von dort sagt etwas. Es ist aber zu leise, als dass ich es verstehen könnte.

Unwillkürlich mache ich einen Schritt darauf zu. »Was …«, flüstere ich, »was ist das?« Am liebsten würde ich eine Hand durch den Riss stecken, um zu sehen, was passiert. Aber Ardens finsteres Gesicht hält mich davon ab. »Deine Erinnerungen?«, frage ich Lyra.

Sie lächelt. »Nein. Es ist ein Fenster in die Vergangenheit.«

Ich starre durch den Riss. »Wie bitte? Man sieht dadurch …«

Sie lacht fast schadenfreudig. »Die Wahrheit. Falls du sie immer noch wissen willst.«

Nur ganz kurz denke ich darüber nach. »Ja«, sage ich dann.

Lyra packt mich an der Hand und zieht mich Richtung Riss. So nah, dass ich alles sehen und hören kann, was dort auf dem Strand passiert.

»Sie können uns nicht hören. Aber pass auf«, warnt sie mich, »du darfst auf keinen Fall in den Spalt geraten. Verstanden?«

Ich nicke. Ich würde gern wissen, was dann passieren würde. Aber bevor ich fragen kann, redet der Arden am Strand wieder, und jetzt verstehe ich auch, was er sagt.

»Warum hast du mich herbestellt?« Seine Stimmt klingt gedehnt, fast gelangweilt, nur ein Funkeln seiner Augen verrät, dass er niemals den Fehler machen würde, Lyra zu unterschätzen.

Gold-Lyra neigt den Kopf. »Ich will wissen, was du hier in Ivy Hall machst.«

»Und was geht dich das an?«, fragt Arden mit dieser Stimme, die so unglaublich fremd klingt.

»Ivy Hall ist mein Revier. Ich jage hier nach Anhängerinnen.«

Arden lächelt matt. »Die Rachegöttinnen sind schon viel länger hier als du und deine Vestalinnen. Und es ist meine Aufgabe, mich um sie zu kümmern, wie du sehr genau weißt. Also. Was willst du wirklich?«

Lyra lächelt kokett. »Also gut. Ich will wissen, was du planst.«

Arden zuckt mit den Schultern. »Nichts. Ich mache nur meinen Job.«

»Das kannst du deiner Großmutter erzählen.«

»Hm«, macht Arden und legt übertrieben nachdenklich die Stirn in Falten. »Sorry, aber dazu müsste ich wissen, wer das ist. Und durch diese göttlichen Stammbäume blicke ich einfach nicht durch.«

Das Lächeln verschwindet von Lyras Gesicht. »Ich weiß, dass du Erin beobachtest, um herauszufinden, wo ihre kleine Schwester ist. Heraus mit der Sprache! Was willst du mit dieser Summer? Suchst du jetzt nach ihr, weil sie gerade sechzehn geworden ist?«

Mir wird übel. Sie reden über meine kleine Schwester. Die Szene vor mir muss sich also vor fast vier Monaten, kurz nach Summers Geburtstag im Dezember, abgespielt haben.

Etwas leuchtet in Ardens Augen auf, aber er bleibt ruhig. »Ich habe die beiden anderen Schwestern, also will ich die dritte auch. Ich vervollständige eben gern meine Sammlung.«

Kalt. Er klingt so kalt. Als hätte er keine Ahnung, was es für eine Frau bedeutet, eine Rachegöttin zu sein. Hat er ja auch nicht. So oder so kriegt er es wirklich glaubwürdig hin zu vermitteln, dass wir ihm rein gar nichts bedeuten.

Lyra scheint ihm das allerdings nicht abzunehmen, denn sie schnalzt mit der Zunge. Aber dann lächelt sie plötzlich viel zu freundlich, als hätte sie es gerade aufgegeben, Arden etwas entlocken zu wollen. »Tja, das mit der vollständigen Sammlung könnte ein Problem werden.«

»Wie meinst du das?«, fragt Arden schroff. Der Himmel über ihm verdunkelt sich.

»Ich glaube, du hast mich schon verstanden.« Lyra lacht unbekümmert. »Ich habe sie. Die kleine Summer. Schon seit einigen Jahren.«

Ardens Augen blitzen. »Dann kannst du aber keinen Handel mit ihr abgeschlossen haben. Sie war damals noch viel zu jung. Sie müssen mindestens sechzehn sein, um einen Pakt mit uns eingehen zu können.«

»Stimmt«, erwidert Lyra unbekümmert. »Aber das bedeutet nicht, dass ich jetzt keinen mit ihr habe. Ich habe sie, finde dich damit ab.«

Arden macht den Mund auf, aber Lyra kommt ihm zuvor. »Warum glaubst du wohl, hast du Summer so lange nicht gefunden? Dein Spürhund Damon hätte den ganzen Hokuspokus, den dieser Rotschopf hier sich ausgedacht hat, um die Kleine vor dir zu verbergen, spätestens nach ein paar Wochen durchschaut, wenn ich sie nicht die ganze Zeit so schön vor ihm versteckt hätte.«

Was? Dann war es also ihr Verdienst, dass Arden Summer so lange nicht gefunden hat! Weil sie selbst einen Pakt mit ihr eingehen wollte? Aber warum? Ich werfe der Gegenwarts-Lyra einen Seitenblick zu. Wie zufrieden sie wirkt. Wie eine Katze, die gerade aus einem riesigen Rahmtopf genascht hat. Was hat sie vor? Was will sie von Summer? Will sie sie zu einer ihrer Vestalinnen machen? Und das mit dem Pakt ist doch eine Lüge! »Ich dachte, Hades hat den Pakt mit Summer geschlossen. Nicht du. Und zwar gerade erst jetzt. Heute Nacht.«

Lyra lächelt. »Stimmt, ich habe damals ein bisschen geblufft.« Sie deutet auf den Strand in der Vergangenheit. »Aber ich habe nicht gelogen. Ich hatte sie versteckt, damit er sie nicht finden kann. Den Pakt habe ich, wie du ganz richtig sagst, erst jetzt mit ihr geschlossen. Unter Mithilfe meiner Freundin Dora.«

Mühsam schiebe ich beiseite, dass ich sie am liebsten erwürgen würde. Mithilfe? Dora? »Eine Rachegöttin ist deine Freundin?«

»Oh, sie ist keine Rachegöttin. Das hat sie nur behauptet, damit du ihr den Mist glaubst, den sie dir aufgetischt hat.«

»Aber das Tattoo …«

»Wie süß. Glaubst du wirklich, das kann man nicht einfach so aufmalen?«

»Das ist doch Blödsinn. Es war meine Idee, auf den Ball zu gehen.«

»Eine Idee, die ich dir Stück für Stück eingegeben habe, damit du keinen Verdacht schöpfst. Oder hättest du Dora vertraut, wenn du plötzlich einfach so eine Einladung vorgefunden hättest? Wohl eher nicht. Du wärst vielleicht doch schlau genug gewesen, um zu durchschauen, dass daran etwas seltsam ist.«

»Nein. Arden hat mich eingeschleust …«

»Sicher. Und es war natürlich ein wahnsinniger Zufall, dass ausgerechnet der Bruder seines Freundes auf der Gästeliste stand – und dann nicht mal gekommen ist. Vielleicht bist du doch nicht so schlau, wenn du das wirklich glaubst.«

Ich balle die Fäuste. Spüre, dass meine Haare sich vor Wut aufbauschen. »Warum willst du Summer?«, fahre ich sie an. »Was hast du davon? Was muss sie tun, wenn sie einen Pakt mit dir geschlossen hat?«

Sie deutet auf die Szene am Strand, die vor uns abläuft, als wäre das Erklärung genug.

»Wenn du Summer haben willst«, sagt Vergangenheits-Lyra gerade zu Arden, »musst du dich also gut mit mir stellen.«

Er blitzt sie wütend an. Hinter ihm scheint der Himmel sich noch mehr zu verdunkeln, fast so, als würde die Unterwelt sich über unsere

Welt legen. Unwillkürlich ducke ich mich. Aber Lyra zuckt nicht einmal mit der Wimper. Sie hebt nur die Augenbrauen, als wollte sie sagen: Ich kenne dich schon zu lange, als dass du mir damit Angst einjagen könntest.

Sie kennen sich schon eine halbe Ewigkeit. Dass das eine echte halbe Ewigkeit ist – mehrere Hundert Jahre, wie Lyra vorhin angedeutet hat –, kann mein Verstand nach wie vor nicht richtig fassen.

Arden allerdings schon, denn er beruhigt sich, und der Himmel klart wieder auf. Er mustert Lyra eindringlich. »Was ist das für ein Pakt?«

Lyras Augen leuchten triumphierend. »Einer, um den man spielen könnte«, sagt sie mit vor Aufregung zitternder Stimme.

Ich sehe Lyra neben mir an. Ihre Mundwinkel zucken. Also hat sie Summer versteckt und dann zweieinhalb Jahre lang versucht, einen Pakt mit ihr zu schließen, bloß um mit Arden um genau diesen Pakt zu wetten?

Der Arden am Strand hebt das Kinn. Merkwürdigerweise wirkt er jetzt viel eher wie ein Halbgott als gerade eben, als seine Wut den Himmel verdunkelt hat. Vielleicht liegt es an dem Lächeln, das jetzt seine Mundwinkel umspielt. Es wirkt überlegen und listig – und gleichzeitig unglaublich verführerisch. »Und was genau sind die Bedingungen dieses Pakts?«

Lyra verzieht den Mund. »Er verpflichtet sie dazu, demjenigen, der im Besitz des Pakts ist, zu dienen. Egal, was er von ihr verlangt.«

Mir gefriert das Blut in den Adern. »Nein«, flüstere ich. »Nein.« Ich fahre herum und sehe den Gegenwarts-Arden an. Er steht wie versteinert da, und sein Blick ist in die Vergangenheit gerichtet. Meine Kehle wird eng. »Was heißt das?«, stoße ich hervor. »Bedeutet das, wenn Arden die Wette gewinnt, muss Summer ihm als Rachegöttin dienen?«

Die Gegenwarts-Lyra sieht mich mit einem mitleidigen Lächeln an, das Antwort genug ist.

»Nein, das …«

»Schsch!«, zischt Lyra. »Du verpasst doch alles!« Sie deutet durch den Riss in der Realität in die Vergangenheit, wo die Wahrheit sich langsam entfaltet. Die Wahrheit, die ich wissen wollte und die ich schon jetzt abgrundtief verabscheue. Denn ein Teil dieser Wahrheit ist, dass Summer einen schrecklichen Pakt geschlossen hat, der von nun an ihr Leben beherrschen wird. Also genau das, was ich immer verhindern wollte. Und jetzt wollen Lyra und Arden auch noch um diesen Pakt wetten, als würde er nicht das Schicksal des Menschen besiegeln, der mir neben Jenna der liebste auf der Welt ist.

In diesem Moment hasse ich sie beide.

Aber ich bleibe stumm. Ich muss genau wissen, was geschehen ist. Vielleicht kann ich dann noch irgendetwas tun.

Durch das Fenster in der Zeit sehe ich, wie die Vergangenheits-Lyra gerade die Lippen schürzt. »Solltest du gewinnen, ist der Pakt mit Summer dein. Und sollte ich gewinnen … dann verrätst du mir deine wahren Pläne.«

Arden starrt sie an, dann lacht er auf. »Wirklich? Darum also die ganze Wette? Nur damit du deine Neugier befriedigen kannst?«

Sie zuckt beiläufig mit den Schultern, aber ich sehe ihr an, dass sie es hasst, von Arden ausgelacht zu werden. »Vielleicht ist es das ja wert.«

»Wohl kaum. Ich habe dir ja bereits gesagt, dass ich nur meinen Job mache.«

Lyras Augen werden zu Schlitzen. »Und ich habe dir bereits gesagt, dass ich dir nicht glaube. Also – willst du jetzt wetten?«

Arden lächelt immer noch. Ganz gegen meinen Willen lässt dieses Lächeln mein Herz höherschlagen. »Ja. Ich will wetten. Warum nicht?

Um der alten Zeiten willen. Wetten wir um Summers Pakt und um meine … Pläne.« Seine Augen leuchten jetzt vor Vorfreude.

Ich würde ihn am liebsten umbringen.

Arden macht einen Schritt auf Lyra zu und sieht sie mit durchdringendem Blick an. »Sollte ich die Wette gewinnen und den Pakt mit Summer aus irgendeinem Grund trotzdem nicht bekommen, schuldest du mir etwas anderes.« Er sagt es, als würde er vielleicht doch vermuten, dass Lyra blufft und gar keinen Pakt mit Summer geschlossen hat. »Etwas, das ich auswählen kann.«

Lyra hält seinem Blick stand. »Und sollte ich gewinnen und deine Pläne mir nichts Neues verraten, schuldest du mir eine andere Wahrheit. Eine, die ich mir aussuchen darf.«

Für einen Moment schweigt Arden, aber dann habe ich das Gefühl, dass diese neue Bedingung die Wette für ihn nur noch aufregender macht. »Der Einsatz steht also. Und ich weiß auch schon, worum es bei der Wette gehen wird.«

Lyra zieht misstrauisch die Nase kraus. »Worum?«

»Erin soll über das Schicksal ihrer Schwester entscheiden«, schlägt Arden vor.

Die Art, wie er es sagt, verursacht mir Magenkrämpfe. Ich soll entscheiden? Was meinen sie damit? Und wie pervers ist das bitte?

Lyra mustert ihn prüfend. »Das … klingt passend. Wie stellst du dir das vor?« Aber dann hebt sie eine Hand. »Nein, warte. Du hast eine deiner Dienerinnen dafür ausgewählt, also ist es nur fair, dass ich entscheide, was ihre Aufgabe sein soll.«

In Ardens Augen blitzt etwas wie Ärger auf, aber er nickt zuvorkommend. »Natürlich. Bitte.«

Lyra verzieht nachdenklich das Gesicht. Dann wendet sie sich wieder an Arden. »Ich werde versuchen, sie dazu zu bringen, ihren Pakt mit dir zu brechen. Und du, du musst versuchen, sie dazu zu bringen, dass sie den Pakt mit dir erneuert. Und zwar, indem sie dich küsst. Tut sie es, gewinnst du. Bricht sie ihren Pakt, gewinne ich.« Arden will darauf gerade etwas erwidern, aber Lyra kommt ihm zuvor. »Aber sie darf nicht wissen, wer du bist, und du darfst es ihr natürlich nicht sagen. Und auch niemand sonst.«

Arden legt den Kopf schief. »Hm.«

Lyra lächelt hinterlistig. »Was ist? Hast du Angst? Glaubst du, du kannst diese Wette unmöglich gewinnen?«

Arden wirft Lyra einen abschätzigen Blick zu.

Ich sehe, dass er sie damit wütend macht. Es ist, als würde dieser Blick bei ihr einen Knopf drücken, der sie sofort auf hundertachtzig bringt.

Arden lächelt, als wüsste er das ganz genau. »Ich könnte diese Wette sogar dann gegen dich gewinnen, wenn ich nicht mehr wüsste, wer ich bin, liebste Lyra. Selbst wenn ich gar nichts mehr von der Wette wüsste und denken würde, ich wäre ein ganz normaler Student hier in Ivy Hall – selbst dann könnte ich Erin dazu bringen, mir erneut ihre Loyalität zu beweisen.«

Lyra starrt ihn wütend an. »Und ich könnte sogar dann gegen dich gewinnen, wenn ich im Koma läge!«

Arden lächelt triumphierend. »Deal.«

KAPITEL 47

Erin

Lyra starrt ihn einen Moment lang an, als würde sie ihn am liebsten umbringen.

Aber dann lächelt sie. »Deal.«

»Das heißt«, beginnt Arden in gedehntem Tonfall, »ich werde alles aufgeben, was mich zu dem macht, der ich bin. Meine Macht, meine Gaben von Hades. Und meine Erinnerungen, jedenfalls jene, die mir verraten könnten, wer ich wirklich bin.«

Ein begieriges Funkeln tritt in Lyras Augen. »Das gefällt mir.«

Arden sieht sie an. »Im Gegenzug wirst du deine telepathischen Fähigkeiten …«

»… auf die Leute beschränken, die zu mir ins Krankenhaus kommen«, ergänzt Lyra schnell.

Arden überlegt kurz, dann nickt er. »Das klingt fair.«

Ich keuche auf. Deswegen also. Deswegen mussten alle neuen Vestalinnen zu Lyra gebracht werden. Damit sie telepathisch auf sie einwirken und sie als Handlanger für sich benutzen konnte. »Georgina«, flüstere ich.

Lyras Blick streift mich kurz. Sie lächelt. »Oh ja. Ich habe dafür gesorgt, dass man sie zunächst fälschlicherweise bei den Vestalinnen auf-

480

nimmt und zu mir bringt. Und als sie dann zu euch wechselte, hatte ich eine Rachegöttin, die in meiner Macht stand. Sehr praktisch.«

»Sie … hat den Kuss zwischen Arden und mir verhindert«, sage ich langsam. »Damals, beim Fechtkampf.«

»Ja, und zwar gerade noch«, sagt Lyra leicht verschnupft. »Sie hat ziemlich lange gebraucht, um Damon unauffällig aus dem Verkehr zu ziehen.«

Irgend so ein Blödmann hat mich mit einem Fechtteam in eine Besenkammer gesperrt.

Damons Worte fallen mir wieder ein.

»Und es war auch Georgina, die mir die Nachricht geschickt hat, dass das Bild von dir und Arden online ist, als wir zusammen unterwegs waren. Natürlich, sie musste ja befürchten, dass ich ihn bei dieser Gelegenheit küssen würde.«

Lyra nickt.

Oh Mann. Die ganze Zeit hat Lyra alles getan, um zu verhindern, dass ich Arden küsse. Während Damon alles getan hat, damit ich es tue! Ja, natürlich. Genauso war es. Damon hat zuerst behauptet, der Auftrag, Arden zu küssen, käme direkt von Hades. Und dann, dass der Kuss mit Arden meine letzte Chance wäre, meinen Pakt zu retten. Und natürlich war auch seine Behauptung, jemand wirklich Gutes könne den Kuss unbeschadet überstehen, eine Lüge.

Ich stöhne leise auf. Ich war so dumm. Die ganze Zeit war ich nur ein Spielball in ihrem grausamen Spiel und habe es nicht mal gemerkt.

Ich blicke wieder durch das Fenster in der Zeit, wo Lyra gerade die Nase krauszieht. »Wie willst du es anstellen, deine Gaben und Erinnerungen loszuwerden?«

Arden lächelt und streckt den Arm aus. Er hebt das Gesicht in den Wind und scheint jemanden zu rufen. Ein lautes Krächzen ertönt, und ein riesiger Rabe kommt angeflogen. Es ist derselbe Rabe, der Arden vorhin angegriffen hat. Aber erst jetzt verstehe ich, dass es wahrscheinlich auch der Rabe ist, den Arden damals auf seinem Sims gefüttert hat! Dieser riesige Vogel, den er für sein Haustier gehalten hat.

Lyras Augen weiten sich, als der Vogel sich auf Ardens Arm niederlässt. »Arden! Woher hast du sie?«

Arden streichelt dem Raben liebevoll über das Federkleid. »Sie gehört jetzt mir. Sie wird meine Gaben in sich aufnehmen und meine Erinnerungen für mich hüten.«

Lyra keucht auf. »Arden, du weißt, dass sie dir deine Gaben ...«

»Ja. Ich weiß. Aber es muss sein. Denn sie hat die Macht, alle Gaben, die sie in sich aufnimmt, auch einzusetzen – genauso wie derjenige, dem diese Gaben ursprünglich gehört haben. Jemand muss meine Aufgaben übernehmen, während ich nicht da bin. Jemand muss neue Rachegöttinnen finden und die Verträge mit ihnen abschließen. Und von den Rachegöttinnen, die sie mir persönlich übergeben, die Seelen ihrer Opfer entgegennehmen. Indem sie meine Gaben in sich aufnimmt, kann sie das alles an meiner Stelle tun.«

So also konnte Arden an zwei Orten gleichzeitig sein! Aufgespalten in einen guten und in einen bösen Teil. Der eine in seinem Körper, der andere in diesem Raben.

Lyra verdreht die Augen. »Schon gut, tut mir leid, dass ich gefragt habe. Dein persönlicher Verwaltungskram interessiert mich ehrlich gesagt nicht. Dafür interessiert mich viel mehr, wer entscheidet, wann die Wette beendet ist und wer von uns gewonnen hat.«

»Auch das kann sie tun.« Er deutet auf den Raben. »In dem Moment, in dem einer von uns die Wette gewinnt, weil Erin ihren Pakt gebrochen oder erneuert hat, wird sie die Wette beenden und mir meine Gaben zurückgeben.«

Zuerst denke ich, dass Lyra das ablehnen will, da der Rabe ja zu Arden gehört. Aber aus irgendeinem Grund scheint sie darauf zu vertrauen, dass der Rabe richtig entscheiden wird, wann die Wette beendet ist, denn sie nickt.

»Dann ist alles bereit.« Lyra klingt fast atemlos. Ihr Blick huscht zu dem Raben.

Arden flüstert ihm etwas zu, worauf sich der Vogel in die Luft wirft.

Ich weiß bereits, was geschehen wird, noch bevor er auf Arden hinabstößt. Bevor er die langen scharfen Krallen in seine Brust schlägt und ihm mit dem Schnabel blutige Wunden zufügt, bis Arden vor Schmerz aufschreit und schließlich ohnmächtig wird.

»Er hat ihm die Gaben aus der Seele gepickt«, sagt Lyra neben mir. »Und auch die Erinnerungen daran, wer er ist. Alles, was Arden verraten könnte, dass er in Wirklichkeit Hades' Sohn ist. Nur die Erinnerungen, die nicht darauf hindeuten, bleiben ihm.«

Mein Leben ergibt irgendwie keinen Sinn mehr. Es wirkt alles irgendwie verschoben, als würden die Teile nicht richtig ineinanderpassen.

Endlich verstehe ich, was Arden damals gemeint hat. Der Rabe hat Teilstücke seiner Erinnerungen entfernt, und die Reste passten nicht mehr zusammen. Ich sehe zu ihm hinüber, aber er starrt nur durch das Loch in der Wirklichkeit, ohne mich zu beachten. Ich folge seinem Blick.

Der Vergangenheits-Arden bleibt bewusstlos am Strand zurück. Er liegt dort, halb in der Brandung, seine schwarze Kleidung nass, seine Haare feucht. Und in seinem Gesicht ist keinerlei Bosheit zu sehen.

Mir wird klar, dass dort der Arden liegt, den ich lieben gelernt habe. Ohne darüber nachzudenken, will ich zum Strand laufen, aber Lyra packt mich am Arm. »Nicht!«

Ich bleibe stehen. Hilflos sehe ich den Arden an, der mit tiefen, blutenden Wunden im Sand liegt. Dann den, der neben mir steht. Den echten Arden.

Irgendwie hoffe ich immer noch, dass ich etwas falsch verstanden habe. Arden gibt das alles nur vor, um Lyra abzulenken. Gleich wird er Lyra wegschicken und mir sagen, dass alles nur ein gefährliches Spiel war, um … ja. Um was?

Nein. Es ergibt keinen Sinn.

Mein Blick fällt wieder auf den bewusstlosen Arden am Strand. Lyra ist jetzt neben ihm zusammengesunken. Leblos liegt sie neben ihm, ihre Kleidung feucht, ihre Haut unendlich blass. Bald wird Arden aufwachen und glauben, Lyra und er hätten einen schrecklichen Badeunfall gehabt. Er wird den Krankenwagen rufen, erfahren, dass sie im Koma bleiben wird und hierher nach Ivy Hall wechseln, um bei ihr zu sein.

In diesem Moment kommt etwas über den Strand auf ihn zugelaufen. Irgendein kleines Tier, das sich Menschen sonst bestimmt nicht nähert. Es schmiegt sich an Arden, drückt sich an ihn, als hätte es sein Leben lang auf so etwas gewartet.

Die Gegenwarts-Lyra neben mir verdreht die Augen. »Ja, ja, Tiere lieben den abgrundtief guten Arden. Sie fliegen auf ihn. So lange, bis der Rabe, der sein wahres böses Ich in sich trägt, angeflogen kommt. Dann sind sie alle ganz schnell weg.«

Sie macht eine ungeduldige Handbewegung, und das Fenster in die Vergangenheit schließt sich.

Mein Blick huscht zu Arden. »Also hat mein Bauchgefühl, dass du wirklich und wahrhaftig gut bist, mich doch nicht getäuscht?«, frage ich ihn. Das ändert natürlich nichts. Aber es ist tröstlich zu wissen, dass ich nicht völlig falschgelegen habe. Gleichzeitig macht es alles noch schlimmer. Weil das, was ich verloren habe, dadurch noch viel realer wird.

»Ja«, antwortet Lyra und schnaubt. »Er war wirklich absolut gut – aber jetzt ist er es nicht mehr. Er hat dich nicht angelogen. Der gute Arden hat nur nie wirklich existiert, und jetzt ...« Lyra wirft Arden einen belustigten Blick zu, »ist er ganz sicher tot.«

Der alte Hass steigt wieder in mir auf. Wie kann sie so darüber reden, als wäre das nicht wichtig? Arden hat mir den Glauben daran zurückgegeben, dass es auch gute Männer gibt. Aber auch wenn er mir nie etwas vorgespielt hat, war alles trotzdem eine Lüge. Arden selbst war eine Lüge. Eine geschönte Version, die niemals existiert hat und auch gar nicht existieren könnte.

Bitterkeit steigt mir in die Kehle wie ätzende Säure. »Aber wozu das alles?«, stoße ich hervor. »Habt ihr ... habt ihr aus Langeweile mit mir gespielt?«

Zum ersten Mal, seit der Rabe sein Werk getan hat, sehe ich so etwas wie Betroffenheit in Ardens Gesicht. Aber auch das ist wohl bloß Einbildung, denn dieser neue, echte Arden könnte nie so etwas empfinden.

»Nicht aus Langeweile, meine Liebe, aber wenn das hier so weitergeht, könnte es noch damit enden!«, faucht Lyra. »Ich für meinen Teil verliere jedenfalls langsam die Geduld.« Sie wendet sich an Arden. »Wenn ich jetzt bitte meinen Wettgewinn haben könnte?«

Falls da jemals Betroffenheit war, verschwindet sie jetzt aus Ardens Gesicht, und er sieht Lyra arrogant an. »Deinen Gewinn? Ganz sicher nicht. Aber du kannst mir meinen geben.«

Sie stemmt die Hände in die Hüften. »Du hast ganz bestimmt nicht gewonnen. Falls du es vergessen haben solltest: Erin hat den Pakt mit dir gebrochen. Denn jemand, der nichts davon wusste, hat erfahren, wer sie ist.«

Arden lächelt. Es wirkt raubtierhaft und jagt mir einen Schauder über den Rücken. »Ja, das hast du wirklich clever eingefädelt. Mit Doras Hilfe Erin dazu zu bringen, dass sie sich verrät.«

»Und es hat funktioniert. Sie hat ihren Pakt gebrochen.«

Triumph leuchtet in Ardens Augen auf. »Du hast dabei nur eins vergessen: Es spielt keine Rolle, dass ich erfahren habe, wer Erin wirklich ist.«

»Sie wurde als Rachegöttin enttarnt!«

Arden lächelt matt. »Nein, denn ich bin ja kein Außenstehender.«

Lyra bleibt der Mund offen stehen. »Das … das ist Haarspalterei.«

»Na und? Jeder meiner Verträge beruht darauf.«

»Nein, das akzeptiere ich nicht!« Lyras Stimme klingt jetzt schrill.

Arden sieht sie nur kühl an. »Der Rabe hat entschieden. Hättest du recht, hätte er die Wette in dem Moment beenden müssen, in dem ich Erin enttarnt habe.«

Wie betäubt höre ich zu, was die beiden da sagen. Wie sie alles in den Schmutz ziehen, was ich riskiert und gewagt habe. Meine ganze Angst, meine Panik, als Arden herausgefunden hat, was ich bin – es war alles umsonst. Ich hatte dabei nie etwas zu verlieren, nur er – nämlich seine verdammte Wette! Ich keuche auf, als mir klar wird, wie heuchlerisch sein Opfer war. Natürlich konnte er sich von mir küssen lassen. Weil der Kuss genau das war, was er die ganze Zeit wollte.

Wieder er selbst sein.

In mir zerbricht etwas.

Ich bin schuld daran. Ich habe sein Opfer angenommen. Ich habe ihn geküsst. Und damit habe ich mir selbst alles genommen. Hätte ich das nicht getan, könnte der alte Arden jetzt noch bei mir sein.

»Schau nicht so«, sagt Lyra hämisch. »Du solltest dich freuen. Immerhin hat Arden dich für die Wette ausgewählt, weil er an dich geglaubt hat. Er wusste, dass er dich dazu bringen kann, ihm deine Loyalität zu

beweisen und dich mit einem Kuss erneut an ihn zu binden.« Sie wirft
ihm einen bösen Blick zu. »Gemeint war eigentlich ein Vasallenkuss
auf die Hand, aber ich fürchte, auf den Mund zählt er genauso. Wahrscheinlich hatte er das von Anfang an so geplant.«

Arden streitet es nicht ab, aber mir ist inzwischen alles egal. Ich
fühle mich innerlich taub und gleichzeitig unendlich wund. Zu wund,
um noch neuen Schmerz zu spüren. Nur mein geschundenes Herz will
nicht akzeptieren, dass Arden mir all das angetan und damit auch noch
gewonnen hat.

»Ich habe dir meine Treue nicht geschworen«, sage ich rau.

»Doch, das hast du. Kurz bevor du mich geküsst hast.«

»Nicht dir, sondern Hades habe ich sie geschworen!«

Arden lächelt beinahe mitleidig. »Das spielt keine Rolle. Denn ich
arbeite in seinem Namen.«

Tränen steigen mir in die Augen. Nein. Das lasse ich nicht zu. Er soll
nicht auch noch gewinnen, und vor allem soll er mich nicht so ansehen!

»Ein solches Versprechen ist nichts wert, wenn es unter Vorspiegelung
falscher Tatsachen gegeben wurde!«

Ernst sieht Arden mich an. »Ich habe dir bereits gesagt, dass ich dich
nie angelogen habe.«

»Du nicht. Aber Damon. Er muss alles gewusst haben. Er hat dich
unterstützt und alles eingefädelt.«

Arden schüttelt den Kopf. Aber da tritt Damon aus dem Schatten.
Ich hatte seine Anwesenheit ganz vergessen. Mit gesenktem Kopf tritt
er vor Arden. »Ich wünschte, ich könnte sagen, dass das die Wahrheit
ist. Aber auch ich habe durch die Wette vergessen, wer Arden ist. Ich …
ich habe das alles nur getan, weil ich … eifersüchtig war und wollte,
dass du ihn durch den Kuss beseitigst.«

Ich starre ihn an. Angewidert und ungläubig. »Du wolltest einen

Unschuldigen opfern, nur um einen Konkurrenten aus dem Weg zu räumen? Obwohl du genau weißt, dass ich niemals was mit dir anfangen würde?«

Damon wird kreidebleich. Aber dann nickt er. »Es tut mir leid.«

Wut steigt in mir auf. Damon und ich sind keine Freunde, und ich habe ihm nie wirklich vertraut. Aber ich hätte nie gedacht, dass er zu so etwas fähig wäre. Und es überrascht mich, wie weh es tut, dass er mich so hintergangen hat. Am liebsten würde ich dafür den ganzen Zorn einer Rachegöttin auf ihn niedergehen lassen, aber ich beherrsche mich. Es gibt jetzt Wichtigeres. »Das werde ich dir niemals verzeihen.«

Arden beachtet mich gar nicht. Er legt Damon eine Hand auf die Schulter. Eine seltsame Geste der Zuneigung. Damons Worte fallen mir ein.

Ich habe vor langer Zeit einen Pakt mit ihm geschlossen.

Vor langer Zeit. Wie lange das wohl her ist?

»Es tut mir leid, Arden. Ich hätte es mir nie verziehen, wenn ich dir damit geschadet hätte. Aber ich wusste ja nicht …«

»Schon gut, Damon. Zum Glück hast du mir damit sehr geholfen.«

Lyra schreit wütend auf. »Na gut! Dann hast du eben gewonnen! Summer gehört dir.«

Arden hält Lyras Blick fest und streckt fordernd die Hand aus.

Lyra starrt ihn wütend an, dann holt sie aus, greift etwas Leuchtendes aus der Luft und schleudert es Arden hin.

Es ist eine Art Glaskugel aus Luft, sie sieht ähnlich aus wie die Seele. Ein Vertrag.

Und darin …

Ich keuche auf.

»Summer.« Es kommt wie ein Stöhnen aus meiner Kehle.

»Jetzt gehört der Vertrag dir, Arden.« Sie lacht hämisch. »Aber das wird dir nichts nützen. Denn ich werde dir niemals verraten, wo Summer ist. Und solange sie unter meinem Schutz steht, kannst du nicht von ihr einfordern, dass sie dir als Rachegöttin dient.«

Was? Kann das wahr sein? Vor lauter Erleichterung bekomme ich weiche Knie. Ein zarter Hoffnungsstreifen am dunklen Horizont. Arden hat jetzt zwar einen Pakt mit Summer, aber keine Ahnung, wo Summer überhaupt ist. Und Lyra hat keinen Pakt mehr mit ihr, dafür steht Summer aber unter ihrem Schutz.

Doch dann bleibt mir das Herz stehen, als ich Ardens Blick sehe. Diesen siegessicheren Blick, der so gar nichts mit dem Arden gemein hat, der mich in jener Nacht in seinen Armen gehalten hat. In jener Nacht, in der ich ihm bedingungslos vertraut habe.

»Du musst mir auch nicht sagen, wo sie ist«, sagt er und lächelt dabei ein eiskaltes Lächeln, das mein Herz endgültig in unendlich viele Scherben zerschlägt. »Denn das hat Erin längst selbst getan.«

KAPITEL 48

Erin

Ich habe versagt.

Ich sehe es in Ardens kaltem Blick, der wie Höllenfeuer in meiner Seele brennt. Was Jenna und ich am meisten wollten, war, Summer davor zu schützen, Hades als Rachegöttin dienen zu müssen. Sie sollte nicht das Gleiche durchmachen müssen wie ich.

Summer. Meine freche kleine Schwester, die so sehr an das Gute im Menschen glaubt. Jede Woche einen Menschen so bestrafen zu müssen, würde sie zerstören. Ich ringe nach Luft, als ich mir ausmale, wie sie wildfremde Kerle küssen muss. Ich sehe, wie sie mich mit ihren riesigen grünen Augen verzweifelt ansieht, mich mit Blicken anfleht, ihr zu helfen. Und alles, was ich ihr geben könnte, wären Tipps, wie es sich weniger schlimm anfühlt. Aber verhindern könnte ich es nicht. Nein. Verhindern kann ich es nicht. Denn es ist bereits zu spät. Der Pakt, den sie mit Lyra geschlossen hat, ist jetzt in Ardens Besitz. Und weil ich ihm vertraut habe, weiß er, wo sie ist.

Es ist meine Schuld.

Ich balle die Fäuste. Ich habe meinen eisernen Vorsatz gebrochen, niemals einem Mann zu vertrauen. Ich habe mich einlullen lassen von einem Fragment von Arden, das zu gut war, um wahr zu sein. Ich habe es sogar gewusst, habe es ihm ins Gesicht gesagt. *Du bist einfach zu gut, um wahr zu sein.* Schmerz steigt in mir auf, wenn ich daran denke. Ja, ich wusste es. Ich hätte wissen müssen, dass so etwas Schönes niemals von Dauer sein kann. Nicht für mich. Bitterkeit steigt mir in die Kehle und nimmt mir die Fähigkeit zu sprechen. Ich kann nur dastehen, ihn ansehen und versuchen, nicht an meiner Wut, Enttäuschung und Verzweiflung zu ersticken.

»Warum?«, stoße ich schließlich hervor. »Warum konntest du sie nicht einfach in Ruhe lassen?« Warum musste ich ihm verraten, wo sie ist? Er musste es nicht mal aus mir herauskitzeln. Ich habe es freiwillig getan, aus Angst vor Hades' tödlicher Strafe. Die Erinnerung an jene wunderbare Nacht in seinen Armen nimmt mir den Atem. Aber nein. Ich hebe das Kinn und sehe ihm direkt in die Augen, diesem … diesem falschen Abbild von ihm. Diesem Handlanger von Hades, seiner rechten Hand. Damals war das nicht er. Nicht mit ihm habe ich diese Nacht verbracht. Nicht ihm habe ich mich anvertraut. Auch wenn er die Erinnerungen mit meinem Arden teilt – er ist es nicht.

»Du hattest mich«, sage ich tonlos. »Wozu brauchst du auch noch meine kleine Schwester?« Ohne es zu wollen, lege ich meinen ganzen Schmerz in diese Worte. So viel davon, dass er den Raum zwischen uns füllt und ich mir wünsche, ich könnte es zurücknehmen.

Zum ersten Mal, seit der Rabe ihn angefallen hat, verschwindet die Kälte aus Ardens Augen. Aber das, was ich dort sehe, kann nicht echt sein. Dieses ehrliche Bedauern, dass er mir diesen Schmerz zugefügt hat. Nein, ich darf nicht glauben, dass er so etwas empfinden kann. Denn sonst könnte mir etwas noch viel Schlimmeres passieren: Ich könnte mir Hoffnungen machen. Hoffnungen, dass unter dem grausamen Deckmantel des Sohnes von Hades doch noch irgendwo mein Arden verborgen ist.

Ich bin fast froh, als er zu Lyra hinübersieht, der merkwürdige Ausdruck von seinem Gesicht verschwindet und die Kälte zurückkehrt.

»Mein Vater hat mir die Aufgabe übertragen, mich um die Rachegöttinnen zu kümmern und möglichst viele Menschen zu finden, die eine besonders große Wut in sich tragen. Ich habe nur meinen Auftrag ausgeführt.«

Lyra schnaubt. »Blödsinn. Du wolltest nur nicht, dass ich sie bekomme.«

»Auch das. Ich kann nicht zulassen, dass eine Tochter von Zeus etwas bekommt, das Hades zusteht.«

Lyra wird bleich vor Wut. »Weil du es nicht ertragen kannst, wenn gerade ich dir etwas wegnehme, das du als deinen Besitz betrachtest.«

Arden lächelt spöttisch. »Du misst dir zu viel Bedeutung bei, Lyra. Nur weil wir vor Jahrhunderten mal etwas miteinander hatten, bedeutet das nicht, dass du mir immer noch wichtig bist. Mir ist egal, was du tust.«

Lüge. Es ist eine Lüge. Ich weiß es so sicher, weil es das allererste Mal ist, dass ich diesen Arden dabei sehe, wie er lügt. Jemand anderem würde es vielleicht nicht auffallen, denn er tut es voller Selbstsicherheit, und es sieht auch so aus, als würde Lyra ihm diese Lüge abkaufen. Aber für mich wirkt es falsch, wie eine Maske, die ihm nicht passt. Außerdem hat er behauptet, mich nie belogen zu haben, und im Krankenhaus hat er ganz eindeutig zugegeben, dass Lyra wichtig für ihn ist.

Es sollte nicht wehtun. Es sollte mir gleichgültig sein. Aber ich kann nicht verhindern, dass es an mir nagt. Lyra und er haben eine Vergangenheit, die unvorstellbar weit zurückreicht. Dagegen könnte ich niemals ankommen.

Lyra mustert Arden mit einem hasserfüllten Blick, der gleichzeitig so viel von ihrer gemeinsamen Vergangenheit erzählt. »Das werden wir ja noch sehen.« Mit diesen Worten löst sie sich in Luft auf. Oder besser gesagt, sie vergeht in strahlend weißer Helligkeit.

Arden sieht gar nicht hin. Er schaut nur mich an, und mich fröstelt unter seinem Blick. »Damon, lass uns allein.«

Aus dem Augenwinkel sehe ich, dass Damon zögert. Er wirkt, als würde er sich Sorgen um mich machen. Auf seine verdrehte Art scheint er mich wirklich zu mögen. Aber dann gehorcht er und lässt Arden und mich unter dem Himmel aus geborstenem Glas allein.

Dumm. Ich bin so dumm. Mein malträtiertes Herz ist dumm. Denn ich hoffe immer noch, dass sich alles als Fehler herausstellt. Oder als Schauspiel, das Arden für Lyra und Damon aufgeführt hat. Jetzt, da wir allein sind, könnte er mir alles gestehen. Vielleicht ist das alles Teil eines Plans, den er gesponnen hat, um Lyra und seinen Vater zu vernichten. Einen Plan, bei dem er meine Hilfe braucht. Ja, er wird jetzt auf mich zukommen, in seinen Augen werde ich Zuneigung und Zärtlichkeit sehen. Er wird sich entschuldigen, dass er mir all das antun musste, und mich einweihen. Fast wünschte ich mir, dieser Moment würde ewig dauern und wir würden für immer hier stehen und uns so ansehen. Denn solange er nichts sagt, solange ich nicht frage, solange sind beide Varianten der Zukunft für mich real.

Mein Herz setzt einen Schlag aus, als Arden tatsächlich auf mich zukommt. Aber nur einen Schritt. Viel zu wenig, um zu meiner Fantasie zu passen. Aber nah genug, um ihn zu riechen. Diesen wunderbaren Geruch. Es ist immer noch derselbe. Ich schließe die Augen. Ein paar Sekunden kann ich mir noch einbilden, dass alles wieder in Ordnung kommt. Ich kann glauben, dass Arden Damon weggeschickt hat, um mir anzubieten, Summer aus dem Pakt zu entlassen.

Aber dann öffne ich die Augen. Meine Fantasie zerbricht und mit ihr all meine Hoffnung. Arden muss dafür nicht einmal etwas sagen. Ich spüre es in seiner ganzen Haltung, ich sehe es in seinen Augen. Ich weiß es einfach. So wie ich damals wusste, dass ich ihm vertrauen kann.

Erneut packt mich die Wut. »Ich will, dass du meine Schwester gehen lässt«, sage ich und hebe das Kinn. Ich habe keinen Plan, keine Möglichkeit zu verhandeln, aber ich kann ihn nicht einfach gewinnen lassen. Ich muss wenigstens für Summer kämpfen, auch wenn es sinnlos erscheint.

Er schüttelt den Kopf. »Tut mir leid, Erin.«

Mein Name. Mein Name aus seinem Mund! Ich will nicht, dass er meinen Namen benutzt. Nicht mit diesem grausamen Unterton, der nichts mehr damit gemein hat, wie der alte Arden, mein Arden, ihn ausgesprochen hat. Am liebsten würde ich es ihm verbieten. Mühsam halte ich mich zurück. Es geht jetzt nicht um mich.

»Summer gehört jetzt mir«, sagt er bestimmt.

Verzweiflung steigt in mir auf. »Irgendwas muss ich doch tun können.« Ich hasse es, wie hilflos es klingt. Ich will mir vor ihm nicht so eine Blöße geben.

»Nein. Nichts. Du kannst nichts tun.«

Wieder ist da dieses Bedauern in Ardens Blick. Aber dieses Mal macht es mir keine Hoffnung. Es fängt an, mir gehörig auf die Nerven zu gehen.

»Hör auf, mich so anzusehen!«, zische ich. »Ich bin eine Rachegöttin. Aus irgendeinem Grund bin ich wichtig für dich. Wenn du Summer nicht freigibst, breche ich den Pakt.« Es ist eine leere Drohung, und wir wissen es beide. Was sollte es schon nutzen, wenn ich den Pakt breche? Summer hätte er trotzdem noch, Jenna würde schrecklich dafür büßen müssen. Und ich müsste ein Leben lang mit dieser Schuld leben.

Nein. Er weiß, dass ich das nicht tun würde. Nicht, wenn ich als Einzige dabei ungeschoren davonkomme.

Ich keuche auf. Ja. Natürlich. Ich käme als Einzige ungeschoren davon. Diese Erkenntnis ist so erleichternd, dass ich lächeln muss. Endlich weiß ich, was ich ihm anbieten kann. Und er selbst hat es mir verraten. Er selbst hat mir das Mittel an die Hand gegeben, ihn auszutricksen.

Arden verengt misstrauisch die Augen.

»Was, wenn ich dir doch etwas anbieten könnte, was du wirklich haben willst – würdest du sie dann gehen lassen?«

»Nein. Ich werde Summer niemals gehen lassen.«

Seine Sturheit facht meine Wut noch weiter an. »Wozu brauchst du sie denn? Du hast unzählige Rachegöttinnen!«

Er schüttelt den Kopf. »Mir ist ehrlich gesagt egal, ob sie für mich arbeitet. Aber gehen lassen kann ich sie nicht. Sonst könnte Lyra und damit Zeus sie doch noch bekommen, und das würde meinem Vater nicht besonders gefallen.«

Ich beiße mir auf die Lippen. Es ist ihm nicht wichtig, dass sie für ihn arbeitet. Aber dann ... Hoffnung steigt wild in mir auf. »Dann versprich mir wenigstens, dass sie dir niemals als Rachegöttin dienen muss. Niemals. Egal, was passiert. Egal, wie lange sie lebt. Nie. Versprich mir, dass sie ein vollkommen freies Leben führen kann, so wie sie es will. Ohne Falltür oder doppelten Boden.«

Arden mustert mich. »Und was willst du mir dafür geben?«

Mein Mund wird trocken. »Du hast mir damals gesagt, es missfällt Hades, dass ich nicht selbst das Unterpfand für den Pakt bin, sondern Jenna. Also nimm mich. Ich gehe den Pakt als Rachegöttin mit dir erneut ein, aber dieses Mal mit mir selbst als Unterpfand. Und Jenna muss nicht über den Fluss gehen«, schiebe ich schnell hinterher.

Ein seltsamer Ausdruck stiehlt sich in Ardens Blick. Gier? Triumph? Ich weiß es nicht.

»Dir ist bewusst, dass die Professorin gelogen hat, nicht wahr? Der Tod beendet den Pakt nicht. Egal, ob du lebst, tot bleibst oder wiederbelebt wirst – du gehörst für immer mir.« Seine Stimme zittert leicht, während er es sagt.

Und mir wird erst jetzt klar, was das wirklich bedeutet.

Ich gebe damit jede Möglichkeit auf, irgendwann doch aus dem Pakt herauszukommen. Auch wenn ich es nie akzeptiert hätte: Wenn Jenna sich geopfert hätte und über den Fluss gegangen wäre, hätte ich dem Pakt jederzeit entkommen und ein normales Leben führen können. Aber wenn ich jetzt den Pakt mit Arden erneuere, mit mir selbst als Unterpfand, gebe ich mich vollkommen in seine Hand. Ob ich tot bin oder lebe, macht dann keinen Unterschied mehr. Ich werde für immer eine Rachegöttin sein müssen. Für immer Männer küssen müssen, die ich verabscheue. Und niemals den einen küssen dürfen, den ich lieben könnte. Bei dem Gedanken tut mir das Herz weh. Zugleich ist es merkwürdig leicht. Denn ich weiß ja jetzt, dass es diesen Mann nicht wirklich gegeben hat. Und ich spüre, dass ich nie wieder jemanden finden werde, der so ist wie er.

Für mich gibt es nur noch die anderen. Die Arschlöcher. Die Mistkerle. Und ich werde mein Leben damit verbringen, sie zu bestrafen.

Aber Summer wird es nicht tun müssen. Nein, sie nicht.

Ich sehe Arden an, halte seinen Blick fest. »Ja«, antworte ich leise. »Das ist mir bewusst.«

Ich sehe, dass er schluckt. Dann, ganz langsam, streckt er mir seine Hand hin. Ein Ring steckt jetzt daran, den ich noch nie an ihm gesehen habe. Er ist aus hellem Metall, und ein Stein aus wirbelnder Finsternis ist darin eingelassen. Als würde er immer ein Stück der Unterwelt an seinem Finger tragen.

Einen Augenblick lang denke ich, er will, dass ich den Ring küsse. Er bemerkt es wohl, denn er hebt spöttisch eine Augenbraue. »Es reicht, wenn du meine Hand nimmst.«

Ich strecke ihm meine entgegen, und in diesem Moment sehe ich den Triumph in seinen Augen. Erschreckend und alles verzehrend. Als hätte er die ganze Zeit auf diesen Moment hingearbeitet. Als wäre es nicht Summer, die er haben wollte, sondern mich. Ja, ich bin mir sicher, dass es so ist.

»Du hattest das die ganze Zeit geplant, nicht wahr? Du hast mir Jenna nicht mehr gezeigt, damit ich in Panik gerate. Und alles nur, damit du die Wette gewinnst, mich mit Summer erpressen kannst und ich diesen neuen Pakt mit dir eingehe.« Irgendetwas daran kommt mir seltsam vor, aber ich verdränge das Gefühl. Es muss so gewesen sein. Denn es war der Abend, an dem ich Jenna zum ersten Mal nicht sehen durfte, an dem Arden und ich uns begegnet sind und alles angefangen hat. Arden streitet es nicht ab. »Aber warum?«, frage ich leise. »Warum wolltest du unbedingt, dass ich selbst das Unterpfand für meinen Pakt bin? Ich hätte doch alles getan, um Jenna zu schützen.«

Arden lächelt sein eisiges Lächeln. »Willst du das wirklich wissen?«

Sein Tonfall verschafft mir eine Gänsehaut. »Ja«, sage ich tonlos.

»Weil ich vorher eigentlich nichts gegen dich in der Hand hatte.«

»Was?« Meine Hand, die ich ihm immer noch entgegenstrecke, ohne dass er sie nimmt, zittert.

Er sieht mich jetzt beinahe sanft an. »Es ist nichts Schlimmes daran, über den Fluss Lethe zu gehen, Erin. Es bedeutet, dass man endlich Frieden findet. Du hättest Jenna nur loslassen müssen, dann wäre sie frei gewesen und du auch. Und dann hätte es dir nichts mehr ausgemacht, deinen Pakt zu brechen, nicht mehr für mich zu arbeiten, und ich hätte nichts dagegen unternehmen können.«

»Aber was ist mit dem Tartaros? Ich konnte nicht riskieren, dass Jenna …«

»Es war nie unsere Abmachung, dass sie dorthin muss.«

Nur langsam dringt zu mir durch, was er gesagt hat. Aber dann regt sich Wut in mir. »Du wusstest, dass ich das glauben würde! Schließlich haben die anderen mir gesagt, dass jede Seele, die das Unterpfand für einen Pakt ist, bei Bruch des Pakts im Tartaros bestraft wird.« Ich warte seine Antwort gar nicht ab. »Ich konnte nicht riskieren, dass es bei Jenna anders ist. Also … also habe ich …« Ich bekomme kaum noch Luft. »Ich habe Jenna dazu gezwungen, vor den Toren der Unterwelt auszuharren, anstatt endlich Frieden zu finden. Und erst jetzt mit dem neuen Pakt …«

»… habe ich wirklich etwas gegen dich in der Hand«, bestätigt Arden.

Also war nicht ich es, die ihn gerade ausgetrickst hat, sondern umgekehrt. Und natürlich kann er es sich erlauben, es mir jetzt zu sagen, weil er genau weiß, dass ich trotz allem einschlagen werde. Wegen Summer.

Es ist dieser Gedanke, der meine Wut endgültig zum Überschäumen bringt.

Ich ziehe meine Hand zurück. »Ich habe noch eine Bedingung«, zische ich. »Ich will dich nie wiedersehen. Nie wieder, verstehst du mich? Egal, wie lange wir leben. Auch wenn wir die letzten Menschen auf diesem Erdboden sind. Ich will dir nie wieder begegnen.« Mir fällt ein, dass ich ihn ja nie sehe, wenn er sich in der blendenden Finsternis vor mir manifestiert. »Ich will dich auch nicht … spüren.« Ich halte inne und schlucke schwer. Mache den Fehler, Arden ins Gesicht zu sehen.

Er ist kreidebleich. Ja, er sieht aus, als hätte ich ihn geschlagen. Hätte er mich vorhin so angesehen, als ich noch gehofft habe, dass alles nur gespielt wäre, dann hätte er mein Herz zum Wanken gebracht. Aber jetzt nicht mehr. Ich atme tief durch, strecke ihm erneut die Hand hin.

Arden hat die Lippen fest zusammengepresst. Der verletzte Ausdruck ist fort, und ich stehe zu sehr unter Strom, um darüber nachzudenken, ob er echt gewesen sein könnte oder nicht.

»Das kann ich dir nicht versprechen, Erin. Nicht als Teil des Pakts.« Seine Stimme klingt rau, als würden ihn die Worte große Überwindung kosten. »Aber du kannst Damon die Seelen deiner Opfer bringen, so wie die anderen es tun. Dann gibt es vielleicht keinen Grund mehr, dass wir uns jemals wiedersehen.«

Obwohl er nur meinen Wunsch erfüllt, tut es weh, ihn das sagen zu hören. Wir werden uns niemals wiedersehen. Es ist nicht das, was ich wollte, aber ich spüre, dass ich mehr von ihm nicht bekommen werde. Also schlage ich endlich ein. Ich besiegle mein Schicksal, indem ich seine Hand nehme.

In dem Moment, in dem meine Haut seine berührt, in dem seine Finger sich um meine Hand schließen, ist es, als würde die ganze Welt um uns herum zerfallen. Alles fühlt sich an wie ein böser Traum, nur seine Berührung ist echt und vertraut und wunderschön.

Dann löst er seine Hand aus meiner. Hastig, als hätte auch er es gespürt und es wäre ihm unangenehm. Er tritt einen Schritt zurück, mustert mich, als wolle er noch etwas sagen, aber dann dreht er sich um und geht zur Tür des Gewächshauses. Ich sehe ihm nach. Mein Herz versucht immer noch verzweifelt zu verstehen.

Im letzten Moment dreht er sich zu mir um, und sein Blick bringt mich fast um. Denn da ist alles, was angeblich nie wirklich existiert hat. Zuneigung, Zärtlichkeit, Liebe.

»Erin …«, flüstert er kaum hörbar.

Mein dummes Herz lässt mich einen Schritt in seine Richtung machen. »Ja.« Leise und verräterisch kommt es über meine Lippen.

Er öffnet den Mund. Aber dann schüttelt er den Kopf. »Du kannst mit Jenna reden, wann immer du willst. Du weißt ja jetzt, wie es geht. Ich werde euch nicht stören, auch wenn ich … wenn ich dich spüre.« Er sieht mich noch einmal kurz an. Dann dreht er sich schnell um und geht.

Stumm stehe ich da und sehe ihm nach, bis er fort ist.

Dann, endlich, kommen die Tränen.

KAPITEL 49

Erin

Die Sonne scheint warm auf mich herunter, als ich auf das Gebäude zugehe, das sich wie ein kleines Schloss vor mir zwischen alten Bäumen erhebt. Es sieht ein wenig aus wie eine Miniaturversion von Ivy Hall, nur dass man hier kein bisschen Efeu findet. Dafür blühen die Wiesen rundherum umso schöner.

Ich halte mein Gesicht in den Wind. Sanft streicht er über meine Haut, hat nichts mit dem unberechenbaren Küstenwind in Georgia gemein. Ich bleibe stehen und drehe mich einmal um mich selbst. Es ist so schön hier. Ich wünschte, ich könnte hierbleiben. Weit weg von allem, was passiert ist und wo mich jeder Stein, jedes Gebäude an ihn erinnert. Immerhin bin ich hergekommen, um wenigstens ein Wochenende lang alles zu vergessen.

Sein Gesicht taucht vor meinem inneren Auge auf. Dieses unbeschwerte Lächeln. Das Funkeln in den Augen. Die dunkle Leidenschaft.

Ich seufze. Das mit dem Vergessen habe ich ja echt gut drauf.

»Erin?« Ich höre ein Quietschen hinter mir. Schnell fahre ich herum, aber es ist zu spät. Summer hat sich bereits auf mich gestürzt. Eine Wolke blonder Haare hüllt mich ein, sodass ich kaum noch atmen kann. Aber das macht nichts. Summer umarmt mich so fest, dass es mir ohnehin die Luft abschnürt. »Ich bin so froh, dass du da bist!« Sie drückt mich noch fester.

»Schönichsusehn«, stöhne ich.

Sie lässt von mir ab und grinst. »Sorry.«

Ich huste und reibe mir über den Hals. »Ich hab dich auch vermisst.«

Ihr Lächeln verblasst. »Ja. Es ist lange her, Erin. Viel zu lange.«

Auch ich werde ernst und sehe sie an. In ihrem Blick kann ich deutlich lesen, wie sehr ihr die lange Trennung zugesetzt hat. Seit Jennas Tod konnten wir kaum ein Wort wechseln, geschweige denn uns umarmen. Ich hebe eine Hand und streiche ihr sanft ein paar blonde Strähnen aus dem Gesicht. Sie ist sechzehn Jahre alt, aber ich glaube, für mich wird sie immer das kleine Mädchen bleiben, das sich an mich gekuschelt hat, wenn sie Albträume hatte. Schon damals ist sie nie zu Jenna gegangen oder zu unseren Eltern. Sie kam immer zu mir. Obwohl ich nicht so viel älter war als sie. Oder vielleicht gerade deswegen.

»Jetzt wird alles anders«, flüstere ich mit gefährlich schwankender Stimme.

Ich sehe, dass sie versucht, sich die Hoffnung zu verbieten, so wie ich es mit Arden getan habe. Es versetzt mir einen Stich. »Wirklich«, sage ich, »wenn die Sommerferien anfangen, hole ich dich. Wir werden einen ganzen wunderbaren Sommer zusammen haben.« Allein der Gedanke daran macht mich so glücklich, dass ich kaum weitersprechen kann. Summers Augen leuchten. »Du holst mich? Bedeutet das, wir können zusammenwohnen? Bestimmt gibt es eine Schule für mich in der Nähe von Ivy Hall.«

Wie gelähmt sehe ich sie an. Natürlich wusste ich, dass sie diese Frage stellen würde. Trotzdem erwischt sie mich kalt. Ich würde es mir so sehr wünschen. Aber das kommt nicht infrage. Ich will nicht, dass sie irgendetwas mit meiner Aufgabe als Rachegöttin zu tun hat. Sie weiß nicht, dass ich jede Woche eine Seele rauben und deren Besitzer zu grausamsten Qualen verurteilen muss. Sie weiß auch nicht, dass der Pakt, den sie mit Lyra geschlossen hat, jetzt Arden gehört und was das fast für sie bedeutet hätte. Und solange es irgendwie geht, will ich sie von alldem fernhalten.

Ich schüttle den Kopf. »Wir können noch nicht zusammenwohnen. Wenn der Sommer vorbei ist, werde ich nach Ivy Hall zurückgehen, und du wirst hier deinen Abschluss machen.«

Sie bemüht sich, sich ihre Enttäuschung nicht anmerken zu lassen. Wie erwachsen sie geworden ist. Noch vor zwei Jahren hätte sie mir dafür den Kopf abgerissen. Aber natürlich. Sie ist sechzehn. Kein Kind mehr. Schon lange nicht mehr. Auch wenn ich mich bemüht habe, sie so lange wie möglich vor dem Erwachsenwerden zu beschützen. Mir wird klar, dass ich zweieinhalb Jahre mit ihr verpasst habe. Zweieinhalb lange Jahre, in denen sie auf sich allein gestellt war, fast ebenso wie ich.

»Aber wir können einander endlich besuchen«, erkläre ich. »Wir können telefonieren, so oft wir wollen.«

Summers Miene hellt sich auf, und ganz allmählich breitet sich ein strahlendes Lächeln auf ihrem Gesicht aus. »Wirklich?«

Ihre Freude überträgt sich auf mich. Ich lache auf. »Ja, wirklich. Es besteht keine Gefahr mehr für uns. Von … Kenneth.«

Sie wird wieder ernst. »Erin, letzte Woche … da …« Sie beißt sich auf die Lippen und sucht offensichtlich nach Worten. »Es ist was passiert, und ich …« Wieder verstummt sie. Letzte Woche hat sie den Pakt geschlossen, weil sie gedacht hat, dass ich mich umbringen will. Natürlich würde sie darüber reden wollen. Aber natürlich darf sie das nicht. Sicherlich musste sie versprechen, absolutes Stillschweigen gegenüber Außenstehenden zu wahren, und dafür hält sie mich. Sie sieht mich an. »Ich hatte das Gefühl, dass … du in Gefahr bist. Ich weiß, das klingt seltsam, aber …« Sie schüttelt verzweifelt den Kopf, dann sieht sie mich fast hilflos an. »Ich will einfach nur wissen, ob es dir gut geht.«

Meine Kehle wird eng. Natürlich. Sie hat gesehen, dass ich mich in einen Fluss stürzen wollte. Sie weiß nicht, warum, sie weiß auch nicht, was für ein Fluss das war, aber sie hat große Angst um mich gehabt. »Es geht mir gut«, sage ich fest. »Sogar sehr gut. Zum ersten Mal seit Langem.« Weil Summer durch ihren Pakt auf verdrehte Art dazu beigetragen hat, dass wir uns jetzt sehen können. Ja, es ist wirklich grotesk. So schlimm das alles auch ist und sosehr Arden mir auch wehgetan hat – was passiert ist, hatte auch ein Gutes: Durch den neuen Pakt zwischen Arden und mir muss ich nie wieder befürchten, dass Summer etwas geschehen könnte. Sie gehört jetzt zu den Rachegöttinnen so wie ich, und Arden sorgt dafür, dass uns nichts passiert. Auf seltsame Art ist es das beste Glück im Unglück, das uns passieren konnte. Denn Summer wird Arden niemals als Rachegöttin dienen müssen, und wir beide können uns endlich sehen, wann immer wir wollen.

Dass wir beide jetzt für immer in Ardens Hand sind, verdränge ich für den Moment. Ebenso wie diesen einen letzten Blick, den er mir zugeworfen hat und den ich niemals werde vergessen können. Ich hasse ihn für diesen Blick. Denn obwohl ich weiß, dass der alte Arden nicht mehr existiert, ja, dass er niemals existiert hat, wird dieser Blick für immer in meiner Seele wüten. Er wird sie immer wieder aufbrechen und Hoffnung säen, die schmerzhaft wachsen wird, bis ich sie wieder und wieder ausreißen muss wie wucherndes Unkraut.

»Erin? Ist alles in Ordnung?«

Ich zucke zusammen. Summer mustert mich, und da ist etwas in ihrem Blick, das mich schrecklich und schön zugleich an Jenna erinnert.

Ich will einfach nur wissen, ob es dir gut geht.

Ja, sie ist wirklich erwachsen geworden. Zum ersten Mal habe ich das Gefühl, dass nicht nur ich mich um sie kümmern muss. Sondern dass ich jetzt auch jemanden habe, der für mich da ist.

Meine Augen werden feucht.

Hastig greife ich nach Summers Tasche, die sie auf den Boden neben uns hat fallen lassen. Wir gehen zu Jennas Motorrad, und ich gebe Summer die Helme. Dann verstaue ich die Tasche. Summer hält mir meinen Helm hin. Ich nehme ihn und atme tief durch. Kurz bevor ich den Helm aufsetze, meine ich, noch einmal Ardens Gesicht zu sehen. Das des alten Arden. Oder? Ich bin nicht sicher.

Ich weiß nur eins: Das hier ist noch nicht vorbei. Denn ich habe Arden nicht versprochen, dass ich Ruhe geben werde. Was auch immer geschieht: Solange ich lebe, werde ich alles daransetzen, Summer und mich von dem Pakt zu befreien. Aber nicht jetzt. Jetzt haben wir beide ein ganzes Wochenende, das nur uns allein gehört. Und danach einen ganzen Sommer.

DANKSAGUNG

Manchmal können Rachegöttinnen auch Glücksfeen sein, denn sie kamen zu mir in einer Zeit, in der ich wirklich dringend die Freude am Schreiben wiederfinden musste. Es gibt immer Phasen, in denen man als Autor kämpft – vielleicht hat man sich zu viel vorgenommen, sich zu wenige Pausen gegönnt, vielleicht macht einem das Privatleben das Schreiben schwer. Dann ist es wichtig, dass man immer wieder zu dem zurückfindet, wofür man das alles macht: für die Freude am Versinken in der Geschichte. Und Erin und Arden haben es mir leicht gemacht, in ihrer Geschichte zu versinken.

Deswegen gilt mein erster Dank dem Ravensburger Verlag und vor allem Kathrin Becker, die schon vor mir wusste, dass dieses Projekt genau das richtige für mich ist. Danke für die tolle Zusammenarbeit, das gemeinsame Plotten und die Unterstützung bei Fragen und Problemen.

Außerdem gibt es drei Menschen, die mich ganz besonders unterstützen und tagtäglich für mich da sind: meine Writing Masterminds – Iris, Sabrina und Kathrin. Ohne euch und Slacki wäre alles nur halb so schön, und meine Plots würden vollkommen außer Kontrolle geraten. Ich danke euch für unermüdliches Problemlösen, Testlesen, Zuspruch, für eure wunderbaren Geschichten, die ich testlesen darf, und für alle gemeinsamen Stunden, die gar nichts mit dem Schreiben zu tun haben.

Iris Leonard, danke, dass du mir immer auf die Finger haust und mir bei diesem Projekt besonders oft mit Brainstorming, Problemlösung und Diskussionen beigestanden hast.

Sabrina Železný, danke für deine Expertise in Sachen griechische Mythologie, für deine Geduld, immer wieder etwas für mich nachzuschlagen und jederzeit in tiefere Grundsatzdiskussionen einzusteigen.

Kathrin Pohl, danke, dass du auch nachts um drei und trotz unglaublich forderndem Real Life noch wunderbare Worte findest, die mich immer wieder aufbauen.

Außerdem danke ich Bianca Iosivoni und Laura Kneidl für ausufernde Sprachnachrichten, spannende Diskussionen, professionelle Ratschläge und eure Freundschaft. Stay wicked.

Ein ganz herzliches Dankeschön geht an all die wunderbaren Menschen im Tintenzirkel. Ihr macht mein Online-Wohnzimmer spannend, gemütlich und verlässlich. Im Tintenzirkel hat vor über zehn Jahren alles angefangen, und es ist der eine Ort, zu dem ich immer wieder zurückkehre.

Danke auch an Delia (Vereinigung deutschsprachiger Liebesromanautoren und -autorinnen) für die spannenden Treffen, die interessanten Diskussionen und den professionellen Austausch, den es sonst kaum irgendwo in dieser Form gibt, und an PAN (Phantastik-Autoren-Netzwerk) für die grenzgenialen Branchentreffen, den unermüdlichen Einsatz für die Fantasy und Phantastik, die Wertschätzung aller Mitglieder und die Lounge auf der Buchmesse – ihr seid großartig.

Mein vielleicht größter Dank gilt meiner Familie, insbesondere meinem Mann, meiner Mutter und meinen Schwiegereltern. Weil ihr mich akzeptiert, so wie ich bin: eine extrovertierte Introvertierte mit

Neigung zum Eremitentum, und mir das gebt, was Menschen, die sich lieben, einander immer unbedingt geben sollten: den Platz und den Nährboden, um ganz man selbst zu sein.

Vor allem aber möchte ich euch danken – meinen Lesern. Danke, dass ihr meine Geschichten lest. Es ist das schönste Gefühl der Welt, sie mit euch zu teilen.

MY KISS IS MY CURSE.

YOUR LOVE IS MY REVENGE.

Band 2 der »Gods of Ivy Hall«-Reihe erscheint im Sommer 2020 im Ravensburger Verlag.

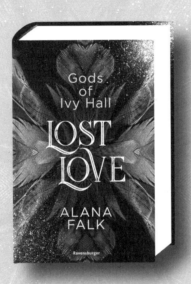

#godsofivyhall #cursedkiss #lostlove
#alanafalk #ravensburgerverlag

Folge uns auf Instagram und entdecke dein nächstes Lieblingsbuch!

 ravensburgerbuecher

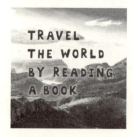  

Der Ravensburger Verlag auf Instagram:

Tauche ein in unsere traumhaft schönen Bücherwelten, knisternden Lovestories und fantastischen Abenteuer.

Exklusive Insiderinformationen zu unseren neuen Büchern, Cover-Reveals, E-Book-Deals, Q&As mit unseren AutorInnen und zahlreiche Gewinnspiele erwarten dich.

Wir freuen uns auf dich!

#ravensburgerbuecher #readravensburger